W0351047

WOLFGANG HEINL

Allgäuer Höhenrausch

TOD IN DER STAUMAUER 1986: Der großspurig auftretende Bauunternehmer Alois Leibacher will hoch hinaus: Am geplanten Steighorn-Stausee soll das höchstgelegene Hotel der Allgäuer Voralpenregion entstehen. Doch das Stauseeprojekt scheitert an einer medienwirksamen Demo, initiiert durch den Umweltaktivisten Gottfried Monschkopf.

2012: Der Stromkonzern Hellwatt AG verspricht allen grünen Strom, und so wird der Stausee 26 Jahre später schließlich doch gebaut. Leibacher kann endlich den Bau seines Hotels verwirklichen und entledigt sich nebenbei seines immer noch aktiven Öko-Widersachers. Kommissar Guntram Glattlinger ermittelt gerade im Fall Monschkopf, als ihn Leibachers Tochter Carola aufsucht und ihm das Geheimnis ihres Vaters verrät. Bei der Einweihung des Alpenhotels ist auch Glattlinger mit einem Haftbefehl gegen Leibacher anwesend. Doch der Bauunternehmer ist plötzlich spurlos verschwunden, und auch dessen Tochter Carola scheint geheime Absichten zu haben …

© Denis Erhardt

Wolfgang Heinl, Jahrgang 1967, verschlug es in den ersten Lebensjahren von einem Augsburger Industrieviertel ins Allgäu. Beruflich betätigte sich der gelernte Installateur über 15 Jahre als selbstständiger Fachredakteur für Gebäude- und Energietechnik. Mit der täglichen Textarbeit entwickelte sich die Idee zu einem ersten Roman über ein aberwitziges Bauprojekt, einen großspurigen Bauunternehmer, seinen Öko-Widersacher – und um einen Hauptkommissar, der den Protagonisten fast drei Jahrzehnte wie ein Phantom verfolgt. Seine Freizeit verbringt Wolfgang Heinl gern in der Natur, hört Heavy Metal und hat eine Vorliebe für Dosenbier.

WOLFGANG HEINL

Allgäuer Höhenrausch

Kriminalroman

GMEINER

Immer informiert

Spannung pur – mit unserem Newsletter informieren wir Sie regelmäßig über Wissenswertes aus unserer Bücherwelt.

Gefällt mir!

Facebook: @Gmeiner.Verlag
Instagram: @gmeinerverlag
Twitter: @GmeinerVerlag

MIX
Papier aus verantwortungsvollen Quellen
FSC
www.fsc.org
FSC® C083411

Besuchen Sie uns im Internet:
www.gmeiner-verlag.de

© 2021 – Gmeiner-Verlag GmbH
Im Ehnried 5, 88605 Meßkirch
Telefon 07575/2095-0
info@gmeiner-verlag.de
Alle Rechte vorbehalten
1. Auflage 2021

Lektorat: Claudia Senghaas, Kirchardt
Herstellung: Mirjam Hecht
Umschlaggestaltung: U.O.R.G. Lutz Eberle, Stuttgart
unter Verwendung eines Fotos von: © Erich / stock.adobe.com
Druck: CPI books GmbH, Leck
Printed in Germany
ISBN 978-3-8392-0000-1

Personen und Handlung sind frei erfunden.
Ähnlichkeiten mit lebenden oder toten Personen
sind rein zufällig und nicht beabsichtigt.

KAPITEL 1

++ September 1986 ++

In die schwarzen Rauchschwaden, die sich allmählich in Richtung der Tunnelventilatoren verzogen, mischte sich das Zucken des Blaulichts von Feuerwehrfahrzeugen. Die Tunnelbeleuchtung vermochte die Unfallstelle nur spärlich zu erhellen. Die letzten Flammen verloschen unter dem Schaum aus den Löschrohren.

Eine dunkle Gestalt stand breitbeinig in der Mitte der Fahrbahn und umklammerte mit beiden Händen ein großes Brecheisen; bereit, sich mit aller Kraft in den Angriff zu stürzen. Die Hitze, die von dem ausgebrannten Opel Kombi ausging, trieb ihm unter dem Helm den Schweiß aus den Poren, der die Atemschutzmaske mit seinem Gesicht zu verkleben begann.

Zwei Polizeibeamte waren hinzugetreten, und der Kommandant gab ihm ein Zeichen, dass er jetzt sein Werkzeug zum Einsatz bringen konnte. Die flache Spitze des Brecheisens landete krachend im Spalt der Fahrertür. Er setzte nochmal zu einem weiteren Hieb an. Das metallene Knirschen hallte zwischen den Tunnelwänden wider, als er sich gegen das Brecheisen stemmte und mit Hebelkraft die Fahrertür aufbrach. Ein zweiter Feuerwehrmann trat hinzu und zog die Tür auf. In der nächsten Sekunde lag ein verkohlter menschlicher Körper vor seinen Füßen.

*

++ März 1986 ++

Er war sich seiner Sache an diesem Mittwochvormittag ziemlich sicher. Trotzdem spürte Alois Leibacher eine ungewohnte Anspannung in sich hochsteigen, als er in der Hotellobby seine Konferenzmappe auf einem der niedrigen Tische ablegte, an denen sonst die Urlaubsgäste des Alpenhotels ihren Nachmittags-Cappuccino tranken. Er bestellte sich ein Glas Cola mit einem kleinen Schuss Whisky, um seine etwas zu verkrampften Gehirnwindungen zu lockern, und sank in einen der viel zu breiten und zu niedrigen dunkelbraunen Kunstledersessel, an deren Armlehnen die Spuren von verschütteten Getränken nicht zu übersehen waren.

In 20 Minuten würde er vor dem Aufsichtsrat, den Finanzmanagern und den für Kraftwerks-Bauprojekte verantwortlichen Ingenieuren des Stromkonzerns »Hellwatt AG« seine Planungen vorstellen, und er sollte ihnen dazu auch belastbare Zahlen präsentieren. Ihm war klar, dass diese Finanzhaie des Stromkonzerns andere Zahlen interessierten als Kubikmeter und Quadratkilometer. Er würde ihnen nicht sagen können, innerhalb welcher Zeit sich der Bau eines Stausees mit einer bautechnisch aufwendig zu erstellenden Staumauer amortisieren könnte.

Das war aber, zum Teufel, auch nicht seine Arbeit, wie er sich gerade gedanklich selbst zurechtrückte. Er war schließlich zum einen Bauingenieur und zum anderen derjenige, der für dieses – ihm fiel spontan der Begriff »Jahrhundertprojekt« ein – Vorhaben den Boden zu bereiten versuchte. Nicht mit Baumaschinen wie in seinem eigenen Tief- und Straßenbauunternehmen »Alois Leibacher GmbH & Co.«, sondern auf regionalpolitischer Ebene, in seiner Funktion als Mitglied von Bauausschüssen in Stadt- und Gemeindeverwaltungen – und er hatte in den letzten Monaten unzählige Gespräche geführt, die meistens zuerst kontrovers verliefen, bis er sie so weit hatte, dass sie dieses – vielleicht doch etwas irrwitzige? – Projekt durch die rosarote Brille betrachteten.

Bis zu diesem Moment hatte er eine ganze Riege von Regionalpolitikern, Unternehmern und einigen Machthabern in der lokalen Touristikbranche letztlich dadurch von seiner Stausee-Wasserkraftwerks-Idee überzeugt, dass er mit feinem psychologischem Instinkt genau auf ihre Eitelkeiten gezielt hatte.

Für einen Moment grinste er selbstzufrieden in sich hinein. Den gewöhnlichen Bürger musste man einfach in dem Glauben lassen, dass bei Entscheidungen dieser Tragweite ausschließlich rationale, ökologische und ökonomische Argumente zählten. Bei den Verantwortlichen aber gab es keinen Einzigen, der sich von Amts oder seines Postens wegen wirklich für die Machbarkeit interessierte oder sich ausschließlich von Vernunft und wirtschaftlichen Fakten hatte leiten lassen.

Als Inhaber des führenden Tiefbau- und Straßenbauunternehmens in der ganzen Voralpenregion wusste er längst, mit welchen Mitteln sich Genehmigungsverfahren beschleunigen ließen. Aber die Genehmigung für den Bau seines Sporthotels auf dem Plateau, das etwa auf halber Höhe vor dem Gipfel des Steighorns lag, wäre ihm auf normalen behördlichen Dienstwegen und selbst mit noch so guten Beziehungen niemals erteilt worden. Aber in unmittelbarer Verbindung mit dem Bau eines Wasserkraftwerks am Steighorn, für das ohnehin eine verkehrstechnische Erschließung nötig war, erschiene bei diesem Eingriff in die Berglandschaft der zusätzliche Bau eines Hotels im

Vergleich wie der Bau eines Geräteschuppens neben einem Einkaufszentrum – und er setzte alles darauf, dass man ihm die Genehmigung dafür nebenbei durchwinken würde.

Allerdings gab es seit wenigen Jahren ein weiteres Hemmnis, wenn es um Erschließung und Ausbau neuer Baugebiete, Gewerbeflächen und Straßen ging. Einer zuerst kleinen Gruppierung von selbsternannten Umweltschützern war es zunehmend gelungen, mit ihren, wie er fand, archaischen und fortschrittsfeindlichen Ideologien in das öffentliche Bewusstsein vorzudringen. In dieser bald als »Grüne« benannten Bewegung waren zum Teil bereits die Kinder der Generation, die zur sogenannten 1968er-Bewegung gehört hatte, und sie erschienen wie Hippies, die sich vorwiegend von Grünzeug und Körnern ernährten und in selbstgestrickten Pullovern herumliefen. Von den auf ihre Publikumswirksamkeit bedachten Medien wurde das neue Thema bereitwillig aufgegriffen, denn Bilder und Berichte von Aktionen für saubere Wälder und Gewässer, von Demonstrationen gegen Atomkraft und gegen Straßenbauprojekte oder die Aufdeckung von Umweltskandalen der Großindustrie brachten Auflagen und Einschaltquoten.

Was die Medien dabei ausblendeten, waren solche offensichtlichen Widersprüchlichkeiten wie etwa diejenigen »Grünen«, die zu Demonstrationen gegen den Bau von Straßen und Atomkraftwerken statt zu Fuß oder mit dem Fahrrad mit ihren spritfressenden alten VW-Bullis vorfuhren, auf denen meist große Aufkleber mit ›Atomkraft – Nein danke‹ prangten. Nach seiner Ansicht propagierte diese Bewegung einen Freiheitsgedanken, der sich gegen die vorherrschenden gesellschaftlichen Strukturen richtete, aber in Wahrheit genau auf deren sozialen und technischen Errungenschaften gründete.

Bevor dieser Gedankengang in ihm Wut auslösen konnte, sah er durch die Wintergartenverglasung der Hotellobby, wie zwei hellblau-metallicfarbene Ford Sierra und ein Mercedes S-Klasse in gleicher Lackierung auf den Parkplatz einbogen. Der Schriftzug ›HELLWATT AG‹ mit einem orangefarbenen Glühbirnen-Symbol signalisierte Alois Leibacher, dass jetzt die große Stunde unmittelbar bevorstand, die das Projekt seines Lebens der Realisierung näher bringen würde, aber es auch kippen könnte.

Alois Leibacher erhob seinen stattlichen, aber sportlichen Körper mit einer eloquenten Bewegung aus dem Kunstledersessel. Wer ein Unternehmen erfolgreich führen und in der regionalen Wirtschaft eine einflussreiche Persönlichkeit sein will, muss sich vor allem durch Beweglichkeit auszeichnen, lautete einer seiner Leitsätze. Seine Augen, die von klar gezeichneten Lidern und dunkelblonden, kräftigen Augenbrauen umrahmt waren, fixierten mit wachem Blick die zwölf »Hellwatt«-Männer, die jetzt durch die Eingangstür mit den großen verchromten, bogenförmigen Türgriffen das Alpenhotel betraten und sich auffällig umsahen.

Mit seinen 1,86 Metern überragte er die meisten dieser Herren, mit denen er gleich im Konferenzraum »Waldhorn« zu tun haben würde. Alois Leibacher zog das Revers seiner hellbraunen, mit dezenten Trachten-Applikationen versehenen Wildlederjacke zurecht und fuhr mit der linken Hand kurz durch sein Haar, das ihn eher wie einen Politiker als wie einen Bauunternehmer aussehen ließ.

»Leibacher, grüß Gott«, begrüßte er den Aufsichtsratsvorsitzenden, der umständlich eine Visitenkarte aus seinem Jackett unter dem Mantel hervorfingerte und sich als Doktor Max Latern vorstellte. Hoffentlich hat diese Laterne auch ihre Birne angeknipst, dachte Alois Leibacher im Stillen über den untersetzten Latern, dessen Halbglatze in der hereinscheinenden Vormittagssonne glänzte. Leibacher deutete ihm und seinem Gefolge den Weg zur Treppe mit einer Handbewegung, wie ein Bauer eine Kuhherde scheucht.

Die für die Konferenzräume verantwortliche Hotelmitarbeiterin hatte bereits den Tageslichtprojektor eingeschaltet, neben dem Alois Leibacher nun seine säuberlich sortierten Präsentationsfolien auslegte. »Wenn Sie no ebbes bruuche, lüütet Sie bitte ei'fach auf Nummer zwölf«, sagte die zierliche Hotelmitarbeiterin in breitem Vorarlberger Dialekt und tippte mit dem rotlackierten Fingernagel ihres Zeigefingers auf den Hörer des giftgrünen Tastentelefons, dessen verdrehtes Spiralkabel über die Fensterbank hing. Leibacher wunderte sich kurz darüber, dass Hotels in der Voralpenregion des bayerischen Allgäus ihr Personal offenbar zum Teil aus dem benachbarten Österreich rekrutierten, bis ihm wieder bewusst wurde, dass die Grenzlinie ganz in der Nähe hinter dem Steighorn verlief. Als sie mit klackenden Absätzen und wehendem Pferdeschwanz die Tür des Konferenzraums hinter sich schloss, war dies der Startschuss für Leibachers Präsentation.

»Meine Herren«, setzte Leibacher an, »es gibt in der ganzen weiteren Umgebung dieser Region keine vergleichbare Topografie, die für Wasserkraft besser geeignet wäre. Sie profitieren vom Strom, und die Region wird noch mehr als bisher zum Touristenmagnet!« Alois Leibacher hatte mit den ersten zwei Sätzen bereits schlagkräftige Argumente ausgespielt, die den »Hellwatt«-Managern Aufmerksamkeit entlockten. Denn der zu erwartende touristische Effekt wäre dem Stromkonzern insofern dienlich, als sich damit die regionale Touristikbranche als Befürworter gewinnen ließe.

Mit den Folien auf dem Tageslichtprojektor zeigte er die bautechnischen Voraussetzungen für den Bau der Staumauer, erklärte den Gefälleverlauf der Rohrleitung vom Stausee zum Turbinenhaus und hatte für dieses Gebäude auch bereits eine vorbereitete Bauzeichnung. Von einem Ingenieurbüro hatte er errechnen lassen, welche Menge an Strom mit dem Inhalt des Stausees produziert werden konnte.

Auf einem Papier-Flipchart zeichnete er mit dicken Filzstiften wilde blaue Kurven und rote Maßlinien. »Etwa in der Mitte ist der Stausee, im Schnitt betrachtet, durch steil abfallende Wände in den oberen zwei Dritteln wie ein Kanister, sodass in diesem Bereich mindestens bis zur Hälfte das volle Volumen zur Verfügung steht«, versuchte Leibacher, die Stromkonzernler zu begeistern.

Die umgebenden Bergspitzen trugen an diesem bedeckten Tag Mitte März noch dicke Mützen aus weißem bis hellgrauem Schnee. Etwa die Hälfte der zwölf »Hellwatt«-Manager blickte mit einer Mischung aus Desinteresse und – nach Alois Leibachers manchmal etwas unbarmherziger Menschenkenntnis – wohl auch dem heimlichen Gelüst nach Aprés-Ski mit wollüstigen Skiurlauberinnen aus dem Panoramafenster im Konferenzraum des Hotels »Steighornblick«.

Alois Leibacher wollte gerade weiter zu bautechnischen Einzelheiten ausholen, als sich der »Hellwatt«-Vertriebschef Urs Thurbi über einen der Konferenztische zu Leibacher vorbeugte: »Dass mir chönnt eine Staumauer bauen, ischt glaub ich nüt das Problem«, wandte der Schweizer ein, der nach einer Karriere in der schweizerischen Atomkraft-Industrie zum deutschen Stromkonzern ›Hellwatt‹ gewechselt hatte. Thurbi, von Kollegen wegen seiner rotierenden Art »Turbine« genannt, wurde sogleich deutlicher und schaltete auf Business-Hochdeutsch um: »Was uns vorrangig interessiert, ist, ob Sie hier über den nötigen Rückhalt sowohl aus der regionalen Politik, insbesondere den auf Umweltschutz bedachten politischen Gremien, sowie auch aus der Bevölkerung verfügen, wobei ich vor allem den Teil der Bevölkerung meine, der von dem Stauseebau unmittelbar betroffen ist.«

Doktor Max Latern hakte mit ein: »Sie verstehen sicher, dass wir auch unseren Return-of-Invest im Blick haben müssen, und ich muss Ihnen sicher nicht erklären, dass unsere Risikoeinschätzung für die Gesamtinvestition auch zu einem großen Teil von den zu leistenden Entschädigungszahlungen abhängt.«

Nach diesem Einwand waren Alois Leibachers politische und unternehmerische Adern angestochen. Der sportlich wirkende Tiefbau- und Straßenbauunternehmer ging zwei Schritte auf Thurbi und Latern zu, während sich auf seiner vom letzten Skiwochenende gebräunten Stirn erste Schweißperlen zeigten. »Den betroffenen Einwohnern des Bergtals vor dem Steighorn bieten sich beste Perspektiven«, sagte Leibacher bewusst langsam und mit gesenkter Stimme, um dadurch überzeugender zu wirken. »Bisher sehen Sie in dem betroffenen Gebiet vor allem Bergbauernhöfe, die nur eine mäßige Ertragslage ermöglichen. Ein paar davon versuchen im Sommer, mit bewirtschafteten Berghütten ihre Einkommenslage aufzubessern. Im Winter sind einige der Fahrwege zu den Gehöften nur mit Geländefahrzeugen und Schneeketten befahrbar.«

Die »Hellwatt«-Manager waren mit ihrer Aufmerksamkeit wieder ganz bei ihm, besonders ein rothaariger jüngerer Mann mit auffallendem Stehhaarschnitt und langen

Nackenhaaren, zu dessen Erscheinung Jackett und Krawatte nicht so recht passen wollten. Leibacher spielte jetzt die Tourismus-Karte aus: »Wenn Sie das Beispiel Ihrer Mitwettbewerber drüben im Grenzgebiet zwischen Vorarlberg, Tirol und dem Rätikon betrachten, haben sich dort um die Stauseen mit ihren Kraftwerken herum enorme touristische Kapazitäten entwickelt, die im Winter wie im Sommer so viele Urlaubsgäste anlocken, dass die Hotels und Pensionen immer gut gebucht sind. Hier werden ebenfalls um den Stausee herum neue Hotels, Skigebiete und Wanderrouten entstehen, wo sich für die betroffenen Bewohner neue Beschäftigungsperspektiven bieten.«

Der Vergleich mit den »Mitwettbewerbern« im benachbarten Österreich war zwar nicht ohne Substanz, vermieste aber den »Hellwatt«-Leuten die Stimmung. »Und Sie glauben, dass Sie dieses Konzept nur mal eben hier in das Allgäuer Grenzgebiet zu kopieren brauchen?«, raunzte Doktor Max Latern mit einem verächtlichen Grinsen.

Leibacher hatte das Problem mit den Entschädigungszahlungen kleinreden wollen und war dabei offenbar auf einen wunden Punkt gestoßen.

»Trotzdem hat das durchaus Potenzial«, entgegnete Vertriebschef Urs Thurbi in die Richtung von Laterns glänzender Halbglatze. Mit seinem Schweizer Akzent sprach er das Wort »Potenzial« mit starker Betonung auf der ersten Silbe. Er kreiste mit einem Zeigefinger über eine aufgefaltete Landkarte und schien im Gegensatz zu diesem brüskiert wirkenden Aufsichtsratsvorsitzenden bereits gerechnet zu haben: »Mit der Chapazität chönnt man u'gfähr ein Gebiet von den Allgäuer Alpen über das Illertal bis vor München mit Spitzenlaststrom abdecken, das ischt durchaus ein interessantes Potenzial.«

Doktor Max Latern ließ das von »Turbine« vermutete Potenzial bis hierhin wenig beeindruckt, und er hatte sich offenbar an den – nach Ansicht von Leibacher im Verhältnis zu den gesamten Baukosten fast vernachlässigbaren – Kosten für die Entschädigungszahlungen festgebissen. Latern aber befürchtete dabei eine nahezu unkalkulierbare Größe, wenn nach seiner Ansicht so ein Grundbesitzer erst einmal gewittert hatte, dass man sich nur richtig querlegen musste, um noch viel mehr Geld herauszuschlagen, als der ganze Grund überhaupt wert war.

»Wir können uns weiter über dieses Projekt unterhalten, wenn alle Besitzer und Bewohner des Gebietes, das irgendwann unter den Wassermassen liegt, die Verträge über die angebotenen Entschädigungszahlungen unterschrieben haben.« Offensichtlich schien jetzt für Leibacher, dass »Turbine« und »Laterne« sich gegenseitig in die Parade zu fahren pflegten.

Wie auf ein unausgesprochenes Kommando sprangen alle zwölf »Hellwatt«-Manager von ihren Konferenzstühlen auf, rückten ihre Krawatten zurecht und verabschiedeten sich eilig.

Alois Leibacher goss sich eine Tasse Kaffee aus einer der bereitgestellten Thermokannen ein, ließ zwei Stück Würfelzucker hineinfallen und rührte bedächtig um. Er stellte sich an das Panoramafenster des Konferenzraums und sah in der Entfernung den Gipfel des Steighorns, der einen davorliegenden Höhenzug leicht überragte. Er fixierte einen bestimmten Punkt seitlich des Steighorngipfels. Es war genau die Stelle, wo er sein Sporthotel bauen wollte. Vor seinem geistigen Auge reflektierte eine Glasfront seines noch imaginären Hotels die Vormittagssonne. Er nahm einen großen Schluck Kaffee. Die fahlbraune gezuckerte

Brühe war zu heiß, sodass er sich fast den Rachen verbrühte, und schmeckte wie aus einer verkalkten Kaffeemaschine, in der das Wasser drei Tage gestanden hatte. Im nächsten Moment schob sich eine weiße Wolke vor den Gipfel, als ob sie das Panoramabild ausradieren wollte.

*

++ Mai 1986 ++

Er hatte gerade den Hörer auf das dunkelblaue Tastentelefon aufgelegt, als ihr cremefarbener Schuh mit dem spitzen Absatz die Stehlampe traf, dabei das Papier des Lampionschirms durchriss und die Glühbirne mit leisem Knall zertrümmerte.

Mit den Worten »In Ordnung, ich bin dann morgen um elf zum Dreh in München« hatte er den Auftrag der Filmproduktionsfirma bestätigt. Für eine neue Folge einer in der bayerischen Landeshauptstadt spielenden Krimiserie »Dezernat M wie Mord« sah das Drehbuch eine Verfolgungsjagd vor, wobei das Ende der Actionszene in einer nachgebauten Innenstadtstraße in den seitlichen Aufprall auf geparkte Fahrzeuge münden sollte. Als Stuntman war er auf alles spezialisiert, was irgendwie mit spektakulären Auto-Stunts zu tun hatte, und der Job für die Münchner Krimiserie war ein Routineauftrag, den er jedoch in seiner gerade finanziell klammen Situation dringend brauchte.

Nur hatte seine derzeitige Lebensgefährtin Lorena kein Verständnis für seinen Auftrag, denn damit ließ er mal eben nebenbei das verlängerte Wochenende in Marbella platzen. Die temperamentvolle Halbspanierin sah in diesem Moment rot und fegte wutschnaubend wie ein Stier beim

Anblick des Toreros die Weingläser und das Geschirr von dem Esstisch aus dunklem Kirschbaumholz, den sie eigentlich für ein romantisches Dinner gedeckt hatte. Weil sie dabei beinahe mit dem Fuß umknickte und sich ihr Edelboutique-Schuh löste, schleuderte sie den Schuh in seine Richtung, verfehlte ihn allerdings knapp. Stattdessen war die Stehlampe nun ein Fall für den Sperrmüll.

»Am Samstag heiratet meine Schwester in Marbella, und du weißt genau, dass der Flieger morgen um zwei geht, und du sagst jetzt einfach so diesen blöden Auftrag zu! Du bist wirklich das Letzte, ich will dich nicht mehr sehen!« Bei »Letzte« überschlug sich ihre Stimme, als sie gerade einen silbernen Kerzenhalter auf den Terracotta-Fliesenboden knallte. »Wenn es darum geht, was auch immer an die Wand zu fahren, ob irgend so eine Filmkarre oder unsere Beziehung, dann bist du echt der Größte«, höhnte sie mit spanischem Akzent. Noch während sie sprach, stürmte sie aus dem Wohnzimmer, und er hörte, wie sie einen Koffer auf das Bett warf und ihre Sachen zu packen begann.

Wilfried Grätner, der Stuntman, den alle nur »Bill« nannten, lehnte mit verschränkten Armen an der Ecke der Kommode, auf der das Telefon stand, und sah durch die Balkontür auf den See hinaus. Er sah etwas älter aus als die 31 Jahre, die er im vergangenen Monat geworden war, und sein stets leicht gebräunter Teint passte zu seinem kräftigen, leicht gewellten schwarzen Haar, das er niemals frisierte und das ihm zusammen mit dem dunklen Dreitagebart über dem leicht vorstehenden Kinn etwas Machohaftes verlieh, was aber durch sein leichtes Übergewicht wieder etwas weicher gezeichnet erschien.

Er fand, dass sie mit ihrer schwarzen Lockenmähne, dem mit kirschrotem Lippenstift geschminkten Mund und in ihrem hautengen Kleid, das ziemlich viel von ihrer prallen Oberweite zeigte, als Furie auch noch ziemlich sexy war. Aber ihre Ansprüche waren für seine Verhältnisse einfach einige Nummern zu groß. Ihr vormaliger Lebensabschnittsgefährte fuhr einen Jaguar XJS, aber offenbar war ihr sein Umfeld in der Immobilienbranche, in dem Geschäftsessen mit betuchten, aber entsetzlich langweiligen Kunden an der Tagesordnung waren, auf die Dauer zu bieder. Genau bei einem solchen Termin waren Lorena und er an dem Jachthafen am baden-württembergischen Bodenseeufer zusammengetroffen, wo der Liegeplatz seines Motorbootes war.

»Du weißt ja, wo ich die nächsten Tage bin«, fauchte Lorena, während sie, zurück im Wohnzimmer, nach ihren Schuhen suchte. »Und es kann gut sein, dass ich bei der Gelegenheit gleich für immer in Spanien bleibe.« Sie setzte sich in einen grünen, auf antik gemachten Sessel und zog ihre Schuhe wieder an. Im linken Schuh steckte noch eine Glasscherbe von der zerborstenen Glühbirne der Stehlampe, die sich jetzt beim Anziehen seitlich in ihren Fuß bohrte. Sie schrie auf, und sogleich färbte ihr Blut das cremefarbene Leder an einer Stelle rot. Er bekam davon nur noch ihren Aufschrei mit, denn er war bereits, seine schwarze Lederjacke über der Schulter, an der Wohnungstür, die er wütend und verletzt hinter sich zuknallte.

Wilfried »Bill« Grätner zündete sich vor der Haustür erst einmal eine Zigarette an, nahm einen tiefen Zug und lief dann die Ortsstraße in Richtung des Jachthafens hinunter. An diesem lauen Abend Mitte Mai waren am Bodensee die Terrassen der Weinlokale und Hotel-Restaurants bereits gut besucht. Er nahm den schmalen Fußweg zum Seeufer und ging über den Kiesstrand zum Hafen. Die meisten Boote und Jachten waren hier eher Mittelklasse, obwohl an manchen Stellen auch solche aus dem oberen Preissegment zu sehen waren. Auf einer dieser Nobelschaluppen beobachtete er im Vorbeilaufen unfreiwillig, wie auf der weiß gepolsterten Sitzbank hinter dem Steuerrad ein beleibter Mittfünfziger in weißem Hemd begehrlich eine dem äußeren Anschein nach steinreiche, aber ihrem Lachen nach zu urteilen ziemlich unterbelichtete blondierte Frau mittleren Alters nach dem Anstoßen mit Champagner zu begrapschen versuchte.

Grätner wandte sich angewidert ab und steuerte auf sein Motorboot zu. Zwischen der Jacht dieser zwielichtigen Gesellschaft und seinem Boot lag nur noch eine kleine hellgrüne Jolle mit dem gelb aufgepinselten Namen »Seeschwalbe«, die in dem leichten Seegang wie eine Gummiente auf und ab schwappte. Er drehte den Schlüssel, und der Außenbordmotor am Heck des hellgrauen Sportbootes mit seitlich aufgeklebten Flammen startete mit einem satten Grollen. Beim Zurücksetzen hätte er fast das Heck der Nobeljacht gerammt, worauf ihm der Typ mit der Bierwampe im weißen Hemd etwas hinterherbrüllte, was aber im Motorengeräusch unterging, als er mit Vollgas aus dem Hafenbecken auf den See rauschte.

Innerhalb einer knappen Viertelstunde durchpflügte das Motorboot das Wasser bis ans gegenüberliegende österreichische Ufer, wo er in einem kleinen Bootshafen anlegte, von wo aus man noch die aufwendig gebaute Bühnenkonstruktion der Opernbühne am Seeufer sehen konnte. Grätner konnte fast an jedem Tag der Woche ziemlich sicher sein, in der kleinen Café-Bar direkt am Ufer und am See-Radweg, die zu einem großen Wohnwagen-Campingplatz gehörte, jemanden zu treffen, mit dem man einige Bier oder auch Hochprozentigeres trinken konnte. An der Bar saß der

Bootsverleiher Hubert, den er jovial mit »Servus, Hubbe« begrüßte. Er bestellte auf Hubbes Empfehlung einen doppelten Bodenseeschnaps und erzählte ihm von seinem Zoff mit Lorena.

Es war bereits 7.30 Uhr am Freitagmorgen, als Wilfried Grätner mit dröhnendem Kopf auf dem Sofa aufwachte, während die Morgensonne über dem See einen zwar nicht wolkenfreien, aber einigermaßen trockenen Tag zu versprechen schien.

Drehtermin, schoss es ihm durch den Kopf, er musste um 11 Uhr im Außenbereich der Filmstudios stehen, wo vor nachgebauten Stadtkulissen die Crash-Szene für »Dezernat M wie Mord« gedreht werden sollte. In der Café-Bar hatte er einfach zu viel Schnäpse und dazu noch ein paar Bier in sich reingeschüttet und darin seinen Ärger mit Lorena zu ertränken versucht. Wie war er eigentlich mit dem Motorboot wieder hierhergekommen? Er hatte diesbezüglich eine komplette Erinnerungslücke. Seine Turnschuhe, die neben dem Sofa standen – immerhin musste er es wohl noch irgendwie geschafft haben, seine Schuhe auszuziehen –, rochen nach Benzin. War ihm mitten auf dem See das Benzin ausgegangen, sodass er mit dem Reservekanister nachfüllen musste? Wenn ja, wie zum Teufel hatte er das in seinem Suff mitten in der dunklen Nacht geschafft? Offenbar hatte er, wenn es so gewesen war, beim Betanken danebengeschüttet und dabei womöglich noch einen Teil des Benzins in den See gekippt.

Darüber konnte er jetzt nicht weiter nachdenken; er ging, noch immer leicht benebelt, unter die Dusche, brauste sich zum Schluss kalt ab und packte nach dem Anziehen seinen Rucksack mit den Klamotten für seine Stunt-Einsätze.

Mit noch halbnassem Haar lief er zur Bäckerei an der Straßenecke bei der Zufahrt zum Seebad, wo er sich noch Zeit nahm für ein Frühstück mit einem großen Becher Kaffee und einer belegten Käseseele.

20 Minuten später saß er bereits in seinem schwarzen 1978er VW Scirocco, den er zunächst durch zahlreiche Ortsdurchfahrten steuern musste, bevor es auf die B18 in Richtung München ging. Als endlich das kurze Teilstück der Autobahn A96 erreicht war, entlockte er dem 110-PS-Motor sämtliche Reserven, um mit 180 Stundenkilometern auf der linken Spur noch rechtzeitig zum Drehtermin zu erscheinen.

In seinen Gedanken flackerte wieder Lorena auf. Ihm fiel ein, dass sie jetzt eigentlich zur selben Zeit in Richtung Flughafen München-Riem unterwegs sein musste, vermutlich mit einem dieser Bummelzüge der Deutschen Bundesbahn, die direkt zwischen Lindau am Bodensee und München verkehrten und für diese Strecke gut dreieinhalb Stunden brauchten. Für einen kurzen Moment stellte er sich vor, wie sie auf dem Beifahrersitz neben ihm saß und ihre schwarze Lockenmähne sanft im Fahrtwind des geöffneten Schiebedaches wehte, während das untere Ende ihres engen, kurzen Sommerkleides im Sitz so weit hochgerutscht war, dass es den Blick auf ihren halbdurchsichtigen Slip freigab.

Die roten Bremslichter der Autos vor ihm boxten ihn schlagartig aus seinen erotischen Fantasien, als sich etwa zwei Kilometer vor der Autobahnausfahrt der Verkehr staute. Er fluchte leise in sich hinein, weil die kleine Zeigeruhr im Armaturenbrett des Scirocco bereits 10.50 Uhr zeigte. Gleichzeitig wurde ihm bewusst, dass er in seinen Gedanken an Lorena bei freier Fahrt jetzt ziemlich sicher die Ausfahrt verpasst hätte.

Exakt um 10.59 Uhr bog er von dem zweispurigen Autobahnzubringer direkt in die Einfahrt zum Tor Süd der Filmproduktionsfirma ein, die wie ein Fabriktor mit Pforte und Schranke abgeriegelt war. Der Pförtner kannte Bill, winkte ihm einen lässigen Gruß zu, legte seine Zeitung beiseite und betätigte einen Schalter, wodurch sich die Schranke nach oben bewegte.

Er hatte kaum die Schranke passiert, als ihm der stellvertretende Produktionsleiter mit wild fuchtelnden Armen entgegenstürmte. »Herrschaftszeiten noch mal, Bill, hier wart' ois auf di'.« Franz Straubinger, dessen vollständiger Vorname identisch mit dem des bayerischen CSU-Ministerpräsidenten war und der deshalb spöttisch »Straußinger« gerufen wurde, schwang sich neben Grätner auf den Beifahrersitz. Bis zu dem Freigelände, auf dem die Auto-Stunts gedreht wurden, waren es innerhalb des Filmindustrie-Areals noch einige Hundert Meter. Franz nutzte die Zeit, um Grätner die nötigen Instruktionen zu geben. Hinter seinem dunklen Vollbart, seinem wild gelockten schwarzen Haaren und der großen Kassengestell-Brille war bei dem großgewachsenen Bayern nur noch mit Mühe ein Gesicht zu erkennen. Dafür hatte »Straußinger« hinter seinen dicken Brillengläsern einen scharfen Blick, der eine wache Intelligenz vermuten ließ, aber auch eine ständige Nervosität nicht verbergen konnte.

Das Stunt-Fahrzeug war am Anfang der Anlaufstrecke geparkt und wartete auf seinen Einsatz. Wilfried Grätner hatte sich schnell umgezogen und inspizierte kurz den Wagen. Den Fahrgastraum des dunkelgrünen BMW 518 hatte die Werkstatt bereits mit einem Käfig aus Stahlrohren ausgesteift. Die ganze rechte Seite des Wagens – Grätner schätzte das Baujahr auf etwa 1977 – zeugte von einem notdürftig reparierten Unfallschaden; weil in der Filmszene das Auto nur von links und hinten zu sehen sein würde, tat es für diesen Zweck wohl diese notdürftig zusammengeschusterte Schrottkiste.

Vorne am Set des Filmdrehs debattierten Regie und Aufnahmeleitung und wollten wohl in letzter Minute noch einmal die Kameraperspektive ändern. Grätner dachte, damit nochmals zwei Minuten Zeit gewinnen zu können, und startete den Motor, um noch eben auf einigen Metern wenigstens das Lenkverhalten testen zu können. In diesem Moment winkte Franz ihm hektisch entgegen, dass genau jetzt die Szene gedreht würde. Grätner überlegte eine Sekunde, streckte aber dann doch den Daumen der linken Hand nach oben. Er war schließlich Profi in seinem Metier.

In diesem Moment begann sein Kopf zu dröhnen; zugleich machte sich in seinem Magen ein flaues Gefühl breit. Er hatte sicher immer noch einen Restalkoholgehalt im Blut, der ihm am Vormittag – wäre er in eine Polizeikontrolle geraten – bestimmt den Führerschein gekostet hätte.

Stuntman Bill kämpfte gegen die Kopfschmerzen und gegen die aufsteigende Übelkeit und drückte das Gaspedal durch. Er musste auf etwa 70 Stundenkilometer beschleunigen, so knapp wie möglich vor der Reihe der geparkten Autos kurz herunterbremsen, den Wagen mit der Handbremse in einen rechten Winkel drehen und ihn mit der rechten Seite in einen hellgrauen VW-Bulli krachen lassen, der etwa in der Mitte der in Reihe geparkten Autos stand.

Der 5er-BMW war ein untermotorisiertes Modell und beschleunigte nur widerwillig. Als er in den dritten Gang hochschaltete, bemerkte er, dass die Lenkung ausgeschlagen war und sich der Wagen nur mit hastigen korrigierenden Lenkradbewegungen geradeaus halten ließ. Er steuerte jetzt geradeaus auf den grauen VW-Kastenwagen zu, lenkte leicht nach links, worauf die Lenkung ruckartig noch weiter nach links zog. Der BMW raste jetzt auf einen am linken Rand der Filmkulissenstraße abgestellten roten Ford Fiesta zu, hinter dem der Kameramann stand. Grätner zog die Handbremse, doch der Wagen schleuderte nicht wie geplant mit quietschenden Reifen in eine Rechtsdrehung, sondern bohrte sich krachend in die linke hintere Seite des Fiesta. Der BMW hob sich durch den Aufprall vorne links an, erfasste mit der Front den Kameramann und kippte auf die rechte Seite.

Franz Straubinger starrte mit großen, erschreckten Augen hinter seinen dicken Brillengläsern auf den Kameramann, der jetzt halb unter dem BMW lag. Unter seinem dichten Vollbart und dem weit in die Stirn ragenden Haar war ein kreideweißes Gesicht zu erkennen. Zwei der für die Sicherheit verantwortlichen Kollegen rannten mit Erste-Hilfe-Koffer und Feuerlöscher auf das umgekippte Auto zu und begannen, den schwerverletzten Kameramann zu bergen. Straubinger schlug mit dem Feuerlöscher die Heckscheibe ein, um Wilfried Grätner aus dem Autowrack zu befreien, der aber eine Sekunde später selbst durch die Öffnung herausrobbte.

*

Die Fußgängerzone in der Wiener Innenstadt war an diesem Freitagnachmittag nur mäßig belebt. Trotz der frühlingshaften Temperatur bei bedecktem Himmel wehte ein unangenehm kühler Wind zwischen den Häuserzeilen der Altstadt. Carola fand vor dem Café »Schlagobers« einen Platz direkt an der Hauswand, der windgeschützt war und trotzdem den Ausblick auf die sie umgebenden historischen Gebäude und auf die vorbeiströmenden Passanten bot. Sie war an diesem frühen Nachmittag mit drei Einkaufstaschen von teuren Kleiderboutiquen unterwegs.

Der Vorlesung über die von alten Baumeistern für spätgotische Bauten angewandten Gesetzmäßigkeiten bei der Grundrissplanung war die Architekturstudentin Carola an diesem Nachmittag ferngeblieben. Sie bestellte sich einen »Braunen«, den ihr wenige Minuten später eine unmotivierte, von den vielen Touristen genervte Bedienung auf den kleinen, auf dem Pflaster etwas wackelig stehenden Bistrotisch servierte.

Für das, was sie in einer trockenen Vorlesung über sich ergehen lassen müsste, hatte sie an diesem Platz unmittelbar anschauliche historische Beispiele vor Augen. Falls sie die vor Jahrhunderten angewandten Grundsätze der Grundrissaufteilung wirklich interessierten, brauchte sie nur die zahlreichen Informationstafeln im Museum zu studieren. In Wahrheit aber hatte sie an dem ganzen Architekturstudium nur ein mäßiges Interesse. Sie zog es mit ihren 22 Jahren vor, ein anspruchsvolles Leben zu genießen und ihre Freundinnen zu Hause mit ihrem Lebensstil in einer Weltstadt zu beeindrucken.

Carola griff mit ihrer rechten Hand, an deren Ringfinger ein etwas zu protziger silberner Ring mit einem grünen Edelstein steckte, in ihre Lederhandtasche, um ihren Kaffee zu bezahlen. Sie musste sich beeilen, bevor die Bankfiliale in der Nähe des Rathausplatzes schloss, um noch Bargeld für das Wochenende von ihrem Konto abzuheben.

Der Bankangestellte blätterte die einzelnen Scheine auf die Marmorfläche des Schalters, reichte ihr das Bündel mit 1.000 österreichischen Schilling durch den Schlitz unter der gepanzerten Glasscheibe und sah sie dabei über den goldfarbenen Rand seiner etwas zu großen Brille an. Er räusperte sich kurz, und sein Gesichtsausdruck mit dem zu einem schmalen Strich rasierten schwarzen Oberlippenbart verriet, dass er ihr offenbar etwa Unangenehmes würde mitteilen müssen. »Ihr Konto ist, ja nun …« – er rückte den Knoten seiner Krawatte zurecht – »also Ihr Konto weist für eine weitere Abhebung in dieser Summe, wenn Sie verstehen, wie ich meine, nicht mehr die nötige Deckung auf – aber ich kann Ihnen anbieten, wertes Fräulein Leiberger …«

»Lei*bacher*!«, zischte Carola gegen die Panzerglasscheibe, worauf der etwa 60-jährige Angestellte zusammenfuhr, als befürchtete er, dass die Scheibe gleich zerspringen würde. Ihre rosa geschminkten Lippen zogen sich zusammen, und das von ihren leicht gewellten halblangen blonden Haaren umrahmte Gesicht wirkte verkrampft.

»Bitte verzeih'n Sie, Fräulein Leibacher«, sprach er gedehnt in Wiener Dialekt und rückte sein Brillengestell zurecht, wobei sich sein Blick im Ausschnitt ihrer rosa Satinbluse verfing. »Wie schon angedeutet, unser Haus könnte Ihnen in einem gewissen Rahmen, der sich natürlich an Ihren Einkommensverhältnissen zu bemessen hätte, wenn S' versteh'n, wie ich meine, einen Dispositionskredit einräumen, der Zinssatz wäre momentan bei 14 Komma …« Weiter kam er nicht, denn als er seinen Blick wieder von ihrem reizenden Dekolleté lösen konnte, steckte sie hastig das kleine Bündel Schillinge ein und stakste mit eiligen Schritten und nach oben gerichteter Nase über den Marmorboden zum Ausgang.

»Ich muss mir von so einem heimlichen Spanner hinter dem Bankschalter anhören, dass mein Konto nicht mehr die nötige Deckung aufweist«, krähte sie kurze Zeit später aufgekratzt in den Telefonhörer, wobei sie beim Aussprechen des Nebensatzes versuchte, den Wiener Dialekt nachzuäffen. Aus der Hörmuschel des Telefons in ihrem Studentenapartment knurrte eine verärgerte männliche Stimme: »Du könntest dieses Jahr mit deinem Architekturstudium fertig sein, und wenn du dich drum bemühen würdest, könntest du schon bald in einem großen Architekturbüro die tollsten Häuser planen und endlich dein eigenes Geld verdienen«, versuchte Alois Leibacher, seine Tochter zur Räson zu bringen.

Carola zog angespannt an ihrer Zigarette, an deren Filter sich ihr rosa Lippenstift abfärbte. »Wenn, dann mache ich gleich mein eigenes Architekturbüro auf.« Sie sprach diesen Satz wie ein trotziger Teenager, um gleich darauf die Mitleidstour aufzulegen: »Aber bis dahin brauch ich einfach noch mal Knete. Und nach diesem Semester mach ich den Abschluss, versprochen.«

»Das will ich hoffen, und bis dahin kannst du schon mal nebenbei ein Praktikum machen und nebenbei was verdienen«, bemerkte ihr Vater nachdrücklich. Sie drückte hastig ihre Zigarette am Rand des übervollen kleinen Blech-Aschenbechers aus, der dabei hochschnippte und die Asche auf dem weißen Spitzendeckchen und auf dem Teppich verteilte. Ihre Stimme wurde schrill. »Du musst ja gerade reden, du hast ja Mutter schließlich wegen einer Tussi verlassen, die lieber mit dem Sportwagen rumfährt, als dir in der Firma zu helfen! Also krieg ich jetzt meinen Scheck oder nicht?«

Der Frühling in Wien hatte in den letzten Tagen für milde Temperaturen gesorgt. Die Woche neigte sich an diesem Donnerstagnachmittag bereits wieder dem Ende zu, als Carola Leibacher auf dem Rückweg von der Universität an der Straßenbahnhaltestelle ausstieg, deren Linie Richtung Zentrum führte. An der Baustelle eines Wohn- und Geschäftshauses direkt neben der Haltestelle lärmten Baumaschinen. Männer in blaugrauen Arbeitsmonturen mit der Aufschrift einer Heizungsbaufirma trugen lange Kupferrohre auf den Schultern und fädelten sich damit zwischen Betonpfeilern zu einem Treppenhaus durch. Vor der Baustelle türmten sich Paletten mit Estrichbetonsäcken, rostige Gitterboxen mit Abflussrohrformteilen und einige auf einen Haufen geworfene Stahlstützen. Eine Frau um die 30 mit weißem Bauhelm, in verdreckten grünen Gummistiefeln und einer blauen Allwetterjacke diskutierte lautstark mit einem nervös rauchenden Mann irgendetwas über Termine. Der schrie mit einem Stapel Baupläne in der Hand achselzuckend etwas von »zu wenig Leute« in den Baulärm hinein. Aus einer schief stehenden, verbogenen Wellblech-Bautoilette kam ein Monteur heraus, der den Reißverschluss seiner staubverschmutzten Arbeitshose erst im Vorbeigehen an der Bauleiterin zuzog und dabei lüstern die Figur der Frau musterte.

Das ist also die Realität von »tolle Häuser planen«, dachte sie, als sie am Bauzaun vorbei in Richtung ihres Apartments ging, das sich in einem einstmals schmucken, aber inzwischen heruntergekommenen Stadthaus direkt an der Hauptstraße befand. Sie betrat den Hausflur, wo jeder Schritt hallte und am Sockel neben dem abgenutzten hellbraunen Mosaikboden an einigen Stellen der Putz von der Wand bröckelte. Aus dem Einwurf ihres Briefkastens ragten Reklameprospekte. Sie öffnete das dunkelbraune Blechtürchen des Briefkastens, das sie dabei wegen eines kaputten Scharniers immer leicht anheben musste. Zwischen den Prospekten steckte ein Brief ihres Vaters, den sie gleich noch im Hausflur hastig aufriss. In dem Brief steckte ein Scheck von einer Liechtensteiner Bank.

*

++ Juni 1986 ++

Er verließ das Gerichtsgebäude als vorbestrafter Mann. Der Minutenzeiger der großen Uhr in der hohen Eingangshalle, die oberhalb der runden Betonsäulen an der Wand hing und vom Stuck der Decke umrandet wurde, bewegte sich ruckartig wie der Hammer des Richters bei der Urteilsverkündung und schnellte mit lautem Klacken auf den ersten Strich nach der halben Stunde. Es war eine 11.31 Uhr an diesem Montagvormittag, als er in den Frühsommerregen hinaustrat, der einen mit einer feinen, aber dicht fallenden Regendusche innerhalb kürzester Zeit durchnässen konnte.

Er zog die Kapuze seiner verwaschenen roten Jacke mit dem Aufdruck ›1965 Racing Team‹ über den Kopf und sah sich in dem Straßenzug im Zentrum der bayerischen Landeshauptstadt um. Auf der gegenüberliegenden Straßenseite entdeckte er eine Ladenpassage und überquerte leicht humpelnd die Fahrspuren bis zur Mitte, wo er kurz stehen bleiben musste, als gerade auf der Trambahntrasse zwei blaue Straßenbahnen aneinander vorbeifuhren, deren Räder in den kurvigen Schienen schleifende metallische Geräusche von sich gaben.

Er betrat einen kleinen Tabak- und Zeitschriftenladen in der Passage, vor dem in einem drehbaren Zeitungsständer das Papier der größten deutschen und dazu türkischen und italienischen Tageszeitungen in dem Wind flatterte, der durch den Gang der Ladenpassage wehte. Im Laden streifte sein Blick die Reihe der Fernsehprogrammhefte. Auf dem Titelbild eines TV-Magazins war der Hauptdarsteller von »Dezernat M wie Mord« zu sehen. Er blätterte kurz darin, und der Bericht über die Serie versprach ab August neue spannende Folgen, immer dienstags um 18.30 Uhr.

Kein Wort stand in dem Artikel darüber, dass bei den Dreharbeiten kürzlich ein Kameramann bei einer Stunt-Szene auf tragische Weise ums Leben gekommen war. Was sollte dies auch den Fernsehzuschauer interessieren, dachte er. Für die Produktionsfirma war es ein Betriebsunfall, wie er in jeder Fabrik und auf jeder Baustelle auch hätte passieren können.

Ihm als Stuntman hatte die TV-Produktionsfirma eine manövrierunfähige Schrottkarre hingestellt, um die im Drehbuch vorgesehene Actionszene so billig wie möglich zu realisieren. Aber ihm wurde eine Teilschuld zugesprochen, weil er, so wie es eine knappe Stunde zuvor das Gericht erklärte, der Produktionsfirma als freiberuflicher Auftragnehmer gegenüberstand. Und damit stehe er mit in der Verantwortung, »die ihm überlassenen Arbeits- und Betriebsmittel auf sichere Anwendbarkeit hin zu prüfen«, wie es im Urteil in bester deutscher Amtssprache verkündet worden war. Sein Glück war dabei, dass die Polizisten bei der Aufnahme des Unfalls am Drehort offenbar keinen Verdacht hatten, dass bei ihm Alkohol mit im Spiel gewesen sein könnte. Ansonsten wäre er wegen seines Restalkoholpegels nach der durchzechten Nacht am Bodensee auch noch seinen Führerschein los gewesen.

Wilfried »Bill« Grätner war damit aber nicht nur seinen wichtigsten Auftraggeber los. Mit dieser Vorstrafe würde er überhaupt keine Stunt-Jobs mehr in der Filmbranche bekommen, außer er würde sich auf Fenserstürze und ähnliche halsbrecherische Akrobatik verlegen, wozu ihm aber die nötige körperliche Fitness fehlte. Dafür konnte ihm bei Auto-Stunts so schnell keiner etwas vormachen – schließlich hatte er mit 19 Jahren seinen ersten dreifachen Überschlag, als er gerade in einem Autohaus jobbte und einen Golf GTI von der Werkstatt zu einer wenige Kilometer entfernten Lackiererei fahren sollte. Die Neulackierung war damit hinfällig gewesen.

Er kaufte eine Packung Zigaretten und eines der neongrünen Einwegfeuerzeuge, die in einem kleinen Verkaufsständer für 1,40 DM angeboten wurden.

Der Regen hatte nachgelassen. Bill Grätner stieg in die nächste Tram ein. Irgendeine fährt immer zum Hauptbahnhof, dachte er und setzte sich auf einen freien Sitzplatz neben der Tür, der eigentlich für Gehbehinderte vorgesehen war. Bequem lehnte er sich mit verschränkten Armen in den Sitz und streckte die Beine aus. Der Knöchel seines rechten Fußes, der bei dem Unfall zwischen den Pedalen des alten BMW eingeklemmt war, begann wieder schmerzhaft zu pochen. Es war der Grund, weshalb er mit der Bahn unterwegs war, weil er mit dem schmerzenden Fuß nicht Auto fahren konnte.

Er stieg am Hauptbahnhof aus und sah sich nach dem Fahrkartenschalter um. Eine übergewichtige Punker-Göre mit pink gefärbtem Irokesenhaarschnitt und grün gefärbten Fingernägeln trat auf ihn zu und fragte ihn kaugummikauend: »Ey, hast mal 'ne Mark?« Grätner wandte sich ohne einen Blick ab und sah noch aus dem Augenwinkel, wie sie mit herausgestreckter Zunge eine obszöne Geste mit der rechten Hand auf Höhe des Unterleibs machte. Er wollte jetzt nur noch so schnell wie möglich von diesem Ort weg.

Im Zug setzte sich Wilfried Grätner in ein leeres Abteil und begann darüber nachzudenken, wie es weitergehen sollte. Doch seine Gedanken waren vollkommen von den Sekunden beherrscht, in denen das Filmauto umkippte und den Kameramann unter sich begrub. Hätte er es verhindern können, wenn er sich nicht nach einer durchzechten Nacht auf diesen Job eingelassen hätte? Hätte er dem Hektiker Franz Straubinger klarmachen müssen, dass er um der Sicherheit willen vor dem Dreh mit dem Wagen noch eine kurze Testfahrt machen musste – wodurch wahrscheinlich in nicht einmal zwei Minuten klar gewesen wäre, dass das Drehen dieser Action-Szene mit einem Fahrzeug dieses Zustands fahrlässig war? Hätte, wäre – sein Gedankenkarussell fand darauf keine Antwort, und in seinen Ohren hallte immer wieder das Wort »Teilschuld«.

Am späten Nachmittag rollte der Zug aus München auf den Inselbahnhof, dessen Gleise nur wenige Meter vor dem Seeufer endeten. »Lindau Hauptbahnhof!«, knarzte eine Stimme mit der Betonung auf »Haupt« aus einem grauen Lautsprecher, als hätte die Inselstadt am Bodensee noch ein halbes Dutzend weitere Bahnhöfe. Wilfried Grätner öffnete die Tür des nach über drei Stunden Bahnfahrt rauchgeschwängerten Abteils, lief zum Ausstieg und drückte mit einem kräftigen Ruck den roten Hebel zum Öffnen der Tür, die mit einem dumpf klappernden Geräusch aufsprang.

Neben dem Eingang zum Bahnhofsgebäude ratterten Straßenbaumaschinen. Eine Bautafel kündete vom Bau eines Omnibusbahnhofs für die verkehrenden Linienbusse. Grätner schlug den Weg durch einen mit Bauzäunen abgegrenzten Fußgängerweg ein. Ein Bagger zog mit einem Kettengreifer einen Betonschachtring hoch, drehte in seine Richtung und setzte ihn zentimetergenau an einer Stelle ab, wo er von zwei Straßenbauarbeitern auf einen Kanalschacht abgesetzt wurde.

Wilfried Grätner blieb für einen Moment am Bauzaun stehen und sah zu, wie ein anderer Trupp Randsteine auf einen aufgeschütteten Streifen frischen Betons setzte.

Ein für die Fläche der Baustelle übergroßer vierachsiger Kipplaster bog auf das Gelände ein und durchfuhr mit dem linken Vorderrad mit platschendem Geräusch eine große Pfütze. Die hellbraunen Spritzer schlugen bis zum Fenster der Fahrertür hoch, auf der die Aufschrift ›Leibacher Tief- und Straßenbau GmbH‹ stand.

Es war die Baufirma, bei der er Jahre zuvor seine Lehre als Betonbauer absolviert hatte. Dieser Moment erinnerte ihn wieder daran, dass er sich um einen neuen Job umsehen musste. Wenn er zum Arbeitsamt ginge, dachte er, würde er kurz darauf auf Baustellen wie diesen wieder knöcheltief im Dreck herumwaten und den ganzen Tag nichts als Beton und Frostschutzkies um sich herum haben.

In diesem Moment spürte er, wie sich ein schmaler, kantiger Gegenstand im Kragen seiner roten Kapuzenjacke verfing. Es war etwas Biegsames, das ihm an die Halsschlagader drückte, und es fühlte sich an, als wollte jemand seine Jacke auf einen Kleiderbügel hängen, ohne dass er sie vorher ausgezogen hatte. Grätner packte das stabförmige Teil ruckartig mit der rechten Hand und zog es aus seiner Jacke heraus.

Er hatte das Ende eines Meterstabs in der Hand. Verdutzt wanderte sein Blick langsam zum anderen Ende des Zollstocks. Dort sah er eine männliche Hand, die aus dem Ärmel einer hellbraunen Wildlederjacke mit Trachten-Applikationen ragte.

»Entschuldigung bitte«, sagte eine Stimme, die zu der Trachtenjacke gehörte und die ihm seltsamerweise bekannt vorkam. Der Mann stand am Bauzaun und hatte mit dem Meterstab herumgefuchtelt, während er einem Vorarbeiter die Verlaufslinie der zu verlegenden Betonrandsteine erklärte. Grätner blickte in das Gesicht eines Mannes, der etwa Anfang 40 war.

Wilfried Grätner erkannte ihn nicht gleich, doch der Meterstab-Mann schien ihn gut in Erinnerung zu haben. »Grüß dich, Bill, tut mir leid, dass ich dir mit dem Meterstab fast den Hals durchbohrt hätte, aber du weißt ja, wie's am Bau zugeht«, begrüßte Alois Leibacher seinen ehemaligen Mitarbeiter mit seinem typischen breiten Grinsen.

Grätner war nicht in der Stimmung für Leibachers jovialen Ton. Alois hatte das Tief- und Straßenbauunternehmen von seinem Vater Alois Leibacher senior übernommen, kurz bevor Wilfried Grätner seine Betonbauer-Lehre abgeschlossen hatte. Bill erzählte in drei kurzen Sätzen von seiner momentanen Lage, während Alois Leibacher auf die Uhr sah. »Ich muss zu einem Baustellentermin. Komm morgen um halb fünf zu mir ins Büro, ich denke, ich hab da was Passendes für dich«, sagte Leibacher knapp und lief zu einem roten Opel Rekord Caravan, der genauso verdreckt aussah wie der Kipplaster hinter dem Bauzaun.

*

++ Juli 1986 ++

Die Temperatur im Sitzungssaal hatte an diesem späten Sommernachmittag 31 Grad Celsius erreicht. Über den Tag hatte sich unter dem Dach des Rathauses im Kurort vor dem Steighorn die Hitze der Julisonne gestaut, die immer noch gleißend vom Himmel brannte. Volkmar Brambach las von seiner Digital-Armbanduhr die Uhrzeit 17.48 ab. Der Leiter des Ausschusses für Technik und Umwelt öffnete seinen

Hemdkragen und wurde allmählich ungeduldig, weil er an diesem Abend eigentlich vorhatte, mit seinem Alfa Spider noch eine kleine Tour über den Riedbergpass nach Balderschwang zu fahren. Stattdessen klebte er mit schweißdurchtränktem Hemd an diesem Kunstleder-Konferenzstuhl und musste sich die Ausführungen eines Tiefbauunternehmers anhören, der offenbar jetzt in die Höhe bauen wollte und von dem er den Eindruck hatte, dass er dem Größenwahn verfallen sein musste.

Brambach sah sich im Sitzungssaal um und beobachtete auf den ebenfalls verschwitzten Gesichtern der Anwesenden – es waren sechs Männer und eine Frau – einen einhelligen Ausdruck von großer Skepsis, aber auch von Verlegenheit. Vom Oberbürgermeister über die Direktorin der Behörde für den Landschaftsschutz bis zu Vertretern des Wirtschaftsministeriums trieb die Hitze allen den Schweiß aus den Poren.

Er wusste aber, dass es noch einen anderen Grund gab, der die Herrschaften ins Schwitzen brachte. Alois Leibacher hatte jedem Einzelnen von ihnen seine skurrile Idee von einem Wasserkraftwerk am Steighorn damit schmackhaft gemacht, dass er unmittelbar neben dem Stausee ein Sporthotel bauen wollte und ihnen allen kostenlose Urlaube in einem der Seeblick-Zimmer der besten Kategorie in Aussicht gestellt hatte. Niemand hatte ihn letztlich wirklich ernst genommen, wenn er bei öffentlichen Empfängen und hochkarätigen Veranstaltungen innerhalb erlauchter Kreise wortreich seine Pläne für eine ökologische Energieversorgung ausmalte. Leibacher hatte sie alle dazu bringen wollen, darin eine große Zukunftschance für das Steighorntal zu sehen. Dass jeder dem verlockenden Sporthotel-Angebot scheinbar zustimmte, hatte Leibacher wohl tatsächlich für bare Münze genommen und wähnte sich jetzt als einflussreicher Großunternehmer, der glaubte, bei den Behörden und ministerialen Entscheidungsträgern die Fäden ziehen zu können.

Alois Leibacher stand vor dem Gremium und merkte, wie der Versuch seiner Überzeugungsarbeit ins Leere zu laufen begann, als er die wichtigsten Fakten seiner Präsentationsrede zusammenfasste.

»Bedenken Sie die enormen Chancen, die sich dadurch für diese Region ergeben. Das Steighorn-Wasserkraftwerk wird ein Aushängeschild für die ökologische Stromerzeugung. Und gleichzeitig wird sich der See in dieser Berglandschaft zu einem Touristenmagneten entwickeln. Für die Hotelbetreiber bedeutet das ein hohes Maß an Investitionssicherheit.«

Brambach wollte sich gerade gedanklich zurechtlegen, was er Leibacher entgegenhalten sollte, aber in dem Moment sah Oberbürgermeister Hermann Hüttinger den Zeitpunkt gekommen, den Plänen des Tiefbauunternehmers entschieden entgegenzutreten. Der mit seiner runden Brille und glatten, kantigen Gesichtszügen lehrerhaft wirkende Chef des Rathauses erhob sich von seinem Stuhl und stellte sich ohne Gesten wie das Zurechtrücken von Brille oder Krawatte neben Leibacher, den er mit entschlossenem Blick ansah. Hüttinger war ein Meister darin, überzeugend und kompetent aufzutreten, und Brambach grämte sich regelmäßig, dass sein Vorgesetzter ihm nicht nur rhetorisch überlegen, sondern auch stets mit seinen Gedanken eine Nasenlänge voraus war. So auch in diesem Moment.

»Ich will Ihnen mal was zeigen«, sagte Hüttinger mit ruhiger Stimme, nahm den ihn um etwa zehn Zentimeter überragenden Leibacher am Arm und führte ihn wie einen

Schüler zu einem Fenster des Konferenzsaales, von wo man direkt auf das Tourismusbüro sehen konnte, an dessen Eingang ein großes ›I‹ angebracht war. Ständig gingen Urlauber in Wanderkleidung hinein und kamen wenig später mit Prospekten und Wanderkarten wieder heraus.

»Die Hotels und Pensionen sind hier bestens ausgelastet. Falls es Ihnen noch nicht aufgefallen sein sollte, ist die Region am Steighorn bereits ein Touristenmagnet«, belehrte Hüttinger, und die Vertreter der Touristikbranche nickten zustimmend. Er ging zu seinem Platz, holte aus seiner Aktentasche eine regionale Wanderkarte hervor und breitete sie auf einem der Tische aus. »Sie stellen sich vor, dieses Gebiet unter Wasser zu setzen«, sagte Hüttinger und blickte Leibacher streng über den Rand seiner Brille an. »Was sehen Sie hier? Und hier, und hier?«, fragte der Oberbürgermeister jetzt mit aufkommender Wut in der Stimme und tippte an mehreren Stellen so auf die Karte, dass sein Zeigefinger fast das Papier durchbohrte: »Hier: ein Berggasthof. Hier: ein Skilift, übrigens der zweitwichtigste am Steighorn. Hier: ein Weiler von vier Höfen mit Landwirtschaft, die Heimat von vier Familien. Und hier: die Kapelle zur heiligen Maria, erbaut 1611.«

»Und vor allem eine ursprüngliche Berglandschaft, unberührte Natur, idyllische Bachläufe, und Ihre Staumauer durchschneidet auch noch das Naturschutzgebiet ›Hohe Fichten‹ mit seltenem Baumbestand. Haben Sie sich das Gebiet jemals genauer angesehen?« Doktor Marie-Antoinette Kärrele-Deichsler hatte das Wort ergriffen, warf ihre langen dunklen Haare in den Nacken und blickte Leibacher vorwurfsvoll an.

In der hinteren Reihe erhob sich schließlich ein beleibter Mann von etwa Ende 30, dessen breites Gesicht von der Hitze gerötet war und der zu einer braunen, ausgeleierten Cordhose ein braun-weiß kariertes Hemd trug, dessen obere drei Knöpfe offen standen und sich im unteren Teil über seinen Bauch spannte. Josef Korschacher hatte bisher ruhig und mit verschränkten Armen der Sitzung beigewohnt und stützte nun seine enorm kräftigen, behaarten Unterarme auf dem Tisch vor ihm auf.

»Weideflächen für 200 Rindviecher wollts Ihr mit Eurem Stausee vernichten. Und mein' Hof dazu! Bauen S' Ihr Kraftwerk, wo Sie woll'n, aber mein Hof und meine Viecher bleib'n hier, wo unser' Familie seit 300 Jahr'n lebt«, polterte der stämmige Landwirt und zeigte mit dem Finger auf Leibacher.

Volkmar Brambach hatte in der Zwischenzeit endlich das Argument gefunden, mit dem er sich vor dem Oberbürgermeister und den anderen Beteiligten profilieren konnte: »Sie hätten sich den ganzen Aufwasch hier sparen können, wenn Sie zuerst mit uns geredet hätten. Aber Sie haben zuerst Gespräche und sogar schon Verhandlungen mit ›Hellwatt‹ geführt, bevor wir hier alle überhaupt einen blassen Schimmer davon bekommen konnten, was hier hinter unserem Rücken von einem Stromkonzern und einem Bauunternehmer heimlich geplant wird. Mit Verlaub, Herr Leibacher, so geht das nicht!«, bläute der Leiter des Ausschusses für Technik und Umwelt Leibacher ein, um gleich darauf nachzusetzen: »Sind Sie sich eigentlich im Klaren darüber, was hier los ist, wenn Ihr Vorhaben an die Öffentlichkeit gelangt?«

»Die Sitzung ist geschlossen«, sprach Oberbürgermeister Hüttinger machtvoll, öffnete die Tür des Sitzungssaals und blieb mit der Hand an der Türklinke stehen, bis alle den Raum verlassen haben würden. Alois Leibacher wollte sich formell von Hermann Hüttinger verabschieden, der jedoch auf seine Armbanduhr sah und »Schönen Abend« wünschte.

*

Die Vormittagssonne trieb über den Gipfeln der Allgäuer Voralpen die Haufenwolken auseinander, als er den blauen Mercedes 307 D über den Riedbergpass steuerte. Der Transporter seiner Installationsfirma schaffte mit seinem 65-PS-Dieselmotor nur mit Mühe die Kurven über die Passstraße. Im Fahrerhaus übertönte das Motorengeräusch das Radio, aus dem über näselnde Lautsprecher ein Lied von einem österreichischen Liedermacher zu vernehmen war, der von einem Italien-Reisenden sang, der »keine Lire und keine Papiere« hatte. Franz Britzler musste in einer engen Serpentine in den ersten Gang herunterschalten, worauf sich der Mercedes-Transporter nach der Kurve mit lautem Getöse und einer schwarzen Rußwolke aus dem Auspuff die Steigung hochquälte.

Er summte den Refrain des Liedes mit und ließ sich von der langsamen Fortbewegung seines um die Kurven ruckelnden Transporters an diesem Samstagvormittag nicht die Laune verderben. Erstens wollte er sich nach langer Zeit mal wieder eine kleine Bergtour auf den Wannenkopf gönnen, von wo er den Blick auf die schroffen Felskegel der Allgäuer Alpen haben würde. Zweitens verband er – wie er es als Opportunist häufig tat – das Angenehme mit dem Nützlichen, weil er sich ziemlich sicher war, mit dem Hüttenwirt der Gehrenkopfhütte ins Geschäft zu kommen. Denn im Laderaum seines verschrammten Transporters mit der Aufschrift ›Britzler Elektro – Sanitär‹ hatte er etwas, was vor allem für abgelegene Berghütten und Bergbauernhöfe die Lösung eines Energieversorgungsproblems versprach. Von dieser neuartigen Technologie erhoffte er sich ein gutes Geschäft, mit dem er hoffentlich mehr Gewinn erzielen konnte als mit Elektroinstallationen und Reparaturen. Noch war Fotovoltaik kein ausgereiftes Serienprodukt, aber er war fasziniert von der technischen Möglichkeit, durch das Verlegen von Solarpaneelen auf einem Hausdach Strom aus Sonnenlicht erzeugen zu können – und davon überzeugt, dass er in dieser Alpenregion zahlreiche Kunden dafür würde finden können.

Er bog von der Passstraße auf die steile Zufahrt zum geräumigen Parkplatz vor der Gehrenkopfhütte und dem Wannenkopf-Skilift ein und war überrascht, dass der Parkplatz mehr als halbvoll belegt war. Er hatte gehofft, dass er mit Joschi, dem Hüttenwirt, in Ruhe über die Installation einer Fotovoltaikanlage reden und ihn schließlich davon würde überzeugen können, in eine alternative Stromerzeugung zu investieren. Bei diesem Betrieb aber würde Joschi alle Hände voll zu tun haben, um die Hüttengäste mit Getränken und Hüttenspezialiäten wie Brotzeittellern und Apfelstrudel zu versorgen.

Franz Britzler parkte den blauen Mercedes-Kastenwagen hinter der Gehrenkopfhütte, wo der Eingang zur Küche war. Er stieg in seiner leicht gebeugten Haltung aus dem Fahrerhaus des Transporters. Ihm waren mit seinen nur knapp 1,70 Metern, dem hageren Gesicht mit den kleinen listigen blauen Augen und der etwas zu weit oben sitzenden ausgeleierten Jeans die Jahre harter handwerklicher Arbeit anzusehen.

Auf der Terrasse waren nur drei Tische belegt; durch eines der mit alpenländisch typischen rotkarierten Vorhängen verzierten Kreuzsprossenfenster sah er, dass der Gastraum innen fast leer war. Erst jetzt bemerkte Franz Britzler, dass der Grund für den Menschenauflauf auf der Wiese in Richtung des Wanderwegs zum Wannenkopf zu suchen war. Mitten auf dem Weg standen sich in einigen Metern Entfernung zwei Traktoren gegenüber, zwischen deren hochgereckten Silogabeln ein großes, von Hand beschriebenes Transparent in roten Großbuchstaben ›KEIN STAUSEE AM STEIGHORN‹ verkündete. Auf einem Plakat aus Karton war ›Keine dunklen Geschäfte mit Hellwatt – im Steighorntal gehen die Lichter aus‹ zu lesen.

Es war eine Demonstration gegen den geplanten Bau eines Wasserkraftwerks, von dem erst kürzlich die Zeitungen erstmals berichtet hatten. Franz Britzler sah aus der Entfernung, wie einige Hundert Menschen aufgebracht diskutierten und Bauern mit gestreckten Fäusten in Sprechchören »Hellwatt raus« skandierten.

»Die sind ordentlich in Rage, die will ich lieber net als Gäst' in der Hütte habbe«, sagte neben ihm eine männliche Stimme mit hessischem Dialekt. Joschi war aus dem Hintereingang zur Küche herausgekommen und stand jetzt in Lederhose und blau-weiß kariertem Hemd neben Britzler. Joschi war ein smarter Endvierziger mit dünnem, nach hinten gekämmtem Haar, der vor einigen Jahren nach einem Nervenzusammenbruch und nach bewältigter Identitätskrise seiner Karriere als Investmentbanker in Frankfurt am Main den Rücken gekehrt hatte und sich jetzt in seinem neuen Leben im Allgäu als Hüttenwirt betätigte.

Franz Britzler öffnete mit einem triumphierenden Lächeln die Schiebetür seines Transporters, beugte sich in den Laderaum und holte eine rechteckige, etwa einen Quadratmeter große dunkelblau schimmernde Platte heraus, die von einem Rahmen aus Aluminium eingefasst war.

»Solche Kraftwerke wird es bald überhaupt nicht mehr brauchen. Strom machen wir hier in Zukunft *damit*«, präsentierte der Elektromeister stolz das Fotovoltaikmodul. Joschi betrachtete das glitzernde Rechteck mit den silbrigen Metallfäden unter der Glasabdeckung. »Ziemlich schweres Ding«, sagte er, »und wie viel brauch ich davon, dass ich damit auch bei Hochbetrieb meine Gäst' was zu esse' koche' kann?«

Während Franz Britzler dem Hüttenwirt wort- und gestenreich die Ausführung der Fotovoltaikanlage vorrechnete, trat einer der Demonstrationsteilnehmer auf den gekiesten Weg in Richtung des Hütteneingangs, blieb an dem verwitterten Holzzaun stehen, beobachtete kurz mit fragendem Blick die Unterhaltung der beiden sowie das blauschimmernde Rechteck und suchte sich dann einen Platz an einem leeren Tisch auf der Terrasse. Sein rundliches Gesicht mit dunkelbraunem Oberlippenbart war von der Sonne gerötet. Er trug trotz des warmen Juliwetters eine verwaschene hellbraune Cordjacke über einem dunkelgrünen T-Shirt, bei dessen Knopfleiste drei Knöpfe offen standen und wo die Sonne auf der Haut zwischen Hals und Brust ein leuchtend rotes Dreieck gebrannt hatte.

Er hatte während der Demonstration offenbar sehr viel geredet und bestellte bei der Bedienung mit fast heiserer Stimme ein dunkles Hefeweizenbier und eine Portion Bratwurst mit Kartoffelsalat. Gottfried Monschkopf war im Moment ziemlich erschöpft, aber zufrieden mit dem Verlauf der Demonstration. Er war derjenige, der die Demo organisiert und die Leute und Bauern aus dem Steighorntal gegen dieses irrsinnige Stausee-Projekt mobilisiert hatte. Diese Irren von diesem Stromkonzern hatten tatsächlich vor, einen Teil des Tals vor dem Steighorn in einem Stausee zu versenken und noch dazu in einer ökologisch höchst sensiblen Umgebung ein Kraftwerk zu bauen. Höfe, Bergweiden, Bachläufe und seltene Pflanzen sollten hinter einer riesigen Beton-Staumauer verschwinden, um den immer größer werdenden Stromhunger zu stillen.

Als überzeugter Umweltaktivist und Mitglied der vor wenigen Jahren gegründeten Partei »Die Grünen« hatte er sich zum Handeln berufen gefühlt. Und zum guten Schluss war bei der Demo sogar noch ein Fernsehteam des österreichischen Rundfunks vor Ort, und er hatte die Chance genutzt, ein Interview zu geben und so vor laufender Kamera seine Überzeugungen gegen den Bau eines Wasserkraftwerks in dieser landschaftlich schützenswerten Bergregion zu vertreten. Während er sich schelmisch über das Fernsehinterview freute, servierte ihm die Bedienung sein Hefeweizenbier, das er sogleich in einem Zug zur Hälfte leerte.

Als er das Glas absetzte, hing der Bierschaum in seinem dunklen Oberlippenbart. Sein naiv wirkender Blick ließ erahnen, dass er sich bedingungslos für eine Sache einsetzen würde, aber auch, dass er einem intellektuell überlegenen Gegner nicht die Stirn würde bieten können. Genau diese fehlende souveräne Ausstrahlung war für Gottfried Monschkopf bisher das Hindernis, warum er es bei den »Grünen« noch nicht über eine Kreistagskandidatur hinaus geschafft hatte.

Er nahm noch einmal einen kräftigen Schluck Bier und blickte dabei in Richtung eines felsigen, steil aufragenden Berggipfels, dessen Gipfelkreuz in der Julisonne schimmerte. Das Fernsehinterview, war er jetzt überzeugt, würde ihn innerhalb der Partei nach oben katapultieren.

Joschi und Franz Britzler traten auf die Terrasse mit den Biertischen und -bänken, betrachteten eingehend die vordere Dachhälfte der Gehrenkopfhütte und waren ins Gespräch vertieft. »Ich will da schon was investiere', mit Finanzierung kenn ich mich ja aus. Aber vielleicht sollt man erst mal genau gucke, ob das Dach auch hebe tut?«

»Die Dächer auf den Berghäusern sind für zwei Meter Schneelast gebaut, also die halten das Gewicht von der Fotovoltaikanlage ohne Probleme aus«, versuchte Franz Britzler ihn zu bestärken; er sah schließlich bereits einen lukrativen Auftrag vor Augen und wollte Joschis Bedenken möglichst schnell zerstreuen. Mit den Worten »Sag, was die Fotodingsda koste' soll und dann schaue mer mal« verabschiedete sich Joschi wieder in die Küche, nachdem sich innerhalb von wenigen Minuten zwei Tische mit Wanderern gefüllt hatten, die sich lautstark gegenseitig mit ihren Gipfelerlebnissen zu überbieten versuchten.

Franz Britzler setzte sich an das freie Ende des Tisches, an dem Gottfried Monschkopf gerade ein Stück Bratwurst dick mit Senf bestrich und den Bissen etwas hastig in den Mund schob. Nachdem er noch eine Gabel voll Kartoffelsalat hinterhergeschoben und mit vollem Mund bei der Bedienung ein weiteres Hefeweizenbier bestellt hatte, wandte er sich Britzler zu. Monschkopf wischte sich mit dem Handrücken den Senf aus dem Oberlippenbart und zeigte mit der Gabel in Richtung des Hüttendaches. »Wollen Sie da so was mit Solar machen?«, fragte er Franz Britzler, der gerade an seinem Radler nippte.

»Fotovoltaik«, sagte Britzler kurz beim Absetzen des Glases, um gleich darauf weiter auszuholen. »Mit dem Sonnenlicht Strom produzieren und unabhängig von solchen Stromkonzernen werden, das ist die Zukunft.«

»Sie interessieren sich dafür?«, fragte der Elektromeister nach einer kurzen Pause, während seine kleinen blauen Augen listig aufblitzten.

»Wir bei den ›Grünen‹ wollen uns für die alternative Energieerzeugung einsetzen, von daher interessiert mich diese Technologie, einmal vom Umweltaspekt her, und ein bisschen auch aus meinem beruflichen Hintergrund als Bautechniker.« Gottfried Monschkopf versuchte sich als einflussreicher Lokalpolitiker darzustellen und schaffte es, damit bei Britzler auf Anhieb Eindruck zu schinden, obwohl sein Äußeres diesen überhaupt nicht vermitteln konnte.

»Sie meinen, dass die Politik etwas tun könnte, damit sich diese Solarstrom-Technik etablieren kann?« Franz Britzler, der soeben noch in geduckter Haltung mit aufgestützten Ellenbogen am Tisch gesessen hatte, saß jetzt aufrecht auf der Bierbank, als säße ihm ein Politiker vom Rang eines Wirtschaftsministers gegenüber.

»Ich will das Thema verstärkt in den Parteiausschuss einbringen«, hob Monschkopf bedeutungsvoll an. »Wenn ich zu diesem Thema mehr Hintergrundinformationen hätte, denke ich, dass ich damit was bewegen kann«, schloss der ambitionierte Grüne, in der Hoffnung, dass er von dem Elektriker mit dem listigen Blick mehr über die Solarstromtechnik würde erfahren können.

*

Franz Britzler reichte es an diesem Montagvormittag bereits, nachdem sich am Morgen ein Monteur krankgemeldet hatte, ein Montagetrupp auf einer Baustelle wegen im Keller kniehoch stehenden Regenwassers keine Arbeiten verrichten konnte und ein Kunde reklamierte, dass beim Einschalten der Außenbeleuchtung stattdessen das Licht in der Küche ausging.

Während er noch überlegte, auf welche Baustelle er den Montagetrupp umdirigieren sollte, reichte ihm seine Frau Elfriede Britzler den Telefonhörer aus dem Bürofenster. »Franz, der Leibacher is' dran. Ist dringend.« Er nahm ihr den orangefarbenen Hörer aus der Hand und musste dabei das Spiralkabel über die Fensterbank zerren, um beim Telefonieren nicht an der Hauswand kleben zu müssen. Alois Leibacher hatte ihm jetzt gerade noch gefehlt.

»Alois. Britzler, pass mal auf, ich hab da was für dich. Das Neubaugebiet Steighornblick mach ich als Generalunternehmer. Den Vertrag über die Erschließungsarbeiten hab ich am Freitag unterschrieben. Acht Einfamilienhäuser, zwei Reihenhauszeilen. Die Heizungen werden alle mit Nachtspeicheröfen und Elektroboilern fürs Warmwasser gemacht, dann kann ich da dem Hellwatt einen ganzen Schwung neue Stromkunden servieren, du weißt ja, das ist wichtig im Zusammenhang mit der Stauseegeschichte.«

Alois Leibacher ließ Franz Britzler erst gar nicht zu Wort kommen und hatte es offenbar eilig, diese Informationen loszuwerden. Britzler streckte sich über die Fensterbank durch das geöffnete Bürofenster, fischte mit ausgestrecktem Arm das nächstbeste Stück Papier und einen Kugelschreiber vom Schreibtisch und machte sich auf der eingestaubten Fensterbank Notizen auf der Rückseite eines Prospektes für Lichtschalter.

»Also, Vorgehensweise wie beim letzten Projekt«, sprach Leibacher weiter. »Ich schick dir die Ausschreibungen und die Angebote von deinen Konkurrenten, das läuft ja ohnehin alles bei mir zusammen. Du unterbietest und hast den Auftrag über die Elektroheizungen und die Warmwasserboiler bei dir.«

»Eigentlich …«, wollte Britzler ansetzen und damit sagen, dass er für diese Größenordnung überhaupt nicht die nötigen Kapazitäten besäße.

»Ich weiß, dass du da äußerst knapp kalkulieren musst, aber da fällt mir schon noch was ein, wie wir das für dich ausgleichen können. Schick mir so schnell wie möglich die Kalkulationen rein.« Es klickte in der Leitung. Leibacher hatte aufgelegt und Britzler starrte ungläubig und überrumpelt auf den Telefonhörer in seiner Hand. Leibacher war einer von der Sorte Gutmenschen, die sich gerne großzügig gaben, aber dafür jeden, der mit ihm zu tun hatte, mit fast unerfüllbaren Bedingungen knebelte.

Im Kopf von Franz Britzler hallte das Wort »Stauseegeschichte« nach. Er war am vergangenen Samstag auf der Gehrenkopfhütte gegenüber diesem »Grünen« etwas zu redselig geworden, nachdem er mit Gottfried Monschkopf zwei Stunden begeistert über die Zukunft mit der Stromerzeugung aus Sonnenlicht geredet und darüber sogar seine geplante Bergtour vergessen hatte. Beim dritten Hefeweizenbier waren er und Gottfried per Du gewesen, und er hatte ihm leichtsinnigerweise zugesteckt, dass hinter dem geplanten Bau des Wasserkraftwerks der Tief- und Straßenbauunternehmer Leibacher steckte. Für Gottfried Monschkopf schien das ein gefundenes Fressen zu bedeuten; Britzler befürchtete, dass dieser auf die Idee kommen könnte, diese Information den Medien zuzuspielen, und er damit seinen Geschäftspartner ans Messer geliefert hätte, wenn die Zeitungen Leibachers lukrative Verbindungen mit dem Stromkonzern publik machen würden.

»Haben wir einen neuen Großauftrag?«, fragte Elfriede Britzler freudig aus dem Bürofenster heraus, stemmte die linke Hand in die Hüfte und zupfte mit der Rechten ihre graublonde toupierte Frisur zurecht. »Franz?« Franz Britzler sinnierte noch reumütig über sein Gespräch mit Gottfried Monschkopf und stammelte dann: »Acht Häuser. Und noch zwei mal sechs Reihenhäuser. Baubeginn im September.« Er hob die Achseln. »Der Leibacher will mir die ganzen Aufträge zuschieben, wenn ich mit dem Preis voll reingehe. Er will mir das irgendwie ausgleichen, wahrscheinlich wieder mit Bescheißen bei den Regiestunden bei seinen öffentlichen Bauprojekten. Elli, ich muss da aussteigen bei dem Leibacher, der mit seinen illegalen Methoden.« Elfriede Britzler überlegte kurz, lehnte sich dann mit verschränkten Armen auf den Fensterrahmen, wobei die Perlen ihrer Halskette auf dem Blech der Fensterbank ein kurzes prasselndes Geräusch erzeugten, und warf ihrem Mann über den Rand ihrer Lesebrille einen strengen Blick zu: »Mein lieber Franzi, ich sag dir mal was. Du hast anscheinend lang nicht mehr in unsere betrieblichen Zahlen geschaut. Hier stapeln sich die Lieferantenrechnungen, nächste Woche sind Löhne fällig, und wir leben hauptsächlich von Aufträgen für Reparaturen. In dieser Firma steckt das Erbe meiner Großeltern, und wir haben hier nichts als Arbeit und seit Jahren keinen Urlaub mehr gemacht. Illegale Methoden und Preisabsprachen hin oder her, Geld ist in dieser Branche nur im Neubau verdient. Und so ein Neubaugebiet ist eine gute Referenz für die Kundenwerbung und nicht Reparaturen mit ein paar Metern Kabeln und ein paar Kleinteilen.« Mit diesen Worten schloss sie das Bürofenster und zog den Vorhang zu.

*

++ August 1986 ++

Alois Leibacher nahm gerade seine Baustellen-Gummistiefel aus dem Kofferraum, als der Bauleiter mit hektischen Schritten auf ihn zustürmte. »Wenn Sie am Montag die Bodenplatte betonieren wollen, müssen Ihre Leute aber zusehen, dass sie bis dahin das Wasser aus der Baugrube rauskriegen?« Der junge, unerfahrene Bautechniker sprach das, was eigentlich eine Anordnung sein sollte, als Frage aus.

Es war Freitag 12.30 Uhr und seine Leute würden in einer halben Stunde hier die Baucontainer schließen und sich ins Wochenende aufmachen. Mit den Worten: »Ich schau gleich mal danach« ließ Alois Leibacher den Bauleiter stehen und marschierte über den vom Regen der letzten Tage aufgeweichten Boden zur Baugrube der Tiefgarage für den Erweiterungsbau des Kurhotels »Alpenrose«.

Er hatte seit einiger Zeit das Gefühl, keinen festen Boden unter den Füßen mehr zu haben. Der aufgeweichte Boden auf dem Baustellengelände, das Fundament, das vielleicht nicht betoniert werden konnte – es passte alles genau zu seiner Gesamtsituation, vor allem seit dem Desaster im Rathaus-Sitzungssaal vor etwa drei Wochen, als ihn Oberbürgermeister Hermann Hüttinger vorführte und noch dazu dieser Leiter des Ausschusses für Technik und Umwelt seine Pläne für absurd erklärte.

Dieses Stausee-Projekt schien gerade genauso abzusaufen wie die Baustelle, vor der gerade der Inhaber des Kurhotels mit verschränkten Armen stand und sichtlich verärgert über den verzögerten Baufortschritt war. Leibacher wies seine Mitarbeiter an, aus dem Lager alle verfügbaren Abwasserpumpen einzusetzen und verdonnerte einen von ihnen dazu, über das Wochenende zweimal täglich die Pumpen zu kontrollieren.

Nachdem er den Hotelier und den Bauleiter wieder so weit beruhigt und ihnen versichert hatte, dass am Montag planmäßig betoniert würde, fuhr er mit dem Firmenwagen einen kleinen Umweg und hielt auf der Serpentinenstraße auf dem Höhenzug gegenüber dem Steighorn vor dem Gasthaus »Zur Aussicht«, wo er sich ein Mittagessen bestellen wollte. Er parkte auf dem geräumigen Parkplatz vor dem Gasthaus nahe am Straßenrand und ging in den von einer halbhohen Hecke umrahmten Biergarten, in dessen Mitte ein großer alter Kastanienbaum stand. Von hier hatte er den frontalen Blick auf das Steighorn. Der Himmel ballte graue Regenwolken zusammen und verdunkelte die Mittagssonne. Durch den Biergarten begann ein kühler Luftzug zu wehen, als wollte der Allgäusommer schon Mitte August allmählich dem Herbst Einzug gewähren.

Vor seinem geistigen Auge teerte sich am Steighorn eine Zufahrtsstraße, die sich wie ein geschwungenes dunkelgraues Band bis zu dem Punkt verlegte, an dem er sein Sporthotel bauen wollte und wo in diesem Moment aus einer Wolkenlücke die Sonne draufschien. Er ließ den Baustellen-Alltagswahnsinn hinter sich und konzentrierte sich mit seiner Leidenschaft für Asphalt und Beton ganz auf seine Vision seines Sporthotels am Steighorn. Für den überwiegenden Teil der Straße würde es genügen, den vorhandenen Fahrweg zur Bergstation der Steighorn-Seilbahn auszubauen. An einigen Passagen aber war der Weg zu schmal; schließlich müssten auch Busse problemlos um die Kurven fahren können. An schmalen Stellen wie im Bereich der Serpentine auf Höhe der Unteren Steigalpe würde man eben auf einige Hundert Meter etwas Fels abbrechen müssen – das betonähnliche Nagelfluh-Gestein müsste sich gut sprengen lassen und er schätzte dafür etwa 100 Lkw-Ladungen – und zum Schutz vor Steinschlag und Erdrutsch könnte über den Abschnitt eine Galerie gebaut werden.

Durch das imaginäre Bild fuhr in diesem Moment ein roter Alfa Spider, der aus einer vom Talort herführenden Nebenstraße heraufkam und dessen Fahrer den Roadster direkt vor dem Eingang zum Biergarten parkte.

»Nach Ihren Plänen müssen Sie hier bald im Taucheranzug sitzen.« Die Stimme sprach ihn von hinten an und gehörte dem Spider-Fahrer, der über einem Hawaii-Hemd eine braune Lederjacke trug und sich schwungvoll auf den Biergartenstuhl auf der gegenüberliegenden Seite seines Tisches setzte. Volkmar Brambach schob seine Sonnenbrille in das Haar über seiner Stirn, lehnte den linken Arm lässig über die Lehne des freien Stuhls neben sich und blickte Alois Leibacher mit einer Miene an, die wohl cool wirken sollte, als wäre er Tom Selleck aus der TV-Serie »Magnum«.

Alois Leibacher verfluchte insgeheim diese Begegnung und fragte sich, warum er hier ausgerechnet mit dem Leiter des Ausschusses für Technik und Umwelt zusammentreffen musste. Er wollte sich gerade mit der Ausrede eines dringenden Baustellentermins aus dieser ungemütlichen Situation befreien, als die Kellnerin mit zackigen Schritten und gezücktem Notizblock an den Tisch trat, um die Bestellung der beiden Herren aufzunehmen. »Was derf's sein?« Beide zögerten kurz, und die Kellnerin blickte mit ihren großen braunen Augen abwechselnd beide an, während sie ihre Strickweste über den Ausschnitt ihres Dirndls zog. Leibacher bestellte schließlich ein Mittagsgericht von der Tageskarte, Brambach orderte einen Espresso. Die Kellnerin nickte und wandte sich mit den Worten »Kommt sofort« in Richtung des Gasthauses.

Volkmar Brambach hatte seinen Blick wieder von den schlanken Beinen der Kellnerin gelöst, blieb in seiner betont lässigen Sitzhaltung und wandte sich wieder Alois Leibacher zu. »Der Rat hat beschlossen, in der Sache ›Steighorn-Wasserkraftwerk‹ kein Planfeststellungsverfahren zuzulassen«, sagte Brambach betont langsam und bedächtig, als wollte er mit diesen Worten möglichst tief in der Wunde bohren. Er kostete die Situation aus, dass ihm einmal nicht sein Oberbürgermeister dazwischenfunkte.

Leibacher wusste dies auch ohne Brambach längst und hatte bereits beschlossen, sich aus der ganzen Angelegenheit zurückzuziehen. Zwischen den beiden lag eine eisige Stille, und in diesem Moment schlug eine noch unreife Kastanie zwischen ihnen auf dem Tisch auf, die der Wind von dem großen Baum im Biergarten heruntergeweht hatte. Brambach nahm die Kastanie in die Hand, betrachtete die stachelige Hülle der Frucht und warf sie mit einer betont lässigen Bewegung in die Hecke. »Ach ja, und ich wollte Ihnen noch bei dieser Gelegenheit mitteilen, dass die Tiefbauarbeiten für das neue Kultur- und Kongresszentrum bedauerlicherweise an Ihren Mitwettbewerber aus dem Ostallgäu vergeben wurden«, setzte Brambach hinterher.

Er bezahlte seinen Espresso, wünschte Leibacher mit ironischem Unterton ein schönes Wochenende und lief zu seinem Alfa Spider. Dabei stolperte er über den Fuß des Werbeaufstellers, auf dem mit Kreide die Mittagstisch-Gerichte geschrieben waren, riss diesen dabei um und kam auf der Motorhaube seines Roadsters zu Fall.

Alois Leibacher konnte sich ein hämisches Grinsen nicht verkneifen und machte sich trotzdem mit Genuss über das Schweineschnitzel mit Spätzle her, das ihm die Kellnerin gerade serviert hatte. Dieser Möchtegern-Magnum würde es wohl kaum bewerkstelligt bekommen, ihm aus den verpatzten Stausee-Plänen einen Strick zu drehen. Und was die Vergabe an das Ostallgäuer Tiefbauunternehmen betraf, schien dieser nicht zu wissen, dass die »Leibacher GmbH & Co. KG« daran mehrheitlich beteiligt war.

Völlig ohne erkennbaren Zusammenhang mahnte ihn seine innere Stimme, dass er dringend etwas vorsorglich in Sicherheit bringen musste. Er hatte Kapital in Form von Edelmetall zurückgelegt, auch um damit einen Teil der Baukosten für das Sporthotel abzusichern. Auch wenn er es vielleicht erst in 20 oder 30 Jahren würde verwirklichen können. Er stutzte und wunderte sich über diesen Gedankengang, der ihn aus heiterem Himmel durchfuhr und ihm wie eine machtvolle Eingebung erschien.

Während er auf dem Teller die etwas zu trockenen Spätzle in die Bratensoße rührte, versuchte er, die Eingebung in klare strategische Gedanken zu fassen. Ein Teil des Edelmetalls stammte aus dem Vermögen seines Vaters Alois Leibacher senior, der nach zwei Weltkriegen, der großen Wirtschaftskrise vor und der Währungsreform nach dem Zweiten Weltkrieg sein Barvermögen nur noch in Form von Goldbarren und -münzen sicher aufgehoben wusste. »Gold, mein Sohn, war schon in der Antike und zu allen Zeiten immer ein anerkanntes Tauschmittel, wenn eine Währung nichts mehr wert war. Wenn du Gold besitzt, ist das Vermögen vor jeder Rezession und vor jeder Wirtschaftskrise sicher – und danach kommt in Sachen Werthaltigkeit gleich alles, was aus Beton gebaut ist«, hatte ihm sein Vater eingeschärft, als er 13 Jahre alt war und zum ersten Mal einen Kilo-Goldbarren in der Hand halten durfte. Dieser Moment hatte ihn geprägt wie ein Münzstempel, der mit einem tonnenschweren Schlag aus einer kleinen runden Metallscheibe ein Zahlungsmittel machte. Von da an gab es für ihn kein schöneres Gefühl, als auf einen Stapel von

Goldbarren immer noch einen weiteren dieser schweren, glänzenden Metallquader draufzulegen, als wollte er eine Mauer aus purem Gold bauen – eine Staumauer, die vor finanziellen Verlusten bewahren sollte? Alois Leibacher staunte kurz über diese tiefenpsychologische Erkenntnis, wenn sie so zutreffen sollte.

Nein, dachte er, es galt, das Edelmetall-Vermögen vor den Begehrlichkeiten anderer zu bewahren. Vor seiner Ex-Frau, die er viel zu früh in seine Sporthotel-Vision einbezogen hatte, die sich daraufhin bereits als baldige Hotel-Geschäftsführerin wähnte und ihn permanent löcherte, wann sie denn Personal einstellen könne, als noch nicht einmal konkrete Planungen existierten. Vor seiner unreifen Tochter Carola, die gerade in Wien Architektur studierte und ihm damit auf der Tasche lag – und dies vermutlich noch weiterhin tun würde, weil dem Fräulein Tochter ein eigenes Architekturbüro vorschwebte, gleichzeitig aber den anspruchsvollen Lebensstil ihrer Mutter nicht nur übernommen hatte, sondern auch noch übertraf. Vor den Banken, auf deren Kredite er für die Verwirklichung des Hotelbaus angewiesen sein würde, die aber entsprechende Sicherheiten verlangten, und dafür musste er sicherstellen, dass sich diese rein auf das Firmenvermögen beschränkten.

Am besten wäre es, das Edelmetall außerhalb des Landes zu bunkern, riet ihm eine weitere Eingebung, als sich sein Blick wieder auf das Steighorn fixierte und ihm sein Unterbewusstsein signalisierte, den Blick darauf zu richten, was hinter diesem Berg lag.

Ferienhaus. Einmauern. Die beiden Worte durchfuhren blitzartig seinen Geist. Das Ferienhaus im Montafon, das er vor über zehn Jahren für Familienwochenenden gekauft hatte und das auf 1.250 Metern Höhe lag – und zu dem schon längst eine befestigte Zufahrtsstraße führen würde, wenn ihm der Ausbau dieser restlichen Strecke – es war ein knapper Kilometer – ab dem Ende der asphaltierten Straße endlich genehmigt würde –, das Ferienhaus erschien ihm als das geeignete Versteck für die bisher im Tresor gelagerten Goldbarren, die zusammen einen Wert von knapp zwei Millionen D-Mark besaßen.

*

Die Gondel der Seilbahn hatte an diesem Freitagnachmittag nur wenige Fahrgäste, nachdem sich gegen Mittag dunkle Haufenwolken gebildet hatten. Die Sonne zeigte sich nur noch durch einzelne Wolkenlücken, und die vom See aufziehende Bewölkung kündigte ein regnerisches Wochenende an. Die Wetterlage spendierte dafür aber einen eindrucksvollen Ausblick von der auf 1.000 Metern Höhe gelegenen Bergstation auf das östliche Ende des Bodensees und auf einige Gipfel der Schweizer Alpen.

Sie hatten als Treffpunkt die ORF-Sendeanlage vereinbart, die auf dem Gipfel des Pfänders über der Bodenseestadt an der deutsch-österreichischen Grenze stand. Die für regionale Themen zuständige Redakteurin war aus Innsbruck angereist und hoffte, dass ihr Informant auch tatsächlich zum Termin erscheinen würde. Er hatte sich noch einmal beim Sender gemeldet, nachdem er knapp drei Wochen zuvor von ihren Kollegen bei der Demonstration gegen das Steighorntal-Wasserkraftwerk interviewt worden war. Es gäbe eine wichtige Hintergrundinformation, die er kurz nach dem Interview erfahren hätte, und er wirkte bei dem Anruf sehr aufgeregt.

In der Nachrichtensendung vom vorletzten Sonntagabend hatte der Bericht über die Demonstration gerade einmal 30 Sekunden Platz gehabt, und die drei Minuten Interview waren auf zwei Sätze zusammengeschnitten worden. Der Mann machte auf sie einen etwas naiven Eindruck und schien sich jetzt wohl für jemanden zu halten, dem mit einem kurzen Fernsehauftritt der Durchbruch zur Berühmtheit gelingen sollte.

»Wenn im Zusammenhang mit dem Stausee-Projekt nahe der österreichischen Grenze eine zwielichtige Verfilzung verschiedener Unternehmen und Interessenvertreter ans Licht kommt, kann man das Thema durchaus noch mal aufgreifen«, hatte der Chefredakteur bei der letzten Themenkonferenz gemeint. Mit dem Material ließe sich bei nächster Gelegenheit eine Lücke füllen, falls wieder einmal ein anderer Nachrichtenbeitrag nicht rechtzeitig fertig sein sollte. Also wartete Barbara Weißenhöffer gespannt auf ihren anscheinend so bedeutenden Interviewpartner und betrachtete währenddessen den rot-weißen Sendeturm, der für den Empfang des österreichischen Rundfunks in Vorarlberg und im süddeutschen Raum sorgte.

»Sind Sie Frau Weizenhofer?«, fragte ein Mann mit rundlichem Gesicht und Oberlippenbart, der gerade den steilen Fußweg zur Sendeanlage heraufgelaufen kam und nach seiner schweren Atmung zu urteilen über keine sonderlich gute Kondition verfügte, obwohl er kaum älter sein dürfte als sie selbst. Sie hatte sich ihren Interviewpartner etwas eloquenter vorgestellt; angeblich sollte er Lokalpolitiker oder zumindest politisch engagiert und zudem derjenige sein, der diese Demonstration aufgezogen hatte. Aber so wie Gottfried Monschkopf vor ihr stand, entsprach dies nicht dem Bild, das sie sich von diesem Menschen ausgemalt hatte. Sie selbst war eine sportliche Natur Anfang 30, hatte in ihrer Jugendzeit regelmäßig Amateurskirennen gewonnen und musste zu ihrem Leidwesen immer wieder erleben, dass ihr stets nur unsportliche Männer begegneten.

»Weißenhöffer«, stellte sie sich kühl ihm gegenüber vor und betonte dabei die Buchstaben, die er falsch ausgesprochen hatte. Monschkopf reichte ihr die Hand und lüftete ungelenk seine Mütze, unter der verschwitzte und zerzauste Strähnen zum Vorschein kamen. Er sah sich nervös um, als wollte er sicherstellen, dass niemand etwas mitbekommen konnte. Sie hatte den Schlüssel zum Gebäude der Sendeanlage, wo sie in einem kleinen, für das technische Betriebspersonal vorgesehenen Aufenthaltsraum das Gespräch würde führen können, entschied sich aber dafür, die Unterredung draußen abzuwickeln und so rasch wie möglich hinter sich zu bringen.

»Gut, also gleich zum Thema: Sie erwähnten, dass es da neben diesem Stromkonzern ›Hellwatt‹ gewisse Verbindungen gibt, die das Ganze danach aussehen lassen können, dass da gewisse Seilschaften am Werk sind, die, sagen wir mal, versuchen, diesen Stausee am öffentlichen Recht vorbei durchzubringen?«, fragte die Redakteurin und bekam schon bei der Fragestellung den Eindruck, dass ihr Gegenüber damit intellektuell überfordert war. Monschkopf schnappte nach Luft, um sogleich hastig und wild gestikulierend seine Antwort zu liefern.

»Von Seilschaften zu reden, ist noch viel zu harmlos, das, was da passiert, ist ein reiner Größenwahn in Verbindung mit einem skandalösen Plan, eine intakte und schützenswerte Umwelt zu vernichten, nur damit dieser Tiefbauunternehmer, der enge Verbindungen zu ›Hellwatt‹ hat, an dem Stausee ein Hotel bauen kann, dem ist dafür jedes Mittel recht …« – Er fuchtelte dabei herum, worauf sie einen Schritt zurückwich.

Sie musste seinen Redefluss unterbrechen und signalisierte ihm dies mit einer Handbewegung, die »Stopp« bedeutete. Dieser vermeintliche Skandal hatte ihr noch zu wenig Nachrichtenwert; das war zu viel Umweltthema und zu wenig wirtschaftspolitische Brisanz. »Wissen Sie, was in Deutschland mit der Umwelt passiert, ist für die österreichischen Nachrichten nicht so gravierend von Bedeutung, wohl aber die Tatsache, dass fast direkt an der österreichischen Grenze ein Wasserkraftwerk entstehen soll, und das interessiert vor allem die österreichische Stromwirtschaft, weil für die das deutsche Stromnetz einer der wichtigsten Abnehmer ist, Sie verstehen? – Was ist mit diesem Tiefbauunternehmer, können Sie mir da einen Namen nennen?«

»Ich weiß aus zuverlässiger Quelle, dass der Tiefbauunternehmer Alois Leibacher seine Geschäftsverbindungen mit ›Hellwatt‹ für seinen Hotelbau benutzt, weil er auf normalem Dienstweg dafür keine Genehmigung bekommt und weil er nicht nur ein Hotel, sondern auch eine richtige Straße dorthin bauen will, die mitten durch unberührte Natur führt …«

Dieser Öko-Spinner ist schon wieder bei seinem Naturthema, dachte sie und notierte sich den Namen, den er ihr genannt hatte. Sie sah auf ihre Uhr und holte ein Faltblatt mit einem ÖBB-Fahrplan aus ihrer Handtasche. In einer knappen Stunde würde der nächste Zug von Bregenz in Richtung Innsbruck abfahren, so wäre sie noch am frühen Abend wieder zu Hause und müsste sich hier am westlichsten Ende von Österreich nicht weiter ihrer Zeit berauben lassen.

Sie verabschiedete sich von Gottfried Monschkopf, der ihr, verdutzt über das abrupte Ende des Gesprächs, die Hand schüttelte, und lief den Weg von der ORF-Sendeanlage zur Bergstation der Seilbahn, um mit der Gondel ins Tal zu fahren. Irgendwo im Archiv – vielleicht auch bei den TV-Kollegen vom deutschen Sender BR – würde sich wohl etwas Brauchbares über diesen Alois Leibacher finden lassen. Daraus ließe sich ein kleines Skandalthema stricken, und ihr Chefredakteur würde dann wieder mal einen dieser Aufreger in das Nachrichtenprogramm integrieren können, die den Fernsehzuschauer von den eigentlich brisanteren Themen ablenken sollten. Und zudem brauchte sie dringend einen Lückenfüller für die nächste Sendung am Sonntagabend, weil der geplante Beitrag über den Arlberg-Straßentunnel ziemlich sicher nicht rechtzeitig fertig sein würde.

Als die Gondel der Seilbahn in die Talstation einfuhr, beschloss sie, die Information gleich an den Sender durchzugeben. Auf dem Weg entlang des Seeufers fand sie kurz vor dem Bahnhof eine Telefonzelle, kramte hastig einige Schilling-Münzen aus ihrem Portemonnaie, strich ihr braunes glattes Haar über das linke Ohr und wählte die Nummer ihres Kollegen von der Redaktionsassistenz.

»Servus, Gustl, hier is' die Babsi«, flötete sie in den Hörer, »du, schau mal, was du in der Sache ›Hellwatt‹ und ›Steighorn-Wasserkraftwerk‹ rausfinden kannst, inwiefern da ein Tiefbauunternehmer mit dem Namen Alois Leibacher mit drinhängt.« Sie berichtete, was sie von Gottfried Monschkopf erfahren hatte, und trug ihm auf, für die Sendung am Sonntag aus dem restlichen Material über die Demo gegen das Wasserkraftwerk und mit der Verbindung zwischen dem Tiefbauunternehmer und dem Stromkonzern einen Nachrichtenbeitrag zusammenzustellen. Kollege Gustl war davon wenig begeistert. »I glaub', dir tut die Luft da in Vorarlberg net guat, i woaß net, wie groß bis dort'n die Zeitverschiebung is', oba hier in Innsbruck is' glei' Freitagmittag um zwoa, und …«

»Du, entschuldige, i hab grad mein' letzten Groschen eing'worfen, also du derpackst des scho', und den Beitrag brauch i, falls der über den Straßentunnel net fertig ist, also mach' …« – Die letzte Münze fiel mit einem klackenden Geräusch durch den Fernsprechapparat und beendete die Gesprächsverbindung.

*

Sorgfältig setzte er die gepolsterte Auflage der Sitzbank hinter den Vordersitzen wieder ein und stieg neuerlich aus dem Transporter aus, um die hintere Tür zu schließen. Es war Sonntagmorgen um 8.20 Uhr, wie die Zifferblätter der billigen elektrischen Wanduhr in der Fahrzeughalle anzeigten. Um 6 Uhr war er aufgestanden, um das gesamte Edelmetall in einem VW-Transporter, einem Modell mit Doppelkabine und einer von einer Plane überdeckten kurzen Ladefläche, für die Fahrt zum Ferienhaus im Montafon zu verstauen.

Er musste mit dieser Ladung die deutsch-österreichische Grenze passieren. Das Versteck unter der hinteren Sitzbank erschien ihm sicher genug, außerdem hatte er auf die Goldbarren-Stapel Baustellen-Arbeitsjacken und Warnwesten gelegt. An der Grenze würden die Zollbeamten keinerlei Verdacht schöpfen, zumal die Fahrzeuge seines Tief- und Straßenbauunternehmens laufend die Grenze passierten, um im benachbarten Österreich Straßen und Wege zu bauen oder Bohrpfähle für Tiefbauprojekte zu setzen. Aber sie könnten sich wegen möglicher Überladung veranlasst sehen, sein Fahrzeug zu inspizieren. Denn unter der Plane auf der Ladefläche hatte Alois Leibacher Kalksandsteine und einige

Säcke Mauermörtel geladen, sodass sich der Transporter – auch wegen des Gewichts der Goldbarren – in der Federung bereits um einige Zentimeter bedenklich nach unten senkte. Er überlegte kurz, ob es nicht besser gewesen wäre, den 3,5-Tonnen-Kipplaster zu beladen. Aber der Mercedes-Laster wäre zu groß für die restliche Strecke der schmalen, notdürftig geteerten Straße im Montafon.

Er klopfte den Staub von den Mörtelsäcken von seinem Arbeitsoverall und ging nach oben in die Wohnung, die im Betriebsgebäude der »Leibacher Tief- und Straßenbau GmbH« oberhalb des Lagertraktes gelegen war, um sich umzuziehen und vor der Abfahrt ein zweites Frühstück und einen Kaffee zu sich zu nehmen. Auf den letzten Treppenstufen vor der offen stehenden Wohnungstür hörte er, wie das Telefon klingelte. Er nahm den Hörer des dunkelroten Tastentelefons ab und meldete sich. Es war seine Tochter Carola, die aus Wien anrief und mal wieder in finanziellen Nöten war.

Zehn Minuten später war er wieder um einen Scheck über 2.500 DM ärmer und wütend auf sich selbst, weil Carola ihn mal wieder äußerst raffiniert um den Finger gewickelt hatte. Zugleich fühlte er sich darin bestätigt, mit der Unterbringung des Edelmetalls an einem sicheren, von niemandem vermuteten Ort genau das Richtige zu tun.

Die beiden Zollbeamten am kleinen Grenzübergang Hohenweiler waren in eine Unterhaltung darüber vertieft, wo man in der Umgebung den besten Tiroler Speck kaufen konnte, und winkten Alois Leibacher mit seinem verschrammten Baustellenfahrzeug durch. Eine Stunde später bog er von der Rheintalautobahn ins Montafon ab und lenkte den Transporter über die regennasse, kurvige Bergstraße, die ins Brandnertal führte. Die lange Steigungsstrecke nach der vorletzten Kehre schaffte der Transporter nur mit Mühe im 2. Gang, was den Fahrer des hinter ihm fahrenden Opel Ascona zu einem riskanten Überholmanöver veranlasste, der kurz vor der nächsten Kehre nur mit Mühe einen Frontalzusammenstoß mit einem talwärts fahrenden Wohnmobil verhindern konnte, indem er äußerst knapp vor seinem Transporter wieder einscherte. Sein Fuß blieb auf dem bis zum Bodenblech durchgedrückten Gaspedal, um an der Steigung nicht an Schwung zu verlieren. Nach der Kehre bog er auf Höhe eines Campingplatzes in die schmale Straße ein, die in Richtung des Ferienhauses führte.

Die Regenwolken verbargen die Sicht auf die Felsmassive und Gipfel der umliegenden Berge und ließen an diesem Sonntagvormittag immer wieder kräftige Regenschauer nieder. Alois Leibacher erinnerte sich an die Wochenenden, die er im Ferienhaus mit Constanze und der damals noch heranwachsenden Carola verbracht hatte. Allerdings konnten sich seine beiden Damen mit der Zeit immer weniger für die Freizeit in den Bergen in einem abgelegenen Berghaus begeistern, weil sie Luxus und Komfort gegenüber der Einfachheit bevorzugten. Eines Sonntags war dann die Stimmung der beiden gekippt, als es auf dem Rückweg von einer Wanderung zu regnen begonnen hatte und die beiden nur Sorgen um ihre teuren Schuhe und um ihre Frisuren hatten. Von diesem Moment an waren sie nie wieder für ein Wochenende im Ferienhaus zu haben, und er selbst war seit einigen Jahren nicht mehr hier oben gewesen.

Die Fahrstraße endete an der Hofstelle Untere Breitwies, die von dem schrulligen Landwirt Schorsch Brunntaler bewirtschaftet und bewohnt wurde. Von hier war es noch fast ein Kilometer bis zum Ferienhaus, zu dem lediglich ein etwas breiterer Pfad führte, der nur mit einem

Traktor befahrbar war oder den man einfach zu Fuß gehen musste. In diesem Moment stieg in ihm der Ärger wieder hoch, dass ihm die Straßenbaubehörde den Bau einer befestigten Zufahrtstraße bis zum Ferienhaus verweigerte. Für den Ausbau des Weges, so lautete der ablehnende Bescheid, würde kein begründetes Interesse vorliegen, weder im Sinne einer land- oder forstwirtschaftlichen Nutzung noch einer im öffentlichen Interesse touristischen Nutzung, sodass dem Antrag nicht stattgegeben werden könnte.

Er hielt mit dem schwerbeladenen Transporter neben dem klapprigen Scheunentor des Hofes von Schorsch, stellte den Motor ab und zog die Handbremse. Der Regen war stärker geworden und die dunklen Regenwolken hingen an diesem Ort auf fast 1.200 Metern Höhe direkt über den Bäumen. Er sah aus dem Seitenfenster auf das Bauernhaus vom Brunntaler Schorsch, für das die Bezeichnung »leicht renovierungsbedürftig« maßlos untertrieben gewesen wäre. Die Wand zwischen der direkt angebauten Scheune und dem Wohnhaus war von unten bis oben von einem breiten Riss durchzogen; von den schief hängenden ehemals hellgrünen Fensterläden blätterten die letzten Reste Farbe ab. Die Eingangstreppe mit dem verbogenen Geländer war deutlich nach rechts abgesackt, und die stellenweise vollkommen durchgerostete Dachrinne ließ das Regenwasser direkt auf die Stufen vor der verwitterten Haustür prasseln.

Alois Leibacher setzte den abgegriffenen braunen Hut mit der beigefarbenen Kordel auf, der auf dem Beifahrersitz lag, stieg aus dem VW-Transporter aus und lief in Richtung der Haustür, zur welcher der Weg über zwei nebeneinandergelegte, wackelige Holzdielen führte, damit man nicht mit den Schuhen im Matsch versank. Vor einem Fenster direkt neben der Tür hing ein ausgeblichener Plastik-Blumenkasten, aus dem vertrocknetes Gestrüpp ragte, was vor Jahren vermutlich einmal Geranien gewesen waren.

Schorsch Brunntaler und er kannten sich bereits von Anfang an, als er das Ferienhaus gekauft hatte, und Schorsch hatte ihm unzählige Male mit seinem Traktor und einem Anhänger, der schon vom bloßen Anblick auseinanderzufallen drohte, allerlei Einrichtungen und Gegenstände über den gerade so befahrbaren Pfad zum Ferienhaus transportiert. Er wollte ihm stets Geld dafür geben oder hätte ihm auch hin und wieder einen Tankwagen geschickt, damit er wieder einen gefüllten Vorrat an Traktor-Diesel gehabt hätte. Doch Schorsch hatte stets dankend abgelehnt, ihn aber stattdessen immer auf einen Schnaps eingeladen, den er in seiner technisch erstaunlich gut eingerichteten Brennkammer brannte. Während der Landwirt nur noch für den eigenen Bedarf ein paar Stück Vieh hielt, florierte seine – immerhin offiziell angemeldete und genehmigte – Schnapsproduktion derart, dass Schorsch damit einige Dorfläden, Wirtshäuser und Souvenirgeschäfte mit seinem »Brandner Gletscherwasser« versorgte. Meist wurden daraus mehrere Schnäpse, und Alois Leibacher musste sich dafür wieder und wieder die Lebensgeschichte vom Brunntaler Schorsch anhören; insbesondere die Geschichte von seiner Frau, die irgendwann über Nacht ohne ein Wort davongezogen war, und ihm waren vom Verlauf der Geschichte her irgendwann Zweifel aufgekommen, ob es diese Frau überhaupt jemals gegeben hatte.

Leibacher stand vor der Dachrinnen-Regendusche an der Haustür und klopfte dreimal kräftig an die Tür. Im Inneren des Bauernhauses rührte sich nichts. Neben der schiefen Haustreppe hatte sich ein braunes Huhn angeschlichen, das neugierig zu ihm hochblickte. Instinktiv drückte er den Klingelknopf, der in einem verwitterten Plastikgehäuse und mit einem unlesbaren Namensschild notdürftig an der Wand befestigt war und es eigentlich einleuchten müsste, dass hier keine funktionierende Haustürklingel zu erwarten sein konnte.

Hinter der Tür muhte laut eine Kuh, worauf das Huhn verschreckt davonflatterte. Leibacher stutzte, drückte nochmals den Klingelknopf, und die Kuh muhte erneut. Dieser Witzbold hatte also offensichtlich eine Klingel installiert, die eine Kuh nachahmte. So wie er Schorsch kannte, hatte dieser durchaus Sinn für derartige Gags, anstatt zum Beispiel mal mit einigen Kellen Mauermörtel die breiten Risse in der Wand zu verfüllen oder mit ein paar Eimern Beton die schiefe Hauseingangstreppe instand zu setzen.

Im Flur ging das Licht an, und die alte eiserne Türklinke senkte sich langsam mit einem metallenen Knirschen, bis sich die Tür mit einem Ruck öffnete und Schorsch in der Tür stand. Er hielt sich am Türgriff fest, stützte sich zugleich mit der anderen Hand am Türrahmen ab und hatte offenbar Mühe, sich auf den Beinen zu halten. Er trug wie immer seine alte blaue, abgewetzte Arbeitsmontur und eine schmutzige blaue Arbeitsmütze.

»Willst an Schnaps?«, fragte er Alois Leibacher ohne vorhergehende Begrüßung und ohne ein Wort darüber, dass er so lange Zeit nicht mehr hier oben gewesen wäre. Schorsch war in einem Zustand, den man landläufig als sternhagelblau bezeichnete. Alois Leibacher verzichtete daraufhin ebenfalls auf unnötige Höflichkeiten. »Schorsch, ich hab mal wieder einen Haufen Zeug zum Ferienhaus zu transportieren, und du kannst mir da doch bestimmt mit dem Traktor …« – Der Landwirt sah zuerst Alois Leibacher von oben bis unten an, kniff dann das rechte Auge zu, verzog dabei den rechten Mundwinkel und blickte an ihm vorbei in die Landschaft. Dann hielt Schorsch schwankend den Zeigefinger in den Regenwasserstrahl, der von oben aus der durchgerosteten Dachrinne kam. »Wenn's so regn't, bleibst mit'm Traktor steck'n. Muaßt halt wart'n bis morg'n. Willst an Schnaps?«

Er lehnte das Angebot des völlig betrunkenen Landwirts dankend ab und versprach dafür, ihm am nächsten Tag einige Flaschen »Brandner Gletscherwasser« abzukaufen, wenn er ihm dafür den Transport erledigen würde. Schorsch nickte, winkte schwankend und schloss die Tür wieder. Es regnete inzwischen in Strömen, sodass er beschloss, nicht zum Ferienhaus zu laufen, sondern im Ort in einem Hotel zu übernachten. Alois Leibacher steuerte den Transporter die schmale Fahrstraße hinunter und bemerkte dabei, dass der Wagen beim Bremsen deutlich nach links zog. Ein Verkehrsschild am rechten Straßenrand wies auf ein Gefälle von 15 Prozent hin.

Sobald er wieder in der Firma war, würde er gleich diesen Wilfried Grätner zusammenstauchen, der neben anderen Sonderaufgaben auch für den Fuhrpark verantwortlich war, weil offenbar die letzte Inspektion ewig zurücklag. Die Strecke ab dem 15-Prozent-Gefälle-Schild war er im ersten Gang mit der Motorbremse bergab gefahren und hoffte, dass der jämmerlich jaulende Heckmotor des VW-Transporters dies überstehen würde. Das letzte Stück bis zur Einmündung in die Ortsstraße verlief durch eine Senke, sodass er auf dem Gegenanstieg wieder Gas geben musste, bis er an einer Bushaltestelle mit einem verwitterten Holz-Wartehäuschen bemerkte, dass er nach rechts in die Hauptstraße einbiegen musste.

Leibacher musste abwarten, bis ein langsam fahrender

Citroen CX mit Wohnwagen den Bereich der Einmündung passiert hatte. Währenddessen nahm er aus dem Augenwinkel wahr, dass unter dem Dach des Bus-Wartehäuschens ein Mann mit einem auffallend roten Stehhaarschnitt mit nackenlangem Haar und einem ebenso roten Oberlippenbart stand. Er bemerkte, dass der Rothaarige ihn durch das Seitenfenster hindurch seltsam musterte. Der Mann trug eine rot-weiße Motorrad-Montur und mochte vielleicht Anfang 30 sein. Leibacher bog nach dem Wohnwagengespann in die Straße ein und warf dabei noch einmal einen Blick auf den Mann im Wartehäuschen, der nicht auf einen Bus wartete, sondern sich mit seinem Geländemotorrad untergestellt hatte und wohl darauf wartete, dass der Regen nachließ.

Alois Leibacher war sich sicher, dass er dem rothaarigen Mann schon einmal begegnet war. Während er überlegte, erreichte er den Touristenort, wo an beiden Straßenseiten Hotels und Urlaubspensionen standen. Er fand einen ausreichend geräumigen Parkplatz am Hotel »Dorfklause« und stellte sein Baustellen-Vehikel am Zaun neben einem Tennisplatz ab. Beim Aussteigen prüfte er noch einmal, ob alle Türen verschlossen waren – er hatte keine andere Wahl, als den Transporter auf dem Parkplatz als rollenden Tresor stehen zu lassen.

Er hörte, wie ein anderer Wagen auf dem Parkplatz heranrollte und drehte sich um. Neben ihm hielt ein Polizeiwagen. Der Beamte auf der Beifahrerseite stieg aus und ging mit dienstbeflissen strengem Blick auf ihn zu. Doch der Beamte deutete nur auf das linke Rücklicht über der verbogenen Stoßstange und sagte: »Ihr Bremslicht funktioniert auf der linken Seite nicht, das sollten 'S beheben lassen.«

»Ja, äh, vielen Dank für den Hinweis, ich werde das gleich

morgen …« Der Polizeibeamte tippte mit zwei Fingern an seine Dienstmütze, und der Polizeiwagen verschwand talwärts.

»Bremslicht …«, sagte er kopfschüttelnd vor sich hin, weil er im ersten Moment befürchtet hatte, dass die Polizei ihm den Wagen auseinandernahm. Er nahm seine blaue Umhänge-Reisetasche und wandte sich in Richtung des Hoteleingangs. Sein Blick fiel dabei auf die Prüfplakette im Kennzeichen. In der Mitte stand die Zahl 83. Die nächste TÜV-Prüfung war also seit drei Jahren überfällig. Dieser Schlamper von Grätner konnte etwas erleben, wenn er wieder in der Firma war.

An der Rezeption erwies sich die »Dorfklause« entgegen dem äußeren Eindruck als gehobenes Vier-Sterne-Hotel. Eine Hotelmitarbeiterin vermutete in ihm einen anreisenden Gast, der vorab gebucht hatte.

»Nein, ich wollte eigentlich zu meinem Ferienhaus, aber bei dem Wetter ist der Weg dorthin nicht … also jedenfalls bräuchte ich ein Zimmer, wenn Sie eines frei hätten?«, fragte Alois Leibacher ungewohnt freundlich und zurückhaltend. »Soso, Ferienhaus haben S' hier, Moment i schau mal, also wir sind eigentlich belegt …« Sie blätterte im Reservierungsbuch, sah über den Rand ihrer Lesebrille auf den Wandkalender und fuhr im Buch mit dem Zeigefinger von links nach rechts, bis ihr Finger an einer leeren Stelle stehen blieb. »Das Panoramazimmer mit zwei Balkonen kann ich Ihnen anbieten, da haben Sie sogar noch eine Badewanne und eine extra Ankleide für die Dame, aber das Zimmer wäre nur bis zum nächsten Wochenende frei«, präsentierte sie ihr Angebot und nahm einen Kugelschreiber zur Hand, um die Buchung einzutragen. »Es wäre nur für eine Nacht, vielleicht zwei, und ich bin ohne Begleitung unterwegs«, korrigierte Alois

Leibacher. Die Frau hinter dem Rezeptionstresen musterte ihn kurz und erklärte dann geschäftsmäßig: »400 Schilling pro Nacht, Frühstück inklusive. Für den Abend darf ich Ihnen unser Restaurant empfehlen.« Sie zeigte in Richtung des Restaurantbereichs, der um diese Tageszeit leer war und wo eine Servicekraft gerade die Tische für den Abend deckte. Leibacher nickte, unterschrieb den Anmeldezettel, nahm den Zimmerschlüssel entgegen und ging über die mit einem dunkelrot gemusterten Teppich belegten Treppenstufen in die zweite Etage.

Im Zimmer öffnete er die Tür zu demjenigen der beiden Balkone, von dem er direkt auf den Parkplatz sehen konnte, wo er den Transporter geparkt hatte, und setzte sich in einen der hölzernen Klappstühle. Ihn überkam das Gefühl, an diesem Ort festzusitzen, anstatt den Aufenthalt in dem hochwertig eingerichteten Hotel zu schätzen. Das Regenwetter hatte die Temperatur in diesem auf etwa 1.000 Meter Höhe gelegenen Ort an diesem 31. August ungemütlich abgekühlt. Er ging vom Balkon in das Zimmer, legte sich quer auf das breite Doppelbett, blickte auf die holzvertäfelte Wand und ließ seinen Gedanken freien Lauf.

»Hellwatt«. Es war ihm wieder eingefallen, wo er den rothaarigen Motorradfahrer von der Bushaltestelle schon einmal gesehen hatte. Das war einer dieser »Hellwatt«-Manager, die im März bei dieser Delegation des Stromkonzerns dabei waren, als er im Konferenzraum des Alpenhotels seine Stausee-Pläne vorgestellt hatte und dabei mit seinen Plänen erst einmal an diesem Doktor Max Latern abgeprallt war. Der Rothaarige war derjenige gewesen, dessen Aufmerksamkeit stets dann geweckt war, wenn es um Finanzen und »Return-of-Invest« gegangen war, daher hatte er vermutlich mit diesem Bereich zu tun. Wie kam der hierher? Nun, auch ein Finanzler braucht mal frische Bergluft, dachte er, in sich hineinschmunzelnd.

Das Knattern kam immer näher, und das Geräusch war von ausgelassenem Gelächter durchdrungen. Er lag auf einer Wiese am Waldrand unweit des Hofs von Landwirt Schorsch, wo die befestigte Straße aufhörte und der Weg in den Pfad zu seinem Ferienhaus überging, für den er keine Genehmigung zum Bau einer vernünftig befahrbaren Zufahrt bekam, und er merkte, wie darüber wieder der Zorn in ihm hochkroch. Das laute Knattern kam von Schorschs altem hellblauem Traktor. Er setzte sich auf und konnte nicht glauben, was er da sah. Schorsch fuhr mit einer Schnapsflasche in der linken Hand in Schlangenlinien und hatte ein diebisches Grinsen im Gesicht. Auf dem Sitz über dem linken Hinterrad saß – es konnte nicht wahr sein? – dieser rothaarige »Hellwatt«-Manager in seiner Motorradjacke. Die Ladung auf seinem klapprigen Anhänger, dessen Räder eierten und quietschten, glänzte golden in der Sonne. Die beiden fuhren johlend vor Freude seine Goldbarren auf dem Anhänger spazieren! In diesem Augenblick verbreitete das Gold schlagartig einen gleißenden Glanz, der ihn so blendete, dass er nichts mehr sehen konnte.

Leibacher wachte auf und sah durch die halb geöffnete Balkontür, dass sich das Regenwetter über die Berge hinweg verzogen hatte. Die frühe Abendsonne vertrieb die Wolken und schien nun gleißend hell zur Balkontür herein. Er sah auf die Uhr. Es war 18.30 Uhr, er hatte also über drei Stunden geschlafen und dabei zuletzt wohl diesen grotesken Traum gehabt.

Er nahm ein hellblaues Poloshirt aus seiner Reisetasche, zog sich an und beschloss, im Hotel-Restaurant zu Abend zu essen. Auf der Treppe zur Rezeption und zum Restaurant begegnete ihm eine Familie, die zuvor mit einem Ford Granada mit Dortmunder Kennzeichen auf den Parkplatz eingefahren war und deren Teenager-Sohn einen mehr als gelangweilten Eindruck machte. Im Restaurant waren bereits die meisten Tische belegt, und Alois Leibacher suchte sich etwas abseits einen freien Platz in der Nähe der Bar, wo auch ein Fernseher aufgestellt war, an dem der Sender ORF 2 eingeschaltet war.

Die Speisekarte bot vorwiegend eine Auswahl an alpenländischen Gerichten, und er bestellte Tiroler Speckknödel. Das ORF-Fernsehen berichtete gerade über die aktuellen Sportergebnisse. Alois Leibacher trank genüsslich ein Bier und beobachtete nebenbei, wie ein Großteil der urlaubenden Paare während des Wartens auf das Abendessen sprachlos aneinander vorbeisah.

Das TV-Programm wechselte auf die Abendnachrichten, die im Bildschirm eingeblendete Uhr zeigte 19 Uhr. Aus der Küche kam eine mit Dirndl bekleidete Kellnerin mit üppiger Figur an seinen Tisch und servierte ihm mit einem freundlichen Lächeln sein Essen. »Einmal Knödel für den Herrn«, sagte sie, und Leibachers Blick verfing sich unfreiwillig in ihrer strammen Oberweite, die frech aus dem Ausschnitt ihres Dirndls quoll. »Knö-del«, stammelte er darauf genauso verdutzt wie am Nachmittag, als ihn der Polizist auf das defekte Bremslicht aufmerksam gemacht hatte.

Er verzehrte seine Speckknödel, während die Nachrichtensendung zwischenzeitlich die internationalen Themen und die Politik in Wien durchhatte und zu den aktuellen Ereignissen in Vorarlberg und Tirol wechselte.

Der Monitor hinter dem Nachrichtenmoderator blendete die Schlagzeile ›Protest am Steighorn‹ ein.

»Der Widerstand gegen den geplanten Bau eines Wasserkraftwerks im Steighorntal unmittelbar hinter der Grenzlinie vom westlichen Vorarlberg zum bayerischen Allgäu ist weiterhin ungebrochen«, verlas der Moderator in nüchterner Nachrichtensprache. Alois Leibacher starrte mit halb offenem Mund auf den TV-Bildschirm. »Alles recht mit den Knödeln?«, fragte die Kellnerin im Vorbeigehen. Leibacher nickte ihr freundlich zu und konzentrierte sich wieder auf die Nachrichtensendung.

»Wie sich zwischenzeitlich aufgrund des Hinweises eines Mitglieds der deutschen Partei ›Die Grünen‹ herausgestellt hat, besteht eine Verbindung zwischen dem Stromkonzern ›Hellwatt AG‹ und einem örtlichen Tiefbauunternehmer, der offenbar unter Einflussnahme auf die regionalen Verwaltungen und Entscheidungsträger versucht, auf das Vorhaben abseits der geltenden Rechtsgrundlagen einzuwirken.«

Der Monitor hinter dem Moderator hatte bisher nur das Firmenlogo von »Hellwatt« gezeigt und blendete nun einen Filmausschnitt ein. Alois Leibacher glaubte wieder in so einem grotesken Traum wie kurz zuvor am Nachmittag zu sein, aber was er auf dem Bildschirm sah, war zweifellos Wirklichkeit. Der Filmausschnitt zeigte ihn – seine Person – bei einer öffentlichen Veranstaltung, wo er eine flammende Rede über die Zukunft der regionalen Energieversorgung mit umweltfreundlicher Wasserkraft hielt.

Er war immer noch fassungslos über das, was er in diesem Hotelfernseher sah, und überlegte, wie dies überhaupt ins Fernsehen kommen konnte. Es musste bei der Eröffnung der Seilbahnanlage am Kreuzhorn gewesen sein, wo seine Firma die Betonfundamente für die Seilbahnstützen gebaut hatte und dabei – als geschickten Werbeschachzug – neben dem Festzelt zwei seiner Tiefbau-Spezialfahrzeuge neben einer Infotafel über den Bau der Seilbahnanlage platziert hatte. Das

Projekt war aus Umweltschutzgründen umstritten gewesen, weil dafür eine breite Schneise in einen Bergwald geschlagen werden musste. Ihm dämmerte dabei, dass bei dieser Veranstaltung Fahrzeuge des Senders BR dabei gewesen waren und auch einige Kameraleute im Festzelt gewesen waren. Allerdings war dies eine Nachrichtensendung des ORF, und er vermutete, dass die TV-Sender ORF und BR wohl länderübergreifend – etwa wie bei »Wetten dass …?« – kooperieren würden.

»Papa, det is doch der Mann aus dem Fernseher«, sagte eine laute Teenagerstimme mit schnoddrigem Ruhrpott-Dialekt. Der etwa zwölfjährige Sohn des Granada-Fahrers hatte von seinem Platz im Restaurant aus den direkten Blick auf den TV-Bildschirm und zeigte mit dem Finger auf ihn. Die Eltern drehten ihre Köpfe ebenfalls in seine Richtung, wirkten dabei einigermaßen teilnahmslos und machten keinerlei Anstalten, den Bengel in Sachen Anstand zurechtzuweisen. Einige der anderen Gäste sahen kurz von ihren Tellern auf und nahmen ansonsten keine weitere Notiz.

Schlagartig wurde ihm bewusst, dass er damit ab sofort nicht nur öffentlich bekannt war, sondern auch als zwielichtiger Geschäftsmann dargestellt wurde, der mit unlauteren Methoden – was die öffentliche Meinung in die Korruptions-Schublade einordnen würde – ein umstrittenes Projekt durchzusetzen versuchte. Zugleich fragte er sich, wer zum Teufel dieser Grüne sein mochte, der sich anmaßte, seinen Namen gegenüber den Medien in der Weise mit dem Stausee-Projekt in Verbindung zu bringen.

Heute war es im Fernsehen zu sehen, und er konnte sich sicher sein, dass sich in den nächsten Tagen die Zeitungen in Deutschland wie in Österreich auf das Thema stürzen würden.

»Hömma, Junge, det sacht man nit so vor all die Leute und man zeicht da auch nit so mit den Finger.« Granada-Papa aus dem Ruhrpott hatte es wohl doch noch für nötig befunden, seinem Sprössling eine kleine Benimm-Lektion zu erteilen.

Wenn ihn schon ein offenbar bildungsferner Teenager als »den Mann aus dem Fernsehen« erkannte, konnte er sich wohl kaum noch unbehelligt in der Öffentlichkeit bewegen. Alois Leibacher ließ den Rest der Tiroler Speckknödel stehen und ging auf sein Hotelzimmer. Er musste nachdenken, und er würde eine weitreichende Entscheidung treffen müssen.

*

++ September 1986 ++

Der vierachsige Mercedes-Kipplaster rollte langsam rückwärts auf das Rolltor der Fahrzeughalle zu. Eine Staubwolke nebelte auf dem trockenen, ungeteerten Betriebsgelände die Fahrzeuge ein. Der Mann hinter dem Steuer des Lkw rief aus dem geöffneten Seitenfenster einem Kollegen zu, dass er das Tor öffnen sollte, und als er bemerkte, dass ihn der Kollege wegen des Motorenlärms nicht verstand, machte er mit dem linken Arm aus dem Fenster eine Geste, die »Seil-nach-unten-ziehen« signalisierte.

Dieser Montagmorgen am 1. September begann mit Chaos, und nach seiner bisherigen Erfahrung würde dieser Tag voraussichtlich auch so enden. Er setzte den großen Kipplaster durch das inzwischen offene Tor weiter rückwärts, um einen Tieflader-Anhänger anzukuppeln. Heute war der Tag, an dem die Erschließungsarbeiten für das Neubaugebiet Steighornblick II begannen, und seine Aufgabe war es nun, den Raupenbagger auf den Tieflader zu fahren und diese Baumaschine zur Baustelle zu transportieren.

Genau zwei Monate zuvor war er bei dem Tief- und Straßenbauunternehmen als Mann für alle anfallenden Sonderaufgaben eingestellt worden, nachdem er an einem regnerischen Junitag zufällig an einer Straßenbaustelle mit dem Firmeninhaber wieder zusammengetroffen war. Es war der Tag gewesen, als er gerade von einer Gerichtsverhandlung zurückgekommen war, die seine Karriere als Stuntman bei der Filmindustrie beendete. Bei der »Alois Leibacher Tief- und Straßenbau GmbH« hatte er seine Lehre als Betonbauer absolviert, und durch seine Leidenschaft für Fahrzeuge hatte er in den Jahren davor auch einen Lkw-Führerschein erworben. Diesem Umstand verdankte Wilfried Grätner nun den Job, in dem er sich vorrangig um Transportfahrten von Baumaschinen und -material sowie um den Fuhrpark zu kümmern hatte.

Mitunter hatte sein Chef Alois Leibacher junior aber auch überraschende »Sonderaufgaben« parat. Wo immer es darum ging, widerspenstigen Zeitgenossen oder Konkurrenten »auf die Sprünge zu helfen«, wie Leibacher es auszudrücken pflegte, hatte er einen Spezialauftrag auszuführen. So wie im vergangenen Monat, als ein Auftrag über den Ausbau der Zufahrtswege zum Alpenhotel Steighornblick zu platzen drohte, weil ein Grundbesitzer wegen eines vier Meter breiten Streifens auf 30 Meter Länge die nötige Zustimmung verweigerte. Ein Lkw, der kurz darauf »zufällig« genau in diesem Bereich eine ganze Tankfüllung Diesel verlor, änderte die Meinung des Grundbesitzers sehr schnell, nachdem man ihm großzügig den Abtrag und die kostenlose Entsorgung des »ölverseuchten« Erdreichs angeboten hatte. Die Besitzer des Hotels hatten als langjährige Kunden in diesem Fall mal wieder darauf gesetzt, dass Firma »Leibacher« dafür eine geeignete Lösung parat haben würde. Natürlich hatte er weisungsgemäß kein Öl, sondern abgestandenes Regenwasser verwendet, das sich hinter der Werkstatthalle in einem leeren, verrosteten Bitumenanstrich-Fass gesammelt und bereits übel gerochen hatte.

Wilfried Grätner stieg aus dem Lkw-Führerhaus und ging durch eine Stahltür in Richtung Büro, wo der Schlüsselkasten mit sämtlichen Fahrzeugschlüsseln war, um denjenigen für den Raupenbagger zu holen. Im Vorbeigehen am Sekretariat hörte er die Buchhalterin am Telefon sagen: »Moment, Herr Leibacher, der Wilfried geht gerade im Flur vorbei.« Grätner fluchte leise, weil der Polier auf der Baustelle bereits auf den Bagger wartete. Kollegin Maria winkte ihm und deutete auf den Telefonhörer, den sie ihm gleich darauf in die Hand drückte. Grätner ahnte nichts Gutes. Er setzte sich in den Bürostuhl an dem Schreibtisch gegenüber Marias Arbeitsplatz, meldete sich mit »Morgen, Alois« und vermittelte seiner Kollegin gleichzeitig mit Gestik die Bitte, ob sie ihm einen Kaffee holen würde. Maria lächelte, ging aus dem Büro und schloss die Tür. Sie war seit fast 30 Jahren in dieser Firma, wusste, dass Alois Leibacher senior und junior vom selben Schlag waren, und hatte verstanden, dass dies offenbar ein Gespräch sein würde, bei dem es mal wieder um irgendeine Geheimsache ging.

Die Stimme von Alois Leibacher klang anders als sonst. Vielleicht lag es aber auch daran, dass sein Chef vermutlich von einer Telefonzelle aus anrief. Im Hintergrund hörte er ein Motorengeräusch. Im nächsten Moment war ein zischendes Geräusch zu hören, gefolgt von Getrappel und Stimmengewirr. Offenbar stand die Telefonzelle an einer Haltestelle, wo gerade ein voll besetzter Bus gehalten hatte.

»Hör zu«, sprach Leibacher in die Hintergrundgeräusche hinein, »ich befinde mich in einer absoluten Ausnahmesituation, und das heißt kurz gesagt, dass ich mir eine neue Identität verschaffen muss. Kann das jemand mithören?« Grätner versicherte ihm, dass er allein im Büro saß und die Tür zu sei. Die Baustelle würde jetzt wohl warten müssen, wenn sich der Firmenchef offenbar gerade in einer Identitätskrise befand.

Wilfried »Bill« Grätner hörte gespannt zu. Leibacher sprach ziemlich unsortiert von einem Tunnel und von der Inszenierung eines verheerenden Unfalls. Der Unfall sollte den Anschein erwecken, dass Leibacher dabei ums Leben kommen würde, wenn der Wagen explodierte und dadurch unter Tonnen von Beton und Gestein begraben würde. Und diese Ignoranten bei der Vorarlberger Straßenbaubehörde sollten dabei endlich die Quittung dafür bekommen, dass sie ihm seit Jahren den Ausbau der Zufahrt zu seinem Ferienhaus verweigerten, obwohl er diese komplett mit Personal, Gerät und Material der eigenen Firma bauen würde.

»Alois …«

»So, und damit sind dann gleich zwei Dinge auf einen Schlag erledigt, weil erstens so ein Unfall einen zuverlässig ins Jenseits befördert …«

»Alois, jetzt mal …«

»… und zweitens dieser Tunnel für die nächste Skisaison sicher dicht ist.«

Grätner fragte sich, ob sein Chef – und zwischenzeitlich sein engster Vertrauter – noch ganz bei Trost war, verkniff sich aber diese Frage. Alois mochte ein äußerst erfolgreicher und einflussreicher Bauunternehmer sein, aber ebenso war er auch ein Spinner – besonders dann, wenn es um Rache ging. In diesem Fall »Rache« an einer bedeutenden touristischen Region gleich hinter der österreichischen Grenze, nur weil er diesen verdammten restlichen Kilometer bis zu seinem Ferienhaus nicht teeren durfte.

Er sollte sich etwas einfallen lassen, hatte er ihm soeben aufgetragen, bestimmt wüsste er dafür aus seinem Ex-Job einige gute Tricks, wie man mitten in einem sechs Kilometer langen Straßentunnel einen spektakulären Autounfall »baute« und dabei zugleich dafür sorgte, dass dieser für Wochen oder gar Monate bis zur Wiederinstandsetzung unpassierbar wäre.

»Alles machbar, Boss, aber kann es sein, dass du da eine Kleinigkeit übersehen hast?« Bill hatte sich bequem in den Bürostuhl in Marias von Grünpflanzen durchwuchertem Buchhaltungs-Reich zurückgelehnt und nutzte eine kurze Redepause aus, um in die wirr klingenden Anweisungen seines Chefs einzuhaken. Er schaukelte dabei auf dem grauen Drehstuhl hin und her, legte den Kopf in den Nacken und blickte entnervt zur Decke. In der Leitung war für wenige Sekunden Stille.

Im Montafon schob sich die Vormittagssonne über die steilen Felsgipfel und begann sogleich mit aller Kraft, einen heißen Spätsommertag anzuheizen. Alois Leibacher hatte plötzlich das Gefühl, als glühte der heiße Planet direkt über dem Blechdach der gläsernen Telefonzelle, von der aus er gerade Wilfried in ein Vorhaben einwies, das er – was er sich jedoch nicht eingestehen wollte – bisher noch nicht sonderlich gut durchdacht hatte.

»Mir ist die Sache mit dem Stausee-Projekt aus dem Ruder gelaufen.« Der mächtigste Bauunternehmer der ganzen Region zwischen Bodensee und Allgäuer Alpen wirkte mit einem Mal kleinlaut. »Ich muss untertauchen, weil irgend so ein Wichtigtuer von diesen ›Grünen‹-Heinis gemeint hat, dass er den Medien zuspielen muss, dass ich da mit dem Stromkonzern gemeinsame Sache mache. Und diese Fernsehfritzen haben das gefressen und blenden in den Nachrichten eine Rede von mir ein, wo es aber um ein ganz anderes Bauprojekt gegangen war. Die verdrehen vollkommen die Tatsachen, verstehst du?«

»Hab ich alles einigermaßen verstanden. Und auch, dass du jetzt vorhast, deinen eigenen Unfalltod zu inszenieren und dann unter einem anderen Namen in deiner Niederlassung in Liechtenstein weiterexistierst. Aber wenn ich dich recht verstanden habe, hast du nicht vor, selbst in der Karre zu sitzen, die da an die Tunnelwand krachen und in die Luft gehen soll, was ich da irgendwie hintricksen soll, oder?«, fragte Bill ironisch. »Weißt du, ich seh da schon wie im Film, wie da die Feuerwehr die ausgebrannte Karre freibuddelt, dann kommt der Kommissar mit seinem dussligen Adjutanten und stellt fest – ja, do is ja goa koana drin?«, flachste Bill und setzte hinzu: »Keine Leiche, keine vermisste Person. Und ich glaube, das ist nicht nur bei den bayerischen Vorabend-Krimisendungen so, für die ich die Stunts gemacht habe.«

Vom anderen Ende der Leitung waren für einen Augenblick nur ein heftiges Atmen und im Hintergrund wieder die Geräusche eines an- und abfahrenden Busses und die Schritte der aussteigenden Fahrgäste zu vernehmen. Eine Frauenstimme sagte: »… da hoch zur Seilbahnstation.« Er schloss daraus, dass Alois in der Nähe seines Ferienhauses unterwegs sein musste, das in der Nähe eines Touristenortes im Montafon lag.

»Natürlich sitzt da einer drin«, kam Leibachers Stimme zurück, diesmal mit der gewohnten Entschlossenheit. Wilfried Grätner spürte trotz der spätsommerlichen Wärme, wie ihm ein kalter Schauer über den Rücken lief.

*

Das klapprige hölzerne Scheunentor ächzte und quietschte beim Öffnen, als er sich von der linken Seite dagegenstemmte, damit der Hüttenwirt der Schindel-Alpe mit seinem Toyota Landcruiser rückwärts einfahren konnte, um die bestellten sechs Kisten »Brandner Gletscherwasser« abzuholen. Schorsch Brunntaler nahm seine speckige blaue Arbeitsmütze ab und wischte sich den Schweiß von der Stirn. Die Septembersonne brannte für diese Jahreszeit ungewöhnlich heiß vom wolkenlosen Himmel, während auf den umliegenden Bergen ein leichter Dunst wie ein Schleier auf den kahlen Felswänden lag.

Die Räder des Toyota-Geländewagens wühlten sich vom Fahrweg über den nackten Erdboden, der vom Regen des vergangenen Wochenendes stellenweise noch aufgeweicht war. Zur gleichen Zeit fuhren ein beigefarbener Fiat-Kastenwagen mit der Aufschrift einer Schreinerei und ein roter VW-Transporter mit Pritsche und Plane auf dem Hof ein. Aus dem Kastenwagen stieg ein junger Mann in Schreiner-Arbeitsmontur aus und fragte, wo er die Holzkisten abladen sollte.

»Schaut so aus, als wärscht mit dei'm Schnaps dick im G'schäft«, witzelte der stämmige Hüttenwirt mit dunkelblondem Vollbart, der in der Scheune gerade damit begann, die mit Schnapsflaschen gefüllten Holzkisten im Laderaum seines Geländewagens zu verstauen. Schorsch winkte ab und grummelte ein paar unverständliche Worte vor sich hin, während er eines der Laufräder der rostigen eisernen Schiene über dem Scheunentor inspizierte, das sich beim Aufschieben des Tores zuerst verkantet und dann ausgehängt hatte.

Alois Leibacher fuhr mit dem Transporter gleich halb in die Scheune, weil er bereits im Sinn hatte, seine Ladung inklusive Edelmetall auf den Traktoranhänger umzuladen. Er hatte es eilig, weil er nun schon den zweiten Tag hier oben in den Bergen war und eigentlich andere Dinge zu tun hatte, als einen Haufen Gold vor den Begehrlichkeiten anderer in Sicherheit zu bringen.

»Tief- und Straßenbau«, las der Hüttenwirt laut von der Aufschrift auf der Fahrertür ab. »Da schau an, der Schorsch lässt jetzt endlich mal sein' Hof teer'n. Und Schorsch, dann lasst am best'n gleich a Ramp'n bau'n, damit du mit'm Gabelstapler direkt auf'n Lastwagen laden kannst.« Der Hüttenwirt und der junge Schreiner brachen darauf in schallendes Gelächter aus.

»Aber du fahrst jetzt erst mal dein' Rosthauf'n auf d' Seit'n, sonst muss i zum Rausfahr'n durch d' Hauswand durch«, wandte er sich breit grinsend an Leibacher und deutete dabei auf den mächtigen verchromten Rammschutzbügel vor dem Kühler seines Landcruisers. Leibacher hatte an diesem frühen Montagnachmittag keinen Sinn für Späße, startete den widerwillig anspringenden Motor des VW-Transporters und rangierte ihn in der engen Scheune so, dass er von der Ladefläche aus direkt auf den Traktoranhänger umladen konnte. »He, Asphalt-Cowboy, bischt du hier dahoam?«, fragte der Hüttenwirt leicht ärgerlich, weil der Transporter jetzt so nahe neben seinem Toyota stand, dass er sich zum Einsteigen hineinzwängen musste und dabei lästerte, welche Billigfirma Schorsch da bestellt hatte.

Eine knappe Minute später klappte Alois Leibacher die seitliche Ladebordwand herunter und wunderte sich über die plötzliche Stille in der Scheune. Der Landcruiser und der Schreinerei-Kastenwagen waren abgefahren, und Schorsch war wie vom Erdboden verschluckt. Er begann, die Kalksandstein-Mauersteine von der Ladefläche auf den Traktoranhänger umzuladen, und fragte sich, ob der klapprige Hänger das Gewicht aushalten würde.

Vor der Scheune hörte er das Klirren von Werkzeug, das auf den Boden geworfen wurde. Er trat zu der breiten Öffnung der Scheune hinaus und sah eine Holzleiter, auf der auf halber Höhe zwei Füße in verdreckten und zerschlissenen Arbeitsstiefeln standen. Schorsch hatte die Leiter an das Tor gelehnt und machte sich daran, die Schiebetor-Mechanik instand zu setzen.

»Ich muss heute Nachmittag noch das Zeug auf die Hütte bringen. Wann können wir mit deinem Traktor los?«, fragte Alois Leibacher ungeduldig.

»Siehst doch, dass i koa Zeit net hob. I muaß des Scheiß Tor da reparier'n«, knurrte Schorsch von der Leiter herunter, während er versuchte, mit einem Schraubenschlüssel die Mutter der Laufradachse zu lösen. »Schlüss'l steckt«, brummte Schorsch.

Leibacher ging in die Scheune zurück und betrachtete den verbeulten alten hellblauen Steyr-Traktor, dessen Zustand bei ihm ziemlichen Zweifel an der Fahrtüchtigkeit auslöste. Die Motorhaube war so verbogen, dass sie nicht mehr in der Halterung einrastete. Am Fahrersitz hingen letzte Reste von einem Kunstlederüberzug, sodass man auf dem blanken Metallgestell saß. Aus dem Motorblock triefte Öl, die schmalen hinteren Reifen waren fast völlig ohne Profil. An der Vorderseite fehlte ein Scheinwerfer komplett; der linke bestand nur noch aus einem leeren verrosteten Gehäuse, aus dem an zwei Kabeldrähten die

Glühbirne baumelte. Aber es war im Moment die einzige Möglichkeit, sein Baumaterial und das Gold zum Ferienhaus zu transportieren.

Er lud die restlichen Mauersteine und die Mörtelsäcke auf den Anhänger und nahm eine Kunststoff-Mörtelwanne von der Ladefläche, um die Goldbarren dahinein umzuladen. Draußen hämmerte Schorsch, auf der Leiter stehend, auf die verbogene Laufschiene des Schiebetors ein.

Diese Aktion bedeutet noch mal eine weitere Nacht im Montafon, dachte Leibacher, während er die Goldbarren sorgfältig in die Mörtelwanne legte. Er konnte es sich dabei nicht verkneifen, einen der Barren aus dem Schutzpapier zu wickeln und in einem Sonnenstrahl blinken zu lassen, der durch einen breiten Spalt in der Mauer neben dem Scheunentor hereinschien. Bis er das Material und das Gold im Ferienhaus abgeladen hatte, würde es bereits später Nachmittag sein; mit Einmauern und Verputzen würde er bis etwa Mitternacht zu tun haben, schätzte er grob, während er einen Fuß auf das verbogene Trittblech des Traktors stellte und sich vorsichtig hinter das Lenkrad setzte.

Der Motor sprang schneller an als der seines Transporters. Aus dem verrosteten, senkrecht aus der klappernden Motorhaube aufragenden Auspuff schoss eine schwarze Diesel-Abgaswolke heraus. Leibacher trat die Kupplung und legte den ersten Gang ein, begleitet vom Geräusch aneinanderreibender Zahnräder. Das Gefährt setzte sich ruckelnd und mit lautem Knattern in Bewegung, und er musste zunächst rangieren, um den Hänger anzukuppeln.

Die Glühbirne, die am Rest des linken Scheinwerfers an zwei Kabeldrähten baumelte, versuchte vergeblich, etwas Licht in die halbdunkle Scheune zu bringen. Nach drei Versuchen hatte er es geschafft, den Anhänger anzukuppeln, legte wieder mit knirschendem Geräusch den Gang ein und fuhr mit dem Gespann aus der Scheune heraus.

Schorsch stand immer noch auf der Leiter und hatte ein diebisches Grinsen im Gesicht. Durch den breiten Spalt in der Mauer hatte er zufällig im richtigen Moment beobachtet, wie Alois einen Goldbarren im Strahl des Sonnenlichts hatte glitzern lassen.

Das Traktorgespann rumpelte über den Rest der Fahrstraße, die knapp 100 Meter nach Untere Breitwies in einen schmalen Forstweg überging. Kurz bevor der Wald über den Rest der Strecke zum Ferienhaus die Sicht auf die umgebende Berglandschaft versperrte, sah er noch talwärts einen Motorradfahrer, der mit seiner Geländemaschine einen Wanderpfad hinauffuhr. Dann musste er sich auf dem restlichen knappen Kilometer darauf konzentrieren, mit dem Traktor samt beladenem Anhänger in der Spur zu bleiben. Er musste dabei vor allem den rechten Rand im Auge behalten, der an einigen Stellen steil in den Abgrund führte.

Zu den letzten 50 Metern zum Ferienhaus zweigte der Weg schräg nach links in einen schmalen Fahrweg ab. Er trat das Gaspedal weiter durch, worauf der äußerlich nach einem Schrotthaufen aussehende Traktor noch einmal zeigte, welche Kraft in dem öltriefenden Motor steckte, während aus dem rostigen senkrechten Auspuffrohr eine dunkle Abgaswolke über seinen Kopf hinwegzog.

Die Holzschindeln am oberen Geschoss des Ferienhauses sahen etwas verwittert aus, und das mit roter Rostschutzfarbe gestrichene Blechdach war von den letzten schneereichen Wintern ziemlich mitgenommen. Die rustikale Eingangstür und die kleinen Holzfenster im Erdgeschoss, die dem Berghaus seinen alpenländischen Charakter verliehen, schienen dagegen auf den ersten Blick noch in einem guten Zustand zu sein und bräuchten vielleicht nur einen Renovierungsanstrich. Er stellte das Traktorgespann neben dem Holzzaun an der linken Seite des Hauses ab, wo er die ganze Ladung auf ebenem Weg über die mit großen Holzläden verschlossene Terrassentür ins Haus bringen konnte.

Er schloss die Haustür auf und trat in den Vorraum, wo links eine Türe zum Wohnraum und an der rechten Wandseite eine hölzerne Treppe ins Obergeschoss führte. Es roch nach altem Holz und einem Hauch von Heu, das früher in einem Anbau hinter dem Haus gelagert war. Alois Leibacher öffnete die Terrassentür und die großen Holzfensterläden und sog die Bergluft ein, die durch die große Öffnung hereinströmte. Das Sonnenlicht ließ die Bäume am Waldrand in sattem Tannengrün leuchten, und die in der Entfernung sichtbaren Felswände zeigten sich in scharfen Konturen mit reliefartiger Struktur.

Vor seinem geistigen Auge flackerte eine Szene aus vergangenen Familienwochenenden auf, als Constanze sich im Liegestuhl auf der Terrasse sonnte und Carola als kleines Mädchen auf der Wiese neben dem Holzzaun herumturnte, während er für den Abend das Brennholz für das Grillfeuer vorbereitete.

Neben der Terrasse gab es noch einen kleineren Stapel mit säuberlich aufgeschichteten Brennholzscheiten. Wenn es am Abend auf dieser Höhe kühler werden sollte, würde er sich mit einigen der Holzscheite vielleicht ein Kaminfeuer anzünden, dachte er und vergaß darüber beinahe, dass er eigentlich in anderweitiger Mission unterwegs war.

Leibacher setzte sich in einen der Korbsessel im Wohnraum, um zu überlegen, wo im Haus das beste Versteck für die Goldbarren sein könnte. Doch stattdessen begann sich in seinem Kopf eine unsortierte Gedankenspirale in Gang zu setzen, die ständig zwischen seiner Tochter Carola, seinem gestrigen Gespräch mit Wilfried in der sonnenbeheizten Telefonzelle und den Konferenzen mit »Hellwatt« und Bürgermeister Hüttinger wechselte.

Alois Leibacher aber war ein Meister der Selbstdisziplin und befahl seinen verselbstständigten Gedanken, sich in die umliegenden Bergwälder zu verflüchtigen. Sein Blick ging im Raum umher und blieb in der Ecke zwischen der Außenwand und dem Kaminofen hängen. Diese etwa einen Meter breite Nische erschien ihm ideal. Er würde einfach einen knappen halben Meter vor der Wand eine Reihe Mauersteine hochziehen, die Goldbarren dahinter einlagern und das Ganze oben mit einem Holzdeckel versehen, damit es wie eine Sitzbank neben dem Kaminofen aussah. Niemand würde auf die Idee kommen, dass sich darin ein Edelmetall-Versteck befand. Voller Tatendrang nahm er seine Arbeitsklamotten aus seiner Umhängetasche, zog sich um und begann, das Baumaterial von dem Traktoranhänger abzuladen.

Es war gegen 20 Uhr am Abend, als er für das Mäuerchen den Putz angerührt hatte und die graue Masse mit der Maurerkelle mit geübtem handwerklichem Schwung an die Wand schleuderte. Gleich darauf stapelte er das Edelmetall sorgfältig hinter der frisch verputzten Wand und ging in den Anbau, um nach passenden Brettern oder Holzdielen zu suchen, mit denen er das gemauerte Goldbarren-Versteck fürs Erste provisorisch abdecken konnte. Er fand ein paar Halbrundhölzer, die eigentlich für Zäune verwendet wurden. Mit den Hölzern unter dem Arm ging er durch die Tür in den Vorraum und verharrte mitten im Schritt. Die

Abenddämmerung warf den Schatten eines menschlichen Körpers in den Flur.

In der Haustür stand ein Mann. Das Licht der Abendsonne legte einen dunklen Schatten über seine ganze Erscheinung, sodass er dessen Gesicht nicht erkennen und nur erahnen konnte, dass es ein jüngerer Mann sein musste.

Der Unbekannte lehnte lässig mit den Händen in den Hosentaschen in der Tür und sprach zunächst kein Wort. »Haben Sie sich verirrt?«, fragte Leibacher in die Richtung des Mannes, in der Hoffnung, dass derselbe vielleicht nur nach dem Weg fragen würde. Als er mit den Hölzern unter dem Arm durch den Vorraum näher auf ihn zutrat, erkannte er jedoch ein inzwischen bekanntes Gesicht. Er hatte rote Haare und einen roten Oberlippenbart; seine Frisur bestand oben aus einem Stehhaarschnitt und langem Nackenhaar. Der Mann trug eine rot-weiße Motorradmontur. Es war der ›Hellwatt‹-Manager, der offenbar auch der Fahrer des Geländemotorrades gewesen sein musste, den er am Nachmittag bei seiner Traktorfahrt flüchtig wahrgenommen hatte.

Leibacher fragte sich, welcher dämliche Zufall ihm diese Begegnung verschaffte. »Eigentlich wollte ich auf den Fahrweg zur Oberzalimhütte, aber ich bin wohl auf einen falschen Weg abgezweigt, und jetzt ist mir der Sprit ausgegangen«, sagte der Fremde. »Könnte … ähm, ich meine, wäre es eventuell möglich, dass ich hier übernachten könnte?«, fragte er und blickte dabei an der Außenfassade entlang, als wollte er damit zum Ausdruck bringen, dass in diesem Haus doch genügend Platz sein müsste.

Über den Besucher war Alois zwar nicht begeistert, fasste dann aber den Gedanken, dass ihm dieser vielleicht sogar in irgendeiner Weise nützlich sein könnte, was seine Stausee- und Sporthotel-Pläne betraf. Zum Glück waren die Goldbarren bereits in der Mauernische versteckt, nur fehlte noch die Abdeckung, und er hoffte, dass der Gast nicht bemerken würde, welche Schätze er in diesem abgelegenen Berghaus hortete. Leibacher bat ihn herein und gab sich dabei als barmherziger Herbergsvater. »Im oberen Stock gibt es drei Betten, da können Sie sich für die Nacht eines davon aussuchen. Das Bad ist auch oben.«

»Manfred Breitstein ist übrigens mein Name – wir … ähm … kennen uns ja zumindest flüchtig von Ihrer Präsentation – es war, glaube ich, im März?«, stellte sich der Besucher vor. Breitstein, der bei »Hellwatt« wegen seiner roten Haarpracht und seinem roten Bart den Spitznamen »Fred Feuerstein« hatte, war Assistent im Finanzressort für die Bereiche Investment und Kraftwerksanlagen. Er verlor kein Wort über den zufälligen Charakter der Begegnung und kam unverblümt auf das Projekt zu sprechen. »Wie geht es denn mit Ihrem Stausee und dem Wasserkraftwerk voran?«

»Das Projekt liegt derzeit auf Eis«, antwortete Leibacher misstrauisch auf dessen Frage, und er spürte einen Anflug von Zorn darüber, was diesem Kerl einfiel, ihm derartige Fragen zu stellen. Manfred Breitstein war jetzt zwei Schritte weiter in den Vorraum getreten und konnte durch die geöffnete Tür zum Kaminzimmer die frisch verputzte Mauer sehen. Von zwei der obenaufliegenden Goldbarren hatte sich das Schutzpapier abgewickelt. Durch die Terrassentür schien die Abendsonne herein und ließ das Gold glänzen.

Breitstein starrte wie hypnotisiert auf das Edelmetall-Versteck. Dann stimmte es also doch, was ihm dieser merkwürdige Landwirt auf dem vor dem Wald gelegenen Hof erzählt hatte, als er dort den VW-Transporter mit der Aufschrift ›Alois Leibacher Tief- und Straßenbau‹ gesehen und gefragt hatte, wer von dieser Firma hier oben unterwegs war.

»Ich ... ähm ... hätte da über einen Kollegen aus der Kraftwerks-Konzernsparte gute Verbindungen zu einem Ministerialdirektor im Wirtschaftsministerium, der – ähm, sagen wir mal, durchaus an der einen oder anderen Unternehmensbeteiligung interessiert ist. Das könnte für Ihr Projekt die eine oder andere Hürde beseitigen. Für ein paar von den Glitzerbalken« – er machte eine Kopfbewegung in Richtung des Goldbarren-Verstecks – »könnte ich da für Sie durchaus die eine oder andere Genehmigung einfädeln«, sagte Breitstein und setzte ein unverhohlenes Grinsen auf.

Du kannst den einen oder anderen Tritt in den Arsch haben, dachte Leibacher. Es gab jetzt also einen Mitwisser und für ihn keinen Zweifel daran, dass dieser sich bei nächster Gelegenheit das Edelmetall unter den Nagel reißen würde. Blitzschnell wägte er zwei Alternativen gegeneinander ab. Die eine war, ein neues Versteck zu suchen, allerdings schied dann das Ferienhaus aus. Zugleich wurde ihm bewusst, dass er erpressbar war, da dieser »Hellwatt«-Mann sicher längst wusste, dass das Stausee-Projekt nach momentaner Sachlage zum Scheitern verurteilt war. Sicherer erschien ihm deshalb die zweite Alternative – die zugleich auch die Antwort auf eine Frage von »Bill« Grätner sein würde, die mit seinem Auftrag zur Inszenierung seines Unfalltodes zu tun hatte.

Keiner von beiden hatte währenddessen bemerkt, dass zwischenzeitlich eine dritte Person vor dem Haus stand und unauffällig die Szenerie beobachtete.

»Lassen Sie uns Ihren Vorschlag doch bei einem Glas ›Brandner Gletscherwasser‹ auf der Terrasse besprechen.« Alois Leibacher gab scheinbar gelassen den souveränen Geschäftspartner und wies Breitstein auf die Holzbank an dem Tisch. Er wollte erst einmal Zeit gewinnen und in Ruhe abwägen, wie er mit diesem unverschämten Rotschopf weiter verfahren sollte.

Manfred Breitstein machte es sich erwartungsvoll und siegessicher auf der Holzbank bequem und breitete beide Arme seitlich über der Lehne aus. In diesem Moment machte sich in seinem Kopf eine unwiderstehliche Gier breit, dieses Goldbarrenlager zu plündern. Niemand würde dies hier oben in dieser einsamen Bergregion beobachten. Er öffnete seinen Rucksack und holte das große Messer mit der 25 Zentimeter langen Klinge heraus, das er vor einiger Zeit für ein Survival-Training gekauft hatte.

Der Hausherr des Berghauses kam wie erwartet mit einer Flasche und zwei Schnapsgläsern auf die Terrasse zurück und blieb unvermittelt stehen, als er die Sägezahnklinge des Messers funkeln sah und in dem verzerrten Gesichtsausdruck des Rothaarigen erkannte, dass dieser nichts Gutes im Sinn haben konnte. Leibacher ließ die beiden Schnapsgläser fallen und wich zurück, um die Terrassentür zu schließen. Doch der Rothaarige war bereits mit einem Satz über der Türschwelle, ging langsam mit dem auf Leibacher gerichteten Messer auf ihn zu und schien in einen Wahn verfallen zu sein. »Ich bin der Pirat, und der Goldschatz gehört jetzt m…«

Das Letzte, was Manfred Breitstein hörte, war das pfeifende Geräusch, das entstand, wenn ein stabförmiger Gegenstand schnell durch die Luft bewegt wurde. Die stumpfe Seite der Spaltaxt zertrümmerte mit einem dumpfen Schlag seine Nackenwirbel. Breitstein sackte leblos zusammen und fiel der Länge nach auf die Terrassenplatte. Leibacher sah fassungslos auf den wie vom Himmel gefallenen Körper und registrierte erst dann, dass neben der Holzbank ein kräftiger Mann mit leicht gewelltem schwarzem Haar und Dreitagebart stand, der sich auf die Spaltaxt lehnte und tief durchatmete.

»Irgendwie bin ich nach dem Telefonat gestern das Gefühl nicht losgeworden, dass du hier oben sein musst und irgendwas im Busch ist. Also bin ich hier raufgefahren. Ich hab vor der Haustür um die Ecke geschielt und dann gemerkt, dass der Typ mit der Vokuhila-Frisur tatsächlich Ernst machen wollte«, sagte Wilfried »Bill« Grätner und lehnte die schwere Spaltaxt an die Wand neben der Terrassentür.

»Klarer Fall von Notwehr. So viel zu deiner Frage nach dem Fahrer, Bill«, setzte Alois hinterher, als er seine Fassung wiedererlangt hatte, und malte beim Wort »Fahrer« mit Zeige- und Mittelfinger Anführungszeichen in die Luft. Die beiden nickten sich zu, holten eine Abdeckplane aus dem Holzlager im Anbau, wickelten den Toten darin ein und verschnürten die Plane mit Stricken, die man zum Binden von Heubüscheln verwendete. »Bei drei zugleich«, sagte Alois Leibacher, als sie das Bündel mit Breitsteins Leiche auf den klapprigen Traktoranhänger legten.

*

Der Landesverband würde stolz auf ihn sein. Der Bericht in der Nachrichtensendung vom vergangenen Sonntagabend im österreichischen Fernsehen hatte es ans Licht gebracht:

»Wie sich zwischenzeitlich aufgrund des Hinweises eines Mitglieds der deutschen Partei ›Die Grünen‹ herausgestellt hat, besteht eine Verbindung zwischen dem Stromkonzern »Hellwatt AG« und einem örtlichen Tiefbauunternehmer, der offenbar unter Einflussnahme auf die regionalen Verwaltungen und Entscheidungsträger versucht, auf das Vorhaben abseits der geltenden Rechtsgrundlagen einzuwirken«, hatte der TV-Moderator gesagt. Die Sendung hatte er auf seinem neuen VHS-Videorekorder aufgezeichnet und die Stelle mit diesem Satz wieder und wieder abgespielt. Die Videokassette lag in der Jutetasche mit den Unterlagen für die Landesversammlung der »Grünen«, zu der er gerade mit einem Schnellzug der Deutschen Bundesbahn nach Augsburg unterwegs war. Gottfried Monschkopf hoffte insgeheim, dass er dort vielleicht sogar den Bundesvorsitzenden antreffen würde und dass er ihm das Videoband würde persönlich überreichen können, welches belegte, dass er allein mit der von ihm organisierten Demonstration den Bau eines Stausees und damit die Vernichtung intakter Natur erfolgreich hatte verhindern können.

Frieden und Abrüstung waren die Themen, für die man sich als Grüner hauptsächlich einsetzte; aber die innerpolitischen Ziele richteten sich vorrangig gegen die Atompolitik der Bundesregierung. Schon im Februar 1981 war Monschkopf bei der Demonstration in Brokdorf dabei gewesen, die sich vehement gegen den Ausbau der Atomenergie stellte und bundesweit für Schlagzeilen gesorgt hatte. Jetzt hatte er seine »Schlagzeile« mit der erfolgreichen Demo gegen den Stausee am Steighorn im deutsch-österreichischen Grenzgebiet des bayerischen Allgäus.

Der Schnellzug erreichte um 9.30 Uhr den Augsburger Hauptbahnhof, sodass er bei der Weiterfahrt mit der Straßenbahn rechtzeitig bei der Parteiversammlung sein würde. Der Nieselregen dieses Septembertages legte einen grauen Schleier über die Stadt. Er stieg aus dem Waggon aus, der als erster hinter der Lok angekuppelt war. Im Vorbeigehen fiel sein Blick auf die rote Lokomotive der Baureihe 111, deren Lüfter geräuschvoll den Elektroantrieb kühlten. Er betrachtete die Reihen der Oberleitungen, die sich entlang der Gleise spannten, als wären sie für Seiltänzer vorbereitet, damit sie über den Schienen ihre Artistik vorführten. Auf dem Vorplatz des Bahnhofs kurvten die elektrischen Straßenbahnen über enge Gleisbögen, um die Fahrgäste aus den umliegenden Stadtteilen ins Zentrum und wieder zurück zu befördern. In den Fenstern der Kaufhäuser und Bankengebäude brannten an diesem trüben Vormittag die Neonlichter.

Ohne Strom läuft nichts mehr, dachte Gottfried Monschkopf. Bei den »Grünen« konnte er sich nicht recht entscheiden, ob er sich zu den »Realos« oder zu den »Fundamentalisten« zählen sollte. Seine Ambition war jedenfalls, sich für eine umweltfreundliche Stromerzeugung einzusetzen. Die Reaktorkatastrophe von Tschernobyl vor einigen Monaten hatte in der Bevölkerung für große Verunsicherung gegenüber der Atomkraft gesorgt. Strom aus Wasserkraft, das wusste er zwischenzeitlich, konnte nur den kurzzeitigen Spitzenbedarf abdecken und verbrauchte dafür aber enorme landschaftliche Ressourcen. Von Elektroinstallateur Franz Britzler hatte er von einer neuartigen Technologie erfahren, mit der Strom einfach aus Sonnenlicht erzeugt werden konnte. Das wollte er in der Landesversammlung einbringen, gewissermaßen als künftiges Kompetenzthema der »Grünen«, deren politische Zielsetzungen ihm bisher zu sehr links orientiert waren.

Im Versammlungssaal roch es nach Kräutertee und Rauch von selbstgedrehten Zigaretten. Frauen in bunten Kleidern häkelten grüne Topflappen mit dem gelben Sonnen-Parteisymbol der »Grünen« oder stillten mitten in den Sitzreihen ihre Säuglinge, während sie der Rede des Parteivorsitzenden zuhörten. Monschkopf fand in einer der hinteren Reihen seinen Partei-Kompagnon Walter Grasbaur aus Scheidegg und setzte sich auf den freien Stuhl neben ihm.

»Was machscht allat?«, fragte Grasbaur in der Pause, nachdem der Parteivorsitzende seine Rede über die Ergebnisse aus dem Beschluss der letzten Bundesversammlung beendet hatte. Gottfried Monschkopf begann, gestenreich von seinen Erfolgen und Visionen zu berichten – angefangen von der Demo gegen das Steighorn-Wasserkraftwerk im Juli über den Fernsehbericht in den österreichischen Nachrichten bis zu seinem neuen Thema mit der Stromerzeugung aus Sonnenlicht.

Walter Grasbaur hörte ihm geduldig, aber mit mitleidigem Lächeln und ohne die von Monschkopf erwartete Bewunderung zu. »Gottfried«, sagte Grasbaur, als dieser seinen aufgeregt vorgebrachten Bericht geendet hatte, »du hascht ja grad nochmal g'hört, was ma' in d'r achten Bundesversammlung im Dezember letscht Johr beschlossa hat.«

Er unterbrach kurz, um mit der Zunge den Klebestreifen des Zigarettenpapiers anzufeuchten. Er zündete die Selbstgedrehte an, aus der vorne ein kleines Büschel Tabak hing, nahm einen tiefen Zug und befreite danach seinen Mund mit Daumen und Zeigefinger von losen Tabakresten.

»Dauerpräsenz der ›Grünen‹ gegen den Bau der Wiederaufbereitungsanlage Wackersdorf. Jeder Monat an andera Landesverband, und im Oktober sind mir dran. Du bischt mit auf d'r Lischte, Gottfried«, sagte Walter Grasbaur.

Gottfried Monschkopf sah seinen Parteikollegen ungläubig an und war einfach nur enttäuscht. Er hatte etwas dazu beitragen wollen, dass die ›Grünen‹ einen Ansatz für die Entwicklung einer ernstzunehmenden alternativen Energiepolitik finden konnten, und die Basis wollte sich offenbar weiterhin nur als Atomkraftgegner positionieren. Und er sollte sich in Wackersdorf womöglich vier Wochen lang mit an die Bauzäune ketten.

Er verließ die Landesversammlung vor dem offiziellen Ende. Auf dem Weg zum Bahnhof fasste er den Entschluss, einen alten Bauernhof zu kaufen, diesen selbst zu renovieren und als Selbstversorger zu leben, mit selbst angebautem Gemüse und selbst erzeugtem Strom.

*

Es musste noch in dieser Nacht über die Bühne gehen. Wilfried Grätner hatte sich in den letzten zwei Tagen einen detaillierten Plan zurechtgelegt, wie er den Autounfall in dem Tunnel, dessen Portal gleich hinter der deutsch-österreichischen Grenze in die sechs Kilometer lange Röhre führte, so inszenieren konnte, dass ein Mensch verschwand und zugleich ein Abschnitt des Tunnels durch einen von einer Explosion ausgelösten Einsturz verschüttet wurde.

Jetzt hatte er aber auch noch eine Leiche zu entsorgen, die noch im Laderaum unter der Pritsche des VW-Transporters lag. Sein Durchführungsplan änderte sich dadurch nicht, aber ihm blieben nur wenige Stunden Zeit. Es war noch nicht einmal drei Stunden her, als am Ferienhaus dieser rothaarige »Hellwatt«-Mitarbeiter wie ein Irrer mit dem Messer auf Alois losgehen wollte, und er hatte offenbar in letzter Sekunde einschreiten können. Er wusste nicht, wie die Situation ausgegangen wäre, wenn er nicht aus einem unguten Gefühl heraus am frühen Abend ins Montafon gefahren wäre. Nun aber musste er die verkehrsarme Zeit mitten in der Nacht ausnutzen, um den Tunnelunfall auszuführen.

Bill Grätner hatte bisher nie die Anweisungen seines Chefs Alois Leibacher hinterfragt. Dass dieser sich aber an einem ganzen österreichischen Bundesland mit einem

Tunnel-Inferno rächen wollte, nur weil man ihm den Bau einer befestigten Zufahrtsstraße zum Ferienhaus im Montafon verweigerte, grenzte für seine Begriffe an Debilität.

Alois würde wohl nun alles vorbereiten, um künftig unter einem neuen Namen in Liechtenstein weiterzuleben und von der Niederlassung in Vaduz aus die Geschäfte weiterzuführen. Wie dieser aber einfach unter einem anderen Namen in Liechtenstein – einem Miniaturstaat mit überschaubarer Einwohnerzahl – als jemand zu existieren gedachte, der Geschäftsführer eines Bauunternehmens war und damit bei Finanzbehörden, Banken, Versicherungsträgern und nicht zuletzt beim Einwohneramt in den großen Aktenschränken auf Karteikarten registriert sein musste, war für Bill ein Rätsel.

Der alte Opel Rekord Caravan, mit dem Alois meist zu seinen Baustellenterminen fuhr, würde noch in dieser Nacht das Tunnel-Inferno auslösen. Er sollte sich etwas einfallen lassen, hatte ihm Leibacher aufgetragen, der davon ausging, dass Bill aus seiner Zeit als Stuntman für Auto-Verfolgungsjagden und spektakuläre Crashs die entsprechenden Tricks auf Lager haben würde.

Das Mondlicht erleuchtete die Werkstatt in der Fahrzeughalle fast taghell, obwohl die Wanduhr über der Tür 23.33 Uhr anzeigte. Der Countdown läuft, dachte Grätner und rollte die Sackkarre mit den Gasflaschen vor den alten MAN-Kipplaster, der sonst nur noch zum Schneeräumen eingesetzt wurde. Mit einem leisen Knall zischte eine kleine blaue Schweißflamme aus dem Brenner, den er mit dem fast leeren Einwegfeuerzeug entzündet hatte.

Als er die angerosteten, auf passende Länge geschnittenen und vorne zugespitzten Vierkant-Stahlrohre an das Schneeräumschild schweißte, mit denen er den Lkw zu einer

Art Gabelstapler umfunktionierte, fasste er den Gedanken, dass dafür diesmal mehr herausspringen musste. Ihm musste für diese Dreckarbeit mehr zustehen, wenn er dem Inhaber dieses überregional agierenden Tief- und Straßenbauunternehmens mit diesem inszenierten Unfall zu einer neuen Identität verhalf.

Die billige elektrische Wanduhr, die wohl so aussehen sollte wie eine Digitaluhr, blätterte mit einem in der nächtlichen Stille durch die ganze Werkstatt hallenden Klacken ein Ziffernblatt um, sodass die Uhr jetzt 23.51 Uhr zeigte. Irgendwann würde er über das Vermögen der Firma verfügen, dachte er, während er den roten Opel Rekord Caravan mit einigem Abstand vor den Lkw stellte. Verwundert registrierte er bei einem zufälligen Blick auf den Kilometerzähler, dass dieser mit 235.100 Kilometer die gleichen Zahlen wie die Uhr anzeigte.

Er stieg von dem Opel, auf dessen Fahrersitz gleich die Leiche von Manfred Breitstein Platz nehmen würde, in das Führerhaus des Lkw um und startete den Motor. Langsam rollte der MAN-Diesel von hinten auf den Rekord Caravan zu. Die Vorrichtung an der Schneeräumschaufel des Lkw drückte den Opel mit der rechten Vorderseite gegen einen Betonpfeiler der Halle, bevor sich die angeschweißten Stahlrohre mit blechernem Knirschen in die Heckklappe des Kombis bohrten.

Jetzt musste er noch den unangenehmen Teil hinter sich bringen. Es kostete ihn einige Überwindung, die Seitenklappe unter der Ladepritsche des VW-Transporters zu öffnen, wo derjenige lag, der bereits tot war, bevor er mit dem Opel an die Tunnelwand krachen würde.

Wilfried Grätner kam sich vor wie ein Vollstrecker der Mafia, als er die in eine Abdeckplane aus Plastikgewebe verschnürte Leiche herauszerrte und mit einiger Mühe auf den Fahrersitz des Rekord Caravan hievte. Er erschauderte, als von dem Gezerre ein Teil des roten Haarschopfs mit einer blutigen Stelle herausschaute. Er überwand sich ein weiteres Mal, zog den Sicherheitsgurt und hätte sich beinahe übergeben müssen, als er sich über den leblosen Körper beugen musste, um die Schnalle im Gurtschloss einrasten zu lassen. Er wollte sicherstellen, dass der Tote beim Aufprall nicht aus dem Auto geschleudert wurde. »Vorschriftsmäßig angeschnallt«, sagte Grätner leise vor sich hin, schlug die Fahrertür zu und lief sogleich in Richtung des Gasflaschenlagers.

Die Wanduhr in der Fahrzeughalle zeigte 0.35 Uhr, als er auf dem Rücksitz des Opels zwei große Propangasflaschen deponiert hatte, deren Gewicht er schwerer geschätzt hätte, und auf dem Beifahrersitz die kleinen Sauerstoff- und Acetylen-Gasflaschen mit anmontierter Schweißgarnitur lagen.

Er war jetzt startklar. Vor der Fahrzeughalle rauchte er noch eine Zigarette und blies den Rauch in den hellen Nachthimmel. Dann atmete er kurz durch, schwang sich in das Führerhaus des MAN-Diesel, startete den Motor und drückte die Schneeräumschaufel mit den angeschweißten Stahlrohren ein wenig herunter, sodass er den wie von einem Gabelstapler aufgespießten Opel mit der Hauptlast auf der Hinterachse vor sich herschieben konnte.

Eine knappe halbe Stunde später bog er in die Straße zum Grenztunnel ein, die gleich hinter der deutsch-österreichischen Grenze einmündete. Er hatte diesen Weg gewählt, um nicht den großen Grenzübergang passieren zu müssen, wo er mit diesem seltsamen Gespann sicher die Bereitschafts-Grenzbeamten aus ihrem Schlummer geweckt hätte.

Es war ein völlig irrsinniges Unterfangen, mit einem Laster einen Pkw vor sich herzuschieben, an dessen Steuer zudem ein Toter saß, und ihm rann deshalb trotz der kühlen Nachttemperatur der Schweiß aus allen Poren. Er überlegte, was die Grenzbeamten wohl feststellen würden. Unbefugter und mangelhaft gesicherter Transport eines Kraftfahrzeugs, dessen Fahrer aufgrund vorhergegangenen Ablebens fahruntüchtig war?

Bei jeder kleinen Straßenunebenheit gaben die Reifen der Vorderräder des Opels ein kurzes quietschendes Pfeifen von sich, weil sie nur wenige Zentimeter über der Fahrbahn schwebten.

Endlich war er etwa in der Mitte des sechs Kilometer langen Tunnels angelangt. Grätner schaltete die auf dem Lkw-Dach montierten vier Zusatzscheinwerfer ein. Die Pannenbucht war nur noch wenige Hundert Meter entfernt. Jetzt waren äußerste Präzision und seine Stunt-Erfahrung gefragt. Es gab nur einen einzigen Versuch. Bill beschleunigte und steuerte auf die Pannenbucht zu. Er musste kurz dabei über die Mittellinie und hoffte, dass nicht ausgerechnet in diesem Moment ein anderes Fahrzeug entgegenkam.

Kurz vor der Pannenbucht lenkte er den Lkw leicht nach rechts und trat auf die Bremse. Der Rekord Caravan löste sich mit metallenem Quietschen von der Eisenkonstruktion und rollte schlingernd auf die Seitenwand der Nische zu, die quer zur Fahrtrichtung lag und damit eine Aufprallfläche bot. Im nächsten Sekundenbruchteil krachte der rote Opel mit der rechten Vorderseite an die Wand.

Grätner hielt den Lkw an und sprang aus dem Führerhaus. Es musste jetzt verdammt schnell gehen, bevor ein weiteres Fahrzeug kam oder ihm womöglich die Polizei schon gefolgt war. Er öffnete die hintere rechte Tür des Rekord Caravan, die zum Glück nicht klemmte, drehte die Ventile der Schweißgasflaschen auf, zündete mit dem fast leeren Einwegfeuerzeug den Schweißbrenner an und legte ihn zwischen die beiden Propangasflaschen. Die Schweißflamme sollte den Stahlmantel der Gasflaschen durchbrennen und diese zur Explosion bringen. Weil dies einige Minuten dauern würde, funktionierte diese Lösung im Prinzip als Zeitzünder.

In diesem Moment glaubte er, aus der zurückliegenden Richtung blinkendes Licht zu sehen. Mit einem Satz sprang er in das Führerhaus und sah zu, dass er diesen verdammten Tunnel so schnell wie möglich auf der österreichischen Seite verlassen konnte.

Im Rückspiegel sah er, wie aus dem Unfallwagen schwarze Rauchwolken austraten. Offenbar hatte der Schweißbrenner bereits die Sitze in Flammen gesetzt. Unwillkürlich dachte er kurz an seine Ex-Freundin Lorena. Sie hatte ihm im Streit an den Kopf geworfen, dass er darin der Größte sei, wenn es darum ging, etwas an die Wand zu fahren. Er musste ihr im Nachhinein recht geben.

Der MAN-Laster donnerte mit Höchstgeschwindigkeit aus dem Tunnelportal in Richtung Rheintalautobahn. Grätner sah am gegenüberliegenden Straßenrand einen jungen Autofahrer, der vor der Tunneleinfahrt im Scheinwerferlicht seines Ford Capri an der Leitplanke urinierte. Der Fahrer schaute mit erschrockenem und verdutztem Blick auf seinen Laster, den Bill Grätner kurz nach dem Tunnel in die Ausfahrt Richtung Bregenz lenkte. Im selben Moment schalteten sich die zur Entrauchung installierten Tunnelventilatoren ein, deren Steuerung das Einschalten automatisch an die Vorarlberger Einsatzleitstelle der Feuerwehr meldete.

Gleich neben dem Stadion in Bregenz standen Baucontainer und Straßenbaufahrzeuge, wo die Firma »Alois Leibacher Tief- und Straßenbau GmbH« gerade einen Parkplatz baute. Wilfried Grätner war froh, endlich den Lkw auf dem

Baustellengelände abstellen zu können. Er dachte an den Capri-Fahrer, der sich sicher gewundert hatte, warum mitten in einer milden Septembernacht jemand mit einem Schneeräumfahrzeug unterwegs war. Aber er vermutete nicht ohne Grund, da der Fahrer vor dem Tunnel an der Leitplanke seine Blase entleert hatte, dass dieser vielleicht ohnehin nicht ganz nüchtern unterwegs gewesen war.

Vom Baustellengelände waren es nur etwa 50 Meter zum Seeufer. Hätte er die nötige Vorbereitungszeit gehabt, hätte er sein Motorboot im Bootshafen bereitstellen können. In der Ferne hörte er die Sirenen von Einsatzfahrzeugen. Mit einem Anflug von Zufriedenheit zündete er sich eine Zigarette an und beschloss, die Nacht im Führerhaus des Lkw zu verbringen.

Er griff nach dem Schlüsselbund in seiner Hosentasche und stellte erleichtert fest, dass er den Generalschlüssel für die Baucontainer dabeihatte. Gleich am frühen Morgen würde er das Schneeräumschild abhängen, im Baucontainer einen Benzinmotor-Trennschleifer suchen und damit die angeschweißten Stahlrohre wieder abtrennen, noch bevor die Kollegen auf der Baustelle sein würden.

Danach würde er erst einmal bei Alois Meldung machen. Und dabei einen Extrascheck als Gefahrenzulage herausschinden.

*

++ Oktober 1986 ++

Die Ampel an der Bahnschranke schaltete auf Rot, als er sich um die Kurve dem Bahnübergang näherte. Das passierte ihm fast immer, wenn er von der Lindauer Insel von einem Einsatz oder einer Vernehmung kam und auf dem Weg zurück ins Präsidium war. Er stellte den Motor seines Peugeot 505 ab und nahm sein dunkelblaues Notizbuch zur Hand. Der viergleisige Bahnübergang beanspruchte regelmäßig seine Geduld, und er fragte sich, wie viel kostbare Dienstzeit er schon vor dieser Bahnschranke verbracht hatte, bis endlich der Regionalzug aus Bregenz oder der Eurocity in Richtung München die Gleise passiert hatte.

Es war 10 Uhr an diesem Mittwochvormittag, an dem grauer Hochnebel über dem Bodensee hing und ein feiner Nieselregen einen nebligen Schleier auf die Windschutzscheibe legte. Von den Bäumen gegenüber dem alten Stellwerkgebäude fielen dunkelgelbe Blätter und ließen keinen Zweifel daran, dass am Bodensee der Herbst unmittelbar bevorstand.

Eigentlich hatte er vorgehabt, sich auf dem Rückweg in der Metzgerei am Aeschacher Kreisverkehr wie fast jeden Vormittag zwei Frikadellensemmeln zu kaufen. Doch die Leiche der grausam zugerichteten 26-jährigen Frau, die von den Kollegen der Wasserschutzpolizei aus dem Bootshafen gefischt worden war, hatte ihm zugesetzt. Er würde im Präsidium erst einmal einen starken Kaffee brauchen.

In seinem Notizbuch machte Kriminalhauptkommissar Guntram Glattlinger noch schnell einen Vermerk zur Frage nach dem Arbeitgeber der ermordeten Frau, bevor der von zwei Dieselloks gezogene Eurocity den Bahnübergang passiert hatte und sich die Schranken endlich wieder öffneten. Wenige Minuten später parkte er den Peugeot auf dem Parkplatz vor dem Präsidium. Auf dem Besucherparkplatz stand ein Lancia Beta mit österreichischem Kennzeichen.

In seinem Büro erwarteten ihn statt eines Kaffees zwei Herren, die sich sogleich von ihren Besucherstühlen erhoben, als er, etwas verdutzt über den unerwarteten Besuch, in der Tür mit der abgegriffenen Aluminiumklinke und dem geriffelten Glaseinsatz stehen blieb. Die staubgraue Einrichtung aus den 60er-Jahren stand im Kontrast zu Glattlingers Erscheinungsbild mit verwaschener Jeans und olivgrüner Parkajacke. Durch seine kräftige Statur und das dunkle mittellange Haar wirkte er etwas älter als die 32 Jahre, die er im Sommer geworden war.

Er vermutete anhand des Wagens auf dem Besucherparkplatz, dass die beiden aus Österreich waren. Guntram Glattlinger war vor drei Jahren von Augsburg nach Lindau versetzt worden und hatte hier durch die Grenznähe häufiger mit Kollegen aus Vorarlberg zu tun. Die beiden waren ihm allerdings unbekannt.

»Äh, die Herrschaften sind von …«, beeilte sich seine junge Kollegin Jacqueline, die inzwischen aus ihrem Büro herangestürmt war und atemlos im Türrahmen stand. Dem jüngeren der beiden Besucher klappte angesichts ihrer üppigen Oberweite und der etwas zu engen wie auch etwas zu weit geöffneten Bluse die Kinnlade herunter, er fasste sich aber sogleich wieder und setzte eine dienstbeflissene Miene auf.

»Kommissariat Bregenz, Abteilung Kriminalistik«, begann der Jüngere die Vorstellungsrunde. Bevor er seinen Namen nennen konnte, kam ihm der ältere der beiden Besucher zuvor, dessen übergewichtiger Körper in einem dunkelgrauen Nadelstreifen-Dreireiher steckte und der offenbar eine bedeutende Position innehaben musste. Er deutete vornehm eine leichte Verbeugung an, wobei sein breites Doppelkinn über den Hemdkragen hinausquoll, und stellte sich als Konrad Griesbacher vor, ein Regierungsbeamter des Landes Vorarlberg.

Glattlinger bedeutete den Herren, am Besprechungstisch Platz zu nehmen, und wies Jacqueline an, alle drei mit Kaffee zu versorgen.

»Für mich nicht, danke«, sagte Griesbacher, der offenbar rasch zur Sache kommen wollte. Er lehnte sich in den Besprechungsstuhl aus verchromtem Stahlrohr zurück, legte mit aufgestützten Ellenbogen seine Fingerspitzen zu einem Dach zusammen und blickte zu dem Jüngeren, der noch rasch seine Brille putzte und noch nicht dazu gekommen war, seinen Namen zu nennen.

»Werter Herr Glattlinger«, begann der Jüngere, nachdem er seine randlose Brille mit ovalen Gläsern wieder aufgesetzt hatte, »wir dürfen davon ausgehen, dass Ihre für den Verkehr zuständigen Beamten regelmäßig die Zufahrt kontrollieren, die hinter dem Grenzübergang zum Tunnel führt?«

Glattlinger zog seine kräftigen Augenbrauen zusammen, die wie zwei dunkle Balken über seinen wachen Augen prangten. Sein Blick wanderte zwischen den beiden Männern hin und her, und er spürte einen Anflug von Ärger darüber, dass sich der österreichische Kollege nicht präziser ausdrückte.

»Um Ihnen das genau sagen zu können, müsste ich mit den Kollegen von der Verkehrspolizei Rücksprache halten. Aber der Grenzverkehr unterliegt natürlich einer gewissen Überwachung, wenn auch nicht lückenlos und auch nicht rund um die Uhr«, antwortete Glattlinger.

»Vor etwa vier Wochen, genauer gesagt am zweiten September, gab es im Tunnel in Fahrtrichtung Rheintalautobahn einen Verkehrsunfall mit einem Personenwagen, der im Tunnel ausgebrannt ist. Dass über diesen Unfall bislang weder in Österreich noch in Deutschland in den Medien berichtet wurde, liegt daran, dass der Vorgang von Seiten der

Vorarlberger Landesregierung der Geheimhaltung unterliegt, weil es bei diesem Unfall einige, nennen wir es mal so, merkwürdige Ungereimtheiten gibt«, berichtete Konrad Griesbacher mit Nachdruck in der Stimme, ohne seine Sitzhaltung zu ändern.

Glattlinger musste feststellen, dass Griesbacher kaum weniger in Rätseln sprach.

»Was ist mit dem Fahrer oder den Insassen, konnte eine Identität festgestellt werden? War das Fahrzeug in Deutschland oder in Österreich zugelassen?«

Der Beamte vom Bregenzer Kommissariat übernahm es, die Details zu nennen, und versetzte Glattlinger damit in zunehmendes Erstaunen. »Der Wagen ist etwa in der Mitte des Tunnels an die Seitenwand einer Pannenbucht geprallt. Im Wagen saß nur der Fahrer, der bis zur Unkenntlichkeit verbrannt ist. Keine Hinweise auf einen Unfallbeteiligten, keine Bremsspuren. Wir müssen im Moment davon ausgehen, dass der Fahrer den Unfall in Selbstmordabsicht herbeigeführt hat. Die Kennzeichen sind offenbar vorher abmontiert worden. Über die Fahrgestellnummer konnten wir bisher nur ermitteln, dass das Fahrzeug nicht in Österreich zugelassen war.«

Der Beamte beugte sich nach vorne und sprach jetzt leiser. »Im Kofferraum des Kombis befanden sich zwei Gasflaschen. Auf dem Beifahrersitz lagen noch mal zwei kleinere Gasflaschen, und an die war ein Schweißbrenner angeschlossen. Wie unsere Experten herausgefunden haben, muss der Schweißbrenner gebrannt haben, und er lag so zwischen den beiden Propangasflaschen, dass die Schweißflamme deren Stahlmantel an jeweils einer Stelle durchgebrannt hat. Derjenige muss also die Absicht gehabt haben, die Gasflaschen zur Explosion zu bringen. Aber das ist nicht passiert. Die Propangasflaschen müssen leer oder fast leer gewesen sein. Der Wagen ist also deshalb ausgebrannt, weil die Schweißflamme die brennbaren Materialien im Innenraum in Brand gesetzt hat. Unklar ist aber, ob der Fahrer den Schweißbrenner selbst entzündet hat oder ob es jemand anders getan hat.«

»Wer soll das sonst gewesen sein?«, fragte Glattlinger, dem diese Geschichte immer absurder vorkam.

»Eine der hinteren Türen stand offen. Es ist nach Meinung unserer Experten unwahrscheinlich, dass sich die Tür beim Aufprall von selbst geöffnet hat. Es hat also den Anschein, als hätte jemand nach dem Aufprall die Tür geöffnet, um den Schweißbrenner anzuzünden.«

»Dann müsste ja noch eine zweite Person beteiligt gewesen sein?«, meinte Glattlinger.

»Wie auch immer«, schaltete sich Griesbacher dazwischen, den die ermittlungstechnischen Details weniger interessierten. »Die Vorarlberger Landesregierung schließt bei diesem Vorfall nicht aus, dass es sich möglicherweise um einen geplanten Terroranschlag gehandelt hat. Aus welchem Grund auch immer hatte jemand die Intention, mitten im Tunnel einen größeren Schaden herbeizuführen. Wer dies war und was dahintersteckt, darüber bin ich der Landesregierung eine Aussage schuldig. Aber die Aufklärung des Falles obliegt hier zunächst zuständigkeitshalber Deutschland, weil wir nur davon ausgehen können, dass das Fahrzeug in Deutschland zugelassen gewesen sein könnte. Zumindest ist der Wagen von der deutschen Seite aus in den Tunnel eingefahren.«

»Das Interesse an der Aufklärung ist auch deshalb so groß, weil der Tunnel seit der Eröffnung vor sechs Jahren eine bedeutende Verkehrsverbindung ist«, erklärte der österreichische Kriminalbeamte. »Wegen so eines Vorfalls kann es passieren, dass irgendwelche Reiserouten-Ratgeber oder der deutsche ADAC die Tunnelstrecke als unfallgefährlich einstufen. Dann weichen die Touristen auf andere Routen aus, und das schadet letztlich dem Tourismus in Vorarlberg und im Montafon.«

Guntram Glattlinger verstand die politische Dimension dieser Unfallgeschichte. »Gut, wir haben einen ausgebrannten Kombi, einen nicht identifizierbaren Fahrer und eine selbstgebastelte Gasflaschen-Bombe, die nicht explodiert ist«, fasste er zusammen. »Es sieht für mich danach aus, als hätte jemand eine Leiche entsorgen wollen. Die Frage ist aber, warum dies jemand auf derart spektakuläre Weise tun sollte?«

»Wir haben unsere Ermittlungen eingestellt und übergeben den Fall damit an Sie zur weiteren Aufklärung«, sagte der Jüngere, bevor Glattlinger neue Fragen stellen konnte.

»Meine Kollegen werden natürlich fragen, warum der Fall erst nach über vier Wochen zu uns herübergereicht wird«, bemerkte Glattlinger.

Konrad Griesbacher räusperte sich, rutschte auf der Sitzfläche des Stuhls etwas nach vorne und setzte zu einer gedehnt vorgetragenen Erklärung an. »Nun, wie Herr Jungbichler ja schon deutlich gemacht hat, haben wir es mit einem Fall zu tun, der innenpolitisch eine gewisse Brisanz hat. Dadurch ist die Akte über einige Schreibtische in der Landesregierung gegangen, von wo der Vorgang erst mit einer gewissen zeitlichen Verzögerung wieder zu uns heruntergereicht wurde. Dann allerdings mit dem Vermerk, dass unverzüglich ein Bericht über die genauen Hintergründe vorzulegen ist.«

*

Über der Autobahnstrecke lag an diesem Mittwochvormittag eine dichte, graue Nebeldecke. Am Ufer des Chiemsees, an dem die A8 direkt vorbeiführte, waren in der Entfernung noch die Berge zu sehen gewesen. Nach der Gefällestrecke am Irschenberg in Richtung Salzburg war er in den herbstlichen Nebel eingetaucht.

Die Reifen des Geländewagens gaben mit ihrem groben Profil auf dem Straßenbelag der Autobahn ein Geräusch von sich, das zu dem Gitarrensound des Rocksongs passte, der gerade im Sender Ö3 lief.

In der Führerscheinmappe lag bereits sein neuer Pass, der ihn als Staatsbürger des Fürstentums Liechtenstein auswies. Es war ein günstiger Zufall gewesen, dass er vor ein paar Jahren bei einer Bergwanderung im Nenzinger Himmel, einem Grenzgebiet im Montafon zwischen Österreich und Liechtenstein, wegen eines aufziehenden Gewitters an einer bewirtschafteten Alpe einkehrte und dabei Töni Landauer kennengelernt hatte. Für Landauer war die Alpe nur ein Nebenverdienst, denn sein Spezialgebiet war es, einem gegen Bares eine liechtensteinische Identität zu verschaffen.

Nun musste er sich daran gewöhnen, nicht mehr Alois Leibacher zu sein. Für die Liechtensteiner Niederlassung seines Tief- und Straßenbauunternehmens existierte zwischenzeitlich bereits ein Anstellungsvertrag, mit dem er sich selbst unter seinem neuen Namen als neuen Geschäftsführer »eingestellt« hatte.

Töni Landauer war im Fürstentum Liechtenstein bei einem Elektroinstallationsbetrieb beschäftigt gewesen, der auch die Elektroanlagen in Banken und in staatlichen Gebäuden instand hielt. Bei der Erneuerung der Beleuchtungsanlage in einem öffentlichen Verwaltungsgebäude, in dem auch die zentrale Einwohnerbehörde untergebracht war, gab es neben der Haustechnikzentrale eine stets unverschlossene Kellertür. Dahinter lag ein Raum mit den Akten der registrierten Einwohner. Landauers Auftrag war, in diesem Keller eine Notbeleuchtung zu installieren. Man hatte ihn dort allein arbeiten lassen, und nachdem er mit der Installation fertig gewesen war, überkam ihn die Neugier, sodass er eine der schweren Stahlblech-Schubladen des Aktenschranks aufzog. Er hatte vor Aufregung Herzklopfen bekommen, weil die Akten völlig frei zugänglich waren, und so hatte er in der Schublade ›B‹ eine der Akten herausgegriffen und durchgeblättert. Es war die Akte des 1901 geborenen Anton Brander gewesen, die mit dem Stempelaufdruck ›Verstorben‹ und dem Sterbedatum versehen war. Seiner Neugier konnte er auch nicht widerstehen, als er in einem offenen, schlichten Furnierholz-Aktenschrank einen Karton mit der Aufschrift ›Personenerfassungskarten‹ fand. Der Karton enthielt leere Karteikarten, die sich dann ausgefüllt in den Akten wiederfanden. Auf der Außenseite des Kartons hatte jemand flüchtig mit Kugelschreiber den Vermerk ›Nicht mehr gültig, ab 1980 nur noch neue Karten verwenden‹ geschrieben. In diesem Moment durchfuhr es ihn heiß und kalt, weil er plötzlich eine teuflische Idee hatte. Er nahm einige der leeren Karteikarten aus dem Karton und schmuggelte sie in seiner Elektriker-Werkzeugtasche hinaus.

Töni lebte seitdem im Grunde davon, dass er regelmäßig über Friedhöfe ging und nach frischen Gräbern von Menschen Ausschau hielt, die offenbar keine Angehörigen hatten und deshalb unter einem schnell hingeschütteten Erdhaufen mit einem einfachen Holzkreuz bestattet wurden, auf dem lediglich der Name sowie das Geburts- und Sterbejahr standen. Dann forschte Landauer nach, wo diese Menschen gelebt hatten und ob sie in der unmittelbaren Umgebung überhaupt bekannt gewesen waren. Hatten die Verstorbenen ein anonymes – meist auch ein vereinsamtes und verarmtes – Leben geführt, konnte er damit diese Identität auf eine andere Person übertragen. Damit dies auch amtlich ordnungsgemäß registriert wurde, füllte er nach dem Muster, das er sich noch in dem Aktenkeller eingeprägt hatte, eine leere »Personenerfassungskarte« aus, um diese gegen die vorhandene Karteikarte auszutauschen. Dazu hatte er bei Installationsarbeiten in den Büroräumen der Einwohnerbehörde ausfindig gemacht, welcher Schreibmaschinentyp dort benutzt wurde. Er hatte sich nach mühevoller Suche und über einige Umwege genau diesen Typ Schreibmaschine besorgt und war damit ausgerüstet, wenn sich jemand wie Alois Leibacher eine neue Identität verschaffen wollte. Für die neue Karteikarte übernahm er dabei die Daten des Verstorbenen und änderte nur das Geburtsdatum entsprechend. Weil die alten leeren Karteikarten offen herumgelegen hatten, waren diese leicht angegilbt, sodass der Austausch einer Karte kaum auffiel. Wenn er im Archiv eine »Personenerfassungskarte« austauschen musste, verschaffte er sich einfach in seiner Arbeitsmontur und mit der Elektriker-Werkzeugtasche Zutritt zum Gebäude. Niemals hatte ihn jemand danach gefragt, was er dort genau zu tun hätte.

»Noch ischt es möglich«, hatte Töni Landauer vor einem Monat zu Alois Leibacher gesagt, »aber ich hab gchört, dass die Einwohnerbehörde bald auf ›maschinenlesbare Datenverarbeitung‹ modernisiert wird, und dann ischt das vorbei.«

Es war inzwischen Mittagszeit, und etwa 100 Kilometer vor Wien bog Leibacher in die Ausfahrspur zu einer Autobahnraststätte ein. Immer wieder musste er sich selbst an seine neue Identität erinnern. Er parkte vor der Raststätte und nahm den neuen Ausweis aus der Führerscheinmappe, den er seit einigen Tagen besaß und seitdem immer wieder – für ihn immer noch nicht richtig fassbar – betrachtete. An einem Montag vor drei Wochen hatte er das liechtensteinische Einwohnermeldeamt betreten und einen neuen Ausweis beantragt. Der Dame vom Amt hatte er die – immerhin nicht gänzlich unwahre – Geschichte aufgetischt, dass sein Auto ausgebrannt war und dabei auch seine Dokumente vernichtet worden waren. Die Aufregung war beinahe unerträglich und hätte ihn fast schon verraten, als die Dame von der Behörde ins Archiv ging und die »Personenerfassungskarte« holte – und dann lag die Karteikarte tatsächlich auf dem Tisch, und die Mitarbeiterin übertrug dienstbeflissen die Daten in die Antragsformulare für Personalausweis und Führerschein. Töni Landauer hatte ganze Arbeit geleistet.

Er stieg aus dem roten Mercedes G 240 mit dem Liechtensteiner »FL«-Kennzeichen aus – als Anton Brander, geboren am 30. November 1944, wohnhaft in Vaduz, Geschäftsführer des »Tief- und Straßenbauunternehmens Alois Leibacher AG«, Niederlassung Vaduz. Im Betrieb in Lindenberg war er offiziell für längere Zeit im Ausland. Von dort würde er nicht zurückkehren, und man würde ihn in Deutschland nach einiger Zeit für tot erklären.

Heute Nachmittag würde er in Wien seine Tochter Carola in seine neue Identität einweihen müssen. Wenn sie überhaupt an etwas anderem als an seinem Scheckbuch interessiert war.

*

Die graue Schwenktür mit dem abgegriffenen Aluminiumtürgriff und dem großen Drahtglaseinsatz fiel hinter ihm scheppernd in das Schloss. Guntram Glattlinger lief über den abgelaufenen dunkelgrauen Schmutzfangteppich und öffnete die Durchgangstür zum Präsidium. Im Eingangsbereich hingen Informationsposter der Polizei an der Wand, die den Besucher auf Schutz vor Einbrechern und Sicherheit auf dem Schulweg hinwiesen. Es nervte ihn beim ständigen Ein und Aus, dass man immer zwei Türen in die Hand nehmen musste, aber diese Schleuse war dafür gedacht, in den Fluren die Zugluft zu vermeiden.

Einige Meter vor der Tür zu seinem Büro kam Jacqueline auf ihn zugestürmt, die ihn mit ihren großen braunen Kulleraugen ansah und in ihrem Arbeitseifer mal wieder kaum zu bremsen war. »Herr Glattlinger, der Herr Dings … der Herr Jetrovic von der Werkstatt, also den müssten Sie zurückrufen, weil, der hat da irgendwie was gefunden an dem einen ausgebrannten Auto da.«

Guntram Glattlinger nickte, ging an seinen Schreibtisch und wählte an dem polizeigrünen Tastentelefon die Speichernummer der Kfz-Werkstatt, die neben dem hinteren Teil des Gebäudes lag und wo die Kollegen nicht nur Polizeifahrzeuge instand hielten, sondern auch Unfallfahrzeuge auf beweiskräftige Hinweise untersuchten.

»Wenn Sie haben Zeit, sich des am beschten selbst anschaue«, sagte Zordan Jetrovic am Telefon, der in einer Mischung aus schwäbischem Dialekt und kroatischem Akzent sprach.

Auf dem Hof vor der Werkstatt wehte ein kalter Wind, als er in Richtung des geöffneten Tores ging, wo Kfz-Meister Zordan Jetrovic seinen Arbeitsplatz hatte. Draußen stand auf einem Anhänger das Wrack eines BMW 320, der sich mehrfach überschlagen hatte und bei dem ein großer Blutfleck auf dem Fahrersitz davon zeugte, dass der Fahrer den Überschlag wohl kaum überlebt hatte.

Glattlinger betrat den Werkstattbereich, wo der ausgebrannte Wagen von dem Tunnelunfall stand, und wollte sich eine Zigarette anzünden. Die komplette Inneneinrichtung des Wagens war restlos verkohlt, von den Sitzen waren nur Drahtgestelle übrig. Die Karosserie war außen schwarz verbrannt, sodass es keine Hinweise auf die Wagenfarbe gab. Die Fahrertür war aufgebrochen worden, damit die verkohlte Leiche geborgen werden konnte. Die Front des Wagens war durch den Aufprall so verformt, dass die Motorhaube in der Mitte nach oben gefaltet war.

»Hier nix rauchen, is zu geferlich«, sagte Jetrovic, der in seiner ölverschmierten blauen Arbeitsmontur auf der anderen Seite des Schrotthaufens hervortrat. Dem Ausdruck seines breiten Gesichts mit dunklem südländischem Teint und vollen Lippen war zu entnehmen, dass der Hinweis nicht wirklich ernst gemeint war. »Viel kann da ja nicht mehr brennen«, entgegnete Glattlinger.

Jetrovic reichte Glattlinger einen Zettel, auf dem die in der Karosserie eingravierte Fahrgestellnummer notiert war. »Fahrzeugmodell ist Opel Rekord D Kombi. Wir haben nix verändert. Diese Gasflaschen da auf die vordere Sitz sind Schweißgas. Und der Schweißbrenner liegen so, dass Flamme wohl sollte die große Gasflaschen durchbrennen, und das dann – bumm – explodiere wie Bombe. Aber große Gasflasche waren fast leer, sodass keine Explosion. Ist so, wie Kollege von Österreich auch haben gesagt. Von die Deformation vorne ich würde sagen, Aufprall war mit ungefer 60 Stundenkilometer. Aber jetzt kucke Sie mal da bei die Heckklappe«, sagte Jetrovic und ging von der Seite des Wagens zum Heck, wobei er einen Werkzeug-Rollwagen beiseiteschieben musste. »Da in die Klappe sind zwei Löcher, das sieht aus, wie wenn da so was wie Gabelstapler reingefahren. Kann aber keine Gabelstapler gewesen sein, weil, dann müssten Löcher breiter sein. Diese Löcher sind 45 mal 40 Millimeter groß, das ist Standardmaß von eine genormte Vierkantstahlrohr.«

Zordan Jetrovic war jemand, der seine Arbeit äußerst gewissenhaft und mit bemerkenswertem Fachwissen verrichtete, sich aber zugleich gegenüber den ermittelnden Kollegen mit Schlussfolgerungen zurückhielt, die nicht zu seiner Arbeit gehörten. Aber Glattlinger spürte, dass der aus Kroatien stammende Kollege eine Vermutung hatte. Er stellte sich auf Abstand zu dem Unfallwagen und zündete sich die Zigarette an, die er schon die ganze Zeit in der Hand hielt.

»Was würden Sie aus diesen viereckigen Löchern schließen, Zordan?«, fragte Glattlinger und blies den Rauch in Richtung des Werkstatttores. Jetrovic war sichtlich etwas überrascht, dass man ihn nach seiner Meinung fragte, und musste sich kurz sammeln, um eine Antwort geben zu können. »Gut, also, ich habe gleich gedacht an so was, wie wenn jemand hat vorne an andere Auto sich Vierkantrohre hingeschweißt und damit die Kombi wie aufgespießt und dann in Tunnel gegen Wand geschoben. Wie in so verrückte amerikanische Film, wo ich mal habe gesehen. Gibt also für mich nur die Erklärung, dass so eine Auto, vielleicht war auch Lastwagen oder so, hat geschoben und kurz vor Aufprall bremsen, sodass Opel ist alleine an die Wand gerollt«, schloss Jetrovic und machte mit klatschenden Händen eine Geste, wie wenn etwas an die Wand knallt.

»Gut, danke erst mal«, verabschiedete sich Guntram Glattlinger und lief über den zugigen Hof zurück in Richtung Büro, wo er Jacqueline anwies, über die Fahrgestellnummer den Halter zu ermitteln.

Wie in so verrückte amerikanische Film, andere Auto das hat geschoben, hallte es in Glattlingers Ohren nach dem Gespräch mit Jetrovic nach, als er, zurück in seinem Büro, seine olivgrüne Parkajacke auszog und nachdachte. Er sah darin ein Indiz dafür, dass die Person auf dem Fahrersitz bereits tot gewesen sein musste und jemand auf diese Weise eine Leiche beseitigen wollte. Er fragte sich aber zugleich, welcher Verrückte so einen Aufwand betreiben sollte. Also etwa doch ein versuchter Terroranschlag?

»Der Wagen gehörte der Firma ›Alois Leibacher GmbH‹, Tief- und Straßenbau, und war mit dem Kennzeichen LI-AL 133 zugelassen. Die Adresse der Firma steht auch drauf«, unterbrach Jacqueline seine Gedanken und legte ihm einen A5-Zettel auf den Tisch, auf dem sie in ihrer mädchenhaften Schrift mit großen Kringeln auf den »i« die Angaben notiert hatte. »Soll ich dort anrufen und durchstellen?«, fragte sie, während sie seine Parkajacke von der Stuhllehne nahm und an den Garderobenständer hängen wollte. Guntram Glattlinger sah auf die große runde Wanduhr im Flur. Es war 15.45 Uhr. »Nein, ich fahre direkt hin«, sagte er, nahm ihr die Jacke aus der Hand und lief mit großen Schritten in Richtung Ausgang.

Wenige Minuten später erreichte er die B308, die als »Deutsche Alpenstraße« in Richtung Oberstaufen und Immenstadt im Allgäu führte. Auf der Serpentinenstraße in Richtung Scheidegg ließ er den Sechszylindermotor seines Peugeot 505 GTI aus den scharfen Kehren heraus kräftig beschleunigen und genoss den Fahrspaß auf dieser Strecke.

Das Betriebsgelände der »Alois Leibacher GmbH & Co. Tief- und Straßenbau« lag unweit der B308, die nach einer

Abzweigung in Richtung Oberstaufen weiterführte. Glattlinger fuhr im Schritttempo auf das Gelände, um sich einen ersten Eindruck zu verschaffen. Der Kies der unbefestigten Grundstücksfläche knirschte unter den Reifen, und der Wagen machte einen Satz nach unten, als das rechte Vorderrad ein tiefes Schlagloch durchfuhr. Für das Gelände einer Straßenbaufirma wimmelt es hier aber von Schlaglöchern, dachte Glattlinger und sorgte sich dabei um die Stoßdämpfer seines Franzosen.

Neben einem Hallengebäude mit großen Rolltoren, hinter deren Fenstereinsätzen Kipplaster, Bagger und andere Straßenbaumaschinen zu sehen waren, stand ein zweigeschossiges Bürogebäude, dessen zweite Etage mit Rollläden an den Fenstern und einer Dachterrasse wohl die Wohnung des Firmeninhabers sein musste. Neben einem nach vorne offenen Lagergebäude befand sich das bei Baufirmen übliche Chaos aus Betonschachtringen, Schalungsmaterial und einem zusammengeworfenen Sammelsurium unterschiedlichster Baustellenausrüstungen und übrig gebliebenen Baumaterialien. Begrenzt wurde das Gelände durch verbogene und verrostete Reste eines Maschendrahtzauns, von dem auf mindestens zehn Metern Länge nur die Pfosten übrig waren. Auf der anderen Seite des Zauns stand der Lagerschuppen eines Elektro-Installationsbetriebs.

Glattlinger wollte gerade die Parkreihe vor dem Bürogebäude ansteuern, als ein vierachsiger Kipplaster mit Tieflader-Anhänger an ihm vorbeidonnerte und dabei seinen Peugeot kräftig einstaubte. Der Fahrer stellte das Gespann vor dem offenen Lagergebäude ab. Aus dem Führerhaus stieg ein dunkelhaariger Mann mit etwas kräftigerer Statur und Dreitagebart und lief in Richtung des Bürogebäudes.

Diese Firma erschien ihm in irgendeiner Weise suspekt, aber vielleicht täuschte ihn sein Eindruck einfach deshalb, weil es bei Baufirmen immer etwas chaotisch zuging. Guntram Glattlinger trat auf die betonierte Fläche vor der schlichten grauen Eingangstür zum Bürogebäude, auf der mit schwarzen selbstklebenden Buchstaben die Aufschrift ›BÜRO‹ angebracht war. Die Betonfläche war von einem breiten Riss durchzogen, in welchem allerlei Unkraut in dieser grauen Kies- und Betonwüste für etwas Begrünung sorgte.

Er drückte die Klinke der Eingangstür zum Büro und stand in einem großen, kahlen Vorraum. An einer Wand hingen zu Postern vergrößerte Fotos von Baustellen, die Tiefgaragen im Rohbau, das Betonieren von Bohrpfählen für Tiefgründungen und neu asphaltierte, mit sauber verlegten Randsteinen und Gullys ausgebaute Straßen zeigten. Neben den Türen zu den Büros hingen Plastikschilder, an denen aufgeklebte beschriftete Streifen verrieten, wer hinter der Bürotür saß und welche Abteilung es war.

Glattlinger zog den Dienstausweis aus der Innentasche seiner olivgrünen Parkajacke, klopfte an der Tür mit dem Schild ›Assistenz/Buchhaltung – Maria Schächtele‹ und trat ein, ohne eine Aufforderung abzuwarten.

»Ja bitte?«, fragte eine etwas verschreckte Frau, deren Buchhaltungs-Büro an jedem freien Platz und auf dem Fenstersims von Grünpflanzen durchwuchert war. Entlang der Aktenschrankwand rankten sich die großen, fächerartigen Blätter eines Philodendron. »Glattlinger mein Name, bitte entschuldigen Sie die Störung, aber ich habe ein paar Fragen an Sie«, stellte er sich kurz vor und hielt der verdutzten Frau Schächtele den Dienstausweis vor die Nase. Sie stellte sich ihm als Assistentin der Geschäftsleitung vor.

»Kriminalpolizei – ja, um Himmels willen … ich meine …

isch ebbes bassiert?«, fragte sie mit schreckgeweiteten Augen. Sie stand von ihrem Bürostuhl auf und hielt sich die rechte Hand an ihr Dekolleté. Er schätzte die etwas füllige Dame auf Mitte 50. Sie trug ihr glattes, leicht ergrautes Haar halblang, hatte eine im Verhältnis zu ihrer eher zierlichen Nase überproportional große Kinnpartie und war mit ihrer Jeans und einem violetten Sweatshirt eine Mischung zwischen sportlich-leger und grauer Maus.

»Frau Schächtele, können Sie mir sagen, wer in Ihrer Firma einen Opel Rekord Kombi mit dem Kennzeichen LI-AL 133 fährt?«, fragte Glattlinger. Ihr Blick wanderte für einen Moment nervös hin und her und verriet, dass sie sehr darauf bedacht war, nichts Falsches zu sagen.

»Also wisset Se, mir hent hier über 40 Mitarbeiter, ja, und da kann i glaub net von älle wissa, was jeder fier Audos fahrt«, versuchte Maria Schächtele in breitem Stuttgarter Dialekt abzuwehren. Offenbar war sie also eine Zugezogene, und sie schien entgegen ihrem äußeren Anschein eine resolute Natur zu sein.

»Der Opel war eines der Firmenfahrzeuge, zugelassen auf Firma ›Alois Leibacher‹«, setzte Glattlinger trocken hinterher.

»Ach so, meine Güde, ja saget Sie des doch glei. Ja, des ischt halt oins von dene G'schäftsaudos, mit dene der Chef und die Bauleiter immer auf die Bauschdella gfahra send – aber warum saget Sie ›war‹ – ischt ebbes ned in Ordnung mit dem Fahrzeug? Also bei ons wird aber scho drauf guggt, dass des mit dem TÜV und so sei Ordnung het«, versuchte Maria Schächtele, die Ahnungslose zu mimen. »Wartet Se, ich schau mal, ob der Autoschlüssel da ischt.«

Glattlinger hielt sie zurück und senkte den Blick, um gleich darauf ausführlicher zu werden. »Der Wagen ist vor gut einem Monat im Grenztunnel mitten in der Nacht an eine Wand geprallt und ausgebrannt. Die österreichische Polizei hat das Unfallfahrzeug einer ersten Untersuchung unterzogen und jetzt den Fall zu uns übertragen. Der Fahrer des Wagens ist dabei ums Leben gekommen. Die Identität konnte bisher nicht festgestellt werden, weil die Person bis zur Unkenntlichkeit verbrannt ist. Ich muss Ihnen mitteilen, dass wir nicht ausschließen können, dass es sich um jemanden aus Ihrer Firma handelt. Möglicherweise wurde der Wagen aber auch von jemandem gestohlen, der nichts mit Ihrer Firma zu tun hat, aber dafür gibt es bisher keinen Anhaltspunkt. Und über das Weitere würde ich jetzt gerne mit Ihrem Chef sprechen. Ist er im Haus?«

»Heidablitz … des isch a Ding.« Ihr Entsetzen war für Glattlinger nicht echt. Sie schien eine langjährige und loyale Mitarbeiterin zu sein, und sie war entweder involviert oder zum Schweigen verdonnert worden. Sie streckte den Rücken durch und machte einen Schritt zur Seite, als müsste sie sich schützend vor jemanden stellen. »Der Herr Leibacher ischt für längere Zeit im Ausland. So lang ischt der Herr Heringer Geschäftsführer und der Herr Grätner die Stellvertretung draußen am Bau. Aber die sind beide grad net im Haus, und bei ons ischt jetzt eh Feierabend, da kommet Sie am beschten morgen noch mal vorbei«, sagte Schächtele mit »Basta«-Unterton.

»Hering und Gräte« merkte er sich die Namen der beiden mit dieser Fisch-Eselsbrücke und dachte sich dabei, dass es hier ebenso stinken würde. »Und in Ihrer Firma wird – hm – niemand vermisst?«, hakte Glattlinger nach.

»Ich bin ja hier Assistenz der Geschäftsleitung, Leitung der Buchhaltung und Personalbüro in einem. Wenn einer von dene Jungs fehlt, wüsst ich des«, sagte Maria Schächtele, diesmal mit mütterlichem Unterton, der echt wirkte.

Beim Hinausgehen ging er versehentlich durch eine falsche Tür, sodass er in der Fahrzeughalle stand. Eines der Hallentore stand offen, sodass er beschloss, über diesen Weg nach draußen zu gehen.

Eine Wanduhr mit Zifferblättern schaltete mit lautem Klacken auf 16.40 Uhr. Der dunkelhaarige Lkw-Fahrer mit dem Dreitagebart lief mit zwei Autokennzeichen und einem Schraubenzieher in der Hand durch die Halle und warf aus etwa zwei Metern Entfernung die Nummernschilder auf eine Werkbank, wo sie mit blechernem Scheppern landeten. Auf einem Tieflader-Anhänger stand ein VW-Transporter mit Doppelkabine und einer von einer Plane überdeckten Ladefläche, von dem der Fahrer gerade die Kennzeichen abgeschraubt hatte.

Guntram Glattlinger nahm im Vorbeigehen eines der Nummernschilder in die Hand. Die TÜV-Plakette zeigte, dass die letzte Hauptuntersuchung im August 1983 fällig gewesen wäre. Aus dem Augenwinkel bemerkte er, dass ihn der dunkelhaarige Lkw-Fahrer mit dem Dreitagebart auffällig musterte. »Geht der zum Verschrotten?«, fragte er den Lkw-Fahrer, der ihn immer noch argwöhnisch fixierte.

»Den kriegen wir nicht mehr durch den TÜV«, sagte Grätner, der im Büro zuvor mitbekommen hatte, dass dieser Schnüffler von der Polizei sein musste.

»So schlecht sieht der doch noch gar nicht aus«, bemerkte Glattlinger. »Ich suche für mich genau so einen T3 mit Doppelkabine und Ladefläche. Hätte da vor, so einen Tuning-Pickup draus zu machen, mit breiten Alurädern und einer Audi-Fünfzylindermaschine«, spielte Glattlinger den Auto-Freak. Er trat an die rechte Seite des Transporters, ging in die Hocke und betrachtete mit aufgesetztem fachmännischem Blick den Unterboden. Sein Blick fiel auf die halb offen stehende Seitenklappe für den Laderaum unter der Pritsche. Der Lkw-Fahrer machte sich auf der anderen Seite daran, den Transporter mit einem Spanngurt auf dem Tieflader zu sichern.

An einer Ecke des Laderaums hing ein kleines Haarbüschel von auffallend roten Haaren; am Blech war ein Blutfleck zu sehen. Glattlinger nahm eines der transparenten Beweismittel-Plastiktütchen aus der Brusttasche seiner Parkajacke, stülpte es über der Hand um und griff das Haarbüschel. Er steckte die Beweismitteltüte rasch in die Jackentasche, als der Lkw-Fahrer mit dem Spanngurt in der Hand auf die rechte Seite wechselte. »Na ja, der Boden ist wohl doch schon stellenweise durchgerostet«, meinte Glattlinger und verließ die Fahrzeughalle durch das offene Rolltor.

*

Drei Tage hatte er in Wien verbracht, und tief in seiner Seele bohrte während der ganzen Rückfahrt ein mieses Gefühl. Am ersten Tag hatte noch eine befremdliche Spannung zwischen ihm und seiner Tochter Carola gelegen, doch am nächsten Abend waren beide ausgelassen wie ein junger Vater mit seinem kleinen Töchterchen gewesen, als sie durch den Wiener Prater schlenderten, Zuckerwatte aßen, Riesenrad fuhren und mit dem Autoscooter wilde Kurven drehten. Es war nach mehr als drei Jahren das erste Mal gewesen, dass sie seit seiner Trennung von Constanze wieder zu einer Annäherung gefunden hatten.

Und er hatte sie letztlich davon überzeugen können, ihr Architekturstudium so bald als möglich abzuschließen und danach mit selbstverdientem Geld auf eigenen Füßen zu stehen. Das, was er eigentlich mit ihr zu besprechen hatte, brachte Alois Leibacher erst am folgenden Abend zur Sprache, nachdem sie ihren Vater dazu überredet hatte, statt in einem Restaurant in einem Pizza-Schnellimbiss zu essen, wo er sich unter den vielen jungen Studenten ziemlich alt vorgekommen war.

»Wahnsinn, das ist total cool, wenn man sich einen neuen Namen zulegt und dann ganz woanders lebt, und da, wo man vorher war, glauben sie alle, dass du irgendwo krepiert bist. Ich find's total geil«, war Carolas Reaktion.

Doch am Freitagnachmittag, als sie von der Universität zurück in ihr Apartment kam, wo er den halben Vormittag auf dem winzigen Balkon mit dem geschmiedeten Geländer verbracht hatte und den Blick über die Dächer der alten Wiener Stadthäuser hatte schweifen lassen, hatte sie ihre Meinung offenbar geändert und war wie ausgewechselt. Sie stand in Tränen aufgelöst vor ihm und schrie hysterisch durch die ganze Wohnung: »Du bist nicht mehr mein Vater. Nie mehr, wenn du jetzt auf einmal meinst, dass du mit dem Namen von einem anderen Menschen weiterleben musst, der irgendwo begraben liegt. Man tauscht doch nicht einfach so seine Identität, bloß weil man so ein bescheuertes Projekt vergeigt hat. Du bist und bleibst ein Narzisst, und das ist genau der wirkliche Grund, warum Mama dich verlassen hat. Hau jetzt ab, ich will dich nicht mehr sehen.« Nach dieser Szene hatte sie sich schluchzend auf ihre Schlafcouch geworfen, und als er seine Hand auf ihre Schulter gelegt hatte, war sie mit dem Aufschrei »RAAAUUUS!« hochgefahren, sodass er tatsächlich sofort ihr Apartment verlassen hatte.

Auf der zweispurigen Schnellstraße in Richtung Kempten im Allgäu konnte er endlich beschleunigen, nachdem er auf der Strecke über Rosenheim und Bad Tölz kaum schneller als 60 Stundenkilometer hatte fahren können. Er hatte damit aber vermeiden können, in München im Kriechverkehr über den Mittleren Ring fahren zu müssen, um von der A8 aus Richtung Salzburg auf die Strecke Richtung Lindau zu kommen.

Gegen 15 Uhr an diesem Samstagnachmittag erreichte er das Firmengelände in Lindenberg. Er musste aus dem offenen Lagergebäude die dort aufbewahrten Winterräder für seinen Mercedes G 240 einladen, die er in Liechtenstein bald brauchen würde, da in knapp vier Wochen bereits November war.

*

Aus dem rechteckigen Erdloch war ein knirschendes Geräusch zu vernehmen, und in der nächsten Sekunde tauchte eine Schaufel aus dem Loch auf und warf Erde auf einen Haufen. Er hatte jetzt eine Grabungstiefe von etwa 1,50 Meter erreicht, und die letzten 30 Zentimeter hatte er von Hand ausheben müssen, weil der Hebelarm des geliehenen Minibaggers nicht so weit hinabreichte.

Der rechteckig ausgehobene Graben war der Platz für den Beton-Kanalschacht, nachdem er bereits um das ganze Bauernhaus herum die Kellerwände freigelegt hatte, um eine Drainage zu verlegen.

Gottfried Monschkopf stützte sich auf die Schaufel und betrachtete mit einem Anflug von Stolz das, wo er künftig sein Leben verbringen würde. Das alte Bauernhaus, welches seit Kurzem in seinem Besitz war, konnte er ganz nach seinen Vorstellungen sukzessive so umbauen, wie er sich sein ökologisch orientiertes Leben einrichten wollte – vom

Gemüseanbau bis zur Nutztierhaltung, von der Regenwassernutzung für Toilettenspülung und Gartenbewässerung bis zur Stromerzeugung aus Sonnenlicht mit der noch neuartigen Technologie der Fotovoltaik.

Unweit der Hofstelle stand die Ruine des Turms einer ehemaligen Burg, deren Ursprung bis ins 13. Jahrhundert zurückreichte. Sein Platz im Grünen lag abseits von der Hauptstraße, die zum Bodensee und zur Grenze nach Österreich führte.

Der Vorbesitzer hatte den Hof von seinen Eltern geerbt, und einer seiner Hauptgründe für den Verkauf war die Angst gewesen, dass bereits in wenigen Jahren eine Autobahntrasse diese Landschaft durchschneiden sollte, welche als A96 von München nach Lindau geplant war. Nie und nimmer, so war sich Monschkopf sicher, würde der Bau einer Autobahn dort verwirklicht werden können, wo mit der Argen der drittgrößte Bodenseezufluss das Landschaftsbild prägte und zudem das Landschaftsprofil bautechnisch unlösbare Probleme barg. So existierten wohl erste Pläne, ganz in der Nähe seiner Hofstelle eine Autobahnbrücke zu errichten, deren Konstruktion an Stahlseilen aufgehängt werden musste, um den Fluss überspannen zu können. Monschkopf war nicht nur als Bautechniker überzeugt, dass es nie so weit kommen konnte – auch die »Grünen« würden es schließlich zu verhindern wissen. Dieser Angst des Vorbesitzers war zu verdanken, dass er das Bauernhaus für nur 65.000 DM erwerben konnte und so von seinem Gehalt als angestellter Bautechniker, der für die Instandhaltung und Baumaßnahmen in der Kläranlage an der Argen verantwortlich war, die Finanzierung und die Kosten für die Sanierung stemmen konnte.

Was er nun an diesem Samstagnachmittag brauchte, war Rohrmaterial zur Verlegung der Drainageleitungen. In dieser abgelegenen Gegend konnte er auch am Wochenende Bauarbeiten vornehmen, ohne dass sich irgendjemand daran stören würde. Eigentlich hätte er sich das Material am Vormittag besorgen sollen, als der Baustoffhandel noch geöffnet hatte, doch er hatte zuerst mit den Grabungsarbeiten vorankommen wollen. Er hoffte, dass er den Installateurmeister Franz Britzler in seinem Betrieb antreffen würde, der vielleicht das benötigte, für Erdverlegung geeignete Abflussrohrmaterial vorrätig hätte. Monschkopf lehnte die Schaufel an die Hauswand und ging in die provisorisch eingerichtete Wohnstube des alten Bauernhauses. Er tauschte die von den Erdarbeiten verschmutzte Kleidung gegen eine einigermaßen saubere hellblaue Jeans, schlüpfte in ein dunkelgrünes Sweatshirt und ordnete kurz mit den Fingern seine Seitenscheitelfrisur.

In der Scheune hatte er seinen beigefarbenen Fiat 900 Kleinbus geparkt, den er gebraucht für 1.500,- DM gekauft hatte, um ihn als Baufahrzeug zu nutzen. Gottfried Monschkopf schwang sich auf den abgewetzten Sitz des Minitransporters, bei dem er längliches Material wie Holzbretter oder Rohre auf den Dachträger binden musste, weil der Laderaum dafür zu klein war. Der schwächliche Motor bewegte das Gefährt mühsam über den unebenen Feldweg, der von seiner Hofstelle vorbei an Wiesen und Maisäckern und durch einen kleinen Ort mit fünf Häusern zur Hauptstraße führte.

Franz Britzler saß an diesem trüben Samstagnachmittag in seinem Büro und brütete über der Kalkulation für ein Leistungsverzeichnis, das er am Montag, mit Preisen ausgefüllt, abgeben sollte. Er hörte trotz des Ratterns der Rechenmaschine, wie ein Auto auf dem Werkstatthof einfuhr, und ärgerte sich sogleich, dass man nicht mal am Samstag in Ruhe arbeiten konnte, ohne dass irgendein Hobby-Elektrobastler ein Ersatzteil brauchte, für das er wegen ein paar Mark Umsatz das halbe Lager durchkramen und obendrein noch die Vorgehensweise bei der Montage erklären musste. Dann stand Gottfried Monschkopf in der Tür.

»Ah, grüß dich, Gottfried, was macht dein Großprojekt?«, begrüßte Britzler den Öko-Freak, den er als ideellen Mitstreiter in Sachen Solarstrom gewonnen hatte. Monschkopf erzählte ihm gestenreich von seinem ausgebaggerten Drainagegraben.

»Mit Abwasser-Kanalrohr sieht's bei mir als Elektriker natürlich schlecht aus, da ist der Leibacher nebendran besser sortiert.« Britzler trat aus dem Büro auf das Freigelände, und Monschkopf trottete ihm erwartungsvoll hinterher.

Aus der mit Fassadenblech verkleideten Lagerhalle auf dem Grundstück der Tief- und Straßenbaufirma kam ein dumpfes Geräusch, und gleich darauf trat ein großgewachsener Mann heraus, der ein Autorad in den Laderaum eines roten Mercedes-Geländewagens wuchtete.

»Alois, hast du für meinen Kunden hier Abwasser-Kanalrohr am Lager, Rohre und Bögen?«, fragte Britzler durch den nicht vorhandenen Zaun zwischen den beiden Betriebsgrundstücken. Alois Leibacher deutete mit dem Daumen über die Schulter in Richtung der anderen Seite der Lagerhalle und bedeutete Monschkopf, die entnommenen Teile auf einem Zettel zu notieren, zeigte ihm den Weg zum Büro und wandte sich wieder der Verladung seiner Räder zu.

Gottfried Monschkopf stand ein Ausdruck zwischen Erstaunen und Entsetzen ins Gesicht geschrieben. »Das ... das ist der Leibacher?«, fragte er in Richtung des etwas entnervten Installateurs, dem die Abgabefrist für sein Angebot im Nacken saß und dem in diesem Moment wieder einfiel, dass er Monschkopf wegen des Stausee-Projekts vor ein paar Monaten zu viel verraten hatte. »Am besten schaust du jetzt, dass du die Rohre aufgeladen kriegst, bevor der wieder weg ist«, empfahl ihm Britzler, der sich eilig wieder in Richtung seines Büros davonmachte.

Mit einem Stück Karton in der Hand, auf dem er mit einem Zimmermannsbleistift das entnommene Rohrmaterial notiert hatte, ging Monschkopf zu der hellgrauen Stahltür mit der Aufschrift ›BÜRO‹ und fand den Firmenchef in knieender Haltung vor einem geöffneten Tresor. »Äh, ich hätte jetzt das Material aufgeschrieben, wegen der Rechnung.« Leibacher fuhr herum, fasste sich sogleich wieder und durchsuchte eine Plastikablage auf einem der Schreibtische, wo er schließlich ein Lieferschein-Formularbuch fand.

Eine knappe Stunde später stieg Alois Leibacher in den Mercedes-Geländewagen, legte die Ledermappe aus dem Tresor in das Handschuhfach, blickte noch einmal auf das Betriebsgelände zurück und fuhr auf die schmale Straße hinaus, die zur Deutschen Alpenstraße führte. Es war 17.30 Uhr, und er beschloss, im Gasthaus »Zur Aussicht« zu Abend zu essen, bevor er sich nach Liechtenstein aufmachen würde.

Auf dem Parkplatz vor dem Biergarten stand der kleine Fiat-Transporter von diesem Kunden von Britzler. Auf dem Dachständer waren die fünf Meter langen orangefarbenen Kunststoffrohre festgebunden, die der schnauzbärtige Mann bei ihm aus dem Lager abgekauft hatte.

Der Rohr-Bastler stand zusammen mit einem bärtigen Mann, der eine gestrickte braune Weste trug und seine zotteligen hellbraunen Haare zusammengebunden hatte, an der Hecke vor dem Biergarten. Der Bärtige zog an einer selbstgedrehten Zigarette. Leibacher bemerkte im Vorbeigehen an dem süßlich-beißenden Geruch und an der tütenförmigen Zigarette, dass sich die beiden wohl gerade ordentlich bekifften.

»Gutes Gras, hab i von einem direkt da unten am See kurz vor der Grenze«, sagte der Mann mit dem Pferdeschwanz und reichte diesem Mostkopf, oder wie er hieß, den Joint, der sogleich auch kräftig daran zog.

Leibacher hatte im Gasthaus bereits sein bestelltes Essen serviert bekommen, als die beiden Kiffer in die Gaststube traten und sich an den größten Tisch des ganzen Lokals setzten, wobei sie geräuschvoll die Holzstühle über den rustikalen Fliesenboden rückten. An diesem frühen Samstagabend saßen nur wenige Gäste in dem mit viel Holz eingerichteten Gasthaus. Am runden Stammtisch saßen sechs Landwirte unterschiedlichen Alters in karierten Hemden vor ihren Biergläsern, rauchten und debattierten über die Milchpreise und über die verfehlten Subventionen der Politik.

Gottfried Monschkopf und Walter Grasbaur bestellten sich jeweils ein Bier.

»Weischt, Gottfried, i hab nach der Parteiversammlung noch mal nachdenkt. Also des isch ja eigentlich scho a Ding mit deiner Demo gegen des Wasserkraftwerk. Von dem Plan hörscht und liescht du nix mehr, i glaub, der Stromkonzern hat des Ding tatsächlich g'schtrich'n«, sagte der Bärtige und klopfte dabei dem Mann mit dem rundlichen Gesicht und dem braunen Oberlippenbart klatschend auf die Schulter. Die beiden lachten lautstark und prosteten sich zu, sodass sich die Gäste am Stammtisch fragend zu diesen seltsamen zwei Typen umdrehten.

Monschkopf malte mit weit ausgestreckten Armen ein großes Rechteck in den Raum. »Ich schwör dir, bei der nächsten Landtagswahl steh ich auf dem Wahlplakat: ›Gottfried Monschkopf – Ihr Kandidat für eine saubere Energie‹.«

Alois Leibacher spürte die blanke Wut in sich hochsteigen, weil er soeben seinen Widersacher identifizierte. Das war also dieser Grüne, der die Demonstration initiiert hatte. Ein naiver Wichtigtuer, ideologisch verblendet und ein Kiffer dazu. Dieser Witzfigur hatte er es also zu verdanken, dass man ihn öffentlich bloßstellte und ein Fernsehsender zusammenhanglos aus irgendeinem Archivmaterial eine Skandalgeschichte zusammengebastelt hatte. Und das war der Auslöser gewesen, warum er sich gezwungen sah, sich eine neue Identität zu verschaffen.

Während Monschkopf von seinem Wahlplakat fantasierte, trat ein stämmiger Mann in brauner Cordhose und braunweiß kariertem Hemd mit hochgekrempelten Ärmeln in die Gaststube. Leibacher fühlte sich plötzlich wie in einem schlechten Film, in dem albtraumartig ständig irgendwelche Figuren die Szene betraten, die man am liebsten erwürgen und mit einem Betonklotz an den Füßen im nächsten See versenken würde. Josef Korschacher steuerte den Stammtisch an, erkannte dann aber Gottfried Monschkopf, als er an dessen Tisch bereits fast vorbeigegangen war. Korschacher klopfte mit den Fingerknöcheln seiner breiten Hand auf den Tisch. »I wähl Grün, des ischt auf jeden Fall sicher. Diese Großkopferten soll'n ihr Staumauer sonschtwo bauen. Hohohahaha!«, donnerte Korschacher und erntete dafür auch die Zustimmung der Kollegen am Stammtisch.

Alois Leibacher hatte genug und griff in die Innentasche seiner Wildlederjacke, um zu bezahlen. Er musste hier verschwinden, bevor ihn womöglich dieser Korschacher wiedererkennen und diese Stammtischgemeinde zusammen mit den grünen Kiffern Gespött über ihm ausschütten würde.

Beim Griff in die Jackentasche hatte er neben seinem Portemonnaie auch einen zusammengefalteten Zettel in der Hand. Es war der Durchschlag des Lieferscheins über das Kanalrohrmaterial, der jetzt eigentlich auf dem Schreibtisch von Maria zur Abrechnung liegen sollte. Er faltete das dünne Papier auf und las die Rechnungsanschrift von Gottfried Monschkopf.

Er hatte seine Adresse …

KAPITEL II

++ April 2012 ++

Von seinem Fahrrad aus hatte er den Blick auf den lang gestreckten Bergrücken, der rechts zum östlichen Ufer des Bodensees hin mit dem Pfänder und seiner markanten rotweißen Funkantenne endete. Für das Landschaftsbild dieses noch etwas trüben Frühjahrsmorgens hatte er im Moment wenig übrig, auch wenn ihn der Anblick der Pfänderspitze mit der Funkantenne an eine Begebenheit erinnerte, die ihn 26 Jahre zuvor ein kleines Stück vorangebracht, ihm aber letztlich doch nicht zum erhofften Erfolg verholfen hatte.

Gottfried Monschkopf stellte wie jeden Morgen am Bahnhof Hergatz sein Trekking-Bike ab, sicherte es mit einem Kettenschloss gegen Diebstahl und wartete auf den Regionalzug Richtung Immenstadt im Allgäu, mit dem er zu seinem Arbeitsplatz fuhr.

Er nahm sich vor, sich in nächster Zeit ein Fahrrad mit Elektroantrieb anzuschaffen. Mit seinen inzwischen 57 Jahren und den zunehmenden Knieproblemen wurde der werktägliche Weg allmählich beschwerlicher, obwohl ihm sein Hausarzt immer wieder zu ausreichender Bewegung riet, die ihm aber mit seinen 110 kg Körpergewicht schwerfiel, zumal er sich noch nie zu sportlicher Betätigung hatte aufraffen können.

Um 7.26 Uhr fuhr der rote Diesel-Triebzug mit vier Minuten Verspätung im Bahnhof ein. Gottfried Monschkopf drückte den Knopf neben der Einstiegstür, die sich, von zischenden Druckluftgeräuschen begleitet, öffnete.

Während der Bahnfahrten erinnerte er sich immer wieder daran, was in den vergangenen drei Jahrzehnten in Sachen Umweltschutz erreicht worden war, und er war Mitte der 1980er-Jahre ein Teil der »Grünen«-Bewegung gewesen, die jetzt im Jahr 2012 auf politischer Ebene etabliert und zwischenzeitlich im Bundesland Baden-Württemberg sogar Koalitionspartei in der Landesregierung war. Auch nach 26 Jahren blickte er immer noch von Stolz erfüllt auf die von ihm initiierte Demonstration im Jahr 1986 zurück, durch die der Bau eines Wasserkraftwerks im Steighorntal hatte verhindert werden können.

Der Triebzug rollte am Bahnhof Oberstaufen gerade die letzten Meter bis zum Halt am Bahnsteig, als ihn die Werbebotschaft auf einer Plakatwand mit orangefarbener Schrift auf hellblauem Grund wie ein Nackenschlag traf.

Gottfried Monschkopf wollte schnell aus dem Zug aussteigen, doch der Ein- und Ausstiegsbereich war von drei Mountainbikern verstellt, die sich mit ihren Fahrrädern mühsam durch die Waggontür zwängen mussten.

Mit hastigen Schritten und außer Atem erreichte er den Ausgang des Bahnhofs, der unmittelbar auf den Gehweg mündete, wo zur Linken die Fahrplantafel auf gelbem Papier die Abfahrtszeiten der Züge zeigte und zur Rechten der Eingang zum Bäckerei-Café im Bahnhof war. Auf den letzten Treppenstufen konnte er bereits einen Teil des Plakats sehen, doch ein heranfahrender Linienbus versperrte ihm die Sicht. Die Lautsprecherdurchsage am Bahnsteig kündigte die Einfahrt des Regionalzuges nach Lindau an, als ihm im selben Moment zahlreiche Männer und Frauen aus dem Bus heraus entgegenstürmten, die den Zug noch erreichen wollten. Auf dem Gehweg stieß er beinahe mit einem jungen Mann zusammen, der über einen weißen Kopfhörer laut Hip-Hop-Musik hörte und dem Monschkopf gerade noch ausweichen konnte, bevor der andere beinahe seinen Coffee to go über seine Jacke verschüttet hätte. Es kam ihm vor, als wollte ihn die ganze Welt daran hindern, dass er dieses Plakat sehen konnte.

Der Linienbus fuhr ab und gab ihm die Sicht auf die Plakatwand frei.

›Grüner Strom aus regionaler Wasserkraft‹, verkündete die Werbebotschaft, die in großen orangefarbenen Lettern auf dem Plakat prangte. Das Wort »Strom« war, wie von einer Lupe vergrößert, in Form einer Luftblase im Wasser dargestellt. In der Mitte der Werbefläche war ein Wasserfall abgebildet, der ihn aber eher an Mineralwasser-Werbung erinnerte. Unter dem Wasserfall zeigte das Plakat eine aus flachen Steinen errichtete Staumauer, die wie eine von Kindern an einem Flussufer gebaute Steinpyramide aussah. In die Steinmauer hatten die Werbegrafiker eine Steckdose eingesetzt, und das zum Stecker führende Kabel ging im unteren Teil der Plakatwand in den Schriftzug der Internetadresse www.hellwatt.de über. Schräg über dem Wasserfall stand in grünen Buchstaben: ›Energiezukunft 2015‹.

Gottfried Monschkopf stand mit halb offenem Mund vor dem Plakat und war fassungslos. Fast 30 Jahre später, nachdem der damals geplante Bau eines Stausees am erbitterten Widerstand der Bevölkerung und vor allem am Widerstand der Landwirte, die er für die Demo an der Gehrenkopfhütte hatte mobilisieren können, gescheitert war, schien sich kaum jemand über den Bau eines Wasserkraftwerks im Steighorntal aufzuregen.

Ohnehin fragte er sich seit einiger Zeit, wo die einstmaligen Umweltaktivisten geblieben waren. Warum ging gegen diesen irrsinigen Plan niemand auf die Straße? In den 1980er-Jahren wären große Menschenmengen mit Transparenten durch die Straßen gezogen.

Monschkopf sah sich mit entgeistertem Gesichtsausdruck auf dem Bahnhofsvorplatz um. Er sah Menschen, die permanent auf ihre Smartphones starrten und die Welt um sich herum nicht mehr wahrzunehmen schienen. Auf dem Parkplatz fuhren große, schwere Autos ein und aus, die optisch als Geländewagen designed waren. Er erinnerte sich, dass um die Jahrtausendwende auf dem Automobilmarkt Modelle angeboten wurden, die weniger als fünf Liter Benzin auf 100 Kilometer verbrauchten – kaum jemand wollte sie kaufen, obwohl die Preise an den Tankstellen stetig nach oben kletterten. Der mobile Mensch bevorzugte im zweiten Jahrzehnt nach dem Millennium monströse Autos, um sein Geltungsbedürfnis zu befriedigen. Aus den Abfallbehältern quollen Coffee-to-go-Becher und Tüten von Schnellimbissketten. Überhaupt schien es kaum mehr jemanden zu geben, der sich aktiv für eine intakte Umwelt einsetzte – wozu auch, denn die Menschen des Jahres 2012 hatten nicht nur die Verantwortung für die Umwelt, sondern auch die Verantwortung für ihr eigenes Leben an eine stets beschwichtigende Politik und an die Heilsversprechen einer übermächtigen Konsumgüterindustrie abgetreten.

Er fragte sich, wie es diesem Stromkonzern gelingen konnte, den Bau eines Stausees im idyllischen Steighorntal durchzusetzen – doch zugleich wunderte es ihn auch nicht mehr. Seit der Atomausstiegspolitik der Bundesregierung nach dem verheerenden Unglück an der japanischen Küste im Jahr 2011 war jede Art von Stromerzeugung kritik- und bedenkenlos willkommen, solange es keine Atomenergie war. Die Stromerzeugung mittels Fotovoltaik, die Monschkopf zu damaliger Zeit als Kompetenzthema im Programm der »Grünen« verankern wollte, hatte sich durch die staatliche Subventionspolitik derart überbordend verbreitet, dass manche Landwirte selbst die Dächer von windschiefen Heustadeln mit Solarstromanlagen zupflasterten, um in den Genuss einer staatlich garantierten Stromvergütung zu kommen. Die Regierung sprach vollmundig von der großen Energiewende; nur hatten alle zusammen – was sich auch Gottfried Monschkopf eingestehen musste – zu wenig bedacht, dass diese Technologie nur dann Strom liefern konnte, wenn auch die Sonne schien, und damit nicht in der Lage war, auch die nötige Grundlast abdecken zu können. Mit der Folge, dass mitten in der sogenannten Energiewende weiterhin die Stein- und Braunkohlekraftwerke zusammen immer noch fast die Hälfte des deutschen Stroms produzierten.

Es grämte ihn noch immer, dass er seine politische Karriere nicht hatte weiterverfolgen können, nachdem er innerhalb der Partei ohne nennenswerten Einfluss geblieben war. Dies, obwohl er es geschafft hatte, dem Profitstreben eines Stromkonzerns und auch im selben Zug dem Größenwahn eines Bauunternehmers einen Strich durch die Rechnung zu machen. Diesem skrupellosen Machtmenschen war er vor 26 Jahren durch Zufall persönlich zwischen den Freilagerflächen von dessen Bauunternehmen und dem Gelände seines vor Kurzem verstorbenen Öko-Freundes Franz Britzler begegnet.

Er hatte diesen Leibacher noch immer in Verdacht, damals einen Mordanschlag auf ihn versucht zu haben. Es war an einem Sonntagnachmittag gewesen, als er in den ausgehobenen Gräben um seinen alten Bauernhof damit beschäftigt gewesen war, die Drainageleitungen zu verlegen, für die er einen Tag zuvor bei diesem Leibacher im Baugeschäft das Rohrmaterial gekauft hatte. Als er gerade eine Abzweigverbindung einbauen wollte, hatte er das Geräusch von krachendem Holz vernommen. Zwei Sekunden später sah er aus dem Leitungsgraben heraus, wie ein Betonschachtring direkt auf ihn zurollte, der dann aber wegen einer Bodenunebenheit kippte und kurz vor dem Graben mit einem wuchtigen dumpfen Geräusch aufschlug. Monschkopf hatte in diesem Moment den Lkw-Fahrer des Baustoffhandels verflucht, der beim Abladen zu faul gewesen war, die gelieferten Schachtringe richtig abzusetzen. Stattdessen hatte er die Betonringe nur an die Gabel des Lkw-Krans gehängt und so abgeladen, dass sie wie Räder vor seinem Bauernhaus standen und nur notdürftig mit einer Holzpalette gegen Wegrollen gesichert waren. Doch als er sich nach diesem Schreck wieder gefasst hatte, vernahm er ein Motorengeräusch und konnte gerade noch erkennen, wie in einiger Entfernung ein roter Mercedes-Geländewagen um die Kurve nach dem Wald verschwand, und er wusste, dass Leibacher genau diesen Wagentyp fuhr.

Danach war dieser Alois Leibacher spurlos von der Bildfläche verschwunden. Gerüchten zufolge war er damals bei einem Verkehrsunfall ums Leben gekommen, als er angeblich mit einem Firmenwagen im Grenztunnel an eine Wand geprallt und der Wagen dabei ausgebrannt war – eigenartigerweise aber zu einem Zeitpunkt vor dem versuchten Anschlag mit dem Betonschachtring. Es würde ihn daher nicht wundern, wenn der Unfall womöglich nur fingiert war und dieser Leibacher noch immer – von wo auch immer – sein Bau-Imperium regierte.

Monschkopf stellte sich an die Bushaltestelle, um mit dem nächsten Linienbus an seinen Arbeitsplatz im Klärwerk Oberstaufen zu gelangen. Noch immer fassungslos, fixierte er das Werbeplakat, als in diesem Moment ein Mann mit kräftiger Statur und extrem kräftigen, stark behaarten Unterarmen, der Mitte 60 sein mochte und seiner Kleidung nach ein Landwirt sein konnte, mit einer Bäckerei-Papiertüte in der Hand über den Parkplatz ging und in einen schwarzen Touareg mit verchromtem Rammschutzbügel, teuren Chromrädern und der an der Heckklappe angebrachten Aufschrift ›3.0 V6‹ einstieg. Er glaubte den Mann aus früheren Zeiten – im Zusammenhang mit der Stausee-Demonstration – zu kennen, als in diesem Moment der Linienbus in die Haltebucht einfuhr. Gottfried Monschkopf stieg in seiner dunkelgrünen Strickjacke und mit der abgewetzten braunen Umhängetasche in den Bus ein und hielt dem Fahrer im Vorbeigehen seine Monatskarte hin.

*

++ Mai 2012 ++

Der Straßenlärm in einer der Wiener Hauptverkehrsstraßen drang durch das gekippte Fenster, durch das die kühle Frühjahrsluft in das Großraumbüro hereinzog.

»Die obere Penthouse-Wohnung ist jetzt schon so gut wie verkauft, und für die Ladenetage im Erdgeschoss gibt es bereits Interessenten, also husch, husch, meine lieben Stararchitekten, unser geschätzter Investor wartet sehnsüchtig auf die Ausführungspläne, damit das Projekt in die Vergabe gehen kann.« Carlo klatschte in die Hände und wandelte mit wackelndem Gesäß wie auf einem Modeschau-Laufsteg in Richtung des Schreibtisches, an dem Carola die Grundrisszeichnungen für das neue Wohn- und Geschäftshaus im Wiener Zentrum anfertigte. Sie stand mit der Zeichenarbeit am CAD-Programm unter Stress, und das schwule Gehabe von Carlo Montebelfiori, dem Mitinhaber des Architekturbüros »Vienna Building Constructions«, ging ihr schon längere Zeit auf die Nerven.

»Carola-Schätzchen, komm doch nachher mal in mein Büro, ja?«, sagte Carlo im Vorbeigehen an ihrem Schreibtisch und schnippte dabei mit den Fingern. Fick dich selber, dachte sie und klickte währenddessen versehentlich auf einen Befehl in der Menüleiste, durch den in der Planzeichnung auf dem Bildschirm alle Beschriftungen ausgeblendet wurden. Am liebsten hätte sie die kabellose Funk-Maus in die Ecke geschleudert.

Zehn Minuten später klopfte Carola an die Bürotür ihres Chefs, von dem sie inzwischen glaubte, dass er sie nur eingestellt hatte, weil ihr Name dem seinen ähnlich war. Dieser Mensch war an Selbstgefälligkeit nicht zu übertreffen. Carlo saß in einem fliederfarbenen Hemd an seinem gläsernen Schreibtisch, stützte die Ellenbogen auf, legte den Kopf schief und blickte sie mit treuem Dackelblick an. Carola beschlich eine ungute Ahnung von dem, was nun folgen mochte.

Weitere 20 Minuten später schloss sie die Glastür zu seinem Büro hinter sich und lief mit staksenden Schritten und verkniffenem Mund zu ihrem Schreibtisch, wo sie ihre wenigen persönlichen Dinge in ihre geräumige Boutique-Handtasche zu packen begann. Carlo hatte ihre Entlassung damit begründet, dass die Architektenhonorare nicht mehr mit den Kosten mitziehen würden. Er hätte viel Geld in neue Softwareprogramme investieren müssen und bräuchte dafür Leute, die sich auch in der Arbeit mit den Programmen mit der Zeit leistungsmäßig steigern würden, was er bei ihr jedoch nicht feststellen könne und sich deshalb zu »Personalanpassungen« gezwungen sähe.

Sie verließ die österreichische Rheintalautobahn an der Ausfahrt Feldkirch und fuhr auf den Grenzübergang nach Liechtenstein zu. Nach der Kündigung vor drei Tagen hatte sie sofort ihren restlichen Urlaub genommen und war an diesem Donnerstagnachmittag zur Niederlassung der »Alois Leibacher Tief- und Straßenbau« in Vaduz unterwegs. Der Grenzbeamte winkte sie mit ihrem weißen Mini Cabrio durch, in dem sie an diesem kühlen Frühlingstag mit großer Sonnenbrille und einem weit ausgeschnittenen Oberteil mit hellblauer Strickweste hinter dem Steuer saß. Der Gedanke, dass sie sich die Kreditraten für den Wagen wohl bald nicht mehr leisten konnte, kratzte bis aufs Blut an ihrem Selbstwertgefühl.

Neben einer Heizkesselfabrik bog sie auf der Hauptdurchgangsstraße in Vaduz in das Firmengelände des Tief- und Straßenbauunternehmens ein, bei dem man offenbar keinen Wert darauf legte, die Flächen vor den eigenen Betriebsgebäuden zu teeren oder zu pflastern. Es war Feierabendzeit, und sie musste in der Einfahrt warten, weil sich zur gleichen Zeit die Mitarbeiter auf den Nachhauseweg machten. In den ausfahrenden Autos, von denen die meisten ältere japanische Modelle der unteren Mittelklasse waren, saßen Männer am Steuer, denen die harte Arbeit auf dem Bau und ein ungesunder Lebenswandel anzusehen waren.

Das Bürogebäude bestand aus einer alten, aber gut renovierten Villa, in deren oberer Etage die Geschäftsführer-Wohnung war, wo ihr Vater seit mittlerweile 26 Jahren unter dem Namen Anton Brander lebte. Auf dem Betriebsgelände standen zur Straßenseite hin ein gutes Dutzend Kipplaster, in einer Reihe nebeneinander geparkt. In einer aus Holz gebauten, nach vorne offenen Lagerhalle standen drei große Raupenbagger und verschiedene kleinere Straßenbaumaschinen. In der hinteren Ecke des Firmengeländes rostete ein ausrangierter alter MAN-Laster mit Schneeräumschild vor sich hin, der ringsum von meterhohem Unkraut umwuchert war. Sie parkte ihren Mini neben der Eingangstreppe zum Bürogebäude, die, für eine Villa typisch, unter einem halbrunden Vordach war, das von weißen Säulen gestützt wurde.

Anton Brander hatte bereits nach den ersten zehn Minuten wieder das Gefühl, dass ihm anstelle seiner erwachsenen Tochter die zickige Göre gegenübersaß, von der er zuletzt vor 26 Jahren gefordert hatte, endlich auf eigenen Beinen zu stehen. Doch selbst mit Ende 40 schien sie offenbar immer noch nicht in der Lage zu sein, dauerhaft für sich selbst sorgen zu können. An ihren ständigen Miseren einschließlich ihrer gescheiterten Beziehungen waren stets die anderen oder irgendwelche ungünstigen Umstände schuld, nur sie selbst konnte nach ihren Darstellungen nie etwas für allerlei schicksalhafte Veränderungen in ihrem Leben. Es konnte für ihren überraschenden Besuch nur mal wieder den einen Grund geben, dass sie Geld brauchte.

»Notwendige Personalanpassungen hat das der Carlo genannt, für den ich fast zehn Jahre lang die Planzeichnungen von seinen Prestigebauten immer auf den letzten Drücker fertiggemacht habe, weil, kaum dass ich den letzten Strich gezeichnet habe, Änderungen kamen und dann noch mal Änderungen von den Änderungen eingearbeitet werden mussten. Und dafür hat er mich jetzt rausgeschmissen und eine Jüngere hingesetzt, die er für das halbe Gehalt verheizen kann«, schnaubte Carola.

Ihr Vater erhob sich langsam aus seinem Leder-Chefsessel, ging mit gesenktem Kopf nachdenklich ein paar Schritte durch sein mit hellgrauen Aktenschränken eingerichtetes Büro, steckte die linke Hand in die Tasche seiner dunkelblauen Anzughose und stellte sich schließlich an die Seite seines ebenso hellgrauen Schreibtisches. Mit seinen 68 Jahren war er immer noch eine stattliche Erscheinung mit wachem Blick unter den kräftigen Augenbrauen, nur war sein früher volles mittellanges Haar einem ergrauten Haarkranz gewichen, den er stoppelkurz trug, wodurch er jünger wirkte.

Eigentlich wollte er seiner Tochter erklären, dass sie als studierte Architektin bei diesem Carlo nichts anderes als eine einfache Bauzeichnerin gewesen war und ihr Chef vermutlich bei ihrer Qualifikation entsprechende Leistung erwartet hätte.

Carola zog es anscheinend vor, ihn ohne Umschweife zu erpressen: »Damals bei deinem einzigen Besuch in meinem Studentenapartment in Wien hast du mir einfach so erklärt, dass du dir eine neue Identität verschafft hast und unter einem neuen Namen hier in Liechtenstein lebst.« Sie ging im Büro auf und ab und wickelte dabei ständig eine blonde Haarsträhne um ihren rechten Zeigefinger. »Ich habe diese schreckliche Wahrheit die ganzen Jahre für mich behalten. Du kannst dir nicht vorstellen, wie schlimm das für mich war«, heuchelte sie.

»Was willst du?«, fragte Anton Brander und sah seine Tochter dabei mit strengem Blick an. Ihm war nicht aufgefallen, dass sie inzwischen die aktuellen Pläne für das Sporthotel am Steighorn entdeckt hatte, die auf dem Plantisch vor der Fensterfront lagen.

»Du hast es schließlich unter anderem mir zu verdanken, dass du, mein Vater Alois Leibacher, seit einem Vierteljahrhundert unbehelligt hier in Liechtenstein als Anton Brander leben kannst. Und in dieser Person hast du wohl deine Verbindungen zu dieser ›Hellwatt‹-Strom-Mafia wieder neu eingefädelt, damit du doch noch dein Sporthotel am Stausee bauen kannst?«

»Genau«, trat Brander die Flucht nach vorne an, »und bei diesen Plänen habe ich auch vorgesehen, dass du dort die Geschäftsführung übernimmst.«

»Das entscheidest natürlich wie immer du allein! Dafür«, schnaubte sie, »habe ich nicht Architektur studiert!« Sie nahm ihre Handtasche vom Stuhl, hinterließ bei ihrer Drehbewegung in Richtung der Tür eine Wolke ihres Parfums im Raum und stürmte zur Bürotür hinaus.

Mit ihrem Autoschlüssel in der Hand trat Carola Leibacher aus der schweren hölzernen Eingangstür des Bürogebäudes. Auf der Betonfläche vor der Eingangstreppe verfing sich der Absatz ihres linken Stöckelschuhs in einem Riss, sodass sie hängen blieb und das Gleichgewicht zu verlieren drohte.

In diesem Moment wurde sie von zwei kräftigen Armen aufgefangen. Sie blickte in das Gesicht eines Mannes, der leicht gewelltes, mittellanges schwarzgraues Haar und einen dunkelgrauen Dreitagebart trug und dem Äußeren nach etwa Mitte 50 war. »Eine Straßenbaufirma, die auf dem eigenen Firmengelände die größten Schlaglöcher hat«, beschwerte sich Carola, und Wilfried Grätner, der gerade auf dem Weg zur wöchentlichen Besprechung mit seinem Chef war, fand spontan Gefallen an diesem blonden Drachen. Beide sahen sich für einige Sekunden in die Augen.

»Sie müssen die Tochter von Al… von Herrn Brander sein?«, fragte Grätner direkt, während sich Carola, auf einem Bein balancierend, ihren Stöckelschuh wieder anzog.

»Ich wüsste nicht, was Sie das angeht!«, fauchte sie und stakste hinkend zu ihrem Cabrio, weil sie sich den Fuß verknackst hatte, sich aber nichts anmerken lassen wollte. Grätner zwinkerte ihr im Wegdrehen zu und lief die Treppenstufen zum Eingang der Villa hinauf. »Blödmann!«, zischte Carola, als sie hinter dem Lenkrad ihres Minis saß und beim Anfahren zu viel Gas gab, sodass die Räder auf dem Kies durchdrehten.

Anton Brander saß mit Zorn im Blick an seinem Schreibtisch hinter dem Bildschirm seines Computers, als Wilfried Grätner das Büro betrat. »Setz dich, Bill«, sagte Brander in ruhigem Ton, der nicht zu seiner wirklichen Stimmung zu passen schien.

»Stress mit Fräulein Tochter?«, fragte Grätner. Anton Brander alias Alois Leibacher hatte das Kinn auf die linke Hand gestützt und war mit dem Lesen einer E-Mail beschäftigt. »Mit der auch«, murmelte er zwischen den Fingern vor dem Mund hindurch und las halblaut und Worte überspringend den Inhalt einer E-Mail-Nachricht.

»Sehr geehrter Herr … mitteilen, nach dem Tode meines Vaters Franz Britzler … Betrieb übernommen … mit Bedauern jedoch mitteilen … wie aus Aufzeichnungen hervorgeht … Hinweise auf unlautere Geschäftspraktiken … zur Beendigung der Zusammenarbeit veranlasst … mit freundlichen Grüßen Tobias Britzler.«

Brander knallte den Zeigefinger auf die Maustaste und schloss damit das E-Mail-Programm. »Weiß dieser Herr Betriebsnachfolger eigentlich, dass ich seinem Vater immer die größten Neubauprojekte und manchmal ganze Neubaugebiete zugeschoben habe? Verdammt noch mal, jetzt haben wir gerade die Erschließungsarbeiten für das Neubaugebiet Im Ried klargemacht, 18 Reihenhäuser und dazu ein Einkaufscenter mit Discounter und Drogeriemarkt, wo ich dem Hellwatt wieder einen ganzen Schwung neue Stromkunden in Aussicht gestellt habe, und jetzt springt mir dieser Britzler ab«, wütete Anton Brander.

»Britzl-Bratzl springt vom Platzl«, versuchte Bill zu scherzen und erntete einen strafenden Blick für diese Bemerkung.

»Wo schaust du eigentlich hin, wenn du deine Baustelleneinrichtungen in der Gegend rumfährst? Wahrscheinlich nur auf die Titten von den Weibern, die auf der Straße rumlaufen, sonst wären dir sicher schon die Werbeplakate von ›Hellwatt‹ aufgefallen, die schon mal im halben Allgäu den Leuten klarmachen, dass demnächst ein neues Wasserkraftwerk gebaut wird.«

Brander stand von seinem Chefsessel auf, ging zum Plantisch und sah aus dem Fenster. »Seit Mitte der 80er-Jahre waren der Britzler Franz und ich erfolgreich mit der Strategie gefahren, dass wir bei der Erschließung von Neubaugebieten die Art der Energieversorgung für die Heizungen in den Häusern gleich mit festgelegt haben. Das ging, weil wir als Firma ›Leibacher‹ als Generalunternehmer aufgetreten sind und die Planungsvorgaben festgelegt haben.«

Er drehte sich zu Wilfried Grätner um, legte den rechten Zeigefinger an den linken Daumen und begann aufzuzählen:

»Wir haben nicht nur die Erschließung, die Kanalisation und die Siedlungsstraßen gemacht, sondern auch für alle Häuser die Bodenplatten für die Kellergeschosse betoniert. Und wenn es ein Bauherr wollte, haben wir ihm bis Oberkante Kellerdecke den Keller gleich mitgebaut. Die Architekten und Planungsbüros hatten wir so in der Hand, dass für die Heizungen in den Ausschreibungen von vornherein Nachtspeicheröfen und Elektroboiler vorgesehen waren. Und die laufen bekanntlich mit …«

»Strom, den natürlich ›Hellwatt‹ liefert«, warf Grätner desinteressiert dazwischen, weil er sich diese Story schon zigmal hatte anhören müssen.

»Genau! Aber dafür brauchte ich eben einen wie den Britzler, der das auch alles mit durchgezogen hat, auch«, Brander lachte dabei kurz auf, »wenn er nicht immer so ganz freiwillig dabei war. Verstehst du jetzt, warum mich die Nachricht von Britzler junior, der sich anmaßt, von unlauteren Geschäftspraktiken daherzureden, so aus der Fassung bringt?«

Wilfried Grätner gähnte herzhaft und nickte dabei, was Anton Brander nicht in seinem Redefluss störte.

»Ich komme da am Steighorn nach bald 30 Jahren endlich meinem Ziel näher.« Er machte eine kurze Pause, steckte die Hände in die Hosentaschen, streckte den Rücken durch und stellte sich wieder vor das Fenster.

»Und es wird mich jetzt keiner mehr davon abhalten, dass oben an der Staumauer mein Sporthotel gebaut wird«, sagte er mit derselben Entschlossenheit in der Stimme, die Grätner an das damalige Telefongespräch erinnerte, bei dem er ihm die Ausführung des Tunnelunfalls aufgetragen hatte.

*

Das brachliegende Gelände zwischen der Brücke über den Steighornbach und der Lagerhalle eines Transportunternehmens boten eine unauffällige Parkmöglichkeit für das schwere Baustellenfahrzeug, und er konnte von dort ebenso unauffällig zu Fuß über einen abseits gelegenen Wanderweg zu dem Rohbau der Tiefgarage hinter dem Kurhotel gelangen. Durch einen Telefonanruf bei der Firma, bei dem er sich als Vertreter für Arbeitsschutzbedarf ausgegeben hatte, wusste er, dass sich seine Zielperson gerade auf der Baustelle aufhalten musste.

Er folgte dem Wegweiser mit der gelb-weißen Markierung in Richtung Ortsmitte. Über den Wanderweg lief das Regenwasser in kleinen Rinnsalen, die sich ihren Weg durch die Vertiefungen des unbefestigten Weges bahnten. Der Vorteil an diesem Wetter war, dass er auf dem Weg keine Spuren hinterlassen würde. Die Kapuze seiner dunkelblauen Regenjacke hatte er über den Kopf gezogen, sodass ihn so schnell auch niemand erkennen konnte.

Nach zehn Minuten erreichte er den Treppenabgang auf der Rückseite der Tiefgaragenbaustelle, der zur Technikzentrale führte. Der Firmenwagen seiner Zielperson stand vor der Tiefgarageneinfahrt. Nun musste er ihn nur noch finden, was nicht sonderlich schwierig sein würde, da es in dem Rohbau bisher nur zwei Geschosse gab.

Im ersten Untergeschoss des Neubaus stand er in einem Dickicht von Schalungs-Stahlstützen, weil erst vor drei Tagen die Decke über dieser Etage betoniert worden war. An einigen Stellen tropfte das Regenwasser von oben herein und lief an den Betonwänden herunter.

Er stellte sich an die Absturzsicherung an der Deckenaussparung zum zweiten Untergeschoss und versuchte, sich in der Dunkelheit zu orientieren. In der Etage unter ihm leuchtete eine spärliche Baustellenbeleuchtung einen Teil des Tiefgaragenbereichs aus. Dann hörte er Schritte, die zuerst platschend, dann, von einem langgezogenen

Geräusch begleitet, durch das einige Zentimeter hoch stehende Wasser gingen.

»Wann montieren Sie die Elektrik für die Abwasserpumpen?«, fragte eine männliche Stimme, die aus einer anderen Richtung als die Schritte kam. Es war die Stimme von Bauleiter Till Mertinger, den er von anderen Baustellen kannte. »Wir könnten gleich morgen installieren, aber erstens fehlt von ›Hellwatt‹ noch der Hausanschluss und zweitens steht in diesem Pumpenschacht das Wasser bis Oberkante«, sagte eine zweite männliche Stimme, die zu seiner Zielperson gehörte.

Er hörte, wie Mertinger etwas von »mir steht es auch bis Oberkante« vor sich hin fluchte. Der Bauleiter lief in Richtung der Tiefgaragenausfahrt, von wo er eine halbe Minute später vernahm, dass er ein Handytelefonat führte.

Durch die Deckenaussparung konnte er sehen, wie der Mann, dessen Firma die Elektrik installieren sollte, mit der Taschenlampe an der Decke entlangleuchtete, als dessen Mobiltelefon klingelte. »Guten Tag, ja ... ich bin hier im Keller, hab schlechten Empfang ... bitte? ... nein, wir können erst ...« Der Anrufer schien ihm etwas Ausführlicheres mitzuteilen. Die Zeit musste jetzt reichen, um seine Mission vorzubereiten, solange der Mann im zweiten Untergeschoss durch das Telefonat abgelenkt war.

Vorsichtig hängte er an einer Seite der Deckenaussparung die waagrechten Holzleisten der Absturzsicherung aus. An einer der Stahlstützen löste er mit einem Ruck an den verbogenen Hebelgriffen die Spannvorrichtung.

Von unten hallte die Stimme des telefonierenden Elektroinstallateurs durch den Rohbau. »Mit der Leitungsinstallation können wir frühestens in zwei Wochen ... nein, es geht nicht früher ... ja, dann kommen wir eben mit zwei Mann mehr, und ...« Der Mann im zweiten Untergeschoss begann, nahe der Kante des Pumpenschachtes nervös auf und ab zu laufen und zog dabei mit plätschernden Geräuschen seine Spuren durch das auf dem Betonboden stehende Wasser.

Er hörte Schritte, die von oben kamen. Jemand ging die Treppe herunter. Er versteckte sich hinter einem gemauerten Türdurchgang und sah, wie ein Bauarbeiter in regennasser Arbeitsmontur und in gelben Gummistiefeln die Treppe herunterkam, sich eine leere Mörtelwanne schnappte und damit wieder die Treppe hochging. Mit tief ins Gesicht gezogener Kapuze folgte er dem Bauarbeiter und sah sich oben kurz um. Bauleiter Mertinger ging über den vom Regen aufgeweichten Baustellenboden zu seinem Bürocontainer. Als dieser die Tür hinter sich geschlossen hatte, schlich er sich an dem auf der Rückseite fensterlosen Baucontainer vorbei wieder in Richtung des Wanderweges. Hinter ihm verwusch der prasselnde Regen sofort wieder seine Spuren.

Aus dem Eingang zur Tiefgaragen-Baustelle hallte ein kurzer Aufschrei, dem das Geräusch eines auf Beton aufschlagenden eisernen Gegenstandes folgte.

*

Der seit zwei Tagen anhaltende Dauerregen schien an diesem Dienstagvormittag seinen gesamten Vorrat direkt auf die Strecke zu schütten, wo er gerade mit seinem inzwischen fast 30 Jahre alten Peugeot 505 zu einem Einsatz unterwegs war. Guntram Glattlinger wäre in der Kurve vor der Abbiegespur in Richtung Niederstaufen beinahe wegen Aquaplaning ins Schleudern geraten, was ihm einen kurzen Adrenalinstoß versetzte – weniger wegen des beinahe ausbrechenden Hecks, sondern weil er in knapp zwei Jahren das »H«-Kennzeichen würde beantragen können, durch das sein stets gut gepflegter Franzose den Status als historisch bedeutendes Fahrzeug erlangen konnte und er deshalb keinen Unfallschaden riskieren wollte.

Vor einer knappen halben Stunde war der Notruf eingegangen, der von einer Bankangestellten der Sparkassenfiliale in einem kleinen Ort zwischen Lindau und Lindenberg ausgelöst worden war. Der Bankräuber hatte die Filiale wohl ohne Beute verlassen, dafür gab es aber zwei verletzte Personen, eine verängstigte Bankangestellte – und vermutlich ein halbes Dorf, für das es im Moment wohl kaum ein anderes Thema gab als den Bankräuber mit einem schwarzen Motorradhelm.

An der kleinen Sparkassenfiliale in der Bodenseestraße standen zwei Polizeifahrzeuge mit eingeschaltetem Blaulicht, ein Rettungswagen des Bayerischen Roten Kreuzes und ein Notarztwagen, der aber in diesem Moment wieder abfuhr. Im Eingang der Bankfiliale saß eine sichtlich aufgelöste Bankangestellte, die von einer Streifenbeamtin betreut wurde.

Ein älterer Mann in einer roten Outdoorjacke redete auf einen Kollegen ein und schien sich in seiner Aussage bereits mehrfach wiederholt zu haben, was dem Kollegen an seinem allmählich entnervten Kopfnicken anzumerken war. »A blaue 650er Kawasaki hat er g'fahrn, weil, des Modell hab i sofort erkannt, weil i vor 20 Jahr' selbst so eine g'habt hab, bloß meine war rot«, sagte der Mann lautstark und fuchtelte dabei mit seinem Regenschirm. »Ham's des notiert? Kennzeichen LI-A ... Moment, LI-A ... Herrschaft, i glaub, die Nummer hab i jetz doch vergessen, aber auf jeden Fall a blaue 650er Kawasaki!«

Glattlinger ordnete an, die Videoaufnahmen der Überwachungskamera zu sichten, und rief im Präsidium an, um die Fahndung nach einem Motorradfahrer mit einer älteren blauen Kawasaki zu veranlassen. Dann ging er in das nebenan gelegene »Café & mehr«, um bei einem Kaffee mögliche Zeugen befragen zu können. Noch bevor ihn die Bedienung nach seinem Wunsch fragen konnte, klingelte sein Smartphone. Mit einem bedauernden Achselzucken in Richtung der Bedienung verließ er das Café, setzte sich in seinen Wagen, schloss die Fahrertür und tippte auf das Symbol mit dem grünen Hörer.

»Wir haben eine Leiche auf einer Baustelle in Oberstaufen, männlich, etwa Ende 30, nach ersten Erkenntnissen der Chef einer Installationsfirma«, gab ihm die Kollegin mit einer entspannten Stimme durch, als wäre sie eine Therapeutin für Autogenes Training. »Ich bin gerade in der Richtung unterwegs«, gab Glattlinger zurück, tippte die ihm durchgegebene Adresse in das an der Windschutzscheibe angebrachte Navigationsgerät ein, setzte den Blinker und bog von der Sparkassenfiliale in die Ortsdurchgangsstraße ein.

Auf der Steigung in Richtung Lindenberg kam ihm ein roter Mercedes-Kipplaster entgegen, über dessen mächtigem Kühlergrill in weißen Buchstaben der Schriftzug ›Leibacher Tief- und Straßenbau‹ klebte. Im Vorbeifahren streiften sich die Blicke der beiden Fahrer für einen Moment wie in Zeitlupe.

Vor Glattlingers geistigem Auge zuckten im Sekundentakt Gedächtnissequenzen aus weit entfernter Vergangenheit. Die beiden Österreicher in seinem Büro, damals, 1986. Das ausgebrannte Auto aus dem Pfändertunnel, das ein Firmenfahrzeug von eben dieser Baufirma gewesen war. Das Betriebsgelände der Firma »Leibacher«, wo der vorbeifahrende Kipplaster seinen Wagen eingestaubt hatte – war der dunkelhaarige Typ am Steuer des Mercedes-Lasters womöglich derselbe wie damals?

Das Navigationssystem führte Guntram Glattlinger zu einem Kurhotel, das unterhalb von Oberstaufen an der Straße Richtung Steighorn lag. Die Baustelle für den Erweiterungsbau lag hinter dem viergeschossigen Altbau, der von außen mehr an ein Sanatorium als ein Hotel erinnerte. Die auf einem Gestell aus Kanthölzern angebrachte Bautafel zeigte auf einem bunten Animationsbild die Architektur des neuen Spa- und Wellnesszentrums. Glattlinger parkte neben dem Eingang zur Rezeption und lief über die verdreckte Zufahrt zur Baustelle.

Vor der Tiefgarageneinfahrt stand ein Feuerwehrfahrzeug mit laufender Motorpumpe. Der angeschlossene Schlauch verschwand in Schlangenlinien im Dunkel der Einfahrt. Von einem anderen Anschluss der Feuerwehrpumpe führte ein weiterer Schlauch zu einem offenen Kanalschacht. Aus dem Ende des Schlauchs erbrach sich mit einem würgenden Gurgelgeräusch ein Schwall schmutzigen, blutrot gefärbten Wassers in die runde Schachtöffnung.

Glattlinger stapfte durch das vom Regen aufgeweichte Baustellengelände zu einem Mann in einer signalgelben Regenjacke, dem das Regenwasser von seinem weißen Bauhelm tropfte. Der Mann hatte die Hände in den Jackentaschen, sah mit starrem Blick auf den Feuerwehrschlauch, der sich durch das Ansaugen des Wassers hin und her bewegte. Glattlinger zeigte ihm seinen Dienstausweis und fragte, wo sich der Tote befinde. Der Mann blickte ihn kurz an und machte eine Kopfbewegung in Richtung der Tiefgarageneinfahrt.

»Mertinger, Bauleitung«, sagte er schließlich. »Noch nie in meinen bisher 15 Berufsjahren, noch nie hat es auf meinen Baustellen einen Arbeitsunfall gegeben. Und jetzt gleich ein Toter. Ich sag Ihnen, in dieser Baustelle steckt von der ersten Baggerschaufel an der Hund drin. Erst musste der Rest von einem alten Fundament raus, dann ist da hinten die Hälfte von dem Hang auf die frisch betonierte Bodenplatte gerutscht, und jetzt bei dem Dauerregen säuft uns fast der Bau ab. Ich hab es so bis hier …«, sagte Mertinger mit einer Handbewegung auf Höhe der Stirn.

Hinter Glattlinger stand inzwischen Kollege Kilian Kreidweis von der Spurensicherung. »Musst du dich immer so anschleichen?«, fragte Glattlinger den Mann im weißen Schutzanzug, der sich niemals aus der Ruhe bringen ließ. »Wie schaut's aus, kenna mer na zum Tatort oder brauch mer an Taucheranzug?«, fragte Kreidweis in breitem Allgäuer Dialekt und wie immer ohne den gebotenen Respekt.

Ein Feuerwehrmann kam aus der Tiefgarage und gab an zwei weitere Wehrmänner die Anweisung, die Pumpe abzuschalten und die Schläuche zusammenzurollen. Er nahm den gelben Feuerwehrhelm ab und wandte sich an Mertinger und Glattlinger. »Also, das Wasser ischt raus, ond das Unfallopfer ham mir auf zwei Ziegelstein' und einer Schaltafel aufgebahrt, sodass Sie jetzt an Ihre Ermittlungen gehen können«, sagte der Feuerwehrkommandant in auf Hochdeutsch bemühtem Schwäbisch.

Bauleiter Till Mertinger stellte einen Halogen-Baustrahler auf, sodass die Spurensicherung ausreichend Licht für ihre Arbeit hatte. Wie von dem Feuerwehrkommandanten geschildert, lag die männliche Leiche in durchnässter Kleidung auf dem Schalbrett wie eine Mumie. Die linke Gesichtshälfte sah vom Oberkiefer bis zur Schädelmitte aus, als wäre sie von einem Abbruchhammer zertrümmert worden. Vom linken Nasenflügel bis zum Ohr klaffte eine große, blutunterlaufene Vertiefung, wo vorher die linke Augenpartie gewesen war.

Im Pumpenschacht sah Glattlinger eine Formularblockmappe, durchnässte Unterlagen und einen Meterstab, dessen Glieder in wildem Zickzack geklappt waren. In einer Ecke des Schachtes lehnte eine dieser verstellbaren Stahlstützen, die zum Abstützen von Betonschalungen verwendet wurden.

»Wir brauchen die Sachen aus dem Schacht. Was ist mit dieser Stütze?«, fragte Glattlinger, an den Bauleiter gewandt, der eine Holzleiter in den etwa zwei Meter tiefen Schacht stellte und hinunterstieg. »Bei uns am Bau nennt man das Sprieß, und der hat in diesem Schacht eigentlich nichts zu suchen«, erklärte Mertinger von unten und gab zuerst nacheinander die Utensilien des Toten nach oben, bevor er die Stahlstütze nach oben hievte. Kreidweis nahm sie ihm ab und legte sie auf den Betonboden.

»Aha, interessant«, meinte Kreidweis. An dem flachen quadratischen Ende der rohrförmigen Stütze klebten ein zerquetschtes Auge und etwas glibbrig-graue Gehirnmasse. Till Mertingers Gesicht hatte derweil die hellgrau-weißliche Farbe der Betonwand angenommen.

»Des Ding muss dem Kerle irgendwie von oba auf d'r Grind gfalla sei, ond dann hot ihm entweder der Sturz an d'r Kante vom Schacht des G'nick brocha oder er isch im Schacht versoffa«, vermutete der Spurensicherer.

»Ertrunken. ›Versaufen‹ ist, wenn du deine Kohle in der Kneipe verflüssigst, Kollege Kreidweis. Davon abgesehen, dass diese Kopfverletzung, wenn man das noch so nennen kann, als Todesursache gereicht haben dürfte, solltest du die genaue Feststellung besser der Dorothee überlassen, unserem schwarzen Engel in der Gerichtsmedizin«, wies

Glattlinger den Kollegen zurecht und blickte dabei nach oben durch die große Deckenaussparung. Durch die Öffnung war im Halbdunkel die Einschalung für die darüberliegende Betondecke zu sehen, die von Hunderten dieser Stahlstützen gehalten wurde. Von der Aussparungskante tropfte das Regenwasser, das auf dem Betonboden bereits wieder erste Pfützen bildete.

»Kann sich da oben eine Stütze … ein Sprieß gelöst haben, während das Opfer sich hier unten bewegt hat?«, fragte Glattlinger in Richtung des Bauleiters, während er die Formularblockmappe aufklappte. Aus einem Fach zog er einige nasse, aber noch lesbare Visitenkarten heraus. »Von selbst nicht«, antwortete Mertinger knapp und ahnte, worauf der Kommissar hinauswollte.

»Das heißt, dass hier jemand vorsätzlich den Sprieß ausgebaut haben muss. Oder gab es aus irgendeinem Grund eine Veranlassung dafür, diesen zu entfernen?«, bohrte Glattlinger nach, während er den Stapel aufgeweichter Visitenkarten in das Licht des Halogen-Baustrahlers hielt. »Tobias Britzler, Elektromeister, Firma ›Franz Britzler Elektrotechnik‹, Lindenberg«, las er halblaut von der Visitenkarte ab und blickte fragend zu Mertinger hinüber, vom dem er noch keine Antwort auf seine Frage erhalten hatte.

»Wer soll das gewesen sein? Der Einzige, der bei diesem Sauwetter heute arbeitet, ist der Mustafa, der dafür sorgt, dass nicht noch mehr Wasser in den Bau reinläuft. Ansonsten sind nur noch zwei Mann von der Klimatechnik-Firma da, die in der Technikzentrale die Luftkanäle für den Neubau montieren«, sagte Mertinger achselzuckend.

»Dann würde ich gerne den Herrn Mustafa fragen, ob er möglicherweise jemanden gesehen hat, der sich hier unbefugterweise auf der Baustelle bewegt hat«, gab Glattlinger zurück.

Mertinger kam zwei Minuten später mit Bauarbeiter Mustafa, der verängstigt wirkte, in das Tiefgaragen-Untergeschoss zurück. »Bitte, ich und meine Familie alles legal in Deutschland, ich haben drei Kinder, und der großte, Mesut, studieren in Ulm …« Glattlinger hob beide Hände wie ein Pfarrer, der zum Ende des Gottesdienstes den Segen gibt. »Wir wollen nur wissen, ob Ihnen heute Vormittag auf der Baustelle eine fremde Person aufgefallen ist.«

Mustafa überlegte angestrengt und blickte erschaudernd auf die mit einer Bauplane abgedeckte Leiche. »Nein, habe heute nur gesehen Bauleiter, und kurz war die Lastwagenfahrer von ›Leibacher‹ da. Sonst ich habe keine andere Mann gesehen.«

*

Er verspürte an diesem Mittwochvormittag eine nervöse Anspannung, als er in der Hotellobby seine Konferenzmappe auf einem der niedrigen Tische ablegte, an denen sonst die Urlaubsgäste des Alpenhotels ihren Nachmittags-Cappuccino tranken. Ziemlich genau vor 26 Jahren hatte er hier zuletzt gesessen, als er dem Aufsichtsrat, den Finanzmanagern und den für Kraftwerks-Bauprojekte verantwortlichen Ingenieuren des Stromkonzerns »Hellwatt AG« erstmals seine Planungen für ein Wasserkraftwerk am Steighorn vorgestellt hatte. Er konnte sich an den sonnigen Vorfrühlingstag damals erinnern. Der Eingangsbereich und die Rezeption waren kaum verändert, nur die Möblierung der Lobby war inzwischen gegen moderne Tische in dunkelbrauner Holzoptik und eckige cremefarbene Sitzgarnituren ausgetauscht worden.

Damals hatte er an demselben Platz gesessen und war angespannt, weil das Zusammentreffen mit einigen Oberen des Konzerns das Projekt seines Lebens hätte der Realisierung näher bringen oder es auch hätte kippen können. Das Projekt war letztlich auf der ganzen Linie gescheitert. Zum einen, weil er das Problem mit den Entschädigungszahlungen unterschätzt hatte – oder damals dieser Doktor Max Latern dieses Faktum nur als Aufhänger genutzt hatte, um sich selbst zu profilieren. Zum anderen, weil die Initiative eines »Grünen«, der zu jener Zeit als Öko-Revoluzzer eine Demonstration angezettelt hatte, die Bevölkerung und die betroffenen Landwirte zu massivem Protest bewegt hatte, was schließlich auch von den Medien aufgegriffen wurde. Er erinnerte sich an den Abend im Hotel »Dorfklause«, als eine Nachrichtensendung im ORF über den Protest berichtet hatte und er selbst dabei in ein schlechtes Licht gerückt wurde – was ihn letztlich dazu gezwungen hatte unterzutauchen und unter einem anderen Namen in einer neuen Identität zu leben.

Er hatte nach 26 Jahren davon genug, und er wollte irgendwann wieder als Alois Leibacher leben.

Bevor diese Gedanken in ihm Wut auslösen konnten, sah er durch die Wintergartenverglasung der Hotellobby, wie ein hellblau-metallicfarbener BMW i3 auf den Parkplatz einbog. Der Schriftzug ›HELLWATT AG‹ mit einem orangefarbenen Glühbirnen-Symbol signalisierte Anton Brander, dass ein weiteres Mal eine große Stunde bevorstand. Diesmal allerdings mit dem Unterschied, dass das Projekt bereits in trockenen Tüchern war.

Anton Brander erhob seinen immer noch stattlichen, aber sportlichen Körper mit einer eloquenten Bewegung aus der Sitzgarnitur. Nach wie vor war einer seiner Leitsätze, dass man sich als erfolgreicher Unternehmer und einflussreiche Persönlichkeit durch Beweglichkeit auszeichnen musste.

Damals im März 1986 war er in der Hotellobby zwölf »Hellwatt«-Managern gegenübergestanden, die in dunklen Anzügen mit Krawatte hereingeschritten waren. Es kamen jetzt zwei Männer von Anfang 30 auf ihn zu, die ihre hellblauen Businesshemden ohne Krawatte trugen und das Hemd über die Hose heraushängen ließen. Mit seinen 1,86 Metern war er nur wenig größer als die beiden bärtigen jungen Manager, mit denen er gleich im Konferenzraum »Waldhorn« zu tun haben würde.

»Brander, Grüß Gott«, begrüßte er denjenigen der beiden, der zuerst durch die Tür hereingekommen war. Der Mann zauberte aus der Brusttasche seines Hemds eine Visitenkarte hervor und stellte sich als Dipl.-Ing. MBA Florian Leuchter vor.

»Bei Ihrer Firma scheint ja der passende Name Einstellungsvoraussetzung zu sein. Vor sehr vielen Jahren hatte ich mit einem Doktor Max Latern zu tun«, versuchte Anton Brander einen lockeren Smalltalk-Einstieg, der bei dem Jüngeren allerdings als Anspielung darauf ankam, dass er zur fraglichen Zeit noch ein Windelträger war. »Doktor Latern steht inzwischen kurz vor dem Ruhestand«, erwiderte Leuchter, was wiederum den Unterton hatte, dass er Brander wohl auch bereits in dieser Altersgruppe wähnte.

Im Konferenzraum »Waldhorn« schaltete eine Hotelmitarbeiterin den Beamer ein, sodass Brander nur noch sein Laptop anschließen und die Power-Point-Präsentation zu starten brauchte.

Es war so völlig anders als bei dem damaligen Termin im März 1986. Es ging nicht mehr darum, ob der Stausee und das Kraftwerk überhaupt realisiert werden konnten. Zu diesem Zeitpunkt im Mai 2012 stand bereits der Termin fest, an dem das Steighorn-Wasserkraftwerk erstmals ans Netz gehen und Strom liefern sollte. Anstatt einfacher Schwarz-Weiß-Strichzeichnungen auf einem Tageslichtprojektor warf der Beamer eine farbige, dreidimensionale CAD-Zeichnung an die Wand.

»Unser Thema für heute ist ja, dass wir die Vorderkante der Staumauer aufgrund von Umweltschutzauflagen im vom Steighorn gegenüberliegenden Bereich um 30 Meter nach hinten versetzen müssten, wodurch wir aber einiges an Volumen verlieren«, moderierte »Hellwatt«-Mann Nummer zwei, der sich als Dipl.-Ing. Stefan Bogenschein vorgestellt hatte. »Im letzten Projektmeeting war ja deshalb dann die Idee entstanden, die Mauer quasi schräg zwischen den Felsformationen einzusetzen, damit dieser Volumenverlust kompensiert werden kann. Sie wollten das aus bautechnischer Sicht überprüfen, Herr Brander.«

Anton Brander hatte diesen von den jungen Ingenieuren geäußerten Vorschlag zur Planungsänderung für ziemlich absurd gehalten. Es ging schließlich um eine meterdicke und 40 Meter hohe Staumauer und nicht um irgendeine Tiefgaragenwand. Seit Bauwerke am Computer geplant wurden, waren solche Planungsänderungen mit ein paar Mausklicks möglich, das Ergebnis davon allerdings nicht immer praxistauglich.

»Auf die reale Bausituation übertragen, hat die vorgesehene schräge Anordnung der Staumauer gravierende Auswirkungen«, begann Brander und erläuterte, dass die Mauer dadurch in einem Winkel von 15 Grad zur Hauptdruckrichtung des Wasservolumens stehen würde, wodurch von links nach rechts unterschiedliche Druckkräfte auf die Wand einwirken würden. Die beiden jungen Ingenieure ließen sich schließlich davon überzeugen, den Volumenverlust durch eine abgeflachte Halbrundform der Mauer auszugleichen, auch wenn dadurch die Baukosten noch einmal steigen würden.

»Es gibt da noch etwas, was in der bisherigen Zusammenarbeit praktiziert wurde, aber in Zukunft so leider nicht mehr möglich sein wird«, wandte sich Anton Brander an Florian Leuchter, der ihn fragend ansah und ihm mit einer Geste bedeutete fortzufahren. Er schilderte die bisherige Vorgehensweise, bei Neubaugebieten durch die Tätigkeit als Generalunternehmer und in Kooperation mit einer Haustechnikfirma in sämtlichen Häusern elektrisch betriebene Heizsysteme und Elektroboiler festzulegen, wodurch dann bereits mit Baubeginn zahlreiche neue Stromkunden feststanden.

Florian Leuchter hob verdutzt die Augenbrauen, kratzte seinen Vollbart und sah kopfschüttelnd seinen Kollegen an. »Also – abgesehen davon, dass dies mit Verlaub nach der Marke ›Vetternwirtschaft‹ klingt – um die Gewinnung neuer Stromkunden kümmern sich unsere Marketingabteilung und unser Vertrieb. Überlassen Sie das getrost uns«, sagte Leuchter mit mitleidigem Gesichtsausdruck und verabschiedete sich mit seinem Kollegen von Anton Brander.

Wie damals, als die zwölf »Hellwatt«-Männer wie auf ein vereinbartes Signal von ihren Konferenzstühlen aufgestanden waren, saß Anton Brander plötzlich wieder allein in dem Konferenzraum, goss sich eine Tasse Kaffee aus einer der bereitgestellten Thermokannen ein, ließ zwei Stück Würfelzucker hineinfallen und rührte bedächtig um. Er stellte sich an das Panoramafenster des Konferenzraums und sah in der Entfernung den Gipfel des Steighorns, der einen davorliegenden Höhenzug knapp überragte.

Ihm war in diesem Moment klar geworden, dass er über viele Jahre von diesem Schlitzohr namens Franz-Werner

Birnfass – konzerninterner Spitzname »Birnenfassung« – als »Zuschieber« neuer Stromkunden benutzt worden war. Andererseits war Birnfass auch derjenige gewesen, der die Gespräche mit der Konzernspitze über das Stausee-Projekt eingefädelt hatte. Die gewährten Provisionszahlungen für die neuen Stromkunden konnte er damals zwar gut zur Deckung der Kosten für seine Ehescheidung gebrauchen, doch in erster Linie hatte wohl Birnfass seine Vorteile daraus gezogen.

Dann brauchte er nun auch diesen Installationsbetrieb »Britzler« nicht mehr, dachte er im nächsten Moment. Er war davon überzeugt, dass es trotzdem oder gerade deshalb am besten war, dass es diesen Mitwisser seit zwei Tagen nicht mehr gab. Am Morgen hatte er in der Westallgäuer Zeitung von dem tragischen Unfall auf der Baustelle gelesen, wo seine Firma die Tiefgarage baute. Bill hatte wohl wieder einmal erfolgreich in die Trickkiste gegriffen, ohne dabei Spuren zu hinterlassen. Am Ende hätte ihn dieser in geschäftlichen Angelegenheiten überkorrekte Tobias Britzler womöglich angeschwärzt. Noch so einen wie diesen Gottfried Monschkopf, der ihn damals den Medien zum Fraß vorgeworfen hatte, konnte er in seinem Leben keinesfalls dulden. Und Birnfass war gleich der nächste Kandidat auf seiner Liste.

Er fixierte einen bestimmten Punkt seitlich des Steighorngipfels. Es war genau die Stelle, wo er schon bald den Bau seines Sporthotels verwirklichen würde – endlich. Vor seinem geistigen Auge reflektierte eine Glasfront seines imaginären Hotels die Vormittagssonne. Er nahm einen großen Schluck Kaffee. Die fahlbraune gezuckerte Brühe war zu heiß, sodass er sich fast den Rachen verbrühte, und schmeckte wie aus einer verkalkten Kaffeemaschine, in der das Wasser drei Tage gestanden hatte. Es gab Dinge, die sich auch in 30 Jahren nicht änderten.

*

++ Juni 2012 ++

Die mit gelben Seitenlinien markierte Straßenführung vor der Einfahrt zum Straßentunnel am östlichen Bodenseeufer leitete den Verkehr auf die andere Fahrbahnseite um und gab im Vorbeifahren den Blick auf die Einfahrt zur Tunnelbaustelle für die zweite Röhre frei. In einer Kolonne von Autos mit überwiegend fremden Kennzeichen und holländischen Wohnwagengespannen tauchte er Sekunden später mit seinem Wagen in das Tunnelportal in Richtung der österreichischen Rheintalautobahn ein.

In der ersten Jahreshälfte hatte er noch keinen einzigen freien Tag gehabt. Für diese letzten beiden Juniwochen übernahm im Präsidium eine Kollegin vom Kommissariat Memmingen die Urlaubsvertretung. Die ehrgeizige Kriminalkommissarin Stefanie Stürmer würde am Bodensee genügend zu tun haben, sodass er nicht befürchten musste, dass jemand Unordnung in die Akten seiner ungelösten Fälle bringen würde. Außerdem kannten sich Guntram Glattlinger und Steffi inzwischen seit einigen Jahren, und er schätzte sowohl ihre effektive Arbeitsweise als auch ihre im Privaten unkomplizierte Art. In der Freizeit hatte er mit dieser sportlichen Frau auch schon manche Radtour in der Bodenseeregion unternommen. Durch sie hatte er vor einigen Jahren die Lust an der Bewegung entdeckt und verdankte es vor allem ihr, dass er heute regelmäßig joggte und Mountainbike fuhr, wodurch er in den letzten Jahren auch zehn Kilo

Gewicht verloren hatte und sich jetzt mit 58 Jahren vitaler als je zuvor fühlte. Sie hatten sich während ihrer sportlichen Unternehmungen stets gut verstanden und dabei viel Spaß gehabt, doch irgendetwas hemmte beide nach wie vor, sich ihre Zuneigung füreinander einzugestehen.

Während er durch den Tunnel fuhr, hatte er das Bild vor Augen, als Steffi am vergangenen Freitag mit ihrer frechen blonden Wuschelfrisur und ihrer eckigen dunkelroten Brille, die wie ein Markenzeichen von ihr war, mit einem bezaubernden Lächeln in seiner Bürotür stand. Für ihr Alter von 51 Jahren war diese zierliche blonde Frau eine begehrenswerte und attraktive Erscheinung. Er mochte sie aber auch wegen ihrer inneren Werte und nahm sich vor, ihr von seinem Urlaub am Lago Maggiore ganz altmodisch eine Postkarte zu schicken und ihr ein nettes Geschenk aus Italien mitzubringen. Und danach würde er sie endlich zu einem Abendessen in einem italienischen Restaurant auf der Lindauer Insel einladen.

Der Verkehrsfunk im Radiosender »Antenne Vorarlberg« und die roten Bremslichter der vor ihm fahrenden Autos beendeten schlagartig seine romantischen Gedanken und richteten seinen Blick wieder auf das graue Halbrund der Tunnelröhre. Der Verkehr stockte, um gleich darauf mit mäßiger Geschwindigkeit weiterzufließen. Die weißen Lichtstriche der Tunnelbeleuchtung spiegelten sich im Sekundentakt in der Frontscheibe.

Tunnel. Brennendes Auto. Vor seinem geistigen Auge flammte wieder der ausgebrannte Opel von damals auf. Der damalige rätselhafte Tunnelunfall beschäftigte ihn auch 26 Jahre später immer noch. Es hatte eine Leiche gegeben, die bis zur Unkenntlichkeit verbrannt und nicht identifizierbar war. Offenbar hatte der Unfall wie ein Selbstmord aussehen sollen. Jemand hatte vorgehabt, den Wagen durch Gasflaschen zur Explosion zu bringen. Es hatte Indizien dafür gegeben, dass der Wagen von einem anderen Fahrzeug an die Wand der Pannen-Nische geschoben worden war. Unklar war auch, warum der ausgebrannte Opel Kombi ein Firmenwagen des »Tief- und Straßenbauunternehmens Leibacher« war. Die Assistentin dieser Firma hatte damals ausgesagt, dass Alois Leibacher für längere Zeit im Ausland sei. Er hatte sich in der regionalen Baubranche umgehört, wo das Gerücht herumging, dass Alois Leibacher bei einem Autounfall ums Leben gekommen sei. Es lag jedoch keine Vermisstenanzeige vor, sodass es auch keine Veranlassung gegeben hatte, in diese Richtung zu ermitteln. Sein Verdacht war schließlich in die Richtung gegangen, dass jemand auf diese Weise eine Leiche beseitigen und damit einen Mord vertuschen wollte – und selbst bei dieser Gelegenheit untertauchen wollte.

Während seines Urlaubs würde sich Stefanie Stürmer mit dem tödlichen Unfall auf der Hotelbaustelle befassen müssen. Glattlinger hatte den Lkw-Fahrer der Firma ›Leibacher‹ gleich am folgenden Tag ins Präsidium bestellt. Wilfried Grätner hatte beim Verhör ausgesagt, er habe den auf dem Baustellengelände geparkten Tieflader-Anhänger abholen müssen, um damit auf einer anderen Baustelle einen Bagger aufzuladen. Er hatte sich erinnern können, dass er bei der Begegnung auf der Straße im Rückspiegel tatsächlich den Anhänger gesehen hatte. Auf die Frage, ob er dabei auch innerhalb der Baustelle zu tun gehabt hätte, war die Antwort »Nein« gewesen. An der Stahlstütze hatte Kilian Kreidweis keine Fingerabdrücke gefunden, was Bauleiter Till Mertinger damit erklärte, dass jeder bei Betonier- und Schalungsarbeiten im Normalfall Arbeitshandschuhe tragen würde.

Dort, wo die heruntergefallene Stahlstütze gestanden hatte, fanden die Kollegen keine sichtbaren Spuren von Fremdeinwirkung. Der Staatsanwalt hatte zusätzlich einen Bausachverständigen hinzugezogen, um eine neutrale Einschätzung zu erhalten, und nach dessen Praxiserfahrung lautete seine Meinung, dass mit größter Wahrscheinlichkeit einfach die Spannvorrichtung nicht fest genug angezogen war.

Es gab bisher keine greifbaren Verdachtsmomente, aber Glattlinger konnte nicht glauben, dass die zeitgleiche Anwesenheit von diesem Wilfried Grätner ein Zufall gewesen sein soll. Überhaupt war diese Firma »Leibacher Tief- und Straßenbau« auffallend in irgendeiner Weise präsent, wenn es irgendwo Tote gab. Ihn ließ die Überzeugung nicht los, dass sowohl der damalige Tunnelunfall als auch der Baustellenunfall in dem Tiefgarageneubau beides Mordfälle waren.

*

++ Juli 2012 ++

Aus dem blau-weiß gestreiften Veranstaltungszelt war von Weitem Blasmusik zu hören, als er mit seinem dunkelgrünen Escort Kombi auf die Wiese fuhr, die mit flatternden rot-weißen Absperrbändern zu einem provisorischen Parkplatz umfunktioniert worden war. Er fragte sich, wie dort jemals wieder unbelastetes Gras wachsen sollte; vor allem aber plagte ihn sein Umweltbewusstsein deshalb, weil der Motorblock seines 18 Jahre alten Ford Öl verlor. Ein für den Parkplatzdienst abgestellter THW-Helfer wies ihm eine Parklücke zu.

Gottfried Monschkopf nahm einen flachen Pappkarton aus dem Kofferraum und legte ihn unter den Motorblock, was der THW-Mann mit kritischem Blick beobachtete. Eigentlich hätte er sich längst einen anderen Wagen zulegen sollen, aber ihm waren in den letzten Jahren die Kosten für die immer noch nicht abgeschlossene Renovierung seines alten Bauernhauses aus dem Ruder gelaufen. Zuletzt war es notwendig geworden, Schallschutzfenster einbauen zu lassen, weil ihm der ständige Verkehrslärm von der nahen Autobahnbrücke, der als Hängebrückenkonstruktion erbauten »Talbrücke Obere Argen«, regelmäßig den Schlaf raubte.

Gottfried Monschkopf hatte in den letzten Monaten sämtliche Medienberichte über den Bau des Stausees verfolgt und sich regelmäßig auf den Internetseiten des Stromkonzerns und der Energiewirtschaft über den Planungsstand und die laufenden Genehmigungsverfahren informiert. Eine Umweltverträglichkeitsprüfung wurde letztlich positiv beschieden, obwohl das Wasserwirtschaftsamt und die Höhere Naturschutzbehörde Bedenken hatten; nicht grundsätzlich gegen Wasserkraft, sondern wegen des Stausees. Das zuständige Verwaltungsgericht war zu der Entscheidung gekommen, dass der Bau eines Wasserkraftwerks an dieser Stelle zulässig war. Unterstützt wurden die Planungen von einem regionalen Verein zur Förderung erneuerbarer Energien. Gegen den Plan stemmte sich nach wie vor der Bund für Umwelt und Naturschutz, weil im Gebiet des geplanten Stausees seltene Vogelarten und schützenswerte Baumarten beheimatet waren. Auffallende Befürwortung gab es vom Landrat Friedhelm Steigberger, der trotz der Bedenken des Wasserwirtschaftsamtes die regionale Wasserkraft als »bedeutenden Beitrag zur umweltfreundlichen Energieversorgung für das Gebiet von den Allgäuer Alpen bis zum Illertal« rühmte. Bei der regelmäßigen Lektüre der Medienberichte war Monschkopf aufgefallen, dass Landrat Steigberger die von der »Hellwatt AG« herausgegebenen Pressetexte im Wortlaut nachplapperte.

Am Eingang zum Veranstaltungszelt standen Informationstafeln mit Darstellungen des Steighorn-Wasserkraftwerks. Über dem Zelteingang flatterte an diesem windigen Sommertag ein Transparent mit der grünen Aufschrift ›Energiezukunft 2015‹. Eine leichtbekleidete blonde Hostess mit »Hellwatt«-T-Shirt drückte ihm im Vorbeigehen lächelnd einen Werbeflyer mit der Überschrift ›Grüner Strom im Einklang mit der Natur‹ in die Hand, der über ›günstige Stromtarife mit umweltfreundlicher Wasserkraft‹ informierte.

Die Blasmusikkapelle spielte einen Tusch, als ein Redner der »Hellwatt AG« auf das Podium stieg, der von einem Moderator als Herr Birnfass vorgestellt wurde. Von der Decke des Bierzelts hingen hellblaue Papiergirlanden mit dem Firmenlogo des Stromkonzerns. Das Publikum bestand überwiegend aus Menschen, welche die »Hellwatt«-Informationsveranstaltung an diesem Sonntag offenbar hauptsächlich als Dirndl- und Lederhosen-Party wahrnahmen. An den Biertischen im Zelt wurden Schweinshaxen vertilgt und Maßkrüge geleert. Monschkopf kam sich vor wie auf einem dieser billig kopierten Oktoberfeste.

Er stand noch im Eingangsbereich und betrachtete die Schautafeln. Auf einer der Darstellungen fiel ihm auf, dass oben an der Staumauer offenbar neben kleineren Technik-Bauten ein größeres Gebäude vorgesehen war. Er trat näher an die Abbildung heran und musste die Augen zusammenkneifen, um die Beschriftung ›Sporthotel Steighorn‹ lesen zu können. Sein rundliches Gesicht mit dem dunkelbraunen Oberlippenbart spiegelte sich dabei in der glänzenden

Fläche der zwei Meter hohen Schautafel, als er in seinem erdfarbenen T-Shirt und in ausgeleierter und verwaschener Jeans davorstand. »Da muss doch dieser Leibacher dahinterstecken«, dachte er halblaut und ging in das Bierzelt, um sich die Rede des »Hellwatt«-Mannes anzuhören.

Er kaufte an den Essens- und Getränkeständen ein Hefeweizenbier und eine Bratwurstsemmel und setzte sich an eine leere Biertischgarnitur. Statt auf den Redner am Pult richtete sich seine Aufmerksamkeit aber auf das Gespräch von zwei Männern, die sich am Nebentisch gegenübersaßen. Einer davon hatte glatte, kantige Gesichtszüge und trug eine runde Brille, die ihn lehrerhaft erscheinen ließ.

»Ich war ja damals auch vehement dagegen, aber seit Jahren liegen mir der Tourismusverband und die Hotelbesitzer in den Ohren, dass wir irgendwas Attraktives in der Gegend brauchen, das wieder mehr Touristen anzieht. Ist halt heute einfach so, dass du für 400 Euro in die Türkei oder auf die Balearen fliegst und dabei auch noch ›All inclusive‹ hast, und gutes Wetter dazu. Da überlegen sich die Leute zweimal, ob sie hier im Allgäu für mindestens das gleiche Geld buchen, selbst anreisen müssen und womöglich die ganze Woche das Wetter scheiße ist«, sagte der offensichtlich frustrierte Mann mit der runden Brille zu seinem Gegenüber, der dazu schweigend nickte und ihm dabei seine in das lichte Haar geschobene Sonnenbrille zurück auf die Nase rutschte.

»Ich weiß nicht, ob das den gewünschten Effekt bringt, Hermann«, sagte der Mann mit der Sonnenbrille. »Der Stausee zieht bestimmt einen Haufen Leute an, aber ich seh da schon jetzt jeden Sonntag überfüllte Parkplätze und verstopfte Straßen mit Tagesausflüglern. Und oben am Stausee kommt jetzt doch das Sporthotel, was ja damals der Plan von diesem Leibacher war, der anscheinend – was ich ehrlich gesagt bis heute nicht wirklich glaube – bei einem Autounfall ums Leben gekommen sein soll. Dann gibt es jetzt wohl einen zweiten von dieser Sorte, der sich – auf welchem Weg auch immer – die Baugenehmigung dafür geholt hat, und da schwöre ich dir, dass da was nicht mit rechten Dingen zugeht. Und deine Hotelbesitzer werden sich bedanken, wenn ihnen da oben ein Hotel mit – wie viel? 200? – Betten die Gäste abzieht.«

Der Redner hatte zwischenzeitlich seine Vortragsrede beendet und schlüpfte hinter dem Podium durch einen Spalt zwischen Zeltplanen in einen abgeteilten Bereich. Gottfried Monschkopf wischte sich mit dem Handrücken den Senf von seiner Bratwurstsemmel aus dem Oberlippenbart und betrachtete noch einige Minuten das bunte Treiben im Zelt. Dann stand er von der Bierbank auf, um das leere Bierglas zurückzugeben und die Pfandmarke einzulösen. Ihm reichte, was er gesehen und gehört hatte.

Er steuerte den Ausgang des Bierzeltes an. Auf dem Podium führte eine Trachtengruppe zu »Anton aus Tirol« einen, wie er nach kurzem Hinsehen fand, »volksdümmlichen« Tanz auf.

Zwischen zwei Biertischreihen kam der stämmige Mann hervor, den er vor einiger Zeit am Bahnhof in Oberstaufen mit einem teuren Geländewagen gesehen hatte. Er war in Begleitung einer vollbusigen blonden Frau, die vom Aussehen ein osteuropäischer Typ war und deren üppige Figur in ein billiges Party-Dirndl gezwängt war.

Das Paar und Monschkopf trafen am Durchgang zu dem überdachten Eingangsbereich zusammen. Monschkopf erinnerte sich jetzt an den Landwirt Josef Korschacher, der damals nach der Demonstration an der Gehrenkopfhütte immer wieder vehement und lautstark dem Stausee-

Projekt den Kampf angesagt hatte. In einem Zeitungsinterview hatte er damals bekundet, dass er nur über seine Leiche den Hof aufgeben würde, den seine Familie über 300 Jahre von einer Generation zur nächsten geführt hatte, und er nicht zulassen würde, dass durch den Stausee Weideflächen für 200 Rinder vernichtet würden.

»Noch haben die den Stausee nicht gebaut«, sprach Monschkopf unvermittelt den übergewichtigen Landwirt an, der sich daraufhin zu ihm drehte, ihn von oben bis unten musterte und dabei schwer atmete, während er seine Dirndl-Frau fest im Arm hielt und dabei einen schwankenden Stand hatte. Josef Korschacher brauchte eine Weile, bis er wusste, wer dieses Mondgesicht mit dem Schnauzer war, und brach schließlich in brüllendes Gelächter aus.

»Hohohahaha, der Gottfried! Immer noch ›grün‹ hinter den Ohren, was? Hohohahaha!« Er klatschte ihm mitleidig auf die Schulter, stellte sich breitbeinig auf, hängte die Daumen auf Höhe der Brust in die Hosenträger und nahm damit die Haltung eines Gorillas ein. »Jetzt sag' i dir mal was, du Grünfuzzi. 300.000 ham die von ›Hellwatt‹ an mich abgedrückt.« Korschacher rieb mit der rechten Hand Daumen und Zeigefinger und rülpste Monschkopf seine Bierfahne ins Gesicht. »300.000! Ja, glaubsch du im Ernscht, dass i da no jeden Tag 200 Viecher versorg, und des für net mal 30 Cent für den Liter Milch?«, donnerte der Ex-Landwirt und tippte sich an die Stirn. »Hohohahaha, gell, Olga, da wissen mir was Besser's zu tun«, brüllte Korschacher und klatschte mit seiner Pranke auf das breite Gesäß seiner Lebensgefährtin, die daraufhin den Autoschlüssel aus seiner Hosentasche angelte.

»Du chast zu viele Bier getrunken, und ist besser, ich fahre«, sagte die blonde Frau mit russischem Akzent.

»Na na, du steigst auf dem Rücksitz ein«, polterte Josef Korschacher und griff sich dabei mit einem widerlichen Grinsen in den Schritt.

Gottfried Monschkopf glaubte, in einem Kinosaal zu sein und einen schlechten Film zu sehen. Korschacher, der damals erbittertsten Widerstand gegen den Bau des Wasserkraftwerks geleistet und für die Tradition seiner Landwirtschaft gekämpft hatte, erwies sich plötzlich als ein von Gier getriebener Luxusmensch der übelsten Sorte.

Überhaupt musste er resigniert feststellen, dass seine früheren Mitstreiter allesamt ihre Ideale verraten hatten. Auch war von seinen ehemaligen grünen Parteikollegen auf der Veranstaltung niemand zu sehen; auch nicht sein früherer Kompagnon Walter Grasbaur, der inzwischen eine Praxis für »energetische Heilung« betrieb, darin aber selbst sein bester Patient war und die meiste Zeit völlig zugedröhnt zwischen Räucherstäbchen und Klangschalen anzutreffen war.

Vor dem Bierzelt sah er, wie Korschacher und seine Frau auf einen schwarzen Geländewagen mit Chromrädern und Rammschutzbügel zugingen und die Frau schließlich doch auf dem Fahrersitz Platz nahm, als gerade drei VW-Kleinbusse der Polizei auf den Wiesenparkplatz einfuhren. Noch bevor sie richtig zum Halten gekommen waren, öffneten sich die Schiebetüren der Polizeifahrzeuge, und Sekunden später waren der Haupteingang und der einzige Seitenausgang von einem guten Dutzend Polizisten abgeriegelt. Weitere Polizeibeamte kontrollierten den Geländewagen von Josef Korschacher und von zwei weiteren Autofahrern, die gerade das Gelände verlassen wollten, ließen dann aber alle fahren, als sie die Personalien aufgenommen und die Kennzeichen notiert hatten.

Gottfried Monschkopf kümmerte sich nicht weiter um diese Szenerie und dachte, dass es im Bierzelt wohl eine Schlägerei gegeben haben musste. Er machte sich in die Richtung entlang der anderen Längsseite des Zeltes auf, wo er seinen grünen Escort geparkt hatte.

Mitarbeiter der Zeltbaufirma waren damit beschäftigt, für die Partyveranstaltung am Abend Lichterketten an den Giebelseiten anzubringen. An der Rückseite des Bierzeltes verließ ein großgewachsener Mann von etwa Ende 60 das Gelände und verschwand im nächsten Moment hinter dem abgestellten Kühl-Anhänger einer Brauerei. Als Monschkopf in seinen Wagen stieg, sah er den Mann, wie er in einem roten Mercedes-Geländewagen langsam von der Wiese auf die schmale Kreisstraße einbog, wo er dann stark beschleunigte und sein Wagen in einer Staubwolke verschwand.

*

Sie stand in dem kahlen Treppenhaus, wo sich lange halbdunkle Kellerflure in verschiedene Richtungen verzweigten. Ein Bewegungsmelder erfasste ihre Konturen, worauf die runden Neonlampen an der Decke erst gedämpft zu leuchten begannen und zwei Sekunden später den hellgrau gestrichenen Keller mit seiner ockerfarbenen Bodenbeschichtung in grelles, kaltes Neonlicht tauchten.

Vor einer breiten Tür mit Drahtglaseinsatz drückte sie auf einen Taster, durch den sich die schwere Tür geräuschvoll, aber mit sanft gleitender Bewegung öffnete. Ihre Schritte hallten in dem breiten Kellerflur, in dem links und rechts in Abständen von etwa sechs Metern große dunkelgraue Stahl-Schiebetüren zu den dahinterliegenden Räumen führten. Die Deckenleuchten waren an Kabeltrassen aus gelochtem Stahlblech befestigt, weil die Decke auf der gesamten Breite von unzähligen Rohrleitungen belegt war, von denen manche eine silbrige Blechumhüllung hatten; andere waren mit einer Art schwarzem Schaumstoff isoliert, und am Rand verliefen etwa ein Dutzend dünne Rohrleitungen aus glänzendem Kupfer.

Es herrschte Totenstille. In einem der anderen Kellerflure fiel mit lautem Donnerhall eine Tür zu. Sie vernahm Schritte, die langsam näher kamen, begleitet von einem rollend scheppernden Geräusch. Sie drehte sich um und sah durch die Drahtglastür, wie ein bleicher Mann mit dünnem hellem Haar in einem weißen Arbeitsmantel einen Rollwagen mit mehreren Zinksärgen vor sich herschob, den Wagen vor der gegenüberliegenden Drahtglastür abstellte, eine Packung Zigaretten aus der Brusttasche zog und die Treppe hinaufging.

Man hatte ihr gesagt, dass sie den »schwarzen Engel« am einfachsten finde, wenn sie einem Geräusch nachginge, das sich anhören würde, als würde jemand in einer Geisterbahn Schlagzeug spielen. Sie ging den Flur entlang und blieb an einer Stelle stehen, wo eine Deckenleuchte defekt war und nur noch alle paar Sekunden ein kurzes Aufflackern davon zeugte, dass die Lampe gerade ihr elektrisches Leben aushauchte. Durch eine der großen Schiebetüren drang dumpf hämmernde Musik.

Sie wollte gerade an die schwere Stahltür klopfen, als ihr einfiel, dass der »schwarze Engel« wegen der lauten Musik dies nicht hören würde. In diesem Moment sah sie neben der Tür ein flaches weißes Display und drückte die große quadratische Klingeltaste.

Von innen wurde der große Hebel der Schiebetür umgelegt, und einen kurzen Moment später dröhnte ihr Heavy-Metal-Musik entgegen, während ihr zugleich eine Geruchswolke entgegenwaberte, die ein Gemisch aus medizinischen und chemischen Gerüchen war.

Sie blickte in das schmale, von ersten Falten durchzogene Gesicht einer Frau mit graublauen Augen und langem, glattem, tiefschwarzem Haar.

»Doktor Vittoriani?«, fragte Kriminalkommissarin Stefanie Stürmer und zeigte ihren Dienstausweis. Doktor Dorothee Vittoriani drehte sich in ihrem weißen Arbeitsmantel zur Seite, stemmte die rechte Hand in die Hüfte und winkte sie mit der linken Hand in ihr Totenreich herein. Zwischen ihren knochigen langen Fingern mit den schmalen, schwarz lackierten Fingernägeln klemmte ein Skalpell.

»Sie kommen wegen dem Obduktionsergebnis von Tobias Britzler«, sagte die Gerichtsmedizinerin trocken. »Ich bin übrigens Doro.«

Stefanie Stürmer fand die Szenerie immer noch etwas befremdlich. »Äh, ja … ich bin Stefanie … genau, wegen der Leiche von Britzler … ziemlich coole Musik, ich meine, für diese Art von Arbeitsplatz etwas …«

Doro stieß ein teuflisches Lachen aus. »Meine toten Herrschaften hier stört das bestimmt nicht mehr. Und hier kann ich wenigstens aufdrehen, was ich daheim in meiner hellhörigen Mietwohnung nicht machen kann, sonst hab ich gleich Stress mit den Nachbarn. Hab mir gestern die neue Platte von ›Arch Enemy‹ gekauft. Aber ist wohl vermutlich nicht so deine Richtung«, sagte Doktor Vittoriani und tippte mit einem ihrer schwarzen Fingernägel auf die CD-Hülle, die neben einem Instrumentarium an penibel sortierten Sezierwerkzeugen auf einem Edelstahltisch lag. Aus der Mini-Anlage in ihrem kleinen Büro donnerte gerade der nächste Song mit brachialem Gitarrensound und brüllend-grunzendem Gesang los.

Stefanie Stürmer betrachtete das CD-Cover. »Das singt eine Frau?«

»Ja – und Death Metal passt doch hier drin eh perfekt, oder? Freu mich schon auf das Wacken Open Air diesen Monat, da sind die mit dabei. Aber jetzt zum Obduktionsergebnis von Herrn Britzler, ich will dich ja schließlich nicht zum Metal-Fan bekehren«, grinste sie.

Sie folgte Doro zu einem Tisch, auf dem die Leiche von Tobias Britzler aufgebahrt war. »Hab ja schon so einiges gesehen, aber das hier ist schon ein bisschen wie aus dem Horrorfilm. Echt nichts für schwache Nerven«, sagte die schwarzhaarige Gerichtsmedizinerin, fasste eine Ecke des grünen Tuchs und sah die Kriminalkommissarin mit fragendem Blick an. Stefanie Stürmer nickte, worauf Doktor Vittoriani das Tuch zurückschlug. Ihr Atem stockte für einen Moment, doch sie zwang sich zur Wahrung der nötigen Professionalität als Kriminalbeamtin.

»Nach dem Bericht von Gunni ist der Mann auf einer Baustelle von einer herunterfallenden Bau-Stahlstütze getroffen worden.« Sie nahm eine Aktenmappe zur Hand und zeigte Stefanie Stürmer das Foto der Stahlstütze, an deren Ende eine quadratische Platte angeschweißt war. Auf dem Foto war grob zu erkennen, dass etwas Organisches an dieser Platte klebte. »Da hängen sein zerquetschtes Auge und ein Teil seines Gehirns dran«, bemerkte Doro ungerührt. »So wie sich die Verletzungen darstellen, hat er das Ende dieser Eisenstütze direkt aufs Auge bekommen, und durch das Gewicht und den Aufprall hat das Eisen fast ein Viertel des Schädels in etwa würfelförmig herausgeschlagen.«

Mit »Gunni« konnte wohl nur Guntram Glattlinger gemeint sein, dachte Stefanie Stürmer. »Die Eisenstütze ist von oben heruntergefallen. Dann muss er, kurz bevor sie ihn getroffen hat, nach oben geblickt haben. Falls die Stütze vielleicht doch nicht von selbst heruntergefallen ist, hat er womöglich noch seinen Mörder gesehen.« Sie bezweifelte, dass dieser derart punktgenaue Treffer ein unglücklicher Zufall sein konnte.

»Jedenfalls haben ein Genickbruch und die Tatsache, dass der Mann in einen mit Wasser gefüllten Schacht gefallen ist, dafür gesorgt, dass da ohnehin nichts mehr zu retten war«, sagte Doktor Vittoriani, schlug das Tuch wieder über den zerschmetterten Kopf des Leichnams, rollte den Edelstahltisch in Richtung der Kühlkammer und verabschiedete sich von Stefanie Stürmer. »Ich hab hier den nächsten Fall liegen, für den deine Kollegen am liebsten gestern den Obduktionsbericht hätten. Einer, der letztes Wochenende mit dem Kabel von einer Festzelt-Lichterkette erwürgt wurde. Voll krasse Geschichte. Die von der Bierzeltfirma waren gerade dabei, auf einer Giebelseite von der Innenseite die Lichterkette mit einem Seil hochzuziehen. Der Ärmste muss sich irgendwie in dem Kabel verfangen haben, jedenfalls hatte er es wie eine Schlinge um den Hals. Als die dann den Strom eingeschaltet haben und auf der Außenseite nachgesehen haben, ob die Lichter brennen, haben sie bemerkt, dass der Mann mit tiefblauem Gesicht und von einem Kranz aus bunten Glühbirnen beleuchtet, oben am Zeltgiebel hängt. Passenderweise war er anscheinend Mitarbeiter bei einem Stromkonzern.«

Stefanie Stürmer lief über den mit grellem Neonlicht erleuchteten Kellerflur zurück zum Treppenhaus und war froh, diese Gruselkammer wieder verlassen zu können. An der Drahtglastür drückte sie den Taster, worauf sich die schwere Tür geräuschvoll öffnete und im nächsten Moment warme Sommerluft über das Treppenhaus hereinströmte. Oben am Ausgang des Gebäudes eröffnete sich der Blick auf den Grünten und auf die umliegenden Berge der Allgäuer Alpen. Sie nahm einen tiefen Atemzug, der ihr nach diesem Aufenthalt im Leichenkeller trotz der schwülen Sommerhitze wie frische Bergluft vorkam, ging über die schattenlose gepflasterte Parkplatzfläche zu ihrem mokkafarbenen Fiat Cabrio und öffnete das Verdeck.

Sie würde noch einmal diese Hotel-Baustelle inspizieren und beschloss, von Immenstadt aus gleich direkt dorthin zu fahren. Stefanie Stürmer setzte ihre Sonnenbrille auf und steuerte ihren Wagen vom Parkplatz auf die B308 in Richtung Oberstaufen, deren Strecke zwischen grünen Hügeln verlief und bei diesem strahlend blauen Julihimmel ein Urlaubspanorama bot.

Der Neubau des Spa- und Wellnesszentrums war in der Zwischenzeit um eine Etage in die Höhe gewachsen. Sie würde veranlassen, dass die Situation mit der fallenden Stahlstütze noch einmal nachgestellt würde. Auf dem Parkplatz vor dem Baustellengelände nahm sie ihre Trekking-Schuhe aus dem Kofferraum, die sie gegen ihre sommerlichen Ballerinas wechselte, und ging in Richtung des Baubürocontainers.

Bauleiter Till Mertinger blickte überrascht von seinen Planunterlagen auf, als eine zierliche blonde Frau mit einer eckigen Brille in der Tür seines Bürocontainers stand und ihm einen Dienstausweis vorlegte, der sie als Kriminalkommissarin Stefanie Stürmer auswies. »Sie kommen bestimmt wegen dem tragischen Baustellenunfall. Ich habe Ihrem Kollegen bereits alles gesagt, was ich zur Aufklärung beitragen kann«, sagte Mertinger in resigniertem Ton, warf einen Stapel Unterlagen in eine Ablagebox und verschränkte die Arme vor der Brust.

»Ich würde gerne in Zusammenarbeit mit Ihnen den Unfall mit dieser Eisenstütze noch einmal nachstellen. Es ist nicht auszuschließen, dass es in der Tat kein tragischer Zufall war«, sagte Stürmer.

»Da kommen Sie leider zu spät. Kommen Sie mit, ich zeig Ihnen das vor Ort. Dann komme ich mal für ein paar Minuten aus diesem schwülen Baucontainer raus.« Mertinger erhob sich stöhnend, setzte seinen weißen Bauhelm auf, steckte sein Mobiltelefon in die Hemdtasche und schob sich an ihr vorbei aus dem Container heraus. Stürmer folgte ihm eine Betontreppe hinunter in den Neubau der Tiefgarage.

»Hier ist es passiert«, sagte Till Mertinger und zeigte auf die Deckenaussparung, »aber jetzt sind hier schon die Brandschutzklappen für die Lüftungskanäle eingebaut.« Sein Mobiltelefon klingelte. »Das mit dem fallenden Sprieß kann man leider nicht mehr nachstellen. Das hätte mich auch interessiert. Sie entschuldigen mich«, sagte Mertinger knapp, nahm den Anruf an und ging die Treppe wieder hoch.

Stefanie Stürmer ging über die Betontreppe in das zweite Untergeschoss der Tiefgaragenbaustelle und sah sich um. An einer roten Stahlblechtür klebte ein Schild mit der Aufschrift ›Franz Britzler Elektroinstallationen‹. Stürmer klopfte und zog die verbogene Blechtür auf, die sich mit einem scheppernden Geräusch öffnete. Hinter der Tür war etwas wie ein Baulager mit Kabelrollen und Kartons mit Installationsmaterialien. Von der Decke baumelte eine Baustellenlampe, die den Raum spärlich beleuchtete. An einer klapprigen Werkbank arbeitete ein Monteur an einem Elektro-Schaltkasten.

»Angenehm kühl hier zum Arbeiten«, meinte Stefanie Stürmer, worauf der Mann sie fragend ansah. »Kann ich Sie etwas fragen?«, sagte sie und legte ihren Dienstausweis auf die Werkbank.

»Oh … Kriminalpolizei? Also, da muss ich, glaub ich, erst meinen Chef fragen, ob ich da was sagen darf«, meinte der Monteur verunsichert.

»Ihr Chef war Tobias Britzler, der leider auf dieser Baustelle auf tragische Weise ums Leben gekommen ist«, sagte Stürmer und lehnte sich mit verschränkten Armen an einen Betonpfeiler.

»Oh … der Tobi. Der war schon echt ein guter Chef. Hatte echt eine Ahnung, und arbeiten hat bei ihm echt Spaß gemacht. Ist echt traurig, dass so ein blöder Unfall passiert ist. Ja, und jetzt ist halt der Benedikt mein Chef«, berichtete der Monteur, während er eine Kabelklemme aus einem Karton heraussuchte.

»Wer ist Benedikt?«, fragte Stürmer.

»Oh … der Benedikt. Ja, das ist halt der ältere Bruder vom Tobi, wissen Sie. Der war dem Tobi echt immer alles neidisch, weil sein Vater immer den Tobi bevorzugt hat. Und schließlich hat er dann auch dem Tobi die Firma überschrieben oder wie man da sagt. Und jetzt ist der alte Herr Britzler letztes Jahr gestorben. Oh, aber … ich weiß eigentlich echt nicht, ob ich Ihnen das überhaupt sagen hab dürfen.«

»Keine Sorge, das ist für mich jetzt nur, sag ich mal, eine ergänzende Hintergrundinformation für diesen Fall. Machen Sie sich da echt keine Sorgen«, beruhigte Stefanie Stürmer den Monteur und trat durch die verbogene Blechtür wieder in den Rohbau der Tiefgarage hinaus.

Die Julisonne brannte an diesem frühen Freitagnachmittag von einem wolkenlosen Himmel. Die Temperatur im Präsidium hielt sich seit einer Woche auf konstant 28 Grad Celsius. Der mit einer leichten Unwucht rotierende Standventilator fächelte nur noch heiße Luft umher. Stefanie Stürmer saß im Büro von Guntram Glattlinger und schrieb ihren Bericht über die Ermittlungen im Fall Tobias Britzler fertig, als Glattlinger zur Tür hereintrat.

»Ich hoffe, der Fall ist lückenlos aufgeklärt, Steffi?«, fragte Glattlinger halb im Spaß. Ohne eine Antwort abzuwarten, suchte er aus seinem Portemonnaie Münzen heraus und trat aus dem Büro auf den breiten Flur. Sie erschrak, als sie hörte, dass jemand im Flur offenbar mit der Faust auf etwas einhämmerte und im nächsten Moment zweimal hintereinander ein polterndes Geräusch von fallenden Gegenständen zu hören war. Wenige Sekunden später kam Glattlinger mit zwei gekühlten Flaschen Limonade zurück. »Dieser verdammte Getränkeautomat klemmt schon seit Jahren. Können wir diesen Grätner verhaften?«, fragte er und stellte ihr eine der Flaschen auf den Schreibtisch.

Stefanie Stürmer deutete mit dem Zeigefinger »Nein«, während sie einen großen Schluck aus der Flasche nahm. »Es gibt jemanden mit einem Motiv. Ich war noch mal auf der Baustelle und habe mit einem Mitarbeiter von dieser Firma ›Britzler‹ gesprochen. Die Firma führt jetzt der ältere Bruder von Tobias Britzler, und die beiden waren sich offensichtlich überhaupt nicht grün. Der Ältere konnte wohl nicht akzeptieren, dass der verstorbene Vater die Firma dem Jüngeren überschrieben hat. Noch was: Es hat am Sonntag einen weiteren Toten gegeben. Musst du dir mal vorstellen: Da haben Mitarbeiter von einem Zeltverleih an einem Bierzelt eine Lichterkette hochgezogen, und als sie die Beleuchtung geprüft haben, sehen sie, dass oben am Zeltgiebel einer mit dem Kabel der Lichterkette um den Hals hängt. Den hat der Kollege Blonk auf dem Tisch – also den Fall, nicht die Leiche. Sieht so weit eher nach Mord als nach Unfall aus. Aber einen erkennbaren Zusammenhang zwischen den beiden Fällen gibt es bisher nicht, außer dass die beiden Tatorte nur etwa einen Kilometer auseinanderliegen. Das Opfer heißt Franz-Werner Birnfass und war Mitarbeiter der ›Hellwatt AG‹, die in diesem Bierzelt einen Informationstag über das neue Wasserkraftwerk am Steighorn veranstaltet hat«, berichtete Stürmer.

»Hm, die Installateurbrüder scheinen mir ein klassischer Fall von Kain und Abel zu sein. Wie der Tote am Bierzelt damit zusammenhängen kann, erschließt sich mir jetzt nicht aufs Erste, aber dem werden wir nachgehen. Auf jeden Fall nehmen wir uns noch diesen Benedikt Britzler vor – bevor du wieder nach Memmingen fährst. Schade eigentlich, weil …«

Stefanie Stürmer stützte den Kopf auf ihre rechte Hand und blickte Guntram Glattlinger über den Rand ihres eckigen dunkelroten Brillengestells mit einem sanften Lächeln an. Er hatte es zwar nicht ausgesprochen, aber sie fühlte sich geschmeichelt. Glattlinger nahm seinen ganzen Mut zusammen. »Wollen wir … heute Abend … ich kenne da ein nettes Ristorante auf der Insel … ?«

»Ja, gerne«, hauchte sie.

*

++ August 2012 ++

Der rotglühende Ball der Sonne schien sich an diesem Freitagabend bequem in die Senke zwischen zwei spitzen Gipfeln zur Ruhe legen zu wollen und ließ dabei die schroffen Konturen der Kalkfelsen der Berge im Montafon erstrahlen. Sie klappte die Sonnenblende herunter, um auf der kurvigen Bergstraße nicht geblendet zu werden. An einer Haltebucht neben dem Holzhäuschen einer Bushaltestelle hielt sie ihren weißen Fiesta an, um nach der langen Fahrt vor der Ankunft im Hotel für einen Augenblick das Bergpanorama auf sich wirken zu lassen. Der erste tiefe Atemzug der frischen Bergluft weckte sofort Erinnerungen an die Kindheitstage, die sie mit ihrem Vater damals in dieser Gegend verbracht hatte.

Einen Monat zuvor hatte ihr Abteilungsleiter sie darauf vorbereitet, dass sie im Gebiet zwischen den Allgäuer Alpen und dem angrenzenden Bregenzerwald für längere Zeit zu tun haben würde – mit der Option, nach Fertigstellung des Projekts eine verantwortungsvolle und zudem sichere Position zu übernehmen. Sie nahm die Chance wahr, als junge Bauingenieurin dieses nicht unumstrittene Bauprojekt mit zu betreuen und nach der Inbetriebnahme in der Funktion als stellvertretende technische Betriebsleiterin in dieser begehrten Urlaubsregion zu leben.

Mit dieser beruflichen Perspektive nahm sie zugleich die Möglichkeit wahr, nach Spuren ihres Vaters zu suchen, der vor 26 Jahren auf mysteriöse Weise bei dem damaligen Bergurlaub verschwunden war. Er hatte sie damals als sechsjähriges Mädchen mit in den Urlaub genommen, als ihre Mutter, wie man ihr damals gesagt hatte, im Krankenhaus gelegen war. »Bekomme ich ein Geschwisterchen, weil Mami ins Krankenhaus muss?«, hatte sie mit ihrem kindlichen Verstand gefragt und zur Antwort erhalten, dass die Mutter beim Fensterputzen gestürzt war und sich ein Bein gebrochen hätte. Als ihre Mutter vor drei Jahren an ihrer Alkoholsucht zugrunde gegangen war, hatte sie von ihrer etwa 20 Jahre älteren Tante Dorothee erfahren, dass ihre Mutter damals in betrunkenem Zustand einen Autounfall gehabt hätte.

Sie ging in der Haltebucht auf und ab, lockerte nach über 500 Kilometern Autofahrt ihre Beinmuskulatur, lehnte sich an die Seitenwand des hölzernen Buswartehäuschens und betrachtete in der Abendsonne das herrliche Bergpanorama.

Ob ihr Vater damals in eine Felsspalte gestürzt war und in der Tiefe niemals gefunden wurde? Sie war seither niemals mehr in einer Gebirgsregion gewesen und hatte von hohen Bergen noch immer die Vorstellung, dass es dort von Felsspalten wimmelte, in die man Hunderte Meter tief hinabstürzen konnte. Oder ob er vielleicht sogar noch lebte? Sie hatte nach dem Tod ihrer Mutter die Vorstellung entwickelt, dass er sich vielleicht auf diese Weise von seiner Ehefrau lösen wollte, die offenbar damals schon ein Alkoholproblem hatte und er dabei sogar in Kauf nahm, sie als kleines Kind zurückzulassen.

Damals an einem sonnigen Tag hatte sich ihr Vater noch am späteren Nachmittag zu einer Fahrt mit einem geliehenen Geländemotorrad aufgemacht, von der er nicht mehr zurückgekommen war. Sie konnte sich daran erinnern, dass ihr seine Abwesenheit an diesem Nachmittag nichts ausgemacht hatte, weil sie ohnehin lieber mit anderen Urlauberkindern im Swimmingpool geplanscht hatte. Am Abend war sie dann von einer fürsorglichen älteren Frau ins Bett gebracht worden, und weil sie vom vielen Baden so müde gewesen war, hatte sie nicht einmal mehr nach ihrem Vater gefragt und war schnell eingeschlafen. Am nächsten Morgen hatte sie mitbekommen, wie Männer von der Bergwacht in das Hotel gekommen waren und dieser älteren Frau, der das kleine Hotel wohl gehört haben musste, gesagt hatten, dass sie alles abgesucht und niemanden gefunden hätten. Sie hatte nicht wirklich verstanden, worum es ging, aber sie hatte gespürt, dass es nur um ihren Vater gehen konnte, und schrecklich geweint und immer wieder nach ihrem Vater gerufen. Am nächsten Tag war plötzlich ihre geliebte Tante Dorothee da gewesen, die sie wieder nach Düsseldorf zu ihrer Mutter nach Hause brachte.

Ihr Vater war bei demselben Stromkonzern beschäftigt gewesen, bei dem sie gleich nach Abschluss ihres Master-Studiums die Stelle im Sektor Kraftwerksbauten angetreten hatte. In ihrer Führerscheinmappe steckte stets ein Foto von ihm, auf dem er in einer Jeansjacke auf einem Motorrad saß. Das Foto war in den 1980er-Jahren aufgenommen worden, als Männer sogenannte Vokuhila-Frisuren trugen, was mit seiner roten Haarfarbe sehr auffällig war. Bei »Hellwatt« hatte er irgendetwas mit Finanzen zu tun, was nicht so recht mit seinem Äußeren zusammenpasste. Doch als sie nach dem Tod ihrer Mutter alle Dokumente und Unterlagen durchforstet hatte, war ihr aufgefallen, dass ihr Vater diese akribisch und mit System geordnet aufbewahrte. So fand sie dann durch Zufall auch eine mit Schreibmaschine geschriebene Rechnung desselben Hotels, das sie jetzt, ein Vierteljahrhundert später, über das Internet gebucht hatte.

Ihre Tante Dorothee hatte sie erst wieder bei der Beerdigung ihrer Mutter gesehen. Von ihr wusste sie aber nicht mehr, als dass sie ganz im Süden von Deutschland lebte, mit einem Italiener verheiratet war und einen medizinischen Beruf hatte.

Vielleicht ist sie ja sogar ganz in der Nähe, dachte Sybille Breitstein und stieg wieder in ihren weißen Fiesta, um zu ihrem Hotel zu fahren. Ihre lockige wallende Haarpracht glänzte im gleichen leuchtend roten Farbton wie die allmählich untergehende Abendsonne.

*

Der Fahrer des Kipplasters musste in der engen Kurve, die von der steilen Zufahrtsstraße zum Baustellengelände führte, einen Gang herunterschalten und in Richtung der Staumauer-Baustelle sofort wieder beschleunigen, um in der Kurve den Schwung nicht zu verlieren. Der Motor des schweren Mercedes-Lkw drehte hoch, während sich die Antriebsräder durch die ausgefahrene Schotterstraße wühlten und dabei riesige Staubwolken produzierten. Die Baustraße für den Bau der Staumauer am Steighorn verlangte den Lkw-Fahrern einiges an fahrerischem Können ab.

Projektleiter Georg Fischbrunner musste im Bau-Bürocontainer den gerade gesprochenen Satz noch einmal wiederholen, weil dieser im Lärm des vorbeifahrenden Lastwagens untergegangen war. »Ich habe gesagt, das Gefälle für die Rohrleitung zum Turbinenhaus muss noch mal in Abstimmung mit dem Anlagenbauer rechnerisch geprüft werden, ob da auch die nötige Fließgeschwindigkeit erreicht wird. Wir haben hier keinen allzu großen Höhenunterschied vom Auslauf im Stausee bis zum Eintritt in das Turbinenhaus. Wäre fatal, wenn die Turbine nicht auf die nötige Drehzahl kommt …«

Der Projektleiter musste abermals unterbrechen, weil in diesem Moment ein talwärts fahrender Lkw in nur wenigen Metern Abstand an dem roten Bürocontainer vorbeidonnerte. »Und als Nächstes hängt mir Firma ›Leibacher‹ bitte schön diesen Bürocontainer an den Haken und setzt ihn 20 Meter weiter nach hinten, ich hab keine Lust, hier jedesmal alles dreimal sagen zu müssen«, beschwerte sich Fischbrunner bei Wilfried Grätner, der gerade per SMS mit seiner Freundin kommunizierte und überrascht von seinem Smartphone-Display aufsah, als er sich angesprochen fühlte.

»Äh … werde ich gleich morgen veranlassen. Können wir dann jetzt den Ausbau der Zufahrtsstraße zum Sporthotel besprechen? Auf Höhe von dem Turm für die Wartungsgänge haben wir eine Engstelle, die mir den ganzen Lieferverkehr zur Baustelle behindert«, sagte Grätner, der für die »Tief- und Straßenbaufirma Alois Leibacher GmbH & Co.« als stellvertretender Projektleiter für die Sporthotel-Baustelle verantwortlich war. Fischbrunner blickte mit einem Anflug von Ärger durch seine Lesebrille auf die Protokollvorlage mit den Tagesordnungspunkten für die Baubesprechung. »Herr Grätner, Sie werden sich noch etwas gedulden müssen. Wir haben hier erst mal eine ganze Latte an Detailklärungen für die Staumauer. Ihr Zufahrtsweg steht als vorletzter Punkt auf der Liste.«

Grätners Smartphone summte in seiner rechten Hand. Es war nicht die erwartete Antwort von Carola, sondern enthielt den Text: »habe problem mit lenkung bei 322«. Er gab Projektleiter Fischbrunner Bescheid, dass er kurz nach einem der Lkws sehen müsste, und trat aus dem Baucontainer auf das staubige Gelände der Großbaustelle, wo gerade mit einem riesigen Arsenal schwerer Baumaschinen und Lastwagen der Untergrund für den Bau der 40 Meter hohen Staumauer vorbereitet wurde.

Die SMS-Nachricht kam von seinem Kollegen Knut Gonzauer, den alle bei Firma ›Leibacher‹ »Gonzo« nannten. Er sah den grauen Lkw am Rand der steilen Baustellenstraße vor der Engstelle zwischen der Staumauer-Baustelle und dem knapp 100 Höhenmeter weiter oben liegenden Gelände für das Sporthotel. Wilfried Grätner fluchte vor sich hin, weil der fast 30 Jahre alte Mercedes-Laster mit dem Kennzeichen AL-322 ständig Ausfälle wegen Schäden am Fahrwerk hatte. Alois Leibacher hatte diesen damals

1986 neu gekauft, als er voreilig davon ausgegangen war, dass er ihn bald für die Stausee-Baustelle brauchen würde.

Der schwergewichtige Gonzo stand neben seinem Kipplaster, hatte eine Hand in der Hosentasche und rauchte eine Zigarette. Man sah ihn so gut wie nie ohne seine abgewetzte schwarze Lederweste, die er meistens über einem verwaschenen Sweatshirt trug. Seine langen grauen Haare trug er zu einem Pferdeschwanz zusammengebunden. Genau so sah man Gonzo auch in seiner Freizeit, wenn er mit seiner Bluesrock-Band »Dirty Strings« in Musikkneipen auftrat und mit seiner ramponierten Stratocaster-Gitarre auf der Bühne stand. Er war einer der wenigen in der »Leibacher«-Truppe, die auf einem derart schwer zu befahrenden Baustellengelände mit einem altersschwachen Laster zurechtkamen.

»He, Bill, ich glaub, jetzt ist die Lenkung bald ganz im Arsch. Wenn ich nach links einschlage, will das rechte Vorderrad geradeaus. Und diese Piste hier gibt der Karre den Rest. So, und ich hab jetzt die ganze Mulde voll mit Steinabbruch. Ich seh zu, wie ich die Mühle noch den Berg runterkriege. Und wenn ich unten bin, brauch ich eine andere Maschine«, sagte Gonzo mit seiner rauen Rocksänger-Stimme und trat mit dem Fuß gegen das Vorderrad. Grätner wies seinen Fahrer Gonzo an, den Lkw vorsichtig ins Tal zu fahren und machte sich daran, einen Ersatzlaster zu organisieren.

Die Stimmung im Baubürocontainer wich für einen Moment einer heiteren Gelassenheit, als die sechs Männer während der Abwesenheit von Wilfried Grätner in vergnügtes Lästern verfielen. »Sagt's amoi, des is doch irgendwie koa Zufall, dass Firma ›Leibacher‹ an der Mauer mitbaut und da oben den Rohbau für des Sporthotel hi'stellt«, raunte Stefan Bogenschein, der aus München kam und beim Stromkonzern »Hellwatt AG« für den Bau von Kraftwerksanlagen verantwortlich war. »Hob da g'hört, dass der ›Leibacher‹-Chef früher mit unser'm Birnfass unter der Hand G'schäftln g'macht hat.«

»Der Birnfass, der oben am Zelt g'hängt ist?«, fragte der Fachplaner vom Wasserbau-Ingenieurbüro, und Bogenschein nickte.

»Es gab ja schon in den 80er-Jahren Pläne für das Wasserkraftwerk, aber damals ist das am massiven Widerstand von der Bevölkerung und von den betroffenen Landwirten gescheitert«, erzählte Georg Fischbrunner, der in diesem Moment bemerkte, dass ein schwarzer Geländewagen vor dem Baucontainer parkte und ein stämmiger Mann in der Tür stand. Der Mann hatte die Ärmel seines karierten Hemds bis über die Ellenbogen hochgekrempelt und besaß kräftige, stark behaarte Unterarme.

»Gibt's ein Problem?«, fragte Fischbrunner, der den Mann für einen Touristen hielt. »Zur Steighorn-Seilbahn müssen Sie noch zwei Kilometer weiter fahren.«

»I wollt mi als betroffener Landwirt bloß mal umschau'n, wie's mit dem Stausee vorangeht. Krieg' mer bald an Strom von euch? Hohohahaha!«, donnerte Josef Korschacher, von dem sich alle im Baubüro fragten, was dieser neugierige Wichtigtuer hier zu suchen hatte. Offenbar hatte er Fischbrunners letzte Sätze mitgehört.

»Anfang vom Jahr is hier no mein Stall für 200 Rindviecher g'wesen, wo jetzt eure Baucontainer sind. I kann euch genau sagen, an was des damals g'scheitert is. Damals hat's g'langt, wenn a paar Grüne dagegen war'n. Dann hat mer demonstriert, und die Zeitungen ham's g'schrieb'n, und dann hast hier von Hellwatt und Stausee nie mehr was g'hört und nix mehr g'sehn. Hohohahaha! Den Leibacher ham's damals im Fernsehen als Verbrecher hing'stellt, und auf des hat der sich angeblich umbracht oder is verschwunden. Jetzt baut da oben ein gewisser Anton Brander des Hotel, und der is' G'schäftsführer in der Niederlassung Liechtenstein vom Leibacher. Hohohahaha!«

Josef Korschacher wünschte den Herren noch einen guten Tag, sagte, dass sie ihm eine Einladung zur Einweihungsfeier schicken sollten, und ging aus dem Bürocontainer hinaus zu seinem schwarzen Touareg-Geländewagen.

Knut Gonzauer kletterte in das Fahrerhaus seines Kipplasters und startete den Motor. Er hatte gewartet, bis ihm Bill Grätner von unten ein Winkzeichen gab, dass die Strecke der Baustraße talwärts frei war. Falls sich der voll beladene Kipplaster wegen der defekten Lenkung nicht richtig steuern ließe, würde man wenigstens nicht die Fahrer entgegenkommender Lkws in Gefahr bringen.

Der alte Mercedes-Laster rollte die steile Baustraße hinunter. Gonzo musste auf Höhe des Baubürocontainers den Laster um eine enge Linkskurve und danach sofort in die Spur auf die schmale talwärts führende Schotterstraße lenken. In diesem Moment fuhr von rechts ein schwarzer Geländewagen los. Er drehte das Lenkrad nach links und merkte, dass er stärker als normal einschlagen musste, damit die Vorderräder den Laster in die Linkskurve zogen.

Kurz vor der kritischen Kurve wurde die Baustraße noch einmal steiler. Gonzo hörte einen Schlag am rechten Vorderrad, und im nächsten Sekundenbruchteil riss es ihm das Lenkrad aus den Händen. Eine Unebenheit in der Schotterstraße ließ den Lkw hinten absacken. Er verlor auf dem

Fahrersitz den Halt, wodurch sein rechter Fuß das Gaspedal durchdrückte und der Laster jetzt geradeaus genau auf den Geländewagen zuschoss.

Die rechte Ecke des vorderen Stoßfängers bohrte sich krachend in die Fahrerseite des schwarzen Touareg, in dem Josef Korschacher saß. Das Gewicht des schweren Kipplasters schob den Geländewagen einige Meter quer vor sich her, bis dieser schließlich an der steil abfallenden Böschung zur Seite kippte und sich gleich darauf überschlug. Gonzo stand jetzt mit beiden Füßen auf dem Bremspedal und brachte den Lastwagen gerade noch zum Stehen, als das Fahrerhaus bereits am Rand des Abgrunds hing. Der schwarze Geländewagen kullerte derweil mit unzähligen Überschlägen den steilen Abhang hinab und blieb schließlich auf halber Höhe mit eingedrücktem Dach an einem Felsvorsprung hängen.

Gonzo merkte, wie die Ladung in der Kippmulde den Laster, der in gefährlicher Schieflage nach links hing, in Richtung Abgrund zu schieben begann. Er schob sich auf die Beifahrerseite, öffnete die Tür und hangelte sich zur Rückseite des Fahrerhauses, bis er wieder Boden unter den Füßen hatte. Inzwischen hatte ein Baggerführer einen Raupenbagger herangefahren und sicherte den Lkw mit einem Stahlseil.

Seine Beine fühlten sich an, als wären sie zwischen Eisenrohren eingeklemmt. Vom linken Ohr lief ihm eine warme Flüssigkeit über das Gesicht. Es fühlte sich auf der Haut angenehm an, aber er nahm nicht mehr wahr, dass es sein eigenes Blut war. In seiner rechten Körperhälfte fühlte er einen dumpfen Schmerz. An seiner Stirn spürte er das weiche Polster einer Kopfstütze. Seine rechte Hand klemmte zwischen scharfkantigen Plastikteilen. Die Finger seiner linken Hand ertasteten etwas wie einen Drehknopf. Er schaffte es irgendwie, den Mittelfinger zu bewegen. Musik erklang aus dem Autoradio, und die Volksmusik-Melodie kam ihm bekannt vor. Er sah noch einmal, wie er im Frühjahr seine vielen Kühe auf die Weide führte. Die Musik wurde fließend und wechselte in wunderschöne, gleichmäßige Harmonien. Er stand jetzt am Ufer eines glitzernden Flusses, und alles um ihn herum war einfach nur tiefer Frieden. »Komm zu mir«, sagte die Frau mit dem wallenden weißen Kleid am gegenüberliegenden Ufer, und er glitt in das Wasser des Flusses, in dem er völlig mühelos schwimmen konnte, bis er in den Sog eines gleißend hellen Lichts geriet.

»Rettungstrage für Bergung herunterlassen«, sprach jemand als Anweisung in ein Funkgerät. Doch das hörte Josef Korschacher bereits nicht mehr.

*

»Wenn ich diese Bergwege bloß sehe, kriege ich schon riesige Blasen an den Füßen. Jedes Mal, wenn man damals hier oben im Ferienhaus war, ist man die ganze Zeit herumgelatscht. Das hat mir für den Rest meines Lebens mit Bergen gereicht. Lass uns hier bloß schnell wieder abhauen, sobald wir da oben ausgeräumt haben«, giftete sie vom Beifahrersitz, während er den T3 Syncro in Richtung Obere Breitwies steuerte und auf dem regennassen Feldweg froh um den Allradantrieb seines betagten VW-Bulli war.

»Das mit den Blasen wird daran gelegen haben, dass du wahrscheinlich genau mit solchen Latschen unterwegs warst, wie du jetzt auch anhast. Da würde mir das Wandern auch vergehen«, grollte Bill genervt und sah auf ihre cremefarbenen Schuhe mit den hohen Absätzen, deren dünne Riemchen sich in die Haut oberhalb ihrer Knöchel schnürten. Kein Wunder sind Frauen die meiste Zeit unausstehlich, wenn sie um des Schönheitswahns willen freiwillig ihre Füße in solche unbequemen Treter quetschen, dachte Bill Grätner.

Es erinnerte ihn gerade an seine frühere Freundin Lorena, die ihm einmal im Streit genau so einen Schuh nachgeworfen hatte. Das war fast 30 Jahre her, aber in seiner Erinnerung konnte er noch immer diese damalige leidenschaftliche Beziehung spüren. Mit Carola war er genau wieder an eine solche Frau geraten, die beim geringsten Anlass zur Furie werden konnte, aber sonst nichts im Leben wirklich auf die Reihe bekam. »Du hast doch hoffentlich deine Bergstiefel mit eingepackt?«, fragte Bill.

»Bin ja nicht blöd«, kam als Antwort. Aber blond, dachte er und grinste in sich hinein.

Sie hatten den Hof von Schorsch Brunntaler erreicht, wo er den Wagen vor dem Scheunentor abstellte. Das Einzige, was sich an dem heruntergewirtschafteten Hof in den letzten Jahrzehnten geändert hatte, war ein Schild mit dem Markenlogo ›Brandner Gletscherwasser‹, das an der rechten Hausecke neben dem Scheunentor angebracht war und eine Stelle mit abgeplatztem Putz halb überdeckte. Zumindest hatte Schorsch irgendwann die Fläche vor dem Haus pflastern lassen, sodass er seinen VW-Bulli auf einem befestigten Untergrund abstellen konnte. Ansonsten hatte dieser Schnapsbrenner bislang weder die schiefe Treppe vor der Haustür instand gesetzt noch das klapprige Scheunentor erneuert, von dem letzte Reste dunkelroter Holzschutzfarbe abblätterten.

Wilfried Grätner stieg aus und betrachtete den schmalen Fahrweg, welcher von der Hofstelle Obere Breitwies noch etwa 100 Meter zwischen Wiesenflächen verlief und dann in einen dicht bewachsenen Wald mündete. Der Weg durch den Wald führte zum Ferienhaus, in dem Alois Leibacher damals seine Goldbarren eingemauert hatte.

Er erinnerte sich wieder daran, wie er im Sommer 1986 eines Abends aus einem Gefühl zwischen Neugier und scheinbarer Verpflichtung heraus ins Montafon gefahren war, nachdem Alois Leibacher ihn zuvor aus einer Telefonzelle angerufen hatte. Leibacher hatte damals etwas desorientiert geklungen und ihm aufgetragen, seinen scheinbaren Unfalltod mit einem im Tunnel explodierenden Auto zu inszenieren. Kaum dass er am folgenden Tag am Ferienhaus angekommen war, hatte er einen rothaarigen Mann gesehen, der Alois wie im Wahn mit einem langen Messer mit Sägezahnklinge bedrohte. Es hätte eigentlich genügt, den Mann mit einem Schlag vorübergehend außer Gefecht zu setzen, doch der Hieb mit der stumpfen Seite einer Spaltaxt hatte den Rothaarigen direkt ins Jenseits befördert.

Alois Leibacher hatte ihn damals von der Straße weg in seiner Tief- und Straßenbaufirma eingestellt, wo er zunächst für den Transport von Baumaschinen und Baustellencontainern sowie für den Fuhrpark verantwortlich war. Seit einigen Jahren war er für größere Baustellen auch stellvertretender Projektleiter und hatte damit innerhalb der Firma eine durchaus privilegierte Position inne.

Auf irgendeine Weise fühlte er sich Alois Leibacher gegenüber nicht nur verbunden, sondern sogar übermäßig verpflichtet – in einem Maß, das ihm schon selbst nicht mehr geheuer war. Ihm war inzwischen bewusst geworden, dass er Leibacher fast in blindem Gehorsam folgte – und er für ihn sogar so weit ging, dass er Menschen umbrachte, wenn Leibachers Rachsucht mal wieder dazu führte, dass unbedingt ein vermeintlicher Widersacher beseitigt werden musste. Es durchzuckte ihn, weil er den Namen Alois Leibacher in seinem Gedächtnis eigentlich ausgelöscht und durch den Namen Anton Brander ersetzt hatte.

Er war durch ihn regelrecht zu einem Auftragskiller geworden. Und er machte seinen Job wie früher als Stuntman äußerst professionell. Der Profi in ihm erhob sich zu einer Macht, die dem Gewissen übergeordnet schien. Genauso war es auch, als er sich vor wenigen Wochen bei strömendem Regen zur Baustelle eines Hotels aufgemacht hatte, um eine »Mission auszuführen«, wie sein Chef es nannte. Er hatte die Mission spurlos ausgeführt, und doch musste ihn jemand an irgendeiner Stelle gesehen haben, weil er am nächsten Tag von der Kriminalpolizei verhört wurde. Ohne die geringste verräterische Regung zu zeigen, war es ihm gelungen, den Kommissar davon zu überzeugen, dass er rein zufällig zur gleichen Zeit an der Baustelle gewesen war.

Gedankenverloren öffnete Wilfried Grätner die Heckklappe seines VW-Bulli, um die Plastikbox mit den Bergstiefeln und den Outdoorjacken hervorzuholen.

Auch Carola hatte von einer »Mission« gesprochen, als sie beschlossen, das Goldbarren-Versteck im Ferienhaus zu plündern, das er ihr leichtsinnigerweise in einer sternenklaren Augustnacht nach einer Flasche Rotwein verraten hatte. Hatte sie etwa auch bereits Einfluss auf ihn und würde sie ihn am Ende vielleicht sogar auf ihren eigenen Vater hetzen?

»Ach Gott, ist das süüüß«, vernahm er die Stimme von Carola, die in diesem Moment hell und nach kindlicher Unbekümmertheit klang. Er ging um den Wagen herum und sah, wie Carola auf einer verwitterten Holzbank vor dem Haus saß und ein braunes Huhn auf dem Schoß hatte, das sie streichelte. »Hast du noch nie ein Huhn gesehen?«, fragte er und schob angesichts ihres naiven Gemüts den letzten Gedanken wieder beiseite. »Komm jetzt, wir wollen los zum Ferienhaus, den restlichen Kilometer muss man immer noch wie früher zu Fuß gehen«, bestimmte er und öffnete die Schiebetür, um eine nagelneue Gartenschubkarre herauszuholen, die er im Baumarkt für den Abtransport der Goldbarren gekauft hatte. Carola ließ das Huhn laufen und trottete missmutig wie ein lustlos-trotziger Teenager zum Wagen, wo er ihr die Bergstiefel hinhielt.

»Das Goldschätzchen kommt nicht von selbst hergelaufen«, sagte er, die Schubkarre vor sich herschiebend, als sie bereits losgelaufen waren und Carola zehn Meter hinter ihm ging. Die graublauen Regenwolken gaben ein Stück des blauen Himmels frei. Prompt feuerte die Sonne ihre Strahlen durch die Wolkenlücken und ließ die nassen Wiesen neben dem Fahrweg in einem satten Grün leuchten.

Am Hof öffnete sich langsam das Scheunentor. Fast geräuschlos glitt das schwere Holztor auf einer gut geschmierten Laufschiene zur Seite, und ein alter, hagerer Mann in einer alten blauen Arbeitsmontur und einer abgewetzten Mütze auf dem Kopf trat auf die Pflasterfläche vor dem Hof. Schorsch Brunntaler hatte ein diebisches Grinsen im Gesicht.

Auf den letzten 50 Metern zum Ferienhaus zweigte der Fahrweg ab, und das Haus war bereits in Sichtweite. Die Schindelfassade und die Haustür sahen etwas verwittert aus, doch das Gelände um das Haus herum war gepflegt, als würde sich regelmäßig jemand darum kümmern, dass der Rasen gemäht und Unkraut beseitigt wurde.

Carola trat auf die hölzerne Terrasse, breitete die Arme aus, sprang tänzelnd wie ein Kind umher und drehte sich dabei mit einem entrückten Lächeln im Kreis. Wilfried

Grätner überließ sie ihrem Taumel aus Kindheitserinnerungen und ging hinter das Haus, um nach einem Zugang zu suchen, mit dem man ohne Schlüssel hineinkommen konnte. Er hatte von damals in Erinnerung, dass hinter dem Haus direkt eine Scheune angebaut war, sodass es eine Hintertür geben musste.

In der fensterlosen Scheune lagerten noch immer unzählige Holzbretter, Zaunriegel und Holzpfosten. Er tastete sich im Halbdunkel in Richtung der Wand zum Haus und stieß mit dem rechten Bein an einen metallenen Gegenstand. Er spürte ein scharfkantiges Metall, das ihm sein rechtes Hosenbein durchriss und ihm an der Wade die Haut aufritzte. Grätner fluchte, griff nach dem Gegenstand und hatte etwas rohrförmiges in der Hand. Es war der Griff eines Rasenmähers. Das Gerät roch nach Benzin und frisch geschnittenem Gras. Jemand musste also erst vor Kurzem am Ferienhaus den Rasen gemäht haben, dachte er. Doch wer sollte dies tun? Schlich sich womöglich Anton Brander immer wieder höchstpersönlich hier herauf? Oder hatte er etwa diesen schrulligen Schnapsbrenner mit dieser Aufgabe betraut?

Er fand die Tür zum Haus, die jedoch von einem schweren Hydraulik-Holzspalter verstellt war, der von einer dicken Staubschicht überzogen und offenbar schon seit vielen Jahren nicht mehr benutzt worden war. Grätner ging wieder aus der Scheune hinaus und lief über die Terrasse nach vorne. Carola hatte es sich auf der Holzbank bequem gemacht und strahlte mit der Sonne um die Wette.

»Das Gold ist jetzt unseres«, kicherte sie.

»Erst mal reinkommen, Süße. Die Hintertür in der Scheune ist dicht.«

Etwas ratlos liefen beide zur Haustür. Carola stemmte die Hände in die Hüften und sah das Haus von oben bis unten an, als hoffte sie, dort irgendwo einen Schlüssel zu entdecken. Dann drückte sie einfach die Türklinke.

Die Haustür war nicht verschlossen. Mit einem triumphierenden Lächeln öffnete sie die Tür und stellte sich so hin, als wäre sie die Hausherrin, die nur darauf gewartet hatte, dass ihr Liebhaber anklopfte. »Manchmal ist es gut, eine Blondine zu sein«, flötete sie.

Sie zog ihn an der Hand ins Haus, und er führte sie sogleich in den Wohnraum, wo Alois Leibacher damals zwischen Kachelofen und der Wand neben der Terrassentür die Goldbarren eingemauert hatte.

Ihm blitzte plötzlich die Szenerie vor seinem geistigen Auge auf, wie der Rothaarige damals wie im Wahn gesagt hatte: »Ich bin der Pirat, und der Goldschatz gehört jetzt mir!«

Und er hatte in diesem Moment das sonderbare Gefühl, dass sie nicht allein im Haus waren.

»Was schaust du so, Liebling? Hast du vergessen, wo das Versteck ist?«, fragte sie und kicherte abermals. Jetzt war er es, der lachen musste. »Du sitzt direkt drauf. Hier hat dein Vater ein kleines Mäuerchen gebaut«, sagte er und deutete auf die Sitzbank neben dem Kachelofen, auf die sie sich gesetzt hatte. Zusammen machten sie sich daran, die aus Halbrund-Zaunriegeln zusammengenagelte Sitzbank abzunehmen.

Das Goldbarrenversteck war leer. Beide starrten ungläubig und fassungslos in den kleinen Hohlraum, aus dem es nach Mauerwerk roch. »Bist … bist du dir wirklich sicher, dass hier das Versteck war?«, fragte sie, und ihre Stimme wurde dabei schrill.

Carola stürmte enttäuscht nach draußen und stand mit verschränkten Armen und wütendem Gesichtsausdruck einige Meter vor der Haustür. »Wer außer dir wusste sonst noch von dem Versteck?«

Wilfried Grätner hatte irgendwie das Bedürfnis, sich das, was damals geschehen war, von der Seele zu reden. »Damals ist hier so ein rothaariger Typ aufgetaucht, der deinen Vater mit einem Urwaldmesser bedroht hat. Es gab keine andere Wahl, als den Mann außer Gefecht zu setzen. Nur … der hat das nicht überlebt. Es war Notwehr! Der Typ war irgendwie wahnsinnig und wäre voll mit dem Messer auf deinen Vater losgegangen. Und ansonsten – wer weiß, vielleicht hat ja damals dieser komische Schnapsbrenner was mitbekommen, bei dem wir das Auto geparkt haben«, überlegte er.

Carola sah ihn durchdringend und mit zusammengekniffenen Augen an. »Ich warne dich, Bill. Ich weiß, dass du einer der engsten Mitarbeiter von meinem Dad bist. Wehe, du hast ihm hinter meinem Rücken einen Tipp gegeben. Dann findest du deine Eier in der Mikrowelle wieder«, schnaubte sie. Ohne weitere Worte zu wechseln, gingen sie direkt auf den Fahrweg zurück, ohne vorher die Haustür zu schließen.

Im Vorbeigehen glaubte Grätner, an einem Fenster im oberen Stock eine Frau mit heller Haut und einer feuerroten Lockenmähne zu sehen.

»Jetzt bekomme ich vor lauter Stress mit den Goldbarren schon Wahnvorstellungen«, dachte Grätner und vergaß darüber, die Schubkarre wieder mitzunehmen.

Kurz bevor der Fahrweg wieder aus dem Wald herausführte, drehte sich Carola zu Wilfried um. »Wer von euch beiden hat den Mann umgebracht, der das Gold räubern wollte?«

Bill atmete durch und senkte kurz den Kopf, um ihr

gleich darauf wieder ins Gesicht zu sehen, wich aber ihrem Blick aus. »Ich sag's noch mal, es war Notwehr. Ich habe es für deinen Vater getan, Carola.«

Sie liefen schweigend weiter; Carola mit verschränkten Armen, gesenktem Blick und in einer beinahe unerträglichen Langsamkeit. Wilfried wusste nicht, ob sie wegen des nicht mehr vorhandenen Goldes oder wegen der Tatsache, dass sie offenbar einen Mörder zum Freund hatte, so nachdenklich und verschlossen war.

Er schloss die Türen seines VW-Bulli auf, als Schorsch aus dem offenen Scheunentor kam. »Wollt's ihr an Schnaps?«, fragte er, und Wilfried Grätner dachte, dass er einen davon jetzt gut gebrauchen konnte.

Das Haus hatte sie jetzt wieder für sich. Sie hatte schon geglaubt, dass sie wieder weg waren, als sie aus dem Fenster die blonde Frau und den dunkelhaarigen Mann noch einmal sah. Die beiden hatten offenbar eine Diskussion oder waren sogar in Streit geraten.

Sie war einfach drauflos gewandert und zufällig an diesem Haus im Wald vorbeigekommen. Aus purer Abenteuerlust beschloss sie, in diesem unbewohnten Haus zu übernachten. Den Schlüssel fand sie unter einem Blumentrog neben der Terrasse.

Jetzt saß Sybille Breitstein zusammengekauert mit angezogenen Beinen auf dem Boden vor dem Bett in der oberen Etage und zitterte.

Sie hatte das Gespräch der beiden mitbekommen. Sie wusste jetzt, dass ihr Vater tot war. Und dass er in diesem Haus gestorben war. Umgebracht von zwei Typen, weil er anscheinend entdeckt oder sonst wie mitbekommen hatte, dass sie hier Gold gebunkert hatten, so wie sie es durch das angelehnte Fenster verstanden hatte.

Ihr Vater, den sie als fürsorglichen Menschen in Erinnerung hatte, der immer so toll mit ihr gespielt hatte, als sie ein kleines Mädchen war, sollte ein Irrer gewesen sein, der auf jemanden mit dem Messer losgehen wollte? Es konnte nicht sein, und sie würde die Wahrheit herausfinden.

Und sie war entschlossen, seinen Tod zu rächen. Sie wusste jetzt, wer einer dieser Mörder war. Sie hatte sich sein Gesicht und seine Statur eingeprägt, und sie würde ihn unter Tausend anderen wiedererkennen.

Jedenfalls konnte sie nicht in diesem Haus bleiben, in dem womöglich der Geist ihres grausam getöteten Vaters umherging. Sie packte hastig ihren Rucksack, zog ihre Wanderschuhe wieder an und verließ fluchtartig das Haus.

*

Die Bahnschranken waren wieder einmal geschlossen, als er, von der Insel kommend, um die Kurve fuhr und an der roten Ampel neben dem alten Stellwerksgebäude halten musste. Er nutzte die unvermeidliche Wartezeit, um sich Notizen über den aktuellen Fall zu machen. Guntram Glattlinger nahm den Tablet-PC zur Hand, der auf dem Beifahrersitz lag. Eigentlich vermisste er sein gutes altes Notizbuch. Aber Kommissare, die Informationen und Fakten auf kleine, vom vielen Verstauen in der Jackentasche halb zerfledderte Notizblöcke kritzelten, waren für ihn inzwischen ein Relikt aus Vorabend-Krimiserien im Regionalfernsehen. Was er direkt ins Tablet tippte, musste er schon nicht mehr im Büro noch mal in den Computer übertragen.

Glattlinger öffnete das Programm und legte eine neue

digitale Akte an, die er »Hafendealer« betitelte. Ihm war klar, dass die Redaktion der »Lindauer Zeitung« ihm wegen dieser reißerischen Schlagzeile postwendend sein Büro stürmen würde, aber es passte einfach treffend zu diesem Mordfall. Die Kollegen von der Wasserschutzpolizei hatten an einem der Anlegeplätze für die Ausflugsschiffe die sterblichen Überreste von Bastian Grammler gefunden, einem erst 21-jährigen Drogendealer mit einem stattlichen Straftatenregister. Der Kerl hatte es immer wieder auf raffinierte Weise geschafft, in Österreich harte Drogen von Heroin bis Ecstasy zu beschaffen, diese über den See oder am See entlang nach Lindau zu schmuggeln und wieder abzutauchen. Jetzt war Bastian Grammler für immer abgetaucht, an Händen und Füßen gefesselt und von einer Schiffsschraube halb zerhackt.

Er bog mit seinem Peugeot 505 GTI auf den Parkplatz vor dem Präsidium ein. Auf dem Besucherparkplatz stand ein Alfa Giulietta, ein Modell aus den 1980er-Jahren, mit österreichischem Kennzeichen. Wohl auch ein Youngtimer-Fan, dachte Glattlinger, ohne zu ahnen, was ihn gleich erwartete.

Seine Bürotür stand offen. Patrizia gab ihm mit einer für sie typischen Geste mit einer dezenten Kopfbewegung und geweiteten Augen zu verstehen, dass ihn in seinem Büro Besuch erwartete.

Der korpulente ältere weißhaarige Mann kam ihm bekannt vor. Es war der österreichische Regierungsbeamte, der ihn damals vor 26 Jahren wegen des ausgebrannten Autos im Grenztunnel aufgesucht hatte. Der Mann muss doch bereits über 70 sein, dachte Glattlinger.

»Griesbacher, Ministerialrat außer Dienst – oder wie sollte ich vielleicht besser sagen, im außerdienstlichen

Dienst«, begrüßte ihn der Besucher, der gedehnt in österreichischem Dialekt sprach.

»Ich erinnere mich dunkel, dass wir schon einmal miteinander zu tun hatten«, sagte Glattlinger höflich distanziert mit dem, dem Alter und dem Status gegenüber, gebotenen Respekt und setzte sich mit an den Besuchertisch. »Ich nehme an, der Alfa ist Ihr Wagen?«

»Nun, es ist zum einen einfach eine Leidenschaft für schöne italienische Autos, und der Alfa liegt mir wegen der Erinnerung an meine Frau am Herzen«, sagte der Österreicher gemächlich.

»Das … tut mir leid. Aber es scheint, als hätten wir in Bezug auf Autos der 80er-Jahre etwas gemeinsam«, meinte Glattlinger und erzählte von seinem fast 30 Jahre alten Franzosen. Damit war das Eis zwischen ihnen gebrochen.

Griesbacher reckte sich, schob mit der Hand eine Strähne seines dichten weißen Haarschopfes zurecht und wechselte in eine aufrechte Sitzhaltung. »Werter Herr Glattlinger, der Grund meines Besuches ist, nun ja, zum einen in der Vergangenheit begründet, und es gibt da offensichtliche Verbindungen eines früheren Falles mit einem aktuellen Ereignis, bei dem ein bestimmter Name vorkommt«, sprach der Österreicher umständlich und gedehnt, was Glattlingers Geduld auf die Probe stellte.

»Ich denke, Sie sprechen von dem ausgebrannten Wagen im Tunnel mit dem Gasflaschen-Sprengsatz. Der Fall wurde damals in Abstimmung mit Ihren Polizeibehörden eingestellt, weil Ihre Landesregierung mögliche Spekulationen in den Medien über einen möglicherweise versuchten Terroranschlag verhindern wollte. Zu diesem Zeitpunkt wussten wir zumindest, dass der Wagen einer Baufirma aus dem Kreis Lindau gehörte und dass er im Tunnel von einem anderen Fahrzeug gerammt wurde. Ausschließen konnte man auch, dass der Fahrer ein Firmenangehöriger war. Meine Vermutungen gingen damals in die Richtung, dass der ›Fahrer‹ möglicherweise bereits nicht mehr am Leben war und jemand auf diese Weise eine Leiche beseitigen wollte.«

Griesbacher nickte bedächtig. »Es geht in der Tat um diesen Fall, werter Herr Glattlinger, aber weniger um dessen Aufklärung willen. Was mich zu Ihnen führt, ist der Bau dieses Wasserkraftwerks hier in unmittelbarer Nähe zur Landesgrenze.«

Guntram Glattlinger hob überrascht seine kräftigen dunklen Augenbrauen und lehnte sich in Erwartung von Griesbachers weiteren Ausführungen mit verschränkten Armen zurück.

»Unser halbstaatliches Energieversorgungsunternehmen, die ›Vereinigten Vorarlberger Kraftwerke‹, kurz ›VVK‹, blickt mit großem Argwohn über die Grenze, weil der süddeutsche Raum der Hauptabnehmer für den Strom ist, den wir mit unseren Wasserkraftwerken produzieren. Mit dem Kraftwerksbau auf deutscher Seite fällt damit natürlich ein Teil der Abnahmemengen weg, sobald, wie man mir gesagt hat, die Stromlieferverträge auslaufen oder neu verhandelt werden müssten. Die Leitung der ›VVK‹ fragt sich natürlich, wie der Bau des Stausees zustande kommen konnte, ohne dass die Landesregierung vorher davon überhaupt Kenntnis erhielt. Man wusste zwar von den damaligen Plänen, aber nicht davon, dass dieses Vorhaben fast 30 Jahre später dann doch realisiert werden würde. Und nun, werter Herr Glattlinger, rückt an dieser Stelle der Name Leibacher ins Licht. Die Baufirma ›Leibacher‹ ist mit am Bau der Staumauer beteiligt. Es scheint, was diese Baufirma im

Allgemeinen und die Person Alois Leibacher im Speziellen betrifft, einen Zusammenhang zu geben. Es hatte damals, als es im deutsch-österreichischen Grenzgebiet Demonstrationen gegen den Stauseebau gegeben hatte, ein österreichischer Fernsehsender darüber berichtet. In dieser Nachrichtensendung war dieser Alois Leibacher eine Schlüsselfigur. Einige Wochen später geschah dieser Tunnelunfall. Und wie meine Nachforschungen zwischenzeitlich ergeben haben, ist damals dieser Alois Leibacher von der Bildfläche verschwunden. Es wäre denkbar, dass er aufgrund dieser Bloßstellung in den Medien auf recht spektakuläre Weise – mit einem explodierenden Auto im Tunnel – aus dem Leben scheiden wollte.«

»Bis hierher deckt sich dies weitgehend mit dem Stand der Ermittlungen, bis der Fall eingestellt wurde. Warum er sich dafür ausgerechnet den Tunnel an der Grenze bei Lindau ausgesucht hat, erscheint mir nicht plausibel für einen Selbstmord. Und was das mit dem Stauseebau zu tun haben soll, erschließt sich mir noch nicht ganz«, warf Glattlinger dazwischen.

»Unsere Nachforschungen haben noch einen weiteren Aspekt zutage gefördert. Alois Leibacher hat im Montafon ein Ferienhaus besessen. Dieses Ferienhaus, eine komfortablere Berghütte, liegt etwas abseits, sodass sie nicht mit einem Auto erreichbar ist. Leibacher hatte damals für den restlichen Kilometer ab dem Ende der Fahrstraße die Baugenehmigung für eine befestigte Zufahrtsstraße beantragt. Nachdem man ihm dies verweigert hatte, wollte er eine Genehmigung dafür erwirken, dass er die Zufahrt mit seiner eigenen Tief- und Straßenbaufirma herstellt. Als auch dieser Antrag wieder abgelehnt wurde, muss er wohl auf Rache gesonnen haben.«

»Weshalb unser Kandidat mit einem explodierenden Auto den Tunnel einstürzen lassen wollte?«

»Was zumindest als Motiv nicht ganz auszuschließen wäre.«

»Sehen Sie«, fuhr Griesbacher nach einer kurzen Pause fort, »die Landesregierung hat verständlicherweise kein Interesse daran, gegenüber der ›VVK‹ eventuelle Versäumnisse oder Unkenntnis einräumen zu müssen. Also müssen die Namen derjenigen auf den Tisch, welche dem Stromkonzern ›Hellwatt‹ den Weg zum Bau des Kraftwerks geebnet haben. Das Ganze bewegt sich also auf höchster politischer Ebene. Im Endeffekt muss die Landesregierung einen Kopf präsentieren können. Auch bei der ›VVK‹ weiß man, dass damals dieser Leibacher eine Schlüsselfigur war. Heute baut diese Baufirma an der Staumauer mit.«

»Verstehe. Sie gehen in Österreich davon aus, dass Leibacher nicht ums Leben gekommen ist, sondern damals untergetaucht ist und heute von wo auch immer seine Baufirma führt.« Glattlinger stand von seinem Stuhl auf, atmete tief durch und lehnte sich mit verschränkten Armen an die Schreibtischkante. »Das heißt, wir sollen diesen Leibacher aufspüren und ihm einen versuchten Terroranschlag – und einen Mord dazu – nachweisen, damit Ihre Landesregierung gegenüber der ›VVK‹ darstellen kann, dass es beim Bau des Steighorn-Kraftwerks nicht mit rechten Dingen zugeht, weil sozusagen ein Staatsfeind seine Finger maßgeblich mit im Spiel hat.«

Konrad Griesbacher faltete seine Hände und setzte einen treuen, von Dankbarkeit erfüllten Blick auf. »Ich bewundere Ihren außerordentlichen Scharfsinn, werter Herr Glattlinger. – Nun, da ich im Geheimauftrag der Vorarlberger Landesregierung agiere, würde ich Sie gerne bitten, mich über den Verlauf Ihrer Ermittlungen – und hoffentlich über Ihre geschätzten Erfolge – per E-Mail an meine private Adresse auf dem Laufenden zu halten«, schloss der weißhaarige Ministerialrat a. D. und schrieb seine Adresse auf einen herausgerissenen Zettel aus seinem Terminplanbuch.

*

++ September 2012 ++

Über seinem Kopf schwebte eine Ladung rostiger Baustahlmatten, als sein Smartphone mit dem Hardrock-Intro von »Highway to Hell« einen Anruf ankündigte und das Bild einer blonden Frau auf dem Display zu sehen war. Der Kran schwenkte die tonnenschwere Last mit einer Rechtsdrehung in Richtung des Baustellengeländes, wo Bauarbeiter gerade die Abwasser-Grundleitungen in die Bodenplatte für das Sporthotel verlegten.

Er stand mit seinen Baustellen-Gummistiefeln in einer Pfütze und nahm den Anruf an. »Das wär hier mal ein richtig anspruchsvolles Projekt für dich, Frau Diplom-Architektin«, sprach er mit süffisantem Unterton in das Mobiltelefon und wusste genau, welche Reaktion er damit provozierte.

»Lass mich bloß mit deinen dreckigen Baustellen in Ruhe!«, kam die Stimme von Carola zurück. Ihr Anruf passte ihm gerade ohnehin nicht, weil in zehn Minuten der Jour-fixe im Baucontainer begann.

»Ich gratuliere zu deinem Aufstieg in der Firma ›Leibacher‹, Mister Bill. Mein Dad hat mir lang und breit erzählt, was er da für einen überaus tüchtigen und einsatzwilligen stellvertretenden Projektleiter hat, dem er jetzt sogar die Prokura überträgt. Bloß damit er mir wieder reinwürgen kann, dass ich für diesen Job nicht tauge.« Bill blickte auf den Lastwagenverkehr auf der Baustraße zur Staumauer-Baustelle und wusste in diesem Moment Carolas Feststellung nichts entgegenzusetzen. Es kam schlicht der Wahrheit am nächsten.

Bevor er etwas erwidern konnte, begann sie wieder einmal, eine ihrer Tiraden herunterzurasseln, die anfallsartig aus ihr herausbrachen. »Also zuallererst mal habe ich, Carola Leibacher, darüber mitzubestimmen, was mit der Firma läuft. Und ich habe mit die Verantwortung dafür, dass das Geld in der Familie bleibt. Und du wirst jetzt dafür sorgen, dass ich endlich die Vollmacht über das Firmenkonto bei der Liechtensteiner Bank bekomme.«

Auf der Baustelle kreischte ein Trennschleifer, mit dem ein Arbeiter eine Baustahlmatte funkensprühend durchtrennte. Carola vernahm den Hintergrundlärm, während sie auf der Dachterrasse ihrer Penthousewohnung saß und ihren Latte Macchiato umrührte, neben dem das Schreiben ihres Vermieters über die drohende Kündigung wegen ausstehender Zahlungen der monatliche Miete lag.

»Hast du mich verstanden?«, bellte ihre Stimme schrill aus dem Smartphone-Gehäuse in seinen Gehörgang. Wilfried Grätner reichte es jetzt. »Weißt du, was du mich mal kannst? Wenn du an die Firmenkonten willst, dann geh gefälligst selbst zu deinem Daddy.«

»Carola und Verantwortung, dass ich nicht lache«, murmelte er verärgert vor sich hin. Er hatte kaum auf die rote Beenden-Schaltfläche getippt, als das Bild einer rothaarigen Frau auf dem Display erschien, die ihm eine SMS-Nachricht gesendet hatte. Vor einem Monat war er Sybille erstmals im Baustellen-Bürocontainer begegnet, und sie hatte ihm mit ihrem feurigen Rotschopf und ihren blaugrauen

Augen den Kopf verdreht. Die Liaison mit der geldgierigen und lebensunfähigen Carola, die stets anderen auf der Tasche lag, war ab diesem Moment ohnehin Geschichte.

»Hi, mein Lieber, hab hier im Tal 'ne Panne und muss 15 Uhr im Baucontainer zum Meeting sein. Komm mich bitte abholen, damit ich nicht als Letzte da reinlaufe und die Herren gleich wieder was zum Lästern haben :-* Bille«

Bill tippte schnell »bin unterwegs« ein und lief zu dem roten Subaru Kombi, den die Projektleiter in der Firma für Baustellenfahrten nutzten. In Rallye-Fahrweise jagte er den allradgetriebenen Wagen die Baustraße hinunter und kurvte mit kontrolliertem Drift in die scharfe Kehre zur talwärts führenden Schotterstraße. In der Kurve stand ein dunkelhaariger Mann mit auffallend kräftigen Augenbrauen, dessen Hände in den Taschen einer olivgrünen Parkajacke steckten. Im Vorbeifahren begegneten sich die Blicke der beiden wie in Zeitlupe. Es war der Kommissar, der ihn vor einigen Wochen nach der »Mission« auf der Kurhotel-Baustelle verhört hatte.

Guntram Glattlinger stand neben einem abgestellten Radlader, dessen Räder ihn im Durchmesser um eine Armlänge überragten. Er wollte sich einen Eindruck von dem Bauprojekt verschaffen, ehe er seinen Vorgesetzten und der Staatsanwaltschaft beibringen müsste, worin sein Kommissariat gerade verwickelt zu werden drohte. Sollte er ihnen gegenüber von einer sich anbahnenden Staatsaffäre sprechen? Das schien ihm zu hoch gegriffen, und er fürchtete, sich damit vor der Staatsanwaltschaft zu blamieren.

Er suchte nach einer plausiblen Rechtfertigung dafür, dass man einen 26 Jahre zurückliegenden Fall wieder ausgraben musste. Aber gegen diesen Alois Leibacher hatte er nichts in der Hand. Glattlinger begann, die juristischen Anhaltspunkte zu durchdenken. Ein Autounfall im Tunnel, mit der Folge von zeitweisen Verkehrsbehinderungen und notwendigen Instandsetzungsarbeiten? Nicht mehr als ein Fall für die Verkehrspolizei und verursachte Sachbeschädigung an öffentlichen Verkehrswegen. Das Land verlassen, um unterzutauchen? Solange dadurch niemand betrogen oder geschädigt und derjenige nicht als vermisst gemeldet wurde, bestand kein Anlass zu einer strafrechtlichen Verfolgung.

Es muss schon ein Mordfall vorliegen, dachte er, als in diesem Moment dieser Grätner den roten Subaru vor dem Büro-Baucontainer parkte und auf der Beifahrerseite eine Frau mit einer roten Lockenmähne ausstieg. Vielleicht musste er ihn doch noch näher durchleuchten. Er hatte sich nach dem Verhör ein Bild von ihm gemacht, und Wilfried Grätner war bei der Polizei aktenkundig, allerdings ausschließlich mit harmloseren Verkehrsdelikten. Der Mann hatte, wie er herausgefunden hatte, bei ›Leibacher‹ eine Lehre als Betonbauer absolviert und sich danach als Stuntman betätigt, bis es bei Dreharbeiten einen Unfall mit Todesfolge gegeben hatte, wofür ihm eine Teilschuld zugesprochen wurde.

Von der Sporthotel-Baustelle fuhr ein verbeulter roter VW-Transporter der Firma »Leibacher« die Baustraße herunter.

Rote Haare. Baufirma »Leibacher«. Roter VW-Transporter. Guntram Glattlinger drehte sich zu dem Radlader um und pochte mit nach oben gerecktem Unterarm gegen den mächtigen Gummireifen, als würde er an eine riesige massive Tür klopfen. Warum war ihm das nicht früher wieder eingefallen?

Er hatte damals 1986 in der Fahrzeughalle der Firma »Leibacher« ein kleines Büschel roter Haare im Laderaum eines VW-Transporters gefunden, woraus sich aber nach dem damaligen Stand der Ermittlungen noch kein plausibler Zusammenhang hätte ableiten lassen. Beim bundesweiten polizeilichen Vermisstenregister hatte er eine Liste aller rothaarigen Personen angefordert, die als vermisst gemeldet waren. Der einzige brauchbare Anhaltspunkt wäre ein Mann aus Düsseldorf gewesen, der bei einem Stromkonzern beschäftigt war. In diesem Augenblick, 26 Jahre danach, fragte er sich, ob er damals hätte beharrlicher sein müssen oder noch zu unerfahren gewesen war, um sich gegen die Einstellung der Ermittlungen zu stellen.

Die damaligen Pläne für den Stausee lagen nach Griesbachers Schilderung ebenso 26 Jahre zurück. Sollte der Tote aus Düsseldorf ein Mitarbeiter von »Hellwatt« gewesen sein, war ein Zusammenhang nicht auszuschließen. War er möglicherweise jemand gewesen, der Leibachers Pläne durchkreuzt hatte und deshalb sein Opfer geworden war? War der rothaarige Mann am Ende die bis zur Unkenntlichkeit verbrannte Leiche aus dem Wagen vom damaligen Tunnelunfall gewesen?

Während Guntram Glattlinger darüber sinnierte, betrachtete er das Baustellengelände, auf dem schon bald eine mächtige Staumauer in die Höhe wachsen würde. Bereits vor dem Baubeginn hatte das Projekt mit dem »Hellwatt«-Manager Franz-Werner Birnfass ein erstes Todesopfer gefordert. Im vergangenen Monat war der ehemalige Landwirt Josef Korschacher im Bereich der Zufahrtsstraße zum Baugelände, wo er sich unbefugterweise und wohl aus Neugier aufgehalten hatte, durch einen Unfall ums Leben gekommen.

Er zückte sein Smartphone aus der Brusttasche seiner olivgrünen Parkajacke. Seine Mailbox hatte schon zum fünften Mal den Anruf von Kollegin Patrizia aus dem Präsidium gemeldet. In dem Baustellenlärm hatte er den ohnehin zu leisen Klingelton nicht gehört. Glattlinger lief zu dem schwarzen X3, der dem Kommissariat als ziviles Einsatzfahrzeug zur Verfügung stand, setzte sich hinter das Steuer und rief Patrizia zurück.

»Hast du dei Händi wieder mal net eing'schalt'n g'habt?«, kam postwendend die Rüge von ihr.

»Ich gehöre nicht zu der Generation, die man für das biometrische Passfoto mit dem Smartphone vor der Nase fotografieren muss, weil sie es niemals aus der Hand legen. Was liegt an, Patti?«

»In dem alten Lagerschuppen beim Inselbahnhof ham's an ermordeten Bordellbesitzer g'funden. Eine von seine' Damen hat bericht', dass er gestern Besuch von Kuttenträgern aus dem Rockermilieu g'habt hat.«

»Verflucht noch mal, ich habe immer gedacht, wir sind im lauschigen Lindau und nicht in St. Pauli.«

»Tja, in ›Klein Schwabing‹ gibt's hinter dem Baumarkt noch ein paar andere Sachen«, meinte Patrizia und setzte hinterher, dass er sich beeilen sollte, solange die Kollegen von der Spurensicherung noch vor Ort waren.

Er musste noch warten, bis ein entgegenkommender Kipplaster sich mit hoch drehendem Motor die steile Baustraße hinaufgearbeitet hatte, bevor er zurück nach Lindau fahren konnte. Guntram Glattlinger hielt sich am Lenkrad fest und war ratlos. Er wusste immer noch nicht, wie er die Staatsanwaltschaft davon überzeugen sollte, dass er diesen Alois Leibacher aufspüren musste.

Der Baulärm war einer beinahe gespenstischen Stille gewichen. Wie ein nach einer Naturkatastrophe verlassener Ort mitten in einer Steinwüste lag die Staumauer-Baustelle da, bewacht vom steil aufragenden Gipfel des Steighorns, der jetzt um kurz vor 17 Uhr nachmittags seinen Schatten über das Baugelände warf. Der Wind wehte an diesem leicht bedeckten Spätsommertag von der talwärts führenden Baustraße herauf und fegte den Staub über die abgestellten Lastwagen und Baumaschinen.

Das wöchentliche Meeting im Baubürocontainer war beendet. Die Bauleitung und die Fachingenieure rollten in ihren Autos die Baustraße hinunter; die Bauarbeiter hatten bereits vor einer halben Stunde ihre Baumaschinen abgestellt und ihre Werkzeuge in die Baucontainer geräumt.

Bill Grätner und Sybille Breitstein standen nun als die einzigen Personen mitten auf dem verlassenen Gelände und blickten nach oben, wo einmal das Sporthotel auf gleicher Höhe mit der Krone der Staumauer stehen würde. Sie drehte sich zu ihm, sah ihn mit ihren blaugrauen Augen an und legte ihre schlanken Arme um seinen Hals. »Das wird hier bald mein Reich sein«, sagte sie mit beschwörendem Blick. »Wenn das Kraftwerk in Betrieb geht, hab ich das hier als ›Maintenance Services Manager‹ für Betrieb und Instandhaltung unter mir.«

»Und ich übernehme als vormaliger stellvertretender Projektleiter im Sporthotel die Position als ›Facility Management Executive Officer‹«, scherzte Bill über seine künftige Stellung als Hausverwalter und nahm einen Bauplan aus seiner Aktentasche, den ihm der Wind beim Auffalten fast aus den Händen riss. »Hier im Westteil liegt im Dachgeschoss die Wohnung für den Gebäudeverwalter«, zeigte er auf der Bauzeichnung. »140 Quadratmeter Maisonette-Wohnung, mit Blick auf den Stausee und mit zwei Bädern!«

»Bad Nummer eins ist meins«, sagte Sybille mit einem unwiderstehlichen Augenaufschlag. Es überraschte ihn, dass sie offenbar bei ihm einziehen wollte.

Sie checkte auf ihrem Smartphone die Wettervorhersage für das bevorstehende Wochenende. Das Display zeigte orangegelbe Sonnen-Symbole mit Wölkchen. »Was hältst du von einem schönen Bergwochenende im Montafon? Ich war da mal als kleines Mädchen mit meinem Vater in Urlaub.«

»Prima Idee. Ich kann uns fürs Wochenende ein nettes Ferienhaus organisieren. Liegt ein bisschen abseits auf ungefähr 1.200 Metern. Da sind wir ganz sicher ungestört«, flüsterte ihr Bill ins Ohr, obwohl sie alleine waren.

»Dann organisier das mal«, sagte sie und kniff ihm dabei sanft in die Wange.

Wenn du wüsstest, dass ich das Ferienhaus kenne, dachte sie. Und wenn du wüsstest, dass ich weiß, was du dort damals mit wem auch immer zusammen mit meinem Vater gemacht hast. In Gedanken sah sie Bill vor sich, wie er mit einem Strick um den Hals nach Luft röchelte und sie ihn dabei mit den spitzen Absätzen ihrer Schuhe traktierte.

»Lass uns jetzt ins Tal runterfahren und etwas essen gehen«, schlug er vor. Sie lächelte ihn an und nickte. Bill Grätner hatte für einen Sekundenbruchteil das Gefühl, in ihrer Mimik irgendetwas Heimtückisches aufblitzen zu sehen, dachte sich aber weiter nichts dabei und öffnete ihr die Beifahrertür.

Sie steckte ihr Smartphone in ihre große Handtasche, in der auch die Mappe mit den Detailplänen für die Wartungsgänge in der Staumauer lag. Die Gänge würden wie eine Tunnelröhre längs durch das untere Drittel der Staumauer führen, damit man von dort Wartungsarbeiten und Kontrollgänge durchführen konnte. Von einem der Detailpläne für die Wartungsgänge hatte sie einen Ausschnitt kopiert und darauf eine rechteckige Kammer mit rotem Textmarker eingerahmt.

Sie saß schweigend und leicht verkrampft auf dem Beifahrersitz, als Bill den Subaru über die Baustraße ins Tal steuerte.

In der Mauer habe ich für dich ein hübsches Plätzchen eingeplant, dachte sie, als sie in dem kleinen Spiegel in der Sonnenblende ihre Frisur kontrollierte.

Zugleich wurde ihr bewusst, dass sie in einen Zwiespalt geraten war. Sie fühlte sich wie in einer dieser Felsspalten eingeklemmt, die ihrer Vorstellung nach in den Bergen existierten, und fragte sich, wie zum Teufel sie sich in einen der Mörder ihres Vaters verlieben konnte.

»Fahr mich bitte zu dem Supermarkt-Parkplatz, wo ich heute Mittag meinen Fiesta hingestellt habe, als auf einmal der Reifen platt war. Ich muss mich noch drum kümmern, dass das Auto in die Werkstatt kommt. Das mit dem Essengehen machen wir am Wochenende«, beeilte sie sich zu sagen, kurz bevor er vor dem Restaurant mit dem großen Kastanienbaum im Biergarten auf den Parkplatz eingebogen wäre.

»Wieso Werkstatt? Das Rad hab ich dir ruck-zuck gewechselt«, sagte Bill mit fragendem Blick.

»Ich habe kein Reserverad. Und außerdem muss ich ins Hotel, weil ich noch heute Abend eine E-Mail an meinen Boss in Düsseldorf mit dem Bericht über die Punkte schreiben muss, die man heute im Baubüro besprochen hat«, log sie.

»Dann bringe ich dich zum Hotel und geb dir später Bescheid, in welcher Werkstatt du morgen dein Auto abholen kannst«, sagte Bill Grätner.

»Einverstanden«, gab sie zurück. Sie hatte ihn für heute einfach loshaben wollen.

KAPITEL III

++ August 2013 ++

Die Spitze seines Teleskop-Wanderstocks bohrte sich im Rhythmus seiner langsamen Schritte knirschend in den gekiesten Wanderpfad. Er sog die frische Bergluft dieses Spätsommermorgens ein. Von einer Weide war das Läuten von Kuhglocken zu hören. Über den Wiesen vor den Waldrändern der Berghänge schwebten leichte Nebelschwaden, die ein Zeichen dafür waren, dass der Spätsommer im Allgäu bald in den Frühherbst übergehen würde.

Der Weg führte über einen Höhenrücken in Richtung der Bergkette, in deren Mitte der Gipfel des Steighorns den höchsten Punkt markierte. Seine Wanderung hatte er von einem hochgelegenen Wanderparkplatz aus begonnen, der auf der österreichischen Seite lag. Die Vormittagssonne schien gerade über den Bergmassiven von Hoher Ifen und Widderstein, als er in nordöstlicher Richtung unterwegs war, wo jetzt rechts von ihm die grünen Hügel in eine felsige Berglandschaft übergingen, die man als Gratwanderung der Länge nach bis zum Alpsee überqueren konnte.

Gottfried Monschkopf verschnaufte an einem Wegweiser, der in der abzweigenden Richtung mit einer blau-weißen Markierung und dem Hinweis ›Nur für Geübte‹ den Weg über den Grat zum Steighorn wies. Eine kleine Gruppe von sonnengebräunten, sportlichen Wanderern, die offenbar schon in aller Frühe losgelaufen und bereits wieder auf dem Rückweg waren, kam von diesem Pfad herunter. Sie orientierten sich kurz an dem Wegweiser. Einer von ihnen zeigte mit seinem Wanderstock in dieselbe Richtung, in der er auch unterwegs war, und schlug seinen Kameraden eine Einkehr auf einer Hütte vor. Die anderen stimmten ihrem Kameraden einhellig zu, und kurz darauf war die sportliche Gruppe bereits hinter der nächsten Kuppe verschwunden. Er blieb in derselben Richtung auf dem leichten Wanderpfad mit der gelb-weißen Markierung, welcher zu der bewirtschafteten Hütte führte.

In etwa 20 Metern Entfernung sah er an einem rostigen Pfahl ein verwittertes Schild, das am Wegrand mitten in der Landschaft die Landesgrenze zwischen Österreich und Deutschland markierte. In einer guten halben Stunde würde er das Gebiet vor dem Steighorn erreicht haben, wo gerade die Staumauer für das Wasserkraftwerk gebaut wurde. Er konnte es noch immer nicht recht fassen, dass mitten in einer unberührten Voralpenlandschaft nun doch der Stausee entstehen sollte, der vor fast 30 Jahren während der Anfänge der »Grünen« und der damaligen Alternativbewegung erfolgreich verhindert worden war.

Von der sportlichen Wandergruppe animiert, beschleunigte Monschkopf seinen Gang. Ein Jahr zuvor war er für einige Wochen in Kur gewesen. Dort und in der Zeit danach hatte er 20 Kilogramm abgenommen und war damit endlich etwas beweglicher, nachdem ihn zuvor sein Hausarzt eindringlich vor drohendem Diabetes gewarnt hatte.

Während des Kuraufenthalts hatte er beschlossen, sich einer regionalen Landesgruppe des Naturschutzbundes anzuschließen, nachdem eine politische Karriere bei den »Grünen« erfolglos geblieben war. Bei der Landesgruppe konnte er all das Wissen mit einbringen, das er sich über den Bau des Wasserkraftwerks und die damit verbundenen Folgen für die Natur, die unter den Wassermassen verschwinden würde, angeeignet hatte.

Inzwischen war er bei dieser Landesgruppe des Naturschutzbundes sogar Presse-Ansprechpartner für die regionalen Zeitungen wie auch für die Fernseh- und Radiosender. Damals, 1986, nach der Demonstration gegen das Stauseeprojekt, hatte er zum ersten Mal eine Begegnung mit einer TV-Redakteurin vom ORF gehabt, wo er völlig unbeholfen und aufgeregt irgendetwas zusammengestammelt hatte. Knapp 30 Jahre später wusste er, wie man richtig mit Medienvertretern arbeitete und diese Kanäle gezielt nutzen konnte, um die Interessen und Aktivitäten des Naturschutzbundes an die Öffentlichkeit zu kommunizieren.

Für einen regionalen TV-Sender hatte er im vergangenen Monat ein Interview gegeben, nachdem die Landesgruppe eine Pressemitteilung über das zu erwartende höhere Verkehrsaufkommen und die daraus entstehenden Belastungen für die Umwelt um das Steighorn herausgegeben hatte. Das Thema hatte er im Sommer des letzten Jahres bei einer Informationsveranstaltung des Stromkonzerns »Hellwatt« aufgeschnappt, als er dort im Bierzelt zufällig das Gespräch zwischen zwei Männern mitbekommen hatte, die offenbar im Gebiet um das Steighorn und den Stausee mit Tourismus und Verkehr zu tun haben mussten.

Das Ziel seiner Wanderung an diesem Freitagvormittag war nicht nur die Staumauer-Baustelle, sondern auch die Baustelle des Hotels, das auf Höhe der Staumauerkrone entstehen sollte. Bei der »Hellwatt«-Informationsveranstaltung im vergangenen Jahr hatte er diesen Hinweis auf einer Schautafel entdeckt. Die Grafik für die Schautafel war offenbar direkt von einer Architektur-Planzeichnung übernommen worden, und darauf war das neben der Staumauer im maßstäblichen Verhältnis winzige Gebäude des Hotels nur für sehr aufmerksame Betrachter zu erkennen gewesen.

In keinem einzigen Medienbericht war bislang der Bau eines großen Sporthotels in unmittelbarer Nähe des Stausees erwähnt worden. Monschkopf vermutete, dass dies bewusst vor der Öffentlichkeit zurückgehalten wurde – und bei der Einweihung des Wasserkraftwerks würde dann aus der Perspektive der öffentlichen Wahrnehmung dort einfach auch ein Hotel stehen.

Gottfried Monschkopf wollte jetzt genau wissen, was es mit dem Hotelbau auf sich hatte. Es durfte aus seiner Sicht nicht sein, dass zusätzlich zu dem ohnehin gravierenden Eingriff in eine schützenswerte Natur auch noch täglich Hunderte von Urlaubern mit ihren dicken SUV-Autos dort umherfuhren.

Und vielleicht wäre es noch nicht zu spät, gegen den Bau des Hotels eine medienwirksame Kampagne zu starten. Er sah sich in seiner Vorstellung bereits wieder als Interviewgeber, dem die Journalisten aller TV-Nachrichtensender ihre Mikrofone vor die Nase hielten.

Geräusche von Baumaschinen drangen an sein Ohr. Der Wanderweg führte aus einem Waldstück heraus auf eine Weide, die steil abfiel, und der Pfad ging in eine vom Regen ausgewaschene tiefe Furche über. Monschkopf stützte sich beim Bergabgehen auf den Wanderstock. Er erreichte nach weiteren 50 Metern eine Wegabzweigung und folgte dem Pfad über eine Kuppe. Dann lag das ganze Stausee-Baugelände vor ihm.

Es war zu spät. Auf dem Dach der Hotelbaustelle arbeiteten gerade die Dachdecker und Bauspengler Hand in Hand, um die Dachkonstruktion zu schließen. Auf einem tiefergelegenen Teil des Baustellengeländes schwenkte ein riesiger Kran ständig ein großes Betonfass hin und her, um es befüllen zu lassen und den Beton in den gigantischen Schalungsverbau für die Staumauer zu entleeren.

»Dann ist das immer noch gut für eine Skandalgeschichte, die der Naturschutzbund aufgedeckt hat«, grummelte Gottfried Monschkopf vor sich hin, als er noch in einiger Entfernung von dem Baustellengelände stand, auf das er von oben heruntersehen konnte.

Er überlegte sich bereits eine Schlagzeile, wie er dies mediengerecht aufbereiten konnte:

›Doppelte Umweltbelastung – Zur Naturzerstörung durch Stausee auch noch erhöhtes Verkehrsaufkommen wegen Hotel‹

Monschkopf war vor allem gespannt, wer der Bauherr oder Investor des Hotels sein mochte. Ihn hatte bereits bei der »Hellwatt«-Informationsveranstaltung der Verdacht beschlichen, dass der Bauunternehmer Alois Leibacher dahinterstecken konnte. Im Kopf formulierte er deshalb gleich eine weitere Schlagzeile:

›Baulöwe errichtet Hotel am Steighorn-Stausee – Korruptionsverdacht bei der Baugenehmigung‹

Mit geschultem Blick als Bautechniker fixierte Gottfried Monschkopf den Rohbau des Hotels. Ihn hatte die Neugier gepackt, und er beschloss, sich das Bauprojekt auch von innen anzusehen. Auf einer Seite des Gebäudes konnte er eine Tiefgarageneinfahrt erkennen, die er vom Wanderpfad aus über das angrenzende Waldstück unauffällig würde erreichen können. Als Baufachmann wusste er, dass es von einer Tiefgarage auch immer eine Treppenhaus-Verbindung in das Gebäude gab. Über diesen Weg würde er sich in den Rohbau schleichen.

Der Weg führte bergab entlang eines Waldrandes. Er kam an einem Bildstock mit einer Marienfigur vorbei, an dem jemand ein frisches kleines Wiesenblumensträußchen in eine Vase gesteckt und eine Grabkerze angezündet hatte. Monschkopf setzte seinen Wanderrucksack ab, nahm seine kleine Digitalkamera heraus und versteckte den Rucksack hinter dem Bildstock. So würde er sich auf der Baustelle ungehinderter bewegen können. Und auch unauffälliger.

Um einen Plantisch aus zusammengezimmerten Schaltafeln standen acht Männer herum, die sich zu einer Baubesprechung versammelt hatten. Ihr Besprechungsraum im Rohbau war dort, wo später einmal die Rezeption, der Eingang zum Restaurantbereich und die Hotelbar sein würden. Die Männer machten sich Notizen über das, was besprochen wurde. In den Räumen hinter dem Rezeptionsbereich liefen ständig Männer in Monteuranzügen hin und her. Neben der Gruppe um den Plantisch standen Dutzende von Lüftungskanalteilen aus silbrig glänzendem Blech.

»Was liegt bei Sanitär an?«, fragte einer der Männer, der offenbar der Bauleiter war. Ein jüngerer Mann, dessen linke Hand stets in der Hosentasche steckte, setzte zu einer Rede an. »Es ist so, dass die im Leistungsverzeichnis vorgesehenen zwölf Solarkollektoren für die Warmwasserbereitung zu wenig sind, Herr Brander. Der Fachplaner hätte berücksichtigen müssen, dass man bei einem Hotel von einer höheren Gleichzeitigkeit ausgehen muss. Wenn Ihre Gäste alle zwischen fünf und sechs Uhr am Abend duschen wollen, damit sie um halb sieben rechtzeitig beim Abendbuffet sind, brauchen wir doppelt so viele Kollektoren und einen entsprechend größeren Pufferspeicher«, erklärte der Installateurmeister wortreich und belehrend.

Gottfried Monschkopf stand hinter dem Türdurchgang zur Hotelbar und beobachtete die Szenerie. Der Mann in einer hellbraunen Wildlederjacke mit grünen Trachten-Applikationen, der etwa Ende 60 war und einen kurzgeschorenen grauen Haarkranz hatte, kam ihm bekannt vor. Dieser Mann regte sich gerade sichtlich auf, was er aus der Entfernung daran sehen konnte, dass sein Kopf rot wurde und an seinen Schläfen die Adern hervortraten. Der typische Choleriker, dachte Monschkopf.

»Das hätten Sie nachrechnen müssen, bevor Sie den Auftrag angenommen haben und sich jetzt hier mit Ihrem Fachwissen profilieren wollen. Das interessiert mich nicht, wie viel von diesen Solardingern man da braucht. Sie haben hier sicherzustellen, dass genügend warmes Wasser da ist. Und kommen Sie mir hier nicht mit Mehrkosten, sondern lesen Sie erst mal, was in Ihrem Bauvertrag steht«, wies Anton Brander den Installateurmeister verärgert zurecht. Die anderen umstehenden Männer zogen das Genick ein.

Monschkopf trat versehentlich an den Rand einer am Boden liegenden Schaltafel, die eine Bodenaussparung verdeckte und als Absturzsicherung dort ausgelegt war. Die Holztafel gab beim Verrutschen auf dem rauen Betonboden ein scharf kratzendes Geräusch von sich, das laut durch den Rohbau hallte. Die Blicke der acht Männer am Plantisch richteten sich auf einen Schlag auf ihn, nachdem durch die Kontroverse zwischen Bauherrn und Installateur für einen Moment eine betretene Stille herrschte.

Anton Brander erkannte den Mann mit dem Schnauzbart und dem rundlichen Gesicht sofort. Es war dieser damalige »Grünen«-Aktivist, der kürzlich im Regionalfernsehen in einem Interview als Vertreter einer Landesgruppe des Naturschutzbundes geäußert hatte, dass mit dem Stausee das Verkehrsaufkommen durch sonntägliche Tagesausflügler erheblich zunähme und dies zusätzlich zur Vernichtung natürlicher Lebensräume durch den Stauseebau eine weitere Umweltbelastung bedeuten würde.

Gottfried Monschkopf hatte das Gefühl, dass der Blick zwischen ihm und dem Mann in der Wildlederjacke für einige Sekunden wie schockgefroren war. Er erkannte in dem Mann zweifelsfrei Alois Leibacher, dem er vor fast 30 Jahren kurz und mehr oder weniger zufällig auf dem Lagergelände zwischen den Grundstücken der Baufirma »Leibacher« und dem Installationsbetrieb von Franz Britzler begegnet war.

*

Sie genoss das umliegende Bergpanorama und den lauen Sommerabend auf der Terrasse des kleinen Alpenhotels, während die Kellnerin in einem ausladenden Dirndl den Gästen alpenländische Spezialitäten servierte und nebenbei die Getränkebestellungen einer Gruppe von Wanderern aufnahm, die ihr durstig mit ihren leer getrunkenen Biergläsern winkten.

Es war ihr vorletzter Urlaubstag an diesem Ort, an den sie genau ein Jahr zuvor zum ersten Mal als erwachsene Frau zurückgekehrt war. Es fühlte sich für sie noch ungewohnt an, dass sie von ihrem künftigen Arbeitsort nur eine knappe Autostunde entfernt war. Sybille Breitstein saß auf einem Barhocker auf der ganz aus Holz gebauten Terrasse, die im Winter als Aprés-Ski-Bar diente.

Sie erinnerte sich an den entsetzlichen Moment, als sie vor einem Jahr in dem abgelegenen Berghaus zufällig ein Gespräch mitbekommen hatte, aus dem sie zweifelsfrei schließen konnte, dass ihr Vater 27 Jahre zuvor genau an diesem Ort umgebracht worden war. Gedankenverloren holte sie das Foto aus ihrer Handtasche hervor, das ihren Vater in den 1980er-Jahren auf einem Motorrad sitzend zeigte.

Der alte Mann in dem verwaschenen blauen Arbeitsanzug, der einige Barhocker weiter mit an der halbrunden Theke saß, bestellte noch einen weiteren doppelten Enzianschnaps. Er stützte sich mit dem linken Ellenbogen auf der massiven Holztheke auf und kratzte sich in seinem unrasierten zerfurchten Gesicht. Für einen Moment sah es aus, als würde er gleich an der Theke einschlafen, nachdem er offenbar bereits mehrere Schnäpse geleert hatte. Doch sein Blick schien plötzlich wieder hellwach, als ihm die Kellnerin das Schnapsglas mit den Worten »Zum Wohl, Schorsch« auf einem kleinen braunen Tablett servierte.

»Den hab i hier scho' mal g'sehn«, deutete Schorsch mit dem Zeigefinger seiner rechten Hand, die zugleich das Schnapsglas zwischen Daumen und Mittelfinger balancierte, in Richtung ihres Fotos. Sybille Breitstein fuhr zusammen. Er hatte dies mit einer Unbeirrtheit ausgesprochen, die sie erschreckte und zugleich beeindruckte. Sie fand den Alten mit seiner abgewetzten Arbeitsmontur und der speckigen Mütze irgendwie cool.

Sybille nahm das Foto zwischen Zeige- und Mittelfinger und wandte sich, lässig über die Theke gelehnt, dem alten Mann zu, der gerade das Schnapsglas an seiner Unterlippe ansetzte. »Und wissen Sie auch, wann Sie den hier schon mal gesehen haben?«, fragte sie, an Schorsch gewandt. Sie versuchte, die abgebrühte Ermittlerin zu spielen, so wie sie es schon öfter in Krimiserien gesehen hatte. Er trank das Schnapsglas in einem Zug leer und stellte es mit einer seelenruhigen, langsamen Bewegung auf dem Tablett ab.

Schorsch Brunntaler hatte ein diebisches Grinsen im Gesicht, und seine Augen ließen einen wachen Verstand erahnen. »Des is scho lang her«, sagte er und reckte dabei den krummen Zeigefinger seiner knochigen Hand in die Höhe. »Der is am gleichen Tag da g'wesen, wie der Leibacher Alois seine Goldbarren da drob'n in sei'm Berghaus bunkern wollt und g'meint hat, i merk des net. Dabei hab i genau g'sehn g'habt, wie der beim Umladen auf mein' Anhänger seine Goldbarren im Sonnenstrahl hat glitzern lass'n«, erzählte Schorsch und hob das Schnapsglas in die Höhe, um es in den Sonnenstrahlen der Abendsonne funkeln zu lassen.

Der Alte hat wohl doch ein paar Schnäpse zu viel, dachte Sybille Breitstein. Dann erinnerte sie sich an die Szene vor einem Jahr in diesem Berghaus und an den dunkelhaarigen Mann und die blonde Frau, die vor dem Haus in Streit geraten waren. Sie hatte mitbekommen, dass es um Gold ging, das nicht mehr da war. An der seltsamen Geschichte des Alten musste also doch etwas dran sein.

»Am gleichen Abend is' der Kompagnon vom Alois vom Berghaus runter'kommen, mit mei'm Traktor und Hänger, den wo sich der Alois von mir ausg'liehen g'habt hat«, erzählte der Alte weiter.

Schorsch beugte sich nach vorne über die Theke wie jemand, der im Begriff ist, ein gut gehütetes Geheimnis zu verraten. »Und auf dem Hänger is' der Rothaarige g'legen, eing'wickelt in a grüne Plastikplane, des woaß i no ganz genau. I glaub, den haben's da drob'n ...«, sagte Schorsch und machte dabei eine Geste mit der Hand an der Kehle. Sybille Breitstein spürte, wie das blanke Entsetzen ihren ganzen Körper durchfuhr. Ihr wurde schwindlig. Wie durch eine Wand hörte sie, wie dieser Schorsch weiter berichtete, dass der »Kompagnon« die Leiche in den Laderaum eines Transporters gewuchtet hätte und dann davongefahren sei. Dann sprang sie von dem Barhocker auf, rannte die wenigen Meter von der Terrasse bis zur Dorfstraße und übergab sich über einem Straßengully.

*

Er warf seine Aktentasche auf den Beifahrersitz seines roten Mercedes-Geländewagens, setzte sich schwungvoll auf den Ledersitz und holte sein Smartphone hervor, um Wilfried Grätner anzurufen. Sein engster Mitarbeiter und Mann für alle Fälle musste zwar auch irgendwo auf dem Baustellengelände sein, aber er war schließlich der Chef und brauchte nicht seinen Leuten hinterherzulaufen.

Anton Brander verharrte für einige Sekunden, den Blick scheinbar auf das Handy-Display gerichtet. Dann steckte er das Smartphone wieder in die Innentasche seiner Wildlederjacke zurück.

Er beschloss, sich selbst darum zu kümmern. Damals, als er zufällig an seine Adresse gekommen war, weil er vergessen hatte, den Durchschlag des Lieferscheinformulars für die Material-Rechnung an Gottfried Monschkopf in das Ablagefach der Buchhaltung zu legen, war er anschließend wohl nicht gründlich genug vorgegangen. Es hatte vor dessen Bauernhaus-Umbau zu einfach ausgesehen, an dem wie ein Rad abgestellten Beton-Schachtring das Kantholz zu entfernen, mit dem der Ring gegen Wegrollen gesichert war. Sofort hatte er sich darauf wieder aus dem Staub gemacht. Er war davon ausgegangen, dass der Beton-Schachtring genau auf Monschkopf zurollen würde, der gerade in einem Graben Abwasserleitungen verlegte. Aber entweder war der

Schachtring in die falsche Richtung gerollt oder hatte sich gar nicht erst in Bewegung gesetzt.

Dieser Gottfried Monschkopf war immer noch sein Widersacher und besaß auch noch die Unverfrorenheit, auf seiner Sporthotel-Baustelle herumzuschnüffeln. Sein Aufkreuzen konnte nur bedeuten, dass er in irgendeiner Weise versuchen wollte, ihn wieder öffentlich bloßzustellen – so wie er vor 27 Jahren dafür gesorgt hatte, dass das Fernsehen ihn als skrupellosen Umweltsünder und gerissenen Baulöwen darstellte.

Diesmal würde mit einem erneuten »Fernsehauftritt« womöglich auch noch offenbart werden, dass er, Alois Leibacher, unter einer anderen Identität lebte. Dann käme ans Licht, dass der Bauherr des Sporthotels, dessen Baugenehmigung zugegebenermaßen nicht ganz dem üblichen Verfahren entsprechend eingefädelt worden war, identisch war mit dem Tiefbauunternehmer, welcher vor knapp 30Jahren angeblich bei einem verheerenden Autounfall im Grenztunnel ums Leben gekommen war.

Er drehte den Zündschlüssel, und einer der Zeiger in der Armaturentafel wippte auf die Leerlaufdrehzahl. Anton Brander setzte den Geländewagen rückwärts um eine Vierteldrehung nach rechts zurück und hatte jetzt aus dem offenen Seitenfenster den Rohbau seines Sporthotels direkt vor Augen. Mit der rechten Hand am Schaltknauf und dem linken Ellenbogen auf die Tür gelehnt, verharrte er noch einen Moment und blickte, von Stolz erfüllt, auf das Bauwerk – sein Bauwerk, das sich mit großen Schritten der Fertigstellung näherte.

Sein Blick wanderte von den Fensteraussparungen und den auskragenden Betonbrüstungen für die Balkone hinauf zu der grünen Berglandschaft mit einem Wald im Hintergrund. Er bemerkte in diesem Moment, dass er dieses eigentlich schöne Landschaftsbild oberhalb der Baustelle bisher überhaupt noch nicht wahrgenommen hatte. Anton Brander ließ den Blick entlang des Waldrandes schweifen und sah, dass es dort oben einen Wanderweg gab, der oberhalb des Waldrandes in einen Fahrweg überging.

Er beschloss, bei Gelegenheit die Zufahrt zu diesem Weg ausfindig zu machen, damit er sein Sporthotel auch einmal von oben bewundern konnte. Brander ließ seinen Blick wandern, und er entdeckte dabei oben am Waldrand neben einem mächtigen Laubbaum ein Bildstöckchen mit einer Heiligenfigur. Hinter dem Bildstöckchen trat in diesem Moment ein Mann hervor, der einen hellgrünen Wanderrucksack auf den Rücken wuchtete und sich mit einem Wanderstock in Richtung des Fahrweges aufmachte. Es war dieser Monschkopf, den er gleich an seinem etwas schlurfenden Gang erkannte. Sein Öko-Widersacher hatte sich wohl zu Fuß über die umliegenden Bergwege angeschlichen. In Brander stieg sogleich wieder eine flammende Wut hoch.

*

++ September 2013 ++

In seinem Kopf kreiste ein Adler, der mit scharfem Blick über den Hügeln seiner Akten darauf lauerte, dass plötzlich irgendwo zwischen den Papieren die Maus hervorspitzelte, auf die er sich im senkrechten Flug stürzen konnte und die in ihrem Mauseloch eine heiße Spur verbarg. Guntram Glattlinger hatte das Gefühl, dass es in seinen Aktenbergen von Mäusen nur so wimmelte, aber sie in ihren vernetzten Höhlengängen kaum zu fassen waren. Überhaupt war Vernetzung das passende Stichwort, wie er fand. Die Mörder und Kapitalverbrecher am See und im Voralpenraum verstanden es offenbar, die Möglichkeiten moderner Kommunikationstechniken optimal für ihre Zwecke zu nutzen. Es war kein Problem, über Entfernungen und Landesgrenzen hinweg geheime Informationen auszutauschen. Sie benutzten quer durch die ganze Vier-Länder-Region – Deutschland, Österreich, Schweiz, Liechtenstein – einfach verschiedene E-Mail-Konten und mehrere Mobiltelefone von unterschiedlichen Anbietern, während seine Ermittlungsbehörde noch mit Telefaxgeräten arbeitete.

Seit Monaten hatte er sich nicht mehr bei dem pensionierten österreichischen Ministerialrat Konrad Griesbacher gemeldet, um ihn über den Stand der Ermittlungen im Fall Alois Leibacher zu informieren. Er war schlicht keinen einzigen Schritt vorangekommen. Nach wie vor beruhte dieser Fall nur auf Verdachtsmomenten, und er hoffte auch hier auf die Maus, die sich für einen kurzen Moment aus dem Loch wagte.

Glattlinger verfluchte diesen Tag schon am frühen Vormittag, als der Zeiger der großen runden Wanduhr im Flur mit einem lauten Klacken 9.30 Uhr schlug. Der regnerische, graue Septembertag drückte ihm noch zusätzlich auf die Stimmung. Kollegin Patrizia hatte ihn besorgt gefragt, ob er krank sei, weil er keinen Kaffee wollte. »Bring mir lieber einen Voodoo-Tee oder so was Ähnliches, damit die Mörder von selbst hier reinlaufen und ich bloß noch das Geständnis aufschreiben muss«, hatte er geantwortet, worauf sie ihn mit zusammengekniffenen Augenbrauen fragend angesehen hatte.

Er nahm die Akte mit dem Fall des ermordeten Schweizer Geschäftsmannes zur Hand, der mehrere Tage im Lindauer

Hafen tot auf dem Deck einer Jacht gelegen hatte, bis er eines Sonntags vom Besitzer des Bootes entdeckt wurde. Erste Spuren deuteten auf einen Geldanlagebetrug hin, weil in seinem Hotelzimmer unterzeichnete Vertragsunterlagen von deutschen Kunden lagen. Die Schweizer Kollegen machten ziemlichen Druck bei der Aufklärung, weil der Ermordete Angestellter eines namhaften Schweizer Finanzunternehmens war und offenbar auf eigene Rechnung gewirtschaftet hatte, weshalb der Ruf des Unternehmens auf dem Spiel stand. Ein befragter Anwohner wollte einige Tage zuvor in der Nähe der Jacht Stimmen von Männern vernommen haben, die nach dessen Erinnerung italienisch sprachen und in einem verschrammten älteren Mercedes mit Schweizer Kennzeichen eilig durch die schmalen Kopfsteinpflasterstraßen der Lindauer Insel davongerast waren.

Draußen im Flur schlug die schwere Durchgangstür zu, und er konnte durch die geöffnete Bürotür das blecherne Geräusch hören, das entstand, wenn jemand einen Regenschirm in den verbeulten Schirmständer stellte.

Im selben Moment klopfte Kollege Karsten Blonk an die Tür. »Du hast gerade die richtige Akte aufgeschlagen, Guntram. Diese Mercedes-Rostlaube haben die Kollegen in der italienischen Schweiz gestern Nachmittag bei Bellinzona gefunden und die beiden Schurken gleich mit dazu, als die gerade ihre Pizza verspeist haben. Einer von denen hat zugegeben, dass sie vor Kurzem in Lindau waren, und er hat auch gleich den Auftraggeber verraten.«

»Die internationale Zusammenarbeit funktioniert manchmal reibungsloser als bei den Fällen, die eigentlich jeder Dorfpolizist erledigen können müsste«, kommentierte Glattlinger. So schlecht war der Tag nun offenbar doch nicht, und er war gespannt, was noch folgen mochte.

Blonk drehte sich in der Tür auf dem Absatz nach rechts weg, und eine halbe Sekunde später war Patrizia von links in den Türrahmen getreten. Mit ihrer typischen Geste – die Kopfbewegung mit geweiteten Augen – signalisierte sie ihm, dass ihn jemand sprechen wollte. Glattlinger machte sich über die unfreiwillig komische Tür-Szenerie lustig. »Das hat bei euch zweien gerade ausgesehen wie bei diesen kleinen Wetterhäuschen, die man in Souvenirläden kaufen kann. Wer möchte denn um diese frühe Stunde schon zu mir?«, fragte er, sichtlich erheitert, und Patrizia wunderte sich über die schlagartige Aufhellung seiner Laune.

»Eine Dame möchte dich sprechen, sie sagt, es geht um ihren verschwundenen Vater.«

»Ja, dann schick die Dame doch einfach rein.«

»Alles okay bei dir?«, fragte Patrizia besorgt, und Glattlinger winkte mit einem Anflug von Lächeln ab.

Patrizia ging kopfschüttelnd zurück an ihren Arbeitsplatz an der Empfangstheke, und im nächsten Moment trat eine Frau in sein Büro, die etwa Anfang 30 sein mochte. Sie trug einen hellen Sommermantel mit Kapuze, die sie wohl wegen des Regenwetters über den Kopf gezogen hatte, und wirkte auf ihn etwas scheu. Glattlinger bot ihr den Platz an dem runden Besuchertisch an, wo sie sich setzte und eine aufrechte, etwas verkrampfte Sitzhaltung einnahm. Unter der Kapuze schaute ein schmales Gesicht mit einer markanten schlanken Nase hervor. Auf ihrer hellen Haut waren ein paar Sommersprossen zu sehen.

»Meine Kollegin hat angedeutet, dass es um Ihren Vater geht?«, versuchte Guntram Glattlinger, der Frau zum ersten Satz zu verhelfen. Sie hielt die Griffe ihrer Lederhandtasche fest umklammert, was nach seiner Erfahrung typisch für Frauen war, wenn sie jemand Fremdem von etwas Belastendem berichten mussten. Oder wenn sie etwas zu verbergen hatten.

»Mein Vater ist ermordet worden. Ich weiß es sicher, weil ich zufällig ein diesbezügliches Gespräch mitbekommen habe. Es … es ist aber schon sehr lang her, und es ist damals im Urlaub passiert, bei einem Berghaus hier in der Nähe, also da im Montafon.«

Sie ist nicht von hier, so wie sie spricht, dachte Glattlinger und vermutete, dass sie aus dem Rheinland sein könnte. Von daher schien ihr möglicherweise nicht bewusst zu sein, dass das Montafon eine knappe Autostunde entfernt und außerdem nicht in Deutschland lag.

»Ich fürchte – bevor Sie weitererzählen –, dass das möglicherweise ein Fall für die Kollegen in Österreich ist. Und wenn Sie sagen: damals – wie lange ist das her?«

»Ich kann es Ihnen genau sagen. Es war im September 1986«, sagte sie und legte dabei den Kopf schief, um mit der linken Hand ihre Kapuze abzunehmen. »Mord verjährt doch nicht, oder?«

Unter der Kapuze kam eine leuchtend kupferrote Haarpracht zum Vorschein. Guntram Glattlinger klappte die Kinnlade herunter. Die Haarfarbe in Verbindung mit der Jahreszahl! Er fuhr wie elektrisiert auf dem filigranen Konferenzstuhl in eine aufrechte Haltung und bemühte sich, die Fassung zu wahren.

*

Sein Geländewagen rollte die Baustraße hinunter, die der Regen in eine Dreckpiste verwandelt hatte. Seine Laune passte zu diesem unbeständigen Wetter, das ständig zwischen Regen und gelegentlichen sonnigen Abschnitten wechselte.

Eigentlich wollte er ab diesem Termin die wöchentlichen Baubesprechungen an Wilfried Grätner delegieren. Die Bauphase des Sporthotels würde die nächsten drei Monate von den Installationsarbeiten beherrscht sein, welche die Fachingenieure der Planungsbüros als »Technische Gebäudeausrüstung« bezeichneten. Er war Spezialist für Tiefbau und Rohbau, und die unendlichen abzuklärenden Details bei den Installationen für Heizungs- und Klimatechnik, Elektroanlagen und Sanitär waren ihm einfach zu nervig.

Grätner würde ohnehin den Posten als Gebäudeverwalter übernehmen und fortan eine großzügige Maisonettewohnung im Dachgeschoss des Hotels bewohnen. Sollte doch der sich mit der mühseligen Koordination der ganzen Gebäudetechnik-Gewerke herumschlagen. Außerdem spürte Anton Brander, dass er bald auf die 70 zuging und nicht nur immer unduldsamer wurde, sondern auch keine Lust mehr hatte, sich mit allzu komplexen Sachverhalten auseinanderzusetzen.

Aber Wilfried Grätner war seit Tagen wie vom Erdboden verschluckt. Dass er so gut wie nie seine Mailbox abhörte, war ohnehin nichts Neues, doch dass er ihn nicht einmal mehr auf der Baustelle antraf und auch im Betrieb ihn niemand gesehen hatte, war trotz seiner nicht sonderlich ausgeprägten Zuverlässigkeit nicht seine Art. Brander beschlich der Verdacht, dass Bill wohl mal wieder eine neue Frau aufgerissen hatte und gerade auf dem Bodensee herumschipperte oder sich mit seiner neuen Flamme womöglich irgendwo am Mittelmeer vergnügte. Er würde sich Bill vorknöpfen, wenn er ihn das nächste Mal zu fassen bekam.

Die Baustraße mündete direkt in die Serpentinenstraße auf dem Höhenzug gegenüber dem Steighorn. In beiden Fahrtrichtungen waren Verkehrsschilder aufgestellt, die vor verschmutzter Fahrbahn warnten und die Geschwindigkeit auf 30 Stundenkilometer begrenzten; auch weil die kurvige Strecke besonders bei Motorradfahrern beliebt war. Durch den leichten Regen des Vormittags war die sandige Schicht, welche die ständig ein- und ausfahrenden Lastwagen im Bereich der Einmündung mit ihren grobstolligen Reifen hinterließen, gefährlich rutschig geworden.

Brander bog nach links in die Serpentinenstraße ein, an der bergab nach einer Rechtskurve das Gasthaus »Zur Aussicht« mit dem großen Kastanienbaum im Biergarten lag. Das Gasthaus lag irgendwie immer günstig auf dem Weg. Er beschloss an diesem späten Vormittag, dort zu Mittag zu essen, obwohl es für ihn dort in den vergangenen Jahren und Jahrzehnten auch weniger angenehme Begegnungen gegeben hatte.

Er parkte auf dem geräumigen Parkplatz vor dem Gasthaus und betrat den von einer halbhohen Hecke umrahmten Biergarten. Gewöhnlich setzte er sich in den Sommermonaten an einen Platz unter dem mächtigen Kastanienbaum, weil man von dort den frontalen Blick auf das Steighorn genießen konnte. Aber die grauen Regenwolken dieses Septembertages ließen immer wieder kurze, kräftige Schauer nieder, sodass die Biergartenstühle zusammengeklappt an den tropfnassen Tischen lehnten.

Durch den Biergarten wehte ein kühler Luftzug, als wollte der Allgäusommer allmählich dem Herbst Einzug gewähren. Es erinnerte ihn an den Tag im August 1986, an dem er ebenfalls in diesem Biergarten gesessen hatte und sich vor seinem geistigen Auge die frisch geteerte Zufahrtsstraße wie ein geschwungenes dunkelgraues Band bis zu dem Punkt verlegte, wo er heute gerade sein Sporthotel baute. Er musste schmunzeln, als er sich erinnerte, wie er sich damals den Bau der Straße in außergewöhnlich klaren Bildern ausgemalt und dabei bereits ausgerechnet hatte, wie viele Lastwagenladungen an abgesprengtem Gestein abtransportiert werden müssten.

Anton Brander nahm die Hände wieder aus der Jackentasche, die er für den Moment des Innehaltens dorthin gesteckt hatte, und drehte sich von der Aussicht auf das Steighorn in Richtung des Gasthauseingangs, dessen Tür mit der schweren Messingklinke nur durch den Biergarten über ein paar ausgetretene Treppenstufen zu erreichen war.

In seinen Gesichtszügen war ein zufriedenes Gefühl der Überlegenheit zu lesen. Eines seiner Erfolgsprinzipien lautete, immer drei Nasenlängen voraus zu sein. Dazu gehörte auch seine Fähigkeit, manche Dinge auf mitunter unerklärliche Weise vorauszuahnen. Nein, dachte er, da müsst ihr alle verdammt viel früher aufstehen, wenn ihr da glaubt, meinen Plänen im Weg stehen zu müssen. Im Geist ging er dabei all diese Figuren durch, die er zwar hatte abhängen können, aber die trotzdem immer mal wieder seinen Weg kreuzten.

Diese Gedanken bestätigten sich als ungute Vorahnung, als in diesem Moment zwei Männer aus der Tür traten. Einer hatte kantige Gesichtszüge und trug eine runde Brille, was ihm eine lehrerhafte Erscheinung verlieh. Der andere Mann lief ihm in einer braunen Lederjacke, die er über einem halb offenen Hawaii-Hemd trug, mit einem Schritt Abstand hinterher und pulte mit dem Finger die Essensreste aus den Zähnen.

Geht das schon wieder los, dachte Brander und ärgerte sich bereits darüber, warum er ausgerechnet an diesem Ort seine Mittagspause verbringen wollte, wo ihm gerade wieder seine alten Widersacher über den Weg liefen. Ausgerechnet mit Ex-Oberbürgermeister und heutigem Vorsitzenden des regionalen Touristikverbandes Hermann Hüttinger und seinem dusseligen Adjutanten Volkmar Brambach wäre er beinahe in der Tür zusammengelaufen.

Er betrat die rustikale Gaststube, setzte sich an einen der alten abgeschabten Tische, setzte seine rechteckige Lesebrille auf und nahm die Tageskarte zur Hand. Bevor er die Karte las, sah er durch das Fenster, wie ein blauer Kleintransporter mit offener Ladefläche vor dem Gasthaus parkte. Die Kellnerin kam mit zackigen Schritten und gezücktem Notizblock an den Tisch, um seine Bestellung aufzunehmen. »Was derf's sein?«, fragte sie, und der Kugelschreiber in ihrer Hand klickte.

Brander wollte die Knödel mit Pilzrahmsoße bestellen, doch sein Zeigefinger, der auf der Karte auf das entsprechende Menü zeigen wollte, verharrte auf halbem Weg in der Luft und zeigte stattdessen in Richtung des Fensters, weil er gerade völlig verdutzt war. Weil die Kellnerin in der gleichen Richtung stand, deutete sein Finger zugleich unwillkürlich auf den Ausschnitt ihres Dirndls. Sie sah ihn mit ihren großen braunen Augen an und zog mit einem Anflug von Empörung ihre Strickweste zurecht. »Knödel sind aus«, sagte sie barsch, den Kugelschreiber über dem Notizblock kreisend. »Nein, nein«, beeilte sich Brander, das offensichtliche Missverständnis aufzuklären, »es war nur … ich meine, weil ich den da draußen …« Die Kellnerin drehte den Kopf in Richtung Fenster. »Meinen S' den Gottfried? Der is' öfters da. Kennen S' den?«

*

Es gibt Arbeitstage, die man überwiegend in Kellern verbringt, dachte Guntram Glattlinger und drückte den Taster neben der Tür. Die schwere Automatiktür öffnete sich mit einer sanft gleitenden Bewegung, was von einem ratternden mechanischen Geräusch begleitet war. Die runden Neonlampen an der Decke begannen erst gedämpft zu leuchten und tauchten kurz darauf die hellgrauen Wände und den ockerfarbenen Boden in grelles, kaltes Neonlicht. Eine rote Digitalanzeige über einer Zwischentür zeigte die Uhrzeit 11.50.

In seiner Nase kratzte der jahrzehntealte Papierstaub aus dem Polizeiarchiv, in dem er am Vormittag gewühlt hatte. Sein geräuschvolles Niesen kam von allen Wänden und Türen des langen Kellerflurs als Echo zurück.

Aber immerhin war die Suche erfolgreich gewesen. Tatsächlich fand sich in der Akte über den unaufgeklärten Tunnelunfall von 1986 auch das winzige Büschel roter Haare, welches er damals bei dieser Baufirma »Leibacher« durch Zufall in der Ladeluke eines ausrangierten VW-Transporters gefunden hatte – und das er ohne konkrete Veranlassung, sondern einfach aus einem Bauchgefühl heraus, vorsorglich sichergestellt hatte. Jetzt, 27 Jahre später, hoffte er, damit auf eine heiße Spur zu kommen, ob die bis zur Unkenntlichkeit verbrannte Leiche möglicherweise der rothaarige Mann sein konnte, welcher wiederum der Vater von Sybille Breitstein gewesen war. Es wäre der erste konkrete Ansatz für ein Verdachtsmoment gegen Alois Leibacher, dessen Kopf die österreichische Seite wegen undurchsichtiger Vorgänge im Zusammenhang mit dem Stauseebau begehrte.

Glattlinger trieb die Aufklärung aber weniger wegen der Österreicher um, sondern weil man ihn damals als jungen Kommissar von dem Fall abberufen hatte und er einige Zeit später dann herausfand, dass die Staatsanwaltschaft aus politischen Gründen das Ermittlungsverfahren eingestellt hatte. Glattlinger hatte der Ehrgeiz gepackt, in diesem alten Fall einen Mord aufzudecken, auch wenn dies der Staatsanwaltschaft nicht gefallen sollte.

Und er hoffte, dass der schwarze Engel ihm dabei helfen könnte. Bei seinem Anruf am Vortag hatte er noch nichts davon verraten, warum er sich nach Immenstadt zu ihrem Geisterverlies begeben wollte.

An der Stelle in dem Kellerflur, wo eine der Deckenlampen nur noch schwach rötlich vor sich hin glimmte und dumpf hämmernde Heavy-Metal-Musik in den düsteren Flur drang, drückte er auf die beleuchtete Klingeltaste mit der gedruckten Aufschrift ›Gerichtsmedizin Dr. Vittoriani‹.

Die Musik wurde leiser. Der Hebel der schweren stählernen Schiebetür bewegte sich mit einem Ruck, und dann stand sie unter der Tür, in ihrem weißen Arbeitsmantel, in dem düsteren Eingang zu ihrem Totenreich, das innen von kaltem Neonlicht erhellt war. Es erschien ihm wie bei einem Rockkonzert, wenn aus dem Dunkel die Sängerin, von tiefen wabernden Synthie-Klängen begleitet, auf die Bühne schritt. Es fehlen nur noch die Nebelschwaden, dachte er.

»Schön, dass du mich mal besuchen kommst, Gunni«, empfing ihn Dorothee Vittoriani mit einem unwiderstehlichen Augenaufschlag und mit weit geöffnetem Arbeitsmantel, der den Blick auf den großzügigen Ausschnitt ihres Oberteils und auf ihre beachtliche Oberweite freigab. Sie machte keinen Hehl aus ihren Sympathien für ihn.

»Ich brauche eine DNA-Analyse«, kam Glattlinger ohne Umschweife auf sein Anliegen zu sprechen und zeigte ihr das vergilbte Plastiktütchen mit den roten Haaren.

»Dein Beweismittel ist wohl schon ein bisschen älter«, meinte sie mit skeptischem Blick. »Und was hast du von dem Täter, das ich dann auf Übereinstimmung prüfen soll?«

»Es geht um ein mögliches Opfer, nicht um einen Täter. Also wenn ich weiß, dass die DNA zu dem vermuteten Opfer gehört, kann ich die Spur zum Täter weiterverfolgen.«

Dorothee Vittoriani hob fragend ihre schmalen, fein säuberlich zurechtgezupften Augenbrauen. Sie ging zu ihrer Garderobe in dem winzigen Büro ihrer gerichtsmedizinischen Abteilung, holte aus einem Fach ein schwarzes Halstuch hervor und zog es als Kopftuch auf. »Der Herr Kommissare heute sprechen in Rätsel und ich sollen schauen in meine Glaskugel, zu wem gehören Erbgut von die rote Haare?«, sprach sie mit gespieltem Akzent.

»Ich wollte ja nicht Eure hellseherischen Kräfte bemühen, Verehrteste, aber …« Guntram Glattlinger dämmerte plötzlich, was sie ihm mit der Zigeunerinnen-Nummer sagen wollte, aber sie kam ihm zuvor.

»Opfer oder Täter – ich brauch hier irgendwas, mit dem ich das Ergebnis vergleichen kann. Ver-glei-chen, capito? Also musst du den rothaarigen Menschen irgendwie dazu kriegen, dass er dir irgendwas Verwertbares gibt. Und falls die Person tot ist, lässt du sie mir hier abladen.« Ihr Ton war kratzbürstig geworden, nachdem ihn ihre üppigen Reize offensichtlich unberührt ließen.

»Aber das muss ich dir ja eigentlich nicht erklären. Du siehst überarbeitet aus, mein lieber Gunni. Wann hast du denn das letzte Mal Urlaub gemacht? Warst du in diesem Jahr schon am Lago Maggiore in deiner Lieblingspension mit dem tollen Blick auf die Isola Bella?«, fragte sie, jetzt wieder verführerisch, und wickelte dabei eine schwarze Haarsträhne um den Finger.

Ihm lag auf der Zunge, dass sie vielleicht auch mal wieder aus ihrem Leichenkeller raus an die frische Luft sollte, aber er vermutete, dass ihr abgestanden aussehender Teint an dem kalten Neonlicht liegen musste, und verkniff sich die Bemerkung. Glattlinger blieb sachlich. »Die rothaarige Person war vermutlich ein Unfallopfer. Vor fast 30 Jahren ist ein Auto im Grenztunnel ausgebrannt und es gab die Vermutung, dass die Person, die hinter dem Lenkrad gesessen hat, bereits tot war, bevor der Wagen gebrannt hat.«

Er setzte sich auf einen Rollhocker, auf dem Doktor Vittoriani sonst saß, wenn sie Leichen obduzierte. Ihn hatte plötzlich mitten am Tag eine bleierne Müdigkeit befallen, und er stützte sich mit den Ellenbogen auf seinen Oberschenkeln auf, bevor er weiter berichtete.

Doktor Vittoriani lehnte mit verschränkten Armen an einem Seziertisch, auf dem eine Knochensäge lag. Sie bemerkte, dass er dieses Instrument mit Schaudern betrachtete.

»Heute Morgen hab ich einem 50-jährigen Mann den Schädel aufgesägt, weil die Lebensversicherung einen Nachweis wollte, dass er tatsächlich an einem Hirntumor gestorben ist«, sagte sie, trat dabei auf Glattlinger zu und zog mit einem Fingernagel einen Kreis über seinen Kopf.

»Meine Birne scheint mir noch ganz in Ordnung«, meinte Glattlinger, der sich dabei in seiner gebückten Sitzhaltung auf dem Rollhocker etwas wehrlos vorkam. Sie stand direkt vor ihm, und er konnte durch den Schlitz ihres weißen Arbeitsmantels sehen, dass sie darunter nur eine schwarze Netzstrumpfhose und einen knappen schwarzen Slip trug.

»Der Fall wurde damals eingestellt – gerade dann, als ich im bundesweiten Vermisstenregister nachgeforscht hatte. Aber es hat noch keinen plausiblen Zusammenhang zwischen der verbrannten Leiche aus dem Unfallauto und einer vermissten rothaarigen Person gegeben. Und dann kommt mir letztes Jahr ein pensionierter österreichischer Kriminaler daher und rollt den Fall mit dem Tunnelunfall wieder auf, weil das irgendwie mit der Baufirma zusammenhängt, der dieser Unfallwagen gehört hat und die heute an der Staumauer am Steighorn mitbaut.«

Doktor Vittoriani lehnte wieder am Seziertisch, blickte

gelangweilt auf den grauen PVC-Boden, spielte mit einem Skalpell in ihrer Hand und ließ ihn reden.

»Dann wurde auf einmal klar, dass es doch einen Zusammenhang geben musste, weil die einzige rothaarige Person, die damals vermisst wurde, Mitarbeiter bei genau diesem Stromkonzern war, der heute das Wasserkraftwerk baut. Und dann steht vor zwei Tagen auf einmal eine rothaarige junge Frau bei mir im Büro, die mir erzählt, dass man ihren Vater genau in dem betreffenden Jahr umgebracht hat, weil sie in einem Berghaus im Montafon zufällig ein Gespräch mitbekommen hat«, erzählte Glattlinger.

Dorothee Vittoriani fiel das Skalpell aus der Hand, das mit leisem Klirren auf dem Boden landete. In ihrem Blick war Entsetzen zu lesen. Sie ahnte, wer die rothaarige Frau und der Tote sein mussten. Sie blickte an Glattlinger vorbei und unterdrückte die aufsteigenden Tränen.

»Ruf mich in zwei Tagen an«, sagte sie und hielt das vergilbte Plastiktütchen mit dem roten Haarbüschel fest in der Hand. »Ich denke, dass ich dir weiterhelfen kann. Und jetzt geh bitte, ich habe zu tun«, sprach sie mit einem leichten Zittern in ihrer Stimme und schob Guntram Glattlinger in Richtung der breiten Tür, die in den Kellerflur hinausführte.

Die stählerne Schiebetür schloss sich hinter ihm mit einem dumpfen Aufprallgeräusch und der Hebel wurde von innen wieder umgelegt. Guntram Glattlinger stand in dem langen Kellerflur und beobachtete, wie die Neonleuchten wieder angingen, nachdem ihn der Bewegungsmelder erfasst hatte. Er verharrte noch einen Moment und horchte, ob sie drinnen wieder ihre Heavy-Metal-Musik aufdrehen würde. Doch hinter der schweren Stahltür blieb es still.

*

Das Gasthaus hatte sich jetzt um 12 Uhr mittags mit einer Gruppe von Männern in legerer Businesskleidung, drei Rentner-Ehepaaren und einer Familie mit zwei Kindern im Teenager-Alter gefüllt. In der rustikalen Gaststube hatte der Geräuschpegel dadurch schlagartig zugenommen.

Die Männergruppe saß neben dem Platz von Anton Brander an zwei längs zusammengestellten Tischen neben einer holzvertäfelten Wand, an der ein hölzernes, mit eingestaubtem Getreide und rot-weiß karierten Stoffbändern dekoriertes Wagenrad und ein Regal mit Zinndeckel-Bierkrügen hingen. Sie sprachen über den Baufortschritt des Steighorn-Wasserkraftwerks und waren offenbar eine Delegation des Stromkonzerns »Hellwatt«.

Zwischen Branders Tisch und dem Platz vor dem Fenster, an den sich Gottfried Monschkopf gesetzt hatte, saßen an einem Sechsertisch die drei Rentner-Ehepaare. Sie versperrten ihm den Blick auf Monschkopf, der gerade einem anderen Mann an seinem Nebentisch gestenreich anscheinend von irgendetwas erzählte, was er wohl momentan an seinem Haus baute. Einer der Rentner erzählte seinem Tischnachbarn, der offenbar etwas schwerhörig war, begeistert von seinem neu gekauften Auto. Die beiden Kinder der Familie äußerten lautstark ihre Wünsche nach Pommes und Limo, worauf sich mit den nach ihrer Kleidung zu urteilenden eher ökologisch eingestellten Eltern eine Diskussion über gesunde Ernährung entwickelte.

Anton Brander wollte herausfinden, ob dieser Monschkopf noch am selben Ort wohnte. Er war mit sich noch nicht einig, wie er mit ihm verfahren wollte. Aber er musste diesen Öko-Spinner irgendwie zum Schweigen bringen, bevor dieser ihn wieder den Medien ans Messer lieferte.

Brander versuchte aus dem Durcheinander der Gespräche an den Tischen das herauszufiltern, was Gottfried Monschkopf mit seinem Tischnachbar redete.

»… zieht ordentlich durch, wenn man aufs Gas …« –

»… aber nein, Lara-Maria, des isch doch net bio …« –

»… nein, den Hof … bloß noch wegen Hühnern und Gemüseanbau und wegen der Solarstromanlage, wohnen tu ich jetzt aber …« –

»… was brauchst du 140 PS … eh bloß zum Supermarkt und zum Wertstoffhof …« –

»… wenn bei dem Staumauerbau nichts Grobes dazwischenkommt … Ende des Jahres ans Netz gehen …« –

»… guten Draht zur Firma ›Britzler‹ … mir zum Baumaterial transportieren immer einen Transporter ausleihen …« –

»… aber tote Tiere essen soll bio … ey, Mama, weißt du eigentlich, was du für einen Scheiß laberst …« –

»… ist ja schon ein Haufen Geld zum in die Garage stellen …«

Die Kellnerin brachte Speisekarten an den Rentnertisch, sodass dort für den Moment Ruhe herrschte. Anton Brander hatte aber aus den Gesprächsfetzen bereits herausgehört, was er wissen wollte. Monschkopf schien also zwischenzeitlich den Wohnort gewechselt zu haben.

Er beschloss, im Gasthaus in Ruhe seine Mittagspause zu verbringen und anschließend herauszufinden, wo dieser Monschkopf jetzt hauste, indem er ihm einfach hinterherfahren würde, sobald dieser das Gasthaus verließ.

*

Der schwarze X3 rollte in den Parkplatz an dem Aussichtspunkt, der an der B308 oberhalb von Oberstaufen kurz vor der scharfen Kurve in Richtung Lindau lag. Guntram Glattlinger stieg aus und stellte sich in den Wind, der bei diesem wechselhaften Wetter von den Bergen her wehte. Er brauchte eine kurze Denkpause, und er hoffte an diesem Ort mit der grandiosen Aussicht auf die Bergwelt der Voralpen auf einen zündenden Einfall.

Glattlinger stellte einen Fuß lässig auf die niedrige Steinmauer, welche den Parkplatz zur Straße hin abgrenzte, und ließ den Blick von den Höhenzügen des Gebiets um das Steighorn und von den Bergen des Bregenzerwaldes über das Rheintal bis zum Schweizer Säntis schweifen. Von diesem Punkt aus konnte man sehen, dass über dem Ostufer des Bodensees Nebelschwaden hingen.

Irgendwo in einem von diesen vier Ländern – Deutschland, Österreich, Schweiz oder Liechtenstein – musste dieser Alois Leibacher stecken, der – wenn er noch lebte – einen Mord begangen hatte, daran beteiligt war oder jemand anders mit dem Mord beauftragt hat, ratterte es in seinem Kriminalistengehirn.

Über den Bergen des Bregenzerwaldes riss eine Wolkenlücke auf. Die Sonnenstrahlen ließen die Damülser Berge erstrahlen. Österreich, dachte Glattlinger, nahm sein Smartphone aus der Brusttasche seiner olivgrünen Parkajacke und wählte die Nummer von Konrad Griesbacher. Der war sofort am Telefon und meldete sich mit einem gedehnt gesprochenen: »Jaaa, hier Griesbacher?«

»Ich melde mich zu unserem gesuchten Kandidaten, Herr Ministerialrat. Und ich habe ein schlechtes Gewissen, weil ich mich seit fast einem Jahr nicht bei Ihnen gemeldet habe. Es hat sich inzwischen ein Indiz ergeben, und wenn sich dies bewahrheiten sollte, sieht es so aus, als ob wir einem Mörder auf der Spur sind.« Den letzten halben Satz sprach

Glattlinger leiser, nachdem ein jüngeres Paar mit einem weißen Q5 in den Parkplatz eingefahren und ausgestiegen war. Die beiden schienen ihrem Äußeren nach wohlhabend, machten aber einen frustrierten Eindruck. Die junge Frau motzte über das miese Wetter, der Mann tippte mit genervtem Blick auf seinem Smartphone herum.

»Es muss Ihnen nicht das Gewissen belasten, werter Herr Glattlinger, es ist aus den Vorstandsabteilungen der ›Vereinigten Vorarlberger Kraftwerke‹ und aus der Landesregierung in der Sache in letzter Zeit sehr ruhig geblieben. Und lassen S' den Ministerialrat weg«, kam die Stimme des Österreichers zurück, die nach einem betagten Herrn klang.

Konrad Griesbacher pflegte in seinem österreichischen Dialekt in langen, verschachtelten Sätzen zu sprechen, wobei er viele Pausen setzte, die er nicht wie kommagetrennt, sondern jeweils wie einen Punkt sprach.

»Aber, so ist meine Befürchtung doch, dass die Frage plötzlich wieder akut werden könnte, wer die Hintermänner sind, die den Bau des Steighorn-Kraftwerks eingefädelt haben, was bei unseren Kraftwerklern bekanntermaßen, gelinde gesagt, nicht auf Wohlgefallen stößt, und nachdem der Bau stetig voranschreitet, ist es nur eine Frage der Zeit, bis der Aufsichtsrat der ›VVK‹ wieder bei den Vertretern der Landesregierung vorstellig wird und erneut die Frage gestellt wird, wie es geschehen konnte, dass, nur wenige 100 Meter von der österreichischen Landesgrenze entfernt, ein Wasserkraftwerk von erheblicher Leistungskapazität erbaut wird, ohne dass die österreichische Seite darüber vor dem tatsächlichen Baubeginn auf offiziellem Wege Kenntnis erhalten hatte.«

Griesbacher hatte für diesen Monumentalsatz eine gefühlte Ewigkeit gebraucht. Glattlinger stellte sich bildlich vor, wie eine Spinne zwischen Smartphone und Ohr ein Netz zu bauen begann, sodass seine Antwort ungewollt einen erheiterten Unterton bekam.

»Bevor Ihre Landesregierung den Kraftwerklern den bösen Buben präsentieren kann, muss ich ihn erst einmal zu fassen bekommen, vorausgesetzt, das mit dem angeblich begangenen Mord stellt sich als Tatsache heraus. Die einzige Vermutung, die ich habe, ist, dass sich Leibacher damals nach dem vermutlich inszenierten Tunnelunfall unter einer neuen Identität aus Deutschland abgesetzt hat. Man hat ja hier um den Bodensee gleich ein paar Länder zur Auswahl.«

»Ich möchte Ihnen raten, die politische Brisanz dieser Angelegenheit nicht auf die leichte Schulter zu nehmen.« Griesbachers Ton wurde ernster. »Was Alois Leibacher betrifft, kann ich Ihnen bestätigen, dass Sie mit Ihrer Vermutung nicht falsch liegen. – Schau'n Sie, ich habe mir mit Mitte 70 noch den Umgang mit Computer und Internet angeeignet. Und es war nicht schwer herauszufinden, dass das Bauunternehmen ›Alois Leibacher Tief- und Straßenbau‹ eine Niederlassung in Liechtenstein betreibt. Der Geschäftsführer ist ein gewisser Anton Brander. Meine Recherchen zum Bau des Steighorn-Kraftwerks haben darüber hinaus ergeben, dass dort zeitgleich ein Sporthotel gebaut wird, was eigenartigerweise in den Berichterstattungen über das Wasserkraftwerk bislang völlig unerwähnt bleibt. Nun raten Sie einmal, werter Herr Glattlinger, wer der Bauherr von diesem Hotel ist?«

»Anton Brander, vermute ich. Und Ihre Vermutung ist, nehme ich an, dass Brander mit Alois Leibacher identisch ist?«

Glattlinger kickte eine plattgefahrene Getränkedose weg, die auf dem Parkplatz lag. Griesbacher hatte ihn gerade wie einen Anfänger vorgeführt, der zu blöd war, bei der Suche nach einem Verdächtigen das zu tun, was inzwischen jeder Idiot tun konnte – einfach den Namen in die Internet-Suchmaschine einzugeben.

Konrad Griesbacher ließ ihn spüren, wer den höheren Dienstgrad besaß oder zumindest einmal besessen hatte. »Ohne Ihnen zu nahe treten zu wollen, werter Herr Glattlinger, aber Sie sprechen laufend von Vermutungen, während die offensichtlichen Tatsachen frei zugänglich sind. Als ermittelnder Kommissar benötigen Sie natürlich konkrete Beweise. Aber die Bombe hätten Sie spätestens dann auf dem Tisch, wenn das Steighorn-Kraftwerk in Betrieb geht. Weil sich dann nämlich die beiden Kraftwerksunternehmen juristisch gegenüberstehen werden. Und weil ›Hellwatt‹ genauso halbstaatlich ist wie die ›VVK‹, ist das ganz schnell ein Fall, der auf Regierungsebene ausgetragen wird. – Sie, Herr Glattlinger, hätten jetzt die Chance, einen der Hauptverantwortlichen zu überführen, noch bevor das ganze Ausmaß überhaupt erst publik wird. Aber wenn Ihnen dafür der nötige Weitblick nicht gegeben sein sollte, sehe ich mich veranlasst, über die entsprechende Amtsebene sowie über die entsprechenden Vertreter Ihrer Landesregierung ein entsprechendes Verfahren einzuleiten … verstehen S', es wäre nicht auszudenken, wenn bei den ›Vorarlberger Kraftwerken‹ der Stromabsatz um mehr als die Hälfte einbricht, was meinen S' wohl, wie's mir als Anteilseigner meine Dividende … also, ich verlass mich weiterhin auf Sie, Glattlinger.«

Das Display zeigte an, dass das Gespräch beendet war. Er sah einigermaßen fassungslos auf sein Smartphone.

Daher weht also der Wind, dachte Glattlinger. Konrad Griesbacher hatte sich zum Schluss beinahe in Rage geredet und dabei ausgeplaudert, dass er finanziell bei den ›Vereinigten Vorarlberger Kraftwerken‹ wohl einiges an Beteiligung drinstecken hatte. Und ihm schwebte vor, als ehemaliger Ministerialrat der Landesregierung einen Schurken präsentieren zu können, welcher auf illegalen Wegen den Bau des Kraftwerks eingefädelt hatte – wohl deshalb, um nicht zugeben zu müssen, dass auch ihm die Vorgänge gleich hinter der österreichischen Grenze entgangen waren. Noch dazu trieb diesen Mann offenbar die Angst vor drohenden Verlusten oder schlicht die blanke Gier dazu, als ehemaliger Ministerialrat seinen Einfluss auf Regierungsebene für seine Zwecke nutzen zu wollen. Was Griesbacher über das Internet herausgefunden haben wollte, waren zwar durchaus Anhaltspunkte, aber noch keine brauchbaren Beweise. Und die Äußerung, ein »entsprechendes Verfahren« einleiten zu wollen, konnte nur blankes Wunschdenken des pensionierten Ministerialbeamten sein.

»Danke für den Tipp, aber mich interessiert nur der Mordfall, und das ist der einzige Grund, warum ich dem Leibacher auf der Spur bin«, sagte Glattlinger halblaut vor sich hin, als er den Motor seines Dienstwagens startete.

Aber dazu würde er auch in Liechtenstein ermitteln müssen, um bei der Niederlassung von »Leibacher Tief- und Straßenbau« Beweise zu sammeln. Er müsste dafür aber erst aufwendig um grenzüberschreitende Ermittlungen ersuchen, was mit viel Schreibarbeit und mühsamen Rechtfertigungen verbunden wäre; zumal es um einen Fall ging, der fast drei Jahrzehnte zurücklag und damals eingestellt wurde.

Die digitale Zeitanzeige im Armaturenbrett zeigte 13.15 Uhr, als er zwischen Lindenberg und Scheidegg in den Kreisverkehr fuhr und die Ausfahrt auf die B308 in Richtung Lindau nahm. Glattlinger freute sich auf den Fahrspaß auf der kurvenreichen Serpentinenstrecke, doch die beiden langsamen Fahrzeuge vor ihm bremsten ihn aus. Das vordere Fahrzeug war ein Transporter mit Ladefläche, dessen Fahrer vor jeder Kehre stark abbremste und unnötig weit über die Fahrbahnmitte ausholte, als wäre er mit einem Sattelzug unterwegs.

Der rote M-Klasse-Geländewagen mit dem Liechtensteiner Kennzeichen unmittelbar vor ihm brachte ihn auf eine Idee. Er würde Stefanie Stürmer fragen, ob sie mit ihm ein Bergwochenende in Liechtenstein verbringen würde. Dann könnte er mit ihr zusammen diese Niederlassung der Baufirma »Leibacher« unter die Lupe nehmen.

*

Dieser Mensch ist nicht nur ein Öko-Spinner, er ist auch ein miserabler Autofahrer oder er hat vorhin im Gasthaus mindestens ein Bier zu viel gekippt, dachte Anton Brander, als er auf der kurvenreichen bergab führenden Strecke dem Kleintransporter folgte, den sich Gottfried Monschkopf von der Firma »Britzler« geliehen hatte. Auf der Ladefläche rutschte ein großer Karton, auf dem das Bild eines Garten-Gerätehauses aufgedruckt war, in jeder Kurve hin und her. »Wohl noch nie was von Ladungssicherung gehört«, knurrte Brander vor sich hin.

Er wollte herausfinden, wo dieser Monschkopf wohnte. Ihn hatte das Jagdfieber gepackt.

Die Serpentinenstraße ging in einen lang gezogenen geraden Streckenabschnitt über. Monschkopf schlich mit dem geliehenen Renault-Transporter mit 60 Stundenkilometern dahin und brauchte die gesamte Breite der Fahrspur. Einen halben Kilometer vor der Auffahrt auf die A96 sah Anton

Brander im Rückspiegel, wie der Fahrer des schwarzen BMW-Geländewagens hinter ihnen ein Magnet-Blaulicht auf das Dach setzte und zu überholen begann. »Jetzt ist er fällig«, dachte Brander, doch das zivile Einsatzfahrzeug rauschte an den beiden vorbei in Richtung Lindau.

Monschkopf bog auf die Einfahrt zur A96 Lindau – München ab und fädelte ohne nennenswerte Beschleunigung in die Autobahntrasse ein. Der Renault-Transporter schaffte auf der ansteigenden Strecke mit Mühe 90 Stundenkilometer. Anton Brander lehnte den rechten Unterarm lässig auf die Mittelarmlehne und blieb in Ruhe auf Abstand hinter seinem Widersacher.

Der Regen setzte wieder ein und prasselte mit einem kräftigen Schauer auf die Frontscheibe. Seine Gedanken wanderten zurück in die 1980er-Jahre. Zwischen den Scheibenwischer-Bewegungen flimmerte vor seinem geistigen Auge die Nachrichtensendung, die damals im ORF-Fernsehen ausgestrahlt wurde, als er an einem regnerischen Spätsommer-Sonntag in einem Hotelrestaurant im Montafon zu Abend gegessen hatte und ihm die Tiroler Speckknödel beinahe im Hals steckengeblieben wären.

Dann sprang seine Erinnerung zu dem Telefongespräch, welches er damals am darauffolgenden Tag mit Wilfried Grätner geführt hatte.

»Ich muss untertauchen, weil irgend so ein Wichtigtuer von diesen ›Grünen‹-Heinis gemeint hat, dass er den Medien zuspielen muss, dass ich da mit dem Stromkonzern gemeinsame Sache mache. Und diese Fernsehfritzen haben das gefressen und blenden in den Nachrichten eine Rede von mir ein, wo ich für die Idee mit dem Wasserkraftwerk geworben habe. Die verdrehen vollkommen die Tatsachen, verstehst du?«

»Hab ich alles einigermaßen verstanden. Und auch, dass du jetzt vorhast, deinen eigenen Unfalltod zu inszenieren und du dann unter einem anderen Namen in deiner Niederlassung in Liechtenstein weiterexistierst.«

Anton Brander verspürte große Lust, mit dem vor ihm herumschleichenden Gottfried Monschkopf, der ihm seit fast 30 Jahren immer wieder in die Quere kam, das zu tun, was Bill Grätner damals mit dem Opel Caravan und mit den sterblichen Überresten dieses rothaarigen Spinners auf dem Fahrersitz gemacht hatte: Die lahme Karre vor ihm samt Monschkopf am Steuer vor sich herzuschieben und gegen eine Tunnelwand krachen zu lassen. Als Alternative dazu stellte er sich bildhaft vor, wie er an dessen Haus erst alle Türen und Fenster zumauern würde, um dann mit dem großen Betonpumpen-Lkw durch den Kamin das ganze Haus mit Frischbeton zu verfüllen. Was eigentlich, so dachte er, mal wieder ein »Spezialauftrag« für Bill wäre, der im Moment aber aus unerfindlichen Gründen nirgends greifbar war.

In Sichtweite erschien die Autobahn-Hängebrücke mit dem markanten a-förmigen Betonpylon und den orangerot ummantelten Stahlseilen, die schräg von der Spitze des Pylons unter die Brückenkonstruktion verliefen. Anscheinend war Monschkopf doch zu seiner Hofstelle unterwegs, die unweit von der Autobahnbrücke in der Nähe einer Burgruine gelegen war.

Damit Monschkopf die Verfolgung nicht bemerkte, beschloss Brander, ihn zu überholen und ihn an der nächsten Autobahnausfahrt abzupassen. Dann würde er sich etwas einfallen lassen, wie er Monschkopf zur Strecke bringen konnte.

Ein Tritt auf das Gaspedal ließ den Turbodiesel-Motor hochdrehen und den Geländewagen mit kräftigem Drehmoment auf die Überholspur ziehen. Vor der Autobahnbrücke waren beide Fahrzeuge für einen Moment auf gleicher Höhe. Er blickte kurz nach rechts und sah Monschkopf am Steuer des Kleintransporters, der sich, nach vorne gebeugt, verkrampft am Lenkrad festhielt und starr geradeaus blickte.

Aus dem Innenspiegel blitzte ihm zweimal kurz nacheinander der grelle Schein einer Lichthupe in die Augen. Brander sah im linken Außenspiegel einen schwarzen A6 mit Schweizer Kennzeichen, der mit hoher Geschwindigkeit auf der linken Spur heranraste. Der Fahrer schien nicht im mindesten die Absicht zu haben, seine Geschwindigkeit herabzubremsen, feuerte erneut mit dem Lichthupensignal und hatte sich inzwischen gefährlich genähert.

Brander zog etwas zu ruckartig nach rechts, um vor dem Transporter wieder auf die rechte Spur zu wechseln. Er scherte zu knapp wieder ein und bemerkte an dem kratzenden blechernen Geräusch von hinten, dass er den Renault-Transporter vorne links touchiert hatte.

Gottfried Monschkopf fuhr vor Schreck zusammen und riss reflexartig das Lenkrad nach rechts. Reifen quietschten, und eine halbe Sekunde später krachte der Kleintransporter in das Brückengeländer. Der Raser mit dem schwarzen A6 war bereits hinter der nächsten Kurve verschwunden. Brander bremste und konnte im rechten Außenspiegel gerade noch sehen, wie der blaue Kleintransporter mit Gottfried Monschkopf am Steuer senkrecht nach unten stürzte und der Baumarkt-Karton mit dem Gartenhaus-Bausatz durch die Luft flog.

Nach kurzem Zögern hielt er am Ende der Brücke auf der Standspur an und schaltete die Warnblinkanlage ein. Brander stieg aus, ging um den Wagen herum, stellte sich an das Brückengeländer und schaute in die Tiefe unter der

Autobahnbrücke, wo sich etwa 30 Meter tiefer die Argen durch eine wilde grüne Landschaft schlängelte.

Das dürfte sich dann wohl erledigt haben, dachte Brander. Das Brückengeländer war an der durchbrochenen Stelle aufgebogen, als bestünde es aus Büroklammerdraht. Er drehte sich wieder zu seinem Geländewagen und betrachtete die rechte Fahrzeugseite, mit der er beim Wiedereinscheren nach dem Überholmanöver an der Front des Transporters hängengeblieben war. Von der hinteren Tür bis zum Rücklicht, das zerbrochen war, hatte der Zusammenprall tiefe Schrammen im Blech hinterlassen.

In seinem Kopf überschlugen sich die Gedanken. Monschkopf lag da unten, vermutlich tot oder zumindest schwer verletzt, in dem abgestürzten Wagen. Es würde gewiss nicht lange dauern, bis man ihn fand. Sobald man Monschkopf und den Unfallwagen gefunden hatte, würde die Polizei ermitteln. Und spätestens am übernächsten Tag würde ein Bericht über diesen durchaus spektakulären Unfall in den Zeitungen und im Internet stehen. Die Polizei würde zuallererst zu Firma »Britzler« gehen und Fragen stellen. Und außerdem war auf der Strecke vor der Autobahn bereits irgendjemand von Polizei oder Kripo hinter ihnen gewesen, dem möglicherweise die beiden Fahrzeuge aufgefallen sein könnten.

Auf dem Standstreifen hielt ein metallicbrauner SUV einer koreanischen Marke mit einem Ehepaar im Alter von etwa Anfang 60. Das hat mir jetzt noch gefehlt, dachte Brander und ärgerte sich darüber, dass er überhaupt angehalten hatte.

»Isch do oiner nab?«, fragte der Mann mit breitem schwäbischem Dialekt, der aus dem Wagen ausgestiegen war. Der Mann trug ein grünkariertes Hemd, hatte gescheiteltes graues Haar und war dem Eindruck nach einer von denen, die ständig überall neugierig herumschnüffelten.

»Wie meinen Sie?«, fragte Brander, der die Frage in Wirklichkeit genau verstanden hatte.

»Also, weil do vorna des G'länder kaputt isch, als wär oiner mit'm Auto durch und abg'stürzt?«, fragte der Schnüffler und machte mit der Hand eine Bewegung, die den Absturz von einer Brücke nachzeichnete.

»Wo isch oiner abg'stürzt, Alfred??«, krähte die Frau vom Beifahrersitz, die der klassische Typ einer Treppenhaus-Tratschtante war.

»Nix!«, winkte der Mann mit einer harschen Handbewegung ab.

»Da unten. Ich habe bereits Polizei und Rettungsdienst verständigt«, log Anton Brander und wies mit einer Kopfbewegung in die Richtung, wo der abgestürzte Kleintransporter lag.

»Do muss ma' d' Bolizei ruafa«, krähte es wieder von der Beifahrerseite, und der Mann gab wieder ein abwehrendes »Nix!« zurück.

»Sie können beruhigt weiterfahren …« –

»… und au' d' Feierwehr, wenn do vielleicht Benzin auslauft, weil, die kommet net audomadisch mit, wenn ma' bloß d' Bolizei ruaft, hosch g'hört, Alfred??« –

»… ich habe, wie gesagt, bereits das Nötige veranlasst.«

»Nix! Es sind scho' alle verschdändigt!«, rief der Mann durch den Lärm der gerade vorbeifahrenden Autos seiner Ehegattin zu.

»Also, Sie müsset bittschön entschuldiga, aber mei' Frau isch halt a bissle … und wenn i Ihne' an Tipp geaba darf – in drei Kilometer kommt en Parkplatz mit Klo, dann müsset Sie do net dohana auf d'r Brück' … weil, bei dem Wind,

Sie wisset scho, wie i mein«, zwinkerte Alfred ihm zu und ging wieder zu seinem Wagen.

Ich muss ihn beseitigen, dachte Anton Brander. Spätestens nach dem Aufkreuzen von diesem Spießer-Ehepaar gab es jemanden, der ihn an der Unfallstelle gesehen hatte. Das Klugscheißer-Weibsbild hatte zudem bestimmt den Schaden an der rechten Seite seines Wagens bemerkt.

Brander startete eilig seinen M320 und hinterließ beim Anfahren eine Reifenspur auf dem Pannenstreifen. An einer Behelfsausfahrt, die vom Autobahnbau übriggeblieben war, lenkte er in die Ausfahrtspur.

Wieder malten sich seine Gedanken die Ereignisse aus, sollte der Unfallwagen noch an diesem Tag gefunden werden und man ihm dadurch zuvorkommen. Ihm wäre wohl kaum Vorsatz nachzuweisen, allenfalls Fahrlässigkeit, doch er wäre damit in jedem Fall im Visier der Ermittlungen. In seiner Panik beschloss Brander, den Unfallwagen samt Monschkopf abzutransportieren.

Eine knappe Viertelstunde später erreichte Brander den großen Kreisverkehr am Berliner Platz und steuerte die Lindauer Insel an. Er wusste, dass ein Bautrupp seiner Firma neben dem Bahnübergang zum Insel-Bahndamm mit Ausbesserungsarbeiten der schmalen Uferstraße beschäftigt war. Und er wusste auch, dass dort ein Anhänger für den Transport eines Kleinbaggers stand. Auf diesen Anhänger würde er den Unfallwagen aufladen und ihn – samt der Leiche von Gottfried Monschkopf – verschwinden lassen.

Er ging davon aus, dass Monschkopf den Unfall nicht überlebt hatte. »Der wird jetzt wohl kaum auf seinem Hof sitzen und das Gartenhäusle zusammenschrauben, das er auf der Ladefläche gehabt hat«, dachte Anton Brander halblaut und sah ungeduldig auf die rote Ampel an dem viergleisigen Bahnübergang, über den gerade ein ÖBB-Triebwagenzug mit der Aufschrift ›S-Bahn Bregenz‹ in Richtung des Bahnhofs auf der Lindauer Insel rollte.

An der Baustelle am Bahndamm arbeitete an diesem regnerischen Tag niemand. Die Leute seiner Firma hatten »Schlechtwetter«, weil man für die Ausbesserungsarbeiten eine trockene Witterung brauchte. Das kam ihm entgegen, denn so konnte er unauffällig den Anhänger benutzen. Und schließlich war er ja für alle in der Firma offiziell vor fast 30 Jahren spurlos verschwunden. Wie sollte er den – seinen – Leuten klarmachen, dass er der Chef der Liechtensteiner Niederlassung dieser Firma war, und dann womöglich gerade ein langjähriger Mitarbeiter auf der Baustelle wäre, der ihn als Alois Leibacher erkennen würde?

Er stieg aus und rückte die von dem Bautrupp vorschriftsmäßig aufgestellten Baustellen-Abzäunungen mit den roten Warnleuchten zur Seite. Der Anhänger stand auf der anderen Seite des Bahnübergangs.

Über dem Bodensee änderte sich das Wolkenbild zu einer dunkelgrauen Wand, die den nächsten Regenschauer ankündigte. Der Wind blies Wellen in das graublaue Wasser. Ein dicker Regentropfen klatschte auf seinem Kopf auf und lief als kleines Rinnsal durch den dünnen Haarkranz an seinem Hinterkopf in seinen Nacken. Er drehte sich um und wollte in seinen Geländewagen einsteigen, den er am linken Rand der schmalen Fahrstraße neben einem Baum geparkt hatte. Doch den Platz zwischen Fahrertür und Baum hatte sich gerade ein großer Hund ausgesucht, um dort in aller Ruhe einen großen Haufen zu kacken. Brander motzte den Hund an, was dieser mit einem zähnefletschenden Knurren beantwortete. Er ging zur Beifahrertür, nahm seinen abgegriffenen dunkelbraunen Hut mit der beigefarbenen Kordel vom Beifahrersitz und wartete, bis der Hund nach der Verrichtung seines Geschäfts in die Richtung davontrottete, wo seine Besitzerin mit der Leine wartete und sich offensichtlich einen Dreck um die Hinterlassenschaften ihres Köters kümmerte.

Mit einem großen Schritt stieg er in den Wagen, um nicht in den Hundehaufen zu treten. Gerade hatte er den Motor gestartet und war einige Meter auf den Bahnübergang zugefahren, als sich die rot-weißen Bahnschranken, von Bimmelgeräusch begleitet, gemächlich in die Waagrechte senkten. Mit Zornesröte im Gesicht warf Anton Brander den Hut wieder auf den Beifahrersitz und hupte wie verrückt. Die beiden Spaziergänger auf der anderen Seite der Bahnschranke blickten sich an, und einer von ihnen tippte sich mit dem Zeigefinger an die Stirn.

Der Regenschauer ließ wieder nach, doch der Eisenbahnzug ließ auf sich warten. Nach drei Minuten, die ihm wie drei Stunden vorgekommen waren, rumpelte ein aus zwei Waggons bestehender Triebwagenzug über die Gleise. Die Schranke öffnete, und er setzte nach dem Überqueren des Bahnübergangs den Geländewagen rückwärts an die Deichsel des Tieflader-Anhängers heran, stieg aus und kurbelte das Stützrad hoch, um es auf die Höhe seiner Anhängerkupplung zu bringen.

Einige Minuten später fuhr das Gespann die B12 hoch, die in Richtung Wangen im Allgäu führte. Brander überlegte angestrengt, wie er zu der Stelle kommen konnte, wo der abgestürzte Kleintransporter lag. Ihm fiel ein, dass es unter der Autobahn-Hängebrücke einen Wanderparkplatz gab, über den er zur Absturzstelle gelangen konnte. In dem kleinen Ort mit der Burgruine fiel ihm wieder ein, wo er dorthin abbiegen musste. Womöglich hat die Argen diesen Monschkopf auch bereits fortgeschwemmt, falls es ihn aus dem Wagen geschleudert hat, dachte Brander. Dann wäre seine Leiche in Richtung Bodensee unterwegs, wenn er nicht unterwegs zwischen Achberg und Langenargen irgendwo hängen blieb.

Auf dem Wanderparkplatz parkte an diesem regnerischen Nachmittag kein einziges Auto, zumal es ohnehin Werktag war. Er wollte erst einmal den Wagen abstellen, um sich zu Fuß auf die Suche nach dem abgestürzten Kleintransporter zu machen, doch er sah durch Sträucher hindurch bereits dessen Ladefläche, die schräg senkrecht nach oben ragte, als würde der Wagen mit der Fahrerkabine nach unten im Boden stecken. Vorsichtig steuerte Brander den Geländewagen über den stellenweise vom Regen aufgeweichten Waldweg und musste dabei höllisch aufpassen, nicht mit dem ganzen Gespann steckenzubleiben. Zwischen zwei hohen Brückenpfeilern konnte er rangieren und mit dem Anhänger rückwärts direkt an das Wrack des Renault-Transporters heranfahren.

Ihm stand eine schwierige Aktion bevor. Er musste den Wagen mit der an seinem Geländewagen montierten Elektro-Seilwinde auf den Anhänger ziehen. Er stieg aus, ging auf den Unfallwagen zu und spürte, dass ihm ein kalter Schauer über den Rücken lief. Oben auf der Autobahnbrücke donnerte der Verkehr. Zögernd bückte er sich zu der völlig zerstörten Fahrerkabine. Wo war Monschkopf? Anton Brander nahm sich zusammen und machte sich auf die Suche nach der Leiche. Er erinnerte sich, dass Monschkopf im Gasthaus in einer braunen Jacke und einer dunkelgrünen Hose gesessen hatte. Die perfekte Tarnkleidung, wenn man mitten in der Natur das Zeitliche segnen will, dachte Brander.

Er suchte nach einem begehbaren Weg in Richtung Flussufer, um das Gelände besser überblicken zu können. Nach einigen Metern hatte er fast das Ufer erreicht, schob den ausladenden Zweig eines Strauches beiseite und erstarrte. Vor ihm lag Gottfried Monschkopf auf dem Rücken, den halb zerschmetterten Kopf im Wasser und mit ausgestrecktem rechtem Arm, der vom Wasser des Flusses auf und ab bewegt wurde wie ein am Straßenrand stehender Anhalter.

Mit großen Schritten hastete Brander zum Anhänger und öffnete den Deckel einer Box, die zum Verstauen von Werkzeug und Abdeckmaterial diente. In der Box lag eine zusammengefaltete Plane, die er herauszog und damit zur Leiche von Monschkopf zurückging, um ihn darin einzurollen. Der Regen setzte wieder ein, als er gerade die in Plastik eingewickelte Leiche zu seinem Wagen zerrte und unter großer körperlicher Anstrengung im Kofferraum verstaute. Kaum hatte er die Kofferraumklappe geschlossen, nahm er den Karabinerhaken der Seilwinde in die Hand, rollte das Drahtseil ab und suchte an dem Renault-Transporter eine Stelle, an der er das Seil einhängen konnte. Mit fummeligen Bewegungen legte er das Seilende um eine Stahlstrebe am Heck des Transporters, wobei er sich strecken musste, und klickte den Karabinerhaken ein.

Jetzt galt es zunächst, den Transporter irgendwie auf die Räder zu bekommen. Brander drückte den Startknopf der Elektro-Seilwinde, und der Schrotthaufen bewegte sich nach einem Ruck mit knirschenden blechernen Geräuschen. Eine knappe Minute später stand das Transporter-Wrack tatsächlich auf den Rädern, sodass er nur noch den Haken der Seilwinde noch einmal an einer anderen Stelle setzen musste, um den Wagen auf den Anhänger ziehen zu können.

In der Nähe bellten zwei Hunde. Er blickte in Richtung des Wanderparkplatzes und sah, dass sich zwei Hundebesitzer gerade begegneten. Er versteckte sich neben seinem Geländewagen. Die Hundebesitzer waren damit beschäftigt, ihre Hunde wieder zu beruhigen, und nahmen nicht wahr, was 20 Meter weiter vor sich ging. Er atmete kurz durch und startete wieder den Elektromotor der Seilwinde, die mit erstaunlicher Kraft das Wrack des Transporters auf den Anhänger zog.

Seine Jacke war inzwischen durchnässt, doch in seiner Anspannung nahm er dies kaum mehr wahr und beeilte sich, von diesem Ort wegzukommen. Er schaltete den Allradantrieb ein, und das Gespann rollte langsam über den Waldweg. Auf dem Wanderparkplatz fiel ihm ein, dass er mit dem Unfallwagen auf dem Anhänger mitten durch den Ort fahren musste, was alles andere als unauffällig war. Dann entdeckte er am Rand des Parkplatzes einen großen, langen Holzstapel, der nach einer Baumfällaktion aufgeschichtet und mit einer alten Lkw-Plane abgedeckt war. Brander zog die Plane herunter und hängte den Karabinerhaken der Seilwinde an eine der Metallösen in der Plane ein. Die Seilwinde zog die Plane über den Transporter, sodass dieser vollständig bedeckt war. Brander nahm einen Spanngurt aus der Box auf dem Anhänger und verschnürte damit die Lkw-Plane, damit die überstehenden Teile nicht auf der Straße umherschleiften und nicht im Fahrtwind flattern konnten. Zufrieden betrachtete er die sorgfältig eingewickelte Fracht und fuhr los.

Nach knapp einer halben Stunde Fahrt hatte er das Firmengelände der »Alois Leibacher Tief- und Straßenbau GmbH & Co.« in Lindenberg erreicht, wo das Firmengelände von »Elektro Britzler« unmittelbar angrenzte und wo seit Jahrzehnten der Zaun zwischen den Grundstücken fehlte. Keiner der beiden Firmeninhaber hatte je die Notwendigkeit gesehen, diese Lücke im Zaun wieder zu schließen.

Es war inzwischen 17.30 Uhr, und bei beiden Firmen war bereits Feierabend. Er steuerte das Gespann durch die Lücke im Zaun und rangierte den Anhänger im Außenlager von Firma »Britzler« an eine Stelle neben einem Schrottcontainer. Brander betätigte die Kippvorrichtung des Anhängers und ließ den Unfallwagen herabrutschen. Durch die Lücke im Zaun fuhr er wieder auf das »Leibacher«-Betriebsgelände, um den Anhänger abzukuppeln.

Nun musste er noch die Leiche loswerden. Auf der Fahrt nach Lindenberg war ihm dazu eine Idee gekommen. Er trat auf das Gaspedal und fuhr auf die B308 Richtung Oberstaufen. Sein Ziel war die Stausee-Baustelle. Brander fuhr die breit ausgebaute, aber kurvige Strecke mit 120 Stundenkilometern. In jeder Kurve hörte er, wie im Kofferraum die in der Plastikplane eingewickelte Leiche hin und her rutschte.

Auf den bisherigen Kilometern war ihm kein einziges Auto entgegengekommen, was ihm ungewöhnlich vorkam. Jetzt bloß keine Umleitung, Straßensperrung oder sonstige Verkehrsbehinderung, dachte er und verfluchte sich in dem Moment selbst, weil er die Leiche und den Kleintransporter nicht doch hatte liegen lassen. Ihm wurde mit einem Schlag bewusst, dass er sofort unter dringendem Mordverdacht stünde, falls er ausgerechnet jetzt in eine Polizeikontrolle geriete und eine Leiche im Kofferraum spazieren fuhr.

Die Strecke führte in Kurven talwärts, wo an diesem frühen Abend Nebel aufgezogen war. Fast hätte er den Kreisverkehr übersehen, dessen Ausfahrten in die querenden Richtungen ins Westallgäu und nach Bregenz führten, und musste scharf abbremsen, um einem in Richtung Weiler durchfahrenden Passat nicht die Vorfahrt zu nehmen.

In der Ausfahrt des Kreisverkehrs fiepte sein Smartphone. Mit einer Hand fingerte er es aus der Innentasche seiner Jacke, drückte die Taste und hielt es am ausgestreckten Arm gegen die Frontscheibe, damit er die Nachricht auf dem Display lesen konnte und zugleich die Straße weiter im Blick hatte.

Die Mobilnummer war ihm unbekannt, aber die erste Zeile lautete: ›Hallo, Paps!‹ Carola. Er wollte das Smartphone gleich wieder beiseitelegen, weil er sich denken konnte, dass sie mal wieder Geld brauchen würde. Wahrscheinlich war er mit seiner Vermutung kürzlich richtig gelegen, dass die Liaison zwischen ihr und Bill sich verflüchtigt hatte.

Doch die Neugier überwog, und er las vom Display die Worte einzeln nacheinander ab. Seine Blicke zuckten im Stakkato zwischen dem Smartphone-Display und der Straße hin und her. Schließlich steuerte er den Geländewagen in eine Bushaltestelle. Er konnte kaum glauben, was er gerade nur bruchstückhaft hatte lesen können.

›ab nächsten monat mach ich in der schweiz eine ausbildung. ich habe rausgefunden, was meinem leben einen sinn gibt, und werde jetzt altenpflegerin in einer seniorenresidenz am schweizer seeufer.

Gruß Carola‹

»Gratuliere«, murmelte er mit abfälligem Ton vor sich hin, doch zugleich empfand er für seine Tochter plötzlich so etwas wie Respekt und war für einen Moment von sich selbst enttäuscht, dass er als Vater nicht einmal ihre Mobilnummer gespeichert hatte.

Hinter ihm hupte ein Linienbus, der ihn dadurch wieder aus der Haltestelle herausjagte. Brander fluchte, weil er sich von der SMS-Nachricht hatte aufhalten lassen und zusehen musste, dass er Monschkopfs Leiche loswurde, bevor sich die Dunkelheit über das Steighorntal zu legen begann.

Zehn Minuten später war er auf der Serpentinenstraße in Richtung Steighorn und fuhr am Gasthaus »Zur Aussicht« vorbei, wo er und Monschkopf am selben Tag zur Mittagszeit noch gesessen hatten. Jetzt lag Gottfried Monschkopf tot im Kofferraum seines Geländewagens auf dem Weg zu seiner letzten Ruhestätte; einer, die Monschkopf als Bautechniker sicher fasziniert hätte.

Es begann wieder zu regnen, als er die Baustraße zur Staumauer-Baustelle hinauffuhr. Seine Tief- und Straßenbaufirma baute in einem Konsortium aus mehreren Spezialbauunternehmen an der Staumauer mit. Brander kannte als Initiator des Projekts sämtliche Pläne und hatte den Baufortschritt im Blick. Und er wusste, dass gerade am linken und rechten Ende der Staumauer die Schalungen für die Turmbauwerke standen, über die später das Kraftwerkspersonal zu den Wartungsgängen gelangen konnte.

Brander war an der Stelle angelangt, wo die Zufahrt in ein weitläufiges Baustellengelände überging und wo die Baucontainer und die geparkten großen Baumaschinen, Bagger und Kipplaster geparkt waren. Er steuerte den Geländewagen in Richtung seiner Sporthotel-Baustelle. Auf halber Höhe ragten der Schalungsverbau und hunderte Eisenstäbe für das südliche Turmbauwerk der Staumauer in die Höhe.

Im Rückwärtsgang rangierte er langsam an eine Stelle des Turmbauwerks heran, wo eine Lücke in dem gewaltigen Schalungsverbau war, die den Betonbauern den Zugang zum Baugerüst bot. Brander stieg aus dem Wagen und musste aufpassen, dass sich seine Füße nicht in den herumliegenden Armierungseisen verfingen. Der Regen tropfte von seiner Hutkrempe, und er fluchte, weil er auf dem äußerst unwegsamen Gelände noch einmal um den Wagen herumgehen musste, damit er die Heckklappe öffnen konnte.

Er zog ein Paar Arbeitshandschuhe an und zerrte von einem nebenan aufgeschichteten Stapel ein Schalbrett, das er mit dem vorderen Ende auf einer Gerüststange auflegte. Dann nahm er ein zweites Schalbrett, das er schräg an der Kofferraumkante auflegte, sodass er die Leiche von einem Schalbrett auf das andere rutschen lassen konnte. Mit dem Knie an der Stoßstange abgestützt, zog er den toten Gottfried Monschkopf an den Füßen heraus, der unsanft auf die vom Regen glitschigen Bretter rutschte.

Über die Staumauer-Baustelle am Steighorn begann sich die Dunkelheit zu legen, und inmitten von Baumaterial und einem Dickicht senkrecht emporragender Eisenstäbe stand Anton Brander, im Regen, mit Hut und Arbeitshandschuhen, wie ein Vollstrecker. Er bückte sich, hob das Ende des Schalbretts an und ließ die Leiche in die Tiefe gleiten. Beim Abrutschen wickelte sich ein Teil der Plastikplane ab, und der rechte Arm des Toten blieb kurz an einem der Eisenstäbe hängen, sodass es aussah, als würde Monschkopf zum Abschied noch einmal winken, was sogar den hartgesottenen und skrupellosen Anton Brander alias Alois Leibacher erschaudern ließ.

»Morgen wird betoniert«, sprach Brander andächtig vor sich hin. Aus der Tiefe des eingeschalten Schachtbauwerks hörte er ein Geräusch, das nicht wie der widerhallende Aufprall auf eine Fläche klang. Es hörte sich an wie eine in den Erdboden gestoßene Grabgabel, als der Körper etwa 20 Meter weiter unten von den Armierungseisen aufgespießt wurde.

Durch den strömenden Regen stapfte Brander zu seinem Wagen und beeilte sich, wieder von dem Baustellengelände wegzukommen. Alle vier Antriebsräder wühlten sich durch den vom Regen aufgeweichten Boden, bis der Geländewagen schließlich wieder den festgefahrenen und griffigen Untergrund der Baustraße unter den Reifen hatte.

In der Kurve vor den Baucontainern erfassten die automatischen Bewegungsmelder der Sicherheitsbeleuchtung sein Auto, und mit einem Schlag richtete sich das helle Licht von drei Flutlichtstrahlern auf ihn. Eine Videokamera begann auf das Signal der Bewegungsmelder hin, das Geschehen zu filmen.

*

Ihre Finger mit den schwarz lackierten Nägeln zitterten noch immer, als sie am Telefon in ihrem winzigen Büro seine Mobilnummer wählte. Sie hatte es irgendwie sofort geahnt, als Guntram Glattlinger ihr das vergilbte kleine Plastiktütchen mit einer kleinen roten Haarsträhne gebracht und dabei erwähnt hatte, dass eine rothaarige junge Frau in seinem Kommissariat gewesen war.

Am vorigen Abend hatte sie zu Hause in ihrer kleinen Mietwohnung das Körbchen mit dem Deckel aus ihrem Schlafzimmerschrank hervorgeholt, das wie eine Schatzkiste aussah und in welchem sie Erinnerungen an ihre Jugend aufbewahrte. Zwischen ihrem Grundschul-Poesiealbum, einem zu eng gewordenen Iron-Maiden-T-Shirt und einem Stapel Musikkassetten ihrer damaligen Lieblings-Metalbands fand sie die kleine kitschige rosa Schmuckschatulle. Die rote Haarlocke ihres älteren Bruders Manfred lag immer noch in dem kleinen giftgrünen Stofftäschchen, das sie damals in der Schule in dem von ihr gehassten Unterricht »Textiles Werken« gehäkelt hatte.

Die DNA-Analyse zeigte eine eindeutige Übereinstimmung, und sie hatte nun die Gewissheit, dass die rote Haarsträhne zu Sybilles Vater gehörte. Und sie hatte bei der Gelegenheit erfahren, dass sich ihre Nichte wohl in der Gegend aufhielt und sie dabei womöglich auch auf der Suche nach ihr war.

Auf ihren Anruf bei Guntram Glattlinger meldete sich die automatische Ansage seiner Mailbox. Dorothee Vittoriani konnte ihre Emotionen nicht mehr im Zaum halten. Und sie konnte in dem Moment nicht mehr auseinanderhalten, was heute war und was vor fast 30 Jahren gewesen war.

»… nach dem Signalton.«

»Ich hätte von dir nicht gedacht, dass du so was von Dienst-nach-Vorschrift-Beamter bist. Hast ein Beweismittel in der Hand und schiebst es in die Akte, statt dass du ermittelt hättest, und deswegen hab ich bis zum heutigen Tag nicht gewusst, was mit meinem Bruder passiert ist, dabei ist er umgebracht worden, und du lässt den Mörder frei rumlaufen, bloß weil dein Beamtenapparat meint, dass man den Fall einstellen muss. Ich fass es nicht, Gunni. Und ich will jetzt verdammt noch mal wissen, warum meine Nichte Sybille hier ist und wo sie jetzt ist.«

Sie bemerkte, dass sie damit zu weit gegangen war und ihn zu Unrecht beschuldigte. »Ruf mich bitte an, ja?«, sprach sie nach einer kurzen Pause flehend und mit tränenerstickter Stimme in den Hörer.

*

Das klatschende Geräusch durchzog zum wiederholten Male die Träume in seinem Dämmerschlaf. Er saß am Steuer eines Cross-Autos ohne Türen, das anstelle einer Windschutzscheibe ein Drahtgitter hatte und an dessen Heck ein Propeller dröhnte. Der Himmel über ihm war hellviolett mit einem neongrünen Schimmer, und das lärmende Gefährt, eine zusammengebastelte Kreuzung aus Rallye-Auto und Fluggerät, fuhr mit ihm im Schleichtempo über eine holprige Schotterpiste. »Flieg doch endlich, du Scheißkiste!«, sagte seine Traumstimme. Obwohl er das Gaspedal bis zum Anschlag durchgedrückt hatte, schaffte der Propeller es nicht, das skurrile Gefährt zum Abheben in die Luft zu bewegen.

Sein Traumbewusstsein riet ihm gerade nachzusehen, ob die Karre überhaupt Flügel hatte, als er wieder das klatschende Geräusch hörte, diesmal etwas deutlicher und mit Nachhall, gefolgt von einem Rauschen. Das Traumgefährt hüpfte über eine Kuppe, schlug nach wenigen Metern Flug auf einer asphaltierten Piste auf und zerfloss unmittelbar nach dem Aufprall zu einer graubraunen breiigen Substanz.

Das Erste, was er nach dem Aufwachen spürte, war ein stechender Schmerz in seinem rechten Fußgelenk und sein dröhnender Kopf. Sein Körper lehnte in sitzender Haltung in einer Ecke und es kam ihm vor, als säße er wie eine eingewickelte Mumie in der Grabkammer einer Pyramide. Er spürte, dass es kühl und klamm war. Er saß auf hartem Beton.

Der Rest seines Körpers erwachte langsam aus völliger Taubheit wieder zum Leben. Seine rechte Hand war abgewinkelt zwischen seinem Gesäß und einer Wandecke eingeklemmt. Erleichtert stellte er fest, dass er atmete, und nahm einige tiefe Atemzüge. Die Luft roch nach Beton;

ein Geruch, der sich bei ihm als gelerntem Betonbauer tief in den Geruchssinn eingebrannt hatte.

Wilfried Grätner neigte seinen Körper nach links, um seine rechte Hand zu befreien. Sein ganzer rechter Arm schmerzte dabei. Erst jetzt versuchte er langsam, die Augen zu öffnen, um seine rechte Hand zu betrachten.

Um ihn herum war es dunkle Nacht. Er versuchte, trotz der Dunkelheit irgendetwas zu erkennen. Seine Augen begannen, sich an die Dunkelheit anzupassen, und schließlich nahm er einen schwachen Lichtschein wahr, der von schräg oben kam. Wo zum Teufel war er hier?

Seine linke Hand tastete am Boden und strich über ein paar winzige, lose Betonkrümel. Mit der rechten, noch halb tauben Hand sammelte er die Krümel in der Linken und warf sie irgendwohin. Ein schwaches prasselndes Geräusch verriet, dass die Betonkrümel an einer Wand gelandet und wieder zu Boden gefallen waren. Grätner versuchte, auf die Beine zu kommen, spürte aber, dass er völlig geschwächt und auch kurz vor dem Verdursten war. Mit der rechten Hand stützte er sich an einer Wand ab und bemerkte, dass diese nass war und sogar etwas Wasser tropfenweise herunterlief. Er formte die Hand zu einer Mulde, um das herablaufende Wasser aufzufangen, und sog gierig die paar sandig schmeckenden Tropfen Wasser auf. Ihm wurde bewusst, dass ihm ein Überlebenskampf bevorstand, und sein Körper begann, sämtliche Adrenalin-Reserven zu mobilisieren.

Auf Knien rutschte er an den Wänden entlang und tastete die Flächen ab. Er befand sich offenbar in einem Raum, also musste es auch eine Tür oder zumindest irgendeine Öffnung geben. Der Raum machte an einer Stelle einen Winkelversatz, und er dachte bereits, eine Türöffnung gefunden zu haben. Im letzten Moment merkte er aber, dass sich seine rechte Hand auf einer Kante aufstützte. Er tastete die Betonkante ab und stellte fest, dass es eine Öffnung nach unten gab. Wieder kehrte er mit der Hand ein paar Betonkrümel zusammen und ließ sie in die Öffnung fallen. Nach einer knappen Sekunde hörte er ein schwaches Prasseln, aus dem er schloss, dass es an dieser Stelle weit in die Tiefe gehen musste. Wilfried Grätner lehnte sich an die Wand, um durchzuatmen und seine Kräfte zu schonen.

Etwas in seinem Kopf hämmerte, und er begann zu überlegen, warum er in diesem Raum war und wie oder durch wen er hier hineinbefördert worden war. Seine Gedanken wurden von einem klatschenden, von Rauschen gefolgten Geräusch unterbrochen. Beton, dachte Grätner. Genau das Geräusch, wenn sich die am Kran hängende Betonbombe entleert und sich der frische Beton in der Schalung verteilt.

Sie betonieren mich ein, dachte er erschrocken und sah sich panikartig um, doch in seine Kammer kam kein Beton hereingeflossen. Offenbar wurde gerade in einem Bereich außerhalb dieser Kammer betoniert, und es drang nur das Geräusch durch die Betonwände.

Wo war er zuletzt gewesen? Wilfried Grätner versuchte, seine Erinnerung zu sortieren. Seine Denkvermögen kehrte allmählich zurück, und ihm wurde klar, dass ihn jemand mit irgendetwas betäubt haben musste, um ihn hier in diesem Kerker seinem Schicksal zu überlassen. Dies hier war aber offensichtlich kein Burgverlies, sondern etwas, was gerade neu gebaut wurde.

»Dieses Biest will mich in der Staumauer einbetonieren.« Grätner war inzwischen auch wieder imstande zu sprechen, und seine Worte hallten in dem Gemäuer umher. Es konnte nur Sybille gewesen sein. Er erinnerte sich plötzlich an ihre Worte, mit denen sie davon sprach, dass man vor 27 Jahren ihren Vater ermordet hatte und jemand seine Leiche in einen Transporter einer Baufirma geworfen hatte. Es hätte ihm eine Warnung sein müssen. Sein Geist war plötzlich hellwach und kombinierte blitzschnell die Zusammenhänge. Ihm fiel der Tag im August des letzten Jahres ein, als er mit Carola im Ferienhaus im Montafon die Goldbarren ausräumen wollte, die Alois Leibacher damals dort versteckt hatte. Dabei war er mit Carola in Streit geraten, und er erinnerte sich, dass er beim Zurücklaufen im Vorbeigehen am Ferienhaus kurz geglaubt hatte, dass eine rothaarige Frau im Fenster des oberen Stockwerks stehen würde. Er erkannte jetzt, dass es keine Sinnestäuschung gewesen war, sondern tatsächlich Sybille Breitstein im Haus war, was im Nachhinein auch die unverschlossene Haustür erklärte. Nie wieder, so schwor er sich, würde er sich von einer Frau so um den Verstand bringen lassen, sollte er überhaupt jemals wieder aus diesem Bunker lebend herauskommen.

Sybille und Bill waren vor Kurzem in einer lauen Septembernacht am Bodenseeufer gewesen, hatten nahe der österreichischen Grenze am Ufer auf einem großen Stein gesessen und Bodensee-Rotwein aus Plastikbechern getrunken. Dann musste sie ihm offenbar etwas in den Becher gekippt haben, was ihm einen langen Schlaf bescherte. Doch wie konnte die zierliche Sybille seinen gut 90 Kilo schweren Körper hier hineinwuchten? Oder hatte sie etwa Helfer?

Etwas Metallenes klirrte an seiner Hose, als er gerade wieder aufzustehen versuchte. Erst jetzt bemerkte er, dass er einen Gurt mit Karabinerhaken um die Hüften und im Schritt trug; ein Sicherungsgurt, den man bei Bauarbeiten zur Absturzsicherung nutzte. »Dieses verdammte Luder hat mich da runter abgeseilt«, dachte er laut vor sich hin. Grätner begann zu rätseln. Er fasste noch einmal an den Karabinerhaken. Seine Finger ertasteten ein fingerdickes Kunststoffseil, das er bisher nicht bemerkt hatte. Hastig zog er das Seil abwechselnd mit beiden Händen, um herauszufinden, wo es hinführte. Doch schon nach wenigen Zügen griff eine Hand beim Nachfassen ins Leere. Das Seil war abgeschnitten worden.

Wenn sie ihn wohl hatte umbringen wollen, warum hatte sie ihn dann nicht einfach hier hereingeworfen? »Verstehe, du willst mich hier langsam verrecken lassen«, führte Bill Grätner seine Selbstgespräche fort, um nicht in den Wahnsinn zu verfallen.

Ihm dämmerte, dass Sybille Breitstein von Anfang an nichts anderes im Sinn hatte, als den Mord an ihrem Vater auf diese Weise zu rächen. Und er war so naiv zu glauben, dass er – immerhin über 20 Jahre älter als sie – ihr Auserwählter gewesen sein sollte. Er hatte ihr geholfen, in einem Ort in der Nähe der Staumauerbaustelle ein Apartment einzurichten, wo sie bis zur Inbetriebnahme des Kraftwerks wohnen würde, bevor sie als Bauingenieurin dort ihre Tätigkeit als Maintenance Services Manager für Betrieb und Instandhaltung der Kraftwerksanlagen aufnahm. Den ganzen Sommer waren sie bei jeder Gelegenheit gemeinsam mit seinem Motorboot auf dem Bodensee unterwegs gewesen, und er hatte es genossen, wie sie sich mitten auf dem See auf dem breiten Sitz im Heck des Motorbootes ungeniert ihrer Leidenschaft hingegeben und hemmungslosen Sex hatten. Doch sie war in letzter Zeit zunehmend auf Distanz zu ihm gegangen.

Ihm fiel ein, dass sie in ihrer Aktentasche eine Mappe mit Detailplänen für die Wartungsgänge hatte. Ihn beschlich eine ungefähre Ahnung, wohin sie ihn verfrachtet haben konnte.

Er tastete seine Kleidung ab. Er trug seine graubraune Jacke mit dem Stehkragen und den zwei Brusttaschen. In der linken Tasche trug er stets sein Mobiltelefon, aber die Tasche war leer. Kurz befiel ihn ein Anflug von Panik, doch sein Verstand meldete sogleich, dass er hier ohnehin keinen Handyempfang haben würde. In der rechten Brusttasche fand er die kleine Schlüsselanhänger-LED-Taschenlampe, die er einmal von einem Vertreter eines Baumaschinenhändlers als Werbegeschenk bekommen hatte und die er stets bei sich trug.

Grätners Herzschlag beschleunigte sich, als er die Lampe aus der Brusttasche nahm und anknipste. Erst vor Kurzem hatte er tatsächlich eine neue Batterie eingelegt und konnte nun sein Verlies ausleuchten. Als Erstes betrachtete er die Öffnung im Boden, in die er bei der ersten Erkundung im Dunkeln fast hinabgestürzt wäre. Tatsächlich ging es mindestens drei Meter in die Tiefe. Dann entdeckte er, dass es auf der anderen Seite der Öffnung eine Wand gab, an der eine Eisenleiter befestigt war. Grätner leuchtete entlang der Eisenleiter nach oben. Es war ein senkrechter Schacht. Es musste also einen Weg nach oben geben! Doch die Wand mit der Eisenleiter war von der Kante der Bodenöffnung gut zwei Meter entfernt. An den beiden Längsseiten der Schachtwände gab es jeweils einen kleinen Versatz von wenigen Zentimetern, was offenbar dazu vorgesehen war, dass in die Öffnung später ein Gitterrost eingelegt werden konnte. Doch jetzt klaffte von der Betonkante bis zur Leiter nur ein tiefes schwarzes Loch.

Grätner untersuchte das Seil. Es war vielleicht zweieinhalb Meter lang, und das Ende war nicht etwa abgeschnitten, sondern offenbar an einer Betonkante abgescheuert worden.

Dann übermannten ihn wieder der Durst und der Schmerz in seinem Fußgelenk. Grätner humpelte zu der

Wand, an der die Wassertropfen herunterliefen, und versuchte, den schlimmsten Durst mit ein paar Tropfen zu löschen. Er hoffte, dass das Geräusch von eingefülltem Beton wieder auftreten würde, denn dann arbeiteten auch Leute auf der Baustelle, die vielleicht seine Hilferufe hören könnten. Doch dazu fühlte er sich zu schwach. Und das Geräusch blieb aus. Auf der Baustelle war wohl bereits Feierabend.

Er blickte nach oben, um zu sehen, wo das Wasser herkam. Eine quadratische Fläche an der Decke war etwas heller als der umgebende Beton. Er spürte sogleich wieder einen Hoffnungsschimmer und leuchtete mit der kleinen LED-Taschenlampe an die Stelle. Es war eine Deckenaussparung, in die wohl später eine Einstiegsluke eingebaut werden sollte. An der Betonkante der Aussparung waren orangefarbene Spuren zu sehen, wo das Kunststoffseil abgescheuert worden war. Man hatte ihn also durch diese Öffnung hier hineinbugsiert, und Sybille konnte dies kaum allein bewerkstelligt haben.

Durch die quadratische Öffnung war nichts als Betonwände zu sehen. Wilfried Grätner setzte sich in eine Ecke und wollte sich überlegen, wie er hier herauskam, doch er fühlte seine Lebensenergie zusehends schwinden. Irgendwie musste er an diese senkrechte Eisenleiter kommen, doch vor der Wand mit der Leiter war dieses verdammte Loch und die Leiter gut zwei Meter entfernt. »Du warst mal Stuntman, lass dir was einfallen«, appellierte seine innere Stimme an seinen Überlebenswillen. Bill Grätner begann zu überlegen, wie er aus dem Rest des Seils und dem Hüftgurt etwas schnüren konnte, mit dem er an die Eisenleiter gelangen könnte. Er tastete den Gurt ab, öffnete die Schließe und schlüpfte im Sitzen aus dem Sicherheits-Hüftgurt heraus.

Mit der Taschenlampe leuchtete er noch einmal den Bereich mit der Bodenaussparung und der an der gegenüberliegenden Wand montierten Eisenleiter aus. Er atmete zweimal tief durch und erhob sich. Die kleine LED-Taschenlampe steckte wieder ausgeschaltet in seiner Jackentasche, um die Batterie zu schonen. Weil er in der Dunkelheit nichts sehen konnte, war sein Hörsinn umso intensiver. Die Betonwände vervielfältigten sein Atemgeräusch, das von einem Rasseln begleitet war und sich anhörte, als wäre ein Dämon mit im Raum. Aus dem Loch vor ihm konnte er hören, wie ein Wassertropfen in der Tiefe auf eine Fläche traf. Von den Wänden schien sein Herzschlag zu widerhallen.

Irgendwie musste er dieses verdammte Loch bis zur Leiter überwinden. Das Einzige, was eine kleine Hilfestellung bot, war der kleine rechtwinklige Versatz an der Wand von etwa drei Zentimetern, auf den er den Fuß würde stellen können.

Grätner nahm sich zusammen, vergaß den quälenden Durst und die schwindenden Kräfte und startete einen Versuch. Er warf das abgetrennte Seilende in Richtung der Leiter und musste dabei höllisch aufpassen, am Rand der Bodenaussparung nicht das Gleichgewicht zu verlieren. Das Kunststoffseil schlug gegen das Metall und erzeugte ein »Pling«, das von den Schachtwänden wie zum Hohn als Echo widerhallte. Für den zweiten Versuch zog er das Seil durch die Hände, bis er den Hüftgurt mit dem Karabinerhaken in der Hand hatte, den er jetzt in Richtung der Leiter schleuderte.

Der Gurt fiel über eine Leitersprosse und blieb mit einem metallen klimpernden Geräusch hängen. Treffer! Vorsichtig zog Grätner am Seil und hoffte, dass sich der Hüftgurt mit seinen Metallringen so in der Leiter verfangen hatte, dass er sich an das Seil hängen konnte. Der Gurt hielt, und er konnte sogar ruckartig am Seil ziehen.

Bill Grätner atmete tief durch und schwitzte vor zunehmender Erschöpfung. »Wenn dir jetzt das Seil ins Loch fällt, bist du verloren«, sprach er leise vor sich hin und mahnte sich damit zu äußerster Konzentration. Mit der Taschenlampe leuchtete er noch einmal den Weg nach oben aus. Die Leiter führte etwa sechs Meter nach oben. Ein schwacher Lichtschein, der am oberen Schachtende seitlich hereinkam, ließ ihn darauf schließen, dass es dort eine Öffnung geben musste.

Grätner zog das Seil straff und setzte den linken Fuß auf den Versatz an der Betonwand. Sein Oberkörper hing in Richtung der Eisenleiter. Sein rechter Fuß stand, die Beine weit gespreizt, noch an der Kante der Bodenaussparung. Mit der rechten Hand fasste er das Seil, damit er die linke Hand frei hatte, wenn er die Leiter erreichte. Endlich bekam er einen senkrechten Holm der Leiter zu fassen. Grätner atmete in kurzen, beinahe hechelnden Zügen, aber er hatte einen einigermaßen sicheren Stand, auch wenn seine Schuhsohlen nur auf dem schmalen Betonvorsprung Halt fanden und der Knöchel seines rechten Fußes sich anfühlte, als würde er gerade mit einem Winkelschleifer durchtrennt.

In dem ganzen Bauwerk lag Totenstille, und nur sein immer schwerer werdender Atem kam wie ein Fauchen von den Schachtwänden zurück. Er senkte den Kopf und versuchte, wieder klar zu werden. Vorsichtig setzte er den linken Fuß weiter nach links, um noch näher an die Leiter zu kommen. Er wollte versuchen, mit dem rechten Fuß auf eine Leitersprosse zu kommen, und zog mit der rechten Hand am Seil.

Mit einem Ruck löste sich der Gurt aus der Leiter. Sein rechter Fuß trat ins Leere, und sein Körper stürzte mit einer ruckartigen Bewegung auf die Eisenleiter zu. Im selben Moment bekam seine rechte Hand den Holm der Leiter zu fassen. Bill Grätner schaffte es, sich mit beiden Händen festzuhalten und den rechten Fuß auf eine Leitersprosse zu setzen. Zitternd, schwitzend und nach Luft ringend hing er mit letzter Kraft an der Leiter und spürte den kalten Luftzug, der von unten in den Schacht hochströmte.

Erneut zwang er sich zu äußerster Beherrschung und bemerkte, dass zwischen seiner rechten Hand und dem Leiterholm noch das Seil war. Erleichtert atmete er tief durch. Damit konnte er für den mühsamen Weg nach oben wenigstens den Hüftgurt und den Karabinerhaken zu Hilfe nehmen.

»Hier zieht's wie Hechtsuppe«, sagte Bill Grätner vor sich hin und begann, sich Sprosse für Sprosse langsam an der senkrechten Leiter hochzuarbeiten. Der schneidende Schmerz in seinem Fußknöchel schien jetzt erst recht seine letzten Kraftreserven zu mobilisieren.

*

»Ja, was jetzt, kaputtes Brückengeländer und Reifenspuren, aber sonst nichts? Dann ist das eben unerlaubtes Entfernen von der Unfallstelle. Oder geht es bitte etwas präziser?« Guntram Glattlinger trommelte mit den Fingern auf die Tischplatte und sah dabei auf die Uhr, als er den leitenden Mitarbeiter der Autobahnmeisterei Wangen im Allgäu am Telefon hatte.

Neben ihm lehnte Kollege Karsten Blonk mit verschränkten Armen an der Wand. Ihm schien ebenso die tickende Uhr im Nacken zu hängen. Alle zwei Minuten sah er auf seine Armbanduhr und schob dabei immer die hochgekrempelten Ärmel seines hellblau-karierten Hemds über die Ellenbogen. Mit seiner schlanken, hochgewachsenen Statur überragte er Guntram Glattlinger um einige Zentimeter.

Der Mann am anderen Ende der Leitung räusperte sich. »Des sieht für uns eindeutig so aus, dass da ein Fahrzeug durch das Geländer gerauscht isch. Also net bloß ein bissle dagegeng'fahra, sondern komplett durch. Und des auf der Hängebrücke, wo's 20 Meter runtergeht. Aber man sieht unten nix. Also zumindescht nicht von der Brücke aus.«

Glattlinger stand auf und trat an die Landkarte an der Wand, die, von Süden nach Norden gesehen, das Gebiet vom östlichen Bodenseeufer bis nach Leutkirch im Allgäu zeigte, um nachzusehen, an welchem Punkt die Grenze zwischen Bayern und Baden-Württemberg die Autobahn querte.

Der Mitarbeiter der Autobahnmeisterei schien die Zuständigkeitsfrage durch die Telefonleitung zu erahnen. »Und weil des auf der Seite aus Fahrtrichtung Lindau isch, hent Ihre Kollegen hier in Wangen unser'm Chef g'sagt, dass man auf jeden Fall die bayerische Kriminalpolizei verschtändigen soll.«

»Völlig in Ordnung«, bemerkte Glattlinger mit Blick auf die Uhr, die 16.45 Uhr am Nachmittag zeigte. »Wir schauen uns das morgen mal an.«

»Äh, Herr Plattlinger, es wär' gut, wenn Sie sich des heut noch anschauen könnten, falls Sie irgendwie Beweise oder so was sichern müssen. Weil, ich hab hier den Auftrag, das Brückengeländer wieder instand zu setzen, und zwar beginnt der Bautrupp heut Abend um halb acht. Weil die von der Straßenbaubehörde ang'ordnet hent, dass die Reparatur als Nachtbaustelle g'macht wird, weil in dem Bereich die rechte Spur g'sperrt werden muss. Aber eigentlich hätt' mer des genauso gut mitten am Tag machen können, weil sonscht, wenn's mal wieder gekracht hat oder ein Laster quer liegt, ischt auch eine Spur blockiert oder gleich die ganze Trasse dicht, aber die Oberen sind halt mal wieder ...«

»Können wir uns in einer halben Stunde dort treffen?«, unterbrach Glattlinger den Redefluss des Autobahnmeisterei-Mannes, der verdutzt zögernd zustimmte. Er nahm seine olivgrüne Jacke vom Stuhl und steckte sein Mobiltelefon in die Brusttasche. »Okay, Karsten, lass uns das mal anschauen, die Sache gefällt mir irgendwie nicht.«

»Sorry, Guntram, aber das ist gerade verdammt ungünstig.« Karsten Blonk sah wieder auf die Uhr. »Meine Tochter hat heut Abend um sechs eine Theateraufführung in der Schule, und ich hab ihr fest versprochen ... kannst du nicht den Paschmeier mitnehmen? Dann kann der vielleicht mal was lernen. Wenn ich das heute verpasse, kriege ich mit Nicole massiv Ärger!«

Glattlinger verdrehte die Augen, als er den Namen des Praktikanten von der Hochschule für Kriminalistik hörte, während er seine Jacke anzog. »Ja, passt schon – nicht, dass du noch mit deiner Frau Krach kriegst. Dann werde ich jetzt mal wegen der Nachtbaustelle noch mal ausrücken und Mister Oberschlau mitnehmen«, grummelte er. Blonk hatte sich bereits aus dem Staub gemacht.

Sascha Paschmeier lümmelte bei Patrizia hinter der Empfangstheke herum, lehnte bequem in einem verstellbaren Bürostuhl und las ein polizeiinternes Informationsblatt. Von der Empfangstheke aus war von ihm hinter der Lektüre nur sein akkurat gescheiteltes blondes Haar zu sehen, das über den Ohren modisch kurz geschnitten war und sich im Gesicht mit einem ebenso kurz rasierten blonden Vollbart fortsetzte, der einen Mund mit vollen, beinahe wulstigen Lippen umrahmte. In Erwartung des baldigen Dienstendes und mit Vorfreude auf das Wochenende schielte er auf die große runde Wanduhr.

»Mitkommen, Paschmeier!«, befahl Guntram Glattlinger im Vorbeigehen und lief mit großen Schritten in Richtung der großen Glas-Durchgangstür mit den großen quadratischen, abgegriffenen schwarzen Türgriffen, ohne sich noch einmal umzudrehen, ob der Praktikant tatsächlich der Anweisung folgte. Sascha Paschmeier schnappte seine hellgrüne Outdoor-Jacke, holte Glattlinger an den Treppenstufen vor der Eingangstür ein und folgte ihm mit schlaksigen Schritten zu seinem Peugeot 505, in den sie beide einstiegen.

»Wo geht's hin?«, fragte Paschmeier übereifrig. »Gibt's einen Mord?«

»Bis jetzt gibt es nur ein durchgebrochenes Brückengeländer an der Oberen Talbrücke von der A96. Da geht's gut 20 Meter runter, und die von der Autobahnmeisterei sagen, dass man unten nichts von einem Fahrzeug sieht.«

»Dann gibt es drei Möglichkeiten«, überlegte Paschmeier. »Entweder konnte der Fahrer das Fahrzeug nach dem Anprall an das Geländer tatsächlich wieder auf die Fahrbahn bringen. Hm, aber das geht irgendwie nur bei einem weit über die Achse ausragenden Fahrzeugteil … also wie bei einem Bus das Heck … aber ein Bus, der auf der Autobahn rückwärts ins Brückengeländer rast? Ziemlich unwahrscheinlich, denke ich. Oder vielleicht hat an der Stelle ein Lkw Ladung verloren, die wegen des Gewichts das Geländer durchbrochen hat? Wir können ja mal nachsehen, ob unter der Brücke irgendwie große Teile liegen, irgendwie vielleicht so Zeug aus Eisen oder Beton oder so.«

Sie hatten die Auffahrt zur A96 Richtung München erreicht, die an einer Stelle lag, die einen Panoramablick auf die Berge des Bregenzerwaldes, den Säntis in der Schweiz und im Hintergrund auf die Berge des Montafons bot.

»Und die dritte Möglichkeit?«, fragte Glattlinger, dem die fantasiereichen Gedanken des Praktikanten auf die Nerven gingen. Das Gehirn des Beifahrers schien gerade vergeblich, nach mehr oder weniger plausiblen Möglichkeiten zu suchen.

Zwei Minuten später kamen sie an die Autobahnbrücke, und Glattlinger ließ den Peugeot auf die Standspur rollen, wo der Mitarbeiter der Autobahnmeisterei bereits mit einem orangefarbenen VW-Transporter mit eingeschalteter Warnleuchte wartete.

»Die dritte Möglichkeit wäre, dass es die von der Straßenmeisterei selbst waren und das jetzt irgendwie vertuschen wollen?«, überlegte Paschmeier laut, was von Hauptkommissar Glattlinger mit einem vernichtenden Blick quittiert wurde.

»Bestimmt war das eine fliegende Untertasse, die durch das Geländer gedüst ist. Du kannst ja mal unter der Brücke nachschauen, ob da Marsmännchen rumhüpfen«, sagte Guntram Glattlinger und stieg aus dem Wagen.

»Bodo Allgaier, Grüß Gott, Herr Plattlinger«, begrüßte ihn der Mitarbeiter der Autobahnmeisterei.

»Glattlinger. Mit G wie Geländer, das hier an der Stelle nicht mehr da ist.«

Sie standen auf dem Teil der Autobahnbrücke, die als Hängebrückenkonstruktion gebaut war. Die Brücke schwankte leicht, wenn Lastwagen darüberfuhren. »Schau mal runter, ob da irgendwas Auffälliges rumliegt, und dann sichte das Geländer auf Lackspuren«, sagte Glattlinger, an Paschmeier gewandt.

»Wie kommt man von hier aus da runter?«, fragte Glattlinger, und Allgaier erklärte ihm den Zufahrtsweg.

»Vielleicht ist das Fahrzeug ziemlich genau senkrecht abgestürzt und liegt direkt unter der Brücke, sodass man es von hier nicht sehen … Paschmeier?«

Von Sascha Paschmeier war nur seine linke Hand zu sehen, die sich von unterhalb der Brücke am unteren Holm des Geländers festhielt, das nach außen gebogen war. Mit der rechten Hand warf er ein etwa 30 Zentimeter großes Plastikteil nach oben, das beinahe die Beifahrertür des Peugeot-Youngtimers getroffen hätte. Eine Sekunde später schwang er sich gelenkig wieder nach oben, als er mit einem Fuß an einer Kante Tritt gefasst hatte und sich mit der rechten Hand am oberen Geländerholm wieder hochzog. »Überall blaue Lackspuren. Und da ist am Geländer« – er hob das graue Plastikteil auf – »ein Teil hängen geblieben, das wie ein Stück Kühlergrill mit einer eckigen Scheinwerfer-Einfassung aussieht. Ich tippe auf einen Kleintransporter, vielleicht ein Ducato oder eine japanische Marke. Aber da unten unter der Brücke ist weit und breit nichts von …«

»Bist du eigentlich wahnsinnig? Was veranstaltest du hier für eine Luftakrobatik-Nummer?«, herrschte Glattlinger ihn an.

Sascha Paschmeier breitete die Arme aus, in der rechten Hand hielt er das Kühlergrill-Bruchstück. »He, ich mache in meiner Freizeit Freeclimbing. Mein Kumpel Sebastian und ich gehen regelmäßig die Wand hoch. Das hier ist eine der leichtesten Übungen, wenn man richtig was zum Festhalten hat.«

Guntram Glattlinger sah den Praktikanten mit offenem Mund an. Bodo Allgaier schien sich über die Situation zu amüsieren. »Ha, den Kerle könnt' mer bei uns brauchen, der könnt' die Autobahnbrücken von unten inspizieren, ohne dass er eine Arbeitsbühne braucht.«

»Ich gehe auch gleich die Wand hoch«, grummelte Glattlinger und nahm sein Mobiltelefon aus der Jackentasche, um die Spurensicherung zu verständigen, damit sie die blauen Lackspuren und Reifenspuren aufnahmen, bevor der Reparaturtrupp mit der Instandsetzung des Brückengeländers begann.

Auf dem Smartphone-Display sah er, dass Gerichtsmedizinerin Dorothee Vittoriani ihn bereits vor ein paar Stunden angerufen hatte.

»Geh mit dem Kühlergrill-Teil am Montag in die Kfz-Werkstatt zu Zordan Jetrovic, der findet raus, zu welchem Fahrzeugtyp das gehört«, wies Glattlinger Paschmeier an, während er in der Kontakteliste die Nummer der Spurensicherung suchte. Gleichzeitig nickte er Allgaier zu, der ihn gefragt hatte, ob er wieder abfahren könne.

Zehn Minuten später erreichten Glattlinger und Paschmeier den Wanderparkplatz, der im Gebiet unterhalb der Autobahnbrücke lag und von dem Wander- und Radwege in verschiedene Richtungen führten. Ein Radfahrer in einer schwarzen Sportweste fuhr auf seinem Crossbike an ihnen vorbei und überquerte kurz darauf eine kleine Betonbrücke, die genau unterhalb der Autobahn-Hängebrücke über die Argen führte.

Sie gingen in dieselbe Richtung wie der Radfahrer und betrachteten von unten die Stelle, an der das Geländer der Autobahnbrücke durchbrochen war, und sahen sich um. Paschmeier lief umtriebig umher, suchte nach Hinweisen, fand aber nicht mehr als einen rosa Kinderhandschuh und den verblichenen Karton eines Biermixgetränk-Sixpacks. Guntram Glattlinger stand auf der Betonbrücke, wanderte mit den Augen an den Uferbereichen entlang und hörte nebenbei seine Mailbox ab.

»Nichts, oder? Aber hier gibt es noch einen Weg zwischen den Betonpfeilern, den man vom Parkplatz aus erreicht«, stellte Glattlinger fest, und beide spazierten ohne Hast und mit den Händen in den Jackentaschen dorthin, um möglichst unauffällig zu wirken.

»Hier sind Spuren von einem schwereren Fahrzeug«, sagte Glattlinger, als sie das Gelände zwischen den mächtigen, hohen rechteckigen Betonpfeilern inspizierten. »Ich bin mal eben …«

Guntram Glattlinger hörte hinter sich ein dumpfes, nach Metall klingendes Geräusch, als er gerade an einem der Betonpfeiler seine Blase entleerte. »Ich hab was gefunden«, rief Sascha Paschmeier mit gedämpfter Stimme. Er hob ein blaues rechteckiges, großes Metallteil auf, das er zwischen Sträuchern entdeckt hatte. »Bingo. Das ist eine Bordwand von der Ladefläche eines Kleintransporters. Und hier liegt auch ein ganzer Berg Glasscherben, und da auch der Rest von dem Kühlergrill.«

»Gut. Sehr gut«, sagte Glattlinger anerkennend. »Gibt uns das Ding sonst noch irgendwelche Hinweise?« Paschmeier zuckte mit den Schultern. Glattlinger bedeutete ihm mit einer kurzen Handbewegung, die verbogene Bordwand umzudrehen, damit man die andere Seite sehen konnte.

Auf der anderen Seite der Bordwand hing der Rest einer aufgenieteten Werbetafel. Zu lesen war darauf ›ektrotechn‹ und eine Telefonnummer, von der jedoch die ersten drei Ziffern der Vorwahl fehlten.

»Aha. Der Kleintransporter gehört zu einer Installationsfirma, und das kann nur die Vorwahl von Lindenberg sein«, stellte Glattlinger fest.

»Woran sehen Sie, dass es eine Installationsfirma ist?«, fragte Paschmeier.

»Schon mal was von ›Elektrotechnik‹ gehört, Herr Hochschulabsolvent? Die Firma kannst du gleich Montag früh ermitteln, und dann werden wir uns den Laden mal anschauen.«

»Ja gut, aber … der Kleintransporter ist doch bestimmt nicht hier die 20 Meter runtergestürzt und dann einfach weitergefahren? Das ist nach so einem Absturz nur noch ein Schrotthaufen, ganz zu schweigen von den Insassen!«

»Aber hier sind doch Reifenspuren«, flachste Glattlinger und grinste. Paschmeier ließ die Bordwand auf den Waldboden fallen und begann, entlang der Reifenspuren auf und ab zu laufen. »Da sind zwei verschiedene Reifenabdrücke, aber beide fast genau in einer Spur. Dann … dann muss hier jemand den Unfallwagen vermutlich mit einem Anhänger abtransportiert haben. Und dann ist vor allem die Frage, was ist mit dem Fahrer oder mit den Insassen?«

»Vor allem stellt sich die Frage, welchen Sinn diese ganze Aktion letztendlich haben sollte. Da durchbricht ein Fahrzeug das Brückengeländer, und von daher hätte es durchaus auch ein Suizid sein können. Und dann kommt einer, der nichts Besseres zu tun hat, als hier alles sauber aufzuräumen.«

»Dann war das hier irgendwie wohl alles kein Zufall, oder?«, meinte Paschmeier, und Glattlinger nickte nachdenklich. »Eher sieht mir das danach aus, dass da jemand nachgeholfen hat«, meinte Glattlinger und drehte dabei mit dem Fuß das Kühlergrill-Bruchstück um. »War übrigens ein Renault. – Was sind das eigentlich für Metallteile, die da hinten rumliegen?«

Sascha Paschmeier lief zu der Stelle, an der ein Bündel dunkelgrün lackierter Blechteile lag, die zum Teil von Karton umhüllt waren. »Ein Bausatz für ein Gartengerätehaus vom Heiga-Baumarkt. Sieht aus wie von der Brücke heruntergeworfen, so verbogen, wie das alles ist. Hm, könnte das auf der Ladefläche von dem Transporter gelegen haben?«

»Davon gehen wir jetzt mal aus«, kommentierte Glattlinger. »In Lindenberg gibt's einen Baumarkt ›HeiGa‹, soll wohl ›Heim und Garten‹ heißen. Schreib dir mal den Artikel auf. Dann fragen wir beim Baumarkt nach, welche Kunden zuletzt so einen Gerätehaus-Bausatz gekauft haben. Aber zuerst müssen wir uns dafür eine Bescheinigung holen, dass wir die Zahlungsdaten einsehen dürfen.«

»Cool. Das heißt, wir gehen mit so was wie einem Durchsuchungsbefehl für Kundendaten zum Baumarkt? Ja, äh, aber was, wenn derjenige das Ding bar bezahlt hat?«

Guntram Glattlinger hob die Schultern. »Richtig erkannt. Aber zumindest haben wir dann vielleicht neue Anhaltspunkte. Die wichtigste Spur ist ohnehin erst mal die Installationsfirma.«

Er lief zurück zu der blauen Ladebordwand und brach den Rest der Werbetafel ab, die nur noch an einer Niete hing. Mit dem Bruchstück in einer Hand nahm er auf dem Weg zurück zum Wagen mit der anderen sein Smartphone aus der Tasche und leitete die gespeicherte Handynummer von Sybille Breitstein an Dorothee weiter.

Sascha Paschmeier streifte noch zwischen den Sträuchern in der Nähe des Flussufers umher. »Herr Glattlinger, hier ist eine blutige Spur, und es sieht so aus, als wäre hier ein Körper weggeschleift worden.«

*

Nicht nur an ihren Schuhen war zu erkennen, dass die beiden Frauen nicht zum Wandern an diesen Ort gekommen waren. Sie parkten das schwarze Fiat Barchetta Cabrio in einer der letzten Lücken vor der Skilifthütte, und sie hätten mit ihren modischen Glitzer-Handtaschen und den großen Sonnenbrillen eher an eine Uferpromenade am Bodensee als an diesen kargen Ort zwischen Oberstdorf und Balderschwang gepasst.

Es war Wandersaison, und die Gehrenkopfhütte war an diesem letzten Samstag des Septembers gut besucht. Die schroffen Felskegel der Allgäuer Alpen um Oberstdorf und das nahe gelegene Felsplateau des Hohen Ifen zeigten sich an diesem Septembernachmittag in klaren Konturen. Die beiden Cabrio-Frauen setzten sich an den äußersten Tisch auf der Terrasse neben einen Holzzaun, über den einige Meter weiter eine Ziege neugierig zu den Menschen an den Tischen schaute und dabei ein Büschel Grashalme kaute. Die Wanderer, Familien mit Kindern und Mountainbiker sorgten für einen Umtrieb, der ihnen eher unbehaglich war.

Es war etwas zu viel Umtrieb für zwei Menschen, die sich bisher nur familiär nahestanden, sich nun aber auf zutiefst persönlicher Ebene zu begegnen hofften, was ihnen aber nicht auf Anhieb gelingen wollte. Nach der Kindheit und Jugendzeit hatten sie sich für viele Jahre aus den Augen verloren und saßen sich nun als zwei Individuen gegenüber, deren Leben sich über Jahrzehnte entwickelt und die Persönlichkeiten jeweils unterschiedlich geprägt hatte.

Aus der Getränke- und Eiskarte, die auf dem Tisch in einem Holzständer für Besteck und Servietten steckte, wählten beide das gleiche alkoholfreie Getränk. Die jugendliche Tochter der Familie, welche die am Riedbergpass gelegene Hütte bewirtschaftete, kam mit einem Tablett und stellte den beiden Frauen zwei Gläser Holunderschorle auf den leicht schief stehenden, verwitterten Holztisch. »Darf's sonst noch was sein? Wir empfehlen heute eine herzhafte Brotzeit mit Brettlspeck und Käse oder einen frischen hausgemachten Rhabarberkuchen.«

»Danke, vielleicht später«, verneinten die beiden Frauen mit einem freundlichen Lächeln, und das Mädchen huschte sogleich weiter zu einem der Nebentische, um Bestellungen aufzunehmen. Ihr Großvater, ein hagerer Mann mit dünnem, nach hinten gekämmtem Haar, saß neben der Tür zur Hütte auf einer schmalen Bank und hatte sichtliche Freude an seiner fleißigen Enkelin. Ein etwas übergewichtiger Mann mit kurzem Stoppelhaar im Alter von Anfang 40, der am Tisch daneben ein Weizenbier trank, schien den Älteren zu kennen und äußerte die Bemerkung, dass die Enkelin den Geschäftssinn wohl von ihm haben müsste. Der hagere Alte neigte sich zu dem Jüngeren und hob den Zeigefinger. »Leider wird das nicht in jeder Familie weitervererbt. Ihr Vater Franz, Herr Britzler, hatte auch einen guten Geschäftssinn, als er mir damals die Solarstromanlage hier verkauft hat, zu einer Zeit, als diese Technik noch kaum jemand gekannt hat. Und er war samstags unterwegs, um zu verkaufen und Aufträge anzubahnen. – Wie, hm, läuft denn die Firma so?« Benedikt Britzler traf der Wink mit dem Zaunpfahl wie ein Hieb mit demselben, und er zog den Kopf zwischen die Schultern. »Mhm, na ja, halt immer ein Haufen Arbeit und Überstunden bis zum Abwinken, aber lukrativ ist was anderes.«

Die beiden Frauen am Tisch hatten ihre Aufmerksamkeit kurz auf das Gespräch der beiden Herren gerichtet, bis die Bedienung die Getränke serviert hatte.

Die jüngere der beiden Frauen, deren rote Lockenmähne trotz des hellen Sonnenlichts etwas stumpf wirkte, wandte sich wieder der anderen Frau zu, die ihr gegenübersaß.

»Und es gibt keinen Zweifel, dass es von ihm ist?«

Die schwarzhaarige Frau schob mit ihren schmalen, langen Fingern eine dunkle Haarsträhne beiseite und beugte sich über den Tisch zu der Rothaarigen hinüber. »Das Ergebnis der Erbgutanalyse ist eindeutig.«

Sie kniff die Lippen zusammen und fuhr nach einer Pause fort: »Sybille, ich weiß, es ist traurig und tragisch, aber damit haben wir jetzt die Gewissheit, dass dein Vater tot ist.«

»Ermordet. Mein Vater ist ein Mordopfer, ich weiß es«, entgegnete Sybille Breitstein und sah ihre Tante Dorothee Vittoriani mit einem Blick an, der eine unbeirrbare Überzeugung ausdrückte. Sybille erzählte, wie sie vor einem Jahr in einem Berghaus im Montafon einfach aus Abenteuerlust ins Haus gegangen war und dann Zeuge der Unterhaltung zwischen Grätner und seiner damaligen Freundin geworden war.

Dorothee Vittoriani dachte an das, was ihr Guntram Glattlinger über den damaligen Tunnelunfall erzählt hatte, bei dem vermutlich ein Toter am Steuer des ausgebrannten Wagens gesessen hatte, der möglicherweise ihr Bruder Manfred Breitstein gewesen war. Aber diese üble Geschichte wollte sie ihrer Nichte nicht zumuten und fragte stattdessen nach weiteren Einzelheiten, auch damit sich Sybille das Ganze von der Seele reden konnte. Die Tische neben ihnen waren gerade unbesetzt, sodass sie ungestört reden konnten.

»Aber nach der Schilderung von diesem Grätner war damals an dem Berghaus doch noch eine zweite Person beteiligt, oder nicht?«

»Ja, da gibt es noch einen gewissen Alois Leibacher, dem das Berghaus gehört und bei dem Wilfried Grätner in der Firma gearbeitet hat.«

»Mein Ex-Mann hat da auch gearbeitet. Eigentlich war er ausgebildeter Radiologie-Assistent, aber das hat man in Deutschland nicht anerkannt, und so hat er eben Straßen geteert und Gullys versetzt. Italiener schaffen es in Deutschland anscheinend nur in die Baubranche, wenn sie nicht gerade eine Pizzeria oder Eisdiele aufmachen. Meinen Ex hat es dann aber wieder nach Verona gezogen, aber da wollte ich nicht hin«, berichtete Dorothee Vittoriani über ihre gescheiterte Ehe.

»Aber der Leibacher ist damals, so wie Bill mir erzählt hat, bei einem Autounfall ums Leben gekommen«, erzählte Sybille.

Etwas irritierte Dorothee Vittoriani an der Schilderung ihrer Nichte. »Bill?«

Sybille Breitstein trank etwas hastig einen Schluck Holunderschorle und verschluckte sich beinahe.

»Ich … wir … also wie ich zu dem Job gekommen bin, den ich antrete, sobald das Steighornkraftwerk fertig ist, hat mich mein Chef von ›Hellwatt‹ hierhergeschickt, damit ich den Staumauerbau von Grund auf mitbekomme. Und da war ich immer bei den wöchentlichen Baubesprechungen dabei, und da war Bill … Grätner zum einen als stellvertretender Projektleiter für die Sporthotel-Baustelle, aber gleichzeitig auch mit verantwortlich für die Baustellen-Infrastruktur bei der Staumauer-Baustelle, weil seine Firma in einem Konsortium von Spezialbaufirmen an der Staumauer mitbaut. Und da …«

»Und da was?« bohrte Dorothee, die gerade eine Ahnung davon beschlich, worauf die Geschichte hinauslaufen würde.

Sybille Breitstein saß steif am Tisch, hatte ihre Hände zwischen die Oberschenkel geklemmt, und ihr Blick ging in sämtliche Richtungen, nur nicht direkt in das Gesicht ihrer Tante.

»Du hast dich doch nicht etwa in den Mörder deines Vaters ... nein, sag, dass das nicht wahr ist. Wie alt ist der Typ überhaupt? Er war doch bestimmt kein Jüngling mehr, als er zusammen mit wem auch immer Manfred umgebracht hat?«, zischte Dorothee Vittoriani mit leiser, gepresster Stimme über den Tisch.

»Er war Mitte 50«, sagte Sybille Breitstein. Ihr Blick war zwischen Tischkante und ihren Beinen auf die Waschbetonplatten des Terrassenbodens gerichtet.

»Mädchen, sag mal, bist du ... und was heißt – war?«

Sybille Breitstein konnte nicht mehr. Sie nahm ihre Tasche, stand von der wackeligen Bank auf, die sie dabei fast umwarf, und rannte über die Terrasse zum Ausgang, wobei sie um die Ecke zwischen vollbesetzten Tischen hindurchmusste.

Dorothee Vittoriani rief das junge Mädchen, um zu bezahlen, schob ihr einen Zehn-Euro-Schein mit den Worten »Stimmt so« hin und lief ihrer Nichte hinterher.

Sybille Breitstein lehnte an einem der Skilift-Masten in der Nähe der Hütte und versuchte, die Beherrschung wiederzuerlangen. Dann stand ihr ihre Tante gegenüber. In ihrem Blick lag eine Mischung aus Besorgnis und Strenge, aber auch etwas Fürsorgliches – etwas, was sie bei ihrer Mutter immer schmerzlich vermisst hatte. Sybille fiel ihrer Tante um den Hals und klammerte sich schluchzend fest.

Dorothee Vittoriani hatte das Gefühl, nicht einen Menschen und schon gar nicht ihre Nichte im Arm zu halten, sondern den stählernen Mast des Skilifts.

»Ich … ich hab von Anfang an, von dem Moment im Berghaus an, Rache geschworen. Ja, Rache, genau das war's. Und … und dann verliebe ich mich in diesen Scheißtyp, aber so nach einem dreiviertel Jahr hat er mich nicht mehr interessiert und mich nur noch angewidert. Dann … dann hab ich ihm an einem Abend im Sommer – wir waren am Bodensee mit einer Flasche Rotwein, und ich hatte schon länger diese Tropfen immer in der Handtasche dabei, und als er einen Moment in seiner Jacke sein Feuerzeug gesucht hat, hab ich ihm einige Tropfen davon … ich weiß nicht, wie viel, ob zu viel oder vielleicht auch zu wenig … jedenfalls, dann …«

»Wo ist dieser Bill jetzt?«, fragte Dorothee langsam und ruhig, mit festem Blick in das Gesicht von Sybille.

Sybille wischte sich die Tränen aus dem Gesicht und wirkte wie ein trotziger Teenager. »Er hat eine geräumige, frisch betonierte Grabkammer«, sagte sie mit zusammengekniffenen, tränenden Augen, und ihre roten Locken schimmerten matt in der Sonne des Septembernachmittags.

Dorothee Vittoriani lief trotz der angenehm warmen Spätsommersonne ein eiskalter Schauer über den Rücken.

*

++ Oktober 2013 ++

»Keine Zeit«, kam die knappe Ansage hinter der Bürotür. Patrizia Gerndl stellte den Kaffeebecher wieder in das Regalfach in der kleinen Küchenzeile zurück. »Dann halt net«, sprach sie mit bayerischem Dialekt leise vor sich hin.

Guntram Glattlingers Schreibtisch glich an diesem Dienstagmorgen einem einzigen Chaos. Der Fall an der Autobahnbrücke brachte seinen Zeitplan durcheinander, obwohl er bereits einen Teil der Ermittlungsarbeit an den Praktikanten Sascha Paschmeier delegieren konnte.

»Ich brauche eine Anordnung für die Einsicht in Kundendaten beim ›HeiGa‹-Baumarkt. Wo treibt sich der Paschmeier rum?«

»Aha. Schau an, Baumarkt. Ist ja der Geheimtipp für Frauen, die auf Männersuche sind. Hat di in der Gartenmöbelabteilung eine anblinzelt und jetzt willst rausfinden, wie des Schneckerl hoaßt, ha?«, zog Patrizia ihn auf. »Der Sascha is grad beim Herrn Jetrovic wegen dem kaputten Transporter.«

»Es war bei den Bohrmaschinen. Das mit dem Transporter hätte der Herr Praktikant gestern schon machen sollen. – Gibt's heute keinen Kaffee?«

Die Tür zum Hinterhof und zum Werkstattgelände flog auf und Sascha Paschmeier stürmte herein. »Boah, voll der Wahnsinn, in der Werkstatt nehmen die gerade einen aufgemotzten S-Klasse-Daimler auseinander, und alle Hohlräume von den Kotflügelverbreiterungen sind vollgestopft mit Koks!«

»Dann wäre ich mal gespannt, was unser Renault-Transporter noch so alles transportiert hat. Was rausgefunden? Und was ist mit der Installationsfirma?«, fragte Glattlinger ungeduldig.

»Alles gecheckt!«, begann Paschmeier übereifrig zu berichten und hob sein Smartphone in die Höhe. »Bei ›gebrauchte-transporter.de‹ hab ich rausgefunden, dass es ein Renault Trafic war, Baujahr zwischen 92 und 96, also 'ne ziemlich alte Karre. Und die Installationsfirma ist ›Britzler Elektrotechnik‹ in Lindenberg, Inhaber Benedikt Britzler.«

Guntram Glattlinger stützte sich mit beiden Händen auf der Empfangstheke auf und blickte nachdenklich auf eine Ablagebox mit Formularen. Der Name Benedikt Britzler löste in ihm eine Gedankenflut aus, die er kurz ordnen musste. Nacheinander listete sein Gedächtnis die Namen und Orte Tobias Britzler, Hotelbaustelle, Grätner, Firma »Leibacher«, Bierzelt, Birnfass auf. Und Stefanie Stürmer.

Dann wandte er sich wieder Sascha Paschmeier zu. »Polizeiliche Ermittlungsarbeit«, setzte Glattlinger bedeutungsvoll an, »wird, auch wenn sich mit mobilem Internet heute vieles und zugegebenermaßen einfach und schnell rausfinden lässt, mit dem polizeiinternen System und nicht mit dem Smartphone gemacht. Der Hintergrund ist einfach der, dass man damit Ermittlungsergebnisse gleich innerhalb des Systems dokumentieren, zuordnen, weiterleiten und dadurch im Zusammenhang mit anderen Fakten und Daten analysieren und verwerten kann«, dozierte der Kriminalhauptkommissar und wunderte sich dabei selbst über seine schulmeisterlichen Ausführungen.

»Und jetzt schauen wir uns mal diesen Installationsbetrieb an.« Glattlinger lief zu seinem Büro, um seine Jacke zu holen, und wäre beinahe mit Patrizia zusammengestoßen, die ihm gerade einen Becher Kaffee in sein Büro brachte.

Von der Empfangstheke war ein Räuspern zu hören. Dort stand ein großer, kräftiger Mann mit langen grauen Haaren, die zu einem Pferdeschwanz zusammengebunden waren. Er trug eine abgewetzte Lederweste und darunter ein schwarzes T-Shirt mit dem Aufdruck ›Dirty Strings Bluesrock-Band‹. Mit seiner breiten Pranke legte er ein

Mobiltelefon auf den Tresen, dessen Gehäuse ziemlich ramponiert und an einer Stelle mit schwarzem Klebeband umwickelt war.

»Wie … können wir Ihnen helfen?«, fragte Patrizia Gerndl, die von der stattlichen Erscheinung beeindruckt zu sein schien. Der grauhaarige Mann räusperte sich nochmals und trat etwas unsicher von einem Fuß auf den anderen.

»Gonzauer. Knut Gonzauer mein Name«, sprach der Mann mit tiefer Reibeisenstimme. »Ich bin Lkw-Fahrer bei Firma ›Leibacher Tief- und Straßenbau‹. Das Handy hier gehört dem Bill, also richtig heißt er Wilfried Grätner. Lag mitten im Weg auf der Baustelle oben am Steighorn, und ich wär beinahe mit dem Laster drübergefahren. Ich … ich hab gedacht, ich bring das zu Ihnen, weil ich glaub, dass mit dem Bill irgendwas passiert ist. Seit über einer Woche hat ihn keiner mehr auf der Baustelle gesehen.«

Guntram Glattlinger stand mit halb angezogener Jacke in seinem Büro und bekam ein paar Wortfetzen des Gesprächs mit. »Wann haben Sie Grätner zum letzten Mal gesehen? Und gibt es in Ihrer Firma einen älteren blauen Renault-Kleintransporter?«, fragte Glattlinger, in der Hoffnung, damit auf die Schnelle der Lösung eines Falles näher zu kommen.

»Also bei uns sind alle Firmenfahrzeuge rot. Und bei uns fährt man mit großen Kipplastern, weil, für unseren Job brauchen wir richtiges Gerät und nicht so 'ne Schubkarre wie den Transporter, nach dem Sie fragen. Tja, und Bill …« – Knut Gonzauer hob die Schultern – »… wie gesagt, seit über einer Woche nicht mehr gesehen. In letzter Zeit hab ich ihn auffallend oft mit dieser rothaarigen Bauingenieurin am Baubürocontainer gesehen.«

»Sie arbeiten an der Staumauer-Baustelle?«, fragte Glattlinger, und Gonzauer nickte.

Sascha Paschmeier betrachtete eingehend das Mobiltelefon und drückte an den Tasten herum. »Ein altes Nokia, so eins war mein allererstes Handy, als ich 15 war. Ist echt ein Steinzeit-Modell, könnte noch funktionieren, aber der Akku ist wohl leer. Soll ich mal versuchen, ob ich das wieder flottkriege? Ich glaub, ich hab sogar noch irgendwo das passende Ladekabel.«

»Alle Kontakte, alle SMS, Anrufliste, alles, was du rausfinden kannst. Das würde uns wertvolle Hinweise auf den Verbleib von Herrn Grätner liefern«, sprach Glattlinger zuerst an Paschmeier und dann an Gonzauer gewandt und bat Patrizia, dessen Daten aufzunehmen.

Auf der Strecke in Richtung Scheidegg und Lindenberg ergoss sich ein kräftiger Regenschauer. Der Sechszylindermotor zog den Peugeot 505 GTI die Serpentinenstrecke der B308 hinauf. Glattlinger erinnerte das Wetter an den Tag, als er wegen eines Banküberfalls unterwegs gewesen und gleich danach der Anruf wegen des Mordfalls auf der Hotelbaustelle in Oberstaufen gekommen war. Gleich würden er und Paschmeier mit dem Bruder des ermordeten Tobias Britzler zu tun haben, dem er im Sommer des letzten Jahres zusammen mit Stefanie Stürmer die Nachricht über den Tod überbringen musste. Benedikt Britzler hatte darauf zunächst mit Entsetzen reagiert. Beim Verlassen des Betriebsgeländes konnte Glattlinger dann aber zufällig im Rückspiegel beobachten, wie sich Benedikt Britzler freudig die Hände rieb.

Im Autoradio versprach ein Werbespot einen günstigen Mobilfunktarif. Guntram Glattlinger fiel wieder ein, was er dem Praktikanten erklären wollte. Er griff in die Türablage, nahm ein Paar dünne weiße Synthetikhandschuhe heraus und reichte sie Sascha Paschmeier. »Bevor man einen Gegenstand anfasst, der ein Beweismittel sein könnte, was macht man zuerst?«

»Äh, die Handschuhe anziehen. Okay, wegen der Fingerabdrücke, hab ich verstanden.«

Das Betriebsgelände der Firma »Britzler Elektrotechnik« wirkte auf den ersten Blick wie eine verlassene Werkstatthalle. Auf der anderen Seite des Geländes standen aufgeräumt wirkende Regalkonstruktionen, die mit Trapezblech überdacht waren. Zwischen dem Lagerplatz und einem Schrottcontainer parkte ein zum Schneeräumfahrzeug umfunktionierter alter Nissan Patrol.

Sie schritten über das ungeteerte Betriebsgelände, bis sie vor den Resten eines rostigen Maschendrahtzauns ankamen, hinter dem zwei verbeulte rote Baucontainer standen und wo ein wildes Sammelsurium an Betonrohren, Betonschachtringen und Schalungsmaterial lagerte. Glattlinger und Paschmeier sahen sich um und wirkten dabei auf dem weitläufigen Gelände etwas verloren. Der bedeckte Himmel ließ das Gelände mit dem Lager an Bau- und Installationsmaterialien trist und öde erscheinen.

»Wonach suchen wir?«, fragte Sascha Paschmeier, und Guntram Glattlinger musste sich eingestehen, dass er gerade etwas ziellos umherwanderte. »Wir gehen jetzt zum Herrn Britzler und fragen ihn, ob er einen blauen Renault-Transporter vermisst.«

Sie standen auf Höhe des Schrottcontainers. Glattlinger spürte Nässe in seinem rechten Schuh und bemerkte, dass er in einer Pfütze stand. »Verdammt, hier kriegt man nasse Füße!«

»Sie stehen in einer Fahrspur. Hier hat ein schwereres Fahrzeug rangiert und bis da hinten eine Spur gezogen, und da steht jetzt das Regenwasser fast zwei Zentimeter tief«, bemerkte Paschmeier.

Wie auf ein vereinbartes Zeichen wanderten die Blicke von zwei Augenpaaren die Fahrspur entlang, die neben dem Schrottcontainer an etwas endete, was mit einer alten Lkw-Plane abgedeckt war. Eine am Boden liegende Ecke der Plane war mit einer roten Gasflasche beschwert.

Sascha Paschmeier packte die Neugier, was sich unter der Plane verbarg, und er lief die Fahrspur entlang. Er nahm die Gasflasche an den Griffen, unterschätzte aber das Gewicht und rutschte auf der nassen Plastikplane aus. Sein rechter Arm suchte Halt, und seine Hand landete an der Blechabdeckung eines Nachtspeicherofens, die lose am Rand des Schrottcontainers lag. Mit der linken Hand bekam er den Rand der Lkw-Plane zu fassen und konnte so den Sturz gerade noch abfangen. Das Blechteil segelte über ihn hinweg und landete mit lautem Scheppern auf dem Boden. Im selben Moment gab die Plane nach, an deren Rand er sich noch immer festhielt. Paschmeier hörte im Fall, wie etwas auf den Boden fiel. Sekundenbruchteile später lag er bäuchlings auf der Plane, und vor ihm ein abgebrochener Auto-Rückspiegel.

Paschmeier vermutete anhand der Größe des Rückspiegels, dass dieser von einem größeren Fahrzeug stammen musste. Und er sah im Spiegel Kommissar Glattlinger, der kopfschüttelnd und mit verschränkten Armen einige Meter hinter ihm stand. Dann erschien in dem Spiegel hinter Glattlinger eine weitere Person. Er sah einen etwas übergewichtigen Mann mit kurzem Stoppelhaar, der ein Stück Rohr in der Hand hielt und offensichtlich nicht zögern würde, dieses dem Kommissar über den Schädel zu ziehen.

»Vorsicht, hinter Ihnen!«, schrie Paschmeier. Glattlinger erfasste blitzschnell die Situation, drehte sich um, bekam das Eisenrohr zu fassen und drückte damit den Angreifer an den Container.

»Oh, Herr Britzler, Entschuldigung, aber …« Guntram Glattlinger ließ los und warf das Rohr in den Schrottcontainer. Benedikt Britzler hatte sich den Hinterkopf an der Kante des Containers angestoßen, hielt die Hand auf die schmerzende Stelle und schien zu überlegen, woher er seinen Kontrahenten kannte.

»Ah, der Herr von der Kripo Lindau. Ich hoffe, Sie haben einen guten Grund, warum Sie hier auf meinem Betriebsgelände herumschleichen. Wollten Sie mir nach über einem Jahr mal mitteilen, wer meinen Bruder auf dem Gewissen hat?«

Glattlinger suchte nach einer passenden Antwort, die er auf diese unangenehme und doch sehr berechtigte Frage geben konnte. »Es gibt leider bisher immer noch keinen konkreten Tatverdächtigen.« Dann fiel ihm Knut Gonzauer ein, der einen Hinweis auf Wilfried Grätner gegeben hatte, aber es wäre Britzler gegenüber wenig glaubwürdig, wenn er ihm erzählen würde, dass ausgerechnet heute Morgen zufällig jemand im Kommissariat erschienen war, der einen möglichen Tatverdächtigen als vermisst meldete.

Er versuchte es mit einer passend hingedrehten Erklärung. »Nach der momentanen Sachlage ist es möglich, dass einer der Tatverdächtigen inzwischen selbst ein Opfer geworden ist, und … ja, und was uns hierher zu Ihnen führt, Herr Britzler – Ende letzter Woche haben wir unterhalb der Autobahn-Hängebrücke eine Ladebordwand von einem Kleintransporter gefunden, der zu Ihrer Firma gehört. Vermissen Sie eventuell eines Ihrer Fahrzeuge?«

Die Lkw-Plane bedeckte noch die völlig zertrümmerte Fahrerkabine des Renault-Transporters. Sascha Paschmeier zog die Plane ganz herunter. Benedikt Britzler bemerkte es nicht gleich.

»Also am Montagmorgen hatte jeder Monteur sein Montagefahrzeug. Der Fuhrpark ist eigentlich vollzählig, bis auf den Pritschenwagen, den sich am Freitag der Dings ausgeliehen … ach du Scheiße!«

Der Firmenchef ballte die Faust. »Der Typ hat sie wohl nicht mehr alle. Fährt mir die Karre zusammen und hat dann noch die Frechheit und stellt mir den Schrotthaufen einfach auf den Hof?«

»Herr Britzler, man muss davon ausgehen, dass derjenige, der sich Ihren Transporter ausgeliehen hat, dieses Unfallfahrzeug sicher nicht mehr selbst hierhergestellt hat. Nach den Spuren am Unfallort ist der Fahrer ziemlich sicher tot oder mindestens schwer verletzt. Man hat ihn vom Unfallort mitsamt dem Fahrzeug abtransportiert. War derjenige, der sich den Renault-Transporter ausgeliehen hat, ein gewisser Wilfried Grätner?«

»Nee, das war der Gottfried. Aber ich weiß nicht mal seinen Nachnamen. Den Namen Winfried Grätner hab ich noch nie gehört. Der Gottfried ist so ein Öko-Fuzzi, hat irgendwo Richtung Wangen in der Nähe von der Autobahn einen alten Hof, an dem er seit Ewigkeiten rumbastelt. Der hat meinen Vater gut gekannt und schon damals immer mal wieder einen Wagen von uns ausgeliehen, wenn er Baumaterial zu transportieren gehabt hat. Und als mein Vater gestorben ist, war das weiterhin ganz normal, dass der Gottfried immer mal wieder reingelatscht kam und gefragt hat, ob er den Pritschenwagen übers Wochenende haben kann. – Ja, äh, und wer ersetzt mir jetzt den Transporter?«

Glattlinger ging auf die Frage nicht ein. »Für uns stellt

sich im Moment vor allem die Frage, wie das Unfallfahrzeug hierherkommt.«

Benedikt Britzler zuckte mit den Schultern.

»Jemand hat hier ziemlich viel Aufwand betrieben, ein Unfallfahrzeug samt Fahrer – tot oder verletzt – an einem Ort, der nicht ohne weiteres mit schwereren Fahrzeugen befahrbar ist aufzuladen, hierherzufahren, abzustellen, die Plane darüberzuziehen und den Fahrer an irgendeinen anderen Ort zu deportieren«, zählte Sascha Paschmeier auf.

»Wo waren Sie letzten Freitagabend zwischen sechs Uhr abends und Mitternacht?«, fragte Guntram Glattlinger.

Bei Benedikt Britzler färbte sich die Kopfhaut unter den kurzen Stoppelhaaren rot. »Werde ich jetzt verdächtigt oder was? Und wollen Sie mir bei der Gelegenheit womöglich auch noch den Mord an meinem Bruder anhängen, weil Ihre Ermittlungen bisher nichts ergeben haben? Und womit bitte schön soll ich den Schrotthaufen hierhertransportiert haben? Sehen Sie hier irgendwo einen Kranwagen? Freitagabend war ich in der Musikprobe. Da können Sie nachfragen. Musikverein Riedhirsch e.V.«

»›Riedhirsch‹ klingt eher nach Jagdverein. Aber gut, wir werden uns erkundigen. Und …« – Glattlinger zeigte auf den Unfallwagen – »… es könnte ja durchaus auch sein, dass Ihnen tatsächlich jemand einen Mord in die Schuhe schieben will. Haben Sie – hm, vielleicht in Ihrem geschäftlichen Umfeld – jemanden, der Ihnen möglicherweise nicht ganz wohlgesonnen ist?«

Britzler beruhigte sich wieder, vergrub eine Hand in der Hosentasche, rieb sich mit der rechten Hand das unrasierte Kinn und schüttelte grinsend den Kopf. »Wenn Sie mich so fragen, gibt's natürlich immer jemanden, der einem vielleicht nicht gerade bei Nacht in einer dunklen Gasse begegnen sollte, wenn Sie wissen, wie ich meine. Zum Beispiel der Tiefbaufritze nebendran mit dem kaputten Zaun, der mit meinem Vater damals eigenartige Geschäftspraktiken betrieben hat, bis der Tobi – mein toter Bruder – einen Brief an den neuen Geschäftsführer geschrieben und die Zusammenarbeit beendet hat. Aber deswegen bringe ich niemanden um. – Wie ist der Unfall überhaupt passiert?«

Glattlinger überließ die Erklärung Sascha Paschmeier und rief Patrizia an, dass die Spurensicherung den Unfallwagen unter die Lupe nehmen sollte.

Britzler hörte sich kopfschüttelnd und scheinbar gleichgültig an, wie sich der Unfall auf der Autobahnbrücke ereignet hatte. Dann verabschiedete er sich mit einem Kopfnicken und stieg in einen Nissan Pickup in einer auffälligen dunkelblauen Metallicfarbe. Glattlinger fiel an dem Wagen eine breite Schramme am Radlauf hinten rechts auf.

*

»Wir können hier nicht rund um die Uhr arbeiten. Die Baustelle läuft bereits im Zwei-Schicht-Betrieb. Für eine Aufstockung auf Dreischicht bekomme ich erstens das Personal nicht her, und zweitens bedeutet das einen immensen Aufwand an Beleuchtung, ganz zu schweigen von den zusätzlichen Sicherheitsmaßnahmen.« Oberbauleiter Georg Fischbrunner stand im Baubürocontainer dem »Hellwatt«-Manager Stefan Bogenschein gegenüber, der auf einem Wandkalender mit dem Werbeaufdruck eines Kranherstellers die Kalenderwochen bis zum Jahresende zählte.

»In vier Woch'n san mer bei Anfang November«, bemerkte Bogenschein in seinem Münchner Dialekt ruhig, aber bestimmt. Der »Hellwatt«-Projektleiter sah mit seinem Vollbart und seiner großen Brille so aus wie die meisten Großstädter, die Anfang 30 waren und in den Straßencafés der Fußgängerzonen diese Generation repräsentierten. »Diese Staumauer werd im Allgäu gebaut und net in Dubai. Wenn's hier zum schnei'n ofangt und g'friert, können's Betonier'n vergess'n.«

Fischbrunner war angespannt, ließ sich aber nicht aus dem Konzept bringen. Mit seinen 62 Jahren verfügte er über eine Unmenge Erfahrung und war bisher noch nie mit seinen Terminschätzungen falsch gelegen. Und er spürte, dass der 30 Jahre jüngere Bauingenieur Stefan Bogenschein Respekt vor ihm hatte, auch wenn er dies zu überspielen versuchte, aber der großgewachsene Georg Fischbrunner strahlte mit seinem wachen Blick und seiner drahtigen Statur eine souveräne Präsenz aus.

Er sah aus dem Fenster des Bürocontainers, während er zu Bogenschein sprach. »Die Wetterprognosen für die nächsten vier bis sechs Wochen sind sehr günstig. Und die letzten Winter hat es hier im Allgäu so wenig geschneit, dass man nicht mal in Oberstdorf vernünftig Ski fahren konnte. Wir werden den Termin für die Staumauerkrone ... was ist denn da oben los?«

Neben der Baustraße in Richtung der Sporthotel-Baustelle hatte sich ein gutes Dutzend Bauarbeiter in ihren gelben Arbeitsjacken und mit roten Bauhelmen am Turmbauwerk vor dem Eingang zu den Wartungsgängen versammelt.

Fischbrunner ließ Bogenschein stehen, setzte einen weißen Bauhelm auf und spurtete aus dem Bürocontainer die Baustraße hinauf. Einer der Bauarbeiter stand der Gruppe wild gestikulierend gegenüber und rief unentwegt: »Mamma mia, Mamma mia!« und »Mafia, Mafia!«

»Was ist passiert, Giovanni?« Bauleiter Georg Fischbrunner ging auf den italienischen Arbeiter zu. Dem Sizilianer stand das blanke Entsetzen in seinem hageren Gesicht mit dem fusseligen Vollbart. In seiner rechten Hand hielt er noch den Maurerhammer, mit dem man nach dem Betonieren die Schalungsbretter abbaute.

»Chefe, wie ich bauen die Brett von Schalung weg, mich schaue aus die Beton eine Gesichte mit offene Mund und eine soo große Auge an. Und aus die andere Auge komme Eisenstab raus. Das ware die Mafiosi! Oh, Mamma mia, Mamma mia!«

Oberbauleiter Fischbrunner traute seinen Ohren nicht. Giovanni Muratore kniete auf dem staubigen Baustellengelände, betete leise und bekreuzigte sich. Aus dem Abgang zum Gerüst im Schacht des Turmbauwerks stieg gerade der Baustellenleiter Frank Höllschmieder die Leiter hoch und nahm den Bauhelm ab, als er auf Fischbrunner zuging und dabei verstört den Kopf schüttelte.

»Gebt's dem Giovanni einen Schnaps und dann am besten zum Kriseninterventionsdienst vom Roten Kreuz«, sagte Höllschmieder, an Fischbrunner gewandt. »Da hängt ein Toter kopfüber in der Betonwand. Grauenhaft, wie das aussieht!«

»Wo genau?«, wollte Georg Fischbrunner wissen.

»In dem oberen Teil von der Wand, die direkt neben dem senkrechten Schacht anschließt. Den muss jemand, bevor wir betoniert haben, irgendwie von hier oben in die Schalung geworfen haben, anders kann ich mir das nicht erklären. Selbst ist der bestimmt nicht da reingesprungen. Wenn er in der Mitte der Wandstärke gelandet wäre, würde man ihn hier erst in ein paar Jahrhunderten finden, wenn die Staumauer langsam zusammenbröselt.«

Fischbrunner klopfte ihm auf die Schulter, um ihn auf andere Gedanken zu bringen. »Von wegen zusammenbröseln, wir bauen doch hier für Jahrtausende. Aber jetzt der Reihe nach. Erst mal muss die Kripo hierher – heute noch, weil ich ab morgen für eine Woche in Urlaub bin. Und der Herr Bogenschein wird das sicher gleich an ›Hellwatt‹ melden.«

»Und wenn die Kripo das alles schön fotografiert hat, können wir uns was einfallen lassen, wie wir die sterblichen Überreste da raushämmern. Dann haben wir gleich ein anderes Problem: An der Stelle fehlt es dadurch an Wandstärke. Das muss druckwasserdicht sein! Das kann ich nicht einfach mit ein bisschen Beton wieder zukleistern, und das ist mir auch zu heiß. Das soll dann einer von den Bauingenieuren entscheiden, wie man an dieser Stelle die Dichtigkeit wiederherstellen kann. Ich übernehme da jedenfalls keine Verantwortung!«, wehrte Höllschmieder ab.

*

Sie schloss die Tür zum Personalraum hinter sich, nahm ihre Handtasche aus ihrem Spind und ließ sich am Tisch auf einen der Stühle fallen. Sie streckte die Beine lang aus, verschränkte die Hände hinter dem Kopf und dehnte in der Lehne den Rücken nach hinten, bis ihr Blick zur Decke gerichtet war, wo das Licht einer quadratischen Neonleuchte ihre Augen blendete. Sie atmete durch, nahm die Zigarettenpackung aus der Handtasche, ging zum Fenster und zündete sich eine Zigarette an. Sie nahm einen tiefen Zug und öffnete dann das Fenster, um auf den See hinauszusehen.

Seit sie hier arbeitete, dachte sie ständig darüber nach, wie sie an ihr Ziel kommen konnte. Auf ihrer Station gab es einige, die vermögend waren und sich hier spätestens mit Mitte 70 zur Ruhe gesetzt hatten, während er mit fast 70 Jahren noch immer seine Firma umtrieb und glaubte, immer noch größere Bauprojekte aus dem Boden stampfen zu müssen. Irgendwann musste es ihm doch auch einmal reichen. Dann könnte sie versuchen, ihm diese Residenz schmackhaft zu machen – und auf diese Weise letztendlich ihren Plan zur Vollendung bringen. Das wäre immerhin einfacher, als einen der vermögenden Bewohner der Residenz dazu zu bringen, sein Testament zu ihren Gunsten zu ändern.

Ihr Plan vom vergangenen Jahr war nicht aufgegangen. Sie hatte denjenigen an der Angel gehabt, der in seiner Firma Prokura erhalten und damit Zugang zu den Firmenkonten gehabt hätte. Der Kerl hatte ihre Beziehung einfach mal nebenbei von der Baustelle aus per SMS für beendet erklärt.

Das Privatvermögen hatte ihr Vater Alois Leibacher in den 1980er-Jahren nach Liechtenstein geschafft, und sie war als Einzige erbberechtigt. Doch er hatte dafür zur Bedingung gemacht, dass sie den Job der Geschäftsführung im Sporthotel übernahm. Und sie wusste genau, dass sie dort niemals freie Hand haben würde, jedenfalls nicht, solange ihr Vater noch lebte – ganz abgesehen davon, dass sie auf den Job nicht die geringste Lust hatte. Sie war sich außerdem ziemlich sicher, dass in Liechtenstein auch das Gold irgendwo in einem Tresor lagerte, nachdem es für einige Zeit im Berghaus im Montafon gebunkert war.

In der Internetausgabe der »Westallgäuer Zeitung« hatte sie kürzlich vom Baufortschritt des umstrittenen Steighorn-Wasserkraftwerks gelesen. So wie sie aus dem Artikel herauslesen konnte, sollte das Kraftwerk im kommenden Frühjahr betriebsbereit sein. Dann würde auch das Sporthotel fertig sein. Sie spürte Zorn in sich hochsteigen, weil sie den Gedanken nicht mehr loswurde, dass er sich für das Hotel womöglich eine attraktive Geschäftsführerin suchen würde, die ihn dann um den Finger wickelte, am Ende dann das Vermögen erbte und sie als leibliche Tochter leer ausging.

Wütend drückte sie die Zigarette im Aschenbecher aus; es war mehr ein Zerquetschen. Sie schloss das Fenster, hängte ihre Handtasche über die Schulter und wandte sich in Richtung Tür, die sich gerade öffnete.

»Carola, bist du schon auf die Sprung in Feierabend?«, fragte ihre Kollegin Bernadette, die aus der französischen Schweiz stammte und einen ebensolchen Akzent sprach. »Also du musst aufpassen, Chérie, dass du nicht bald bekommst ein Abmahnung von die Etage da oben, wenn du immer machst Pause länger und dann noch gehst 'albe Stunde früher!«

»Ich muss noch zur Bank«, konterte Carola Leibacher knapp und schob sich an der zierlichen Bernadette vorbei durch die Tür.

»Du musst aufpassen, Chérie«, äffte sie den französischen Akzent ihrer Kollegin leise nach, als sich am Haupteingang die schwere gläserne Automatiktür zur Seite schob. Fast immer stand ihr beim Verlassen des Gebäudes im Foyer der alte Lüstling Louis von Sprüngli im Weg, der dort stets in seinem bordeauxroten Satin-Bademantel mit seinem Rollator umherkreiste und jeder weiblichen Pflegekraft auf den Hintern glotzte.

Sie musste sich beeilen, bevor die Bankfiliale in der Nähe des Rathausplatzes schloss. Es war der 1. Oktober, und somit hatte ihr Arbeitgeber das Monatsgehalt überwiesen und sie wieder Geld auf dem Konto. Ihre Bankomatkarte war im letzten Monat eingezogen worden.

Der Bankangestellte blätterte die einzelnen Scheine auf die Marmorfläche des Schalters, reichte ihr das Bündel mit 400 Schweizer Franken durch den Schlitz unter der gepanzerten Glasscheibe und sah sie dabei über den Rand seiner Brille an. Er räusperte sich, und sein Gesichtsausdruck verriet, dass er ihr offenbar etwas Unangenehmes würde mitteilen müssen.

»Ihr Chonto ist, ja nun …« – er rückte den Knoten seiner Krawatte zurecht – »also Ihr Chonto weist für eine weitere Abhebung in dieser Summe, wenn Sie verstehen, wie ich meine, nicht mehr die nötige Deckung auf – aber ich kann Ihnen anbieten, werte Frau Leiberger …«

»Leibacher«, zischte Carola gegen die Panzerglasscheibe, worauf der Angestellte zusammenfuhr, als befürchtete er, dass die Scheibe gleich zerspringen würde. Ihre Lippen zogen sich verkrampft zusammen und ihre Gesichtszüge zogen lange Falten.

»Ich bitte um Verzeihung, Frau Leibacher«, sprach der Mann gedehnt in Schweizer Dialekt und rückte sein Brillengestell zurecht, wobei sich sein Blick im Ausschnitt ihres weißen Poloshirts verfing, an dem ein Namensschild mit der Aufschrift ›Seniorenresidenz Seeblick – Schwester Carola‹ steckte. »Wie schon an'dütet, chönnte Ihnen unser Haus in einem gewissen Rahmen, der sich natürlich an Ihren Einkommensverhältnissen zu bemessen hätte, wenn Sie verstehen, wie ich meine, einen Dispositionskredit einräumen, der Zinssatz wäre momentan bei 14 Chomma …«

Weiter kam er nicht, denn als er seinen Blick wieder von ihrem Dekolleté lösen konnte, steckte sie hastig das kleine Bündel Schweizer Franken ein und stakste mit eiligen Schritten und nach oben gerichteter Nase über den Marmorboden der Eingangshalle in Richtung Ausgang.

An der Bushaltestelle vor dem Glas- und Marmorpalast des Schweizer Bankhauses setzte sie sich auf die Bank im Wartehäuschen. Die Sitzfläche aus Edelstahl-Drahtgitter fühlte sich unangenehm kalt an. Auf dem Rand des Abfalleimers neben dem Buswartehäuschen saß eine Taube und ließ einen Schiss fallen, der knapp neben ihrem weißen Stoffschuh auf das Pflaster platschte.

Sie verbarg für einen Moment fassungslos das Gesicht in ihren Händen und fingerte dann hastig eine Zigarette aus ihrer Handtasche, die sie mit zitternden Händen anzündete. In der Bank hatte sie gerade ein Déjà-vu erlebt. Es war exakt dieselbe Szenerie wie damals zu ihrer Studentenzeit in Wien gewesen, nur mit einer anderen Währung.

Sie hatte endgültig genug davon, dass das Geld auf ihrem Konto immer zu knapp war. Und allmählich gab sie die Hoffnung auf, dass ihr doch noch ihr – möglichst vermögender – Traummann über den Weg laufen würde. Sie verspürte wieder einen Hoffnungsschimmer, als sie von rechts von einer freundlichen männlichen Stimme angesprochen wurde, die höflich nach Feuer fragte. Sie setzte ein charmantes Lächeln auf, zückte ihr Feuerzeug und drehte sich nach rechts. Der Typ, der ihr seine Selbstgedrehte entgegenhielt, saß in verdreckten Klamotten mit fettigen Haaren und einer Plastiktüte auf der Wartebank, wog mindestens zweieinhalb Zentner und hatte sich dem Geruch nach seit mindestens zwei Wochen nicht gewaschen. Carola gab ihm Feuer, wandte sich angewidert ab, lief eilig zum Haltestellenschild und tat so, als würde sie den Fahrplan lesen. Insgeheim hatte sie gehofft, dass sich ein Banker mit feinem Anzug und gut gefülltem Bankkonto neben sie gesetzt hätte. Sie hatte zwar seit Kurzem einen neuen Freund, der aber das meiste von seinem als Fahrer für ein Textilserviceunternehmen verdiente Geld in seinen alten amerikanischen Sportwagen steckte. Du doofe Kuh, so ein Banker fährt nicht mit dem Bus, sondern mit einem dicken Auto aus der Tiefgarage, wies ihr Verstand sie zurecht.

An dem Haltestellenschild mit dem Fahrplanaushang fasste sie den Entschluss, die Polizei am deutschen Bodenseeufer darüber aufzuklären, wer Anton Brander in Wirklichkeit war.

*

Ihm wehte ein kühler Herbstwind entgegen, als er die Tür öffnete, die zum Hinterhof und zur Kfz-Werkstatt führte. Vor der Werkstatthalle stand auf einem Anhänger ein durchnässter, von Schlamm und Algen bedeckter Audi 80, der bei der Renaturierung eines Weihers aufgetaucht und dort über 20 Jahre unter Wasser gelegen war.

In der Werkstatthalle knieten Karsten Blonk und Zordan Jetrovic vor dem Wrack des blauen Renault-Transporters und begutachteten eine Stelle, die einmal die linke Vorderseite war und jetzt nur noch ein undefinierbares Knäuel aus verbogenem Blech, einem zertrümmerten Kühler und zerborstenen Behältern für Brems- und Kühlflüssigkeit.

»Also do in meine Werkstatt, wo ich jetzt arbeite 30 Jahre, ich han scho viele kaputte Auto gesehen, aber so kaputt wie diese noch nix«, sagte Jetrovic in seiner Mischung aus kroatischem Akzent und schwäbischem Dialekt.

»Du findest da Spuren von allen möglichen Farben. Aber sag mir mal, wonach du eigentlich konkret suchst, Guntram. Das macht die Auswertung vielleicht ein bisschen einfacher«, kritisierte Blonk Glattlingers dürren Informationsfluss.

»Ich suche nach einem Anhaltspunkt, ob da Fremdverschulden mit im Spiel war, durch das der Transporter auf der Brücke aus der Spur gekommen und durch das Brückengeländer gekracht ist. Vielleicht ist er ja – möglicherweise absichtlich – von einem anderen Wagen gerammt worden. Das wäre ein plausibler Grund, warum jemand den Aufwand betrieben hat, Fahrzeug samt totem Fahrer fein säuberlich von der Unfallstelle wegzubringen. Deswegen bin ich auf der Suche nach Lackspuren von einem anderen Fahrzeug.«

»Das nenne ich mal eine präzise Angabe. Gut, dann wollen wir mal der Sache näher kommen, welche von den ungefähr zehn verschiedenen Farben da infrage kommt. Das erinnert mich an die Wohnzimmertapete in meiner Wohnung, die ich kürzlich runtergerissen habe. Vier verschiedene Farbschichten übereinandergepinselt. Also – dieser Haufen Schrott war ursprünglich mal weiß und ist blau überlackiert worden. Hinten rechts findet man hellblaue Spuren, die aber Kunststoff und nicht Lack sind. Da das ein Baustellenfahrzeug war, vermuten wir, dass der mal gegen ein Dixi-Klo gerempelt ist.«

Zordan Jetrovic grinste breit. »Ich mir grade vorstelle, wie da einer sitzen auf Baustellenklo mit ›Bild-Zeitung‹, und dann einer rückwärtsfahre und – bumms – die Mann falle von Klositz runter.« Blonk und Glattlinger verstanden den Witz wohl, der in dem etwas gebrochenen Deutsch erst recht komisch klang, blieben aber ernst oder versuchten es zumindest zu bleiben.

»Und so geht das weiter. Die grauen Lackspuren an der rechten Tür konnten wir nach der Analyse einem Lack zuordnen, der für Iveco-Lkws verwendet wird. Vermutlich mal auf der Baustelle mit einem Betonmischer zusammengerempelt. Interessant wird's aber bei den Lackspuren hier vorne links. Ein etwas dunkleres Blau, fällt kaum auf. Das hat der Zordan durch Zufall entdeckt. Und da, wo sich die vordere Seitenwand halb unter die Motorhaube geschoben hat, könnte man meinen, dass da ein bisschen Rot dran ist, aber an der Stelle ist der Lack bis auf das blanke Blech abgeblättert.«

»Dunkelblaue Farbe ist Blue Pearl Metallic mit Lackcode BP9 und gehöre zu Nissan«, berichtete Jetrovic und versetzte Glattlinger damit ins Staunen.

Gerade in dem Moment, als sein Gedächtnis rekonstruierte, dass Benedikt Britzler einen Nissan Pickup in auffälliger dunkelblauer Metallicfarbe fuhr, kam Patrizia über den Hof gelaufen.

»Was Dringendes?«, fragte Glattlinger.

»Kann mer wohl sag'n. Auf der Baustell'n am Steighorn ham's bei Betonierarbeiten a Leich'n g'funden. Du sollst heit no da nauffahr'n, weil der Chefbauleiter ab morg'n im Urlaub is'«, ratterte Patrizia Gerndl herunter.

Die Zigarette, die er sich gerade anzünden wollte, schob er wieder in die Packung zurück. In dieser Haltung verharrte Guntram Glattlinger für einige Sekunden und starrte nachdenklich auf einen Kanaldeckel auf dem Werkstatthof.

»Womöglich is' des der Grätinger, den wo der Lastwagenfahrer Gonzinger quasi als vermisst g'meld't hat«, fasste sie seine Gedanken in Worte. Patrizia Gerndl war im Kommissariat für ihr schwaches Namensgedächtnis berüchtigt, und sie versuchte sich stets damit zu behelfen, dass sie im Zweifelsfall den Namen mit der Endung »-inger« versah.

»Vermutlich isses der, Frau Gerndlinger«, bemerkte Glattlinger trocken. Karsten Blonk drehte sich weg und musste sich beherrschen, um nicht vor Lachen loszubrüllen. Erst der Gag mit dem angerempelten Baustellenklo und jetzt diese Comedy mit den verdrehten Namen.

»Mach mal den X3 startklar, wir machen eine Baustellenbesichtigung«, sagte Glattlinger, an Blonk gewandt, der zuerst nickte und dann in Gelächter ausbrach, das in der ganzen Werkstatthalle schallte.

Eine halbe Stunde später fuhr der schwarze Geländewagen mit Glattlinger und Blonk die Baustraße hoch. »Was ist eigentlich mit der abgesoffenen Schlamm-Karre, die da bei uns auf dem Werkstatthof steht?«, fragte Glattlinger.

»Guntram, du wirst es nicht glauben, aber in dem versenkten Audi hat über 20 Jahre die Leiche der Frau von dem Versicherungsmakler gelegen, der damals seine Frau samt Auto als vermisst gemeldet hat. Wäre fast der perfekte Mord gewesen, aber er hat einen Fehler gemacht: Die Leiche saß angeschnallt auf dem Beifahrersitz.«

»Und, ist der Versicherungsmakler schon verhaftet?«

»Der liegt selbst seit drei Jahren auf dem Friedhof. Die Nachfolge-Lebensgefährtin, die anscheinend einiges jünger war, muss ihm wohl gesundheitlich zugesetzt haben. In jedem Fall kannst du diesen Fall von Mitte der 90er-Jahre ins Archiv legen.«

»Wahnsinn, dann sieht es so aus, wie wenn sich einige Jahre vor dem Ruhestand noch ein paar alte Fälle von selbst lösen. So, und hier ist die Baustelle Steighorn-Wasserkraftwerk.«

Zwischen der halbfertigen Staumauer und den Baucontainern ratterte eine gigantische Betonmischanlage, die unablässig die Betonbomben der Kräne mit der steingrauen Masse füllte. Oberbauleiter Georg Fischbrunner stand telefonierend vor dem Container und winkte die beiden heran.

»Fischbrunner, guten Tag die Herren. Wir müssen da hoch und dann über das Gerüst in das Turmbauwerk. Halt – bevor Sie loslaufen – ich hole Ihnen noch zwei Bauhelme. Der Helm hilft zwar wenig, wenn einem so eine Betonbombe auf die Birne fällt, aber es ist nun mal Vorschrift.«

Die drei marschierten am Rand der Baustraße zum Eingang in den seitlichen Turm der Staumauer.

»Ausgerechnet jetzt so ein Zwischenfall, wo wir gerade so einigermaßen im Zeitplan liegen. Die vom Stromkonzern ›Hellwatt‹ würden es sowieso schon am liebsten sehen, wenn wir hier Tag und Nacht arbeiten. Hier geht's rein.«

Es roch nach Bau und Feuchtigkeit. Das Baugerüst klapperte, als sie über Gerüstleitern zuerst drei Ebenen tiefer und dann wieder zwei Ebenen nach oben steigen mussten.

Die Stelle in der Betonwand war mit einer dunkelgrauen Bauplane verhängt. Georg Fischbrunner zog die Plane beiseite und hängte eine der Metallösen an einer Verbindungsklammer am Gerüst ein.

»Das ist auf jeden Fall schon mal nicht Wilfried Grätner«, stellte Glattlinger fest.

»Wenn das der Grätner wäre, hätte ich Ihnen das gleich am Telefon sagen können. Das ist der stellvertretende Projektleiter von der Firma ›Leibacher‹. Keine Ahnung, wie der an diesen Job gekommen ist. Jedenfalls alles andere als kompetent dafür. Allerdings hab ich den auch schon länger nicht mehr gesehen.«

»Ist es jemand, der hier an der Baustelle gearbeitet hat? Handelt es sich um einen Arbeitsunfall?«, fragte Karsten Blonk.

»Weder noch. Der Tote war hier nicht beschäftigt, und keiner hat ihn überhaupt jemals gesehen. Einen Arbeitsunfall können Sie definitiv ausschließen.«

Fischbrunner leuchtete mit der Taschenlampe die Stelle mit der halb einbetonierten Leiche aus. »Der Tote ist in eine Plastikplane eingewickelt. Die entsprechenden Schlüsse daraus zu ziehen ist Ihre Arbeit – aber ich kann mir nicht vorstellen, dass der hier freiwillig in den Schalungsverbau reingesprungen ist, wenn er überhaupt noch gelebt hat.«

»Bis hierher lässt sich schon mal die Annahme treffen, dass jemand hier eine Leiche, respektive vermutlich ein Mordopfer, auf diese Weise entsorgt hat. Aber: Es muss jemand gewesen sein, der gewusst hat, wie hier die Bauarbeiten laufen.«

»Derjenige hat genau den Zeitpunkt erwischt, als die Schalung fertig gebaut war und bevor wir betoniert haben. Zwischen Ende Schalungsverbau und Beginn Betonverfüllung waren es gerade mal zwei Tage«, berichtete Fischbrunner.

»Wer außer Ihnen und den Leuten, die hier arbeiten, ist sonst noch über den Bauablauf im Bilde?«, fragte Glattlinger.

»Also mich brauchen Sie nicht zu verdächtigen, ich will hier dieses Bauprojekt abschließen und nächstes Jahr in Rente gehen. Ja gut, im Grunde theoretisch fast jeder, der hier zu tun hat, und ansonsten, hm, die Leute vom Stromkonzern ›Hellwatt‹, die mit dem Projekt zu tun haben. Und die von den insgesamt vier Spezialbaufirmen, die hier in einer Arbeitsgemeinschaft arbeiten.«

»Wie groß wäre der Aufwand, eine Liste aller Beschäftigten zu erstellen, die an diesem Bauprojekt arbeiten?«, fragte Blonk.

»Ich würde sagen, immens. Das sind, alle zusammengerechnet, neun Firmen, drei Ingenieurbüros, ein Stromkonzern und noch sonstige Bauzulieferer. Ich fürchte, das würde einige Zeit in Anspruch nehmen.«

Glattlinger lehnte mit verschränkten Armen an einer senkrechten Gerüststange und überlegte. »Was ist mit der Firma ›Leibacher‹? Die baut doch hier auch mit.«

»Die sind hier mitbeteiligt, ja. Und die Baustelle von dem Sporthotel da oben hat wohl auch irgendwie mit Firma ›Leibacher‹ zu tun. Das ist da alles ein bisschen undurchsichtig, kann mir aber egal sein. Aber was mir verdammt unter den Nägeln brennt – die Leiche muss aus der Betonwand raus. Aber da muss sich der Kollege Höllschmieder drum kümmen, ich bin ab morgen erst mal eine Woche in Urlaub. Brauchen Sie mich noch?«

Karsten Blonk ging mit Georg Fischbrunner in Richtung Baubüro. In Glattlingers Gehirn flogen Puzzleteile umher. Langsam stieg er über das Labyrinth aus Gerüstleitern zum Ausgang. Es gab einen Vermissten, der auf dieser Baustelle gearbeitet hatte. Es gab eine unbekannte Leiche, die nicht auf dieser Baustelle gearbeitet hatte.

Karsten Blonk stand vor dem Baubürocontainer und winkte ihm aufgeregt.

»Ich hab hier was«, sagte er und schwenkte eine kleine Beweismittel-Plastiktüte. Eine Speicherkarte lag darin. »Das Baustellengelände wird ab sechs Uhr abends bis zum nächsten Arbeitsbeginn videoüberwacht. Wir haben die Aufnahmen der letzten Tage gerade grob gesichtet, und man sieht, wie ein größeres Auto, vermutlich Geländewagen oder SUV, hier vorne um die Kurve gefahren ist.«

»Dunkelblau?«, fragte Glattlinger.

»Die Aufnahmen sind schwarz-weiß. Ich gebe das zur Datenanalyse. Farbig kriegen wir's zwar nicht, aber vielleicht kann man in der Vergrößerung was Näheres erkennen.«

»Gut. Wir brauchen noch die Kontaktdaten der Urlaubsvertretung von Herrn Fischbrunner. Und ich veranlasse, dass der schwarze Engel hier vor Ort die Arbeiten überwacht, wenn die Leiche hier rausgehämmert wird.«

*

Auf dem Vorplatz am Romanshorner Fährhafen zog ein Schwarm Möwen kreischend seine Kreise um die Hafenmole. Sie stand neben dem weißen Dodge Coupé mit Schweizer Kennzeichen in der dreireihigen Schlange vor der Anlegestelle zwischen einem deutschen Wohnmobil und einem schwarzen Audi. Die blankpolierten Chromfelgen des Dodge glänzten in der Mittagssonne.

Unruhig sah sie in die Luft und verfolgte den Flug des Möwenschwarms. Ihre größte Sorge war in diesem Moment, dass eine der Möwen ihre Hinterlassenschaften ausgerechnet auf dem weißen Lack abladen würde. Röhri, wie sie ihn alle nannten, hatte ihr sein Heiligtum für einen Tag geliehen, damit sie heute am deutschen Bodenseeufer, wie sie ihm gesagt hatte, eine dringende familiäre Angelegenheit erledigen konnte. Den 1973er Dodge Challenger hatte ihr neuer Freund in jahrelanger Kleinarbeit restauriert und verbrachte jede Woche einige Stunden damit, den Wagen stets auf Hochglanz zu halten. Obwohl sie und Röhri sich erst seit drei Wochen kannten, vertraute er ihr den Wagen an. Sie schien ihm tatsächlich etwas zu bedeuten, und es fühlte sich für sie gut an.

Carola stemmte mit neuem Selbstbewusstsein die Hände in die Hüften und ließ ihr halblanges blondes Haar im Wind wehen. Sie blickte auf den See und sah zu, wie die Fähre die Anlegestelle ansteuerte. Die Auffahrrampe senkte sich langsam auf den Bug des Fährschiffes. Einer der auf der Fähre Beschäftigten hängte auf einer Seite das blaue Absperrseil aus, und im nächsten Moment spuckte das Schiff eine Ladung Autos aller Größen und Farben aus, gefolgt von zwei Sattelzügen.

Sie startete den Motor, und die V8-Maschine brummelte mit einem bulligen Sound los. Vorsichtig fuhr sie den weißen Zweitürer über die Rampe auf die Fähre, und der Mann in der dunkelblauen Uniform winkte sie in eine der markierten Spuren.

Kaum hatte die Fähre abgelegt, war das US-Car von einem halben Dutzend Auto-Fans umringt; vor allem von solchen, die sich niemals ein teures Auto würden leisten können. Der Fahrer des schwarzen Audi, ein kleiner, dicklicher Mann mit Glatze in einem schwarzen Anzug, kam mit einem Grinsen auf sie zu. Er wirkte auf sie wie ein schmieriger Vertretertyp.

»Grüeziwohl, schöne Frau. Schöne Frau, schönes Auto.« Er steckte die Hände tief in die Hosentaschen und wippte mit den Füßen. »Was würd der denn choschten, ha?« Carola verschränkte angewidert die Arme vor der Brust und nahm eine abwehrende Haltung ein. »Unverkäuflich.« Der Vertretertyp lachte. »Vierz'gduusig Stutz ischt mein Angebot, natürlich in Schweizer Franken. Und mich bechommen Sie gratis dazu, haha.«

Er streckte ihr seine Visitenkarte entgegen. Mit einem flüchtigen Blick konnte sie darauf das Logo der Bank erkennen, bei der sie auch ihr Konto hatte.

Das Auftreten des Bankers erinnerte sie an die Situation von vor einigen Tagen, als man sie in der Bank praktisch für pleite erklärte und sie danach auf der Wartebank an der Bushaltestelle der Illusion aufgesessen war, von einem feinen Banker mit gut gefülltem Konto angesprochen zu werden.

Carola verlor die Beherrschung. Sie stieß einen Schrei aus, und gleichzeitig landete der Absatz ihres rechten Schuhs in seinem Schritt. Die Auto-Fans, die noch immer die breiten Chromräder bestaunten, johlten und applaudierten. Der Banker im schwarzen Anzug kauerte mit schmerzverzerrtem Gesicht am Boden neben seinem Audi und hielt sich mit beiden Händen seinen Genitalbereich. Die beiden Bediensteten des Fährschiffes, die auf dem Deck standen, sahen auf den See hinaus und taten so, als hätten sie nichts mitbekommen.

Eine halbe Stunde später legte die Fähre in Friedrichshafen an, wo gerade ein Zeppelin über dem Hafenbereich schwebte. Carola stand an einem Stehtisch im Bordbistro der Fähre, trank ihren Kaffee leer und machte sich auf den Weg zu der steilen Treppe, die nach unten auf das Fahrzeugdeck führte. Der kleine Dicke im schwarzen Anzug stieg gerade in seinen Audi. Er hatte noch einen Rest ihres Schuhsohlenabdrucks an der Hose.

An der ersten Ampel nach dem Fährhafen hielt der schwarze Audi auf der Linksabbiegespur neben ihr. Der kleine Dicke zeigte ihr seine linke Hand, Zeigefinger und Daumen zu einem Ring geformt, und bewegte darin den rechten Zeigefinger rein und raus. »Grüner wird's nicht, du Arsch!«, bläkte Carola frech und deutete auf die Linksabbieger-Ampel. Hinter dem Audi ging wildes Gehupe los. Sie zeigte ihm den gestreckten Mittelfinger, ließ mit einem kräftigen Tritt auf das Gaspedal den Achtzylindermotor brüllen und folgte der geradeaus führenden Spur Richtung Lindau. Schon lange hatte sie sich nicht mehr so stark und fast schon übermächtig gefühlt.

*

Guntram Glattlinger und Sascha Paschmeier saßen in dem kleinen, fensterlosen EDV-Büro am Bildschirm und betrachteten wieder und wieder die Szene der Videoaufnahme, in der ein Auto durch das Bild fuhr. Der Praktikant fand in kürzester Zeit heraus, wie das Programm zu bedienen war. »Ich lass das jetzt mal langsamer laufen und skaliere die Ansicht größer«, bemerkte Sascha Paschmeier und klickte mit der Maus in einem Auswahl-Dialogfeld auf 200 Prozent. »Könnte ein japanischer Geländewagen oder SUV sein.« Die Videoaufnahme erschien gröber gerastert, und das Auto ruckelte auf dem Bildschirm langsam von links nach rechts.

»Das Kennzeichen. Versuch mal, das Kennzeichen irgendwie erkennbar zu machen«, sagte Glattlinger.

»Da ist kein Kennzeichen zu sehen. Man sieht das Auto fast nur von der Seite.«

»Mach noch mal größer und heller, da ist irgendwie ein heller Balken wie ein Nummernschild.«

»Vergrößern auf 400 Prozent!«, sagte Paschmeier, als säße er in der Kommandozentrale von Raumschiff Enterprise.

»Der helle Streifen war wohl doch nur eine Spiegelung oder ein Chromteil.«

»Verdammt, die Aufnahme bringt uns nicht wesentlich weiter«, sagte Glattlinger und schlug mit der flachen Hand auf den PC-Tisch.

»Aber immerhin haben wir den Beweis, dass da am späteren Freitagabend einer da oben rumgefahren ist«, meinte Paschmeier.

»Wir besprechen die bisherigen Ergebnisse in einer Teamsitzung. Patrizia!«

»Ja, was schreist'n so, Herrschaftszeiten, i bin ja net

taub.« Glattlinger hatte nicht bemerkt, dass Patrizia gerade in der Tür zum EDV-Raum stand.

»Eine Frau Leibinger sitzt in deinem Büro. Sie will di sprech'n. Und i muss jetzt zu mei'm Zahnarzttermin.«

»Ich kann mir denken, dass mich ein Besuch sprechen will, oder ist hier schon mal jemand zum Schafkopfen reingekommen? Mir san schließlich koa bayerisches Wirtshaus.«

Glattlinger nahm seinen Tablet-PC vom Tisch und schob sich an Patrizia vorbei, die genervt mit zur Decke gerichtetem Blick am Türrahmen lehnte. Sascha Paschmeier war in das PC-Programm vertieft.

Der Besuch störte seine Gedankengänge, die gerade versuchten, ein mögliches Motiv von Benedikt Britzler auszumachen.

Am Besuchertisch in seinem Büro saß eine entschlossen wirkende blonde Frau mit halblangem, leicht gewelltem Haar. Sie stand sofort auf, als er das Büro betrat. Ihr rechter Arm schnellte vor, als sie ihm ihre Hand reichte, wobei sich ihr Oberkörper nach links neigte. Es war eine Bewegung wie bei jemandem, der zu einem kräftigen Schlag ausholte. Doch die blonde Frau, die er auf Anfang 50 schätzte, wollte ihn einfach nur artig begrüßen.

»Guten Tag, ich bin die Carola Leibacher.«

Sie sprach und bewegte sich hektisch, und der Klang ihrer Stimme deutete auf einen reichlichen Tabakkonsum hin.

»Hauptkommissar Guntram Glattlinger, guten Tag, Frau Leibacher.«

Zwischen Gruß und Anrede mischte sich in seinem Kopf ein Satz aus dem Telefonat mit Konrad Griesbacher:

»War nicht schwer, herauszufinden, dass das Bauunternehmen ›Leibacher Tief- und Straßenbau‹ eine Niederlassung in Liechtenstein betreibt.«

Glattlinger machte sich auf eine große Sache gefasst, die womöglich einiges aufklären konnte. Er setzte sich langsam auf einen der filigranen Konferenzstühle am Besprechungstisch zu seiner Besucherin und stützte seine Unterarme mit gefalteten Händen auf der Tischplatte auf.

»Was führt Sie zu uns?«, fragte er betont langsam und ruhig, aber enorm gespannt.

Ihr Kopf senkte sich in Richtung der schwarzen Tischplatte, und ihre Mundwinkel zogen ebenfalls nach unten.

»Es wird Zeit, dass die Wahrheit ans Licht kommt. Dass der ganze Zauber endlich ein Ende hat. Er lässt Vermögen verschwinden. Er lässt Leute verschwinden. Er lässt sich selbst verschwinden. Seine Person, seinen Namen. Alles macht er irgendwo aus dem Untergrund.«

Carola Leibacher hob den Kopf und sah Glattlinger direkt vorwurfsvoll an, als würden sich ihre Wut und ihre Verzweiflung gegen ihn richten. »Und ich … ich stehe irgendwann mit nichts da. Weil er ja offiziell gar nicht mehr existiert!«

Glattlingers Miene bewegte sich keinen Millimeter, und sein Blick haftete fest an den Augen der blonden Frau, die so gar keine Ausstrahlung, keine wirkliche Persönlichkeit hatte und überhaupt schwer einzuschätzen war. Er ließ sie einfach reden.

»Und ich glaube, dass er jetzt sogar noch meinen Ex-Freund auf dem Gewissen hat. Und alles nur wegen diesem … diesem blöden Sporthotel, weil er unbedingt da, wo es nicht mehr höher raufgeht, seinen Wahn aus Beton bauen muss. Das wird irgendwann noch sein Betongrab werden, und wer weiß, ob es nicht schon für Bill das Betongrab geworden ist – weil er zu viel weiß und weil er wahrscheinlich dafür seinen Anteil gefordert hat. Und ich … ich steh dann irgendwann vor dem Hotel und sag: Hallo, ich bin die Tochter von dem, der das gebaut hat, und alle sagen: Was willst du hier, da gibt es keine Tochter, jedenfalls nicht mit dem Namen, und dann ist da womöglich eine in dem Hotel, die da der Boss ist und der er das Ganze vermacht hat.«

»Ein Hotel bauen ist nicht verboten. Vorausgesetzt, es passiert alles auf legalen Wegen. Eine andere Identität anzunehmen, wenn ich es richtig verstanden habe, geht je nachdem in Richtung eines Betrugsdeliktes.«

Glattlinger nahm die Ellenbogen vom Tisch und setzte sich aufrecht. »Frau Leibacher, Sie lasten Ihrem Vater einen Mord an, wenn nicht sogar mehr als einen. Sind Sie sich darüber im Klaren, welchen Vorwurf Sie damit erheben? Und – gibt es Beweise für Ihre Vermutungen?«

Er stachelte sie an, indem er ihre Aussagen in Zweifel zog, und er setzte diese Methode bewusst ein. Carola Leibacher stand auf und stellte sich mit verschränkten Armen an das Fenster. Dann drehte sie sich mit hasserfülltem Gesicht wieder zu Glattlinger um.

»Ich weiß von mindestens zwei, die dem irrsinnigen Größenwahn und der unersättlichen Gier von meinem Vater, Alois Leibacher, dem mächtigsten Tief- und Straßenbauunternehmer in 100 Kilometer Umkreis, zum Opfer gefallen sind. Mein Ex-Freund Wilfried Grätner gehört sehr wahrscheinlich dazu, nachdem er jetzt schon seit Wochen spurlos verschwunden ist. Sein VW-Camper steht vor seiner Wohnung, und ohne den wäre er garantiert nicht abgehauen. Und da war noch eine Geschichte vor knapp 30 Jahren, als mein Vater die Goldbarren, von denen ein Teil seit Generationen zum Leibacher-Familienvermögen gehört, heimlich im Ferienhaus im Montafon einbunkern wollte. Damals ist zufällig ein Fremder aufgetaucht, dem zum Verhängnis geworden ist, dass er das mit dem Goldversteck zufällig mitbekommen hat und ihn ausrauben wollte. Wilfried Grätner war damals dabei, als sie den zusammen – in Notwehr, wie mir Bill erzählt hat – außer Gefecht setzen wollten und einer von beiden wohl zu heftig zugeschlagen hat. Der Wilfried hat dann die Dreckarbeit für meinen Vater erledigen dürfen und musste die Leiche beseitigen. Das haben die beiden dann gleich so ausgeheckt, dass es so aussah, als wäre Alois Leibacher bei einem Autounfall ums Leben gekommen. Und dann hat er sich nach Liechtenstein abgesetzt, wo er seitdem als Anton Brander lebt. Aber ich halte das mit meinem Gewissen nicht mehr aus! Es muss jetzt endlich die Wahrheit über meinen Vater Alois Leibacher ans Licht, im Sinne der Gerechtigkeit!«

Guntram Glattlinger war sich nicht sicher, ob es Carola Leibacher tatsächlich um Gerechtigkeit ging oder ob sie in Sachen Gier nicht von ihrem Vater eine ganze Menge abbekommen hatte.

»Würden Sie das, was Sie mir eben erzählt haben, zu Protokoll geben?«

*

Aus dem Eingang zum Turmbauwerk der Staumauer, der direkt neben der steilen Baustraße zum Sporthotel lag, hallte das Rattern eines Bohrhammers, das immer wieder für einen kurzen Moment unterbrach.

Baustellenleiter Frank Höllschmieder ging auf Guntram Glattlinger zu, der gerade in eine Leberkäsesemmel biss. »Da unten hämmert der Hamadi gerade die einbetonierte Leiche raus.«

»Hamadi?«, fragte Glattlinger mit vollem Mund.

»Ein Ägypter. Hat sozusagen Erfahrung damit. Hat früher in Ägypten Archäologie studiert und in der Umgebung von Pyramiden bei Ausgrabungen mitgearbeitet. Weil er als Christ verfolgt wurde, ist er vor einigen Jahren nach Deutschland geflohen.«

»Und jetzt muss er hier, statt mit Pinsel und Schäufelchen Tonscherben freizulegen, mit dem Bohrhammer einen Pharao aus seinem Betongrab befreien?«

»Der Hamadi ist von der ganzen Bautruppe hier der Einzige, der dafür zum einen die nötige Sensibilität hat und dem es aber andererseits vor nichts graust.«

Glattlinger stieg am Eingang zum Baustellenbereich die drei Gerüstetagen hinab, von wo man wieder zwei Ebenen nach oben steigen musste, um weiter in das Bauwerk hineinzugelangen. Der Bohrhammer dröhnte unablässig. Das Bauwerk war innen wie eine riesige Katakombe.

Hamadi lehnte mit übereinandergeschlagenen Beinen und den Händen in den Hosentaschen an einer Gerüststange und hatte den Blick aufmerksam nach oben gerichtet. Mit dem Bohrhammer arbeitete eine Gerüstebene weiter oben jemand anderer.

Glattlinger stieg mit dem Rest seiner Leberkäsesemmel in der Hand auf dem Gerüst eine Etage höher, sodass er auf gleicher Höhe mit der Person stehen konnte, die den Toten herausmeißelte.

Unter einem weißen Bauhelm sah er lange schwarze Haare, die zu einem Pferdeschwanz zusammengebunden waren. Sie blickte kurz nach rechts, erkannte ihn im Halbdunkel dieses riesigen Betonbunkers und stellte den elektrischen Bohrhammer ab.

»Mahlzeit, Gunni. Ist schon Mittag?« Dorothee Vittoriani begrüßte Glattlinger mit einem unwiderstehlichen

Lächeln und klopfte sich den Betonstaub vom linken Ärmel ihres blaugrauen Arbeitsoveralls, den sie mit einem breiten Gürtel trug, was ihr mit ihrer üppigen Oberweite eine äußerst reizvolle Figur verlieh.

»Ah, 'tschuldige, dass ich dir keine Brotzeit mitgebracht habe. Wusste gar nicht, dass Betonabbruch zu deiner Arbeit als Gerichtsmedizinerin gehört.«

»Unter diesen speziellen Umständen schon. Der da unten auf dem Gerüst, der heimlich meine Kurven bestaunt, geht da vor wie ein Archäologe. Scheint zu glauben, dass bei dem da drin noch eine Wiederbelebung möglich ist. Jedenfalls würde das bei ihm Jahrhunderte dauern, bis wir den Toten da raushätten.«

»Du verwechselst das mit Indern, die glauben an Reinkarnation. Wie stehen die Chancen, dass du die Leiche bald auf dem Obduktionstisch hast?«

»Das wird noch ein bisschen dauern. Der ist nicht nur einbetoniert, sondern auch noch von ein paar Eisenstäben aufgespießt. Da muss ich dann noch mit dem Trennschleifer ran. Aber schau mal, was ich da inzwischen schon aus der Innentasche von seiner Jacke rausfischen konnte.«

Doktor Vittoriani reichte ihm einen abgegriffenen hellbraunen Geldbeutel. Guntram Glattlinger ertappte sich dabei, dass er Dorothee bewunderte und sie gerade mächtig Eindruck auf ihn machte. Sie standen sich auf dem Gerüstbrett nahe gegenüber und sahen sich tief in die Augen, was aber auch an den halbdunklen Lichtverhältnissen lag. Spontan umarmte er sie mit einem Arm, und sie hauchte ihm einen flüchtigen Kuss auf die Wange.

Er hielt den Geldbeutel aus der Jackentasche des Toten in der Hand. Anstatt wie sonst sofort darin nach verwertbarem Beweismaterial zu suchen, haftete sein Blick auf den braunen Augen in dem eingestaubten Gesicht, das unter dem Rand des weißen Bauhelms hervorschien.

»Was machst du nach dieser Brachialaktion hier?«, fragte Glattlinger.

»Erst mal ordentlich duschen«, lachte Dorothee, »aber dann … hmm, ich glaub, zu meinem Lieblingsitaliener?«

»Soll ich schon mal einen Tisch reservieren?«

Dorothee Vittoriani nahm den Bohrhammer in die Hand und hielt ihn so, wie ein Bewaffneter sein Maschinengewehr hielt. »Pünktlich um halb acht, oder du bist der Nächste.«

»Es gibt Befehle, denen ich mich ausnahmsweise nicht widersetze.« Guntram Glattlinger verbeugte sich untertänig mit erhobenen Händen, drehte sich um und schlenderte in Richtung der nächsten Gerüstleiter. Eine Etage tiefer beobachtete der Ägypter amüsiert die Szene.

Glattlinger stieg in den schwarzen X3 und bemerkte, dass seine Jacke von der Umarmung voller Betonstaub war. In diesem Moment war ihm aber der Inhalt des Geldbeutels wichtiger.

Er fand einen Barzahlungs-Kassenbeleg vom »HeiGa«-Baumarkt über ein Gartengerätehaus. In den Einsteckfächern war kein Ausweis zu finden, dafür aber eine EC-Karte. Glattlinger nahm sein Smartphone aus der Brusttasche seiner olivgrünen Parkajacke und tippte auf den Kontakt mit dem Namen ›Präsidium PG‹.

»Patrizia, setz dich bitte mit Paschmeier dran und versucht, etwas über einen Gottfried Monschkopf herauszufinden. Das ist der Tote von der Staumauerbaustelle und zugleich derjenige, der mit dem Transporter von der Autobahnbrücke gestürzt ist. Ich fahre noch mal zur Firma ›Britzler‹.«

*

Er war jemand, der so gut wie nie über Gefühle sprach. Mitunter gebrauchte er zwar den Ausdruck von Gefühlen, aber nur dann, wenn es ihm dazu diente, einem geschäftlichen Erfolg die gebotene Würde zu verleihen oder bei der Einweihung eines Bauprojektes einige blumige Worte in seine Rede einfließen zu lassen. Mit der Verwendung wohlklingender Worthülsen tat er es denjenigen gleich, die schon in wenigen Monaten bei der festlichen Einweihung des Sporthotels zugegen sein würden.

Sie würden alle dabei sein. Die Regionalpolitiker von Landrat Friedhelm Steigberger bis zum Stellvertreter des Wirtschaftsministers. Die Unternehmer und Machthaber der lokalen Touristikbranche. Und alle diejenigen, die das gesamte Vorhaben nur aus Akten kannten, an der Realisierung des Projekts nicht im Geringsten beteiligt waren, aber beim Pressefoto mit vorne stehen würden.

Selbstzufrieden nahm er einen tiefen Atemzug und betrachtete den tiefblauen wolkenlosen Himmel, von dem die Sonne an diesem Oktobertag die Voralpenlandschaft mit den buntesten Herbstfarben überschüttete. Ein Landwirt mähte mit einem modernen Traktor, an dem ein klappriger alter Heuwagen hing, einen letzten Schnitt von seiner Almwiese. Die Landschaft roch nach frisch gemähtem Gras mit einem Hauch von Kuhmist.

Das Steighorn-Wasserkraftwerk stand bald vor der Vollendung. Was 27 Jahre zuvor am grün-alternativen Widerstand gescheitert war, wurde nun in Zeiten von beschlossenen und wieder zurückgezogenen Atomausstiegsplänen, einer unausgegorenen Wende der Energiepolitik und nicht zuletzt dank eines immer noch größeren Strombedarfs schließlich Realität. Das Versprechen von »grünem Strom« überwand problemlos sämtliche gesellschaftliche und politische Widerstände. Der Stromkonzern »Hellwatt« warb auf Plakaten mit umweltfreundlichem Strom aus regionaler Wasserkraft.

Die Genehmigung für den Bau seines Sporthotels, nur 50 Meter hinter der Staumauerkrone auf dem Plateau vor dem Gipfel des Steighorns, wäre ihm auf normalen behördlichen Dienstwegen niemals erteilt worden. Aber in unmittelbarer Verbindung mit dem Kraftwerk, für das ohnehin eine verkehrstechnische Erschließung nötig war, hatte man dank des Einflusses der »Hellwatt AG« die Genehmigung dafür nebenbei durchgeschleust.

Eigentlich sollte er als Bauherr direkt vor der Baustelle vorfahren und seinen Wagen vor dem Eingang abstellen, wo erst vor wenigen Tagen die provisorische Bau-Brettertür durch die im Bauplan vorgesehene halbrunde Stahl-Glas-Konstruktion ersetzt worden war. Aber bei dem heutigen Termin ging es um die Abnahme der Klimatechnik und der Großküche, wo er lediglich am Ende eine Unterschrift unter das Abnahmeprotokoll setzen musste, die eigentliche Verantwortung aber bei den Fachingenieuren lag. Ihm war heute danach zumute, den Tag etwas lockerer anzugehen, da es schließlich kein hochoffizieller Anlass war.

Sein roter Geländewagen parkte neben einer kleinen Kirche in einem kleinen Ort mit wenigen Bauernhäusern, der auf gleicher Höhe wie die Sporthotel-Baustelle und nur wenige 100 Meter von der österreichischen Grenze entfernt lag. Der eine Grund war, dass ihm sein nagelneuer GLK 420 noch zu schade und zu sauber für die schmutzige und staubige Baustraße war. Außerdem wollte Brander zu Fuß von oben zu seinem Sporthotel laufen, um das fast vollendete Bauwerk auch einmal von oben zu bewundern. Er benutzte dazu denselben Weg, auf dem er bei einem der letzten Baustellentermine Gottfried Monschkopf hatte herumschlurfen sehen.

Anton Brander traf eine halbe Stunde vor dem Termin ein, damit er sich ein Bild vom Baufortschritt machen konnte. Er ging die Betontreppe hinauf, die in gebogenen Segmenten zu den einzelnen Etagen führte. In der vierten Etage gab es vier Suiten, in denen gerade die Sanitärinstallateure die Badezimmereinrichtungen montierten. Der Architekt hatte sich für diesen Bereich, über dem die Dachkonstruktion saß, ein großes Panoramafenster einfallen lassen, dessen Konturen ähnlich denen des Steighorns waren – eine Trapezform, auf die an der oberen kurzen Seite noch ein flaches Dreieck aufgesetzt war. Die Fensterkonstruktion war bereits eingebaut und bot einen grandiosen Ausblick in die Allgäuer Bergregion.

Er stand vor dem Panoramafenster und blickte auf die Staumauer-Baustelle, wo schon die Schalungsarbeiten für die Staumauerkrone liefen. Das Fenster bot über die Staumauer hinweg den direkten Blick auf den Gipfel des Steighorns. Anton Brander genehmigte sich – was er nicht zugeben würde – einen Moment des Innehaltens.

»Schöne Aussicht.«

Die männliche Stimme hinter ihm sagte diese Bemerkung emotionslos. Es klang einerseits vornehm und wirkte doch irgendwie bedrohlich. Anton Brander drehte sich nicht um.

Der Unbekannte stellte sich neben Brander an das Panoramafenster, steckte die Hände in die Taschen seiner Anzughose und sah ihn mit einem überheblichen, aber nicht unfreundlichen Lächeln von der Seite an. Er schien nur unwesentlich jünger als Brander zu sein. Seine Halbglatze war von einem ähnlichen grauen Haarkranz wie bei Brander selbst umrahmt. Überhaupt hatte er gewisse Ähnlichkeit mit ihm, auch wenn der Mann kleiner war als er. Der deutlichste Unterschied war, dass der Fremde einen breiten Mund mit schmalen Lippen hatte, was sein bemühtes Lächeln wie ein fieses Grinsen aussehen ließ.

»Kompliment, Herr Brander. Großartig.« Er breitete die Arme in Richtung des Panoramas vor dem Fenster aus. »Oder sollte ich besser sagen: Herr Leibacher? – Nun, wie auch immer. Zwei grandiose Bauwerke, die allmählich ihrer Vollendung entgegensehen, nicht wahr? Ach ja …« – er seufzte theatralisch und wippte dabei mit den Füßen – »… ich erinnere mich noch gut an unsere Informationsveranstaltung letztes Jahr im Juli, ein herrlicher, etwas windiger Sommertag – und alle, die da waren, schienen frohen Mutes, dass ein Wasserkraftwerk ihnen schon bald umweltfreundlichen Strom ins Haus liefern sollte … tja ja, und das hat ja auch Ihren Weg mit geebnet, nicht wahr? Sie haben es ja im Grunde der ›Hellwatt AG‹ zu verdanken, dass Sie hier – gewissermaßen auf unserem Betriebsgelände – Ihr Hotel bauen können, das ja so nun eigentlich nicht genehmigt worden wäre, hätten wir – ich hoffe, dass dies jetzt in Ihren Ohren nicht abwertend klingt – dieses im Verhältnis zu der Staumauer und den Kraftwerksgebäuden verschwindend kleine Nebenbauwerk im Planfeststellungsverfahren und im Baugesuch – uns geht es ja da im Grunde auch nicht anders als dem gewöhnlichen Häuslebauer – nun, hätten wir dieses wahrlich schöne Hotel nicht als Heimstätte für die Beschäftigten des Kraftwerks und als Unterkunft für Angehörige von Fremdfirmen deklariert.«

Anton Branders Blutdruck hatte inzwischen einen kritischen Wert erreicht. »Wer sind Sie«, fragte Brander nüchtern und ohne Fragezeichen.

»Ach, wissen Sie, mein Name tut nicht allzu viel zur Sache, schließlich darf ich mich zum Ende des Jahres in meinen wohlverdienten Ruhestand zurückziehen. Aber ich wollte Ihnen nur den dezenten Hinweis geben, dass mein geschätzter ehemaliger Kollege Franz-Werner Birnfass maßgeblich daran beteiligt war, dass Sie jetzt hier stehen und diese herrliche Aussicht genießen können – war er es doch, der die Unterlagen für den Bauantrag, wie sich herausstellte, letztlich wohl zu Ihrem Vorteil abgeändert hat. Was ihn dazu bewogen haben mochte, wird für immer im Geheimen bleiben. Denn leider ist der liebe Franz-Werner – der Herr habe ihn selig – auf rätselhafte Weise zu Tode gekommen. Und es geschah ausgerechnet an dem Abend unserer so erfolgreichen Informationsveranstaltung in dem Bierzelt mitten auf der schönen grünen Wiese. Ach, wie schon gesagt, es war ja ein recht warmer Sommertag und man hatte ja schon das eine oder andere Gläschen getrunken, und so musste ich – verzeihen Sie – am frühen Abend doch auch mal einem menschlichen Bedürfnis nachgehen, und wie ich, ähm, während der Verrichtung zum Fenster des Toilettenwagens hinausgesehen habe, so habe ich noch sehr gut in Erinnerung, dass ich Sie zusammen mit dem Herrn Birnfass gesehen habe, an der Rückseite des Bierzeltes, und Sie beide müssen wohl ein äußerst herzliches Verhältnis zueinander gepflegt haben, da Sie so innigst Ihre Arme um seinen Hals gelegt haben – insofern scheint es mir als eine schreckliche Wende des Schicksals, weshalb der liebe Franz-Werner unmittelbar darauf auf entsetzliche Weise, erdrosselt vom Kabel der Bierzelt-Lichterkette, unter dem Giebel hängend aufgefunden wurde … nun, ich dachte, Sie hätten dafür vielleicht eine Erklärung, denn auch die Kriminalpolizei ist hier nach wie vor auf der Suche nach möglichen Spuren, und diese Herrschaften haben erst kürzlich wieder bei mir vorgesprochen. Die Kripo Lindau hat ja bereits eine Liste aller Personen vorliegen, die offiziell eingeladen waren – nun wollen sie auch eine Liste mit Namen, die ohne offizielle Einladung zu Gast waren, sofern man ihre Namen kennt. Und da Sie, werter Herr Brander – oder Herr Leibacher? – beileibe keine unbekannte Person sind, so müsste ich, um meiner Pflicht gerecht zu werden, Ihren Namen auf die verlangte Liste setzen. Ich wage nicht auszudenken, sollte ich von der Kriminalpolizei zu einer Aussage über Beobachtungen und Auffälligkeiten gedrängt werden – Sie müssen wissen, es gehört zu meinen Grundprinzipien, ein reines Gewissen zu haben. – Aber auch ich bin nur ein Mensch, und mein Gedächtnis kann durchaus auch Lücken aufweisen … und diese Lücken entstehen eigenartigerweise immer dann, wenn meine Augen vom Schein geblendet werden – verzeihen Sie mir dieses Wortspiel, ich meinte, wenn meine Augen von Scheinen geblendet werden …«

»Wenn Sie gerne das eine oder andere Gläschen trinken, wie ich Ihren Ausführungen entnehme, hätte ich da einen Vorschlag für Sie. – Sie sind nicht von hier, da Sie so von dieser Landschaft schwärmen, oder?«

»Ich bedaure, leider nein. Dabei schätze ich die Ruhe und die Mächtigkeit der Berglandschaft, und vor allem die Abgeschiedenheit, in die man sich fernab von Verkehr und städtischem Umtrieb zurückziehen kann.«

Brander drehte sich zu dem Mann hin, um ihm geradewegs in die Augen sehen zu können. Er bemerkte im Gesicht seines Gegenübers ein leichtes Zucken am rechten Augenlid, und er war sich plötzlich sicher, dass er diesem Mann schon einmal vor langer Zeit begegnet war.

»Ich besitze ein komfortables Berghaus im Montafon. Es liegt auf 1.200 Meter Höhe und ist ein herrlicher, von Wald umgebener Platz für geruhsame Wochenenden. Ich kenne zwar Ihren Namen noch nicht, aber ich lade Sie gerne für das nächste Wochenende dorthin auf einen Kaminabend ein, bei dem wir in aller Ruhe über, hm, eine mögliche Zusammenarbeit sprechen können. Und außerdem gibt es auf dem Weg dorthin einen wahren Geheimtipp, den ich Ihnen jetzt schon verrate. Vor dem Wald, durch den es zum Berghaus geht, brennt der alte Schorsch, ein guter Bekannter von mir, seit Jahrzehnten das bekannte ›Brandner Gletscherwasser‹.«

»Das klingt hervorragend. Ich wusste, dass Sie ein Mann mit Stil und nicht nur der allseits gefürchtete Baulöwe sind, so wie man von Ihnen spricht.«

Der Mann fingerte aus einer Innentasche seines Sakkos umständlich eine Visitenkarte hervor und reichte sie Brander. Neben dem orangefarbenen »Hellwatt«-Logo auf hellblauem Grund stand der Name ›Doktor Max Latern‹. Brander erinnerte sich an den Tag im März 1986, als er diesem »Hellwatt«-Manager im Foyer des Alpenhotels gegenübergestanden hatte und dessen Kopf damals schon eine glänzende Halbglatze zierte, die inzwischen allerdings bleicher war und einige Altersflecken zeigte.

»Ich gebe Ihnen die Adresse meiner Niederlassung in Liechtenstein, Herr Doktor Latern. Von dort aus fahren wir zum Berghaus. Alternativ wäre auch möglich, von Liechtenstein aus auf Bergwanderpfaden direkt über die Grenze dorthin zu laufen, man braucht dafür etwa dreieinhalb Stunden und etwas Kondition. Es gibt drei Gästezimmer mit Bad und Dusche zur Auswahl. Passt Ihnen Samstag 12 Uhr?«

»Sehr gerne. Aber ich bedaure, ich bin nicht mehr so gut zu Fuß, insofern würde ich gerne auf die Anfahrt mit dem

Auto ausweichen. Dann sehen wir uns nächsten Samstag bei Ihnen in Liechtenstein. Und nun muss ich wieder in den Baubürocontainer zu meinen jungen Kollegen, damit die sich wegen der drohenden Verzögerungen bei den Fertigstellungsterminen nicht von den Baufirmen ins Bockshorn jagen lassen.«

Doktor Max Latern streckte ihm mit erhobenem Haupt und einem irgendwie falschen Lächeln die Hand entgegen, um sich zu verabschieden. Anton Brander verabschiedete sich mit einer angedeuteten Verbeugung, die etwas übertrieben vornehm wirkte.

*

Der Grenzbeamte am Zollamt Schaanwald warf nur einen flüchtigen Blick auf die Ausweise des Paares, das in einem alten Peugeot in einer Reihe mit Touristen und Berufspendlern in den Miniaturstaat Fürstentum Liechtenstein einfuhr. Die beiden Insassen waren wie gewöhnliche Bergurlauber gekleidet; auf dem Rücksitz lagen Wanderjacken und Rucksäcke.

»Irgendwie komme ich mit jedem Kilometer hierher immer noch mehr ins Zweifeln«, sagte Guntram Glattlinger, an seine Beifahrerin gewandt. »Ich jage hier einem Phantom namens Alois Leibacher hinterher, der angeblich vor fast 30 Jahren im Grenztunnel einen Autounfall inszeniert hat, dabei eine unidentifizierbare Leiche hinterlassen hat und wohl selbst unter einer anderen Identität abgetaucht ist. Ich habe mich von diesem pensionierten österreichischen Geheimrat anstacheln lassen, denen diesen Leibacher als denjenigen zu liefern, der das mit dem Wasserkraftwerk eingefädelt hat.«

»Es ist aber im Moment die einzige Chance, auf die Spur des Mörders von Manfred Breitstein zu kommen, nachdem der schwarze Engel anhand des Haarbüschels herausgefunden hat, dass es sich um ihren Bruder gehandelt hat«, meinte Stefanie Stürmer.

»Ist auch wieder wahr. Und derjenige, der den Rothaarigen damals verschwinden lassen musste, ist seit einiger Zeit auch verschwunden. Das muss irgendwie zusammenhängen.«

Glattlinger ließ den Sechszylindermotor in einer niedrigen Drehzahl laufen und fuhr den Peugeot 505 im Cruising-Tempo über die Hauptstraße des Kleinstaates, die nach Vaduz führte. Stefanie Stürmer und er schwiegen für eine Weile und betrachteten die Felswände der umliegenden liechtensteinischen Berge. Eine Kolonne von Motorradfahrern sägte an ihnen vorbei.

»Danke für die Karte vom Lago Maggiore vom letzten Sommer, ich hab mich echt sehr darüber gefreut.« Stefanie Stürmer sah ihn mit einem charmanten Lächeln vom Beifahrersitz an. Guntram Glattlinger überkam das Gefühl, als würden seine Kniegelenke aus Silikongel bestehen, und er drückte unwillkürlich stärker auf das Gaspedal.

»50, Herr Kommissar«, zeigte Stefanie auf das Verkehrsschild neben der Straße und hatte noch immer dieses anschmiegsame Lächeln im Gesicht.

»Wir sollten mal wieder eine Radtour zusammen unternehmen, was meinst du?« Guntram Glattlinger fand wieder Worte. »So vielleicht … hm, einmal um den Bodensee herum?«, sagte er halb im Scherz.

»Ich bin dabei! Wir können das ja in verschiedenen Etappen machen und zwischendurch übernachten – zum Beispiel einmal in Rorschach und einmal in Meersburg. Gemütlich essen gehen und am See abends ein Gläschen Wein genießen.«

Glattlinger hatte das Gefühl, im Fahrersitz seines Youngtimer-Franzosen bis zum Bodenblech zu versinken. »Das klingt ja richtig romantisch. Aber ob ich die Strecke schaffe? So weit bin ich mit dem Rad noch nie gefahren!«

»Da mach dir mal keine Sorgen. Ich krieg dich da schon fit.« Ihre Hand strich über seinen Oberschenkel. Zum ersten Mal war er für eine rote Ampel dankbar. Er legte seine Hand auf ihre und neigte sich zu ihr hinüber.

»Ich freu mich drauf.« Beinahe hätten sich ihre Lippen berührt, als es hinter ihnen hupte. »Warum wird das ausgerechnet jetzt grün?«

Neben einer Heizkesselfabrik bog er in ein Firmengelände ein. Unter den Reifen des Peugeot knirschte Kies, und der Wagen rumpelte durch Schlaglöcher, aus denen das Regenwasser der vergangenen Tage aufspritzte. »Da steht groß und breit ›Tief- und Straßenbau‹ auf dem Firmenschild, aber der eigene Hof ist nicht mal geteert«, lästerte Glattlinger.

Auf dem Betriebsgelände standen zur Straßenseite hin acht Kipplaster, in einer Reihe nebeneinander geparkt. In einer aus Holz gebauten, nach vorne offenen Lagerhalle standen drei große Raupenbagger und verschiedene kleinere Straßenbaumaschinen. In der hinteren Ecke des Firmengeländes rostete ein ausrangierter alter MAN-Kipplaster mit Schneeräumschild vor sich hin, der ringsum von meterhohem Unkraut umwuchert war. Glattlinger parkte den Peugeot unauffällig neben einem der Kipplaster.

»Sieht ja interessant aus hier. Mal sehen, was sich hier sonst noch so alles findet.« Beide standen noch etwas unschlüssig in den offenen Autotüren und sahen sich um.

»Auf jeden Fall ist das hier wie ausgestorben. Heute, am Samstag, ist da bestimmt niemand, außer, es wohnt jemand da drin«, meinte Stürmer und musterte dabei die elegante Villa, die auf dem Betriebsgelände stand und offenbar das Bürogebäude war.

»Hier sind ziemlich frische nasse Reifenspuren im Kies. Sieht aus, als wäre vielleicht vor nicht mal einer halben Stunde jemand da rein- oder rausgefahren. Wir schauen uns erst mal das Freilager an.«

»Und dann bin ich neugierig auf diese schicke Villa. Wir haben zwar keinen Durchsuchungsbefehl, aber ich bin heute irgendwie abenteuerlustig. Außerdem sind wir in einem fremden Land, da kann uns keiner eine Dienstbeschwerde anhängen«, kicherte Stefanie Stürmer.

Guntram Glattlinger stiefelte mit den Händen in den Hosentaschen langsam in der Lagerhalle herum. Hinter den Baumaschinen lagerten Schalungsmaterial, rostige Straßengullys und Betonschachtringe. Zwischen zwei Stahlcontainern parkte ein abgemeldeter roter Mercedes-Geländewagen. Neben einem Radlader trat er wieder aus der Lagerhalle hinaus und betrachtete mit verschränkten Armen den verrosteten Schrott-Lkw, an dem eine Schneeräumschaufel hing.

»Der steht da wohl auch schon ein paar Jahre«, meinte Stefanie Stürmer, die neben ihn getreten war. »Was Auffälliges?«

»Jetzt wo du fragst – ja.« Glattlinger waren die seltsamen Stummel von rostigen Vierkantstahlrohren aufgefallen, die in der Rundung der Schneeräumschaufel angeschweißt waren, aber dann wohl wieder abgesägt worden waren.

In seiner Erinnerung klang plötzlich die Stimme von Zordan Jetrovic mit seiner markanten Mischung aus kroatischem Akzent und schwäbischem Dialekt. »Hier nix rauchen, ist zu geferlich.« Aber das lag viele Jahre zurück. Was wollte ihm sein Gedächtnis damit sagen? Im nächsten Moment hatte er zuerst das ausgebrannte Auto aus dem Tunnel und dann – mit einem Zeitsprung von fast 30 Jahren – die Autofahrt auf der Serpentinenstrecke der B308 in Richtung Lindau vor seinem geistigen Auge, bei der er sich darüber geärgert hatte, dass vor ihm ein roter Mercedes-Geländewagen mit Liechtensteiner Kennzeichen und davor ein blauer Kleintransporter herumgeschlichen waren.

»Ich Idiot! Komm mal mit!« Guntram Glattlinger nahm seine Kollegin Stefanie Stürmer an die Hand, und sie liefen wie zwei Kinder, die im Begriff sind sich zu verstecken, aufgeregt in die Lagerhalle, wo ein roter Mercedes-Geländewagen abgestellt war.

Glattlinger rieb sich die Hände. »Da! Der Wagen hier muss dem Leibacher gehören. Der Unfallschaden auf der rechten Seite – kannst du mal ein Foto mit dem Smartphone machen? Möglichst detailgenau wenn's geht.«

»Das wird ja doch noch richtig spannend hier«, meinte Stefanie Stürmer und drückte auf den Auslöser, was das Smartphone mit einem nachgemachten Geräusch wie bei einer Analog-Spiegelreflexkamera beantwortete. »Dann gehen wir jetzt mal die Villa anschauen«, lachte sie und nahm Glattlinger an die Hand.

Das Geräusch eines auf den gekiesten Hof einfahrenden Wagens ließ beide blitzartig stoppen, und sie versteckten sich hinter dem roten Geländewagen.

Vor der Villa hielt ein Mitsubishi, der nach den verschiedenen Farben zu urteilen aus Ersatzteilen zusammengebastelt war. Eine dunkelhäutige Frau stieg aus dem Wagen, nahm etwas aus dem Kofferraum heraus und lief dann mit einem Putzeimer in der einen und einem Laptop in der anderen Hand die überdachte Eingangstreppe zur Villa hinauf.

»Rassige Erscheinung. Gehört die zur Firma?«, fragte Glattlinger hinter vorgehaltener Hand, und Stefanie Stürmer stieß ihm wegen der Bemerkung sanft ihren Ellenbogen in die Rippen. »Das werden wir gleich wissen. Sie ist rein, und die Tür steht offen. Komm!«

Sie konnten sehen, dass die Frau eine Terrassentür auf der linken Seite des Hauses öffnete. Die Terrasse war weit genug vom Eingang weg, sodass sie sich unbemerkt hineinschleichen konnten. In geduckter Haltung standen sie in einem geräumigen Vorraum, von dem auf der linken Seite eine dunkle Holztreppe mit einem barock verzierten Geländer nach oben führte. Auf der rechten Seite stand eine Tür mit Glaseinsatz halb offen, neben der ein Schild ›EDV-/Kopierraum‹ angebracht war. Das neugierige Ermittlerpärchen huschte in den Raum und versteckte sich hinter der Tür.

In dem EDV-Raum surrte ein Server, in dessen Gehäuse einige grüne Lämpchen flackerten. Zwischen zwei großen Kopiergeräten stand ein Plotter zum Ausdrucken von CAD-Plänen. In der Ecke neben der Tür hing ein schlampig montierter Netzwerkrouter in einem Gewirr von Kabeln an der Wand.

Durch die angelehnte Tür waren zuerst ein Stöhnen und dann die Stimme der Frau zu hören, die vom Tonfall her eindeutig etwas sehr Erotisches zu sagen schien. Stefanie Stürmer drückte ihren Kopf in den Türspalt.

»Na du meine scharfe Lümel, willst du mir sehen wie ich für dir nackt putzen? Hmm, gefalle dir das, ja? Dann du passen gut auf, was du jetzt sehen bekommen, wenn ich gleich auf die Leiter Fenster putzen! Ich stelle noch die

Webcam anders, und du kannst dir freuen, dass du gleich alles ganz große sehen!«

Stefanie Stürmer presste die Hand vor den Mund, um sich das Lachen zu verdrücken. »He, ich glaub's nicht. Die macht hier ihren Putzjob und nebenbei Cybersex.«

»So macht man zwei Jobs gleichzeitig«, meinte Glattlinger ungerührt, der sich eher darum Sorgen machte, in diesem Haus eingeschlossen zu werden. »Falls die beim Rausgehen die Tür abschließt, können wir immer noch über die Terrassentür raus.«

»Angsthase«, flüsterte Stefanie Stürmer und zupfte ihn am Ärmel.

»Die macht hier ihren Job aber ziemlich gründlich«, stöhnte er eine Viertelstunde später und sah auf die Uhr.

»Welchen von beiden?«, grinste Stefanie Stürmer und tat so, als würde sie den Boden wischen, wobei sie sich aufreizend bewegte. Im nächsten Moment standen die beiden eng umschlungen in dem kleinen EDV-Raum und gaben sich einem langen Kuss hin. Das Surren der Computer übertönte die Geräusche, die sie dabei von sich gaben.

Sie fuhren zusammen, als die Stimme der dunkelhäutigen Frau direkt und laut vor der Tür im Vorraum zu hören war. Sie klang jetzt alles andere als erotisch und schimpfte in einer afrikanischen Sprache. Durch das Mattglas der Tür konnten sie erkennen, wie die Frau in ihr Mobiltelefon bläkte und dabei mit dem Wischmopp herumfuchtelte.

Die Putzfrau beendete das Telefonat, schimpfte dabei weiter vor sich hin und verließ wieder mit Putzeimer und Laptop die Villa. Sie konnten hören, wie sich von außen der Schlüssel im Schloss drehte. Glattlinger und Stürmer holten tief Luft, nachdem sie die letzten zwei Minuten kaum geatmet hatten.

»Okay, schauen wir uns mal in den Büros um.« Sie schlichen in den Vorraum und traten ungeniert durch eine zweiflügelige schwere Holztür in die Büroräume der »Leibacher Tief- und Straßenbau«.

Auf jedem der fünf Schreibtische stapelten sich Unterlagen und Baupläne. Vor einer langgezogenen Fensterfront stand ein etwa vier Meter langer Plantisch, auf dem große ausgerollte Bauzeichnungen lagen. Die hellgrauen Aktenschränke ächzten mit durchgebogenen Regalböden unter der Last von dicken Ordnern, deren Rückenschilder mit Namen von Bauprojekten beschriftet waren.

Glattlinger war von dem großen Schreibtisch angezogen, der nach Chef-Arbeitsplatz aussah. Im Gegensatz zu den anderen Schreibtischen lagen dort nur wenige Planunterlagen neben einer Konferenzmappe aus schwarzem Kunstleder. In einer transparenten Aktenhülle lagen Ausdrucke von E-Mails.

»Das E-Mail-Programm wäre interessant«, überlegte Glattlinger halblaut. Kaum war der Satz ausgesprochen, drückte Stefanie Stürmer mit dem Zipfel ihres über den Daumen gewickelten Halstuchs den Startknopf des Desktop-PC.

»Nicht mal ein Passwortschutz«, bemerkte sie und klickte auf das Icon des Mailprogramms. In der Statusleiste des Posteingangs stand die Zahl 1703 für die Anzahl der Nachrichten.

»Gut. Und wonach suche ich jetzt?«

»Nach der Mail in den 1.700, die deinen Verdächtigen zweifelsfrei hieb- und stichfest überführt.«

»Wäre ich jetzt nie draufgekommen, Steffi. Und du hast für mich sicher den todsicheren Tipp, wie ich diese Stecknadel im digitalen Heuhaufen finde.« Glattlinger umarmte sie dabei und hauchte einen Kuss auf ihr linkes Ohr.

»Hm, ich würde mal sagen, interessanter wäre statt des Posteingangs, was da an Mails so rausgegangen ist.« Sie klickte auf »Gesendete Objekte«. »Sieht auf den ersten Blick nicht so aus, als hätte der Benutzer überhaupt irgendwann mal seine Mails archiviert.«

Glattlinger überflog die Betreffzeilen. »Dieser Grätner war einer seiner engsten Mitarbeiter. Die Tochter von Leibacher hat gesagt, dass er seit Wochen verschwunden ist, aber sein Campingbus wohl noch vor der Wohnung steht. Die beiden hatten doch bestimmt regelmäßig Schriftwechsel, wenn er von hier aus sein Bauimperium regiert hat.«

»Dann tipp doch einfach mal bei ›Gesendete Objekte durchsuchen‹ den Namen ein. Aber mit ae, damit das Programm in den Adressen sucht.«

»Du bist ja voll durchdigitalisiert. Bist du auch wirklich echt oder steht hier ein Cybergirl neben mir?« Guntram Glattlinger überzeugte sich von ihrer Echtheit mit einem Kneifen in ihre schlanke Hüfte. »So, und jetzt mit einer Tastenkombination zum Anfang der Liste. Siehst du, ich hab davon auch ein bisschen Ahnung.«

Leibacher war der Sinn der Betreffzeile offenbar fremd. Bei fast allen Mails an Wilfried Grätner stand lapidar ›Melde dich‹, ›Zur Info‹ oder ›Neue Baustelle‹.

Nur eine der Mails hatte eine ausführlichere Betreffzeile:

›WG: Beendigung der Zusammenarbeit‹

Glattlinger sah den Inhalt der Nachricht im Voransichtfenster. Er spürte in seinem Bauch diese eigenartige Anspannung, wie immer, wenn er auf einer heißen Spur war. Stefanie Stürmer betrachtete die Baupläne auf dem Plantisch.

»He, Stefanie! Du warst doch letzten Sommer mal an dieser Hotelbaustelle, wo der Chef einer Installationsfirma einen tödlichen Unfall hatte. Lies das mal.«

›Bill, räum den sicherheitshalber aus dem Weg. Noch so einen wie Monschkopf kann ich nicht brauchen. Adresse steht weiter unten. Lass dir was einfallen und mach es ohne Spuren, ich zähl auf dich. Gruß A.‹

»Das ist ja krass. Eine klare Aufforderung, jemanden auf irgendeine Art und Weise aus dem Verkehr zu ziehen. Der Absender der Originalnachricht ist Tobias Britzler! Der tote Installateur!«

»Dann habe ich diese Woche wohl seinen Bruder Benedikt zu Unrecht verdächtigt. Hab gedacht, ich kriege ihn dran, weil ich an seinem Pickup hinten rechts die gleichen blauen Lackspuren und Schrammen von dem blauen Transporter wie an dem roten Geländewagen da in der Halle entdeckt habe. Hat mich fast zu Tränen gerührt, wie er sich darüber ärgert, dass er auf dem Firmengelände beim Rangieren in der Hektik an den blauen Transporter gerempelt ist und seine schöne ›Blue Pearl‹ Metalliclackierung ramponiert hat. Irgendwie klang das aber trotzdem noch nicht überzeugend. Bruder Benedikt erscheint mir nicht wirklich als Heiliger.«

»Aber damit ist klar, dass Alois Leibacher seinen Mitarbeiter regelrecht mit einem Anschlag auf Tobias Britzler beauftragt hat und dabei billigend einen tödlichen Ausgang in Kauf genommen hat«, fasste Stürmer in Juristendeutsch zusammen.

»Kannst du gleich so ins Protokoll schreiben«, bemerkte Glattlinger gedankenlos.

»Ich darf dran erinnern, dass wir hier gerade als Hobby-Ermittler unterwegs sind, uns unbefugterweise Zutritt zu einem Gebäude verschafft haben, und das auch noch im Ausland, und wir könnten uns nicht mal mit so was wie: ›Gefahr im Verzug‹ raushauen.« Ihre Abenteuerlust war mit einem Schlag verflogen.

Glattlinger hielt ihr den Mund zu. Durch die Zwischentür zum Büro war zu hören, wie sich ein Schlüssel im Schloss drehte. Stefanie Stürmer bewahrte die Ruhe und schaffte es in letzter Sekunde, den PC herunterzufahren. Ihr Blick erhaschte noch schnell das Datum der E-Mail von Tobias Britzler, die an Grätner weitergeleitet worden war. Dann huschten beide hinter einen Aktenschrank, der einige Meter weiter als Raumteiler stand.

Sie hörten, wie jemand mit schweren Schuhen in das Büro trat. Die Schritte erzeugten ein dumpfes Poltern auf dem knarrenden Holzboden. Eine Schublade wurde aufgezogen.

Das nächste Geräusch war den beiden nur zu gut bekannt. Die Person steckte Patronen in eine Schusswaffe.

Auf dem Hof fuhr im selben Moment ein schwarzes Auto ein. Glattlinger erkannte, dass es ein VW Phaeton war. Sie sahen durch die Fensterfront, dass bereits ein anderer Wagen auf dem Parkplatz neben dem Eingang der Villa stand, was sie nicht bemerkt hatten. Die Person verließ das Büro wieder.

»Doktor Latern?«, fragte die männliche Stimme im Hinausgehen, bevor die Haustür wieder abgeschlossen wurde. Was die beiden Männer vor dem Haus sprachen, konnten sie in ihrem Versteck nicht verstehen, doch der Tonfall klang eher freundschaftlich.

»Meinst du, das war der Leibacher?«, fragte Stefanie.

»Äußerst wahrscheinlich. Der geht jetzt wohl mit seinem Kumpel Doktor Latern auf die Jagd. Oder er hat was anderes mit ihm vor. Weil das in der Schublade rein von der Größe kein Gewehr gewesen sein kann. Und ich hab jetzt auch einen Anhaltspunkt mit dem Tunnelunfall von damals und dem Rothaarigen. Erklär ich dir aber später. Jetzt lass uns hier verdammt noch mal schnell abhauen.«

*

Sybille Breitstein saß an der Kante der Betonterrasse und ließ ihre Beine baumeln. So wie sie es als kleines Mädchen getan hatte, wenn sie auf der ausgeblichenen roten Plastikschaukel gesessen hatte, die hinter dem großen Mietshaus zwischen dem hellbraun gestrichenen Kellerabgang und den grauen Rohrgestellen mit den Wäscheleinen gestanden hatte. Es gab entlang der Hauswand eine Betonfläche, aus deren Risse und Fugen das Unkraut wuchs. Auf der Schaukel sitzend, hatte sie immer mit der Schuhsohle das Unkraut in den Betonritzen zerrieben und ihre Mutter schimpfte sie, wenn ihre Kinderschuhe vom Löwenzahn grün und gelb verfärbt waren.

Auf der Schaukel hatte sie nur den Blick auf den nächsten Wohnblock mit seiner beigefarbenen Fassade und den vergitterten Kellerfenstern gehabt. Sie hatte damals den älteren Mann gemocht, der in dem Haus in seiner Erdgeschosswohnung immer am frühen Abend am Fenster war, die Ellenbogen am Fensterbrett auf ein kariertes Kissen gelehnt und dabei Zigaretten geraucht hatte. Der Mann war fast jeden Tag am späten Nachmittag am Fenster, wenn er von seiner Arbeit nach Hause gekommen war, und trug immer seine dreckige blaue Arbeitsjacke mit dem Firmenzeichen eines Stahlkonzerns. Er hatte stets ein freundliches Wort für sie und fragte sie oft, ob sie schon ihre Schulaufgaben gemacht hätte. Ihre Mutter hatte nie in so einem netten Ton mit ihr geredet. Er war immer so lange am Fenster, bis ihn seine Frau stets um dieselbe Zeit zum Abendbrot rief. Eines Tages, als sie gerade von der Grundschule nach Hause kam, sah sie, wie der Mann in seiner schmutzigen Arbeitskleidung von zwei Kollegen nach Hause gebracht wurde und in einer vor Schmerzen gekrümmten Haltung Blut hustete. Einige Tage später hatte sie im Hof zwischen den Mietshäusern mitbekommen, wie seine Frau zum Fenster hinaus zu einer Nachbarin sagte: »Hömma, ich hab den Georg imma gesacht, die Arbeit in den Stahlwerk is nit gesund. Aber sonst hätt er ja keine Arbeit gehabt. Und jetz issa tot, ne halbe Jahr vor die Rente, dat is so furchtbar!«

Die Sohlen ihrer Trekkingschuhe streiften die hohen Grashalme, die vor der Betonterrasse in die Höhe ragten. Die Terrasse hatte kein Geländer, und auf dem rauen Beton waren nie Fliesen oder Terrassenplatten verlegt worden. Das Unkraut, das karg aus den Betonritzen wuchs, hatte diese Erinnerung an ihre Kindheit in der Nähe von Düsseldorf ausgelöst. Statt eines grauen Mietshauses hatte sie hier das grandiose Panorama mit den kalkgrauen Felswänden der Montafoner Berge vor Augen.

»Der große spitze Gipfel da vorn is die Zimba«, erklärte Schorsch, der gerade aus seiner Schnapsbrennkammer auf die Terrasse getreten war, und zeigte mit seinem knochigen Zeigefinger in die Richtung des Berggipfels.

»Kann man da hoch?«, fragte Sybille Breitstein und sah von ihrem Sitzplatz auf dem harten Beton der Terrasse zu Schorsch Brunntaler hoch, der in seiner blauen, abgewetzten Arbeitsmontur neben ihr stand. Der drahtige Schorsch, der sich mit seinen 80 Jahren immer noch agil bewegte, ging durch die quietschende Terrassentür ins Haus. Durch die offene Tür konnte sie hören, wie er mit leisem Selbstgespräch etwas in einem Schrank suchte. Eine Minute später kam er mit einer halbzerfledderten alten Wanderkarte zurück und setzte sich neben sie an die Terrassenkante.

»Wie i no jung war, bin i dreimal auf der Zimba g'wesen, und freilich au a paarmal auf der Schesaplana, die wo mit fast 3.000 Meter der höchste Berg im Montafon is.«

Schorsch hob seinen knochigen Zeigefinger und senkte nachdenklich den Kopf. »Auf die Zimba nauf musst klettern, die is net leicht. Beim dritten Mal is damals der Holzleitner Luggi dabeig'wesen. Wie mer halb droben g'wesen sind, war auf einmal der ganze Berg in Wolken, und es hat a G'witter geb'n. I war no weiter unten und hab mi in a Felsnische duckt. Dann hat oben der Blitz eing'schlagen, und dann kommt auf einmal der Luggi vor mir runterg'flogen.« Er deutete mit einer Armbewegung einen Absturz. »500 Meter geht's da runter an der Stelle. Da war nix mehr zum retten. I hab mi danach um sei Frau kümmert und ihr auf dem Hof g'holfen, aber dann is sie auf einmal verschwunden g'wesen, anscheinend is sie zu ihrer Schwester nach Sankt Anton.«

»Und danach hast du keine Frau mehr kennengelernt?«, fragte Sybille mit etwas Mitleid in der Stimme.

Schorsch ging auf die Frage nicht ein. »So, und jetzt musst mal mei' neue Kreation probier'n. I bin grad am Abfüll'n von die ersten 100 Liter. Original Brandner Gletscherwasser mit Holunder und Johannisbeer. Kommst mit!«

Sybille Breitstein klopfte sich den Betonstaub von ihrer Hose und folgte dem alten Schorsch in sein Schnapslager, wo auf der Seite zum Fahrweg hin das Scheunentor offen stand. Das Landleben begann ihr zu gefallen. Im Lager stand ein alter hellblauer Traktor, an dem aus einem rostigen Scheinwerfergehäuse die Glühbirne an einem Kabel baumelte. Sie setzte sich frech auf den Traktorsitz, an dem nur noch ein Fetzen des Sitzbezuges hing, und ließ sich von Schorsch ein Glas seiner neuen Schnapskreation servieren.

Es erschien ihr der passende Zeitpunkt, an die Information zu kommen, die sie brauchte. Es war überhaupt der

Grund, warum sie bei diesem schrulligen Schnapsbrenner gefragt hatte, ob sie an diesem schönen Aussichtspunkt Rast machen dürfe. Aber Schorsch war ihr auch auf irgendeine Weise sympathisch.

Der Alte könnte aber irgendwie argwöhnisch werden, wenn ich die Frage zu direkt stelle, dachte sie. Schließlich wusste er seit dem zufälligen Zusammentreffen an der Terrassen-Bar im Hotel unten im Dorf, dass sie die Tochter von dem rothaarigen Mann war, den der Kompagnon von Alois Leibacher damals weggeschafft hatte. Sie beschloss daher, ebenfalls mit einer alten Geschichte anzuknüpfen, auch wenn sie die Wahrheit etwas verdrehen musste.

»Ich erinnere mich an ein Berghaus im Wald, als ich hier als Kind mit meinem Vater in Urlaub war. Das muss doch irgendwo dort hinaufgehen, wo der Weg in den Wald führt?«

»Des is des Ferienhaus vom Leibacher Alois, dem Sauhund, dem elendigen«, knurrte Schorsch, was aber nicht wirklich ernst gemeint schien, und kippte noch mal ein Glas von seinem Holunder-Johannisbeer-Schnaps hinunter.

In diesem Moment rollte ein roter Mercedes-Geländewagen am Scheunentor vorbei den Fahrweg hinauf.

»Wenn ma vom Deifi red't.«

Sybille Breitstein wusste Bescheid. Er schien sich also immer wieder mal im Berghaus aufzuhalten.

»Ich werde mich dann mal wieder auf den Weg machen, damit ich wieder rechtzeitig im Dorf unten bin. Ich danke für die Gastfreundschaft und für den Schnaps … hups, hihi, ich glaub ich merk das Gläschen schon ein bisschen.«

Schorsch Brunntaler stand hinter dem offenen Scheunentor und hatte ein diebisches Grinsen im Gesicht. Die junge

Dame mit der leuchtend roten Lockenmähne trippelte mit ihrem kleinen blauen Rucksack den Wanderweg zum Dorf hinunter. Sie war genau im richtigen Moment wieder aufgebrochen, sodass er jetzt unauffällig ein paar Fotos machen konnte.

Es hatte doch einen Vorteil, dass er den breiten Riss in der Mauer am Eck neben dem Scheunentor nie repariert hatte. Und wie praktisch doch diese modernen flachen Telefone waren, mit denen man auch richtig fotografieren und die Fotos gleich verschicken konnte. Seiner damaligen Ausbildung zum Elektriker bei den »Vereinigten Vorarlberger Kraftwerken« verdankte er die Fähigkeit, dass er auch im hohen Alter noch problemlos mit der Bedienung von technischen Geräten zurechtkam.

Konrad würde noch an diesem Nachmittag ein paar interessante Bilder bekommen.

*

Patrizia Gerndl ließ die elektrische Außenjalousie herunter, damit man die vom Beamer projizierten Bilder an der Wand sehen konnte. Draußen stand die Vormittagssonne noch tief und warf lange Schatten in den Besprechungsraum, wo in der Mitte drei Tische längs aneinandergestellt waren. Sascha Paschmeier saß in der Mitte der Tischreihe gegenüber von Guntram Glattlinger und wischte auf seinem Tablet herum.

Glattlinger nahm einen dicken Filzstift und stellte sich an das Flipchart. »Die ganzen Mordgeschichten, die auf irgendeine Weise ineinander verstrickt sind, beginnt im Jahr 1986. Dann passiert bis zum letzten Jahr nichts, und inzwischen haben wir drei Tote und einen Vermissten, die zum Teil miteinander zu tun hatten, zum Teil aber auch nicht.«

Der fast leere Filzstift machte bei den letzten Linien auf dem Papier ein quietschend-kratzendes Geräusch. Patrizia Gerndl verzog das Gesicht und krallte die Finger zusammen.

»Könnte es ein Serienmörder sein?«, fragte Paschmeier.

»Für einen Serienmord sehe ich nun wirklich keine brauchbaren Anhaltspunkte. Aber wir können andererseits auch nicht ausschließen, dass der oder die Mörder möglicherweise dieselben sind. Wie ich schon gesagt habe, die Vorgänge hängen irgendwie zusammen, und irgendwie auch nicht«, schloss Glattlinger seine Einführung und sortierte seine Notizen.

»Fassen wir mal zusammen: Tobias Britzler, Installateurmeister. Letztes Jahr im Mai auf einer Hotel-Baustelle bei Oberstaufen erschlagen worden von einer Eisenstütze. Hat auf den ersten Blick wie ein Arbeitsunfall ausgesehen und ein hinzugezogener Bausachverständiger ist zu dem Schluss gekommen, dass sich so eine Schalungsstütze unter Umständen tatsächlich von selbst gelöst haben kann. Trotzdem riecht die ganze Sache nach einer vorsätzlichen Tat. Zum Unfallzeitpunkt war Wilfried Grätner von Firma ›Leibacher‹ als Einziger an der Baustelle gesehen worden, weil sonst wegen Regenwetter gerade keine Firma dort gearbeitet hat. Er ist verhört worden, hat glaubhaft angegeben, dass er einen Tieflader-Anhänger von der Baustelle holen musste. Zufällig bin ich ihm an dem betreffenden Tag auf der Straße begegnet, und weil er mir mit seinem Lastwagengespann in einer engen Kurve entgegengekommen ist, konnte ich mich daran erinnern. Seine Aussage wäre damit quasi verifiziert. – Im Juli letztes Jahr dann Franz-Werner Birnfass, Mitarbeiter beim Stromkonzern »Hellwatt«. Auf ziemlich mysteriöse Weise während einer Informationsveranstaltung über das Steighorn-Wasserkraftwerk ums Leben gekommen, erdrosselt von einem Lichterkettenkabel. Wenn es Mord war, wovon ich ausgehe, hat das einer äußerst raffiniert als Arbeitsunfall aussehen lassen.«

»Wenn des bei dem Bierzelt war, is' der vielleicht b'soff'n g'wesen und hat sich blöderweis' in dem Kabel verheddert?«, vermutete Patrizia.

»Nachdem sich die von ›Hellwatt‹ da wohl auch ein bisschen selbst gefeiert haben dürften, ist das nicht mal so abwegig. Aber der Mann war, wie Kollegin Stürmer ermittelt hat, einer der wichtigsten ›Hellwatt‹-Leute im Zusammenhang mit dem Wasserkraftwerk, was für mich den Schluss nahelegt, dass ihm da einer nicht ganz wohlgesonnen war.«

»Da drückt sich aber einer heute wieder vornehm aus«, meinte Karsten Blonk, der verspätet in den Besprechungsraum kam und sich Patrizia gegenübersetzte. Glattlinger ließ sich davon nicht aus dem Konzept bringen.

»Jetzt im September haben wir dann Gottfried Monschkopf als Opfer, der sich öfter einen Kleintransporter von der Installationsfirma ›Britzler‹ geliehen hat. Bei seiner letzten Fahrt kracht er auf der Autobahn-Hängebrücke durch das Geländer. An diesem Fall ist mysteriös, dass irgendjemand Monschkopf – wir müssen davon ausgehen, dass er bereits tot war – samt Transporter fein säuberlich von der Unfallstelle weggeschafft hat. Der Unfallwagen taucht auf dem Gelände von Firma ›Britzler‹ hinter einem Schrottcontainer auf, und seine Leiche findet ein Bauarbeiter auf der Stauseebaustelle, als er von einer frisch betonierten Wand die Schalungsbretter abbaut. Die Vermutung geht in die Richtung, dass Monschkopf auf der Brücke von einem anderen Fahrzeug gerammt worden ist. Ein Verdacht gegen Benedikt Britzler anhand von Lackspuren an seinem Auto hat sich allerdings nicht erhärtet.

Bei ihm lässt sich bisher kein klares Motiv herleiten, aber irgendwas stimmt da trotzdem nicht.«

»Und dass Monschkopf möglicherweise Suizid begangen hat, der wie ein Unfall aussehen sollte?«, fragte Karsten Blonk.

Glattlinger merkte, dass Paschmeier dazu etwas sagen wollte, und erteilte ihm mit einem Kopfnicken das Wort. »Das haben wir bei der Aufnahme am Unfallort, beziehungsweise Absturzort, auch in Erwägung gezogen, aber der Ladung nach war Monschkopf gerade auf dem Heimweg von einem Baumarkt und hatte wohl vor, daheim das Gartengerätehaus aufzustellen, das auf der Ladefläche war. Scheint nicht gerade ein Anlass dafür, mal eben … he, da fällt mir ein, der Transporter war ein Modell von Mitte 90er, also fast 20 Jahre alt. Es könnte doch auch einfach ein technischer Defekt die Unfallursache gewesen sein, zum Beispiel an der Lenkung?«

»Gute Idee. Vielleicht kann Zordan Jetrovic da noch was feststellen. Wird aber schwer möglich sein, so wie der Wagen zertrümmert ist.«

Glattlinger wartete den Austausch zwischen Paschmeier und Blonk ab. Er überlegte, ob er mit dem herausrücken sollte, was er inoffiziell in Liechtenstein entdeckt hatte – der abgestellte Mercedes-Geländewagen mit dem Unfallschaden, der ein Indiz dafür sein könnte, dass Alois Leibacher auf der Autobahnbrücke den Transporter von Monschkopf gerammt hatte. Aber er wollte gegenüber Blonk und Gerndl diesen Alleingang abseits der regulären Dienstwege nicht offenlegen. Innerlich verfluchte er sich selbst, weil er greifbare Beweise vorlegen könnte, aber an diese nur gekommen war, weil er einen Vorwand gesucht hatte, um Stefanie Stürmer näherzukommen.

»Außerdem haben wir noch den ersten Toten, nämlich den Vater von Sybille Breitstein, was bereits 27 Jahre zurückliegt. Damit sind es vier, die auf irgendeine Art und Weise, direkt oder indirekt, Verbindungen zueinander haben. Wie wir inzwischen wissen, war Manfred Breitstein auch ein Mitarbeiter der ›Hellwatt AG‹. Wie seine Tochter hatte er rote Haare. Hier ist der Zufall zu Hilfe gekommen, weil ich damals aus irgendeiner Veranlassung heraus ein kleines rotes Haarbüschel vorsorglich als Beweismittel sichergestellt habe. Das habe ich bei Firma ›Leibacher‹ in einem VW-Kleintransporter gefunden, der dort gerade zum Verschrotten verladen worden ist.«

»Da schau her, ein Fall von männlicher Intuition«, warf Patrizia ein.

»Dort bin ich zum ersten Mal diesem Wilfried Grätner begegnet. Und meine Theorie, dass Manfred Breitstein die verbrannte Leiche von dem damaligen Tunnelunfall sein kann, auch weil das zeitlich genau zusammenpasst, kennt ihr ja bereits. Dazu kommt, dass vor ein paar Tagen die Tochter von Alois Leibacher einen Hinweis gegeben hat. Nach dem Tunnelunfall mit dem ausgebrannten Firmenwagen hat sich Alois Leibacher nach Liechtenstein abgesetzt und dort eine neue Identität angenommen. Das stimmt auch mit einer Vermutung von diesem österreichischen Ministerialrat überein. Die verbrannte Leiche in dem Unfallwagen sollte wohl den Anschein erwecken, dass er dabei ums Leben gekommen ist.«

»Man hat das Gefühl, dass sich da mit bestimmten Personen und Firmen irgendwie ein Kreis schließt, aber das ist trotzdem alles noch sehr undurchsichtig«, kommentierte Blonk.

»Ziel für heute ist, dass wir mögliche Motive herausarbeiten. Was habt ihr über diesen Gottfried Monschkopf herausgefunden, den man auf der Stauseebaustelle einbetoniert hat?«

Paschmeier tippte einen Befehl auf dem Tablet-PC, worauf der Beamer eine Zusammenfassung seiner Rechercheergebnisse an die Wand warf. »Gottfried Monschkopf, 58 Jahre, Beruf Bautechniker. War zuletzt technischer Angestellter in einem Klärwerk. War nicht verheiratet, auf möglicherweise uneheliche Kinder gibt es keine Hinweise. Seit vier Jahren Mitglied in der regionalen Landesgruppe des Naturschutzbundes, wo er die Funktion als Pressesprecher übernommen hat. Vor einiger Zeit hat er ein Interview im Regionalfernsehen über die ökologischen Folgen durch das Steighorn-Wasserkraftwerk und die dadurch zunehmende Verkehrsbelastung gegeben. Er muss eine Zeit lang politisch aktiv gewesen sein. Der Name taucht in verschiedenen Berichterstattungen über die ›Grünen‹ auf, er war aber nie auf einer Kandidatenliste. Wohnhaft war er auf einer abgelegenen Hofstelle in der Nähe der Autobahn-Hängebrücke. Von außen gesehen eine ewige Baustelle und drumherum sehr auf Öko und Natur ausgerichtet. Die 20 Jahre davor bleiben ziemlich im Dunkeln.«

Karsten Blonk unternahm einen Versuch, den Knoten zu entwirren. »Bei dem Unfall von diesem Monschkopf sehe ich keinen Zusammenhang mit den anderen Fällen, weder zeitlich noch örtlich. Außer dass er zufällig mit einem Transporter von der Firma unterwegs war, deren Juniorchef im Jahr davor auf einer Baustelle verunglückt ist. Aber für meine Begriffe hat Monschkopf bis hierher weder mit Firma ›Leibacher‹ noch mit Firma ›Hellwatt‹ zu tun.«

»Wir brauchen noch mehr Informationen über Monschkopf. Patrizia, besorg uns bitte einen Durchsuchungsbeschluss für das Haus von Monschkopf.«

Sascha Paschmeier rutschte auf seinem Stuhl hin und her. »Ich ... ähm ... ich glaube, das ist erst mal nicht nötig, Herr Glattlinger, weil ...«

»Weil, warum?«

»Na ja, also, das Haus von Monschkopf hab ich mir mal so ein bisschen angeschaut, also, da geht ja bloß ein unbefestigter Fahrweg hin, und kürzlich war ich mit dem Mountainbike auf der Strecke ... da war ein Nebeneingang über eine Scheune, und die Tür war offen, also eigentlich nicht abgeschlossen ...«

Glattlinger lehnte die Ellenbogen auf den Tisch. »Bevor ich jetzt einen Vortrag über Ermittlungen im Allgemeinen und Hausdurchsuchungen im Speziellen halte – als Praktikant bist du meinen Weisungen unterstellt, und Ermittlungen auf eigene Faust durchzuführen geht gar nicht. Aber da du ohnehin drin warst, berichte jetzt mal, was du entdeckt hast.«

Paschmeier schob leicht nervös die Ärmel seines hellblauen Langarm-Shirts über die Ellenbogen. Die Zurechtweisung von Hauptkommissar Glattlinger hatte etwas zwischen Rüge und Anerkennung.

»Ja gut, also, ich war nicht wirklich überall in dem Haus, aber was man so gesehen hat, war der wohl voll öko-mäßig drauf. Im Flur hängt eine riesengroße Collage mit alten Zeitungsberichten, immer im Zusammenhang mit dem Steighorn-Kraftwerk, zum Beispiel von einer Demonstration in den 80er-Jahren. Auf einem alten Zeitungsbild sieht man, wie Monschkopf ein Interview gibt. Das Ganze macht den Eindruck, als wäre er früher ein Umweltaktivist gewesen. Und auf einer Kommode liegen Unterlagen über das Wasserkraftwerk, die aber aktueller sind. Also solche Sachen wie Broschüren von der ›Hellwatt AG‹ und wieder Zeitungsberichte über den Stausee. Eine Digitalkamera, billiges Discounter-Fabrikat, liegt offen herum, aber die habe ich unangetastet gelassen. Was ich außerdem noch gesehen habe, sind Ausdrucke, Texte mit dem Logo vom Naturschutzbund. Da steht oben immer ›Pressemitteilung‹ und dann sind handschriftliche Korrekturen darauf.«

»Also gibt es wohl eine Verbindung zwischen Gottfried Monschkopf und dem Stausee. Das sieht danach aus, als würde er zu den Gegnern gehören. Ich weiß noch, wie das mit dem geplanten Stausee damals in den 80ern mal kurze Zeit ein Skandalthema war, und dann war das auf einmal wieder in der Versenkung verschwunden«, kommentierte Glattlinger.

Karsten Blonk witterte eine Spur. »Wir sollten das Monschkopf-Haus in jedem Fall genauer unter die Lupe nehmen. Wenn er früher gegen den Stausee demonstriert hat und heute beim Naturschutzbund aktiv war, hat er möglicherweise erneut versucht, das Projekt zu torpedieren.«

»Genau, aber diesmal nicht mit Demonstrationen, sondern mit Hilfe der Medien«, analysierte Glattlinger.

»Und das könnte dem Stromkonzern missfallen haben. Damit hätten wir ein mögliches Motiv«, hielt Blonk fest.

Im Team begannen die Ideen zu sprudeln.

»Immerhin gibt es bei diesem Stromkonzern ja bereits zwei Tote – zwar im Abstand von einem Vierteljahrhundert, aber beide offensichtlich im Zusammenhang mit dem Steighorn-Wasserkraftwerk.«

»Und die sind beide möglicherweise aus den eigenen Reihen … halt, nein, Manfred Breitstein haben wir hier im Zusammenhang mit dem Tunnelunfall, und da haben wir ja eine ziemlich eindeutige Verbindung zu diesem Bauunternehmer Leibacher …«

»… der mit seiner Firma auch in dieses Stauseeprojekt involviert ist. Aber welches Motiv soll Leibacher damals gehabt haben, einen von ›Hellwatt‹ aus dem Weg zu räumen?«

Die Blicke von Paschmeier und Gerndl sprangen zwischen Glattlinger und Blonk hin und her, als würden sie ein Tennisspiel verfolgen.

»Hast du nicht gesagt, dass sich der Leibacher damals quasi selbst aus dem Weg geräumt hat, um dann eine andere Identität anzunehmen?«

»Dann wäre Breitstein möglicherweise ein Zufallsopfer, weil er irgendwie zur falschen Zeit am falschen Ort war.«

»Das Gleiche gilt möglicherweise für Monschkopf. Meine Theorie, dass er auf der Autobahnbrücke von einem anderen Fahrzeug gerammt oder abgedrängt worden ist, beruht auf dem Zufall, dass am betreffenden Nachmittag auf der Serpentinenstrecke von Scheidegg in Richtung Lindau ein blauer Kleintransporter mit Ladefläche und hinter ihm ein roter Geländewagen mit Liechtensteiner Kennzeichen vor mir hergeschlichen sind. Eine vage Vermutung von mir ist, dass da möglicherweise Monschkopf und Leibacher gerade hintereinander hergefahren sind, und falls die beiden je miteinander was am Hut gehabt haben sollten – aber das beruht jetzt einfach auf …«

»… männlicher Intuition«, setzte Patrizia fort.

»Ich hab hier eh die ganze Zeit das Gefühl, dass du mal wieder mehr weißt, als du rauslässt«, kritisierte Karsten Blonk.

Sascha Paschmeier trommelte mit den Fingern auf der Tischplatte. »Da fällt mir gerade noch was ein.«

Die Blicke von Glattlinger und Blonk richteten sich auf ihn.

»Bei Firma ›Britzler‹, wo wir den gecrashten Renault-Transporter gefunden haben, ist doch direkt nebenan das Betriebsgelände von ›Leibacher Tief- und Straßenbau‹.«

Guntram Glattlinger massierte sich die Stirn und strich mit den Fingern über seine kräftigen dunklen Augenbrauen. »Das ergänzt zwar die Indizienkette, hat aber weiter nichts Greifbares. Was mir noch einfällt: Firma ›Leibacher‹ hat noch eine Niederlassung in Liechtenstein.« Er war kurz davor, seinen inoffiziellen Ausflug dorthin auf den Tisch zu legen.

»Vielleicht war deine Beobachtung auf der Serpentinenstrecke ja doch zufällig ein brauchbarer Hinweis«, meinte Blonk. »Warum gehst du nicht zur Staatsanwaltschaft, holst dir die Genehmigung zur Ermittlung in Liechtenstein und nimmst mal diese ›Leibacher-Niederlassung‹ unter die Lupe?«

Schon passiert, allerdings ohne Genehmigung, dachte Glattlinger und warf dankbar einen kurzen Blick zur Decke. »Ja, ich glaube, das wäre durchaus sinnvoll«, redete er sich mit Blick zu Patrizia heraus, die nickte und sich notierte, was zu tun war.

Karsten Blonk begann, einen weiteren Gedanken zu entwickeln. »Allerdings sehe ich beim Fall Monschkopf eher eine Verbindung zu ›Hellwatt‹. Dafür spricht, dass er im Schalungsverbau auf der Staumauer-Baustelle gelandet ist, weil ihn nur jemand dorthin befördert haben kann, der gewusst hat, wie die Bauarbeiten ablaufen, so wie das der Oberbauleiter erklärt hat. Und es würde deine Theorie untermauern, dass er auf der Brücke von einem anderen Fahrzeug gerammt worden ist.«

»Dann muss aber jemand von ›Hellwatt‹ hinter ihm her gewesen sein«, warf Sascha Paschmeier ein.

»Durchaus naheliegend, aber ich höre schon jetzt den Aufschrei von der Staatsanwaltschaft, wenn wir uns vorschnell mit einem mächtigen und dazu halbstaatlichen Stromkonzern anlegen«, gab Glattlinger zu bedenken. »Wir sollten deshalb zunächst die mögliche Verbindung zu dem Bauunternehmer verfolgen. Karsten, Sascha – ihr beide nehmt euch mal das Haus von Monschkopf vor. Und ich checke dieses Leibacher-Imperium.«

*

Hinter der aufgeschlagenen Zeitung war sein Gesicht nicht zu sehen, aber dem Mann auf dem Besucherstuhl gegenüber von ihm glaubte, durch das Zeitungspapier hindurch die Zornesröte sehen zu können. Die Beine unter dem Schreibtisch steckten in einer dunkelblauen Sporthose; die Füße in weißen Sportschuhen, die an den Sohlen vom Golfplatzrasen grün verfärbt waren.

»Die Arbeiten laufen im Zeitplan, heißt es hier. Das heißt, dass die uns hier in spätestens einem Jahr einen Teil vom süddeutschen Strommarkt abgraben. Ich wünsche denen ein Riesenloch in ihrer verdammten Staumauer!« Er schlug mit der Faust auf den Tisch. »Wir in Vorarlberg sind hier die Pioniere mit Wasserkraftwerken. Und wir liefern den Düütschen seit Jahr und Tag den Spitzenlaststrom, damit denen nicht jeden Morgen und jeden Mittag die Lichter ausgehen. Dieser Hellwatt besitzt die Frechheit und baut nicht mal zwei Kilometer von der österreichischen Grenze einen Stausee, der halb so groß ist wie unsere Stauseen zusammen!«

Hans Brunntaler warf die Zeitung auf den Boden, wo sie mit zerfledderten Seiten zwischen dem Papierkorb und dem Topf einer Drachenpalme landete. Die aufgeschlagene Seite titelte einen halbseitigen Artikel mit der fettgedruckten, aber eher harmlos klingenden Überschrift: »Wasserkraftwerk nähert sich der Vollendung«.

Der Besucher, ein älterer korpulenter Herr mit weißem Haarschopf, saß mit verschränkten Armen auf dem Besucherstuhl und betrachtete das große Schwarz-Weiß-Foto an der Wand, das die Baustelle einer Staumauer in den 1950er-Jahren zeigte. Aus dem Fenster konnte man in einiger Entfernung zusehen, wie die Gondeln einer Seilbahn wie am Faden gezogen auf- und abfuhren. Brunntaler war von seinem Chefsessel aufgestanden und lief nach seinem cholerischen Anfall mit den Händen in den Hosentaschen seiner Sporthose nachdenklich in seinem Büro auf und ab.

Konrad Griesbacher fragte sich, ob sich Hans Brunntaler, Aufsichtsratsvorsitzender der »VVK«, an diesem Vormittag mehr über sein verpasstes Golfspiel oder tatsächlich über den Baufortschritt des Steighorn-Wasserkraftwerks ärgerte.

»Und man hat nichts in der Hand gegen den, der das da drüben quer durch alle Ministerien und Umweltbehörden und mit Hilfe von Gott weiß wem noch alles eingefädelt hat? Das Einzige, was uns jetzt noch hilft, ist etwas, was denen von ›Hellwatt‹ einen ordentlichen Imageschaden beschert!«

»Genau deswegen, Herr Brunntaler, habe ich mir heute erlaubt, Ihre kostbare Zeit für einen Moment in Anspruch zu nehmen«, sagte Ministerialrat a. D. Konrad Griesbacher gedehnt und zog ein Laptop aus einem kleinen Akten-Rollkoffer.

»Ihr werter Herr Bruder ist, wie sich wieder einmal bewährt hat, ein recht zuverlässiger und dazu ziemlich ausgefuchster Informant, wie Sie gleich auf den Bildern sehen werden.«

Hans Brunntaler winkte ab. »Dass Sie sich mit diesem

versoffenen Nichtsnutz abgeben, Griesbacher. Mein Bruder Georg ist eine Schande für die ganze Familie. Das ist nur gut, dass der da droben am Berg haust, weit weg. Brennt der immer noch Schnaps?«

»Einen recht vorzüglichen sogar, der sich in der Montafoner Region schon längst als Marke etabliert hat. Und dass er dort am Berg wohnt, genau dort, wo unser Kontrahent in der Nähe im Besitz eines Berghauses ist, kommt uns sehr gelegen.«

Griesbacher öffnete das erste Bild, das ihm Schorsch geschickt hatte. Hans Brunntaler trat an den Schreibtisch und betrachtete skeptisch den Bildschirm.

»Wer soll das sein, der da neben diesem Leibacher? Hat der etwa auch einen Bruder, so ähnlich wie die sich sehen?«

»Das mit der Ähnlichkeit mag gewiss sein, aber es handelt sich hier um niemand Geringeren als den Herrn Latern. Doktor Max Latern. Langjähriger technischer Geschäftsführer bei ›Hellwatt‹ und rechte Hand der Konzernleitung.«

Hans Brunntaler faltete die Hände hinter dem Rücken, nahm eine gestreckte Haltung an, wobei sich sein Bauch unter dem weißen Poloshirt über der schlecht sitzenden Sporthose hervorwölbte, spitzte den Mund und nickte mit langsamen Kopfbewegungen.

»Da schau an. Der Mann aus der Konzern-Chefetage und der gerissene Bauunternehmer. In Eintracht vor dem ›Werksverkauf‹ von ›Brandner Gletscherwasser‹.«

Für einen Moment verharrte Hans Brunntaler regungslos und schien kaum zu atmen. Dann schwollen die Adern in seinen Schläfen an.

»Worauf warten Sie noch, Griesbacher? Denken Sie an Ihre Anteile, die Sie bei den ›VVK‹ drinstecken haben! Sie haben aus Ihrer vormaligen Position heraus die Macht, hier was zu bewegen! Holen Sie sich einen Journalisten und sehen Sie zu, dass daraus eine Skandalstory wird! Ich will in den Zeitungen sehen, dass diese Machenschaften an die Öffentlichkeit kommen! Verstoß gegen Umweltauflagen, illegale Baugenehmigungen, Schmiergeldaffäre und was weiß ich noch alles! Und halten Sie mich auf dem Laufenden!«

Konrad Griesbacher klappte das Laptop zusammen und verließ gemessenen Schrittes das Büro von Hans Brunntaler. Im Geiste schwor er, dass Alois Leibacher an seinem Sporthotel keine Freude haben würde, wenn er in der Öffentlichkeit als rachsüchtiger und größenwahnsinniger Baulöwe dargestellt wurde, der knapp 30 Jahre zuvor wegen einer abgelehnten Genehmigung zum Bau einer Zufahrtsstraße zu seinem Ferienhaus durch einen inszenierten Autounfall den Grenztunnel einstürzen lassen wollte.

In der Eingangshalle des »VVK«-Bürogebäudes mit den großen Glasfronten und dem dunkelgrauen Natursteinboden holte er sich am Kaffeeautomaten einen Becher Cappuccino und setzte sich in einen der schwarzen Kunstledersessel, die für wartende Besucher des Unternehmens bereitgestellt waren. Ganz in Business-Manier klappte der weißhaarige Pensionär sein Laptop auf und öffnete im Mailprogramm die gespeicherten Kontakte.

*

Die Angestellte des kleinen Cafés an der Hafenpromenade am österreichischen Bodenseeufer stellte vor der Eingangstür die klappbare Werbetafel mit den Tagesgerichten auf. Das wolkige Herbstwetter lockte an diesem Vormittag bisher nur wenige Menschen an den See. Ein Mann in Gammel-

Klamotten und mit ungepflegtem Bart lehnte sein uraltes, rostiges Fahrrad an das Geländer der Hafenpromenade und nahm unter Selbstgesprächen einen Tetra-Pack mit billigem Rotwein aus einer rosafarbenen Supermarkt-Plastiktüte.

Das Café »Seeblick« war erst seit zehn Minuten geöffnet, doch ein Gast saß bereits in der Ecke, wo die breiten Fenster an beiden Seiten bis zum Boden reichten und von wo man das Treiben auf der Promenade überblicken konnte. Auf dem See fuhr das erste Ausflugsschiff des Tages in den Hafen ein.

»Was gibt's denn heit auf der Mittagskart'n, Susi?«, fragte der Stammgast, aus dessen braunen Augen stets der Schalk blitzte. Er zündete sich in cooler Pose eine filterlose Zigarette an und wirkte mit seinem grauen Dreitagebart und dem lässig getragenen dunkelgrauen Hemd wie einer, der unabhängig war und dem kein Abenteuer zu gewagt schien. Genau so lebte Lutz Fullertauer auch.

»Toast mit Tiroler Speck, Ei und gemischtem Salat oder Germknödel«, rief ihm Susi zu, die inzwischen wieder in ihrer kleinen Gastronomieküche werkelte.

»Bah, die Germknödel kannst von mir aus an die Touristen oder die Schwän' auf'm See verfüttern. Bringst mir noch an frischen Kaffee, bitt'schön? Die Buchstaben laufen noch a bissl zäh heut morgen«, bestellte Fullertauer, während er konzentriert einen Text in sein Notebook tippte.

»Sehr wohl, einen frischen Kaffee für den Herrn Journalisten«, kam die Antwort aus der Küche.

Seit Wochen hielt er sich nur noch mit Artikeln über Wasser, die sich um die regionale Infrastruktur und Maßnahmen im Bereich des Gewässerschutzes drehten. Fullertauer war auf das Fachgebiet Umwelttechnik spezialisiert und lieferte in diesem Themenbereich Artikel an österreichische Tageszeitungen. Gelegentlich schrieb er auch für Fachzeitschriftenverlage. Ihm war bewusst, dass er mit seiner Expertise bei einem der zahlreichen Fachverlage in Wien als fest angestellter Redakteur ein besseres und sicheres Einkommen erzielen könnte, aber Lutz Fullertauer zog das freischaffende Leben am Bodensee einer muffigen Großraumbüro-Redaktion in irgendeinem Bürohochhaus vor. Der Artikel, den er an diesem Vormittag zu bearbeiten hatte, war ein sterbenslangweiliges Thema über die Notwendigkeit von Renaturierungsmaßnahmen an Teilabschnitten des Alpenrheins, dem größten Bodenseezufluss. Seine wahre Leidenschaft war die Enthüllung von Umweltskandalen.

Der Vibrationsalarm seines Smartphones surrte, als ihm Susi gerade den Kaffee servierte. Lutz Fullertauer rieb sich genervt mit Daumen und Zeigefinger die Nasenwurzel, als er den Namen des Anrufers auf dem Display las. Der hat mir noch gefehlt, dachte er. Er tippte auf das grüne Hörersymbol und meldete sich mit: »Guten Morgen, Herr Ministerialrat?«

Einige Minuten saß Fullertauer regungslos auf dem Stuhl, den Ellenbogen auf den kleinen Kaffeehaustisch gestützt, mit dem Handy am Ohr, sah durch das Fenster auf den See hinaus und gab nur ein gelegentliches »Mhm« von sich. Dann wechselte er wie von einer inneren Sprungfeder ausgelöst in eine aufrechte Sitzhaltung und begann, sich Notizen zu machen.

*

In der Seilbahnstation hingen die Gondeln direkt hintereinander an dem dicken Drahtseil und schienen auf ihren Einsatz zu warten. Vor der ersten Gondel stand eine Alu-

Bockleiter, auf der am oberen Ende zwei Beine in einer verwaschenen blauen Arbeitshose zu sehen waren.

Betriebsleiter Moritz Holzleitner trat aus dem kleinen Büro in die Station, wo am Eingang die Durchgangssperren in einer Reihe standen, die im Winter bei Hochbetrieb unablässig ein Piepgeräusch von sich gaben, wenn ein Fahrgast seine Skikarte in den Scanner-Schlitz steckte.

»Was g'funden, Schorsch, warum der Seilantrieb net lauft?«, fragte Holzleitner und ging zu der Bockleiter, auf der aber inzwischen niemand mehr stand.

»Kaputtes Schaltrelais für den Motorantrieb«, kam die Antwort von Schorsch, der zwischenzeitlich hinter einer geöffneten Schaltschranktür stand, an der einige Kontrollämpchen rot blinkten. »Oben am Elektromotor is der Keilriemen locker. Deswegen hat der Motor z'wenig Widerstand g'habt, und dann is des Relais durchbrennt«, diagnostizierte der gelernte Elektriker Schorsch Brunntaler. »Des muss aber der Toni reparier'n, i kann mit meine schlechte Aug'n koane Kabel mehr anklemmen. Und lasst's auch die Motorwicklung überprüfen, dass euch net bei Hochbetrieb die Bahn stehenbleibt.«

Der Enkel seines ehemaligen Bergkameraden Ludwig Holzleitner beschäftigte ihn jedes Jahr für die Inspektionsarbeiten, bevor die Skisaison begann. Schorsch galt als zuverlässig und verdankte es seiner ausgeprägten Beobachtungsgabe und Neugier, dass er auch so manchen versteckten technischen Defekten auf die Spur kam.

Auf diese Weise erfuhr Schorsch nebenbei, was im Dorf so passierte und über wen geredet wurde. Allerdings kannten die Leute im Dorf auch Schorsch bestens – vor allem seine Eigenschaft, allerlei Dinge mitzubekommen, die ihn im Grunde nichts angingen.

Es war Mittagspause, und Schorsch Brunntaler trat aus der grauen Stahltür mit dem gelben Schild ›Nur für Betriebspersonal‹ hinaus, um in dem kleinen Stehcafé nebenan einen Imbiss zu sich zu nehmen und nebenbei den neuesten Dorfklatsch mitzubekommen.

Der weiße Fiesta mit deutschem Kennzeichen weckte seine Neugier, obwohl in diesem Bergdorf täglich oft Hunderte von Touristen mit ihren Autos durchfuhren oder vor einem der Restaurants und Hotels parkten. Schorsch nahm sich aus dem Selbstbedienungs-Kühlregal eine kleine Flasche Radlerbier und stellte sich an einen Stehtisch neben dem Schaufenster. Am Steuer des weißen Ford saß die rothaarige junge Frau, die kürzlich bei ihm eine kurze Rast auf ihrer Wanderung eingelegt hatte. Der Mann mit den dünnen längeren Haaren auf dem Beifahrersitz schien etwas älter als sie zu sein, passte aber durch seinen Typ, der etwas zwischen Boxer und Sozialhilfeempfänger hatte, in keiner Weise zu der sportlichen und attraktiven Frau.

Der Wagen parkte gegenüber der Hotel-Pension »Dorfklause«. Beide stiegen aus, und der Mann sah sich auffällig um, während die Rothaarige die Kofferraumklappe öffnete und mit ihm eindringlich etwas zu besprechen schien. Der Mann trug eine dünne schwarze Lederjacke, die ihm offenbar eine Nummer zu groß war und unvorteilhaft an ihm herabhing. Auffällig war an diesem Typen, dass außerdem alles an ihm herabzuhängen schien – seine dünnen Haare, die Wangen, seine Schultern und die billige Jeanshose, die an seinem schmalen Hinterteil schlabberte.

Schorsch kniff die Augen zusammen, weil die Mittagssonne anscheinend gerade ebenfalls durch eine Wolkenlücke hindurch erspähen wollte, was im Dorf vor sich ging. Der Typ mit den schlabberigen Klamotten nahm aus dem

Kofferraum des Kleinwagens eine Golfschlägertasche. Die beiden gingen auf die andere Straßenseite zur Informationstafel vor der Seilbahnstation, auf der sämtliche Wanderwege rund um den Ort verzeichnet waren. Die rothaarige Frau erklärte ihm einen Weg und tippte dann mit dem Finger auf einen bestimmten Punkt auf der großen Karte.

Eine junge Aushilfsverkäuferin trat hinter der Theke hervor und wischte mit einem klatschnassen Putztuch die Stehtische ab. Sie versperrte Schorsch damit die Sicht. »Ich hätt gern ein Schinkenbaguette«, bestellte er, damit sie wieder aus seinem Sichtfeld verschwand. Im selben Moment betraten vier Wanderer das Stehcafé und standen zunächst unschlüssig hinter der Eingangstür. Schließlich traten sie an die Verkaufstheke und bestellten belegte Brötchen. Schorsch hatte jetzt wieder freie Sicht nach draußen, aber das ungleiche Pärchen war verschwunden, auch der weiße Fiesta war bereits wieder abgefahren.

Die Aushilfe servierte ihm das Schinkenbaguette. »Ham mir seit neuestem an Golfplatz im Dorf?«, fragte Schorsch. Die junge Frau, die nicht besonders intelligent wirkte, sah ihn fragend an. »Moment, ich muss mal die Chefin fragen.« Sie lief tapsig hinter die Verkaufstheke in einen Nebenraum.

Schorsch hörte, wie die Chefin schallend lachte. »Dass i net lach! Golfplatz? Welcher Depp fragt da nach einem Golfplatz? Wo hier rundrum lauter steile Wiesen sind? Na, also, i glaub's ja net. Diese Touristen!«

*

Das Drahtseil an der Felswand gab ein Stück nach, als er sich mit seinem ganzen Körpergewicht mit beiden Händen daran festhielt. Sein rechtes Knie lag fast an seinem Kinn an, während sein linker Fuß weiter unten Halt auf dem felsigen Bergpfad suchte. Er verfluchte sich selbst, dass er den alpinen Steig unterschätzt und sich nicht vernünftige Bergschuhe zugelegt hatte.

Endlich konnte er Tritt fassen und ließ das Drahtseil los. Sein rechter Fußknöchel landete an einem kantigen Stein. Der verfluchte Knöchel! Der Schmerz durchzog das ganze Bein und rief bei Wilfried Grätner die Erinnerung an seinen Überlebenskampf in dem Schacht mit der Eisenleiter hervor, nur dass ihm dieser Kampf im Rückblick wie eine der leichteren Übungen erschien.

Wilfried Grätner musste sich eingestehen, dass seine Vergangenheit als Stuntman zwar seine Fahrkünste mit Autos enorm gesteigert, aber seine körperliche Fitness nicht davon profitiert hatte. Zumindest wusste er jetzt, mit welchem Schwierigkeitsgrad zu rechnen war, wenn der Weg auf einer Wanderkarte als gepunktete Linie dargestellt war. Doch der beschwerliche Weg von der österreichischen Seite, vorbei an den Gipfeln der »Drei Schwestern«, war die sicherste und unauffälligste Möglichkeit, ohne Grenzkontrolle nach Liechtenstein zu kommen. Niemand sollte irgendeine Spur von ihm verfolgen können.

Unten im Tal zog sich der Alpenrhein als Grenzlinie zwischen der Schweiz und Liechtenstein durch die Landschaft. Ihm blieben noch etwa drei Stunden Zeit, um vor Einbruch der Dunkelheit im Tal anzukommen. Der steinige, steile Bergpfad unterhalb des Garsellakopfs ging in einen leichter begehbaren Pfad über. Grätner nahm die Wanderkarte aus der Seitentasche seiner Hose. Bald musste ein talwärts führender Weg abzweigen. Bis zur 1.000-Meter-Höhenlinie musste er sich mit seinem immer noch lädierten Fußknöchel auf einen schmerzhaften Abstieg gefasst machen.

»Grüaß di, wo willscht gau?«, fragte ihn ein entgegenkommender einheimischer Wanderer, der einen grauen Bart und ein Basecap mit dem Werbeaufdruck für einen Energydrink trug. Grätner nervte es allmählich, dass auf Bergwanderwegen alle grüßten und jeden per Du anquatschten. »Vaduz«, antwortete Bill Grätner knapp. »Da muascht dett aba, vor's zur Gafleispitz wiitergoht«, deutete der Wanderer.

Grätner rückte seinen Rucksack zurecht, aus dem ein blechernes Geräusch kam. Die Kennzeichen hatte er am Abend zuvor in Bludenz an einem Lieferwagen abmontiert, der zu einer Getränkehandlung gehörte. Am Grenzübergang würde niemand Verdacht schöpfen, wenn er sich mit dem roten Mercedes M-Klasse, der im Moment noch abgemeldet in der Fahrzeughalle der Firma »Leibacher Tief- und Straßenbau« stand, in den Verkehr zwischen Berufspendlern, Lieferfahrzeugen und Touristen einreihte.

Er erreichte den Wegweiser, an dem sich die Wege ins Tal und zum nächsten Gipfel verzweigten, lehnte sich kurz an den Pfosten und grinste zufrieden in sich hinein. In seiner Erinnerung erschien kurz das enttäuschte und vor Zorn verzerrte Gesicht von Carola, als sie am Berghaus gewesen waren und die Goldbarren hatten plündern wollen. Seine Schauspielerei ihr gegenüber hatte zum Glück funktioniert, auch wenn sie ihn beinahe durchschaut hätte. Aber ihm war nichts anderes übriggeblieben, als sich mit ihr zum Schein auf die Plünderungstour aufzumachen, obwohl er das Gold einige Wochen zuvor in einen Hohlraum unter dem Holzboden der Vorratskammer umgelagert hatte.

Sein Zeitplan war bis hierher aufgegangen. In der Abenddämmerung dieses trockenen Herbsttages schlich er sich nach dem mühsamen Abstieg in die Fahrzeughalle und machte sich daran, die österreichischen Autokennzeichen an den Mercedes zu montieren. Sobald es dunkel war, würde er über die Grenze ins Montafon zum Berghaus fahren.

Diesmal würde er den Ort mit den Goldbarren im Kofferraum verlassen. Und niemand würde irgendeinen Verdacht schöpfen. Mit dem roten Mercedes vermutete man sicher niemand anders als Anton Brander. Zum anderen existierte Wilfried Grätner offiziell nicht mehr, seit er in dieser Betonkammer neben dem Schacht gelandet war. Wer immer ihn dort hineingebracht hatte, sollte in dem Glauben bleiben, dass er dort unten elend krepiert wäre.

Vorsichtig sah er sich noch einmal auf dem Betriebsgelände um. Die Villa, in der sich die Büroräume befanden, lag im Halbdunkel hinter drei mächtigen Bäumen und wirkte beinahe gespenstisch. Neben der Villa parkte ein VW Phaeton mit Leverkusener Kennzeichen.

Er stieg in den roten Mercedes M320 und holte den Schlüssel unter der Fußmatte hervor. Schließlich hatte er den Wagen vor einiger Zeit auf Geheiß von Anton Brander selbst hier abgestellt. Der Tank war noch halbvoll.

Die Lehne des Beifahrersitzes war immer noch nach hinten geklappt. Das rief ihm ins Gedächtnis, dass er an dem Abend bei der Fahrt hierher noch in einer Bar gewesen war. Doch an die Zufallsbekanntschaft, die er dort abgeschleppt und auf dem Beifahrersitz gevögelt hatte, konnte er sich nicht mehr erinnern. Er musste an dem Abend wohl zu betrunken gewesen sein.

Er lehnte sich in den Fahrersitz. Bevor er losfuhr, plante er gedanklich die Fahrtstrecke von Liechtenstein ins Montafon. Er musste sich für eine von zwei Varianten entscheiden. Sollte er geradewegs einfach über die Hauptstraßen und über den Grenzübergang fahren? Das Risiko, dass er samt Fahrzeug überprüft werden könnte, war im Grunde gering. Wenn aber gerade wenig Verkehr war, könnten die Grenzbeamten auf die Idee kommen, ausgerechnet ihn näher zu durchleuchten. Er hatte keine Fahrzeugpapiere, und womöglich würde das mit den geklauten Kennzeichen auffliegen. Die zweite Variante war, in den Bergort Malbun zu fahren und von dort weiter über die Bergfahrwege die Grenze zu passieren. Sämtliche Almen in den Bergen waren über Fahrwege erschlossen, die zwar nicht befestigt, aber mit jedem einigermaßen geländetauglichen Pkw befahrbar waren. Das einzige Risiko war ein kurzer Abschnitt, der auf 2.000 Metern Höhe über das Sareiser Joch führte und in seiner Wanderkarte nicht als Fahrweg eingezeichnet war. Aber aufgrund der Bodenfreiheit des Mercedes M-Klasse glaubte er, dass er damit auch notfalls ohne Fahrweg ein Stück über eine Kuhweide würde fahren können.

Einige Minuten saß Grätner regungslos hinter dem Steuer und wägte die beiden Varianten ab. Es wurde kühl. Grätner stieg aus und öffnete die Heckklappe, um seine Outdoor-Jacke anzuziehen. Sein Blick fiel dabei auf das kaputte rechte Rücklicht. »Damit ziehen sie dich an der Grenze raus«, sprach er leise vor sich hin. Damit war klar, dass er den abenteuerlichen Weg über den Berg nehmen musste.

Der Gedanke löste in ihm einen Schub von Abenteuerlust aus. Er setzte darauf, dass es das Fahrwerk und die Kupplung durchhalten würden. Er startete den Motor und ließ den Wagen langsam über den gekiesten Hof bis zur Ausfahrt rollen. Die Straßenlaternen tupften schwache Lichtpunkte auf die Hauptstraße.

Der Weg nach Malbun führte nach einer Serpentinenstraße durch einen kurzen Tunnel. An der Tunnelausfahrt tauchte der Wagen in dichten Nebel, der sich in den Abendstunden über die Berge gelegt hatte. Grätner fuhr langsamer und hatte das Gefühl, gegen eine Wand zu fahren. Mit Tempo 20 schlich der Wagen durch den Ort. Die Straße ging nach einer Siedlung mit gleichförmigen Ferienhäuschen in den Fahrweg über, der hoch zum Sareiser Joch führte und erst einmal einen Anstieg von 400 Höhenmetern bedeutete.

Bill Grätner legte den Hebel für den Allradantrieb um und deaktivierte die City-Servolenkung, um mehr Gefühl für schwierige Lenkmanöver zu haben. An der linken Seite kratzten die Nadeln von Latschenkiefern am Lack.

Er wollte eine Wegabkürzung benutzen, um schneller an die Grenze zwischen Liechtenstein und Österreich zu kommen, die entlang der Kontur des Berges verlief. Doch der zähe Nebel zwang ihn, auf dem Fahrweg zu bleiben, der steil, aber breit genug zu einem Alpengasthaus führte.

Im Scheinwerferlicht tauchte ein Wegweiser auf, und in knapp 50 Metern Entfernung zeichneten sich die verschwommenen Konturen des Alpengasthofes ab. Er lenkte den Wagen scharf nach rechts. Der Wanderweg führte wie vermutet über eine Kuhweide. Das Regenwasser hatte an einigen Stellen tiefe Furchen ausgespült. Grätner steuerte den Wagen in Schlangenlinien über die Weidefläche, um nicht darin hängenzubleiben.

Die einzige Orientierung war die Linie des Pfades, die sich im Nebel etwas heller als die Wiesenfläche abzeichnete. Der Weg führte jetzt wieder talwärts. Die Räder schlugen in sämtliche Vertiefungen ein, und sein Körper wurde auf dem Fahrersitz durcheinandergeschüttelt.

Eine unförmige Kontur kam näher. Im letzten Moment nahm er den mannshohen Felsbrocken wahr, auf den er gerade zusteuerte. Er riss das Lenkrad nach links. Auf dem nassen Gras verloren die Hinterräder den Halt und brachten den Wagen ins Rutschen. Die rechte Seite des Fahrzeughecks krachte an den mächtigen Fels. Auf das dumpf knirschende Aufprallgeräusch folgte das Bersten der hinteren Seitenscheibe. Der Anprall drückte ihn mit dem Beckenknochen unsanft gegen den Handbremshebel. Er wollte kurz durchatmen, doch der Wagen drängte weiter bergab, und er steuerte mit einer Hand am Lenkrad und mit der anderen an der Handbremse. Dann knirschte wieder Kies unter den Rädern. Er hatte den Fahrweg auf der österreichischen Seite erreicht. Erleichterung machte sich ihn ihm breit, obwohl am hinteren Rad das eingedrückte Karosserieblech bei jeder Unebenheit am Reifen ein schleifendes Geräusch von sich gab. Durch das kaputte Seitenfenster zog die kalte, feuchte Nachtluft über seinen Nacken.

Der Nebel verlor allmählich seine scheinbare Undurchdringlichkeit, als er das Ende des Gamperdonatals erreichte und der Wagen wieder Asphalt unter den Rädern hatte. Um diese Zeit gegen Mitternacht konnte er es riskieren, mit dem inzwischen schrottreif aussehenden, zerkratzten und verdreckten Mercedes-SUV über die Straßen des Montafons in Richtung von Alois' Ferienhaus zu fahren.

Über dem Hof von Schorsch Brunntaler schimmerte der abnehmende Mond durch die Nebeldecke, die auf dieser Höhe auf den Baumspitzen lag. Bill Grätner rangierte und parkte den Wagen rückwärts neben einem Holzstapel an der Stelle, wo der schmale Fahrweg in den Wald überging.

Er nahm seinen Rucksack vom Beifahrersitz und kontrollierte, ob er die kleine LED-Taschenlampe dabeihatte. Ohne den Schlüssel abzuziehen, stieg er aus dem Wagen und sog die kühle Nachtluft ein. Mit entschlossenen Schritten machte er sich auf den Weg zum Ferienhaus.

Aus dem Wald peitschte der Knall von zwei Schüssen. Sie folgten kurz aufeinander und zerrissen die Stille. Bill Grätner spürte, wie sich sein Herzschlag beschleunigte.

Das Geräusch der Schüsse war aus der Richtung des Ferienhauses gekommen. Bill Grätner atmete flach, lauschte und kam sich dabei vor wie ein Hase, der seine Löffel aufstellte. Hatte ein Jäger geschossen? Oder ein Wilderer? Durch den Wald drang jetzt ein schwacher Lichtschimmer. Jemand musste am Ferienhaus die Außenlampe eingeschaltet haben.

Geduckt schlich er sich in Richtung des Wagens zurück und versteckte sich hinter dem Holzstapel. Dann hörte er in der Entfernung hastige Schritte, die rasch näher kamen. Er konnte hören, dass die Person ziemlich außer Atem war und in Panik zu fliehen schien. Kurz bevor die Person den Wagen erreichte, fiel ein Gegenstand zu Boden. Wieder zerfetzte ein Schuss die nächtliche Stille, gefolgt von einem Zischen. Bill Grätner konnte es hinter dem Holzstapel nicht sehen, aber es gab keinen Zweifel, dass eine Schusswaffe auf den Boden gefallen war und sich dabei ein Schuss gelöst hatte, der einen Reifen traf.

Er hörte, wie die Autotür geöffnet wurde. »Ja, mich leckst am Arsch, der steht da wie bestellt«, hörte Grätner eine atemlose männliche Stimme und schlug aus Ärger gegen den Holzstapel, weil er den Schlüssel hatte stecken lassen. Unter seinem Fuß knackste ein Zweig, und er hielt den Atem an. Dann wehte eine Abgaswolke auf ihn zu. Der Typ hatte den Motor gestartet und fuhr trotz des platten Hinterreifens los. Grätner konnte nur noch dem davonfahrenden Wagen hinterhersehen. Nach dem Hof von Schorsch bog der Flüchtende in einen Fahrweg ein, der in entgegengesetzter Richtung an einer weiter unterhalb gelegenen Alm vorbeiführte. Über die Wiesen hinweg konnte Grätner im Mondlicht sehen, wie der Wagen in der Nähe der Alm krachend ein Kuhgatter durchbrach. Gleich darauf rammte er einen halb im Weg stehenden Kleinwagen beiseite, der sich daraufhin in den Abgrund überschlug.

»Könnte ich nicht viel besser«, sagte er leise vor sich hin. Aber wer war das gewesen, und was zum Teufel war im Ferienhaus geschehen?

Noch immer fassungslos und mit beschleunigtem Puls starrte er auf das Gewehr, das der Mann auf den Boden geworfen hatte. Er ließ die Waffe liegen und machte sich auf den Weg durch den Wald zum Ferienhaus.

Die rustikale gusseiserne Außenleuchte über der Tür, in der eine moderne Energiesparlampe brannte, tauchte den Eingangsbereich in ein warmes Licht. Durch ein Fenster konnte er sehen, dass in der Stube mit dem Kachelofen eine Stehlampe gedämpftes Licht verbreitete. Um das Haus herrschte Totenstille. Grätner schlich auf die hölzerne Veranda.

Die Terrassentür stand offen. Das Erste, was er sah, waren Schuhsohlen. Für einen Moment hielt er die Luft an. Mit dem Kopf zur Zimmertür lag ein Mann, bäuchlings und mit dem Gesicht zum Boden, den linken Arm seitlich weggestreckt. Er musste wohl noch versucht haben, vor dem Mörder aus dem Zimmer zu fliehen. Neben dem Oberkörper sickerte Blut in die Ritzen des Holzdielenbodens. An dem dünnen grauen Haarkranz erkannte er in dem schummerigen Licht Alois Leibacher, der seit fast 30 Jahren als Anton Brander lebte. Die helle Schreiner-Holztür zeigte in der linken oberen Ecke ein Einschussloch. Dann musste ihn wohl der zweite Schuss tödlich getroffen haben.

Ihm fiel wieder ein, weshalb er eigentlich hergekommen war. Für Alois konnte er nichts mehr tun, nicht einmal in dieser tragischen Situation. Offiziell existierte Wilfried Grätner nicht mehr, und so konnte er nicht einmal die Polizei verständigen, ohne dass seine Identität aufflog. Er hatte noch keinen klaren Plan, wie er künftig leben wollte. Darüber wollte er sich Gedanken machen, wenn er erst einmal das Gold an einem sicheren Ort hatte. Als Alternative erwog er, vielleicht doch im Sporthotel die Hausmeisterwohnung zu beziehen, die ihm von Alois vertraglich zugesichert worden war.

Er überwand sich und lief um das Haus herum zur Haustür. Sie war nicht verschlossen. Er drückte die Klinke, die sich klamm anfühlte, und leuchtete mit der Taschenlampe in den Flur.

Im letzten Sommer hatte er sich unauffällig über die Bergpfade zum Ferienhaus geschlichen und die Goldbarren umgelagert. Für den Fall, dass jemand einen Blick unter die Bodenplatte werfen würde, hatte er das Gold in den Hohlraum hinter der Klappe fein säuberlich eingeräumt und vor die Goldbarren ein paar alte Dachziegel gestapelt.

Sein Puls beschleunigte sich wieder, als er die Tür zur Vorratskammer öffnete. Er trat ein, kniete auf den Holzboden und klappte den dünnen Eisengriff nach oben, mit dem sich die Bodenklappe zum Geheimversteck öffnen ließ.

Die Dachziegel lagen durcheinander direkt unter der Bodenklappe. Er leuchtete in den Hohlraum. Das Versteck war leer.

Zum dritten Mal an diesem Abend war Wilfried Grätner fassungslos. Er stand auf und lehnte sich an den Türrahmen der Vorratskammer. Über der Haustür blitzte ein winziges rotes Licht auf. Grätner leuchtete an die Stelle und sah einen Rauchmelder, den jemand an die Holzdecke geschraubt hatte. Er schüttelte den Kopf und fragte sich, ob Alois ein Sicherheitsfanatiker geworden war.

*

Der Mann im Verhörraum saß mit gesenktem Kopf am Tisch und stützte die Ellenbogen auf. Seine Hände gruben sich in seinen Schädel mit den kurzen Stoppelhaaren.

»Ich sage es noch mal, ich war es nicht, Herrgott noch mal! Seit er tot ist, hab ich das ganze Geschäft alleine am Hals! Glauben Sie im Ernst, dass ich mir das absichtlich aufgeladen habe?«

Benedikt Britzler richtete sich auf, legte die Unterarme mit nach oben gedrehten Handflächen auf den Tisch und sah Kommissar Glattlinger aus seinem geröteten Gesicht mit einem Blick an, den die Kollegen draußen beinahe bemitleidenswert fanden.

»Sie haben ein Motiv, und Sie haben kein Alibi.«

Guntram Glattlinger lehnte mit verschränkten Armen neben der einseitig durchsichtigen Glaswand, vor der Karsten Blonk und Sascha Paschmeier standen.

»Es hat schon so mancher einen anderen aus dem Weg geräumt, wenn man die Gewinne lieber alleine einstreicht und Entscheidungen lieber alleine trifft.«

»Ich bin aber nicht ›man‹ und auch nicht ›so mancher‹, Herr Kommissar Glattlinger! Ja – verdammt, sicher, mit Tobi war das nicht leicht. Der hatte immer genauso abgehobene Ideen wie unser Vater. Alles ohne richtige Kalkulation dahinter. Da wären wir wahrscheinlich schon längst pleite. Von wegen Gewinne und so. Aber verdammt noch mal, warum sollte ich deswegen meinen Bruder so rausgekickt haben …«

»Weil Sie unter dem dringenden Verdacht stehen, dass Sie auch noch jemand anderen rausgekickt haben, um es mit Ihren Worten zu sagen. Und zwar auf die gleiche Weise, sodass es nach einem Unfall aussieht – nach einem Unfall ohne ersichtliches Fremdverschulden. Den Tod Ihres Bruders hat eine Eisenstütze verursacht, die sich scheinbar zufällig an der passenden Stelle aus der Betonierschalung gelöst hat. Sehr raffiniert. Sie kennen sich am Bau aus, und damit gehören Sie zum Kreis der Verdächtigen.«

Benedikt Britzler saß kopfschüttelnd am Verhörtisch. »Wie groß ist denn Ihr Kreis der Verdächtigen? Gibt's da außer mir noch jemanden? Bis jetzt reicht das nicht mal für einen Halbkreis.«

Glattlinger ließ sich nicht beirren. »Genauso war Ihnen Gottfried Monschkopf lästig. Er war ein enger Freund Ihres Vaters, und offenbar hatte er auch mit Ihrem Bruder Tobias ein sehr gutes Verhältnis.«

»Ach, der schon wieder. Was geht der mich an?«

»Wir haben das Haus von Monschkopf durchsucht und eine Digitalkamera gefunden. Es gibt darauf ein Foto, das Ihren Bruder zusammen mit Gottfried Monschkopf bei der Einweihungsfeier einer großen Fotovoltaikanlage zeigt. Sie sind auch mit auf dem Bild, aber mit einem ziemlich verächtlichen Blick auf die beiden. Gottfried Monschkopf war eine Gefahr für Sie, weil er gewusst oder zumindest geahnt hat, was Sie mit Ihrem Bruder gemacht haben. Deswegen haben Sie es auch zugelassen, dass er sich bei Ihnen mit Material versorgte und Fahrzeuge auslieh.«

»Völliger Quatsch. Einfach nur lächerlich.«

»An einem Freitag im letzten Monat hat sich Monschkopf wieder einmal einen Transporter bei Ihnen ausgeliehen. Für Sie war das die passende Gelegenheit. Sie sind ihm hinterhergefahren, und auf der Autobahn-Hängebrücke haben Sie ihn gerammt, sodass er von der Brücke stürzte.«

»Sicher, weil ich ja sonst nichts anderes zu tun habe. Außerdem hab ich Ihnen schon gesagt, dass ich an dem Tag in der Musikprobe war.«

»Am frühen Abend waren Sie dort. Aber der Unfall ist fünf Stunden vorher passiert. An Ihrem Pickup hinten rechts sind Lackspuren von dem Renault-Transporter. Sie haben uns erzählt, dass Sie beim Rangieren auf dem Hof rückwärts gegen den Wagen gerempelt sind. Aber Ihre Darstellung passt nicht zu dem Schadensbild an Ihrem Pickup.«

Glattlinger öffnete eine Bilddatei auf dem Tablet-PC.

»Wir haben das Foto von unserem Kfz-Experten untersuchen lassen. Am hinteren Radlauf gibt es eine Stelle, an der sowohl Reifenabrieb haftet als auch der Lack bis auf die Grundierung weggeschliffen ist. Das heißt, dass Sie mit der rechten hinteren Ecke an einem fahrenden Fahrzeug hängen geblieben sind. Und genau so stellt sich die Rekonstruktion des Unfallhergangs mit Ihrem Transporter dar, Herr Britzler.«

Benedikt Britzler saß in gekrümmter Haltung auf dem Stuhl.

»Ja, verdammt, aber das ist von was anderem. Hab mir mal auf der Strecke von Lindenberg runter ein kleines Rennen mit einem Kumpel geliefert. Der fährt einen Cherokee, mit extra fetten Reifen. Dann kam Gegenverkehr, und beim Einscheren bin ich halt bei dem vorne links kurz hängen geblieben. Deshalb der Lackschaden und der Reifenabrieb.«

»Ziemlich kindisch und unverantwortlich für jemanden, der eine Firma zu führen hat.«

»Mit dem Unfall von Monschkopf habe ich nichts zu tun. Sie haben keine Beweise! Weder dafür, dass ich angeblich

Tobi umgebracht haben soll, noch für das, was da dämlicherweise auf der Autobahnbrücke passiert ist. Verstehen Sie? Ich bin hier derjenige, der einen Verlust erlitten hat. Erst mein Vater, dann mein Bruder. Manchmal hätte ich große Lust, den ganzen Laden einfach dichtzumachen!«

Guntram Glattlinger verließ kurz den Verhörraum, um mit Karsten Blonk zu reden.

Zwei Minuten später verließ Benedikt Britzler das Polizeipräsidium und setzte sich in seinen Nissan Pickup. Er zündete sich erleichtert eine Zigarette an und sinnierte über die Vorgänge, die ihn zum alleinigen Inhaber der Firma gemacht hatten. Sein Bruder Tobias hatte den Versuch, sich mit diesem Leibacher anzulegen, mit dem Leben bezahlt.

*

Der rothaarige Teufel hatte ihn in dieser Billigpension abgesetzt, in der es nur eine Etagendusche gab. Sie würde ihn am Abend zur vereinbarten Zeit abholen, hatte sie ihm per SMS mitgeteilt. Volker Axthauer musste die wenige verbleibende Zeit bis zum Abend nutzen, um das Gewehr wieder einzusammeln, dort, wo er am Ende des Waldweges den roten Mercedes unverschlossen und mit steckendem Zündschlüssel vorgefunden hatte.

Es wäre komplett unnötig gewesen, sich in dieser einsamen Gegend mitten in der Nacht mit einem gestohlenen Auto auf die Flucht zu machen. Aber er hatte einfach das Nervenflattern nicht im Griff, wenn er den Abzug betätigte. In der Großstadt musste er sofort irgendwo untertauchen, sobald der Auftrag erledigt war. Dort wusste man nie, ob nicht aus irgendwelchen Ecken plötzlich ein paar

Glatzköpfe auftauchten, die einem, ohne mit der Wimper zu zucken, das Gehirn rausballerten oder das Genick brachen. Hier hätte er in aller Ruhe durch die nächtliche Berglandschaft spazieren und sich danach in dem rustikal eingerichteten Zimmer der Pension schlafen legen können.

Von dem Geld, das ihm der rothaarige Teufel zahlte, konnte er wieder ein paar Wochen halbwegs über die Runden kommen. Nur schade, dass es in dieser schönen Gegend wohl zu wenig Mordaufträge gibt, dachte er. Vielleicht trog diese Idylle aber auch. Warum sollte der Besitzer eines Alpenhotels in der Beziehung anders ticken als ein Klubbesitzer in Düsseldorf oder Köln, wenn jemand in seinem geschäftlichen Revier wilderte? Nur vielleicht mit dem Unterschied, dass die Schlächter, die stets einsatzbereit in verrauchten Hinterzimmern herumsaßen, hier keine Glatzen und Lederjacken, sondern Volksmusiksänger-Frisuren und Lederhosen trugen?

Axthauer zog seine ausgelatschten Turnschuhe an, nahm die leere Golfschlägertasche unter den Arm und verließ die Pension. Er musste dem Wanderwegschild mit der gelb-weißen Markierung folgen, auf dem ›Obere Breitwies 45 min‹ stand. Er ging am Rand der Fahrstraße, die sich steil den Berg hochwand. Schon an der ersten Kurve rann ihm unter seiner dünnen schwarzen Lederjacke der Schweiß aus allen Poren, obwohl es bereits herbstlich kühl war.

Seine Fußsohlen begannen zu brennen. Es war ihm unbegreiflich, wie sich Urlauber so etwas freiwillig antun konnten. Er erreichte den Holzstapel, neben dem er den roten Geländewagen geklaut hatte. Den demolierten Wagen hatte er irgendwo unten vor dem Bergort neben einem Campingplatz zwischen Büschen stehen gelassen.

Das Gewehr lag am Waldrand, halb von Gestrüpp verdeckt. Der Griff lag in einem Kothaufen, der von einem Wildtier stammen musste. Aus dem Seitenfach der Golfschlägertasche nahm er das Waffen-Putztuch heraus, wischte angeekelt den Griff sauber und warf das Tuch in den Wald, wo es in den stacheligen Trieben eines Brombeerstrauchs hängen blieb.

Es waren Motorengeräusche zu hören, die näher kamen. Axthauer sah, wie zwei Fahrzeuge die schmale Straße heraufkamen. Sie waren bereits auf Höhe des Hofes mit der Schnapsbrennerei. Hastig steckte er das Gewehr in die Tasche und huschte hinter den Holzstapel. Eines der beiden Fahrzeuge kam herangefahren, wurde gewendet und vor dem Holzstapel geparkt. Volker Axthauer machte sich bereits Hoffnung, dass er wieder einen fahrbaren Untersatz für den Rückweg ins Tal hätte. Das Geräusch der Zentralverriegelung brachte aber die Gewissheit, dass er zu Fuß weiterziehen musste.

Er ging um den Holzstapel herum und stand am Heck eines roten GLK 420. Offensichtlich hatte der Besitzer den Verlust seines alten Wagens dadurch verschmerzt, dass er sich dafür das neueste Modell zugelegt hatte.

Arglos ging Volker Axthauer mit seiner Golfschlägertasche, die man, aus der Entfernung gesehen, auch für eine Gewehrtasche halten konnte, an der Schnapsbrennerei vorbei. Vor dem offenen Scheunentor lud ein kräftiger Mann, der eine Lederhose und einen dunkelblonden Vollbart trug, Kisten mit Schnapsflaschen auf einen Toyota-Pickup. Der Mann war offenbar bester Laune und riss lockere Sprüche mit dem alten Mann in der blauen Arbeitsmontur.

Die Stimmung des Mannes in der Lederhose änderte sich schlagartig, als er ihn erblickte.

»Ja Himmelsakrament! Dass der sich mitten am Tag da rumlaufen traut, der Wilderer, der verreckte!«

Bevor Volker Axthauer registrieren konnte, dass er ihn meinte, war der Lederhosen-Mann bereits auf ihn zugestürmt, packte ihn mit seinen breiten Pranken am Kragen seiner Lederjacke und begann ihn durchzuschütteln.

»Du Drecksau, jetzt hab i di, du Schwein, du elendiges! Mein' besten Hirsch hast' g'schoss'n, du Dreckswilderer! I sollt dir dein' verdammten Schädel runterreißen und an d' Wand nageln und den Rest von dir an die Aasgeier verfüttern!«

Volker Axthauer lag wehrlos auf dem Rücken und wusste nicht, wie ihm geschah. Der bärtige Bergmensch hatte ihn mit einer Hand fest im Griff und watschte ihm den Handrücken ins Gesicht. Dann zog er ihn am Kragen wieder hoch, und als er gerade so taumelnd stehen konnte, landete die Faust an seinem Wangenknochen. Axthauer schlug auf dem Randstreifen der Fahrstraße auf und spürte, wie ihm das Blut aus der Nase lief.

»Aber … ich … Scheiße, Mann, such deinen Wilderer woanders!«

»Du willst mir doch net erzähl'n, dass du zum Golf spiel'n in Wald gehst? Wenn du mir noch einmal mein Wild abknallst, reiße ich dich in Fetzen, hast mich verstanden, du Piefke?«

Das Mobiltelefon des Bärtigen klingelte mit einem Jodel-Klingelton. Er war abgelenkt. Axthauer rappelte sich auf, schnappte die Tasche mit dem Gewehr und begann zu rennen.

Der Mann in der Lederhose brüllte ihm in seinem alpenländischen Dialekt eine Lawine von Beschimpfungen hinterher. Volker Axthauer hörte, wie der Motor gestartet wurde. Links und rechts der kurvigen Fahrstraße waren nur Wiesen. Dieser Verrückte würde ihn mit seinem geländegängigen Pickup quer durch die Landschaft jagen.

Er musste es versuchen. Axthauers Vorbilder waren Biathlon-Sportler, die aus hohem Lauftempo stoppten, um im nächsten Moment mit dem Gewehr ein Ziel zu treffen. Im Laufen öffnete er den Reißverschluss der Tasche, nahm das Gewehr in die Hand und kniete sich einen Meter neben der Straße ins Gras. Er wollte anlegen und zielen, doch der Wagen kam zu schnell näher. Ihm blieb keine Zeit. Er ballerte irgendwie drauflos.

Das Geschoss durchschlug den Kühler, und im nächsten Moment umhüllte eine Dampfwolke den verchromten Rammschutzbügel. Der Pickup stoppte. Hinter dem Lenkrad tobte dieser Alpengorilla wie ein Irrer.

Sybille Breitstein erschien wie vereinbart um 18.30 Uhr an der Bushaltestelle neben der Pension »Dorfklause«. Sie stieg aus ihrem weißen Fiesta und sah sich nach Volker Axthauer um.

Er kauerte in dem hölzernen Buswartehäuschen, wie halbtot an die Wand gelehnt, an der ein halb heruntergerissenes Plakat für ein Blasmusik-Konzert hing. Breitstein trat mit einem Anflug von Ärger auf ihn zu und redete im Flüsterton mit ihm.

»Haben Sie meinen Auftrag ausgeführt? Wie sehen Sie überhaupt aus? Haben Sie Ihren Lohn schon versoffen, bevor ich Sie bezahlt habe?« Sie sah sich um, ob jemand zuhören konnte, aber die Dorfstraße war menschenleer.

Volker Axthauer richtete sich stöhnend auf und wischte sich mit dem Handrücken Reste von Blut aus dem Gesicht.

»Es ist ausgeführt, ja. Hab ihn im Wohnzimmer vor dem Kamin … angetroffen. Es ging schnell. Und ich bin nicht betrunken! Ich bin heute Nachmittag nur irgendwie zur falschen Zeit an den falschen Typen geraten. Hat mich für einen Wilderer gehalten, der Idiot. Ziemlich raue Sitten hier, aber immerhin wird man noch am Leben gelassen. Geben Sie mir die Kohle und noch 20 Minuten Zeit. Hoffentlich ist die Etagendusche gerade frei.«

»Das ist Ihr Problem, wenn Sie sich unbedingt mit jemandem anlegen müssen. Ich warte. Und dann fahre ich Sie zum Bahnhof.«

Volker Axthauer nickte, erhob sich stöhnend von der hölzernen Sitzbank und schlurfte zum Eingang der Pension.

*

Irgendwie klang die Geschichte nach einer simpel gestrickten Handlung aus einer Krimiserie, dachte Lutz Fullertauer. Einer, dem die Behörden die Befestigung eines Zufahrtsweges zu seinem Berghaus verweigerten, rächte sich dafür in den 1980er-Jahren mit einem inszenierten Autounfall im Grenztunnel, der den Tunnel an der Stelle hätte einstürzen lassen sollen. Aber das war Teil dieser skandalträchtigen Story über den großspurigen Tiefbauunternehmer, der mit unlauteren Machenschaften für einen Stromkonzern den Bau eines Wasserkraftwerks eingefädelt hatte. Und er, Lutz Fullertauer, war derjenige, der sie schreiben sollte.

Er stand an der Talstation der Seilbahn, stemmte die Hände in die Hüften und presste Luft durch die Nase, weil er erst einmal nicht weiterkam. Am Schalter mit dem Schild ›Kassa‹ lehnte an der Glasscheibe ein weiteres Schild, auf dem schwarz auf gelb ›Wegen Revision außer Betrieb‹

stand. Lutz Fullertauer ging an die neben der Seilbahnstation aufgestellte Wandertafel. Von der Bergstation führte Wanderweg Nr. 6 in Richtung der Fahrstraße, die bei ›Obere Breitwies‹ endete. Von dort ging der Weg durch den Wald, wo das Ferienhaus von Anton Brander sein sollte. Konrad Griesbacher hatte ihm am Morgen den Tipp geschickt, dass Brander sich dort gerade aufhielt. Fullertauer war gespannt, wie sich Anton Brander zu den Fragen über seine Vergangenheit stellen würde.

In dem Bäckerei-Café nebenan besorgte er sich eine Flasche Apfelschorle als Proviant und steckte sie in seinen Rucksack. Dann ging er direkt hinter der Seilbahnstation auf den Pfad, der in Serpentinen als Fußweg zur Bergstation führte.

Nach der Bergstation war der breite Fußweg in einen schmalen Pfad übergegangen. Ein Wegweiser zeigte die Wegzeiten zu einem Gipfel und zur Oberen Breitwies. Der Weg führte mit einem kurzen Anstieg um eine Erhebung herum. Am oberen Punkt, als der Weg wieder abwärts und dann eben weiterführte, tat sich ein anderes Panorama auf. Über das Rheintal hinweg, durch das sich die Autobahn in Richtung Arlberg fädelte, lagen Wolken auf den Gipfeln des Bregenzerwaldes. In einiger Entfernung konnte er einen Hof sehen, der einige 100 Meter unterhalb eines Waldes stand. Lutz Fullertauer fragte sich, ob auf dem Hof wohl eine hübsche Almwirtin lebte, die im Dirndl und mit strammer Oberweite das Anwesen bewirtschaftete und ihn vielleicht auf einen Enzianschnaps einladen würde.

Der Leichenwagen, den er zwischen den Sträuchern hindurch sehen konnte, passte nicht zu seiner Kitschroman-Fantasie. Der Pfad führte durch eine Senke, sodass er für einige Schritte keinen Ausblick mehr hatte. Hinter der nächsten Wegbiegung erschien der Hof wieder im Blickfeld. Jetzt konnte er auch ein Polizeifahrzeug sehen, das zwischen dem Waldrand und dem Hof parkte. Neben dem Hof stand ein Polizist und sprach mit einem hageren alten Mann, der eine blaue Arbeitsmontur trug.

Aus dem Wald kamen zwei Männer in dunkelgrauer Kleidung. Sie trugen einen Zinksarg. Lutz Fullertauer beschleunigte seine Schritte. Er musste unbedingt noch mit den Polizisten sprechen können, bevor sie wieder abfuhren.

Die beiden Polizisten hatten ihre Dienstmützen abgenommen, lehnten lässig an ihrem Einsatzfahrzeug und sahen zu, wie die Männer vom Bestattungsdienst den Sarg in den Leichenwagen schoben. Fullertauer war bereits in Sichtweite zu dem Hof. Er nahm seinen Rucksack ab und holte seine Spiegelreflexkamera heraus. Mit dem Objektiv zoomte er den Leichenwagen heran. Fullertauer drückte auf den Auslöser und hatte bereits die Schlagzeile im Kopf:

»Tod am Berg – Der Mann, der hinter dem umstrittenen Wasserkraftwerk steht, wurde ermordet«

Es konnte ja schließlich kaum ein anderer sein. Drei Minuten später erreichte er den Hof. Der Leichenwagen fuhr gerade ab, und die Polizisten waren im Begriff, wieder in ihr Dienstfahrzeug zu steigen.

»Einen Moment bitte!«, rief Fullertauer etwas außer Atem.

Die Beamten drehten sich mit fragendem Blick zu ihm um; die rechte Hand des Polizisten an der Beifahrerseite lag bereits auf dem Pistolenhalfter. Lutz Fullertauer zog seinen Presseausweis aus der Brusttasche, hielt ihn einem der Polizisten unter die Nase und stellte routiniert seine Fragen.

»Fullertauer mein Name. Ich bin Journalist. Handelt es

sich bei dem Toten um einen Tiefbauunternehmer mit dem Namen Anton Brander? Und wie ist er ums Leben gekommen? Wurde er ermordet?«

Der Polizist, dem er den Presseausweis gezeigt hatte, hielt ihn offenbar für einen Deutschen und antwortete auf Hochdeutsch.

»Es können noch keine Angaben gemacht werden. Wir stehen ganz am Anfang der Ermittlungen.«

Er sah zu seinem Kollegen. »Aber wenn hier bereits die Presse aufkreuzt, haben wir's vielleicht sogar mit einem prominenten Opfer zu tun.« Die beiden grinsten. Dann mit ernster, dienstbeflissener Miene an Fullertauer gewandt: »Wenden Sie sich bitte in einigen Tagen an unsere Pressestelle.« Mit diesen Worten stiegen sie in ihren Dienstwagen.

Fullertauer stand mit umgehängter Kamera an der Fahrstraße und drehte den Kopf in Richtung des Waldweges, der zu Branders Berghaus führte. Der Polizist, der am Steuer saß, hielt den Wagen noch einmal an und ließ das Seitenfenster herunter.

»Ich will Sie noch darauf hinweisen, dass wir den Tatort versiegelt haben. Nur zu Ihrer Information.«

Sie fuhren ab, und in diesem Moment kam der alte Mann in der blauen Arbeitsmontur hinter dem halb geöffneten Scheunentor hervor. Er hatte eine Schnapsflasche in der Hand, schwankte und hielt sich an der Kante des Tores fest.

»Wissen Sie, wer der Tote ist?«, fragte Lutz Fullertauer ohne Umschweife, als befürchtete er, dass der alte Mann gleich tot umfallen und eine wertvolle Information in sein schnapsgetränktes Jenseits mitnehmen könnte.

Schorsch Brunntaler hob bedeutungsvoll seinen knochigen Zeigefinger in die Höhe und malte mit dem Finger ein Kreuz in den Himmel.

»Von da hint' im Wald, da hat der Herrgott scho' einige zu sich g'rufen. Alle, die da g'meint haben, da hint' im Häusl kann mer was einbunkern, was andere net finden soll'n, und alle, die da drauf gierig war'n, von denen ham welche den finsteren Wald wieder mit die Füaß nach vorn verlassen.«

»Sie meinen, in dem Haus da im Wald herrscht ein Fluch?«

Schorsch hatte ein diebisches Grinsen im Gesicht. »Da drin bleibt niemand unbeobachtet.«

Lutz Fullertauer witterte eine spannende Story, aber sein Verstand warnte ihn zugleich, dass der Alte sich wohl um denselben gesoffen hatte. Er stellte ihm noch eine Frage.

»Und wem gehört das Haus?«

Schorsch kratzte sich am Rand seiner abgegriffenen blauen Arbeitsmütze und nahm einen Schluck aus der Schnapsflasche.

»Des is immer der Dings g'wesen, der alte Deifi. Alois oder Anton oder ... wie der sonst no hoaßt, hab i vergessen. Willst an Schnaps?«

*

»Auweh, des klingt kompliziert. Ich verbind Sie am besten gleich mit dem Herrn Kommissar.« Patrizia Gerndl hatte keine Lust, erst alles aufzuschreiben, um es dann Guntram Glattlinger mühsam wieder zu erklären.

»Kannst mir gleich noch einen Kaffee vorbeibringen.«

»Kann ein bissl dauern mit dem Kaffee, Herr Kollege.«

Glattlinger bemerkte erst jetzt, dass Patrizia das Gespräch bereits durchgestellt hatte.

»Oberkommissar Mosesrieder, Kripo Bludenz. Es geht um ein sichergestelltes Fahrzeug, das man völlig demoliert bei einem Campingplatz im Montafon gefunden hat. Die

Kennzeichen waren gestohlen. Nachdem die Fahrgestellnummer in Österreich nicht registriert war, verfolgen wir gerade ...«

»... ob das Fahrzeug in Deutschland geklaut wurde? Kein Problem, das festzustellen, Herr Mosesrieder, da reicht eine Anfrage an das bundesweite Zulassungsregister.«

»Ist schon klar, Herr Kollege Glattlinger. Das hat sich auch bereits weitgehend erledigt. Aber da ist noch was.«

Guntram Glattlinger lehnte sich in seinem Bürostuhl zurück und winkte Patrizia, die gerade an der Bürotür vorbeilief, mit seinem leeren Kaffeebecher.

»Liegt eine Leiche im Kofferraum?«

Mosesrieder blieb ernst. »Der Wagen ist leer. Aber im Handschuhfach haben wir eine Liste mit Namen gefunden, geschrieben auf der Rückseite von einer zusammengefalteten TÜV-Bescheinigung. Deswegen führt die Spur zu Ihnen nach Deutschland. Zwei Namen sind durchgestrichen und mit einem Todeskreuz markiert. Ein weiterer Name gehört nach unseren Ermittlungen zu einem Manager beim deutschen Stromkonzern ›Hellwatt‹.«

»Und welcher Name steht als Fahrzeughalter auf der TÜV-Bescheinigung? – Aha, eine Firmenadresse? Roter Mercedes M-Klasse? Ich glaube, den ... also, ich schicke unseren Herrn Jetrovic mit dem Anhänger los, wir werden den Wagen bei uns auf weitere Spuren und registrierte Fingerabdrücke untersuchen.«

Guntram Glattlinger setzte sich schwungvoll in seinen Bürostuhl, der dadurch einen halben Meter nach hinten rollte, und ließ die Arme über die Armlehnen herabbaumeln. Der rote Mercedes konnte nur Leibachers Wagen sein, der zuletzt in Liechtenstein abgemeldet auf dem Firmengelände stand.

KAPITEL IV

++ November 2013 ++

»Sie werden es nicht bereuen, Signore Brander. Diese Villa auf den Hügeln oberhalb von Locarno – Sie genießen den gehobenen Standard der Schweiz, und Sie leben wie in Bella Italia! Nun ich brauche nur noch eine Unterschrift auf diese Dokumente, prego Signore.«

Der schmächtige Immobilienmakler mit dem listigen Blick war darauf bedacht, an diesem Abend den Kaufvertrag unter Dach und Fach zu bringen. Von Anton Brander war er dazu in ein Hotel im Montafon einbestellt worden. Normalerweise kamen die Kunden ins Büro oder man traf sich am Objekt, doch Brander war kein Kunde wie jeder andere. Massimo Canneloni wollte noch an diesem Abend wieder über den Arlberg und über den San-Bernardino-Pass zurück nach Bellinzona.

»Danke, Massimo. Ich wusste, dass ich auf Sie zählen kann. Diese Villa hat mich schon vor einigen Jahren fasziniert, und seitdem ließ mich das Gefühl nicht los, dass dieses Haus für mich bestimmt ist. Dieser herrliche Blick auf den Lago Maggiore! Und da nun ja die betagte Vorbesitzerin das Zeitliche gesegnet hat, werde ich als neuer Eigentümer gerne in diesem schönen alten Kasten die Wintermonate verbringen.«

»Si, Signore. Die Renovierungsarbeiten sind in zwei Wochen abgeschlossen. Vielleicht Sie sollten bestellen noch diese Woche die Heizöl für den Winter – aber Sie wissen ja, es wird der Winter dort niemals so kalt wie hier in Österreich.« Canneloni machte eine Geste, die Frösteln andeutete. Tatsächlich war das Klima im Montafon in dieser ersten Novemberwoche bereits winterlich angehaucht.

»Und, si, es war eine – für Sie und für uns – günstige Momente, da die Signora nun hat, äh, gefunden ihre letzte Ruhe.« Massimo Canneloni schielte dabei zu seinem stämmigen Kollegen Adriano, der mit erhobenem Kinn und hinter dem Rücken gefalteten Händen einen betont unschuldigen Blick aufsetzte.

Anton Brander setzte sich an den aus massivem Holz gefertigten Tisch in dem alpenländisch eingerichteten Hotelzimmer, nahm den bereitliegenden vergoldeten Füllfederhalter zur Hand und setzte seine Unterschrift unter den Kaufvertrag.

Sie verabschiedeten sich in der Hotellobby. Der Immobilienmakler vom Lago Maggiore rückte das Jackett seines schwarzen Anzugs zurecht. Sein schwergewichtiger Adjutant öffnete die massive hölzerne Schwenktür des Hoteleingangs. Brander beobachtete die beiden durch das Fenster, wie sie geschäftsmäßig in ihre schwarze Maserati-Limousine stiegen. Er wusste nicht recht, warum er so vertrauensselig den Kaufvertrag über 1,5 Millionen Euro unterschrieben hatte. Vielleicht mit aus dem Grund, weil Massimo Canneloni schwul war und bei all seiner Gerissenheit so harmlos und dadurch seriös wirkte. Dafür war er selbst nun Eigentümer dieser Villa in der italienischen Schweiz, wo er sich während der Wintermonate aufhalten wollte, wenn in seinem Hotel am Steighorn wegen des Wintersports Hochbetrieb herrschte.

Und in dem schummerigen Licht des Hotelzimmers war gewiss unbemerkt geblieben, dass er aus irgendeiner Vorahnung heraus mit dem Namen Alois Leibacher unterschrieben hatte.

Der Service-Chef des Hotel-Restaurants trat auf ihn zu und unterbrach seine Gedanken.

»Herr Brander? Tisch fünf ist für Sie reserviert, mein Herr. Bitte sehr.« Anton Brander folgte dem Hotelbediensteten, der am Tisch noch rasch die verschiedenen Weingläser auf dem lachsroten Tischtuch sortierte. »Wir empfehlen heute zur Lammkeule einen Rotwein, den wir exklusiv von einem Winzer direkt aus Italien importieren.« Die Worte klangen für ihn, als lebte er bereits am Lago Maggiore, und er ließ sich ein Glas davon servieren.

Eigentlich hatte er vorgehabt, das erste Novemberwochenende im Berghaus zu verbringen. Aber er musste erst den blutverschmierten Holzboden in der Wohnstube erneuern lassen, wo noch wenige Tage zuvor der ermordete Doktor Max Latern gelegen hatte. Das Berghaus hatte er für die letzten beiden Wochenenden dem »Hellwatt«-Manager überlassen. Das, was er letztlich mit ihm vorgehabt hatte, war nun von jemand anderem erledigt worden.

Tisch fünf stand als Zweiertisch neben dem rustikalen Kachelofen. Brander saß mit dem Rücken zum Ofen und hatte so den Blick zur Hotelbar. Zwischen den Flaschenreihen mit diversen Likören und anderen Spirituosen hing dort ein Flachbildschirmfernseher. Es war gerade 19 Uhr, und der Bildschirm übertrug die aktuelle Nachrichtensendung des Senders ORF.

Die Kellnerin stürmte in einem ausladenden Dirndl und mit fünf Suppentellern an der Bar vorbei. Einen der Teller servierte sie Anton Brander. »Sooo, der Herr, die Vorspeise, bitte sehr, guten Appetit.«

Er löffelte die noch heiße Speckknödelsuppe und sah

sich nebenbei die Nachrichtensendung an. Ohnehin war es seit Jahrzehnten seine Angewohnheit, beim Abendessen fernzusehen.

Der Nachrichtenmoderator berichtete über die Regierungsbildung nach der 25. Nationalratswahl in Österreich. Nach weiteren Meldungen über Terroranschläge im Nahen Osten und einen Doping-Fall im Spitzensport übernahm eine Sprecherin in einem blauen Kostüm die Nachrichten aus Vorarlberg und Tirol. Brander ertappte sich dabei, dass er die Stimme der schwarzhaarigen Sprecherin mit ihrem österreichischen Dialekt sehr erotisch fand.

Anton Brander, der schon bald wieder unter dem Namen Alois Leibacher leben würde, schob gerade den letzten Löffel Suppe in den Mund, als im Hintergrundbild der ORF-Nachrichtensendung die Stausee-Baustelle zu sehen war. Er verschluckte sich beinahe und presste die zu einem Schiffchen gefaltete Stoffserviette vor den Mund. Er konnte nicht fassen, was die Moderatorin mit ihrer erotischen Stimme von ihren Blättern las.

»Aktuellen Berichten zufolge stehen mit dem noch im Bau befindlichen umstrittenen Steighorn-Wasserkraftwerk verschiedene Todesfälle in Verbindung. Nach einem tödlichen Unfall mit einem Baustellen-Lastkraftwagen im letzten Jahr, bei dem ein ehemaliger Grundbesitzer ums Leben gekommen war, wurde im vergangenen Oktober bei Ausschalungsarbeiten in der Baukonstruktion der Staumauer eine einbetonierte männliche Leiche gefunden. Nach den Ermittlungen handelte es sich um einen früheren Umweltaktivisten, der sich in seiner Funktion als Mitglied eines deutschen Umweltverbandes in den Medien gegen das Stauseeprojekt gestellt hatte. Am vergangenen Wochenende fand die Polizei des Bezirks Bludenz in einem Berghaus im Mon-

tafon eine männliche Leiche, die einem Mord zum Opfer gefallen ist. Vor Ort war ein Journalist, dessen Recherchen einen Zusammenhang mit dem Steighorn-Wasserkraftwerk ergeben haben. Herr Fullertauer, wie kommen Sie zu dem Schluss?«

Im Monitor neben der Moderatorin wurde ein Mann mit grauem Dreitagebart eingeblendet, der ein Mikrofon hielt. Er stand im Halbdunkel mit wehendem Haar vor der Seilbahnstation – keine 100 Meter vom Hotel entfernt, in dem Brander gerade saß.

»Ja, das Berghaus, das Sie eben erwähnt haben, ist im Besitz eines deutschen Bauunternehmers aus dem benachbarten Allgäu, der offenbar beim Bau des Steighorn-Wasserkraftwerks maßgeblich die Fäden gezogen hat. Entsprechende Nachfragen bei den Stellen politischer und behördlicher Entscheidungsträger lassen den Schluss zu, dass besagter Bauunternehmer, der außerdem unter dem falschen Namen Anton Brander lebte, für den Stromkonzern ›Hellwatt‹ bildlich gesprochen den Weg zum Bau des Wasserkraftwerks geebnet hat. Anton Brander wurde am vergangenen Wochenende erschossen im Berghaus aufgefunden. Es gibt allerdings noch keine konkrete Spur zu einem möglichen Täter. Unterdessen lässt das regionale Stromversorgungsunternehmen ›Vereinigte Vorarlberger Kraftwerke‹ rechtliche Schritte gegen den geplanten Betrieb des Steighorn-Wasserkraftwerks prüfen, zum einen aus wettbewerbsrechtlichen Gründen wegen bestehender Stromlieferverträge mit deutschen Energieversorgern, und zum anderen wohl aufgrund möglicher Verstöße gegen EU-Recht. Sicher ist außerdem, dass Anton Brander in der Weise vom touristischen Effekt des Stausees profitieren wollte, indem er in unmittelbarer Nähe der Staumauerkrone ein Hotel erbauen

ließ, welches an dieser Stelle ansonsten nicht genehmigt worden wäre. Anton Brander ist damit bereits das dritte Todesopfer im Umfeld dieses Bauprojekts.«

In Anton Brander stieg der blanke Zorn hoch. Er wollte gerade vom Tisch aufstehen, um zur Seilbahnstation zu laufen, als die Moderatorin sagte: »Das Gespräch haben wir bereits gestern Abend aufgezeichnet.«

Er lehnte sich in das Polster der Eckbank vor dem Kachelofen zurück, bestellte noch einen Rotwein und begann nachzudenken. Der Kellner servierte den Wein in einer Karaffe, legte eine Serviette um den Hals des Gefäßes und schenkte ihm in vornehmer Haltung ein.

Anton Brander schwenkte das Weinglas und betrachtete den tiefrot leuchtenden Schimmer gegen das Licht der Kerze auf dem Tisch. Etwas Besseres als die Nachricht über seinen angeblichen Tod hätte ihm jetzt nicht passieren können.

»Auf dein Wohl, Alois Leibacher«, prostete er sich leise selbst zu und setzte genussvoll das Glas an. Allmählich wurde ihm bewusst, dass der Schuss auf Doktor Max Latern ihm gegolten haben musste.

*

Das schleifende Geräusch von draußen ließ Guntram Glattlinger von seinen Akten aufblicken. Durch das Fenster seines zum Werkstatthof gelegenen Büros sah er, wie Zordan Jetrovic und sein Kollege mit vereinten Kräften ein demoliertes Auto mit plattem Hinterreifen an einen Reparaturplatz in der Werkstatthalle schoben. An einigen Stellen war anstelle der roten Lackierung nur noch verschrammtes und verbogenes Blech zu sehen. Ihn ließ die Neugier nicht los, obwohl der aktuelle Fall auf seinem Tisch mit der Wasserleiche vom Bodenseeufer dringender gewesen wäre.

Glattlinger trat aus der Hintertür des Präsidiumsgebäudes, die mit einem lauten Scheppern wieder ins Schloss fiel, auf den Hof. In der Werkstatthalle stand jetzt neben seinem schwarzen BMW-Dienstwagen der Mercedes M-Klasse aus der »Leibacher«-Niederlassung in Liechtenstein. Dahinter wartete ein Streifenwagen, an dem der linke Rückspiegel herunterbaumelte und die linke Fahrzeugseite die Spuren einer Verfolgungsjagd zeigte, auf seine Instandsetzung.

»Kriegst du den noch mal durch den TÜV?«, fragte Guntram Glattlinger im Spaß.

»Ist neue Dienstwagen für Kripo. Polizeibehörde muss spare, deswegen gibt jetzt gebrauchte Auto. Muss ich bloß noch bissle repariere«, antwortete Zordan Jetrovic in seiner Dialektsprache aus Schwäbisch und kroatischem Akzent. Mit einem schnalzenden Geräusch, das durch die Werkstatt hallte, zog er die Latexhandschuhe aus.

»Sehr gut. Ganz der Profi. Hinterlässt keine Fingerabdrücke. Dann kann ich ja den Kilian von der Spurensicherung auf diesen Schrotthaufen loslassen.«

Zordan Jetrovic zog die eingedellte Beifahrertür auf, die nicht mehr richtig schloss, und stieß einen Pfiff aus. »Das da auf die Sitz ist auch was für Spurensicherung.« Er klatschte dabei mit der rechten Handinnenfläche rhythmisch gegen die linke Faust und grinste breit.

Glattlinger streckte den Kopf durch das offene Seitenfenster der Fahrertür. Die Rückenlehne des Beifahrersitzes war ganz nach hinten geklappt. Auf der Sitzfläche ließ ein weißlicher runder Fleck auf die Hinterlassenschaft eines Liebesabenteuers schließen. »Des zeig i der Spusi, die Spuren von dem G'spusi«, witzelte der Kommissar.

Aus der Hintertür zum Werkstatthof, von der an einigen Stellen die beigefarbene Lackierung abblätterte und die rotbraune Grundierung sichtbar wurde, kam Patrizia Gerndl mit einem Blatt Papier in der Hand heraus. Sie schauderte vor der nebelkalten Luft dieses Novembertages und wickelte ihren violett-orangefarbenen Poncho enger um ihren Oberkörper. Ihre Nasenspitze leuchtete rot und ihre Augen tränten in dem Wind, der durch den Hof zog. Mit dem Zettel in der rechten Hand winkte sie Glattlinger, mit der freien Hand zog sie ein Papiertaschentuch aus ihrer Jackentasche. Es sah aus, als hätte sie eine entsetzliche Nachricht zu überbringen.

»Der Karsten …«, setzte Patrizia an, bevor ihr geräuschvolles Niesen von den Wänden des Präsidiumsgebäudes und der Werkstatt widerhallte. »Gesundheit!«, sagten drei Männerstimmen gleichzeitig.

»Danke, die Herren. Also der Herr Blonk, der wo grad in – *Tschi!* – Ischgl in Urlaub is, hat ang'rufen. Er hat im österreichischen Radio g'hört, dass s' den Chef von der Tiefbaufirma um'bracht ham, der wo unter falschem Namen g'lebt hat, Leibinger oder so ähnlich. Er meint, des könnt für di interessant sein.« Patrizia Gerndl reichte ihm schniefend den Zettel mit der Telefonnotiz und hatte endlich wieder beide Hände frei, um sich, von erneutem Niesen begleitet, ihre Nase zu putzen.

»Ich würde sagen, du gehörst mit deiner Erkältung ins Bett«, bemerkte Glattlinger. »Was macht Blonk in Ischgl, wo doch in den Bergen noch gar kein Schnee liegt?«

»Der braucht koan Schnee net. Der is wahrscheinlich beim Aprés-Ski im Champagnerstadl hinter die Skihaserl her, solche wo auf'm Kunstschnee a bissl mit'm Arsch wackeln. Mei, er is ja grad frisch g'schieden, der Ärmste.«

»Woher du das bloß schon wieder weißt. An dir ist eine Klatschreporterin verloren gegangen.« Glattlinger stand rätselnd mit der Telefonnotiz in der Hand unter dem Werkstatt-Rolltor. »Hä, aber wieso ist dann der Wagen von Leibacher … Patrizia, ich glaub, ich brauch erst mal einen Kaffee.«

»Pass fei auf, dass du net von dem Rolltor geköpft wirst, wenn die Werkstatt Feierabend macht. In der Kaffeemaschin' steht noch a halbe Kanne von heut Vormittag. Is vielleicht nimmer ganz frisch, aber warm«, näselte Patrizia. Sie zog den Stoff ihres Ponchos enger um die Schultern und schritt schniefend mit erhobenem Kopf zu der Blechtür, die einen neuen Anstrich bräuchte, und ließ die Tür scheppernd hinter sich zufallen.

Mit dem gefüllten Kaffeebecher in der Hand steuerte Guntram Glattlinger sein Büro an, machte aber einen Bogen um den Arbeitsplatz von Patrizia, die gerade in zweierlei Hinsicht verschnupft war. Der Abfalleimer neben ihrem Platz quoll von gebrauchten Taschentüchern über, und das ganze Büro roch nach Eukalyptusbonbons.

Er wählte eine österreichische Telefonnummer und nahm einen Schluck Kaffee, solange sich die Verbindung aufbaute. »Der Kaffee ist von vorgestern, aber sicher nicht von heute Vormittag«, grummelte Glattlinger vor sich hin.

»Herr Kollege Glattlinger, wenn S' einen g'scheiten Kaffee wollen, empfehle ich Ihnen einen Besuch bei uns im Präsidium in Bludenz, wenn Sie mal dahin unterwegs sind. Bei uns steht ein Vollautomat, der auf Knopfdruck alles rauslässt, von Kaffee schwarz über Caffé Crema bis Latte Macchiato. Gibt es bei Ihnen schon neue Erkenntnisse mit dem demolierten roten Mercedes?«, fragte Oberkommissar Mosesrieder.

»Bei uns tut es eine Filtermaschine für 15 Euro vom Discounter«, lästerte Glattlinger. Er und Mosesrieder hatten bisher nur ein einziges Mal miteinander telefoniert, waren sich aber bereits unausgesprochen darüber einig, das Gespräch erst einmal mit lockerem, nicht-dienstlichem Austausch zu beginnen.

»Wir untersuchen den Wagen gerade auf Spuren, die wir irgendwie verwerten können. Was ich Sie fragen wollte, Herr Mosesrieder, dreht sich um die Nachricht, dass an Anton Brander, der wohl in Wirklichkeit Alois Leibacher heißt, ein Mord verübt wurde? Gibt es da bei Ihnen bereits erste Erkenntnisse?«

Mosesrieder berichtete von den Befragungen der Ermittler bei Bewohnern und Hotelbesitzern im Brandnertal.

»Die Leiche konnte noch nicht zweifelsfrei identifiziert werden, weil wir noch keine Angehörigen erreichen konnten. Die Kollegen haben vor Ort routinemäßig nach Auffälligkeiten gefragt. Das einzige brauchbare Indiz ist bis jetzt die Aussage von einer Pensionswirtin, bei der eine jüngere Frau mit auffallenden roten Haaren ein Zimmer gebucht hat. Die Frau war in Begleitung von einem ungepflegten Mann, der ständig mit einer Golfschlägertasche rumg'laufen ist, obwohl es da weit und breit keinen Golfplatz gibt. Wir gehen davon aus, dass da keine Golfschläger in der Tasche waren. In dem Zimmer hat dann nur der Mann gewohnt. Die Frau hat im Voraus bezahlt und war dann nie wieder gesehen. – Sind Sie noch dran oder sind Sie gerade an Ihrem ungenießbaren Kaffee gestorben?«

»Ich glaube, meine Kollegin Frau Gerndl hätte mir heute tatsächlich am liebsten Gift in den Kaffee gerührt.«

Mosesrieder lachte. »Vorsicht mit den Vorzimmerdamen im Polizeidienst. Sie bekommen jeden Tag mit, wie man jemanden um die Ecke bringt, und schauen sich am Feierabend auch noch Krimis an. Man sollte sich mit ihnen gut stellen.«

»Ich hab das so weit im Griff, denke ich. Könnte der mit der Golftasche ein Auftragskiller gewesen sein? Wenn die rothaarige Frau diejenige ist, die ich vermute, hätte sie durchaus ein Motiv. Der Bauunternehmer hat übrigens eine Tochter mit dem Namen Carola Leibacher. Ich informiere gleich die Staatsanwaltschaft, dass wir grenzüberschreitend ermitteln.«

*

»Das wird nix.«

»Das muss dicht, egal wie.«

Ihre Stimmen hallten zwischen den Betonwänden. Die kurzen Sätze ihres bis hierhin bautechnisch nicht sonderlich qualifizierten Dialogs sprangen als Echo zwischen den Wänden hin und her, als würde eine Narrenfigur umherhüpfen, die ständig schelmisch »Das wird nix, das wird nix, das wird nix!« rief.

Sie standen auf einem stählernen Gitterrost im Schacht vor der Betonwand, an der die Leiche von Gottfried Monschkopf aus ihrem Betongrab befreit worden war. Aus der Wandfläche war mit einem Bohrhammer eine Vertiefung herausgestemmt worden. Sie hatte die Umrisse eines menschlichen Körpers, der mit dem Kopf nach unten und mit einem abgewinkelten Bein in der Wand hing. Es wirkte wie ein Beton-Kunstwerk.

»Ich habe von vornherein gesagt, dass ich da keine Verantwortung übernehme. Ich bin hier nicht der Oberbauleiter. Ich weiß nur, dass an diese verdammte Wand von hinten der Stausee mit 20 Metern Wassersäule dagegendrückt. Und es fehlt an dieser Stelle nicht nur an Wandstärke. Weil die Leiche auf den Eisenstäben aufgespießt war, hat man auch noch so dicke Armiereisen durchtrennen müssen.« Frank Höllschmieder formte Daumen und Zeigefinger zu einem Kreis, um die Dicke der Eisenstäbe zu demonstrieren. »Mir kann das hier egal sein, ich bin ab Januar an der Nordsee an einer Offshore-Baustelle, und ich werde die ersten drei Monate erst mal in einem geheizten Baubürocontainer sitzen, wenn man hier langsam das Wasser in die große Badewanne einlaufen lässt. Damit müssen Sie dann klarkommen, Frau Breitstein, wenn hier das Wasser durch die Wand drückt.«

Sybille Breitstein stand mit verschränkten Armen vor Frank Höllschmieder, der einen halben Kopf kleiner als sie war. Ihre rote Lockenmähne trug sie zusammengebunden unter einem weißen Bauhelm. Links und rechts hingen unter dem Helm rote, lockige Strähnen wie Spiralfedern heraus.

»Sie sagen es, Herr Höllschmieder. Aber ich bin hier nicht erst ab dann verantwortlich, wenn das Kraftwerk in Betrieb geht, sondern jetzt schon als Nachfolgerin von Oberbauleiter Fischbrunner. Und damit sage ich Ihnen jetzt, was Ihre Aufgabe ist. Lassen Sie ein Arbeitsgerüst aufbauen und stellen Sie den Unfallverhütungsvorschriften entsprechend ein Elektroschweißgerät auf. Dann schweißt Ihre Truppe ein Verstärkungsnetz aus Armierungseisen, das die Enden der abgetrennten Eisenstäbe verbindet.«

Bauingenieurin Sybille Breitstein zeichnete mit roter Markierkreide ein rautenförmiges Gitter an die graue Betonwand. Frank Höllschmieder sah sie aus den Augenwinkeln an und zog die Mundwinkel herunter.

»Und dann?«, fragte Höllschmieder, dem die Frage auf der Zunge lag, ob sie da gerade mit ihrem Lippenstift die Wand vermalte. Insgeheim hoffte er, dass die junge Bauingenieurin gleich nicht mehr weiterwusste und zu stammeln anfangen würde. Aber er täuschte sich.

»Sie wissen ja sicher, was ein Pressdichtungsflansch ist, oder?« Mit der roten Kreide zeichnete sie einen rechteckigen Rahmen um das Gitter. »So was Ähnliches machen wir hier aus diesem Betongrab. Sie bauen eine Schalung und verfüllen die ganze Vertiefung mit wasserundurchlässigem Beton, der beim Einbringen natürlich verdichtet werden muss. Dann, nach dem Aushärten, kommt hier eine 20 Millimeter starke Stahlplatte darüber. Die Schachtbreite reicht, dass Sie die Stahlplatte mit dem Kran herunterlassen können. Hier drin bringen Sie die Platte dann mit hydraulischen Hebewerkzeugen in Position. Unter die Stahlplatte kommt vollflächig eine Dichtungsplatte aus EPDM-Gummimaterial. Ich kenne einen Spezialhersteller, der das liefern kann.«

Höllschmieder stand mit offenem Mund da. »So, und die Stahlplatte mit der Gummidichtung mach ich dann an jeder Ecke in Heimwerkermanier mit einem kleinen Dübelchen fest, oder? Frau Breitstein, wenn ich hier anfange, Löcher zu bohren, haben wir mit jedem Loch eine potenzielle Leckagestelle!«

»Langsam. Ich bin noch nicht fertig.« Sybille Breitstein wedelte mit dem Arm zwischen den Betonwänden hin und her. »Die Stahlplatte wird erst mal mit Hilfe von Hydraulikpressen an der gegenüberliegenden Wand fixiert und natürlich von unten an der Kante abgestützt, damit Ihnen das tonnenschwere Ding nicht auf die Zehen fällt. So, und dann kommen die Stahlbauer ins Spiel. Sie wissen, wie ich meine?«

»Okay, verstehe. Stahlträger mit einem angeschweißten Flansch an der Wand gegenüber befestigen und das andere Ende an der Platte anschweißen. Das Ganze an allen vier Ecken, würde ich sagen. Und dann ziehen wir obendrüber noch zwei Träger ein und bauen damit eine Abhängung, damit uns die ganze Chose nicht nach unten rutschen kann.«

»Sie sind ja auf einmal richtig kooperativ, Herr Höllschmieder. So gefällt mir das. Lassen Sie alles vorbereiten und machen Sie gleich einen Termin mit dem Stahlbauer, damit der schon mal die Platte und die Trägerprofile liefern kann.«

Frank Höllschmieder seufzte und schüttelte den Kopf. »Machen wir wie besprochen. Aber lassen Sie sich das um Himmels willen noch von Herrn Bogenschein absegnen. Und – von mir bekommen Sie keine Garantie, dass das nachher dicht ist.«

»Meine Güte, Sie reden wie der Installateur, der im Haus von meinen Eltern eine neue Dusche eingebaut hat. Der war aber auch selbst irgendwie nicht ganz dicht. Keine Sorge, ich hole mir da schon noch von den ›Hellwatt‹-Oberen den Segen. Immerhin müssen wir hier bereits sanieren, bevor das Ganze offiziell in Betrieb geht. Konnte ja keiner ahnen, dass hier ein irrer Mörder unterwegs ist, der sein Opfer in der Schalung der Staumauer entsorgt. Aber – der ist ja zum Glück inzwischen da, wo er hingehört.«

»Woher wissen Sie das?«, fragte Höllschmieder.

»Och – man hört da so manches«, kam ihre ausweichende Antwort, wobei sie versuchte, sich nichts anmerken zu lassen. Sie sah dabei in den senkrechten Schacht mit der Eisenleiter hinab. War Bill dort unten wohl noch mal aufgewacht? Oder hatten längst die Ratten seine Leiche zerfressen? Eigentlich müsste es dann von dort unten nach

Verwesung riechen. Aber das ganze Bauwerk roch einfach nur nach feuchtem Beton. Im selben Moment dachte sie an diesen dusseligen Auftragskiller. Sie erinnerte sich an die jämmerliche Figur von Volker Axthauer, der halb zusammengeschlagen in dem Buswartehäuschen kauerte. Und sie zweifelte plötzlich, ob er tatsächlich seinen Job gemacht hatte und ob sie die beiden Mörder ihres Vaters wirklich hatte zur Strecke bringen können.

*

Sie tänzelte zu dem wuchtigen Rhythmus eines Death-Metal-Songs zwischen den Edelstahltischen mit den aufgebahrten Leichen hindurch. Es war 12 Uhr Mittag, und sie bekam Appetit auf frisches Fleisch. Mittwochs stand immer ein Wagen auf dem Parkplatz neben dem Gebäude der Gerichtsmedizin, der Grillhähnchen und Spareribs verkaufte.

Doktor Dorothee Vittoriani zog in dem kleinen Büro ihrer gerichtsmedizinischen Abteilung ihre weiße Schürze aus, nahm ihre schwarze Lederjacke aus dem Spind und prüfte ihre Frisur in dem kleinen Spiegel über dem Handwaschbecken.

Sie schaltete die kleine Hifi-Anlage aus und nahm ihre Handtasche. In diesem Moment läutete die Türglocke, deren Ton sie immer an die Pausenglocke einer Schule erinnerte. Sie legte die Lederjacke über den Arm und öffnete die schwere Schiebetür.

Vor der Tür stand ein junger Mann mit einer großen runden Brille, der ihr eine Aktenmappe reichte. »Hallo, ich … ich bin hier Praktikant und soll Ihnen die Ergebnisse von der DNA-Analyse vorbeibringen.« Seine Augen hinter der runden Brille wurden immer größer, weil sich sein Blick in ihrem üppigen Dekolleté verfangen hatte. Doktor Vittoriani geizte schließlich nicht mit ihren Reizen.

»Danke. Ist noch was?«

Der Praktikant starrte immer noch wie gebannt auf ihre Oberweite, wo der Spitzenrand ihres schwarzen BH aus dem Ausschnitt ihres engen T-Shirts hervorquoll.

»Äh – nein, äh – auf Wiedersehen, Frau Doktor Vittori …« Er lief mit eiligen Schritten zu der Durchgangstür des langen Kellerflures. Durch die Drahtglasscheibe konnte sie sehen, wie der Knabe sich an die Hose fasste und schnell in der Herrentoilette verschwand. Insgeheim freute sie sich, dass sie mit Anfang 50 wohl sogar auf jüngere Männer noch Wirkung hatte.

In einer durchsichtigen Hülle lagen ein ausgeschnittenes Stück Stoff von einem Autositz und ein mit Klebeband umwickeltes Nokia-Mobiltelefon. Das ausgedruckte Diagramm der DNA-Analyse zeigte eine eindeutige Übereinstimmung.

Sie beschloss, erst zu telefonieren, bevor sie sich zu Mittag ein halbes Hähnchen mit Pommes genehmigen würde. Guntram Glattlinger meldete sich wie fast immer kurz angebunden.

»Schon wieder auf dem Sprung, Commissario? Ich hab da was für dich.«

»Hoffentlich nichts, was mir noch mehr Herzbeschwerden bereitet als der Kaffee im Präsidium.«

»Gegen Herzbeschwerden wüsste ich ein todsicheres Mittel, mein lieber Gunni.«

»Ist mir schon klar. Mit Betonung auf ›tod‹, werte Königin des Totenreichs. Was gibt es Neues in deinem Leichenkeller?«

»Einen Volltreffer bei der DNA-Analyse. Die DNA von dem Spermafleck auf dem Autositz stimmt genau mit der von den Hautfettrückständen auf dem Handy-Display überein.«

Glattlinger stöhnte. »Ach, das. Ja, wenigstens ein Hinweis, aber ich weiß im Moment nicht, wie ich den auf brauchbare Weise einordnen soll. Ich habe ein Mordopfer, diesen Tiefbauunternehmer, dem auch der Wagen gehört, wo aber ein anderer auf dem Beifahrersitz rumgev… du weißt schon. Dafür wissen wir jetzt, dass der vermeintlich verschollene Winfried Grätner wohl kürzlich mit dem Wagen von Alois Leibacher im Montafon unterwegs gewesen sein muss. Deshalb, weil das zusammengeklebte Nokia ihm gehörte. Es wäre von der Indizienlage her naheliegend, dass er zuerst Leibacher umbringt, dann mit seinem Wagen flüchtet und wieder irgendwo untertaucht. Allerdings gibt es auch einen Hinweis, dass um den Zeitpunkt des Mordes herum Sybille Breitstein in dem Dorf im Montafon gesehen worden ist.«

»Du hast doch wohl nicht meine Nichte in Verdacht, dass sie … unmöglich! Gunni!«

»Leider ist das gar nicht so abwegig, Doro. Deine Nichte Sybille hat ein Motiv, falls sie aus dem Grund hierhergekommen ist, den Mord an ihrem Vater Manfred Breitstein zu rächen. Bei Wilfried Grätner ist bis jetzt kein klares Motiv erkennbar. Er wird seinen ehemaligen Chef kaum wegen einem elf Jahre alten Auto umbringen, das er danach zu Schrott fährt. Außer es ginge um eine persönliche Rachehandlung, für die wir noch keine Anhaltspunkte haben.«

»Hör mal zu, mein Lieber. Meine Nichte Sybille ist Bauingenieurin bei der ›Hellwatt AG‹, und sie ist deshalb hier, weil sie im Steighorn-Wasserkraftwerk eine Ingenieurstelle in der Instandhaltung antritt, und nicht, um hier irgendwelche Rachefeldzüge ... he, sie war noch ein kleines Mädchen, als ihr Vater verschwunden ist. Ich hab keine Ahnung, was sich dein verstaubtes Kriminalbeamtengehirn da gerade wieder zusammenreimt! – Und überhaupt, für dich bin ich wohl eh bloß die Schnipsel-Tussi? Warte, irgendwann hab ich auch dich auf dem Tisch liegen, Guntram Glattlinger! Dein Gehirn werde ich dann in ein Säurebad legen und diese ganzen blödsinnigen Gedanken rauswaschen! Schöne Grüße aus dem Leichenkeller!«

Ihr war der Appetit auf Grillhähnchen vergangen. Am liebsten würde sie Kommissar Glattlinger auf einen Grillspieß stecken. Sie musste Sybille anrufen und sie warnen, bevor man sie womöglich in Handschellen abführte. Und sie musste ihr sagen, dass Wilfried Grätner anscheinend doch noch am Leben war.

*

Wieder strich er einen Namen durch. Das letzte Blatt des karierten Schreibblocks mit dem Werbeaufdruck eines Herstellers von Rüttelplatten und Motorstampfern war inzwischen voll von durchgestrichenen Fantasienamen. Es konnte doch nicht so schwer sein, sich eine neue Identität zuzulegen, so wie es Alois auch praktizierte?

›Bill Gardner‹ war seine erste Idee gewesen, weil er ungern seinen Spitznamen Bill aufgeben wollte. Er stand aus dem Korbsessel auf, steckte die Hände in die Hosentaschen und spielte im Kaminzimmer vor der spiegelnden Terrassentür vor sich selbst den reichen Onkel aus Amerika.

»Hi Guys, öch önteressiere mir for diese cool Mercedes-Car in ihre Gärädgsch, when making eine good Preis.«

Er riss das Blatt ab, zerknüllte es und warf es zusammen mit dem Papprücken des Blocks in das Kaminfeuer. Wilfried Grätner ärgerte sich über den Haufen unbrauchbaren Schwachsinns, der zwischen seinen Hirnwindungen Schabernack trieb.

Es schien ihm, als würde er in diesem einsamen Berghaus allmählich verrückt. Seitdem der ermordete Alois von hier abtransportiert worden war, verschanzte er sich in dessen Ferienhaus. Seine Ersparnisse und einige seiner wichtigsten persönlichen Utensilien lagen in einem Vaude-Rucksack, den er stets in Sichtweite aufbewahrte.

Draußen rieselten kleine Schneeflocken auf die hölzerne Veranda. Die weißen Kristalle begannen einen dünnen weißen Teppich zu knüpfen. Um das Berghaus herum tauchte die Dunkelheit den Wald in eine tiefschwarze Nacht. Bill Grätner ging über den Hausflur, wo immer das kleine rote Licht des Rauchmelders kurz aufblitzte, in die Vorratskammer. Das kleine Blinklicht störte ihn, weil es ihm das Gefühl von Überwachung gab. Er nahm sich vor, am nächsten Morgen die Batterie auszubauen.

In den Regalen der Vorratskammer fand er neben einigen Flaschen Bodensee-Rotwein, die er vom Etikett her eher in der unteren Preisklasse vermutete, einen 6er-Karton mit billigem Kräuterlikör. Grätner wunderte sich über Alois' schlechten Geschmack, vermutete aber, dass diese Vorräte eher für Besucher gedacht waren.

Er nahm eine der Kräuterlikörflaschen aus dem Karton und verließ die ungeheizte Vorratskammer wieder in Richtung der Stube, wo das Kaminfeuer den Raum schon beinahe auf Saunatemperatur aufgeheizt hatte. Er ließ die Zimmertür offen stehen, um die überschüssige Wärme hinauszulassen. Der Kräuterlikör aus dem Supermarkt schmeckte besser als erwartet, und so war die Flasche schon bald zur Hälfte geleert. Grätner suchte nach einem Stück Papier, um einen Einkaufszettel zu schreiben. Er musste am nächsten Morgen einige Besorgungen machen. Lebensmittel, Brot, Zigaretten, Kaffee, ein kleiner Getränkevorrat und eine Prepaid-Karte für das Smartphone waren die Dinge, die er am dringendsten brauchte. Und eine ordentliche Portion Grillfleisch, das er sich draußen auf dem großen Holzkohlegrill zubereiten würde. Die Notizen machte er in halb liegender Position auf dem rustikalen Sofa.

Der Kräuterlikör und die Wärme aus dem Kaminofen zeigten ihre Wirkung. Ihm fiel der Stift aus der Hand, und er schlief ein.

Das Klopfen an der Tür hämmerte durch das ganze Berghaus. Das Kaminfeuer glimmte nur noch schwach vor sich hin, und durch die offen stehende Zimmertür war die Stube jetzt am frühen Morgen ausgekühlt. Bill Grätner erwachte fröstelnd. Die Wanduhr im Porzellanteller mit einem aufgedruckten Bergmotiv, ein Massenprodukt aus einem Souvenirladen, zeigte 7.45 Uhr. Wieder hämmerte jemand an die Tür. Dann drehte sich ein Schlüssel im Schloss der Haustür. Sekunden später standen zwei Männer, einer mittleren Alters und ein junger Bursche, in Arbeitshosen und Holzfällerhemden in der Tür. Der jüngere trug eine Holzkiste mit Schreinerwerkzeugen. Die beiden schienen ebenso überrascht, wie Grätner es auch war.

»Guten Morgen, äh, wir haben vom Hausbesitzer den Auftrag, hier einen Holzboden zu reparieren.«

Drei Köpfe senkten jetzt den Blick auf die Bodenfläche zwischen dem Kamin und der Eichenholztür.

»Schaut aus, als hätt jemand hier drin eine Sau zerlegt«, bemerkte der Jüngere.

»Werd bei euch dahoam auf'm Hof auch in der Stub'n g'schlachtet, oder wie?«, fragte der ältere Schreiner, der sich auf den Boden kniete und ein Stemmeisen in einen Spalt des Riemenbodens steckte. Mit einem hölzernen Krachen löste sich eine Diele aus dem Fußboden.

»Sind ganz normale 19er Dielen. Kannst glei' mal des Material herhol'n, Andi. Gehst runter zum Bauer Schorsch, dass der uns des Zeug mit Traktor und Hänger da rauffahrt. I hoff, dass der net in der Früh scho' wieder b'soff'n is.«

Bill Grätner tigerte noch immer irritiert in der Stube umher und zog einen dunkelgrauen Rollkragenpullover an. »Wer hat Ihnen eigentlich den Auftrag gegeben?«

Seine Frage ging im hölzernen Krachen einer weiteren Diele unter, die der Schreiner aus der Bodenfläche herausbrach. »Wir müssen direkt von der Türschwelle weg den Bodenbelag erneuern, sonst passt's net mit der Fugenverbindung. I denk, dass mer bis Mittag fertig sind, wenn der Andi hoffentlich bald mit dem Material herkommt.«

»Schon okay. Ich wollte eigentlich wissen, von wem Sie den Auftrag haben?«

Der Schreinermeister sah vom Boden auf und blickte Grätner über den Rand seiner Brille an, deren Gläser voller Holzstaub waren. »Hat Ihr Vermieter Ihnen nix g'sagt, dass mir heut herkommen?«

»Mein … Vermieter, wie Sie ihn nennen, hat hier vorletzte Woche das Zeitliche gesegnet. Genauer gesagt, man hat ihn erschossen. Hier. Dort wo Sie gerade den Boden wegen dem großen Blutfleck raushauen.«

»Der Hausherr höchstpersönlich hat mir diese Woche am Montag in der Werkstatt den Auftrag erteilt. Da hat er noch ziemlich lebendig ausg'schaut«, sagte der Schreinermeister, ohne von seiner Arbeit aufzusehen, und setzte das Stemmeisen wieder an. Die nächste Holzdiele löste sich aus dem Bodenbelag, begleitet von dem scharfen, quietschenden Geräusch, wenn ein Nagel aus dem Holz gezogen wird.

Grätner spürte ein flaues Gefühl im Magen, was er aber vor allem darauf zurückführte, dass er noch nicht gefrühstückt hatte. Erst mal brauchte er einen Becher Kaffee. Der Weg zur Küche war versperrt, weil der Schreiner direkt vor der Tür werkelte. Also musste er außen herum gehen. Grätner öffnete die Terrassentür. Beim ersten Schritt auf die hölzerne Veranda blieb er unvermittelt stehen und verharrte regungslos.

Im Schnee waren frische Schuhabdrücke. Sie mussten von recht neuen Schuhen stammen, weil sich das Profil scharf und deutlich in die etwa einen Zentimeter dicke Schneeschicht geprägt hatte. Was ihn stutzig machte, war die deutlich sichtbare Zahl für die Schuhgröße, die im Schnee in Spiegelschrift gestempelt war. Bill Grätner dachte im ersten Moment, dass wohl die Schreiner auf der Terrasse nach dem Hauseingang gesucht hatten. Aber die Abdrücke zeigten die Größe 38.

Schreinerlehrling Andi bog mit einem alten hellblauen Traktor und einem klapprigen Anhänger in die Zufahrt zum Berghaus ein.

»Hast du Drei-Meter oder Zwoafuffzger-Dielen aufg'laden?«

»Drei Meter!«

»Hast Glück g'habt. Kannst glei mal acht Stück zusägen auf zweidreiundsechzig.«

Bill Grätner sah sich die Sohlenabdrücke der Schreiner im Bereich vor der Haustür an. Sie stammten von ausgelatschten Sicherheitsschuhen und hatten beide mindestens Größe 43.

»Haben Sie auf dem Weg zufällig eine Frau gesehen?«, fragte Grätner den Schreinerlehrling.

»Zweidreiundsechzig, achtmal. Wie, ob i was g'sehen hab?«

»Eine Frau. Heute früh, auf dem Weg hier rauf. Oder vielleicht vorhin beim Holzholen?«

Andi kratzte sich mit dem Meterstab im Genick und schüttelte den Kopf. »Pfff, mei, woaß net. Halt, doch, beim Hochfahr'n war so eine Blonde unterwegs.«

»Zu Fuß?«

»Naa, mit einem Mitsubishi Pickup. Coole Karre, mit vier Zusatzscheinwerfern auf'm Dach. Ah jo – den Namen auf dem Auto hab i lustig g'funden. Tierärztin Doktor Karin Derwahn. Haha! Verstehen S'? Weil, wenn man des anders liest, hoaßt des: Doktor K. Rinderwahn. Hahahaha!«

»Andi! Wo bleibst mit die Dielenbretter?«, brüllte der Schreinermeister im Haus.

Grätner stand nicht der Sinn nach den Wortspiel-Späßen des Schreinerlehrlings. Es kamen nur zwei Frauen infrage, von denen ihm eine offenbar auf den Fersen war. Carola? Oder Sybille? Welche von beiden wollte ihn aufspüren? Hatte Sybille etwa herausgefunden, dass er aus der Betonkammer in der Staumauer entkommen war? Und vor allem: Wer hatte dem Schreiner den Auftrag erteilt? War etwa der Tote, der vor dem Kamin lag, jemand anderer als Alois Leibacher gewesen?

Getrieben von Entschlossenheit, ging Bill Grätner in die Küche, setzte Kaffeewasser auf und füllte den letzten Rest Kaffeepulver in eine Filtertüte, die er in den Filtereinsatz setzte. Kaffeezubereitung nach Großmutters Art und zudem mit frischem Gebirgswasser aus der Eigenwasserversorgungsanlage – vielleicht sollte er einmal nachsehen, ob die Pumpe und die Filteranlage noch in Ordnung waren? – ergab einen unübertrefflichen Geschmack und würde ihn wieder auf klare Gedanken bringen.

Nach dem Frühstück ging er mit einem großen Kaffeebecher ins Bad und betrachtete sich in dem kleinen Spiegel, der an einer Ecke stumpf war. Es war Zeit für Selbstmotivation, womit er sich schon in so mancher akuten Lebenslage wieder ins Gleis gehievt hatte. Er betrachtete sein unrasiertes Gesicht mit dem leicht vorstehenden Kinn und das halblange dunkelgraue Haar, das leicht gewellt und von silbrigen Strähnen durchzogen war.

Eindringlich begann er mit seinem Spiegelbild zu sprechen. »Du bist Wilfried Grätner, genannt Bill Grätner. Du gehst jetzt zu diesem elenden Armleuchter Alois Leibacher und verlangst von ihm, was dir zusteht. Weil, mein lieber Alois, ansonsten ans Licht kommt, was du für ein verdammtes Doppelleben führst und weil du einige Leute ins Jenseits befördert hast, und ich, ich weiß nicht, wie oft, für dich den Arsch hingehalten habe, und jetzt, jetzt ist die Zeit für die Abrechnung gekommen. Die Hälfte vom Gold und 20 Prozent des Firmenvermögens, und unser Deal ist perfekt.«

Nach einer ausgiebigen Dusche ging er voller Energie die Treppe in den Hausflur hinab. Seine Erinnerung warf dazwischen, wie er vor Kurzem den Bergpfad nach Vaduz hinabgestiegen war. Das brachte ihn auf die Idee, noch einmal das Bürogebäude in Liechtenstein zu durchsuchen, ob Alois dort das Gold hinverfrachtet hatte.

Die Schreiner packten gerade ihr Werkzeug zusammen. Der Schreinermeister hielt ihm einen Formularblock und einen Kugelschreiber hin.

»Wenn Sie mir noch den Rapportzettel unterschreiben könnten, wegen der Abrechnung«, sagte der Schreinermeister.

»Wegen der … Abrechnung. Äh, ja.« Grätner unterschrieb, ohne den Aufschrieb von Arbeitsstunden und Materialverbrauch zu beachten, schwungvoll mit vollem Namen.

*

++ Dezember 2013 ++

»Ich weiß Bescheid. Herr Mosesrieder von der Kripo Bludenz hat veranlasst, dass die Obduktion hier gemacht wird, weil das Opfer deutsche Staatsangehörigkeit besitzt. Sie können mir das Material mit dem Lastenaufzug reinfahren. Ich unterschreibe Ihnen dann denn Lieferschein. Und jetzt bitte ein bisschen flott, ich hab nicht viel Zeit.«

Doktor Dorothee Vittoriani pflegte von »Material« zu sprechen, wenn man ihr Leichen zur Obduktion in ihre gerichtsmedizinische Abteilung lieferte. Sie warf einen kurzen Blick auf die Uhr. Die Tochter des Mordopfers war für 11 Uhr bestellt. Ihr blieb nur eine halbe Stunde Zeit, um den Leichnam entsprechend vorzubereiten. Aus der kleinen Hifi-Anlage in ihrem winzigen Büro donnerte ein Metal-Song von »Orden Ogan« mit dem melodiösen Refrain »Here at the end of the world«.

Um 11.10 Uhr tönte die Türglocke. Sie legte den Hebel der schweren Stahl-Schiebetür um und zog die Tür zur Seite. Doktor Vittoriani blickte in das freudestrahlende Gesicht einer blonden Frau mittleren Alters. Es überraschte sie wenig. Es gab viele Angehörige, die nicht ungern in die Pathologie kamen, wenn es etwas zu erben gab.

Doktor Vittoriani wahrte die Professionalität und ließ die gebotene Pietät walten.

»Guten Tag, Frau Leibacher. Sie sind gekommen, um Ihren verstorbenen Vater zu identifizieren? Ich bin Doktor Vittoriani. Benötigen Sie noch etwas Zeit, bevor ich das Tuch anhebe?«

So forsch wie Carola in die gerichtsmedizinische Abteilung hereingestürmt war, so angespannt war plötzlich ihre Haltung. Sie stand mit zusammengepressten Beinen und durchgedrücktem Rücken vor dem Fußende des Pathologie-Tisches und hielt die Hand an den Hals.

»Ich will es schnell hinter mich bringen, Frau Doktor. Unter dem Laken kommt er mir irgendwie so klein vor.« Sie trat an die Seite des Tisches, wo die Leiche aufgebahrt war.

Dorothee Vittoriani sah Carola an. Carola hielt die Luft an und nickte. Das Tuch hob sich und gab den Blick auf das Gesicht und den oberen Teil des Oberkörpers der Leiche frei. Die Schusswunde in der Brust, an der das Projektil ausgetreten war und einen hässlichen Trichter hinterlassen hatte, war mit einem großen Pflaster zugeklebt. Carolas angespannter Gesichtsausdruck wich einem überraschten, verbittert wirkenden Blick.

»Kann … kann es eventuell sein, dass Sie … oder sonst jemand … die Leiche verwechselt haben? Das … ist nicht mein Vater. Niemals.«

Doktor Vittoriani legte das Tuch wieder über das Gesicht.

»Dann sieht es so aus, als hätte der Mörder jemand anderen erwischt. Darüber muss jetzt aber die Mordkommission informiert werden, damit man herausfindet, wer der Tote ist. – Ich bräuchte dann bitte noch eine Unterschrift von Ihnen.« Sie setzte ein Kreuzchen in ein Formular und hielt es Carola hin.

»Kann ich jetzt wieder gehen?«, fragte Carola wie ein unbeholfenes Schulmädchen. Doktor Vittoriani öffnete die Stahl-Schiebetür, durch die Carola grußlos und mit verkniffenem Gesicht in den Kellerflur hinausstakste.

»War wohl nix mit Erben, was?«, dachte Dorothee Vittoriani laut, als die schwere Tür wieder geschlossen war.

»Hat es den Falschen erwischt?«

Kommissar Glattlinger hatte sich durch einen Nebeneingang in die gerichtsmedizinische Abteilung hereingeschlichen.

Doktor Vittoriani antwortete erst einmal nicht und schob den Edelstahl-Rolltisch mit der Leiche von Doktor Max Latern in Richtung Kühlhaus.

»Hast du ja gerade mitbekommen, oder?« Sie ordnete die Unterlagen zu dem Fall, ohne Glattlinger dabei anzusehen.

»Das heißt, unser Kandidat Alois Leibacher läuft wahrscheinlich noch putzmunter da draußen irgendwo rum. Wer ist dann der Tote, den du gerade in den großen Kühlschrank geschoben hast? Man hat ihn im Ferienhaus von Leibacher gefunden. Wer hat ihn also erschossen? Leibacher war zum fraglichen Zeitpunkt den bisherigen Indizien nach nicht vor Ort.«

Dorothee Vittoriani fuhr herum. »Bin ich hier der Ermittler oder du?«, fauchte sie. »Wie wäre es, wenn der Herr Kommissar mal ein bisschen seine Fantasie bemüht? Wie wäre es zum Beispiel mit der Idee, dass dein Herr Leibacher den Mann in sein Ferienhaus gelockt hat, um ihn dann zu erschießen? Wegen, was weiß ich, weil er ihn erpresst hat? Dein Gesuchter ist ja immerhin raffiniert genug, dass er dir seit bald 30 Jahren wie ein Phantom vor der Nase herumtanzt. Dann wird er wohl kaum so blöd sein, einen um die Ecke zu bringen und sich dann irgendwo blicken zu lassen!«

»Schau an, Hut ab vor deinem kriminalistischen Spürsinn. Man könnte meinen, die Mordopfer erzählen dir hier drin ihre letzten Geschichten.«

»Quatsch nicht so einen Blödsinn, Gunni.«

Sie ahnte, dass es auf den Verdacht hinauslief, ihre Nichte könnte den Mord begangen haben. Natürlich hatte sie Sybille bereits gewarnt und dabei von ihrem ausgeführten Racheplan mit dem Auftragskiller erfahren.

*

Draußen vor dem Gebäude der Gerichtsmedizin wechselte das Wetter ebenso häufig und schnell wie ihre Gefühle, die sie abwechselnd zwischen Stimmungslagen von erleichtert über entsetzt bis zu überschäumendem Hass hin und her peitschten. Eben noch fegte ihr der kalte Dezemberwind kleine eisige Schneeflocken ins Gesicht, und im nächsten Moment trat die Sonne zwischen einer dunkelgrau-violetten Schneewolke und einer federleicht schwebenden Wattebauschwolke hervor.

Carola ließ es zu, dass sich die Sonnenstrahlen herabließen, ihr einen warmen Schleier um den Hals zu legen. Doch nur wenige Sekunden später schob sich die dunkle Wolke in die himmelblaue Lücke wie ein eisernes Tor. Sie zog ihr buntes, aber eigentlich in trostlosen Farben gehaltenes Seidentuch enger um den Hals, um sich gegen den erneut kalt wehenden Wind zu schützen.

Ziellos lief sie entlang der Innenstadtstraße. An einer Straßenecke blieb sie vor einem Schmuck- und Uhrengeschäft stehen und ließ sich von den silbernen und goldenen Halsketten, die im LED-Licht des weihnachtlich dekorierten Schaufensters etwas zu grell funkelten, kurz in eine Wunschwelt entführen. Hinter ihr hielt ein Bus an der Haltestelle. Eine alte, ärmlich aussehende Frau mit einer abgewetzten Kunstleder-Einkaufstasche stieg ein. Der Bus fuhr mit rasselnd und polternd lärmendem Motorengeräusch wieder ab und hinterließ eine dunkelgraue Abgaswolke.

Sie fröstelte. Beim Weitergehen entdeckte sie auf der gegenüberliegenden Straßenseite das Schild eines Bäckerei-Cafés und beschloss, sich dort bei einem Mittagsimbiss und einem heißen Getränk aufzuwärmen. Der Weg zu dem Café führte an einem Hotel mit dem für die Allgäulandschaft eher unpassenden, aber gehoben klingenden Namen »Goldenes Horn« vorbei. Unter der ausladenden Markise am Eingang des Hotels hörte der kalte Wind auf zu wehen. Sie blieb an der Eingangstür stehen. Neben der Tür standen auf einem großen Messingschild der Name des Hotels mit drei Sternen und die Öffnungszeiten der Rezeption. Durch die gläserne Tür strahlten ihr ein glänzender Granitfußboden und ein aus hellem Holz gebauter Rezeptionstresen entgegen. Eine attraktive Hotelmitarbeiterin händigte gerade einem Hotelgast, der einen eleganten dunkelgrauen Businessanzug trug, mit einem freundlichen Lächeln einen Zimmerschlüssel aus.

Es gab ihr einen Stoß. Sollte nicht zur Wintersaison das Sporthotel am Steighorn-Stausee eröffnet werden? Vielleicht wäre es ja doch ein schlauer Zug, wenn sie wieder auf ihren Vater zugehen würde, um sich mit einem lässigen Hoteljob einen komfortablen Lebensunterhalt zu sichern?

Ihr Gang war plötzlich wie beschwingt, und sie schritt wie eine Primadonna durch die Automatiktür des Filialcafés, wo hinter der Verkaufstheke zwei Frauen gerade die Backofenautomaten befüllten und nebenbei über eine andere Kollegin lästerten. Carola Leibacher studierte ausgiebig die Tafel, wo in weißer Schrift auf dunkelbraunem Grund neben den verschiedenen Kaffee- und Teesorten auch die Auswahl an Imbissen und kleinen Speisen stand. Auf der Verkaufstheke standen kleine Kekstütchen in weihnachtlicher Verpackung mit Nikolausmützchen als Dekoration. Es war der 5. Dezember.

»Ich nehme einen Milchkaffee und ein belegtes Ciabatta«, bestellte sie in unüberhörbarer Lautstärke. Zwei junge Frauen an einem der kleinen runden Tische sahen von ihren Smartphones auf, blickten zu der eingebildet auftretenden Carola und unterdrückten prustend einen Lachanfall.

Ein Aufkleber am Schaufenster signalisierte mit einem kreisförmigen Symbol, dass es hier einen Internet-Hotspot gab. Carola setzte sich an einen Tisch am Fenster und zog ihr Smartphone aus einer hellvioletten Hülle. Sie tippte »hotel steighorn« in eine Suchmaschine ein und sah zu ihrer Überraschung, dass es bereits eine eigene Internetseite für das Hotel gab.

»Einweihungsfeier am 13.12.2013«, las sie vom Display ab. Sie tippte auf einen Link mit dem Namen »Gewinnspiel« und schüttelte den Kopf über die seltsam klingende Überschrift: ›Gewinnen Sie winterliche Alp(en)träume in Suite Nr. 13!‹

Dieser Werbeagentur sollte man sofort den Vertrag kündigen, dachte sie. Ihr fiel ein, dass heute Donnerstag war. Dann fiel die Einweihungsfeier auf den Freitag der nächsten Woche. Freitag der 13.! Suite Nr. 13! Carola sah fassungslos aus dem großen Fenster. In keinem Hotel dieser

Welt gab es Zimmer mit der Nr. 13; auch nicht 113 oder 213, wenn es große Hotels waren.

Carola Leibacher beschloss, ihrem Vater Nachhilfe in den Grundlagen des Hotelwesens zu geben. Und sie wollte bei dieser Gelegenheit einen Managementposten ergattern. Sie würde ihn daran erinnern, dass er ihr im Frühsommer des vorigen Jahres die Geschäftsführung übertragen wollte, als sie ihn nach dem Rausschmiss aus dem Wiener Architekturbüro in seinem Büro in Vaduz aufgesucht hatte. Sie nahm einen Schluck von ihrem Milchkaffee und verspeiste dann hastig das belegte Brötchen, was wenig ladylike aussah.

Der Anruf kostete sie Überwindung, und sie schluckte, als sie die Stimme ihres Vaters Alois Leibacher sofort am Ohr hatte. Sie säuselte wie eine 16-Jährige.

»Daddy! Hallo, ich bin's, deine …«

»Carola! Mein Mädel, ich hab schon soo lange nichts von dir gehört. Wo bist du gerade?«

Sein Ton war ihr völlig fremd. So wie er sprach, stellte sie sich ihn vor wie einen Schauspieler in einem 50er-Jahre-Kitschfilm, der in einem weißen Anzug in einem Park voller Fliederbäume herumtänzelte und mit einem Rosenstrauß in der Hand eine feine Dame anhimmelte. Das passte nicht zu diesem stets beherrschten, kühl kalkulierenden und cholerischen Alois Leibacher.

»Äh – ich … bin gerade im Allgäu, komme gerade aus der Gerichts- … von der geschichtlichen Stadtführung, ja, weil wegen dieser … schönen historischen Gebäude, weißt du.«

»Carola, ich wusste, dass auch du irgendwann einen Sinn für das Kulturelle und Schöne entwickelst. Wunderbar! Dann musst du unbedingt meine Villa anschauen, die ich am Lago Maggiore als Resort für die Wintermonate gekauft habe – auch ein wunderbares historisches Gebäude! Komm doch gleich am Wochenende, und dann fahren wir gemeinsam von dort zur – tataaa!! – Einweihungsfeier! Du hast es doch bestimmt schon in der Zeitung gelesen?«

Er wirkte auf sie wie komplett ausgewechselt.

»Ja, gerade vorhin hab ich die Internetseite gelesen ... Freitag der 13., hihi, ist ja schon irgendwie ... originell, aber – ist das echt dein Ernst, also mit dem ganzen Dings mit 13 und so, weil, das ist ja sonst bei Hotels, äh, irgendwie nicht so üblich ...«

»Man muss sich einfach auch mal von Althergebrachtem verabschieden und etwas Neues wagen! Eben genau deshalb machen wir ja das mit der 13, Carola-Schätzchen! Das geht ja schon bei der Hausnummer los, und das hat die Miriam auf diese Idee gebracht, dass letztlich das ganze Marketingkonzept darauf beruht.«

»Miriam? Wer ist Miriam?« Carola ahnte nichts Gutes. Womöglich war diese Miriam bereits Hotelmanagerin oder sogar Geschäftsführerin?

»Du wirst sie nächste Woche kennenlernen. Sie ist die Seniorchefin der Werbeagentur, die auch die Internetseite gemacht hat. Und wir sind auch schon in allen marktführenden Internet-Buchungsportalen drin. Mach-mal-Urlaub.de und wie sie alle heißen. Jetzt brauch ich nur noch jemanden als erste Kraft für das Hotelpersonal, die den Laden zusammenhält. Und, ja – da hätte ich an dich gedacht, falls du gerade mal wieder einen Job brauchst.«

Carola hielt kurz die Luft an. Am liebsten hätte sie vor Freude gekreischt.

»Ich muss unbedingt deine schöne historische Villa sehen. Ich komme gleich am Samstag zu dir!«

Alois Leibacher legte das Mobiltelefon auf den Kaminsims, trat in seinem weißen Sportanzug auf die Veranda und setzte sich neben einem Oleanderbaum zu Miriam, die ihr Proseccoglas abstellte und ihm ihre zarte Hand reichte.

»Sie hat angebissen. Ich glaube, sie ist die Richtige für den Job. Im Hotel braucht es einfach so einen Hofhund, der jeden Morgen einmal das Personal ordentlich durchstaubt.«

*

»Ich denke, wir haben jetzt eine klare Faktenlage.« Guntram Glattlinger blickte in die Runde zu Patrizia Gerndl, Karsten Blonk und Sascha Paschmeier.

Patrizia lehnte in einem dicken graublauen Strickpullover mit verschränkten Armen an einem der alten gusseisernen Heizkörper. »Fakt ist jedenfalls, dass wir hier endlich mal eine neue Heizung brauchen. Das alte Ding hier ist grad mal lauwarm.«

»Soll ich uns einen großen Topf Glühwein von der Lindauer Hafenweihnacht besorgen?«, versuchte Karsten Blonk, die fröstelnde Kollegin aufzuheitern.

Guntram Glattlinger blieb todernst. »Leute, dann zieht euch halt der Jahreszeit entsprechend an. Eigentlich müsste es euch jetzt richtig heiß runterlaufen. Nach jahrelanger Ermittlungsarbeit haben wir die konkrete Beweislage, dass der Bauunternehmer Alois Leibacher, der fast drei Jahrzehnte unter dem Namen Anton Brander in Liechtenstein abgetaucht war, für die Morde an dem ›Hellwatt‹-Mitarbeiter Manfred Breitstein und dem Installateurmeister Tobias Britzler verantwortlich ist. Dank der Aussage von Wilfried Grätner, der beinahe selbst zum Opfer geworden wäre, haben wir für diese zwei Fälle jetzt alles für einen Haftbefehl in der Hand. Er war gerade heute Vormittag hier. Wörtlich hat er gesagt, dass er für Alois Leibacher lange genug den Arsch hingehalten hätte, und mit seiner Aussage verfolgt er wohl den Zweck, seinen ehemaligen Chef hochgehen zu lassen. Außerdem hatte Leibacher ein Motiv, den Umweltaktivisten Gottfried Monschkopf beiseitezuschaffen, der ihm schon mal in den 80er-Jahren mit den damaligen Stausee-Planungen in die Quere gekommen ist. Jetzt brauche ich nur noch mal das Ermittlungsergebnis von Steffi … von der Kollegin Stefanie Stürmer, die voriges Jahr im Zusammenhang mit dem Bierzeltmord ermittelt hat.«

Glattlinger blickte noch einmal in die Runde. Alle hörten gespannt und konzentriert zu.

Da läuft doch irgendwas zwischen dieser Kommissarin Stürmer und ihm, dachte Patrizia im Stillen.

»Und dann werden wir zuschlagen: Nächsten Freitag ist die Einweihung des Sporthotels am Steighorn-Stausee, und da wird Alois Leibacher als Bauherr aller Voraussicht nach höchstpersönlich anwesend sein.«

»Das wird nicht einfach, Guntram«, wandte Karsten Blonk ein. »Was meinst du, was da alles an Prominenz da ist. Bis hin zu Leuten aus den Ministerien und Reporter mit Kamerateams vom Regionalfernsehen.«

»Glaub mir, der entkommt uns nicht. Wir ordern eine Spezialeinheit. Und dann wird rund um das Hotel bis zum hintersten Personaleingang alles abgeriegelt. Irgendwann wird er ja das Gebäude wieder verlassen, wenn der ganze Rummel vorbei ist. Und dann haben wir ihn. Freitag der 13. wird Leibachers Schicksalstag, das schwöre ich euch!«

Alle nickten eifrig, allerdings mehr in Erwartung des bevorstehenden Dienstschlusses an diesem Freitagnachmittag.

»Okay, Leute, dann wünsche ich euch ein angenehmes Wochenende. Ich checke das gleich noch mit dem Kommissariat Memmingen und bereite dann die Unterlagen für die Staatsanwaltschaft vor.«

Das Team des Kommissariats Lindau verließ den schlecht beheizbaren Besprechungsraum. Guntram Glattlinger schritt in Richtung seines Büros und sah sich auf dem Flur noch mal nach den Kollegen um. Sobald alle in den Feierabend gegangen waren, würde er in Ruhe mit Stefanie Stürmer telefonieren können. Seit ihrem heimlichen Ermittlungseinsatz in Liechtenstein, wo sie sich doch endlich nähergekommen waren, hatte er sie nicht mehr gesehen. Insgeheim stellte er sich vor, dass sie sich jetzt gerade auch ein Weihnachten in Zweisamkeit wünschte, und dann wäre dies die passende Gelegenheit.

Glattlinger atmete kurz durch und wählte ihre Direktwahlnummer im Kommissariat Memmingen. Eine weibliche Stimme meldete sich mit »Polizeidirektion Memmingen, Abteilung Kriminalistik«, die aber eindeutig zu einer anderen Frau gehörte.

»Hauptkommissar Guntram Glattlinger, Kommissariat Lindau. Ich habe die Durchwahlnummer von Kommissarin Stefanie Stürmer gewählt, aber sie ist wohl schon ins Wochenende gegangen?«

»Sie meinen Frau Torwarth?«

Glattlinger stutzte und vermutete einen Scherz. »Torwart, Linksaußen, Stürmer – eins zu null! Nein, ich brauche von Frau Stürmer die Ermittlungsunterlagen im Fall Bierzeltmord vom Sommer letztes Jahr.«

»Herr Glattlinger, die Unterlagen kann ich Ihnen raussuchen lassen und Ihnen zuschicken. Frau Stürmer heißt jetzt Frau Torwarth, hinten mit ›te ha‹.«

»Wie … seit wann, und wie kommt es, dass …?«

»Na, seit sie im November diesen Skihüttenwirt geheiratet hat. Dabei haben die sich noch keine zwei Monate gekannt. Mei, ich sag Ihnen, das war eine tolle Hochzeitsfeier – oben im Bergrestaurant bei der Damülser Mittagsspitze!«

Ihm fiel beinahe der Telefonhörer aus der Hand. »Ich Idiot«.

»Ähm – wie meinen Sie?«

»Äh – dann, ja, dann wie gesagt, schicken Sie mir bitte die Akte.«

Guntram Glattlinger stand am Fenster seines Büros, von dem man den Blick auf den Hinterhof mit der Kfz-Werkstatt hatte, stützte sich mit den Händen auf den Fenstersims und betrachtete die Rippen des gusseisernen Heizkörpers, von dem sich an einigen Stellen die Farbe löste. Stefanie war eine sehr spontane Natur. In seiner Vorstellung lief ein Film, wie sie beim Ski-Opening in Partylaune dem Charme von so einem Skihütten-Hansdampf erlegen sein musste.

Das Klingeln seines Telefons auf dem Schreibtisch riss ihn aus seinen Gedanken über diese Enttäuschung. Es war Sascha Paschmeier, der vor einer knappen halben Stunde noch mit im Besprechungszimmer gesessen hatte. Er wirkte aufgeregt.

»Herr Glattlinger, hallo, ah, Sie sind ja noch da … ich bin gerade bei meinem Cousin in der Werkstatt. Autohaus ›Gute Gebrauchte vom Seehafen‹, wenn Ihnen das was sagt.«

Glattlinger kannte den Gebrauchtwagenhändler, der etwas zwielichtige Geschäfte betrieb und vor allem mit gebrauchten Luxuskarossen handelte. Er verkniff sich wegen des offensichtlichen verwandtschaftlichen Verhältnisses des Kollegen eine entsprechende Bemerkung und forderte Paschmeier auf weiterzuerzählen.

»Da kam vorhin einer vorbei und wollte einen VW Phaeton verkaufen. 300 PS und Lederausstattung. Aber der Wagen war auf den Fahrer gar nicht zugelassen. Er hat was dahergefaselt, dass der Wagen seinem verstorbenen Onkel gehörte und er der einzige Erbe wäre. Mein Cousin hat ihn dann gebeten, dass er sich den Fahrzeugbrief beschaffen und damit noch mal vorbeikommen soll. Solange der Typ mit meinem Cousin geredet hat, habe ich mir den Wagen unauffällig angesehen. Im Handschuhfach habe ich den Fahrzeugschein gefunden. Der Wagen ist auf einen Doktor Max Latern zugelassen. In der Führerscheinmappe sind auch Visitenkarten von ihm. Dieser Doktor Latern ist ein hohes Tier beim Stromkonzern ›Hellwatt AG‹.«

Noch mal so ein Puzzleteil, dachte Glattlinger und hatte dabei unbewusst die Szene vom Vortag bei Dorothee Vittoriani vor Augen.

»Hast du wenigstens einen Namen von dem Kerl, der den Phaeton verkaufen wollte? Wie hat er ausgesehen?«

»Ich habe von ihm noch schnell ein Foto mit dem Smartphone geschossen, als er aus der Werkstatt rausgelaufen ist. Schicke ich Ihnen gleich durch.«

Glattlinger passte es nicht, dass Sascha Paschmeier seine eigenen Ermittlungsmethoden entwickelte. Der Kerl machte irgendwie alles mit dem Smartphone. Zwei Minuten nach Paschmeiers Anruf zeigte das Mailprogramm eine neue Nachricht mit einem Foto im Anhang an. Er öffnete die Bilddatei mit einem Doppelklick. Das Foto war stellenweise verschwommen. Unter dem Hinterrad einer

Limousine auf einer Hebebühne und halb verdeckt von der geöffneten Hecktür eines Range Rover war ein Mann zu erkennen. Das Gesicht mit dem Dreitagebart und dem leicht vorstehenden Kinn erkannte Kommissar Glattlinger sofort. Im Bildhintergrund war der VW Phaeton zu sehen, der vor der Werkstatthalle geparkt war. Durch die tief stehende Dezembersonne war dieser Bildbereich überbelichtet, sodass das Kfz-Kennzeichen nur als helle Spiegelung erschien.

Er schubste die PC-Maus beiseite und wählte über die Anrufliste Paschmeiers Mobilnummer.

»Wenn du solche ermittlungstechnisch relevanten Bilder schickst, dann bitte in Zukunft mit allen Informationen.« Sascha Paschmeier schien vor den Kopf gestoßen. Für einige Sekunden herrschte Stille.

»Aber … ich war gerade privat hier, und mir ist das rein zufällig irgendwie …«

»Merk dir Folgendes«, unterbrach Glattlinger, »wenn du solche Informationen aufnimmst, dann hat es nur Sinn, wenn sie vollständig sind. Und wenn du privat unterwegs bist und in eine solche Situation kommst, heißt es blitzschnell von Privat auf Dienst umschalten. Der Mann auf dem Bild ist Wilfried Grätner. So, und wenn ich jetzt das Kennzeichen von dem Phaeton hätte, könnte ich gleich die Fahndung rausgeben. Wegen dringendem Tatverdacht, dass er womöglich im Auftrag von Leibacher diesen Doktor Latern beseitigt haben könnte.«

»Ach so. Shit, ja, aber jetzt ist der gerade wieder weggefahren. Aber ich hab gesehen, dass er Richtung österreichische Grenze gefahren ist, ich könnte ja versuchen …«

»Du machst gar nichts, verstanden? Komm bloß nicht auf die Idee, hier irgendwelche Verfolgungsjagden zu veranstalten. Ich habe ungefähr eine Ahnung, wo er hinwollen könnte. Ich geb den Beamten an der Grenze Bescheid.«

*

Sie trat ein paar Schritte zurück und betrachtete die adventlich geschmückte Festtafel, die aus längs aneinandergereihten, mit weißem Dekopapier von der Rolle abgedeckten Biertischgarnituren bestand. Zwischen den beiden mächtigen Turbinengehäusen wirkte die Tischreihe geradezu winzig. Es gefiel ihr noch nicht ganz, und sie überlegte, ob sie auf den Tischen vielleicht noch einige kleine, frische Tannenzweige verteilen sollte.

Kreativität für festliche Dekorationen war nicht ihre Stärke. Aber die Leitung des Stromkonzerns »Hellwatt AG« hatte es ihr aufgetragen, alles für die Weihnachtsfeier in der Maschinenkaverne des Steighorn-Wasserkraftwerks vorzubereiten, weil sie als Maintenance Services Managerin für Betrieb und Instandhaltung ohnehin vor Ort war. Ihre einzige originelle Idee, die Sybille Breitstein selbst gut gefiel, war der große Adventskranz, der an dem dicken stählernen Haken des orangefarbenen Portalkrans in einigen Metern Höhe über der Festtafel schwebte. Anstelle von Kerzen zierte den Adventskranz eine elektrische Beleuchtung mit vier übergroßen Glühbirnen.

Wenn der offizielle Teil der Weihnachtsfeier nach der von Doktor Max Latern gehaltenen Begrüßungsrede beendet wäre, würde sie die kalte Arbeitsbeleuchtung ausschalten, die Adventskranzbeleuchtung einschalten und den am Kranhaken hängenden tannengrünen Kranz bis auf knapp zwei Meter über dem Boden herunterlassen.

Sybille Breitstein ging durch den Kontrollraum mit den

großen Schaltschränken, unzähligen Kontrollleuchten und Monitoren hindurch in den Aufenthaltsraum und holte ihren mitgebrachten Mittagsimbiss aus dem Kühlschrank.

Solange das Mikrowellengerät ihr Mittagessen aufwärmte, rief sie nebenan im Kontrollraum an einem der Monitore den Pegelstand des Stausees ab. Eine Grafik auf dem Bildschirm zeigte den Füllstand in einer Schnittdarstellung. Vor drei Wochen waren die Dämme der Zuflüsse zurückgebaut worden, sodass sich der Stausee allmählich füllen konnte. Sie tippte auf dem Touchscreen-Bildschirm die Funktionstaste für die Anzeige der Höhenmarke. Der Pegel hatte bereits die Stelle erreicht, wo auf der Innenseite die Fehlstelle in der Staumauer ausgebessert werden musste, an der die Leiche von Gottfried Monschkopf einbetoniert gewesen war.

Das Mikrowellengerät fiepte, und im Aufenthaltsraum verbreitete sich der Geruch von Tiefkühl-Lasagne mit Brokkolisoße. Bis zum Beginn der Weihnachtsfeier waren noch dreieinhalb Stunden Zeit; der Cateringservice war für 15 Uhr bestellt. Sybille Breitstein beschloss, nach dem Essen noch einmal zur Staumauer hochzufahren und über den Eingang zu den südlichen Wartungsgängen die mit der Dichtungsplatte und der Stahlkonstruktion abgedichtete Stelle zu kontrollieren, ob die Konstruktion auch tatsächlich dichthielt.

Sybille Breitstein startete ihren weißen Fiesta, der vor dem Bürogebäude des Steighorn-Wasserkraftwerks geparkt war. Aus der dunkelgrauen Dezember-Wolkendecke rieselten einzelne Schneeflocken. Die Straße war von einer dünnen Schneeschicht überzogen.

Nach der kleinen Brücke über den Steighornbach bog sie in die Straße ein, die in Richtung der Steighorn-Seilbahn führte und die künftig auch zu ihren regelmäßigen Dienstwegen gehörte. Auf einer Kuppe zweigte in einer unübersichtlichen Kurve die Zufahrt zum Stausee ab. Die ehemalige Baustraße war inzwischen asphaltiert, aber noch ohne Straßenmarkierungen. Neben einer an einem Holzgerüst befestigten Bautafel mit dem Firmenlogo der »Alois Leibacher Tief- und Straßenbau GmbH« war ein großes Transparent mit Großbilddruck aufgestellt, welches für das »Sporthotel Steighornblick« warb. Schräg über dem Transparent prangte ein weißer, goldfarben umrahmter Balken mit der blutroten Inschrift ›Herzlich willkommen im Sporthotel Steighorn – Große Einweihungsparty am 13. Dezember 2013‹. Es war der heutige Tag.

Einige Hundert Meter weiter bog sie um die Kurve, wo die Steigung der Zufahrtsstraße auf die Ebene des Kraftwerksgeländes überging und wo während der Bauzeit auf der linken Seite die Baucontainer gestanden hatten. An diesem Punkt hatte man die Staumauerkrone direkt vor sich im Blick. Das Kraftwerksgelände präsentierte sich jetzt mit ausgebauten Fahrwegen, gepflasterten Gehbereichen, modernen LED-Laternen und einzelnen kleineren Grünflächen. Wenn man den Blick nach rechts oben richtete, war hinter der Staumauerkrone das weihnachtlich beleuchtete Sporthotel zu sehen.

Sie steuerte ihren Wagen zu dem etwas versteckt gelegenen Betriebsparkplatz am südlichen Ende der Staumauer, wo auch der Eingang zu den Wartungsgängen war. Die Parkplätze waren durch Hinweisschilder reserviert, auf denen in orangeroter Schrift ›Nur für Mitarbeiter Hellwatt AG‹ stand.

Ihr fiel gleich der schwarze VW Phaeton mit Leverkusener Kennzeichen auf, der dort geparkt war. Doktor Max

Latern war also bereits vor Ort. Da er sich noch nicht bei ihr gemeldet hatte, vermutete sie, dass er sich noch in Ruhe umsehen und sich auf seine Rede für die Weihnachtsfeier vorbereiten wollte.

Sie öffnete die Autotür und hielt im selben Moment inne. Lautstarke Stimmen von Männern waren zu hören, die offenbar einen heftigen Streit austrugen. Sybille Breitstein stieg aus, verharrte in der geöffneten Tür und sah sich um. Wortfetzen drangen an ihr Ohr, die zwischen Staumauer und dem Kraftwerksgebäude widerhallten. Es schienen zwei Männer zu sein, die sich gegenseitig auf das Übelste beschimpften.

»… für dich die Dreckarbeit erledigt, damit du deine miesen Geschäfte …«

»… kannst froh sein, dass ich dich aus dem Dreck gezogen habe, wo du angekrochen gekommen bist nach deiner Verurteilung …«

Die Stimmen schienen aus einem Bereich hinter ihr zu kommen. War es Doktor Latern, der mit irgendjemandem so eine heftige Auseinandersetzung führte? Instinktiv drehte sie den Kopf in die vermutete Richtung. Zwei Männer standen sich im Abstand von etwa drei Metern gegenüber, breitbeinig nach vorne gebeugt wie Westernhelden, die sich duellierten. Sie duckte sich in der geöffneten Autotür und beobachtete die Szenerie durch die Heckscheibe. So konnte sie weiterhin akustisch vernehmen, worüber die beiden wohl stritten.

Der Mann mit dem dünnen grauen Haarkranz sah aus wie Doktor Latern, doch er war deutlich größer und wirkte schlanker. Sybille fragte sich, ob dies optisch auf die Entfernung täuschen könnte. Im selben Moment richtete sie ihren Blick auf den anderen Mann. Ihr Herz schien für einen Moment auszusetzen. Es war Bill Grätner!

»… hast es wohl von vornherein darauf abgesehen, dass du dir das Gold unter den Nagel reißen kannst, und bloß deswegen mit Carola gevögelt, oder?«

Die nächsten Beschimpfungen gingen im Fahrgeräusch eines Kleinbusses mit Behördenkennzeichen unter, dem mit etwas Abstand eine alte Peugeot-Limousine folgte. Sybille Breitstein erkannte den Mann in dem zweiten Wagen, konnte sein Gesicht aber gerade nicht einordnen. Sie konzentrierte sich wieder auf das Streitgespräch der beiden Männer, obwohl sie nicht recht wusste, weshalb sie ihnen überhaupt Aufmerksamkeit schenkte.

»… und überhaupt kannst du von Glück reden, dass es da oben im Berghaus den Falschen erwischt hat …«

Der letzte Satzfetzen, den sie vernehmen konnte, traf sie wie ein Nackenschlag. Es konnte nur um das Berghaus im Montafon gehen! Dann musste dieser Mann, mit dem Bill gerade im Streit war, Alois Leibacher sein! Dieser Komplettversager von Auftragskiller! Sie hatte gleich so ein zweifelndes Gefühl gehabt, ob dieser Trottel wirklich seinen Job erledigt hatte.

Sie saß mit geballten Fäusten auf dem Fahrersitz. Schritte kamen näher. Im Innenspiegel konnte sie sehen, dass Bill Grätner in Richtung Parkplatz ging. Ein zornerfüllter Impuls brachte sie dazu, blitzartig auszusteigen und sich vor Bill Grätner aufzubauen. Sein Gesichtsausdruck verriet, dass er von dieser Begegnung völlig überrascht war. Ihr Zorn wich genauso schnell, wie er in ihr aufgestiegen war, und in ihr machte sich stattdessen Unsicherheit breit. Für einige Sekunden standen sie sich starr und schweigend gegenüber.

Bill Grätner erlangte zuerst seine Fassung wieder.

»Schau an, das Fräulein Sybille. Na, wie viele Leichen

hat der rote Teufel in den Katakomben von seinem Staumäuerchen schon versenkt?«

Sybille schluckte. Unfähig, auch nur einen Pieps von sich zu geben, sah sie zu Boden. Grätner legte zwei Finger unter ihr Kinn, hob ihren Kopf an und sah ihr mit stechendem Blick tief in die Augen.

»Hast du dir schön ausgedacht, Süße. Es hätte bei mir klingeln müssen, als du von deinem ermordeten Vater erzählt hast und von dem, was du mitbekommen hast, was damals im Berghaus im Montafon passiert ist. Aber ich konnte nicht ahnen, dass du so dermaßen auf Rache aus bist. Ja, das war eine blöde Geschichte damals. Traurig, dass es deinen Daddy erwischt hat. Dumm nur, dass er gemeint hat, den Boss mit einem Riesenteil von Messer bedrohen zu müssen.«

»Deswegen bringt man jemanden nicht einfach um!«, fauchte Sybille Breitstein und wich einen Schritt zurück, wobei sie mit dem Rücken an die Kante der offenen Autotür stieß. »Ihr wart zwei Männer und – und ihr hättet wenigstens versuchen können, mit … vielleicht mit einem vernünftigen Gespräch …«

Bill Grätner lachte mitleidig. »Mit einem vernünftigen Gespräch, ja, natürlich. Bin ich Therapeut oder was?«

Sybille stockte und wich mit Zornestränen in den Augen seinem Blick aus.

»Also, wie du siehst, bin ich aus dem Bunker hier wieder rausgehüpft. War ein ziemlicher Kampf, aber immerhin bin ich nicht in dieser Betonkammer krepiert.« Er drehte sich auf dem Absatz um, ging um den VW Phaeton herum und öffnete die Fahrertür.

»Bill, was … machst du mit dem Wagen von Doktor Latern?«

»Doktor wer? Etwa dein Psychiater?«

»Oh mein Gott … was heißt, es hat im Berghaus den Falschen erwischt?«

»Keine Ahnung. Aber jedenfalls einen, der dem Boss ziemlich ähnlich sieht. Oder ähnlich gesehen hat. – Und jetzt entschuldige mich, ich muss im Sporthotel mein Gebäudemanager-Apartment beziehen. Ach ja, ich erinnere mich, dass wir mal hier vor den Baucontainern gestanden haben und du bei mir einziehen wolltest. Aber – nein, ganz ehrlich, ich hab keinen Bock darauf, dass man mich eines Morgens mit eingeschlagenem Schädel in der Badewanne auffindet.«

»Sie werden jetzt erst einmal eine Zelle beziehen, Herr Wilfried Grätner. Sie sind vorläufig festgenommen wegen dringenden Mordverdachts. Und Sie, Frau Breitstein, kommen bitte ebenfalls mit ins Präsidium.«

Kommissar Guntram Glattlinger stand hinter Sybilles Fiesta, flankiert von zwei Polizeibeamten. Einer der beiden löste Handschellen von seiner Gürtelhalterung und ging auf Grätner zu.

Bill Grätner war blitzartig eingestiegen, startete den Motor und trat im Rückwärtsgang das Gaspedal durch. Mit einer Vollbremsung drehte er den Phaeton in Fahrtrichtung und legte gleichzeitig den Hebel der Automatikschaltung auf »Drive«. Der 300 PS starke Wagen hinterließ beim Anfahren zwei breite schwarze Streifen auf dem Asphalt. Bis die beiden Polizisten endlich ihre Dienstwaffen gezückt hatten, war Grätner bereits an der Ausfahrt des Kraftwerksgeländes.

Ein Knall, begleitet vom Geräusch berstenden Glases, beendete schlagartig Bill Grätners Flucht. Die Front des VW Phaeton steckte bis zum Armaturenbrett unter der rechten Seite eines Kühltransporters mit der Aufschrift ›Food & Catering Service‹, auf dessen Seitenwand das Bild einer opulent garnierten Wurstplatte aufgedruckt war.

Die Polizisten steckten ihre Pistolen zurück und rannten zur Unfallstelle. Der Beifahrer des Lieferwagens lehnte mit einer blutenden Platzwunde an der Seitenscheibe. Im Fahrgastraum des VW waren aus der Entfernung nur die erschlafften weißen Säcke der Airbags zu sehen.

Sybille Breitstein stand mit verschränkten Armen neben ihrem Wagen. »Ich glaube, auf den Platten für unsere Weihnachtsfeier sind jetzt ein paar Wursträdchen verrutscht«, kommentierte sie mit gespielter Gleichgültigkeit.

»Ich fürchte, die Weihnachtsfeier muss ohne Sie stattfinden. Sie werden uns auf dem Präsidium, glaube ich, einiges erklären müssen.« Guntram Glattlinger fasste sie am Ellenbogen und schob sie durch die geöffnete Schiebetür in den Kleinbus der Kriminalpolizei.

Glattlinger wies einen der Kollegen an, den Rettungsdienst zu verständigen und danach die rothaarige Frau ins Präsidium zu befördern. Gleichzeitig wählte er eine Nummer auf seinem Smartphone.

»Patrizia, wo bleibt Blonk mit der Spezialeinheit?«

»Die sind grad anderweitig im Einsatz. Überfall im Casino auf der Lindauer Insel. Wenn's da fertig sind, kommen's zum Stausee rauf.«

»Ja, soll ich hier jetzt erst mal gemütlich ein Bier trinken oder wie?«

»Lass di fei net erwischen mit Alkohol im Dienst. I geb dir B'scheid, wenn der Einsatz durch is.«

Guntram Glattlinger stöhnte und tippte auf die rote »Beenden«-Schaltfläche. Über die Zufahrtsstraße kurvten ständig teure Limousinen und SUVs, die zum Sporthotel hochfuhren. Er beschloss, sich dort oben unauffällig unter die Gäste zu mischen.

*

Ihr bronzefarbenes Businesskostüm passte farblich perfekt in die Atmosphäre des Foyers mit dem dunkelrot schimmernden Granitboden und dem Rezeptionsbereich im alpenländischen Stil, der mit hellem Holz gestaltet war. Die Schuhe zum Kostüm hatte sie mit etwas zu hohen Absätzen gewählt, weshalb sie beim Gehen ständig balancieren musste. Von ihrem vorherigen Beruf war sie es gewöhnt, den ganzen Tag mit flachen Stoffschuhen umherzulaufen.

Carola Leibacher stakste etwas unbeholfen in Richtung des langen, weiß gedeckten Tisches, an dem das Servicepersonal Sekt ausschenkte. Zwei Gläser davon hatte sie bereits intus, um ihre Aufregung überspielen zu können. Sie nahm sich ein drittes Glas, diesmal einen Sekt-Orange, drehte sich etwas zu hastig und fühlte einen fülligen Körper an ihrer linken Seite.

»Oh, verzeih'n Sie, Gnädigste, nein, welch eine reizende junge Dame, darf ich fragen ob Sie hier vom Haus sind?«, fragte ein älterer Herr, der einen dichten, schlohweißen Haarschopf trug und genauso korpulent war, wie es sich für sie angefühlt hatte. Er sprach gedehnt-elegant mit österreichischem Dialekt.

»So lange Sie kein Banker sind, der mich auf mein leeres Bankkonto anspricht, dürfen Sie gerne fragen«, patzte Carola zurück, weil sie diese Art zu sprechen noch immer mit der damaligen Szene in der Wiener Bankfiliale verband, als sie Studentin gewesen war. Auf Selbstschutz vor eventuellen Kränkungen bedacht, musste sie sogleich zeigen, was sie in diesem Haus zu sagen hatte. Ihr Opfer war die übergewichtige Restaurantgehilfin Paula, der sie wegen ein paar unregelmäßig angeordneter Schinkenröllchen auf der Fingerfood-Servierplatte eine Abfuhr erteilte.

»Ich sehe, die werte Dame besitzt einen gewissen Dienstrang, nun, so wage ich zu bemerken, mit meiner Vermutung nicht so verkehrt gelegen zu sein«, setzte der ältere weißhaarige Herr zu einer bemühten Charmeoffensive an. »Dann darf ich doch gewiss daraus schließen, dass Ihnen die Verantwortung für die Ausrichtung dieser beeindruckenden Festlichkeit obliegt? Meine Gratulation, es scheint alles sehr wohl gelungen zu sein, und schon allein diese kleinen Köstlichkeiten auf diesem Büffet sind wahrlich ein kulinarisches Erlebnis, und so wie es bei mir den Eindruck erweckt, scheint es doch den anwesenden Gästen zu gefallen in diesem schönen neuen Hotel an diesem bemerkenswerten Ort, so direkt an dem Stausee, der gewiss noch zur Attraktivität dieser – wie sagt man heute? Location? – beiträgt. – Nun, es wäre mir darüber hinaus, werte Dame, ein großes Anliegen, dem Bauherrn dieses Hotels höchstpersönlich meine Gratulation auszusprechen. Verzeihen Sie, wenn ich das Anliegen äußere, ob ich Ihren Chef sprechen könnte, nicht dass Sie es missverstehen, ich würde ihm nur gerne, wie schon erwähnt, …«

»Sie meinen meinen Vater. Ich bin Carola Leibacher und Chef de Rang, wenn Sie nichts dagegen haben.«

»Nein, wie reizend zu hören, es ist mir das große Glück zugekommen, gleich beim ersten Gespräch nach dem Betreten dieses Hauses das entzückende Fräulein Tochter des Hoteliers kennenlernen zu dürfen.« Er nahm ihre Hand und deutete nach alter Kavaliersschule einen Handkuss an. Carola zog ihre Hand angewidert zurück.

»Ich werde ihm Ihr Anliegen ausrichten, aber er ist gerade mit sehr vielen wichtigen Leuten im Gespräch. Wie ist Ihr Name?«

»Griesbacher, Konrad Griesbacher, ehemaliger Ministerialrat und Aufsichtsratsmitglied der ›Vereinigten Vorarlberger Kraftwerke‹. Ich wäre Ihnen zu äußerster Dankbarkeit verpflichtet, für einen Moment mit Ihrem Herrn Vater sprechen zu dürfen, wertes Fräulein Leibacher.«

»Ich werde sehen, was sich machen lässt, Herr Mineralrat.« Carola drehte sich von Griesbacher weg.

»Nein, wie reizend, das entzückende Fräulein Tochter«, äffte sie leise vor sich hin den österreichischen Dialekt nach, als sie mit nach oben gerichteter Nase den Weg in Richtung Restaurant einschlug.

Am Büffet drehte sich gerade ein Mann in ihre Richtung um, der ein Pilsglas in der Hand hielt und dessen wachsamer Blick unter seinen kräftigen Augenbrauen ihr Outfit von unten nach oben musterte.

»Oh – Herr Kommissar, welche Überraschung. Sieht wohl nach einem privaten Besuch in unserem neuen Hotel aus?«

Guntram Glattlinger las aus ihrer Mimik etwas zwischen widerspenstiger Unbeugsamkeit, nervöser Unsicherheit und hinterhältiger List heraus. »Sieht wohl nach einem in einträchtiger Harmonie geführten Familienunternehmen aus? Dann hat sich ja wohl alles zum Guten gewendet, Frau Leibacher?«

»Ich muss mich um den Betrieb kümmern. Sie entschuldigen mich«, entgegnete Carola hastig und schob sich an Glattlinger vorbei.

Entgegen der eindringlichen Warnung von Kollegin Patrizia konnte er nicht widerstehen, sich von dem Ausschankkellner am Büffet ein frisch gezapftes 0,3-Liter-Bier geben zu lassen. Es war schließlich Freitagabend und für die noch bevorstehende operative Arbeit würden Karsten Blonk und die Kollegen von der Spezialeinheit zuständig sein. Glattlinger setzte gerade genüsslich das Pilsglas an, als um ihn herum die Gespräche im Hotelfoyer schlagartig verstummten. Der Hotelchef höchstpersönlich stand jetzt an einem Rednerpult aus Mahagoni, breitete die Arme aus und strahlte mit der Weihnachtsbeleuchtung um die Wette. Die akustische Gesprächskulisse wich einem erwartungsvollen Raunen. Glattlinger wischte sich mit einer schnellen Handbewegung den Bierschaum vom Mund.

»Ein großer Tag, ein großartiger Tag – ich darf Sie alle auf das Herzlichste willkommen heißen zur feierlichen Eröffnung des Sporthotels Steighornblick, meine verehrten Damen und Herren.« Die Gäste applaudierten. Neben Anton Brander stand eine Frau in einem eleganten blauen Kleid mit blondem hochgestecktem Haar. Glattlinger fiel auf, dass Carola Leibacher in der Nähe der beiden stand. Ihr verächtlicher Blick auf die Frau im blauen Kleid sprach Bände.

Der Applaus verstummte, und Hotelier Alois Leibacher hob zum ersten Satz seiner Festrede an. In die zwei Sekunden der erwartungsvoll gespannten Stille drang das Klingeln von Glattlingers Smartphone. Die Augen der umstehenden Gäste richteten sich mit vorwurfsvollen Blicken auf ihn.

Leibachers Stimme drang mikrofoniert aus den Lautsprecherboxen der Tontechnik für die Tanzmusikband. »Lassen Sie mich in aller gebotenen Bescheidenheit, aber mit Stolz verkünden, dass das höchstgelegene Hotel im Voralpenraum zwischen dem östlichen Bodenseeufer und dem Kleinwalsertal ab heute für die winter- und bergsportbegeisterten Gäste …«

Glattlinger hörte nicht weiter zu und richtete den Blick auf sein Smartphone. Das Display zeigte einen entgangenen Anruf von Karsten Blonk. Er duckte sich auf Höhe von tiefen Ausschnitten einiger festlich gekleideten Damen und zwischen stattlichen Bäuchen einiger Herren hindurch, bis er eine gewendelte Treppe erreichte, hinter der er sich in sicherer Entfernung unauffällig zum Telefonieren verschanzen konnte.

Blonks Stimme bebte vor Ungeduld. »Wir sind bereit zum Zugriff. Können wir stürmen?«

Glattlinger rang um Beherrschung. »Bist du wahnsinnig? Haltet euch um Himmels willen unauffällig in Deckung«, zischte er hinter vorgehaltener Hand in sein Mobiltelefon.

»Ich hab dir ja gleich gesagt, dass das nicht so einfach wird hier«, kam es von Karsten Blonk zurück. »Aber du hast ja gleich die Spezialeinheit geordert. So, und die ist jetzt da und wartet auf Instruktionen. Also noch mal: Zugriff oder nicht?«

»Bloß nicht jetzt, verdammt!«

Die letzten beiden Worte gingen in den ersten Takten eines Marsches unter, den die Blaskapelle anstimmte. Glattlinger wurde das Gefühl nicht los, dass ihn Kollege Blonk mit dem von ihm angeordneten Aufmarsch der Spezialeinheit so richtig auflaufen lassen wollte. Er sah von seinem Mobiltelefon auf, um den Platz um das Rednerpult herum im Blick zu behalten.

Vor dem Rednerpult schwang der Dirigent seinen Taktstock. Der Platz hinter dem Pult war leer. Alois Leibacher war nicht mehr zu sehen. Glattlinger trat hinter dem Treppenaufgang hervor und hätte dabei beinahe einen Pflanztopf umgerannt, der neben der ersten Treppenstufe stand.

Unter den festlich gekleideten Gästen fühlte er sich in seiner braunen Kaufhaus-Winterjacke mit dem Kunstpelzkragen komplett deplatziert.

»Suchen Sie die Garderobe, mein Herr?« Der Servicemitarbeiter des Hotels, der wie aus dem Nichts neben ihn getreten war und nebenbei leere Sektgläser auf ein Tablett einsammelte, schien seine Gedanken erraten zu haben. Glattlinger nickte und versuchte, eine Mimik aufzusetzen, die einen Mann von gehobenem Rang erkennen lassen sollte. »Zweite Tür rechts von der Rezeption, neben dem Eingang zur Hotelbar, mein Herr.«

Er konnte die Tür zum Garderobenbereich sehen, doch der Weg dorthin führte zwischen einigen Stehtischen hindurch, die von überwiegend nicht gerade schlanken Gästen umstellt waren. Es gab kein Durchkommen, außer er würde die Dienstwaffe zücken und sich damit den Weg bahnen. Also beschloss er abzuwarten, bis man die Eröffnung des Büffets verkündete. Aber was zum Teufel wollte er eigentlich bei der Garderobe? Karsten Blonk hatte ihn mit der Absicht, die Einweihungsfeier mit der Spezialeinheit zu crashen, ziemlich aus dem Konzept gebracht.

Glattlinger stand in seiner warmen Kunstpelzkragen-Winterjacke wie eingekeilt zwischen einer Foyer-Sitzgruppe und einigen in etwas zu engem Abstand aufgestellten Stehtischen.

»Machen Sie Fotos, viele Fotos, am besten, wenn er gerade die ›Hellwatt‹-Herren hofiert.« Jemand schien ihn mit seiner zivilen Kleidung für einen Fotografen zu halten. Glattlinger registrierte aber im nächsten Moment, dass die Aufforderung gar nicht ihm galt. Sie war von dem älteren korpulenten Mann mit dem weißen Haarschopf geäußert worden, der mit dem Rücken zu ihm stand.

Griesbacher! Ministerialrat a. D. Konrad Griesbacher stand nehmen ihm und sprach mit einem unrasierten Mann, der mit seiner Jeansjacke wie ein Klatschblattreporter aussah. Musste er dem Alten, der seine Kompetenzen als Ermittler anzweifelte, ausgerechnet hier begegnen? Offenbar war also auch er noch immer Alois Leibacher auf der Spur. Glattlinger drehte sich eine Viertelumdrehung von Griesbacher weg und versuchte zugleich, sein Gehör auf das Gespräch der beiden zu fokussieren.

»Ich zähle auf Sie, Fullertauer. Es soll, wenn Ihre Berichterstattung im Vorarlberger Kurier erscheint, nicht Ihr Schaden sein, wenn Sie verstehen, wie ich meine. Jeder in unserer Heimat soll wissen, welches Gesicht für die neue Stromkonkurrenz steht, die auf zwielichtige Weise, nur einen Steinwurf von der österreichischen Landesgrenze entfernt, unserer – bitte notieren Sie sich diesen Begriff – auf vorbildliche Weise nachhaltig wirtschaftenden Wasserkraft unter immensem Eingreifen in eine intakte Natur der Vorarlberger Kraftwerksindustrie schadet …«

Der Reporter fiel Griesbacher ins Wort. »Na, das ist jetzt ein bisschen ein Durcheinander mit den Fakten, Herr Ministerialrat – überlassen Sie das Verfassen des Artikels doch vielleicht besser mir. Und was den Skandalfaktor betrifft: Die interessanten Fotos gibt es, wenn sich die Gäste hier schon alle in ihre Bettchen gelegt haben und sich der Genosse Leibacher mit den schwergewichtigen ›Hellwatt‹-Herren und sicherlich auch mit ein paar leichten Damen – also gewiss nicht solche vom Kaliber dieses klunkerbehangenen Fettarsches da drüben – über die harten Sachen in der Hotelbar hermachen.«

»Nun, mein lieber Herr Fullertauer, Sie verfügen gewiss über die entsprechenden Methoden, und ich möchte selbstverständlich die Wahl der Formulierungen auch Ihnen überlassen – wenn ich davon ausgehen darf, dass Sie sich dem Kern des Themas annehmen und von überflüssigem Boulevard-Beiwerk wie der Beschreibung unvorteilhaft erscheinender körperlicher Ästhetik, Abstand nehmen mögen.«

Carola stürmte an der Rezeption vorbei durch die Tür zum Chefbüro, wohin sich ihr Vater für einen Moment zurückgezogen hatte.

»Damit für die Zukunft eines klar ist: Diese Zicke hat mir keine Anweisungen zu erteilen!«, fauchte sie über den Schreibtisch hinweg. Alois Leibacher blieb ungerührt in seinem ledernen Chefsessel sitzen und sortierte seine Schreibtischutensilien.

»Miriam ist stellvertretende Hoteldirektorin. Du solltest dich mit ihr arrangieren. Oder willst du lieber wieder den ganzen Tag alte Leute mit Tabletten füttern?«

»Irgendwann wird man auch dir jeden Tag Tabletten reinbetteln und die Inkontinenzwindeln wechseln müssen. – Übrigens, nur zur Info: Da draußen spaziert der Kommissar von der Lindauer Kripo rum und bedient sich mit aller Selbstverständlichkeit am Büffet.« Carola zog ein Päckchen Slimline-Zigaretten aus der Tasche ihres Kostüms und zündete sich eine an.

»Dann ist das wohl der Idiot, bei dem das Handy geklingelt hat, als ich gerade meine Rede … also, was fällt dir ein, in meinem Büro zu rauchen?«

Alois Leibacher stand von seinem Chefsessel auf und riss das Fenster auf, das auf der Gebäuderückseite war, wo man den Blick auf einen Hang vor dem Wald hatte. Unter dem Bürofenster war der Lieferanteneingang für die Restaurantküche.

Das Erste, was er sah, waren dunkel gekleidete, vermummte Gestalten mit Maschinenpistolen im Anschlag. Unter dem Fenster war das knarzende Geräusch eines Funkgerätes zu hören. Vor dem Nebengebäude mit den Geräten und Fahrzeugen für die Außenanlagenpflege standen drei Polizei-Kleinbusse.

Leibacher schloss langsam das Fenster und trat zur Seite, damit ihn von außen niemand sehen konnte.

»Carola, was hat das zu bedeuten?«

»Was? Dass ich von Miriam keine Anweisungen will?«

»Ach was, nein! Das da draußen! Polizei! Mit schwer bewaffneten Einsatzkräften wie bei einer Flugzeugentführung!«

»Keine Ahnung. Vielleicht wollen sie dich ja festnehmen.« Carola saß mit übereinandergeschlagenen Beinen lässig in einem Sessel und blies den Zigarettenrauch in seine Richtung.

Leibacher schaltete den Monitor an, der die Bilder von den Außenkameras zeigte. Neben dem Haupteingang standen zwei Polizisten. Der Seiteneingang zur Poolbar war ebenfalls von zwei Mann abgeriegelt. Vor der Tiefgarageneinfahrt konnte er keine Personen erkennen. Er vergrößerte das Bild und zog mit der Maus einen Pfeil auf dem Bildschirm. Die Kamera schwenkte und zeigte das halbdunkle Innere der Tiefgarage, in dem nur die Autos des Hotelpersonals parkten. Es sah so aus, als würde die Polizei die Tiefgarage nicht überwachen.

Er stürmte auf seine Tochter zu und packte sie am Arm. »Wenn du doch noch etwas vom Vermögen erben willst, dann hilfst du mir jetzt, hier wegzukommen!«

Leibacher ging zurück zu seinem Schreibtisch und zog eine Dokumentenmappe aus einer Schublade. Mit einem zielsicheren Griff hatte er ein Papier in der Hand, das er Carola hinstreckte.

Sie hob erstaunt die Augenbrauen. »Mein ... dein Testament?«

»Lies Seite vier. Römisch drei Abschnitt eins. Begünstigte.«

Ihre Augen scannten mit geweiteten Pupillen Zeile für Zeile des Dokuments. Sie nickte und presste ihre Lippen aufeinander.

»Zufrieden?«

»J... ja, aber natürlich ... danke, Vati.«

»Jetzt bin ich auf einmal wieder ›Vati‹. Meine Güte, was hat man da großgezogen. Und jetzt nimm deinen Mantel und deine Handtasche. Wir fahren mit dem Personalaufzug in die Tiefgarage.«

»Wo willst du hin, Va...?«

»Frag nicht. Los jetzt!«

Alois Leibacher zog seinen Mantel über, schnappte seinen Aktenkoffer, nahm einen Schlüssel aus einem kleinen grauen Schlüsselkasten an der Wand und schob Carola zur Tür hinaus in den Flur.

»Wir nehmen den Kastenwagen von der Küche. Du fährst«, wies Alois Leibacher im Aufzug seine Tochter an und drückte ihr den Autoschlüssel in die Hand. »Ich verstecke mich im Laderaum.«

Der Aufzug zeigte in roten Digitalzeichen ›UG 1‹ und die Tür öffnete sich. Vor ihnen lag ein weiß gestrichener Kellerflur mit einer breiten Ausgangstür, über der ein grüne Lampe mit der Aufschrift ›Notausgang‹ leuchtete. Leibacher öffnete vorsichtig die Tür. Die Notbeleuchtung in der Tiefgarage warf an einzelnen Stellen schwache Lichtkegel auf den grauen Betonboden. Carola sah den weißen Opel-

Kastenwagen und wollte direkt darauf zulaufen, doch ihr Vater hielt sie zurück und drängte sie gegen die Wand. »Wir müssen ganz nah an der Wand laufen. Wegen der Bewegungsmelder. Sonst ist hier gleich Festbeleuchtung.«

Sie schlichen sich durch die Tiefgarage entlang der Wand hinter den geparkten Autos hindurch. Von den Betonwänden widerhallte das Klacken von Carolas Absätzen. Zu der Parkbucht, wo der Kastenwagen stand, mussten sie den Durchfahrtbereich queren. Im Halbdunkel huschten sie wie Einbrechergestalten über den glatten Betonboden der Tiefgarage. Sie öffnete den Opel Combo mit der Funkfernbedienung; er stieg durch die Schiebetür in den fensterlosen Laderaum und setzte sich auf eine der blauen Gemüsekisten. Carola drehte mit nervös zitternder Hand den Zündschlüssel. Mit konzentrierter Vorsicht lenkte sie den Wagen in Richtung der Tiefgaragenausfahrt.

Im Scheinwerferlicht reflektierte das silbrige Metallgitter des Rolltors.

»Da ist zu! Was mach ich denn jetzt?«

»In der Mittelkonsole muss die Fernbedienung für das Rolltor liegen«, kam Leibachers Stimme gedämpft durch die Trennwand zum Laderaum.

Sie fand die kleine Funkfernbedienung und drückte den Knopf. An der Wand begann ein rotes Licht zu blinken und das Gittertor hob sich langsam nach oben. Dann schaltete das Lichtsignal auf Grün um. Carola drückte das Gaspedal etwas zu weit durch. Der weiße Opel Combo mit der rot-goldenen Aufschrift ›Sporthotel Steighorn‹ schoss die Rampe hinauf.

Einer der vermummten Polizisten der Spezialeinheit hielt die linke Hand hoch und zwang sie zum Halten. In der rechten hielt er eine Maschinenpistole.

»Keiner darf das Gelände verlassen«, sprach der Uniformierte im Befehlston.

Jetzt war Carola am Zug und spielte die eingeschüchterte Angestellte. »Aber ... aber der Restaurantchef hat mich losgeschickt, weil ... weil der Sekt und das Bier ausgegangen sind, ja, genau, ich muss beim Getränkemarkt noch ganz schnell drei Partyfässer holen, Sie glauben ja gar nicht, was die Gäste hier für Mengen trinken, wenn es was umsonst gibt, also das ist jetzt echt irgendwie ein Notfall ...«

Der Mann in seiner schusssicheren Uniform ließ das Maschinengewehr locker am rechten Arm hängen und bedeutete ihr mit der linken Hand weiterzufahren.

Carola nickte diensteifrig und schickte sich an, sich mit dem Kastenwagen, in dessen Laderaum der gesuchte Bauunternehmer und Hotelier Alois Leibacher saß, schnellstens aus dem Staub zu machen. Sie stieß einen erleichterten Seufzer aus, um gleich darauf eine dümmliche Schlagermelodie vor sich hin zu summen.

Von hinten klopfte es an die Trennwand. »Halt mal an und lass mich vorne einsteigen«, kam wieder dumpf die Stimme aus dem Laderaum. Der Rest seiner Ansage ging im Fahrgeräusch unter. »... Wagen wechseln ... gleich an der Grenze ... über den Pass ...«

»Zielperson im Gebäude derzeit nicht auffindbar«, nuschelte es aus dem Lautsprecher von Blonks Funkgerät.

»Vielleicht hat sich der alte Herr ja in seine Gemächer verzogen und überlässt den Rest der Party seinem Personal«, meinte Sascha Paschmeier, der neben Karsten Blonk getreten war und sich gerade eine Zigarette drehte.

»Frag mal die einzelnen Posten ab, ob einem was aufgefallen ist.«

»Mach ich gleich«, antwortete Paschmeier und befeuchtete mit der Zunge den Kleberand des Zigarettenpapierchens.

»Nix da, gleich, jetzt sofort, Abmarsch!«

Paschmeier steckte die Selbstgedrehte hinter das Ohr und trabte los. Karsten Blonk trat von einem Fuß auf den anderen. Drinnen im Sporthotel begann die Tanzmusikband zu spielen. Er tippte auf seinem Mobiltelefon die Nummer von Glattlinger und zählte die Klingelzeichen mit, bis der endlich abhob.

»Amüsierst du dich gut da drin, Guntram? Ist noch was am Büffet übrig oder störe ich dich gerade beim Dessert?«

»Hör mit dem Scheiß auf, Karsten. Der kommt schon irgendwann wieder aus dem Loch.«

»Soll ich hier zehn Mann noch die halbe Nacht rumstehen … warte mal.« Sascha Paschmeier kam in diesem Moment mit einem jungen Kollegen von der Spezialeinheit zurück.

»An keiner Stelle etwas Auffälliges. Aber der Kevin berichtet, dass ein Lieferwagen aus der Tiefgarage gefahren ist. Saß aber nur eine Frau drin, die gesagt hat, dass sie dringend zum Getränkemarkt fahren muss, weil denen anscheinend das Bier ausgegangen ist.« Paschmeier grinste breit.

Karsten Blonk holte tief Luft. Dann deutete er in Richtung einer Ecke an der Rückseite des Hotels.

»So. Und was ist das da hinten, ihr zwei Nachtwächter, hä?«

Paschmeier reckte den Kopf nach oben. »Ein Kühlanhänger von der Post-Brauerei«, stellte er fest und zog dabei das Genick wieder ein.

»Und ihr lasst euch einen Bären aufbinden von wegen, dass das Bier alle ist? Mann, ich fass es nicht! Wie hast denn du die Leute eingeteilt? An jedem Hinterausgang stehen zwei Mann, und am größten Loch, nämlich an der Tiefgarage, da stellst du einen hin, der die billigste Ausrede von so einer Tante glaubt! – Was war das für ein Lieferwagen?«

»Äh, ein Opel Kastenwagen. Weiß. Auf der Seite steht die Aufschrift von dem Hotel da«, stammelte Kevin.

»Also, Sascha, Fahndung raus nach der Hotelkarre. Und stell den Jungen vor ein Scheißhausfenster zum Bewachen. Mit einer Wasserspritzpistole.«

*

Die Glocke der Dorfkirche in dem kleinen Ort, dessen Durchgangsstraße direkt an der Kirche vorbei zum Bregenzerwald führte, läutete das Ende der Abendmesse ein. Durch die kleinen Kirchenfenster drangen bunt schimmerndes Licht und der Gesang frommer Gottesdienstbesucher nach draußen. Das Singen verstummte, und der Pfarrer begann sein Schlusswort zu sprechen, das die Gläubigen auf die Adventszeit einstimmen sollte.

»So gehet hin in Frieden. Aber auch in dem Bewusstsein, dass es nicht die großen breiten Wagen sind, mit dem einige direkt vor dem Eingang unserer Kirche zu parken pflegen, um damit nach dem Gottesdienst auf schnellstem Wege den Platz unserer kleinen Kirchengemeinde wieder zu verlassen. Sondern die Begegnung und das Gespräch, wenn man die Bereitschaft mitbringt, sich auch einmal zu Fuß in den Gottesdienst aufzumachen oder wenigstens danach noch einen Moment zu verweilen, anstatt zu glauben, den Sportgeländewagen vorführen zu müssen. Liebe Gemeinde, es erscheint vor dem gnädigen Herrn geradezu beschämend, wenn sich an den Adventssamstagen und sogar noch am

Heiligen Abend die Fahrzeuge in den Autowaschanlagen drängen, als wollten manche auf diesem Wege ihre Sünden reinwaschen! Es herrscht in der Dorfstraße unserer Gemeinde, in der man noch vor wenigen Jahrzehnten in Demut und Bescheidenheit Hof und Felder bewirtschaftete, heute ein immerwährendes Gedränge an protzigen Gefährten und gegenseitiges Verdrängen, dass man kaum mehr wagt, den Fuß vor die Kirchentür zu setzen! Und so möchte ich nun im Namen des Herrn alle hier anwesenden Gemeindemitglieder dazu einladen, sich gemeinsam noch für einen Moment des Innehaltens auf der Treppe vor der Eingangstür zu versammeln, die von den Ministranten unserer Gemeinde mit Kerzenlicht erleuchtet wird. Lasset die herrliche Ruhe unserer Dorfgemeinde an diesem frühen Abend auf Euch wirken, solange sie einer verkehrsfreien Zone gleicht, bevor sich alle wieder auf den Nachhauseweg aufmachen!«

Die Kirchenbesucher blickten sich fragend an, doch keiner wagte es, sich dem Ansinnen des Gemeindepfarrers zu widersetzen. Schweigend traten sie zur Kirchentür hinaus und blieben auf der Eingangstreppe stehen, deren unterste Stufe unmittelbar auf einen schmalen Gehweg an der Durchgangsstraße ansetzte. Einige steckten verlegen ihre bereits gezückten Autoschlüssel wieder in ihre Jackentaschen. Sechs Ministranten bildeten mit großen brennenden Kerzen so etwas wie eine Absperrung zur Straße hin.

In der Dorfstraße herrschte für einen Moment Stille, wie es der Pfarrer beschworen hatte. Umso deutlicher war dann das Motorengeräusch zu hören, das immer näher kam. Alle Kirchenbesucher einschließlich der Ministranten reckten gleichzeitig die Köpfe in die Richtung, aus der das Auto heranfuhr.

Alois Leibacher steuerte seinen roten Mercedes-Geländewagen durch die schmale Dorfstraße. »Du fährst fast 70, hier gilt 40«, mahnte Carola von der Beifahrerseite.

»Sag mir lieber, ob ich Richtung Hochtannbergpass da vorne nach der Kirche links oder rechts abbiegen muss.«

»Frag doch mal jemanden, da, wo die vielen Leute vor der Kirche stehen.«

Leibacher bremste scharf vor der Eingangstreppe der Dorfkirche. Einige wichen erschreckt zurück. »Wo geht es hier Richtung Pass?«, fragte er in die Reihe der Ministranten hinein.

Der kleinste der Ministranten blickte Leibacher mit ernster Miene durch seine große runde Brille an. »Der Pfarrer hat g'sagt, dass mer die ganzen fetten Geländewagen von die Sünden reinwaschen muaß, und dass mer im Advent z' Fuaß in d' Kirch gehn soll!«

*

Zwischen den weißen Schneewänden stocherten die schmalen Lichtstrahlen der Scheinwerfer durch die Dunkelheit der Bergregion. In den letzten Tagen und Nächten war wenig Schnee gefallen, sodass er sich jetzt mit seinem allradgetriebenen Wagen den Weg zum Berghaus bahnen konnte. Die Schneeketten rasselten auf den Hinterrädern, die den VW-Bulli langsam, aber stetig die schmale Fahrstraße hinaufschoben.

Er lenkte lässig mit einer Hand, rauchte nebenbei und blies den Rauch zum offenen Seitenfenster in die milde Nachtluft hinaus. Nur die Halskrause war ihm lästig, weil er dadurch die Zigarette schräg von oben an den Mund führen musste. Bei jedem Zug spürte er einen Schmerz im Halswirbel, den er sich beim Zusammenprall mit dem Transporter dieser Catering-Firma verrenkt hatte.

Wilfried »Bill« Grätner fragte sich, ob die Nachtschwester bereits sein Verschwinden bemerkt haben würde. Seine Füße steckten in den Turnschuhen und sein schmerzender Körper in den Klamotten, die er am vergangenen Freitag getragen hatte, als er eigentlich seine Hausmeisterwohnung im Sporthotel hatte beziehen wollen. Doch beim Aufkreuzen von Kommissar Glattlinger und den beiden dusseligen Bullen gab es für ihn keinen anderen Weg, als sich mal wieder in Stunt-Manier mit Hilfe eines üppig motorisierten Autos aus dem Staub zu machen. Der VW Phaeton, der vor der Büro-Villa von »Alois Leibacher Tief- und Straßenbau« in Vaduz geparkt gewesen war und den er eigentlich hatte zu Geld machen wollen, war danach nur noch ein Schrotthaufen.

Die hastigen Lenkbewegungen ließen ihn wieder die Prellungen im Brustkorb und am Schlüsselbein spüren. Im selben Moment musste er den VW-Bulli in eine steile Kehre lenken. Die schmale Fahrstraße ging in einen unbefestigten Feldweg über und sein Wagen tauchte in den Nachtnebel des Bergwaldes ein. In kurzer Entfernung schimmerte ein schwaches Licht. Er hatte den Hof von Schnapsbrenner Schorsch erreicht.

Mit den Lebensmittelvorräten, die im Laderaum hinter dem Fahrersitz in Kartons lagerten, würde er die Zeit bis über den Jahreswechsel im Berghaus verbringen können. Wie so oft war ihm der Zufall zu Hilfe gekommen. An der Laderampe des Supermarktes gegenüber dem Krankenhaus war eine frische Lieferung abgestellt, an der er sich in aller Ruhe bedienen konnte, weil das Personal an diesem Abend die Schlangen an der Kasse bewältigen musste.

Grätner ließ den VW-Bulli an die Stelle vor dem Wald rollen, wo noch immer derselbe Holzstapel stand, an dem ihn eine Gewehrkugel nur knapp verfehlt hatte. Der Schnee lag nur knöchelhoch, sodass er problemlos zu Leibachers Berghaus gelangen konnte. Er zog die Schiebetür auf, faltete die mitgebrachte stabile Plastikplane aus und fädelte ein orangefarbenes Kunststoffseil durch die Ösen. Dann stellte er die beiden Kartons mit den Lebensmittelvorräten auf die Plane, zog diese mit dem Seil zu einem Bündel zusammen und begab sich auf den Waldweg. Er freute sich auf ein Lagerfeuer und auf die mit Speck umwickelten Bratwürste, von denen er einen 12er-Karton aus der Supermarktlieferung geklaut hatte. In dem Bündel, das er im Schnee hinter sich herzog, klapperten Bierdosen in einem der Kartons.

Von seinem letzten Aufenthalt in Leibachers Berghaus wusste er, wo der Schlüssel zum Gewehrschrank verwahrt war. Zur Sicherheit nahm er sich vor, ein geladenes Gewehr griffbereit zu halten. Und nach Silvester sieht man weiter, dachte Bill im Stillen auf dem Weg durch den verschneiten Bergwald.

*

Sie lief auf der Veranda seiner Villa auf und ab und konnte ihre Unruhe, die sie sich selbst kaum erklären konnte, nur schwer im Zaum halten. Eigentlich war es ein geradezu paradiesischer Ort. Es war 16 Uhr nachmittags, und nur einen Kilometer weiter glitzerte das Wasser des Lago Maggiore in der untergehenden Wintersonne.

Ihr wurde allmählich bewusst, dass sie allein mit ihm, ihrem Vater, in dieser Villa war. Es schien für den Moment, als hätten sie beide alles hinter sich gelassen – das neugebaute und gerade erst eingeweihte Sporthotel, das Firmenimperium, ihre zumeist prekäre Lebenssituation, den schaurigen Moment in der Gerichtsmedizin, als unter dem Tuch ein fremder Körper und ein fremdes Gesicht zum Vorschein gekommen waren.

Alois Leibacher telefonierte, und dem Gesprächsinhalt und dem Klang seiner Worte nach konnte sie darauf schließen, dass er mit Miriam sprach. Zwischen Carola und ihrem Vater herrschte eine unüberwindliche Kluft, an der auch die gemeinsame Anwesenheit in einer romantischen Villa an einem oberitalienischen See nichts zu ändern vermochte.

Carola ließ sich in einen der mit grün-weiß gestreiftem Stoff bespannten Liegestühle hineinfallen, stellte ihre Handtasche daneben, wickelte sich in eine flauschige Decke ein und ließ ihre Arme lässig von den hölzernen Lehnen baumeln. Noch immer hatte sie von der fluchtartigen Fahrt am Vortag mit den vielen Kurven über den San-Bernardino-Pass ein leicht flaues Gefühl im Magen. Oder versuchte sich ihr Gewissen gegen das aufzubäumen, was sie heimlich im Schilde führte?

Ihre linke Hand wanderte am Innenfutter ihrer mit Goldringen verzierten Handtasche entlang, wo ihre Fingerspitzen die Einwegpackung mit der Spritze ertasteten, die in einem kleinen Reißverschlussfach lagerte. In der Seniorenresidenz hatte sie gelernt, welche Präparate eine beruhigende Wirkung hatten. Und auch, welche einen dauerhaft wirkenden, tiefsten Ruhezustand hervorrufen konnten, wenn man es entsprechend dosierte, um jemanden für alle Zeiten von einem qualvollen und schmerzhaften Siechtum zu erlösen.

Sollte sich die Wendung, die sie sich erhoffte, nicht von selbst einstellen, war sie jedenfalls vorbereitet. Sie blinzelte gegen die untergehende Wintersonne und betrachtete wieder das glitzernde Wasser des Lago Maggiore. Aus dem schmalen Spalt zwischen ihren Augenlidern blitzte ein heimtückischer Blick.

*

»Ich muss das endlich alles abschließen können, Tante Dorothee. Es haben sich so schreckliche und irgendwie seltsame Dinge ereignet. Warum nur bin ich bei meinem ersten Urlaub im Montafon auf die Idee gekommen, in dieses Berghaus reinzugehen? Ausgerechnet genau dort, wo man damals meinen Vater umgebracht hat?«

Sie saßen sich in Dorothee Vittorianis kleiner Wohnung gegenüber, ließen sich Lebkuchen schmecken und tranken Tee. Die untergehende Wintersonne schickte einen letzten Sonnenstrahl durch eines der Fenster der Dachgeschosswohnung.

»Aus purer Abenteuerlust, hast du mal gesagt, wenn ich mich recht erinnere. Und lass bitte die Tante weg, da komme ich mir so alt vor.«

Sybille Breitstein hatte wieder diesen Blick voller trotziger Traurigkeit, wie in dem Moment, als sie ihr gestanden hatte, dass sie ihre Beziehung mit diesem Bill in der Weise beendet hatte, indem sie ihn betäubt in einer Betonkammer in der Staumauer versenkte. Dorothee Vittoriani glaubte als Gerichtsmedizinerin, dass sie so schnell nichts erschüttern konnte. Aber die Gefühlswelt ihrer Nichte Sybille, die offenbar zu grausamen Taten fähig war, ließ sie erschaudern.

»Was hast du jetzt vor?«, fragte Dorothee zögerlich.

Sybille sprang auf und breitete freudig die Arme aus. »Ich habe eine Idee! Was hältst du davon, wenn wir beide Winterurlaub im Montafon machen? Es ist bald Weihnachten. Bevor wir beide an den Feiertagen alleine rumhängen, wäre es doch eine tolle Idee, wenn wir zusammen in ein Berghotel gehen, am besten auch gleich über Silvester? Wir könnten schöne Winterwanderungen machen, und ich würde auch gern mal den alten Schorsch auf einen Schnaps besuchen.«

Dorothee Vittoriani verschränkte die Arme und sah ihre Nichte von unten herauf an. »Weißt du was? Ich bin dabei! Komm, wir machen uns eine schöne Flasche Wein auf und schauen im Internet nach den besten Hotelangeboten.«

In diesem Moment klingelte Sybilles Mobiltelefon. Sie blickte auf das grell aufleuchtende Display.

»Das ist dienstlich. Eigentlich habe ich heute gar keinen Bereitschaftsdienst im Kraftwerk.« Sie tippte auf das grüne Hörer-Symbol und meldete sich dienstbeflissen. Gleich darauf versteinerte sich ihr Gesichtsausdruck.

»Frau Breitstein? Hier Frank Höllschmieder. Wir haben einen ernsten Störfall. Wassereinbruch in der Staumauer. Sie erinnern sich an die Stelle, wo die Polizei den Toten rausgeklopft hat, die wir dann auf Ihre Anordnung hin mit einer Stahlkonstruktion und einer Gummi-Dichtungsplatte geflickt haben? Hält wohl nicht so dicht, wie Sie sich das gedacht haben. Die Wartungsgänge auf der Südseite sind bereits halbhoch auf der ganzen Länge geflutet. Vor fünf Minuten hat man uns gemeldet, dass die Zufahrtsstraße zum Sporthotel unterspült wird. Feuerwehr und Technisches Hilfswerk sind bereits angefordert, damit die Hotelgäste evakuiert werden können, weil man im Moment nicht weiß, ob uns da oben nicht das halbe Hotel mit absackt.«

Sybille Breitstein erreichte mit zitternden Knien gerade noch das Sofa, weil ihr schwindelig wurde.

»Wasser? Geflutet? Unterspült? Evakuieren?! Oh mein …«

»Ich reiche Sie mal weiter an Ihren Vorgesetzten, der Sie sprechen will. Moment …«

Es raschelte in der Leitung, und sie vernahm ein Murmeln im Hintergrund. Ihr steckte ein dicker Kloß im Hals, und sie spürte, wie sich ihr Magen zusammenkrampfte. Dann meldete sich ihr Chef am anderen Ende grußlos.

»Ich mache es aufgrund der brisanten Situation kurz. Sie werden verstehen, dass wir hier gerade sehr stark eingebunden sind. Es wird gerade ein Krisenstab einberufen, und es steht auch im Raum, ob Katastrophenalarm ausgerufen wird. Ich muss jetzt zu einer Pressekonferenz, weil uns hier schon die Reporter auf der Matte stehen. Sie sind erst mal bis auf weiteres beurlaubt, Frau Breitstein.«

»Was ist los?«, fragte Dorothee besorgt.

Sybille steckte das Smartphone in eine Sofaritze. »Wir können buchen. Urlaub ist genehmigt.«

Dorothee sah sie mit zweifelndem Blick aus den Augenwinkeln an, und Sybille hielt sich mit gesenktem Kopf die zu Fäusten geballten Hände vors Gesicht.

»Verdammt, ich hab Scheiße gebaut!« Heulend warf sie sich ihrer Tante an die Brust.

*

Von der Trattoria, die an der Ecke einer unterhalb gelegenen Seitenstraße gegenüber Leibachers Villa lag, drang leise italienische Popmusik herüber. Carola rauchte auf der Veranda die vorletzte Zigarette, die noch in der Packung war. Von hier oben hatte sie den Blick auf das große Fenster der Restaurantküche, wo sie sehen konnte, wie ein spindeldürrer, blasser Koch kunstvoll Pizzateig zubereitete und eine stämmige, dunkelhaarige Küchenchefin den Gesten nach zu urteilen Kommandos erteilte.

»Ich möchte was essen gehen, dort unten in der Trattoria.«

»Jetzt schon? Es ist erst viertel nach fünf. Ich esse eigentlich immer erst um halb acht. Hat der Luggi überhaupt schon auf?«

Carola kicherte. »Der heißt ja wohl eher Luigi. Da brennt Licht, und in der Küche sind die schon voll am Werk.«

»Luggi stimmt schon. Das ist ein Tiroler, den es eben hierher an den Lago verschlagen hat. Also von mir aus, bevor du mir hier noch verhungerst.«

Wie sehr hatte sie sich insgeheim gewünscht, ihrem Vater gegenüber wieder Empfindungen zulassen zu können, so wie man als Tochter gegenüber dem Vater fühlte. Doch es fühlte sich an, als behandelte er sie wie eine Verstoßene. In seiner Stimme lag etwas zwischen väterlich-bestimmend und distanziert-gleichgültig, und doch irgendwie etwas von Fürsorglichkeit.

Alois Leibacher bewegte sich mit alterndem Gang zur Garderobe. Die bleich gewordene, mit einigen Altersflecken gesprenkelte Halbglatze über seinem dünnen, weißlich-grauen Haarkranz und die zunehmenden Furchen im Gesicht konnten sein fortgeschrittenes Alter nicht mehr verbergen.

»Ich hab Bock auf 'ne schöne große Pizza. Nachdem es ja in deiner Romantikvilla nicht mal eine Haushälterin gibt, die das Essen direkt auf den Tisch serviert. – Worüber hast du mit Miriam gesprochen?«

»Seit wann interessiert dich Miriam?«

»So halt.«

Sie standen im Flur, der mehr eine Eingangshalle war. Schweigend legten sie ihre Jacken an und traten durch die breite Haustür nach draußen. Die Dezembersonne warf lange Schatten ihrer Körper, die sich auf dem mediterranen Pflaster als bizarre Figuren abzeichneten.

»So halt«, knurrte Alois Leibacher und ärgerte sich im Stillen darüber, dass sich an ihrer Aussprache und Ausdrucksweise seit ihrer Studentenzeit nichts geändert hatte. »Jedenfalls werde ich das Gefühl nicht los, dass sie mir etwas nicht gesagt hat. So als wäre irgendwas vorgefallen, von dem sie mich verschonen will.«

»Oder das sie dir absichtlich vorenthält«, giftete Carola.

Nebeneinander gingen sie schweigend den langen gekiesten Eingangsweg der Villa hinab, der von verblühten Oleandersträuchern gesäumt war und an dessen Ende zwei mächtige Zypressen aufragten. Von der Straße aus gesehen, die sich steil und kurvig durch die Villengegend zog, wurde die Hanglage des Grundstücks deutlich. Ein dreirädriger Piaggio-Ape quälte sich mit lautem Geknatter die Straße hinauf.

Alois Leibacher schritt mit tief in den Manteltaschen vergrabenen Händen und konzentriert in die Ferne gerichtetem Blick voran. Carola musterte ihn von der Seite.

»Wie willst du eigentlich deinen Siebzigsten feiern? Hier in der Villa mit der Miriam oder ganz groß im ›Steighorn‹?«

»Wer sagt, dass ich meinen verdammten Geburtstag feiern muss?«, fragte Leibacher harsch zurück, als sie die hölzerne Eingangstür der Trattoria erreichten.

Sie setzten sich an einen Tisch, von dem man den Blick auf den Barbereich mit der chromblitzenden Espressomaschine hatte. In der verspiegelten Rückwand der Bar stand ein Flachbildschirmfernseher zwischen unzähligen Flaschen mit vorwiegend italienischen Likören, Grappa und anderen Schnäpsen. Beide blätterten einige Minuten wortlos in den in Kunstleder eingebundenen Speisekarten. Das kurz angeschnittene Thema Geburtstag war bereits wieder vergessen. Aus dem Fernseher an der Bar sprach in vertrautem Deutsch mit österreichischem Dialekt ein Nachrichtensprecher des Senders ORF.

Carola bestellte ihre Lieblingspizza, ihr Vater orderte Pasta mit Meeresfrüchten und eine Karaffe Rotwein.

»Wir haben noch gar nicht auf die Einweihung von unserem Sporthotel angestoßen«, säuselte sie, als der Kellner den Wein und zwei Gläser auf den Tisch stellte. »Es ist schon wieder eine Woche her. Und in vier Tagen ist schon Weihnachten.«

Alois Leibachers Gesichtsausdruck erstarrte für einen Moment. Gleich darauf deutete er mit einem nach oben gezogenen Mundwinkel ein versöhnliches Lächeln an.

»Nun dann, auf – unser – Sporthotel am Steighorn. Schließlich ist es ja, äh, Familienbesitz.«

»Das will ich meinen!«, triumphierte Carola, und beide ließen die Rotweingläser klingen.

Leibacher wandte bei diesem ersten Schluck Rotwein den Blick gleich wieder von ihr ab und sah in Richtung des Fernsehers, wo die ORF-Nachrichten über den Bildschirm flimmerten.

Er verschluckte sich beinahe und hielt sich schnell die kunstvoll gefaltete rosa Stoffserviette vor den Mund. Mit schreckgeweiteten Augen starrte er auf den Fernseher. Carola glaubte zuerst, ihrem Vater wäre plötzlich nicht gut, drehte dann aber ebenfalls den Kopf in dieselbe Richtung.

Auf dem Bildschirm flossen in Nahaufnahme gefilmte braune Wassermassen, als wollten sie sogleich am unteren Bildschirmrand herunterrauschen und die Bar überfluten.

Im Bildhintergrund waren die Staumauer des Steighorn-Stausees und eine Ecke des Sporthotels zu sehen. Dann schwenkte die Kamera etwas nach rechts und zoomte auf einen Porsche Cayenne, der in Schräglage bis über die Räder im Wasser stand. Angespannt hörten beide auf die Worte des Nachrichtenmoderators.

»… erst vor Kurzem in Betrieb genommenen Wasserkraftwerk am Steighorn unweit der westlichen Grenzlinie zwischen Vorarlberg und Deutschland hat sich ein schwerer Störfall ereignet. Nach ersten vorliegenden Informationen dringen Wassermassen aus dem Stausee durch eine undichte Stelle. Der Kraftwerksbetreiber ruft unterdessen das Personal aus dem Weihnachtsurlaub zurück, um schnellstmöglich Maßnahmen ergreifen zu können.«

Ein Korrespondent mit vorgehaltenem Mikrofon und übernächtigt wirkendem Gesicht, der in einer Winterjacke mit hochgeschlagenem Kragen an einem Geländer auf der Staumauerkrone stand, kommentierte das Ereignis.

»Das neu errichtete Steighorn-Wasserkraftwerk hat bisher noch kaum Strom erzeugt, produziert aber dafür eine drohende Katastrophe. Akut betroffen sind die Gäste eines Sporthotels, die ihre Unterkunft im Moment nicht verlassen können. Allerdings ist die Ursache in dieser Voralpenregion nicht etwa eine Schneelawine, sondern es sind Wassermassen aus dem unmittelbar angrenzenden Stausee des Kraftwerks, die die Zufahrt zu diesem Hotel zu unterspülen drohen. Nach momentanen Einschätzungen ist auch für eine tiefer gelegene kleine Bergsiedlung von einer Gefahr auszugehen. Diese könnte durch die Wassermassen regelrecht fortgeschwemmt werden, falls nicht …«

Alois Leibacher saß zusammengesunken auf der hölzernen gepolsterten Sitzbank am Restauranttisch, einen Arm auf die Rückenlehne gestützt, und wirkte apathisch. Carola zwirbelte das rosafarbene Dekoband des Kerzenständers auf dem Tisch zwischen ihren Fingern und machte einen hilflosen Eindruck. Eine Kellnerin servierte das Essen.

»Pizza Quattro Stagione? Prego, Signora. Unde die Frutti di Mare für Maestro, prego.«

»Worauf warten die noch? Macht die Absperrklappen auf und lasst die Turbinen laufen!«, rief Alois Leibacher aufgeregt mit rotem Kopf in Richtung des Fernsehers.

»Wozu soll das gut sein?«, fragte Carola und fing an, einen Keil aus ihrer Pizza herauszuschneiden.

Alois Leibacher begann einen gestenreichen Erklärungsversuch und hob die rechte Hand flach auf Höhe seiner Nase. »Man muss den Wasserspiegel absenken. So weit, bis die Wasseroberfläche unterhalb der undichten Stelle ist.«

»Ich schlage vor, du isst erst mal deine Pasta, bevor alles kalt wird. Weil, ich nehme an, dass wir wahrscheinlich noch heute Abend ans Steighorn fahren. Es geht schließlich um dein Lebenswerk, Paps.«

Die letzten Worte ihres Satzes versetzten Leibacher einen Stich. Dass das Hotel tatsächlich so etwas wie ein Lebenswerk oder die Krönung dessen sein konnte, war ihm noch nicht bewusst geworden. Und sie hatte ihn seit ihrem Kindesalter nie mehr »Paps« genannt. Mit einem Schlag wich seine Aufregung dem Gefühl, alles voll im Griff zu haben.

»Mag sein«, erwiderte er nach einigen Bissen Garnelen und Tintenfischringen. Besonnen und genüsslich nahm er einen kräftigen Schluck Rotwein. »Aber ich habe schließlich meine Leute vor Ort. Ich werde da jetzt sicher nicht rauffahren und in Gummistiefeln herumwaten so wie früher auf meinen Baustellen. Und außerdem – dass die in den Nachrichten wegen so ein bisschen Überschwemmung immer gleich von Wassermassen reden müssen. Ich werde nachher von meinem Arbeitszimmer in der Villa ein paar Telefonate führen.«

»Du bist ja schließlich der Maestro. Hast recht, das wird bestimmt alles viel schlimmer dargestellt, als es in Wirklichkeit ist.«

*

Guntram Glattlinger lief in seinem Büro auf und ab, die Hände tief in den Hosentaschen vergraben. Sascha Paschmeier lehnte mit vor dem Bauch gefalteten Händen und übereinandergeschlagenen Beinen lässig in einem der Besucherstühle. Karsten Blonk saß mit verschränkten Armen auf der Schreibtischkante und fixierte den Wandkalender. Noch vier Tage bis Weihnachten.

»Jetzt waren wir so nah dran, und unser Phantom namens Alois Leibacher entwischt uns mit so einem billigen Trick«, regte sich Glattlinger auf. Paschmeier starrte mit betretener Miene auf den Parkettboden unter seinen Füßen und ärgerte sich darüber, dass er bei der Operation während der Einweihungsfeier des Steighorn-Hotels ausgerechnet an die Tiefgarageneinfahrt einen völlig unerfahrenen Wachposten abgestellt hatte. Nicht nur von Karsten Blonk war er daraufhin zusammengestaubt worden, auch konnte er die nächste Beförderung, die er sich eigentlich zu Weihnachten erhofft hatte, erst einmal vergessen.

»Und dann besitzt der auch noch die Dreistigkeit, am Parkplatz beim Kraftwerk in aller Ruhe das Auto zu wechseln«, bemerkte Karsten Blonk kopfschüttelnd und musste dabei kurz lachen.

»Irgendwann muss er ja mal wieder zurückkommen in sein tolles Hotel«, meinte Paschmeier. »Und dann …«

»Und dann was?«, fragte Blonk. »Willst du das Steighorn-Hotel rund um die Uhr überwachen, oder wie? Wenn dann wieder so ein blutiger Anfänger ausgerechnet die Tiefgarageneinfahrt überwacht, …« Er ließ den Satz beim Komma enden und wandte sich Glattlinger zu. »Guntram, ich werde das Gefühl nicht los, dass du dich mit diesem Leibacher gnadenlos in irgendwas verrannt hast. Seit bald 30 Jahren hüpft er uns vor der Nase herum, quer durch alle vier Länder hier um den Bodensee, und wechselt beliebig die Identitäten wie andere die Unterhosen.«

Glattlinger wandte sich zu Blonk um. »Es geht um vier Mordfälle, Karsten. Da kannst du mir nicht unterstellen, dass ich mich in irgendwas verrannt habe, Herrgott noch mal.«

»Aber mal ehrlich, Guntram – was haben wir an wirklich handfesten Beweisen?«

»Reichlich wenig«, antwortete Glattlinger kleinlaut und sah aus dem Fenster auf den Werkstatthof, wo der von Wilfried Grätner zu Schrott gefahrene VW Phaeton abgestellt war. »Wie denn auch, wenn ich diesen durchgeknallten Bauunternehmer noch nicht einmal persönlich gesehen, geschweige denn verhört habe. Manchmal kommen mir sogar Zweifel, ob Alois Leibacher tatsächlich existiert, verstehst du? – Ich war heute Vormittag übrigens bei der Staatsanwaltschaft wegen eines internationalen Haftbefehls. Man muss davon ausgehen, dass er sich, zumindest vorübergehend, nach Liechtenstein oder Schweiz oder Österreich abgesetzt hat. Rein auf Verdachtsmomenten beruhend, so hat mir der Staatsanwalt mit nach oben gerichteten Handflächen geantwortet« – Glattlinger nahm dieselbe Pose mit erhobenen Händen ein – »kann er das mit Blick auf die bevorstehenden Feiertage nicht mehr kurzfristig veranlassen, hat er gesagt.«

»Tja dann. Schönen Weihnachtsurlaub. Ich bin dann ab morgen mit der Kleinen im Montafon. Die macht einen Skikurs, und ich kann währenddessen schön die Pisten runtersausen. Falls mir der Herr Alois Leibacher auf der Piste entgegenkommen sollte, verhafte ich ihn höchstpersönlich«, verabschiedete sich Karsten Blonk.

Sascha Paschmeier wandte sich ebenso zum Gehen. »Ja, äh, ich geh dann auch mal für heute, Herr Glattlinger. Ist ja schon nach 18 Uhr. Wir … wir kriegen den schon noch, da bin ich mir ziemlich sicher. Mörder kommen immer wieder dahin zurück, wo sie jemanden umgelegt haben. Gilt als einer der Lehrsätze in der Kriminalistik, haben wir gelernt.«

Guntram Glattlinger stand jetzt allein in seinem Büro. In seinem Kopf kreiste wieder der Adler, der darauf wartete, dass sich irgendwo eine Maus aus dem Loch wagte.

Er setzte sich an den PC und klickte im Internet gedankenverloren auf einer regionalen Nachrichtenseite herum. Dann fiel sein Blick auf eine Video-Meldung über den Störfall im Steighorn-Wasserkraftwerk und die vorsorgliche Evakuierung des Sporthotels. Glattlinger wusste, wo er ihn nun endlich zu fassen bekommen würde. Leibacher würde wohl kaum in dieser Situation sein gerade neu eröffnetes Hotel dem Schicksal überlassen und nicht persönlich vor Ort anwesend sein.

*

Seine Stimme konnte Carola in der hellhörigen Villa auch zwei Etagen über seinem Arbeitszimmer vernehmen. Gerade hatte sie damit begonnen, sich in dem großen Zimmer mit den Stuckverzierungen an der Decke und dem antik wirkenden Schminktisch einzurichten, wo sie sich wie eine Prinzessin fühlte. Sie hatte bereits das Bad mit der freistehenden Luxusbadewanne inspiziert und freute sich auf ein entspannendes Schaumbad. Doch dann drängte sie die Neugier zu erfahren, was wohl gerade im Hotel am Steighorn vor sich gehen mochte. Nur mit Morgenmantel und Socken bekleidet, schlich sie die breite, geschwungene Treppe hinunter.

Er klang durch die halb offen stehende Tür zum Arbeitszimmer, als hätte ihn jemand im Würgegriff. Doch sie konnte sicher sein, dass er alleine war.

»... dann rufen Sie gleich den Vertreter von der Versicherung an, dass der die Fahrzeugschäden aufnimmt. Und veranlassen Sie, dass ein Bautrupp mit der Betonpumpe raufkommt. Die sollen von unten so lange Beton reinpumpen, bis das wieder stabilisiert ist, hören Sie? Beton, Beton und nochmals Beton! Ich verlass mich auf Sie ...«

Die plötzliche Stille kam Carola seltsam vor. Sie wartete auf das Geräusch eines aufgeknallten Telefonhörers. Aus dem Arbeitszimmer kam aber kein Laut mehr. Sie ging die Treppe hinab. Vor der halb offenen Tür hörte sie röchelnden Atem. Alois Leibacher saß in seinem Bürostuhl weit nach hinten gelehnt, hielt die Hand an den Brustkorb und atmete schwer.

Er sah sie, bevor sie ihn sehen konnte. »Es ist eine Katastrophe. Eine ... Katastrophe. Das Wasser ... Bodenplatte unterspült ... Tiefgarage abgesackt ... zig teure Autos kaputt ... Riesenärger ... man muss betonieren, betonieren ... Carola ... einen ah ... Arzt.«

Carola hielt seine Hand. »Wir brauchen keinen Arzt, Paps. Alles wird gut. Du hast nur einen Schwächeanfall. Ich kenne mich damit aus. Ich gebe dir was zur Beruhigung … und zur Stärkung. Ich habe was für dich dabei. Ich bin gleich wieder bei dir.«

Sie stürmte zur Tür hinaus und rannte mit flatterndem Morgenmantel, der sich geöffnet hatte und unter dem ihr nackter, schlanker, aber unsportlicher Körper zum Vorschein kam, die Stufen empor. Jetzt war der Moment, in welchem die Spritze zum Einsatz kam. Hastig öffnete sie das Reißverschlussfach ihrer Handtasche, die gleich hinter der Tür zu ihrem Zimmer auf der Kommode stand, und rannte wieder die Treppe hinab.

»Wasser … Wasser …«, hörte sie ihren Vater stöhnen. Sie lief rasch an der Tür zum Arbeitszimmer vorbei in die Küche, schloss schnell den Morgenmantel und füllte ein Trinkglas mit Wasser.

»Ich bringe dir ja schon ein Glas Wasser«, sagte sie, als sie wieder in das Arbeitszimmer kam. Alois Leibacher deutete mit zitternder Hand in Richtung Decke und wirkte verwirrt. »Das Wasser aus dem Stausee … es kommt schon aus der Decke … man muss betonieren …«

Carola sah zur Decke und sah, dass tatsächlich Wasser von der Decke tropfte. Ihre Architekturkenntnisse ließen sie feststellen, dass das Bad ihres Zimmers in senkrechter Linie darüberlag. Die Badewanne! Sie hatte vergessen, die Armatur zu schließen.

»Es ist nur die Badewanne, Paps. Aber jetzt gebe ich dir erst mal was, damit du … so, jetzt pikst es gleich ein bisschen.«

Sie setzte ihm die Nadel in den Oberarm und drückte die Spritze durch. Dann presste sie eine kleine Kompresse auf die Einstichstelle und zog die Spritze heraus. Alois Leibachers schläfriger Blick war auf ihre nackte Brust gerichtet, die sich ihm unter ihrem halb offenen Morgenmantel entgegenstreckte. Sein Arm fiel schlaff über die Lehne des Leder-Bürosessels, als er einschlief.

Carola sah sich auf dem Schreibtisch um, fand die dunkelblaue Dokumentenmappe und klappte sie auf. Das Testament lag obenauf. Auf der dritten Seite stand sie, Carola Leibacher, unter dem Abschnitt »Begünstigte« als Alleinerbin.

Sie blätterte zur letzten Seite. Ihr Atem stockte. Auf dem Testament fehlte die Unterschrift.

*

Sein überraschender Damenbesuch brachte eine heitere Abwechslung in seine einsame Bergwelt, besonders an diesem Abend. Es war zehn Minuten vor Mitternacht in dieser milden, aber bewölkten Silvesternacht. Eigentlich hatten sich die beiden Besucherinnen zum Jahreswechsel für ihren Bergurlaub eine sternenklare Nacht erhofft und schon die Tage zuvor geschwärmt, wie schön man wohl von dort oben die Feuerwerke von den Orten im Tal sehen würde.

Sie saßen auf der schäbigen Betonterrasse hinter dem Haus auf einer aus halbrund gesägten Baumstämmen gezimmerten Holzbank, die mit einem Kuhfell ausgelegt war. Auf dem rauen Beton der Terrasse, aus dessen Ritzen Reste von vertrocknetem Unkraut ragten, brannte ein Holzfeuer in einer von Schorsch Brunntaler selbstgeschweißten rostigen Feuerschale. Sybille Breitstein und Dorothee Vittoriani fanden es zunehmend gemütlich bei dem alten Schorsch. Er erzählte von seiner früheren Arbeit als Elektriker bei den ›Vereinigten Vorarlberger Kraftwerken‹ und, für Sybille zum wiederholten Male, von der damaligen Bergtour auf die Zimba, wo sein Bergkamerad, vom Blitz getroffen, in den Tod gestürzt war.

Er trat in seiner verwaschenen Arbeitsmontur mit einer weiteren Sorte »Brandner Gletscherwasser« aus der Schnapsbrennerei. Der Eingang zur Brennerei bestand aus einer verbogenen, rostigen Stahltür, auf die zum Spaß ein gelb-schwarzes Warnschild mit der Aufschrift ›Vorsicht Hochspannung‹ geschraubt war. Sybille fiel auf, dass er jetzt anstatt seiner alten speckigen Arbeitsmütze eine moderne Basecap mit dem Logo seiner Schnapsmarke trug. Sie hatten bereits die Sorten Holunder-Johannisbeer und Marillen-Stachelbeer des äußerst geschäftstüchtigen alten Schnapsbrenners verkostet.

Mit seiner drahtigen Statur und seinen eloquenten Bewegungen wirkte er deutlich jünger als die 81 Jahre, die er in diesem Jahr geworden war. Für einen Moment wirkte es etwas unheimlich, als er, von dem hellen Werkstattlicht umleuchtet, mit seinem zerfurchten Gesicht heraustrat und seinen knochigen Zeigefinger in die Höhe hob.

»Ihr seid's die Ersten, die mei' neueste Kreation probier'n dürfen. Wilde Himbeeren und Brombeeren!« Mit einem Flopp-Geräusch und seinem typischen diebischen Grinsen im Gesicht zog er den Korken aus der Flasche, und die beiden hielten ihm kichernd ihre leeren Schnapsgläser hin.

»Also, Schorsch, ich muss schon sagen – von Zittern keine Spur! So eine ruhige Hand habe ich beim Einschenken noch bei keinem gesehen«, bemerkte Dorothee sichtlich beeindruckt.

Jedenfalls solange sein Alkoholpegel stimmt, dachte Sybille im Stillen und musste dabei schmunzeln. Und zugleich erinnerte es sie an die erste zufällige Begegnung auf der Hotelterrasse mit der hölzernen Après-Ski-Bar, an den Moment, der ihr die schmerzliche Gewissheit darüber brachte, dass ihr Vater nicht nur einem grausamen Mord zum Opfer gefallen war, sondern man noch dazu seine Leiche wie einen Haufen Müll entsorgt hatte.

Unten im Dorf läutete die Kirchturmglocke den Jahreswechsel ein. In derselben Minute begannen die Menschen in der Stadt unten im Tal, ihre Feuerwerke zu zünden. Schorsch Brunntaler, Dorothee Vittoriani und Sybille Breitstein standen an der Feuerschale, prosteten sich zu und wünschten sich alles Gute für das neue Jahr. Sybille umarmte den alten Schorsch und drückte ihm ein Küsschen auf die Wange. Schorsch nahm Sybille an der Hand, und die beiden hüpften tanzend um die Feuerschale herum. Dorothee klatschte lachend im Rhythmus ihrer hüpfenden Schritte. Dann blieb Schorsch stehen, hob wieder seinen knochigen krummen Zeigefinger und zauberte mit der anderen Hand eine Fernbedienung aus der Hosentasche. »Feuer frei!«, rief er, und sogleich schossen Feuerwerksraketen in den Himmel, wo sie sich zu bunten Lichterschirmen auffächerten. Dazu tranken sie noch einmal eine Runde Schnaps. Einige Minuten später endete sein programmiertes Feuerwerk mit einem finalen Böllerschlag. »Jetz' is' fertig«, bemerkte Schorsch.

»Und für uns wird es Zeit zu gehen. Die Glocke hat noch für jemand anderen geschlagen.«

Schorsch hatte schon zu viele Schnäpse intus, um zu verstehen, was Sybille damit meinte. Die beiden Damen bedankten sich bei ihm, und Schorsch ließ sie durch das große Scheunentor nach draußen. »Immer dem Weg ins Tal lang«, verabschiedete Schorsch seinen Damenbesuch. Sie winkten ihm noch einmal und verschwanden dann in der Dunkelheit. Schorsch Brunntaler war gerührt und blieb noch einen Moment im offenen Tor stehen.

Sybille und Dorothee gingen nicht talwärts, sondern in Richtung des Waldweges zu Alois Leibachers Berghaus, wo vor dem Wald der VW-Bulli von Wilfried Grätner geparkt war.

Schorsch setzte sich noch für einige Minuten auf die Holzbank und blickte sinnierend in das Holzfeuer, das in der stählernen Feuerschale allmählich verlosch. Er nahm die halbvolle Schnapsflasche der Sorte »Wilde Himbeeren und Brombeeren« und schlurfte in Richtung seiner Wohnstube mit dem alten, aber behaglich wärmenden Kachelofen. Es war etwas zu warm in der Stube, und er öffnete eines der kleinen Sprossenfenster. Am Himmel öffnete die Wolkendecke eine große Lücke für den Halbmond, der einen hellen Lichtkegel in die spärlich beleuchtete Stube strahlte.

Ihn packte die Neugier. Hatte er doch ohnehin den Ruf, immer in Dingen herumzuschnüffeln, die ihn eigentlich nichts angingen. Er schaltete den kleinen Monitor ein. Das Schwarz-Weiß-Bild zeigte den Flur im Berghaus gleich hinter der Haustür. Alois Leibacher hatte ihn vor vielen Jahren damit betraut, immer mal wieder in seinem Ferienhaus hinter dem Wald nach dem Rechten zu sehen. Damit er dies nicht zu oft tun musste, installierte er damals einen Rauchmelder an der Decke im Eingangsbereich und setzte in das Gehäuse eine Mini-Kamera ein. So konnte er über den kleinen Monitor in seiner Stube kontrollieren, ob dort womöglich etwas vor sich ging.

Der Monitor zeigte nur Dunkelgrau und auf der linken Seite einen schwachen Lichtschimmer, welcher aus dem Wohnraum kommen musste. Er wusste, dass der Kompagnon von Alois Leibacher, dieser Bill, gerade dort oben hauste. Alles ruhig.

Dann ging es Schlag auf Schlag. Im Flur ging das Licht an, und Schorsch konnte sehen, wie Bill von links in das Bild trat und, nach vorne gehend, wieder aus dem Bild in Richtung Haustür verschwand. Wenige Sekunden später ging der Mann rückwärts in den Flur zurück und wollte offenbar versuchen, in den Wohnraum zu flüchten.

In der Ferne war ein Schuss zu hören. Auf dem Monitor sah er, wie vom Kopf des Mannes eine dunkle Flüssigkeit herunterlief, er sich am Türrahmen zu halten versuchte und dann zusammensackte. Im nächsten Moment war der Lockenkopf der jungen Frau im Bild zu sehen.

»Jetz' hat's 13 g'schlag'n«, sagte Schorsch vor sich hin und schaltete den Monitor aus. Er öffnete eine Tür des alten Stubenschranks, dessen Türen mit Bauernmalerei verziert waren. Im unteren Teil des Schranks war ein einfaches Holzbrett mit einem angeschraubten Griff wie eine Schubladentür eingesetzt. Er nahm das Brett heraus, legte es zur Seite und nahm einen der zahlreichen Goldbarren vom Stapel, die hinter dem Brett versteckt waren.

Er setzte sich mit dem Goldbarren in der Hand auf einen Stuhl und ließ das Gold am geöffneten Fenster im Mondlicht glitzern. Schorsch Brunntaler hatte ein diebisches Grinsen im Gesicht.

++ E N D E ++

Weitere Titel finden Sie auf den folgenden Seiten und im Internet:

WWW.GMEINER-VERLAG.DE

Anne Nordby
Eis. Kalt. Tot.
Thriller
505 Seiten
13,5 x 21 cm,
Premium-Klappenbroschur
ISBN 978-3-8392-0024-7
€ 16,00 [D]/€ 16,50 [A]

Wenn sich die beschaulichen Gassen von Kopenhagen in einen Ort des Grauens verwandeln und du nicht weißt, ob du das nächste Opfer bist …

Ein bizarrer Fall für die Super-Recognizerin Marit Rauch Iversen und ihre Kollegen von der Mordkommission.

Zwischen Abscheu und Faszination – Anne Nørdby besitzt das einzigartige Talent, das Unaussprechliche in Worte zu fassen. Verbunden mit einer gehörigen Portion Adrenalin.

GMEINER SPANNUNG

WWW.GMEINER-VERLAG.DE
Wir machen's spannend

DIE NEUEN Lieblings-plätze

ISBN 978-3-8392-2730-5

ISBN 978-3-8392-2929-3

ISBN 978-3-8392-2614-8

ISBN 978-3-8392-2930-9

ISBN 978-3-8392-2927-9

ISBN 978-3-8392-0043-8

ISBN 978-3-8392-2926-2

ISBN 978-3-8392-2925-5

ISBN 978-3-8392-0044-5

ISBN 978-3-8392-2932-3

ISBN 978-3-8392-2924-8

ISBN 978-3-8392-2624-7

ISBN 978-3-8392-2628-5

ISBN 978-3-8392-2931-6

ISBN 978-3-8392-2634-6

ISBN 978-3-8392-2928-6

GMEINER KULTUR

WWW.GMEINER-VERLAG.D

Mensch, Kultur, Regio